Elena Armas
The Long Game –
Die große Liebe sucht man nicht, sie findet einen

AF154281

ELENA ARMAS

THE Long GAME

**Die große Liebe
sucht man nicht,
sie findet einen**

Aus dem amerikanischen Englisch
von Vanessa Lamatsch

everlove
by PIPER

Mehr über unsere Autorinnen, Autoren und Bücher:
www.everlove-verlag.de

Wenn dir dieser Roman gefallen hat, schreib uns unter Nennung des Titels
»The Long Game – Die große Liebe sucht man nicht, sie findet einen«
an *empfehlungen@piper.de,* und wir empfehlen dir gerne vergleichbare Bücher.

Von Elena Armas liegen im Piper Verlag vor:
Spanish Love Deception –
Manchmal führt die halbe Wahrheit zur ganz großen Liebe
The American Roommate Experiment –
Die große Liebe findet Platz in der kleinsten Wohnung
The Long Game – Die große Liebe sucht man nicht, sie findet einen

Wir behalten uns eine Nutzung des Werks für Text und
Data Mining im Sinne von § 44b UrhG vor.

ISBN 978-3-492-06498-9
© Elena Armas 2023
Titel der amerikanischen Originalausgabe:
»The Long Game«, 2023 erschienen bei Atria Paperback,
einem Imprint von Simon & Schuster, Inc., New York.
Dieses Werk wurde vermittelt durch die Sandra Dijkstra Literary Agency.
All rights reserved.
© everlove, ein Imprint der Piper Verlag GmbH, München 2023
Redaktion: Antje Steinhäuser
Satz: Satz für Satz, Wangen im Allgäu
Gesetzt aus der Dante MT
Druck und Bindung: CPI Books GmbH, Leck
Printed in the EU

Für all die Frauen, die ein- oder zweimal ausgetickt sind.
Und wenn schon!
Lasst diesen wunderbaren Gefühlen freien Lauf, Babes!

1

Adalyn

Der Kopf löste sich von seinen Schultern und rollte mit einem dumpfen Schlag gegen meine Füße.

Mir lief ein kalter Schauder über den Rücken, und auf meinen Armen bildete sich Gänsehaut.

Die Szene hätte mir vertraut sein müssen. Ich sollte mich an etwas erinnern, was ich durchlebt hatte – und jetzt auf einem Bildschirm erneut beobachtete. Aber ich konnte mich nicht entsinnen. Als sich also Schweigen ausbreitete und ein Vakuum in den Räumlichkeiten der Miami Flames zu entstehen schien, rutschte mir das Herz in die Hose. Und als im Video ein Kameramann leise die Worte flüsterte: »Mann, hast du das aufgenommen?«, war ich mir ziemlich sicher, dass meine Atmung aussetzte.

O Gott. Was …

Pauls Kopf erschien über dem kopflosen Hals von Sparkles, dem Teammaskottchen, und eine Welle von Panik überschwemmte mich.

Paul blinzelte, halb wütend, halb schockiert, dann spuckte er mir »Was, zum Teufel, stimmt nicht mit dir?« entgegen.

Ich öffnete den Mund, als wollte ich ihm unwillkürlich antworten. Jetzt. Auch wenn es keinen Unterschied bedeuten würde. »Ich …«

Die Darstellung auf dem Bildschirm erstarrte und zwang mich

dadurch, den Blick auf das Gesicht des Mannes zu richten, der das iPad hielt, auf dem diese dreißig Sekunden abgespielt worden waren, die in meinem Gedächtnis nicht existierten.

»Ich glaube, wir haben genug gesehen«, sagte Andrew Underwood, CEO und Hauptgeschäftsführer des Miami Flames FC und in Miami ansässiger Geschäftsmogul.

»Da bin ich anderer Ansicht«, sagte der Mann an seiner Seite mit einem leisen Lachen. »Dies ist eine Krisensitzung. Es sollte gewährleistet sein, dass wir im Besitz aller Fakten sind.« Eine Krisensitzung? »Tatsächlich«, fuhr David fort, »finde ich, wir sollten es noch mal von Anfang an abspielen. Ich bin mir nicht ganz sicher, was Adalyn da gegrunzt hat, während sie unseren lieben Sparkles geköpft hat. War das nur ein wütendes Knurren, oder hat sie tatsächlich Worte …«

»David«, fiel Andrew ihm ins Wort und ließ das iPad auf den übermäßig breiten Schreibtisch fallen, der die Männer von mir trennte. »Das hier ist ernst.«

»Ist es«, stimmte der jüngere Mann zu. Ich musste ihn nicht ansehen, um zu wissen, dass er schmunzelte. Ich kannte dieses Schmunzeln. Ich hatte dieses Schmunzeln geküsst. War ein ganzes Jahr mit ihm ausgegangen. Um dann unter diesem Schmunzeln zu arbeiten, als man ihn auf die Position berufen hatte, von der ich mein gesamtes Leben lang geträumt hatte. »Schließlich passiert es nicht jeden Tag, dass die Leiterin der Presseabteilung eines Major-League-Soccer-Clubs sich in fünfzehn Zentimeter hohen Absätzen auf das Maskottchen des eigenen Clubs stürzt.« Ich nahm wahr – hörte –, wie sein Lächeln breiter wurde und spürte, wie meine Miene versteinerte. »Ein schockierender Vorfall, ohne Zweifel. Aber auch …«

»Inakzeptabel«, beendete Andrew den Satz für ihn. »Wie jeder in diesem Raum weiß.« Diese fahlblauen Augen suchten meinen Blick, scharf und unversöhnlich. Was mich nicht überraschte. Ich kannte auch diesen bösen Blick. Ich hatte *Das Starren* den Großteil meines Lebens ertragen. Er fuhr fort: »Adalyns Temperamentsausbruch war unentschuldbar, aber du solltest es nicht übertreiben, David. Wir sprechen hier von meiner Tochter.«

Ich schob das Kinn vor, als hätte er mich nicht an etwas erinnert, was ich täglich zu vergessen suchte.

Adalyn Reyes, die übermäßig ambitionierte Tochter des CEO eines Fußball-Franchise, für das sie ihr gesamtes Leben lang gearbeitet hatte.

»Ich entschuldige mich für meinen Tonfall, Andrew«, sagte David. Ich sah ihn nicht an, auch wenn er nicht mehr so amüsiert klang. Ich konnte es nicht. Nicht nach allem, was in den letzten vierundzwanzig Stunden geschehen war. Nicht nach dem, was ich erfahren hatte. »Aber als stellvertretender Geschäftsführer der Flames mache ich mir Sorgen wegen der Auswirkungen dieses Vorfalls.«

Der Vorfall.

Meine Lippen wurden schmal.

Mein Vater schnalzte missbilligend mit der Zunge, richtete den Blick wieder auf das iPad und entsperrte es erneut.

Sein Finger wischte nach oben und unten, rechts und links, bis sich ein Dokument öffnete. Selbst auf dem Kopf stehend konnte ich sofort erkennen, was er ansah. Dieses Template hatte ich für die Presse- und Kommunikationsabteilung angelegt. Und jetzt benutzten es alle. Ich hatte das farbcodierte System zur Priorisierung entwickelt, das momentan dafür sorgte, dass der Bildschirm rot leuchtete.

Rot, also höchste Priorität. Rot, wie in Krise.

Wir hatten seit Monaten keine Krise gehabt. Seit Jahren.

»Das habe ich nicht freigegeben«, murmelte ich und hörte damit zum ersten Mal meine Stimme, seitdem mein Vater das Video gestartet hatte. »Jeder Bericht sollte über meinen Schreibtisch gehen, bevor er das Management erreicht.«

Aber mein Vater schnaubte nur und ignorierte mich, um weiter durch den – ich lehnte mich vor – fünfzehnseitigen Bericht zu scrollen.

Meine Augen wurden groß. »Kann ich …«

»Mediale Auswirkungen des Vorfalls«, sagte er, ohne auf mich zu achten. »Lasst uns damit anfangen.«

Wieder öffnete ich den Mund, aber David trat näher heran, und ich ließ mich von seiner Mähne sandblonden Haars ablenken. Sein Schmunzeln fing meinen Blick ein, und ich erkannte sofort, dass er etwas wusste. Etwas, wovon ich noch nichts ahnte.

»Viralitätsrate«, fuhr mein Vater fort und tippte mit dem Zeigefinger auf den Bildschirm. Mein Magen sank tiefer. Viralität? Wovon? Die Brauen meines Vaters senkten sich unheilvoll. »Inwiefern unterscheidet sich die Wirkung von der Klickzahl?«

»Von welcher Plattform reden wir?«, stieß ich hervor und nahm die Schultern zurück. »Deswegen muss ich solche Berichte erst freigeben. Gewöhnlich füge ich Notizen für dich hinzu. Wenn du mich das mal sehen lässt, kann ich …«

David stieß ein Zischen aus, den Blick auf das iPad in den Händen meines Vaters gerichtet. Dann witzelte er: »Ich vermute, es spielt wirklich keine Rolle, Andrew.« Erneut sah er mich an. »Das Video ist auf allen Plattformen sechs Millionen Mal angesehen worden. Ich denke, das verstehen wir alle.«

Das Video.

Sechs Millionen Aufrufe.

Meine Knie wurden weich. Gerieten ins Wanken. *Ich* wankte. Für gewöhnlich sah mir das nicht ähnlich.

Mir war öfter als einmal mitgeteilt worden, dass ich zu kühl auftrat, mein Humor zu trocken war und ich zu selten lächelte. Meine Assistentin, Kelly – die Einzige im Büro der Flames, die sich die Mühe gemacht hatte, sich mit mir anzufreunden –, nannte mich offen eine unerschütterliche Statue. Aber ich wusste, dass die meisten Leute mich Eiskönigin oder Schneekönigin nannten – oder irgendeine Variation des Begriffs, der sich darauf bezieht, weiblich und kalt zu sein. Ich hatte mich davon nie beeinflussen lassen.

Weil ich mich nicht ins Wanken bringen ließ. Nie zitterte. Mich nie von irgendetwas beeinträchtigen ließ.

Oder zumindest nicht bis gestern, als ich …

David gluckste amüsiert. »Du bist offiziell viral gegangen, Ads.« *Als ich mich in fünfzehn Zentimeter hohen Absätzen auf das Maskottchen des Clubs gestürzt habe,* wie David es ausgedrückt hatte.

Galle stieg mir in die Kehle, teilweise wegen dieses ›Ads‹, das ich immer so sehr gehasst hatte, und teilweise weil … Gott. Ich konnte nicht glauben, dass es viral gegangen war. Ich war viral gegangen. Viral.

»Sechs Millionen Aufrufe«, sagte mein Vater mit einem Kopfschütteln, als ich nichts sagte – nichts sagen *konnte*. »Sechs Millionen Leute haben gesehen, wie du das Maskottchen gerammt, sein Gesicht zerkratzt und ihm den Kopf abgerissen hast. Sechs Millionen. Das ist die Bevölkerung des Großraums Miami.« Seine Ohren leuchteten rot. »Du hast sogar deinen eigenen Hashtag: #sparklesgate. Und Leute verwenden ihn zusammen mit dem Hashtag des Clubs.«

»Ich wusste nicht, dass alles aufgezeichnet wird«, murmelte ich und hasste, wie ich dabei klang. »Ich konnte nicht ahnen, dass ein Video veröffentlicht werden würde, aber …«

»Es gibt kein *Aber* in dieser Situation, Adalyn. Du hast einen Kollegen angegriffen.« Das Wort *angegriffen* schien in der Luft hängen zu bleiben. Ich biss die Zähne zusammen. »Paul ist ein Angestellter und Sparkles der Inbegriff des Teams. Er ist ein Phönix, der Feuer, Unsterblichkeit und die ewige Transformationskraft der Miami Flames symbolisiert. Deines Teams. Und du hast ihn angegriffen, während die Presse zum Clubjubiläum im Haus war. Journalisten. Kameras. Die Mannschaft und ihre Familien. Kinder haben das gesehen, um Himmels willen.«

Ich schluckte schwer, wobei ich darauf achtete, mich weiter aufrecht zu halten. Um stark zu wirken. In solchen Situationen kam es immer auf das Auftreten an. Ich durfte nicht zusammenbrechen. Nicht hier. Nicht schon wieder. »Das verstehe ich, wirklich. Sparkles ist ein wichtiges Symbol und bei den Fans sehr beliebt. Aber der Begriff *Angriff* erscheint mir übertrieben. Ich habe Paul körperlich nicht verletzt, ich …«

»Du hast *was*?«, hakte mein Vater nach.

Anscheinend hatte ich einen ein Meter neunzig großen Vogel aus Schaumstoff, Polyester und Acrylfedern enthauptet, der als Sparkles bekannt war und Unsterblichkeit symbolisiert. Laut dem Videobeweis.

Aber das auszusprechen, würde mir nicht helfen, also stand ich für eine gefühlte Ewigkeit mit offenem Mund da und ... sprach kein Wort.

Mein Vater legte den Kopf schräg. »Bitte. Ich würde gerne deine Erklärung hören.«

Mein Herz raste. Aber es gab nichts, was ich sagen konnte, ohne ein Gespräch anzustoßen, für das ich weder bereit noch gerüstet war. Nicht im Moment und wahrscheinlich niemals.

»Es war ...« Ich brach ab, und ein weiteres Mal hasste ich es, wie meine Stimme klang. »Ein energischer Zusammenstoß. Ein Unfall.«

David, der die letzten Minuten untypisch still gewesen war, schnaubte. Hitze schoss in mein Gesicht, dessen Miene so oft als ungerührt und kühl beschrieben worden war.

Mit einem Seufzen legte mein Vater das Gerät wieder auf den Schreibtisch. »Wir können uns glücklich schätzen, dass es David gelungen ist, Paul davon zu überzeugen, keine Anzeige zu erstatten und uns auch nicht zu verklagen.«

Eine Anzeige. *Eine Klage.*

Mir wurde übel.

»Ich habe ihm eine Gehaltserhöhung angeboten, die er offensichtlich akzeptiert hat«, fügte David zu. »Schließlich war das ein derart untypischer Ausbruch für unsere sonst sehr ... beherrschte Adalyn.«

Wie er das Wort *beherrscht* betonte – als wäre das etwas Schlimmes –, traf mich wie ein Schlag.

»Wir haben um die Aufzeichnungen des Vorfalls gebeten«, fuhr mein Vater fort. »Nachdem du quasi vom ... Tatort geflohen bist. Aber jemand muss mit seinem Handy gefilmt haben. David vermutet, es war einer der Praktikanten eines Kamerateams.«

David schnalzte missbilligend mit der Zunge. »Was natürlich unmöglich zu verifizieren ist.«

Ich konnte nicht glauben, was hier vor sich ging. Gott, ich konnte nicht glauben, was *ich* getan hatte.

Eine mir vollkommen fremde und seltsame Empfindung sammelte sich hinter meinen Augen. Ein Gefühl der Hitze, das mir den Blick ... verschleierte. War das ... Nein. Waren das ... Nein. Das konnte nicht sein. Ich konnte nicht mit den Tränen kämpfen.

»Es ist nur ein Video«, sagte ich, aber gleichzeitig konnte ich nur darüber nachdenken, dass ich mich nicht erinnern konnte, wann ich das letzte Mal geweint hatte. »Das Problem wird sich in Wohlgefallen auflösen.« Das Brennen in meinen Augen verstärkte sich. »Wenn es etwas gibt, was ich über das Internet weiß, dann dass dort alles vergänglich und kurzlebig ist.« Wieso konnte ich mich nicht erinnern, wann ich das letzte Mal geweint hatte? »Schon morgen wird sich niemand mehr dafür interessieren.«

Davids Handy piepte, und er zog das Gerät aus der Tasche. »Oh«, sagte er nach einem Blick auf den Bildschirm. »Aus irgendeinem Grund bezweifle ich das. Scheint, als hätten wir mehr als nur ein paar Presseanfragen. Sie möchten ausdrücklich mit dir sprechen.«

Das war definitiv besorgniserregend, aber gleichzeitig klickte etwas in meinem Kopf. »Wieso ...« Stirnrunzelnd sah ich ebenfalls auf mein Handy. Keine Benachrichtigung. »Diese E-Mail hätte an mich gehen müssen. Wieso stehe ich nicht im CC?« David zuckte nur mit den Achseln, und mein Vater schnaubte. Schon wieder. Ich sah ihn an, und etwas in seiner Miene trieb mich voran. »Wir können das zu unserem Nutzen drehen.« Ich klang verzweifelt. »Ich kann das zu unserem Vorteil nutzen. Ich schwöre es. Ich werde einen Weg finden, wie wir von der Welle der Aufmerksamkeit profitieren können. Sogar von dem Hashtag. Wir wissen alle, dass das Team momentan sonst keine Schlagzeilen generiert. Wir hängen schon so lange im unteren Drittel der Eastern Conference fest, dass ...«

Die Miene meines Vaters wurde hart, sein Blick eiskalt.

Schweigen, schwer und drückend, breitete sich im Raum aus.

Und in diesem Moment verriet mir der Blick, der kurz über mich glitt, dass der Kampf, den ich auszufechten glaubte, bereits vorbei war. Ich hatte den einen Fakt ausgesprochen, der ihn über die Kante trieb. Die Miami Flames steckten in der Scheiße. Wir hatten seit über einem Jahrzehnt nicht mehr die Play-offs erreicht. Wir schafften es nicht mehr, Stadien zu füllen. Die Flames waren die *eine* Investition von Andrew Underwood, die keinen Profit einbrachte. Die eine Investition, die ihn mehr gekostet hatte als Geld – seinen Stolz.

»Ich wollte doch nur sagen, dass ...«, setzte ich an.

Aber mein Kampf war bereits verloren. »›Maskottchen-Gemetzel in Miami‹«, las er vom Bildschirm ab. »Wie findest du das als Medienfokus?«

Ich schluckte schwer. »Ich finde die Verwendung des Wortes Gemetzel übertrieben.«

Er nickte einmal, bevor er fortfuhr: »›Jubiläum der MLS Miami Flames endet in Massaker‹.«

»Massaker erscheint mir ebenfalls als unpassende Wortwahl.«

Mein Vater hob den Zeigefinger. »›Miamis Lieblingsvogel wurde gerupft und geröstet. Wessen Kopf wird als Nächstes rollen?‹« Der Finger senkte sich, um zu wischen. »›Sparkles verdient den Tod‹.« Die nächste Handbewegung. »›Ein Liebesbrief an Lady Birdinator‹.«

Lady Birdinator. Himmel.

Ich stieß heftig die Luft aus, was mir einen Blick des schmunzelnden David einbrachte. »Diese Medien haben es nur auf schnelle Klicks abgesehen. Das sind keine ernsthaften Einschätzungen, um die wir oder das Franchise uns Sorgen machen sollten. Mein Team kann eine Strategie entwickeln. Wir werden eine Pressemeldung herausgeben. Wir ...«

»›Tochter des Miami-Flames-Besitzers Andrew Underwood und des früheren Models Maricela Reyes nach schrecklichem Vorfall mit Teammaskottchen im Rampenlicht‹.«

Die Beklemmung, die mich quälte, seitdem ich dieses Büro betreten hatte, verstärkte sich. Kalter Schweiß bildete sich auf meinen Armen und in meinem Nacken.

Er fuhr fort: »›Adalyn Reyes außer Kontrolle. Wer ist die Erbin des Underwood-Imperiums?‹« Ich schloss die Augen. »›Miami Flames FC in der Kritik. Bricht der Club doch zusammen?‹« Ein kalter Tropfen Schweiß rann über meinen Rücken. »›Hat die dumpfe, langweilige Leiterin der Presseabteilung endlich ihr Feuer gefunden? Weiblicher Zorn erklärt‹.«

Dumpf und langweilig.

Weiblicher Zorn.

Endlich ihr Feuer gefunden.

Es spielte überhaupt keine Rolle, wie aufrecht ich mich in diesem Moment hielt ... ich konnte nicht ignorieren, wie klein ich mich fühlte. Und als ich mein Gewicht verlagerte, fühlte sich selbst meine maßgeschneiderte Hose falsch an. Zu locker und seltsam rau auf meiner Haut. Als sollte ich sie nicht tragen.

»Nun.« Die Stimme meines Vaters rief mich zurück ins Hier und Jetzt, also konzentrierte ich mich auf ihn. Auf sein Gesicht. Den harten Blick in seinen Augen. »Ich werde ehrlich sein: Für Schlagzeilen sind diese Meldungen ein bisschen lang, aber ich vermute, das spielt keine Rolle, wenn sie doch den Nagel auf den Kopf treffen.« Ein kurzer Moment der Stille. »Glaubst du immer noch, wir könnten von dieser Art der Medienaufmerksamkeit profitieren, Adalyn?«

Ich schüttelte den Kopf.

Der Mann, zu dem ich aufsah und um dessen Anerkennung ich mich in all den Jahren meiner Arbeit beim Club so kräftezehrend bemüht hatte, seufzte tief. »Könntest du uns wenigstens verraten, was in aller Welt diesen Ausbruch ausgelöst hat?«, fragte er. Die Frage traf mich so aus dem Hinterhalt, so unvorbereitet, dass ich nur dastehen und ihn mit offenem Mund anstarren konnte.

»Ich ...« Konnte ich nicht. *Wollte* ich nicht.

Nicht mit David im Raum. Vielleicht hätte ich geantwortet, wenn mein Vater mir die Frage gestern gestellt hätte, wenn er mich abgefangen und gefragt hätte, als ich »vom Tatort geflohen« war, wie er es ausgedrückt hatte. Vielleicht hätte ich es ihm dann gesagt. Ich war offensichtlich nicht ich selbst gewesen. Aber jetzt konnte ich es nicht.

Damit hätte ich nur bewiesen, dass die Anschuldigungen der Wahrheit entsprachen. Dass ich unprofessionell war. Nicht geeignet für meinen Job und die Stellung, die ich eines Tages ausfüllen wollte. Wie sollte ich die Leitung von irgendetwas übernehmen, wenn ich auf diese Weise die Kontrolle verlor?

»Süße«, sagte David und sorgte damit dafür, dass ich mich ihm zuwandte. Ich konnte nicht glauben, dass ich ihm je gestattet hatte, mich anders zu nennen als Adalyn. Aber zumindest wusste ich jetzt, wieso er die Chuzpe hatte, das immer noch zu tun. »Du wirkst bleich. Geht es dir gut?«

»Ja«, krächzte ich, obwohl das nicht stimmte. Absolut nicht. »Es ist nur warm hier drin. Und ich ... habe gestern Nacht kaum geschlafen.« Ich räusperte mich und fing den Blick meines Vaters ein. Worte quollen über meine Lippen. »Du weißt, wie hart ich gearbeitet habe und wie sehr ich mich dem Club verschrieben habe. Könntest du das nicht einfach ...« Vergessen? Dich auf meine Seite schlagen? Keine Fragen stellen? Mein Vater sein?

Andrew Underwood ließ sich in seinem Stuhl nach hinten sinken, bis das Leder unter ihm knirschte. »Bittest du mich, dir eine Sonderbehandlung zuzugestehen, nur weil du meine Tochter bist?«

Ja, wollte ich sagen. Dieses eine Mal. Aber das Brennen in meinen Augen kehrte zurück und lenkte mich ab.

»Nein.« Er vollführte eine endgültige Geste mit der Hand. »Das habe ich noch nie getan, und damit werde ich jetzt nicht anfangen. Du bist eine Underwood und solltest es besser wissen, als um eine Sonderbehandlung zu bitten, nachdem du mich und den gesamten Club beschämt hast.«

Beschämt. Ich hatte mich selbst, meinen Vater und den Club beschämt.

Ich war immer stolz darauf gewesen, dass ich mich von den

Worten meines Vaters oder seinen Handlungen als mein Chef nicht tangieren ließ. Aber die Wahrheit lautete, dass sie mich sehr wohl trafen. Dass das hier, dieses Chef-Angestellten-Verhältnis, das einzige Verhältnis war, das wir hatten.

Es war alles, was *ich* hatte.

»Du hast gegen den Verhaltenskodex verstoßen«, fuhr er fort. »Das würde mir erlauben, dich zu feuern. Und damit täte ich dir alles in allem vielleicht sogar einen Gefallen.«

Ich zuckte zusammen.

Als Reaktion musterte mich Andrew Underwood aus zusammengekniffenen Augen. Und erst nach einer gefühlten Ewigkeit ließ er die Hände auf den Schreibtisch sinken. »Mir gefallen die Presseanfragen nicht, die David schon den ganzen Tag über erreichen.« Er legte den Kopf schräg. »Du stellst eine Ablenkung dar, also möchte ich, dass du Miami verlässt, während wir das hier in Ordnung bringen.«

David murmelte etwas, was ich nicht verstand, weil die Worte meines Vaters in meinem Kopf widerhallten.

In Ordnung bringen. Es gab also eine Lösung.

Mein Vater erhob sich aus seinem Stuhl. »Deine Assistentin. Wie heißt sie?«

»Kelly«, antwortete David an meiner Stelle.

»Sie wird jegliche Kommunikation übernehmen und sich um die Medienanfragen kümmern«, fuhr mein Vater mit einem Nicken fort. »Adalyn wird sie auf den neuesten Stand bringen, bevor sie aufbricht.« Er trat einen Schritt nach rechts, öffnete eine Schublade und sah mich an. »Sieh zu, dass du unter Kontrolle kriegst, was auch immer mit dir los ist, und lass uns hier Schadensbegrenzung betreiben.« Er schob das iPad in die Schublade. »Und mir wäre es lieber, wenn du die Sache deiner Mutter gegenüber nicht erwähnst. Wenn sie erfährt, dass ich ihre einzige Tochter bis zum Ende der Saison ins Exil geschickt habe, werde ich das noch lange zu hören bekommen.«

Ins Exil geschickt.

Bis zum Ende der Saison.

Bis dahin … waren es Wochen. Monate. Die ich weit entfernt von den Flames und Miami verbringen sollte.

Ich nickte knapp.

»Du wirst morgen aufbrechen. Du hast einen Auftrag. Wir haben eine wohltätige Initiative, die deine Gegenwart und all deine neu gefundene … Leidenschaft erfordert.« Er hielt inne. »Tatsächlich denke ich schon eine Weile darüber nach. Also dürfte dieser Zeitpunkt so gut sein wie jeder andere.« Er trat um seinen Schreibtisch herum. »Und Adalyn? Ich erwarte, dass du diese Aufgabe so ernst nimmst wie deinen Job hier. Enttäusch mich nicht noch einmal.«

2

Adalyn

»Die Green Warriors?«

Seufzend blickte ich zu meinem Handy auf dem Armaturenbrett des Mietwagens.

»Bist du dir sicher, dass das Team so heißt?« Matthews Stimme erklang erneut aus dem Lautsprecher. »Ich glaube nicht, dass ich je von ihnen gehört habe.« Eine Pause. »Moment, reden wir von den Charlotte Warriors?«

»Ich denke, ich wüsste, falls ich zu einem MLS-Team wie den Charlotte Warriors geschickt würde.« Meine Schultern sanken nach unten, während ich das Lenkrad umklammerte, aber ich versuchte, meinen Tonfall so locker wie möglich zu halten. Allerdings klang ich einfach nur erschöpft. »Es soll ein wohltätiges Projekt sein, also denk kleiner.«

»Kleiner. Okay …«, murmelte er, unterlegt vom Klappern seiner Tastatur. »Ist es nicht ein bisschen seltsam, dass du bereits dorthin unterwegs bist, ohne zu wissen, was du dort tun sollst? Hättest du nicht instruiert werden müssen oder irgendwas?«

»Seltsame Situationen erfordern seltsame Lösungen«, hielt ich dagegen. »Und ich wurde instruiert. Ich habe einen Ortsnamen, einen Kontakt und den Namen des Teams erhalten. Das Problem ist nur, dass mir die Zeit für eine Recherche gefehlt hat.« Nachdem man mir lediglich vierundzwanzig Stunden gegeben hatte, um Kelly auf den aktuellen Stand zu bringen, bevor ich in den Flieger steigen musste. Eine Welle der Erschöpfung überschwemmte mich, und ich musste ein Gähnen unterdrücken. »Ich hatte kaum Zeit zum Packen.« Oder schlafen. »Glücklicherweise kenne ich jemanden, der toll recherchieren kann und toll unter Zeitdruck arbeitet, weil Journalismus sein Beruf und seine Leidenschaft ist.«

»Vorteile des Jobs«, murmelte mein bester Freund, und in seiner Stimme schwang ein Unterton mit, den ich nicht deuten konnte. Ich runzelte die Stirn, aber er redete weiter, bevor ich nachfragen konnte. »Und ich werde dir helfen, wenn du mir erlaubst, dir vorher zu sagen, was ich wirklich denke.«

»Diese Jobnebenwirkung hatte ich vergessen«, meinte ich trocken.

»Ich denke«, verkündete er, ohne auf meinen Kommentar einzugehen, »dass die eigene Tochter wegen etwas so Lächerlichem ins Exil zu schicken eine ziemliche Überreaktion darstellt.«

»Bitte«, stieß ich hervor. »Nimm kein Blatt vor den Mund.«

»Ich habe mich bereits zurückgehalten. In Wirklichkeit finde ich, dass dein Vater sich benimmt wie ein Aas.«

Meine Schultern verspannten sich heftiger.

Matthew hatte meinen Vater noch nie gemocht, so wie mein Vater ihn noch nie gemocht hatte. Ich konnte das keinem von beiden übel nehmen. Sie waren so unterschiedlich wie ... Tag und Nacht. Feuer und Eis. Wasser und Öl. Dasselbe galt für Matthew und mich. Der Mann war offenherzig, direkt und charmant, während ich – und mein Vater, wenn wir schon dabei waren – kontrolliert, kritisch und viel zu pragmatisch war, um sich über so gut wie alles im Leben zu amüsieren, wie Matthew es tat. Lachen und Kichern brachten keine Resultate. Zumindest nicht in meiner Welt.

Es war ein Rätsel, wieso wir überhaupt befreundet waren. Zumindest in meinen Augen. Mein bester Freund sah das anders. Er hatte seine Absichten schon vor Jahren bei unserer ersten Begegnung in der Schlange von Doña Claritas Sandwichladen klargestellt.

Er hatte versucht, mich anzubaggern. Ich hatte ihn von Kopf bis Fuß gemustert, bevor ich ihn mit aufrichtigem Interesse gefragt hatte, ob er zufällig high war. Seine Reaktion bestand aus rauem Gelächter, gefolgt von dem Kommentar: *Ich mag dich. Du wirst mich auf Trab halten.*

Aus irgendeinem Grund waren wir seit diesem Tag unzertrennlich.

»Mein Vater hat durchaus Argumente«, erklärte ich. »Es gibt ein demütigendes Video von mir, wie ich grunzend und stöhnend dem Maskottchen des Teams, für das ich arbeite, den Kopf abreiße.«

»Es ist witzig. Und die Welt ist ohnehin ein Schlachtfeld. Die Leute erkennen sich in dir. Sie fühlen mit dieser Zurschaustellung von weiblichem Zorn.« Nicht dieser weibliche Zorn schon wieder. »Wenn überhaupt, ist es inspirierend. Aber auf keinen Fall peinlich.«

Peinlich.

Du solltest es besser wissen, als um eine Sonderbehandlung zu bitten, nachdem du mich und den gesamten Club beschämt hast.

Ich schluckte schwer und versuchte, das Gefühl zu ignorieren, das sich bei der Erinnerung an die Worte meines Vaters in meinem Bauch ausbreitete. »Du bist zu klug, um zu versuchen, diese Sache zu beschönigen.«

»Ich habe online schon Schlimmeres gesehen, Addy. Du warst also in eine Prügelei verwickelt ...«

»Es war keine Prügelei«, fiel ich ihm ins Wort, bevor ich stirnrunzelnd die Karte des Navis auf meinem Handy musterte. »Und nenn mich nicht Addy, Matty. Du weißt, dass ich mich bei Spitznamen wie ein Kind fühle.« Und es spielte keine Rolle, ob mein Ex oder mein bester Freund diese Spitznamen verwendete. Ich hasste es einfach, nicht mit vollem Namen angesprochen zu werden.

»Schön«, gab er nach, ohne auf meinen Tonfall einzugehen. »Dann war es keine Prügelei. Du hattest eine Auseinandersetzung ...«

»Höchstens eine kleine Rangelei.«

»Du hattest höchstens eine kleine Rangelei mit Sparkles, dann hat irgendein Idiot den Clip in irgendeiner App hochgeladen, und jetzt hat sich die Generation Z drauf gestürzt. Und? Alle wollen von den Zoomern gemocht werden. Dort versteckt sich das Geld. Du bist wahrscheinlich ihre liebste Millennial.«

»Streng genommen liege ich genau auf der Grenze, also bin ich eher eine Zillenial, keine Millennial.« Ich kontrollierte erneut das Display, weil ich mich fragte, wieso die Straße so heftige Kurven beschrieb und die Vegetation an den Rändern immer dichter wurde. Ich hatte zudem nicht damit gerechnet, mich in solche Höhen zu schrauben. »Wie dem auch sei, das Video wurde bis heute acht Millionen Mal angesehen. Und als ich mit meiner Assistentin gesprochen habe, hat sie mir mitgeteilt, dass heute Paparazzi vor der Zentrale gecampt haben. Paparazzi. Als wäre ich … keine Ahnung, irgendeine Prominente, von der Mitte der Zweitausender ein heimliches Sexvideo geleakt wurde.«

»Und schau dir an, wie sich das für Kim Kardashian entwickelt hat. Jetzt hat sie ein Vermögen, eine eigene Marke, eine fragwürdige Reihe von Ex-Typen und bald schon ein rechtswissenschaftliches Diplom.«

»Matthew«, warnte ich ihn. »Ich werde nicht mit dir darüber reden, wieso du denkst, die Kardashians wären das Beste, was das 21. Jahrhundert je hervorgebracht hat – nicht schon wieder. Nicht nur habe ich keinerlei Interesse daran, so zu werden wie sie, sondern du bist sowieso lediglich deshalb besessen von ihnen, weil sie …« Meine Stimme verklang für einen Moment. »Du weißt schon … dicke Hintern haben.«

»Ich schätze auch ihre unternehmerischen Fähigkeiten«, hielt er mit einem theatralischen Keuchen dagegen. »Und es ist kein Verbrechen, auf Hintern zu stehen. Aber hör mir zu. Die Paparazzi waren wahrscheinlich da, um Williams oder Perez auf dem Weg zum Training zu erwischen. Ich bin mir ziemlich sicher, dass deine Assistentin übertrieben hat, weil David das verlangt hat. Er war der Lakai deines Vaters, seitdem er den Job bekommen hat, für den du hundertmal besser geeignet wärst. Aber so ist Andrew nun einmal. Ein echtes Aas ...«

»Du bist schon zu lange in Chicago«, fiel ich ihm ins Wort. Und ironischerweise hatte sich herausgestellt, dass David nie der Lakai meines Vaters gewesen war. Stattdessen ... ich stoppte diesen Gedanken. »Ich kann mich nicht erinnern, wann ein Spieler der Flames das letzte Mal solche Aufmerksamkeit generiert hätte.« Ich hörte Leder quietschen. Als ich den Blick senkte, stellte ich fest, dass meine Knöchel weiß hervortraten, weil ich das Lenkrad ein wenig zu fest umklammerte. »Mein Vater tut mir einen Gefallen, indem er mir die Chance eröffnet, die Sache in Ordnung zu bringen. Mir eine Chance bietet, mich reinzuwaschen.«

Für einen langen Moment herrschte Schweigen. Als Matthew wieder sprach, klang er ernst. Vorsichtig. Das gefiel mir gar nicht. »Ich weiß, dass du kein Problem hast, dich zu behaupten, aber ... diese ganze Sache mit Sparkles sieht dir nicht ähnlich.« Mein Magen verkrampfte sich. »Ist etwas geschehen? Etwas, was dich ... dazu getrieben hat?«

Dazu. Dieser überwältigende Druck, der mich seit diesen schrecklichen Momenten bevor ich mich auf Sparkles gestürzt hatte, immer wieder gequält hatte, kehrte in meine Brust zurück. Aber auch jetzt fühlte ich mich nicht bereit, darüber zu reden, was meinen Ausbruch ausgelöst hatte. Unzählige Gefühle schnürten mir die Kehle zu.

Sekunden vergingen, bis es mir schließlich gelang, mich zu räuspern. »Hätte ich gewusst, dass du dich nach meinen Gefühlen erkundigen würdest, hätte ich meine Zeit anderweitig gefüllt. Vielleicht mit einem Podcast. Du weißt doch, wie gerne ich Auto fahre, während eine tiefe Stimme über komplexe und scheußliche Morde spricht.«

»Ich meine es ernst«, sagte Matthew sanft. Zu sanft. So sanft, dass dieser Druck in meiner Brust sich noch verstärkte.

»Ehrlich, Matthew«, sagte ich, aus reinem Überlebensinstinkt ein wenig zu harsch. »Ich hatte eher damit gerechnet, dass du bereits T-Shirts mit dem Aufdruck #sparklesgate oder #LadyBirdinator gedruckt und zur Post gebracht hast. Diese Gefühlsduse-lei ist enttäuschend.«

War sie nicht, aber ich konnte mich gerade den Emotionen nicht stellen, die in mir tobten.

»Verdammt, Addy.« Er lachte auf, und diesmal ließ ich ihm das *Addy* durchgehen. »Jetzt hast du meine Überraschung versaut.«

Ich spürte, wie ich mich entspannte. Ein wenig.

Denn genau in diesem Moment bemerkte ich, dass die Straße vor mir eine Kurve beschrieb, die mitten in ein Waldstück führte. Wo, zum Teufel, befand ich mich?

»Können wir zum eigentlichen Grund unseres Telefonats zu-rückkehren?«, fragte ich. »Ich sollte mein Ziel bald erreichen, und wüsste gerne, was mich bei der Ankunft dort erwartet.«

»In Ordnung«, stimmte er zu, bevor ich wieder das Klappern seiner Tastatur hörte. »Also suchen wir nach den Green Warriors.«

»Korrekt. In North Carolina.«

Ein paar Sekunden vergingen, dann sagte er: »Nichts. Absolut gar nichts. Bist du dir sicher, dass du den richtigen Namen hast?«

Die alte Adalyn wäre sich sicher gewesen. Aber das war ich nicht. Die letzten vierundzwanzig Stunden hatten deutlich be-wiesen, dass ich nicht länger die *alte Adalyn* war. »Versuch es mit Green Oak. Oder ...« Hier ging es um irgendetwas Karitatives, also sollte ich wahrscheinlich nicht erwarten, dass das Team schon Schlagzeilen gemacht hatte. »Oder Freizeitmannschaft.«

Mein letztes Wort schien im Innenraum des Autos zu schwe-ben, die Stille nur durchbrochen vom Knirschen der Reifen auf dem unebenen Untergrund.

Wann hatte ich die Asphaltstraße verlassen? Und wieso sagte Matthew nichts? Gab es keinen Empfang mehr?

Ich beäugte das Display. Volle Balkenzahl. »Matthew?«

Ein Stöhnen.

O nein. »Was hast du gefunden?«

»Das wirst du mir nicht glauben.«

»Könntest du dich präziser ausdrücken?«

»Hast du vernünftige Schuhe eingepackt?«

»Vernünftig? Du meinst Hausschuhe?« Ich runzelte die Stirn.
»Ich werde mich ein paar Wochen dort aufhalten, also ja.«

»Nicht Hausschuhe. Eher Stiefel.«

»Stiefel?«, wiederholte ich.

»Wanderstiefel, meine ich. Du weißt schon, bequem und fest und ohne jeden Absatz.«

»Ich weiß, was Stiefel sind.« Ich verdrehte die Augen, auch wenn ich nicht an diese Art Stiefel gedacht hatte. »Aber ich werde arbeiten. Ich mache keinen Tagesausflug zu …« Wieder musterte ich die Karte. »… diesem langen Bergkamm?« Wo, in aller Welt, lag dieses Städtchen Green Oak? Gott, ich hätte wirklich recherchieren müssen, bevor ich in das Flugzeug gestiegen war. »Ich habe vor, den Green Warriors genauso viel Zeit zu widmen, wie ich es mit meinem Job bei den Flames getan habe. Und falls ich doch mal Freizeit haben sollte – was nicht der Fall sein wird –, weißt du genau, dass ich nichts von Aktivitäten halte, die Gore-Tex und das Risiko eines Absturzes von hohen Felsen beinhalten.«

»Oh, aber genau das wirst du tun.«

Ich runzelte die Stirn, als ich auf eine andere Schotterstraße abbog. »Was soll das heißen?«

Das Klappern von Tasten. Ein weiteres Stöhnen.

Es knackte in meinen Ohren. Gott, wie hoch in den Bergen war ich hier? »Matthew, ich stehe kurz davor, einfach aufzulegen.«

»In Ordnung. Was willst du zuerst hören? Die schlechte Nachricht? Oder die schlechtere Nachricht?«

»Es gibt keine gute Nachricht?«, fragte ich. Ich kniff die Augen zusammen und entdeckte die Kreuzung, nach der ich Ausschau hielt. Ich bog auf etwas ab, was eher ein Bergpfad zu sein schien. Kiesel knirschten unter den Reifen und prasselten gegen den Unterboden des Mietwagens. Ich umklammerte das Lenkrad. Fest. Das konnte nicht stimmen. Ich war mir ziemlich sicher, dass ich nicht auf einer solchen Straße landen sollte. Das gesamte Auto schwankte – vibrierte – wegen der Schlaglöcher auf dieser Straße, die eigentlich keine Straße war. »Ich glaube, ich habe einen Fehler gemacht.«

»Das versuche ich dir die ganze Zeit über zu sagen«, meinte Matthew. Hätte ich richtig zugehört, wäre mir die Dringlichkeit in seiner Stimme nicht entgangen. Aber ich war zu sehr damit beschäftigt, mich zu fragen, wieso hier keine Stadt war. Stattdessen fuhr ich auf ein Grundstück mitten im Wald zu. *Im Wald.*

Matthew sprach weiter, aber ich hörte ihn nicht, als ich um ein Blockhaus herumfuhr. Ein Blockhaus. Ein echtes Blockhaus aus Baumstämmen, mit Fenstern, die über die Masse von Bäumen hinwegsahen, die ich hinter mir gelassen hatte.

Das konnte nicht stimmen.

Aus irgendeinem Grund hatte sich auf dem Weg hierher eine genaue Vorstellung in meinem Kopf gebildet. Auf dem Flug hatte ich mich selbst davon überzeugt, dass ich in eine Stadt in North Carolina unterwegs war – vielleicht einen Vorort, was erklärt hätte, warum ich den Namen noch nie gehört hatte. Schließlich hatte ich einen Auftrag. Ein wohltätiges Projekt, das von einem MLS-Team gesponsert wurde. Es war ein richtiges Projekt in einer richtigen Stadt. Aber das zu glauben, fiel mir inzwischen schwer.

Egal, zu welchem Ort dieses Grundstück gehörte, das konnte keine Stadt sein. Auch kein Vorort. Es sah nicht einmal danach aus, als gäbe es hier irgendwo in der Nähe eine größere Siedlung.

Ich war umgeben von … Natur. Einem Waldgebiet. Hügel, die mit Smaragdgrün und Kupferbraun überwuchert waren. Ich war über Schotterstraßen gefahren, die mich zu einem Objekt geführt hatten, wie man es aus Werbekatalogen für rustikale Skiurlaube kannte. Vögel zwitscherten. Blätter raschelten. Wind rauschte. Sonst herrschte Stille.

Ich hasste es.

Ich war zu leichtsinnig gewesen. War zu übereilt aufgebrochen. Ich hätte mir die Adresse ansehen müssen, die Kelly mir geschickt hatte, bevor ich sie in die Navi-App eingegeben hatte. Ich hätte eine Recherche starten müssen. Ich hätte …

»Sie haben Ihr Ziel erreicht«, verkündete die Frauenstimme meiner Karten-App.

Ich ignorierte meine zugeschnürte Kehle und fuhr um die Blockhütte herum, auf der Suche nach einem Parkplatz. Es musste eine Erklärung geben. Einen Grund. Wahrscheinlich hatte ich einfach eine Abkürzung gewählt und so die größere Stadt auf dem Weg verpasst. Und hey, zumindest war das Blockhaus ... geschmackvoll. Die meisten Menschen wären glücklich, an einem so schönen Ort Zuflucht suchen zu dürfen. Frische Bergluft. Tolle Sonnenuntergänge, die man von der Couch aus eingemummelt in eine Decke beobachten konnte. Eine Veranda mit freiem Blick in die Natur.

Aber ich war nicht die meisten Menschen.

Ich hasste Kälte. Und ich hatte noch nie den seltsamen Drang verspürt, auf der Suche nach frischer Luft quer durchs Land zu reisen. Ich mochte die Luft in Miami. Mochte die Stadt. Die Küste. Sogar die überwältigende Hitze. Meinen Job bei den Flames. Mein Leben.

Mein Magen verkrampfte sich, bis mir Galle in die Kehle stieg.

Hinter meinen Lidern blitzten Bilder von Sparkles' Kopf auf, der über den Boden rollte.

Verstoß gegen den Verhaltenskodex.

Weiblicher Zorn.

Beschämt.

Du bist eine Ablenkung, also möchte ich, dass du Miami verlässt.

Meine Handflächen wurden so feucht, dass ich das Lenkrad nicht mehr richtig halten konnte. Bewegte sich das Auto, oder hatte ich schon in die Parkposition geschaltet?

»Adalyn?«, fragte Matthew und erinnerte mich so daran, dass er noch am Telefon war. Hatte er mit mir gesprochen? »Rede mit mir.«

Aber ich war zu sehr damit beschäftigt, mich auf die Vorgänge in meinem Körper zu konzentrieren. War das Erschöpfung? War ich dehydriert? Wann hatte ich das letzte Mal etwas getrunken? Hatte ich PMS? Ich schüttelte den Kopf. Gott, würde ich wieder austicken? Ich ...

Irgendetwas knallte gegen die Stoßstange.

Ich trat auf die Bremse, so plötzlich, so heftig, dass mein gesamter Körper nach vorne geschleudert wurde.

Meine Stirn knallte aufs Lenkrad.

»Autsch«, hörte ich mich über das Rauschen in meinen Ohren stöhnen.

»ADALYN?«, erklang zu meiner Rechten Matthews Stimme. Die jetzt irgendwie gedämpft klang. »Himmelherrgott, was ist gerade passiert?«

»Ich habe etwas angefahren«, verkündete ich. Die rechte Seite meiner Stirn brannte. Ich gestattete mir, drei Sekunden lang nur zu atmen, ohne die Stirn vom Leder des Lenkrades zu heben, dann richtete ich mich auf und drehte den Kopf, um mein Handy zu suchen, das vom Armaturenbrett gefallen war.

Matthews Stimme kehrte zurück.

»Sag mir, dass es dir gut geht, oder ich schwöre, ich rufe auf der Stelle deine Mutter ...«

»Nein«, krächzte ich. »Bitte nicht. Nicht Maricela. Sie darf nichts davon erfahren.« Ich blinzelte gegen die kleinen schwarzen Punkte an, die vor meinen Augen tanzten. »Es geht mir gut«, murmelte ich, dann bemerkte ich eine Bewegung hinter dem Auto. Da ... lief etwas. Und gackerte? »Ich glaube, ich habe gerade ein Huhn angefahren.«

Unverständliches Fluchen drang aus dem Lautsprecher, während ich den Gurt löste und das Handy vom Boden sammelte. Ich richtete mich wieder auf und ...

Die Welt drehte sich um mich. »Das war ein Fehler«, murmelte ich.

»Das versuche ich dir die ganze Zeit zu sagen, Adalyn. Die Green Warriors ...«

»Ich glaube, ich muss mich übergeben.«

»Raus aus diesem Auto«, sagte er. »Jetzt.«

Mit einem Nicken, das Matthew nicht sehen konnte, legte ich den Rückwärtsgang ein. »Das Auto steht mitten in der Einfahrt, also werde ich es parken und dann ...«

»Nein.«

»Ich kann das Auto nicht einfach so stehen lassen.« Kiesel knirschten unter den Reifen, als der Wagen sich in Bewegung setzte. »Vielleicht sollte ich auch nach dem Huhn sehen.« Ein Gedanke stieg aus dem Nebel in meinem Hirn auf. »O Gott. Was, wenn ich es umgebracht habe?« Mein Blick glitt in die Richtung, in die das Huhn verschwunden war. Ich konnte das einfach nicht glauben. »Noch ein dämlicher Vogel.«

Meine Lider sanken nach unten. Nur für einen Moment. Ich durfte mir eine Nanosekunde gönnen, einen kurzen Moment der Ruhe, aber ...

Ein Knall erschütterte mich.

Ein weiterer Knall. Ich hatte etwas angefahren. Schon wieder. Diesmal etwas Größeres als ein Huhn. Etwas wie ... Gott, lass es keinen Bären sein.

Panisch riss ich die Augen auf.

Im selben Moment erklang ein Knurren – das zu meinem Entsetzen sehr nach Bär klang – vom Heck des Autos. Mein Fuß senkte sich abrupt. Aber mein Hirn war vernebelt und meine Reflexe offensichtlich nicht in Ordnung, weil ich statt auf die Bremse scheinbar aufs Gaspedal trat.

Und den Mietwagen gegen einen Baum setzte.

3

Cameron

Die Frau im Wagen war bewusstlos.

»Hallo?«, rief ich. Ich kniff die Augen zusammen. Ich versuchte, einen Blick auf ihr Gesicht zu erhaschen, aber ihr Kopf lehnte am Fenster, und ich sah nur ein Chaos aus ... braunem Haar. Ich klopfte ans Fenster und fragte erneut, diesmal lauter: »Hallo?«

Keine Reaktion.

Grüne Neune. Das war nicht gut.

Ich unterdrückte meine Verärgerung und meine Wut und griff nach dem Türgriff. Ich hoffte nur, dass das Auto offen war. Erleichterung überschwemmte mich, als die Tür mit einem Klicken aufschwang.

Aber die Erleichterung verpuffte sofort, als die Frau einfach zur Seite kippte.

»Verflixt«, murmelte ich leise, als ich sie eilig auffing.

Die Situation hatte sich gerade von lästig zu besorgniserregend entwickelt.

Ohne Zeit zu verschwenden, zog ich die Frau an meine Brust und aus dem Wagen, um sie auf den Boden zu legen.

Ich sank neben ihr auf die Knie. Ihr Gesicht lag immer noch hinter Haaren verborgen, die ich jetzt zur Seite schob, um leicht geöffnete Lippen, eine Stupsnase und bleiche Wangen zu enthüllen. Zu bleich, wie mir auffiel. Ich hielt nach offensichtlichen Verletzungen Ausschau, und mein Blick blieb an einer Beule an ihrer Stirn hängen. Die heftige Rötung beruhigte meine Sorgen nicht.

»Hallo?«, rief ich ein drittes Mal, ohne dass sie reagierte. Ich tätschelte ihr sanft die Wange. Immer noch keine Reaktion. »Grüne Neune!«

Ich ließ für einen kurzen Moment den Kopf in den Nacken sinken und rieb mir das Gesicht, weil ich keine Lust hatte, vernünftig zu handeln. Ich konnte kaum verarbeiten, dass sie mich fast überfahren hatte. Es war durchaus nachvollziehbar, dass sie den dämlichen Vogel übersehen hatte, der seit Wochen auf meinem Grundstück herumrannte, aber mich? Ich hatte direkt hinter dem Auto gestanden. Und ich war wirklich nicht klein. Sie hatte in hellem Tageslicht einen ein Meter neunzig großen Mann übersehen, um ihre verdammte Karre dann gegen einen Baum zu setzen.

»Und jetzt wirst du mich dazu bringen, einen verdammten Notarzt zu rufen, oder?«, flüsterte ich mit einem Kopfschütteln, bevor ich mein Handy aus der Tasche zog. »Natürlich.«

Doch gerade, als ich das Display entsperrte, rührte sie sich und zog damit meine Aufmerksamkeit auf sich.

Sie stöhnte.

»Komm schon«, murmelte ich und wartete angespannt darauf, dass sie wieder zu Bewusstsein kam.

Sie rollte den Kopf zur Seite, und ihre Augäpfel bewegten sich unter der glatten Haut ihrer Lider.

Ungeduldig stieß ich den Atem aus und hob erneut die Hand. Sie sollte endlich aufwachen und sich gut fühlen. Klar, ich machte mir Sorgen, dass sie eine Gehirnerschütterung haben konnte, aber ich sorgte mich auch um mich selbst. Auf keinen Fall wollte ich einen Notarzt, oder – noch schlimmer – die Polizei rufen müssen. Ich würde …

Sie riss die Augen auf und stoppte damit meine Bewegung.

Braune Augen fanden meinen Blick.

»Wer sind Sie?«, stieß sie gepresst hervor. Ihr Blick senkte sich auf meine Hand, die ein kleines Stück über ihrer Schulter schwebte. »Fassen Sie mich nicht an.« Sie sah erneut auf. »Ich kann Selbstverteidigung.«

Ich runzelte die Stirn.

»Ich könnte Sie überwältigen.« Dann flüsterte sie: »Glaube ich.«

»Glauben Sie? Das klingt nicht besonders bedrohlich«, murmelte ich. Sie warf mir einen bösen Blick zu und verlagerte ihr Gewicht, nur um sofort das Gesicht zu verziehen. »Was tut weh?«, fragte ich. Als sie sich weder bewegte noch etwas sagte, streckte ich erneut die Hand nach ihr aus. Falls es nötig war, würde ich ihre Verletzungen selbst einschätzen. Ich würde sicherstellen, dass es ihr halbwegs gut ging, und sie dann für eine Untersuchung beim nächstgelegenen Krankenhaus absetzen. Sie war nicht mein Problem, aber ...

Sie schlug nach mir.

Nach meiner Hand. Ein schneller, heftiger Schlag.

Ich blinzelte.

»Ich habe gesagt, Sie sollen mich nicht anfassen«, fauchte die Frau. Wut verzerrte ihre Miene. Oder vielleicht war es Angst. Ich konnte es wirklich nicht sagen. Außerdem war ich zu entgeistert, um mir tiefer lotende Gedanken zu machen. »Also?«, forderte sie. »Wer sind Sie, und wieso liege ich auf dem Boden?«

Ich starrte sie einfach an, vollkommen sprachlos. Als ich meine Fassungslosigkeit endlich überwunden hatte, konnte ich nur sagen: »Sie haben mich mit dem Auto angefahren.«

Die Frau runzelte die Stirn. »Ich habe Sie nicht ...« Sie brach ab, dann starrte sie mit offenem Mund. »Oh.« Erkenntnis breitete sich auf ihrer Miene aus. »*Oh.*«

»Genau. Oh«, meinte ich trocken.

»Das Knurren«, murmelte sie. »Das waren Sie.«

»Natürlich war ich das. Was dachten Sie denn, was Sie angefahren haben?«

»Keine Ahnung. Einen ... Bären?«

Meine Augenbrauen wanderten nach oben. »Und Sie haben trotzdem nicht gebremst?«

»Ich habe versucht zu bremsen.«

»Sie haben versucht zu bremsen«, wiederholte ich. Mein Blick huschte zu dem schicken und definitiv nicht für das Terrain geeigneten Auto, das mit Stoßstange am Stamm einer Eiche ruhte. Sie konnte sich glücklich schätzen, dass sie relativ langsam gefahren war und so kaum einen Kratzer verursacht hatte. Und ich konnte mich auch glücklich schätzen.

Die Frau blieb stumm, scheinbar in Gedanken versunken, sodass mir keine andere Wahl blieb, als sie zu beobachten, während ihr wahrscheinlich alles wieder einfiel – unendlich langsam. Mein Blick glitt über ihren Körper. Ich registrierte ihre geknöpfte Bluse, den Bleistiftrock und die hohen Absätze. Alles an dieser Frau, von ihrer Kleidung – fraglos Designerware – bis zu ihrem unpraktischen Wagen, stank nach Großstadtleben und überteuerten Getränken, von denen sie auf dem Weg zum Büro Fotos schoss. All die Dinge, die ich absichtlich hinter mir gelassen hatte.

Mein Blick huschte erneut zu ihrem Gesicht. Zu der Stelle an ihrer Stirn, die genauso hässlich aussah wie noch vor ein paar Minuten. »Sie sollten diese Beule an Ihrer Stirn untersuchen lassen. Ich werde Sie zum nächsten Krankenhaus fa…«

Sie schoss in eine sitzende Position, dann kippte sie sofort wieder nach hinten.

»Auf keinen Fall.« Ich presste eine Handfläche auf ihre Brust, um weitere leichtsinnige Aktionen zu verhindern. Sie leistete Widerstand, aber es kostete mich kaum Anstrengung, sie unten zu halten. *Du kannst mich überwältigen, genau.* »Sie werden nicht gleich in den nächsten dämlichen Unfall stolpern.«

Sie senkte den Kopf, starrte meine Hand an. Die direkt über ihren Brüsten lag. Mit finsterer Miene sagte sie: »Ich habe Ihnen gesagt, Sie ….«

»Haben Sie sich verfahren?«, unterbrach ich sie, ohne mich von ihrem drohenden Blick beeindrucken zu lassen. Meine Berührung war rein zweckmäßig. Den Umständen geschuldet. »Sind Sie deswegen hier?«

Sie kniff die Augen zusammen. »Wieso sollte ich mich verfahren haben? Ich wollte gerade parken, als Sie mir in den Weg getreten ...«

»Sie haben sich entweder verfahren ...«, unterbrach ich sie erneut, »... oder Sie haben sich des unberechtigten Betretens schuldig gemacht. Suchen Sie sich etwas aus.«

Das schien sie unvorbereitet zu treffen, weil sie ein paarmal blinzelte. Ich konnte quasi sehen, wie sich die Zahnräder in ihrem Kopf drehten. »O Gott. Sind Sie einer von diesen irren Wildnisbewohnern, die davon leben, Leute abzuziehen, indem sie vor ihre Autos springen?« Ich runzelte die Stirn. Sie schüttelte den Kopf. »Ich wette, der Bart und der Akzent sind falsch.«

Ich legte den Kopf schräg. Okay, Sie war entweder geisteskrank oder hatte die heftigste Gehirnerschütterung, die mir je begegnet war.

»Ich kann zahlen«, bot sie vollkommen ernst an. »Wenn Sie weggehen. Ich kann mich gerade wirklich nicht mit einem Trickbetrüger herumschlagen.«

Ich atmete einmal tief durch, um mich zu beruhigen. »Dieses Blockhaus dort drüben?« Ich deutete mit dem Kinn hinter mich, hörte, wie hart meine Stimme klang. »Da lebe ich. Ich bin kein Mann aus den Bergen. Ich gebe ein kleines Vermögen aus, es zu mieten. Was auch die Einfahrt beinhaltet, in der ich fast von Ihnen überfahren worden wäre, und die Eiche, die Sie gerammt haben.« Und der Hahn gehörte unglücklicherweise ebenfalls dazu.

»Was?«, murmelte sie. Ihre Brauen sanken nach unten, dann verzog sie erneut das Gesicht.

Mein Blick huschte höher. Zu der Stelle an ihrer Stirn, die inzwischen eher eine Beule war. »Sie sollten das kühlen«, verkündete ich genervt. Ich gab ihre Brust frei und bot ihr meine Hand an. »Sie sollten wahrscheinlich einen Arzt aufsuchen. Kommen Sie, ich werde Sie fahren. Glauben Sie, Sie können aufstehen, ohne ...«

»Aber ich habe diese Blockhütte gemietet. Genau die da drüben. Und ich habe Sie nicht fast überfahren.«

35

Ich musterte die Frau einen langen Moment, um so vielleicht herauszufinden, wie schlimm ihr Wahn – oder ihre Gehirnerschütterung – waren. Und dann, ohne Vorwarnung, setzte ich mich in Bewegung. »Okay, ich werde keine Zeit mehr verschwenden«, sagte ich und versuchte, meine Arme unter ihre Knie und ihren Rücken zu schieben. »Ich werde Sie zu einer Notaufnahme, einem Krankenhaus oder an irgendeinen anderen Ort fahren, der nicht *hier* ist.«

Ein schrilles Trällern drang aus ihrer Kehle und bohrte sich in meine Trommelfelle.

»Himmelherrgott«, beschwerte ich mich, als sie sich in meinen Armen wand. »Könnten Sie ...« Ich hob sie hoch, dann traf ihr Ellbogen mich mitten in die Brust. »Autsch ...« Ich setzte mich in Richtung meines Autos in Bewegung, als etwas Spitzes auf mein Kinn zuraste. »War das Ihr Knie?« Und noch mal. Es war ihr Knie. »Oh, um Himmels willen«, murmelte ich, bevor ich aufgab und dieses Gewirr aus Armen und Beinen wieder auf den Boden stellte.

»Ich habe Ihnen doch gesagt, dass ich Kampfsport beherrsche.« Genervt strich sie ihren Rock glatt. Selbst mit Absätzen reichte sie mir kaum bis ans Kinn. »Und Sie bringen mich nirgendwohin. Ich fühle mich gut, ich brauche keinen Arzt, und ich habe mich nicht verfahren.« Sie nahm die Schultern zurück und hätte damit unglaublich selbstbeherrscht gewirkt, wäre da nicht der wilde Ausdruck in ihren braunen Augen gewesen. »Ich habe diese Hütte gemietet, und ich würde gerne auspacken. Ich habe Dinge zu erledigen. Sie und Ihr falscher Bart und Ihr alberner Akzent können sich vom Acker machen.«

Ich biss die Zähne zusammen und atmete einmal tief durch. Zählte von zehn nach unten. Sehr langsam. *Zehn, neun, acht ...*

»Also?«, hakte sie nach, ihr Tonfall fordernd. Unendlich nervig. *Fünf, vier, drei ...* »Misshandelt und betrogen zu werden, ist wirklich das Letzte, was ich heute noch brauchen kann.«

Ich schloss die Augen und stieß ein Geräusch aus, das irgendwo zwischen einem Schnaufen und einem Lachen lag.

Totaler Wahnsinn.

»Wieso grinsen Sie so?«

Ich richtete den Blick wieder auf sie. »Das nächstgelegene Krankenhaus liegt dreißig Meilen östlich«, sagte ich, ohne ihr eine Chance zu geben, mir ins Wort zu fallen. »Und jetzt nehmen Sie Daddys Auto, und verschwinden Sie von meinem Grundstück, ohne unterwegs irgendwen oder irgendwas zu töten, okay?« Die Frau riss den Mund auf, und ich war mir sicher, dass diese Miene ihrer Wut geschuldet war. Ich wandte mich ab. »Und kühlen Sie diese verdammte Stelle an Ihrer Stirn, bevor sie sich verfärben kann und Sie ein Vermögen für Make-up einsetzen müssen, um das zu überschminken«, fügte ich hinzu, als ich wegging.

Ich benahm mich unmöglich, aber die verletzten Gefühle irgendeiner Frau waren mir vollkommen egal. Ich hatte versucht, ihr zu helfen. Sie hatte die Hilfe ausgeschlagen.

Also war ich hier fertig. Und hoffentlich galt dasselbe für sie.

4

Adalyn

Unglaublich.

Ich konnte nicht glauben, dass er das gesagt hatte und dann einfach weggegangen war.

Zurück zu *meiner* Blockhütte.

Mit einem Schnauben stampfte ich zum Auto und zog mein Handy heraus.

Auf dem Bildschirm blinkten Dutzende Nachrichten und verpasste Anrufe. Alle von Matthew. Ich …

Mist. Ich hatte ihn vollkommen vergessen.

Ich las die Nachrichten, die extrem besorgt begannen und schließlich zu Drohungen eskalierten, dass er die Feuerwehr oder, noch schlimmer, meine Mutter, anrufen würde, wenn ich ihm kein Lebenszeichen schickte. Sofort tippte ich ein paar Zeilen.

Adalyn: *Es geht mir gut. Der Anruf*
ist wegen schlechtem Empfang unterbrochen
worden.

Daran stimmte nur, dass der Anruf unterbrochen worden war. Und Matthew musste sich ernsthafte Sorgen gemacht haben, weil ich schon Sekunden später eine Antwort erhielt.

Matthew: *WTF ADALYN. HAST DU*
EINE AHNUNG, WAS FÜR SORGEN
ICH MIR GEMACHT HABE?

Ich seufzte. Er hatte wahrscheinlich jedes Recht, etwas aufgewühlt zu sein, aber …

Adalyn: *Hör auf, dir Sorgen um mich zu*
machen, als wäre ich ein hilfloses Kind, und
vertrau mir. Es geht mir gut.

Ich starrte aufs Display und fühlte mich schlecht, weil ich meinen besten Freund angeblafft hatte, aber ich war immer noch verunsichert von der Begegnung mit diesem … Mann. Die drei Punkte begannen zu wandern; ich wartete seine Nachricht nicht ab.

Adalyn: *Ich werde mich später bei dir*
melden – und bitte, ruf nicht Maricela an.

Ich sperrte den Bildschirm und atmete tief durch, dann gönnte ich mir eine ganze Minute Zeit, mich zu sammeln. Mein Kopf pulsierte, aber das war nichts, was sich nicht mit ein paar Schmerztabletten beheben ließe. Ich musste nicht ins Krankenhaus. Und ich brauchte auch keinen Eisbeutel. Und auf keinen Fall konnte ich es brauchen, dass ein vollkommen Fremder mir erzählte, was ich brauchte oder nicht brauchte.

Erfüllt von neuer Energie, ging ich zur Hütte – *meiner* Blockhütte, die er im Moment bewohnte – wahrscheinlich illegalerweise – und suchte gleichzeitig die Buchungsbestätigung aus meinen Mails heraus. Ich musste ein wenig scrollen, bis ich die Mail fand. Ich klickte sie an und ließ den Blick über den Text gleiten.

Da. Da war es. Buchungsbestätigung. Mit Buchungsnummer. Adalyn Elisa Reyes. Adresse: Lazy Elk Lodge, Green Oak, North Carolina.

Lazy Elk Lodge. Gott, was für ein verräterischer Name – wenn man sich denn die Mühe gemacht hätte, genauer hinzusehen, bevor man losgefahren war.

Ich stieg die Stufen zur Veranda hinauf, während ich mich bemühte, diesen Gedanken zu verdrängen. Mich wegen dieser Verfehlung zu geißeln, würde mir auch nicht weiterhelfen. Stattdessen sah ich mich um. Und jetzt, mit klarerem Blick, konnte ich tatsächlich verstehen, wieso jemand hierherkommen sollte. Die Blockhütte war schön – wenn man denn auf so was stand. Hoch genug, um zwei Stockwerke zu beinhalten, mit bodentiefen Fenstern rechts und links neben der Eingangstür. Elegant und doch rustikal fügte sie sich perfekt in die Umgebung ein.

Ich erreichte die Eingangstür und gestattete mir einen tiefen Atemzug, bevor ich die Hand hob, um zu klopfen.

Die Tür schwang sofort auf, als hätte er dahinter auf mich gewartet.

Dieses Gesicht erschien – harte und scharfe Linien hinter einem kurzen, aber ungepflegten Bart. Grüne Augen, von denen ich bisher gar nicht bemerkt hatte, wie grün sie waren, fingen meinen Blick ein. Ich konnte sehen, dass immer noch Wut darin brannte.

Ich öffnete den Mund, doch jetzt, wo ich mir diesen Mann aus einer stehenden, aufrechten Position ansehen konnte, stieg ein seltsames Gefühl in mir auf. Der Kerl hatte irgendetwas an sich – sein Gesicht oder vielleicht dieser dunkle Haarschopf oder vielleicht sogar seine breiten Schultern –, das mir … *vertraut* erschien? Aber wie konnte das sein? Mein Blick huschte weiter über sein Gesicht und blieb an seinem Mund hängen. Seine Lippen waren zu einem gepressten Schmollmund verzogen, der irgendwo in meinem Kopf etwas schrillen ließ. Vielleicht, wenn es all diese Gesichtsbehaarung nicht gäbe …

»Das war ein Fehler.« Ich sah mehr als dass ich hörte, wie sein Mund die Worte formte.

Ich suchte seinen Blick. »Was meinen Sie?«

Doch statt zu antworten, machte er Anstalten, die Tür zu schließen.

Ich schob Hand und Fuß vor, schob sie zwischen Tür und Rahmen. »Moment.«

Eines musste ich ihm lassen: Er wartete. Er hätte mich mühelos zurückschieben und die Tür trotzdem zuknallen können. Ich war nicht unbedingt eine kleine Frau und trug zusätzlich Absätze, aber er ragte trotzdem hoch über mir auf. Außerdem wirkte er schlank und stark. Mein Blick glitt über die Schulter und den Arm, die hinter dem Türspalt sichtbar waren, und mir fiel nur ein Wort ein: Athlet. Ich erkannte einen hochtrainierten Athleten, wenn ich einen sah. Das war nicht der richtige Moment dafür, aber ich fuhr mit meiner Inspektion fort, musterte erneut sein Gesicht. Mein vernebeltes Hirn suchte verzweifelt nach der Verbindung. Ich kannte ihn.

Ja, ich hatte diese Augen schon gesehen. Diese stur gesenkten, dunklen Augenbrauen. Und auch diese lange, gerade Nase.

Er murmelte etwas Unverständliches, und ich sah, wie er den Griff an der Tür verlagerte. In diesem Moment senkte ich den Blick auf seine Finger. Kräftig, lang. Der Mittelfinger ein wenig schief. Und an seinem kleinen Finger trug er einen Siegelring mit einem C.

Ein C. Aber das konnte nicht sein. Das …

Sein Räuspern riss mich aus meiner Versenkung.

Ich hob mein Handy. »Hier ist meine Buchung. Lesen Sie den Text, und überzeugen Sie sich selbst. Ich habe diese Blockhütte gemietet.« Ich hielt ihm das Gerät vor die Nase. »Lazy Elk Lodge.«

Wieder brummelte er etwas Unverständliches, öffnete jedoch endlich die Tür ganz.

»Hören Sie«, erklärte ich ihm, wobei ich die Stimme verwendete, die ich bei Pressekonferenzen einsetzte. Höflich, aber fest. Sachlich. »Im schlimmsten Fall haben wir hier eine Doppelbuchung, wofür Sie keine Verantwortung trügen. Aber falls das geschehen sein sollte, müssen wir den Irrtum aufklären.« Ich kontrollierte seine Miene, als er widerwillig den Text auf meinem Handy las. »Im besten Fall haben Sie sich einfach geirrt. In diesem Fall gebe ich Ihnen gerne ein paar Stunden, um die Hütte zu räumen. Ich kann später zurückkommen. Ich habe sowieso etwas in der Stadt zu erledigen.«

Er schnaubte. »Das ist eine schrecklich schlechte Entschuldigung.«

»Ich entschuldige mich nicht. Ich versuche nur, Höflichkeit walten zu lassen.«

»Sie sind allerdings auch nicht die Bewohnerin der Lazy Elk Lodge«, hielt er dagegen. Ich kniff die Augen zusammen. »Hier steht, dass Sie das Sweet Heaven Cottage auf dem Grundstück der Lazy Elk Lodge gebucht haben.« Diese finsteren Brauen hoben sich zu einem fast gelangweilten Ausdruck. »Wo auch immer das sein mag. Also, falls es Ihnen nichts ausmacht, ich habe in *meiner* Blockhütte einiges zu tun.«

Ich zog mein Handy zurück und vergrößerte die E-Mail. »Das kann nicht stimmen.« Ich scrollte weiter. Zwei große Finger erschienen in meinem Blickfeld und deuteten auf eine bestimmte Zeile: Sweet Heaven Cottage, 423 Lazy Elk Street, Lazy Elk Lodge. »Aber das kann nicht stimmen«, wiederholte ich. »Ich bin um die Hütte herumgefahren, als ich hier angekommen bin. Und da war nichts.« Mein Blick huschte suchend über die Umgebung, inzwischen fast verzweifelt. »Es gibt keine Straße. Und keine andere Hütte.«

Und das stimmte. Nicht wirklich. Aber dann blieb mein Blick an etwas hängen.

Rechts der Veranda, auf der wir standen, erhob sich eine Art Schuppen.

Kein Cottage. Definitiv nicht die Unterkunft, die ich gebucht hatte, oder?

Aber ... je länger ich hinsah, desto weniger ließ sich das Schild übersehen, das von einer schief stehenden ... Holzstange hing und in der Septembersonne leuchtete.

Darauf stand: 423 LAZY ELK STREET.

Mein Magen verkrampfte sich vor Entsetzen und ... einem anderen Gefühl.

Ich hatte das Innere natürlich noch nicht gesehen, aber das

musste ich gar nicht. Dieses seltsame Gefühl vertiefte sich, und zum ersten Mal in meinem Leben wollte ich das Handtuch werfen und mit eingeklemmtem Schwanz zurück nach Hause fliehen. Ich hatte meinen Vater enttäuscht und beschämt, aber das hier? Ein Schuppen in einer Wildnis, für die ich mich offensichtlich nicht gewappnet hatte? Das war zu viel. Ich …

Hinter mir erklang ein amüsiertes Glucksen, tief und leise und so selbstgefällig, dass ich vom Rand des Abgrundes zurückzuckte, an dem ich gestanden hatte.

Das war nicht ich. Ich hatte mir heute Morgen geschworen, dass ich nicht länger die wankende Adalyn sein würde.

»Das wird perfekt«, verkündete ich, als ich mich umdrehte und seinen Blick einfing. Die grünen Augen weiteten sich leicht, aber er machte keinen Rückzieher. Und in diesem Moment klickte es in meinem Kopf. Ich wusste ohne jeden Zweifel, wer dieser Mann war. Es hatte damit zu tun, wie … arrogant er war. Wie selbstbewusst. Das war ein Mann, der daran gewöhnt war, zu siegen. Und gerade hatte er gewonnen. Ich war diejenige, die sich geirrt hatte. Ich nahm die Schultern zurück und hüllte meine letzten Fetzen Würde um mich wie einen zerrissenen Mantel. »Und seien Sie versichert, Nachbar, jetzt, wo ich meine Unterkunft gefunden habe, werde ich Sie in Ruhe lassen und Ihnen erlauben, zu den wichtigen Angelegenheiten zurückzukehren, die Sie zu erledigen haben.«

»Ich bin nicht Ihr Nachbar.«

»Für mich sieht es aus, als würden wir uns ein Grundstück teilen.« Ich breitete die Arme aus. »Die wunderschöne und gemütliche Lazy Elk Lodge im beschaulichen Green Oak.«

»Sie werden nicht bleiben«, presste er hervor. »Sie können auf keinen Fall in …« Er nickte in Richtung des Schuppens »… dem Ding wohnen.«

Meine Mundwinkel hoben sich angesichts der Tatsache, dass er mir das mitteilte, statt mich zu fragen. »Natürlich kann ich das. Ich habe das Cottage gebucht und habe wichtige Angelegenheiten in der Stadt zu erledigen.«

Er stieß ein bitteres, humorloses Glucksen aus. »Darling …«

»Bitte.« Meine Miene versteinerte. »Nennen Sie mich nicht so.«

Er runzelte die Stirn, wahrscheinlich, weil ich aus Versehen bitte gesagt hatte. »Adalyn«, erklärte er mit diesem englischen Akzent, von dem ich fälschlicherweise angenommen hatte, er wäre aufgesetzt, sodass mein Name ganz anders klang als gewöhnlich. »Adalyn Elisa Reyes.«

Ich verstand nicht, warum er das getan hatte – meinen vollen Namen ausgesprochen. Ich kniff die Augen zusammen. »Hey, Sie können lesen. Gratulation.«

Statt ihn zu nerven, schien ihn diese Stichelei zu amüsieren. »Das ist keine Hütte«, fuhr er fort. »Und auch kein Cottage. Das ist ein verdammter Schuppen.«

»Und worauf wollen Sie hinaus?«

Er musterte mich ungläubig von Kopf bis Fuß. »Sie können auf keinen Fall glauben, dass Sie darin durchhalten werden. Nicht mal kurzfristig, ganz zu schweigen von langfristig.« Er legte den Kopf schräg. »Tatsächlich vermute ich, dass Sie nicht mal eine ganze Nacht da drin überleben werden.«

Er lag nicht ganz falsch; wahrscheinlich würde ich es nicht schaffen. Aber ich hatte mein halbes Leben umgeben von Männern wie ihm verbracht. Kompetitiv, voreingenommen. Ich wurde nicht gerne unterschätzt. Und ich hatte bereits ein Scharmützel mit ihm verloren.

»Ich vermute, das werden wir sehen.« Ich drehte mich um und stieg die Stufen nach unten. Am Fuß der Treppe drehte ich mich noch einmal um und fügte hinzu: »Nachbar.«

◎ ◎ ◎

»Was meinst du mit ›Alles ist ausgebucht‹?«

»Es gibt keine Hotels, Motels oder Airbnbs in Green Oak. Es gibt weder kurz- noch langfristig eine andere Unterkunft zu mieten. Nur die Lazy Elk Lodge. Ich könnte in den umliegenden Städten schauen, aber das bedeutet, dass du immer hin- und herfahren musst. Außerdem haben wir das Ende der Hochsaison. Dort gibt es jede Menge Wanderwege, Wasserfälle, Seen, wunderschöne …«

»Kelly«, sagte ich und verwendete rein instinktiv meine Chefinnen-Stimme. »Ich bin nicht an den Verlockungen der Gegend interessiert. Ich interessiere mich nur für eine andere Unterkunft. Irgendeine andere. Hier kann ich nicht bleiben.«

Sie zögerte, dann meinte sie: »Definiere ›kann‹.«

Ich wusste Kelly zu schätzen, wirklich. Sie arbeitete hart, zeigte Initiative und erlaubte niemandem, sie als Fußabtreter zu benutzen – was der Grund war, warum ich sie der Ticket-Abteilung weggeschnappt hatte, wo ihr Potenzial verschwendet gewesen wäre. Aber manchmal stellte sie meine Geduld auf eine harte Probe.

»Stell dir einen Jagdschuppen vor.« Ich tat ihr den Gefallen, ihr so deutlich wie möglich zu beschreiben, wo ich mich befand. »Vermoderter, knirschender Holzboden, der sich unter deinem Gewicht durchbiegt. Ein einziges Fenster. An der Wand das größte Geweih, das du je gesehen hast.« Mein Blick saugte sich an dem Ding fest, und sofort lief mir ein kalter Schauder über den Rücken. »Und bevor du fragst: Nein. Es ist kein cooles Geweih, sondern die Art von Jagdtrophäe, die einen sofort an Tod und Fleisch und Knochen denken lässt.«

Sie schnalzte mit der Zunge. »Aber das Bild wirkte so gemütlich. Gibt es dort nicht einen kleinen Kamin?«

Mein Blick glitt zu dem sogenannten Kamin. Es war eine Art klappriger eiserner Ofen. »Theoretisch, ja. Tatsächlich ist es eher ein schwarzes Loch, in dem wahrscheinlich etwas lebt, was ich nicht wecken möchte.«

»Du meinst so was wie einen Geist? Oder …«

»Kelly«, sagte ich mit einem Kopfschütteln. »Ein lebendes Etwas, wahrscheinlich mit Zähnen und Klauen.«

Sie brummte. »Was ist mit dem Bett?« Ich sah zu dem schrecklichen Möbelstück, als sie fortfuhr: »Es sah so … rustikal und unterschwellig sexy aus? Die Art von Bett, auf der ein Holzfäller lüsterne Dinge …«

»Es ist ein sehr altes Himmelbett«, stieß ich hervor und schloss die Lider, um diese Monstrosität nicht länger anstarren zu müssen. »Und ich bin – war – deine Chefin. Ich will nichts über deine sexuellen Fantasien hören. Besonders nicht, wenn Holzfäller darin vorkommen, und vor allem nicht, wenn sie sich um das Himmelbett drehen, in dem ich heute Nacht schlafen muss.«

»Ich vermute, du stehst mehr auf zerrissene Mieder, Chefin. Und das nehme ich dir nicht übel. Meine Fantasien sind ein wenig finsterer.« Ich blinzelte, weil ich einfach nicht wusste, was ich darauf antworten sollte. »Vielleicht ist es gar nicht so schlimm?«, bot sie an. »Vielleicht musst du das Cottage einfach ein wenig yassifizieren. Verschönern und in Besitz nehmen.«

Ich sah mich um und fragte mich, ob ich wirklich den Rat dieser Frau annehmen konnte, die gewöhnlich beim kleinsten Widerstand behauptete, Migräne zu bekommen, und einmal eine E-Mail mit den Worten »Entschuldige meine Existenz ☺« beendet hatte.

Nein. Ich war nicht Kelly. Wir lagen im Alter recht nah beieinander, aber sonst trennten uns Welten. Und in meiner Welt war Yassifizierung nichts, was ich konnte oder wollte.

»Hey, Chefin?« Ihre Stimme riss mich zurück in die Gegenwart. Sie zögerte, dann sagte sie: »Ich muss jetzt weg.«

Ich meinte, eine vertraute Stimme im Hintergrund zu hören. »Ist David da?«, stieß ich hervor. »Bei dir?«

»Ähm …«

Ich konnte nicht glauben, was ich gleich sagen würde, aber ich musste die Situation eskalieren. Es musste ein schrecklicher Irrtum sein, dass ich hier war. »Gib ihm das Telefon. Ich will mit ihm sprechen.«

Ich hörte ein Rascheln, dann sagte Kelly: »Tut mir leid, wir haben bereits einen Lieferanten für Büromaterial.« Was? »Außerdem kämpfen wir gegen die Abholzung. Tatsächlich sollten Sie sich schämen, Sir. Die Zukunft gehört dem papierlosen Büro.«

»Ich weiß, dass David da ist.«

»Bin gleich bei dir, David, ja!«, rief sie so schrill, dass es mir in den Ohren wehtat. Und mit gedämpfter Stimme sagte sie zu mir: »Muss jetzt weg, Chefin. Bleib stark.«

Bleib stark? »Was willst du ...«

»Bye!«

Und damit endete das Telefonat.

Bleib stark. Was sollte das überhaupt bedeuten? Und wieso hatte Kelly vorgegeben, mit jemand anderem zu sprechen? Irgendetwas stimmte nicht. Und gewöhnlich veranlasste mich das, zu handeln.

Mit neu gefundener Entschlossenheit entsperrte ich mein Handy und fing an, Bilder von diesem schrecklichen, winzigen, grausigen Schuppen zu machen, den ein Psychopath eingerichtet und zu einer Ferienwohnung erklärt hatte. Ich musste beweisen, dass das hier ... nicht bewohnbar war.

Sobald das erledigt war, rollte ich meinen Koffer zu dem schmalen und leicht schief stehenden Couchtisch zwischen dem angeblichen Kamin und einem kleinen Sofa, das niemals mit irgendeinem meiner Körperteile in Kontakt kommen durfte.

Ich begann, den Reißverschluss zu öffnen, wobei mein Blick über das Sofa, das Himmelbett und ... alles andere glitt. Und in diesem Moment hörte ich erneut seine Worte.

Tatsächlich vermute ich, dass Sie nicht mal eine ganze Nacht da drin überleben werden.

Mit einem Schnauben öffnete ich den Koffer und fand meinen Make-up-Beutel. Ich durfte nicht vergessen, dass ich mit einem Auftrag hierhergeschickt worden war. Ich musste immer noch nach Green Oak fahren und die Green Warriors finden. Wer weiß, vielleicht hatte ich die ganze Situation falsch eingeschätzt. Vielleicht sahen Ferienwohnungen in dieser Gegend so aus. Es gab keine Hotels oder Motels, sondern nur ... so was. Hüttenkoller war real. Tatsächlich ...

Ein Geräusch vor dem Schuppen erregte meine Aufmerksamkeit.

Ich versteifte mich, dann drehte ich mich langsam um, schlich auf Zehenspitzen zum Fenster und schob mit einem Finger vorsichtig den dünnen Vorhang zur Seite.

Eine große Gestalt ging mit entschlossenen Schritten zwischen den Hütten hindurch.

Ich kniff die Augen zusammen.

»Schau dich nur an«, murmelte ich. »Stolzierst aus deiner schicken Unterkunft, als gehöre dir der Laden.«

Nun ja, streng genommen stimmte das ja. Er hatte die Blockhütte gemietet. Zusammen mit der Hälfte des Grundstücks. Der guten, schönen Hälfte.

Jetzt, wo ich ein paar Minuten für mich selbst hatte, konnte ich nicht mehr ignorieren, wie beunruhigt ich war. Es ärgerte mich, dass er recht gehabt hatte und ich unrecht. Daran war ich nicht gewöhnt. Und als er auf Sweet Heaven Cottage gezeigt hatte, hatte ich mich … dumm gefühlt. Dämlich. Und sein schnelles Urteil über meinen Charakter – auch wenn es wahrscheinlich wohlverdient war – hatte dafür gesorgt, dass ich mich noch schlechter fühlte. Der Kerl hatte meinen Stolz verletzt, meine Intelligenz, meinen Orientierungssinn und meine Fähigkeit zu lesen beleidigt. Zu irgendeinem anderen Zeitpunkt hätte mich das vielleicht nicht gestört. Aber es war heute passiert, und ich war es nicht gewöhnt, mich mehrfach zu blamieren.

Trotz meines verletzten Stolzes war mir bewusst, dass ich mich hätte entschuldigen müssen. Zumindest dafür, dass ich ihn aus Versehen mit dem Auto angefahren hatte. Ich fühlte mich schrecklich deswegen. Und dennoch … als er über den Kiesweg wanderte, der sich im Zickzack über das Grundstück zog, musste ich wieder daran denken, wie er mich von Kopf bis Fuß gemustert hatte, skeptisch und wissend, als hielte er alles an mir für unpassend und unangebracht. Deplatziert.

Ich war deplatziert.

Aber dasselbe galt für ihn.

Was wollte Cameron Caldani – zweimal von der International Federation of Football History and Statistics zum weltbesten Torwart gewählt, ehemaliger Premier-League-Spieler und in den letzten fünf Jahren MLS-Star – in Green Oak, North Carolina? Erst vor Kurzem – und sehr plötzlich hatte sich die Nachricht von seinem Rücktritt aus den L. A. Stars verbreitet. Ich behielt nicht alle Spieler im Land im Blick – besonders nicht, wenn sie in der Western Conference spielte –, aber es war mein Job, informiert zu sein. Ich konnte mich nicht erinnern, dass ein besonderer Grund für seinen Ruhestand genannt worden wäre. War wie alle anderen überrascht gewesen zu hören, dass er seine Torwarthandschuhe an den Nagel gehängt hatte.

Cameron stoppte an der Wegbiegung, die dem Wald am nächsten kam. Ich trat ein wenig näher ans Fenster. Der Mann war hochgewachsen – nicht ungewöhnlich für einen Torwart –, aber wenn man ihn vor sich hatte, wirkte er noch größer und breiter. Unsere Wege hatten sich nie gekreuzt, was mich nicht überraschte, wenn man bedachte, dass die L. A. Stars gewöhnlich die Play-offs erreichten, was die Flames nie schafften. Aber ich wusste, wie er aussah. Cameron Caldani war schwer zu übersehen. Es war der Bart, der mich verwirrt hatte. Wahrscheinlich hatte auch der Schlag vor die Stirn etwas damit zu tun. Und die Umgebung.

Man rechnete einfach nicht damit, Cameron Caldani mitten im Wald zu begegnen.

Matthew – der größte Fußball-Nerd, den ich je getroffen hatte – würde vollkommen austicken, wenn er erfuhr, dass Cameron Caldani sich in Green Oak aufhielt. Wahrscheinlich würde er um die Stoßstange meines Wagens einen Schrein errichten, weil sie Camerons Körper berührt hatte.

Was der Grund war, warum Matthew nie davon erfahren durfte.

Der Mann auf der anderen Seite des Fensters sank auf die Knie und hob mit diesen starken, leicht schiefen Fingern, die ich mir so genau angesehen hatte, etwas vom Boden auf. Nach einem Moment begann er, die Vegetation vor sich abzusuchen.

Sein Bariton erklang. Was er rief, klang wie Cruiser oder Booster. Der Name eines Haustieres? Ich wartete zusammen mit ihm, weil ich damit rechnete, dass etwas aus dem Wald huschte.

Ein Hund? Was für ein Haustier hatte jemand wie Cameron Caldani? Ich war so in meine Betrachtungen versunken, so neugierig, dass ich vollkommen unvorbereitet war, als er sich zum Fenster umdrehte.

Der Blick aus grünen Augen traf mich.

Und ich … warf mich zur Seite.

Direkt auf den weder glatten noch sauberen Boden des Sweet Heaven Cottage. Ich war mir nicht mal sicher, wieso ich das tat. Es war ja nicht so, als hätte ich etwas Verbotenes getan. Ich benahm mich lächerlich, wenn man bedachte, dass ich mich schon Sitzungen und Pressekonferenzen gestellt hatte, die viel einschüchternder gewesen waren als der Blick dieses Mannes.

Mit einem Kopfschütteln zählte ich bis drei, hob den Kopf, stand so würdevoll wie möglich wieder auf und spähte erneut aus dem Fenster.

Cameron Caldani war nirgendwo mehr zu entdecken.

Er war weg, und in seinem Kielwasser hatte er etwas zurückgelassen, das … wie Federn aussah.

»O Gott.« Ich stöhnte, als eine weitere Welle aus Schuldgefühlen über mir zusammenschlug.

Camerons Haustier. Das, nach dem er gerade gerufen hatte. Cruiser oder … Booster.

Konnte es das Huhn sein, das ich angefahren hatte?

Meine Lider sanken nach unten. Kein Wunder, dass er vor Wut gekocht hatte.

5

Cameron

Fast ein Dutzend Augenpaare blinzelten langsam zu mir auf, als spräche ich eine Sprache, die sie nicht verstanden.

Ich runzelte die Stirn, weil ich mich fragte, warum, zum Teufel, ich mich heute schon zum zweiten Mal in einer vollkommen bizarren Situation wiederfand. Nur dass ich diesmal die Antwort kannte. Ich hatte zugestimmt, hier zu sein. Wenn auch widerwillig.

Die Intensität des Blinzelns verstärkte sich, bis ich an diese albernen Cartoons denken musste, die ich als kleiner Junge im Fernsehen geschaut hatte.

»Wieso klimpert ihr so mit dem Wimpern?«

»Biiiiiiiiittttteeeee?«, riefen acht der neun Mädchen vor mir gemeinsam.

»Ich habe Nein gesagt«, erklärte ich ihnen und verschränkte die Arme vor der Brust. »Also, wer ist dran, die Kegel und Bälle zu besorgen? Die Tore hole ich später.«

Das Mädchen mit den asymmetrisch gebundenen Zöpfen trat näher. »Es wird nur ein Video, Mr Trainer«, sagte María – mit neun eines der ältesten Mädchen. »Du musst nichts machen außer mit uns vor der Kamera stehen. Und wir werden es nicht mal irgendwo posten. Das verspreche ich.« Sie presste die flehend verschränkten Hände unter das Kinn. »Bitte, biiiiiittte?« Sie zog das Wort erneut in die Länge. »Mr Trainer?«

Nicht schon wieder dieser *Mr Trainer*-Mist. »Einfach Cam.«

»Heißt das, du wirst es machen, Mr Cam?«

Ich konnte mich nur mit Mühe davon abhalten, die Augen zu verdrehen. »Nein. Und jetzt …«

»Aber dein Name ist echt Cam.« Sie trat vor, und die gesamte Gruppe rückte mit ihr auf. »Und wofür hat man Kameras? Für Videos!«

Ich starrte das Kind verdutzt an. Himmel, ich brauchte wirklich das Koffein, das mir heute noch nicht vergönnt gewesen war. »Daher kommt Cam nicht.«

»Wo kommt es dann her?«

»Cameron«, antwortete ich, ohne nachzudenken, nur um es sofort zu bereuen. »Aber ihr könnt mich Cam nennen. Nicht Kamera, nicht Mr Trainer und nicht Mr Cam. Einfach Cam.«

María legte den Kopf schräg, und ihr kaum gebändigtes Haar rutschte ebenfalls zur Seite. Von der ganzen Bande war sie die Frechste, das Mädchen, das kein Blatt vor den Mund nahm. Wahrscheinlich war sie viel zu klug. Als sie also erneut den Mund öffnete, wappnete ich mich innerlich. Glücklicherweise rief jemand in der Ferne, bevor sie etwas sagen konnte.

Wir alle drehten uns zu der Stimme um und entdeckten ein Kind, das auf uns zulief.

Chelsea.

Das wusste ich, weil sie von den zehn Spielerinnen nicht nur mit sieben Jahren zu den Jüngsten gehörte, sondern weil sie das Mädchen war, das darauf bestand, in einem verdammten Tutu zum Training zu erscheinen. Sie besaß sie in unterschiedlichsten Farben. Das heutige Tutu war blau und wippte über ihren Shorts um ihre Hüften.

Himmel. Deswegen bestand ich darauf, dass sie mich nur Cam nannten. Auf keinen Fall Trainer. Ich trainierte diese Mädchen, aber ich war nicht ihr Trainer. Das konnte ich nicht sein.

»Tut mir leid«, sagte Chelsea, als sie uns erreichte und keuchend zusammenklappte. »Meine Ballettklasse ist länger gegangen, und meine Mom dachte, mein Dad holt mich ab. Aber mein

Dad dachte, Mom macht es. Also musste Mom Dad anrufen, um mich den ganzen Weg von Fairhill herzufahren.« Ihre Brust hob und senkte sich in schweren Atemzügen. »Was habe ich verpasst?«

»Mr Cameron will kein Video mit uns aufnehmen«, sagte María. »Dabei muss er nicht mal tanzen.«

Chelsea ließ ihren Kaugummi knallen. »Warum?«

»Kein Kaugummi beim Training«, erinnerte ich sie. »Und kannst du das Tutu ausziehen?«

»Sie braucht das für ihren inneren schwarzen Schwan«, antwortete María für Chelsea. »Stimmt's, Chels?«

Chelsea zog widerwillig den Kaugummi aus dem Mund, schob ihn in die Tasche ihrer Shorts und nickte. »Genau, Mr Cam.«

Ich blinzelte, weil ich mir sicher war, dass sie nicht mal auf der Welt gewesen waren, als dieser Film in die Kinos gekommen war. »Bist du nicht zu jung, um *Black Swan* zu schauen?«

María zuckte mit den Achseln. »Mein Bruder hat den Film letzte Woche geschaut. Ich habe nur mal kurz hingelinst, Mr Cam.«

Ich beäugte diesen blauen Fetzen Stoff. »Sollte das Tutu dann nicht auch schwarz sein?« Noch ein Achselzucken. Ich unterdrückte ein Seufzen. »Und zum letzten Mal: Einfach Cam reicht völlig.«

»Du bist heute mies gelaunt, Mr C«, murmelte María und stemmte die Hände in die Hüften. »Also … ist Cameron ein Vorname oder ein Nachname? Hast du auch einen mittleren Namen?«

»Kein mittlerer Name. Kein Nachname. Und jetzt …« – ich deutete auf die Mädchen, die dem Lagerschuppen am nächsten standen – »könnt ihr bitte Kegel und Bälle aus dem Lagerraum holen? Wir verlieren kostbare Zeit.«

Vier Kinder trotteten davon. Als ich erneut María ansah, wirkte sie sehr skeptisch. »Also bist du wie Zendaya?«

»Nein«, antwortete ich. »Ich bin keine *Zendaya*, was auch immer das sein mag. Ich bin Cam. Und jetzt lasst uns alle …«

»Oh. Mein. Gott«, verkündete María theatralisch. »Er weiß nicht, wer Zendaya ist.«

»Wie alt bist du, Trainer Cam?«, fragte Chelsea und wanderte sehr langsam einmal um mich herum, als betrachte sie mich in ganz neuem Licht. Erst als sie wieder vor mir stand, sagte sie: »Du siehst jünger aus als mein Opa. Er trägt Hosenträger unter dem Hemd. Mom sagt, das ist seltsam, aber ich finde es witzig. Hast du Enkel?«

»Genau, wann ist dein Geburtstag, Mr Cam?«, witzelte María. »Oh, wenn du es mir sagst, könnte ich ein Horoskop erstellen!« Sie zog ein Handy heraus, das an einem Band unter ihrem Shirt hing und fing an, auf dem Bildschirm herumzutippen. »Ich brauche Datum, Uhrzeit und den genauen Geburtsort.«

Ich massierte mir den Nasenrücken, weil ich langsam Kopfweh bekam.

»Was glaubt ihr, wann der Trainer geboren ist?«, hörte ich María die Gruppe fragen. »Achtzehnfünfzig? Oder ... ist er noch älter?«

»María«, schnaubte eine neue Stimme – Juniper, kurzes Haar, ruhig, hörte immer zu, wenn ich Anweisungen blaffte. »Mach dich nicht lächerlich, er kann nicht über hundert Jahre alt sein. Dann müsste er ... na ja, ein Vampir sein. Oder zumindest jemand, dem ein supermächtiger Sirup gespritzt und der jahrzehntelang eingefroren wurde, um wieder aufgeweckt zu werden, weil die Menschheit gerettet werden muss.«

Und zu meiner allumfassenden Bestürzung entstand daraus eine leidenschaftliche Debatte über glitzernde, übersinnliche Kreaturen und ... Superhelden, von denen ich noch nie gehört hatte.

Also stand ich einfach nur da und fragte mich, wie modern Kinder heute waren, während meine Kopfschmerzen sich verstärkten. Himmel. Ich war ein verdammter Fußballer – oder war ein Fußballer gewesen. Eine Kleinstadt-Kindermannschaft war nicht mein Pflaster. Ich konnte sie kaum dazu bringen, ordentlich zu trainieren. Ich war lediglich hier, weil ich es Josephine versprochen hatte ... die mich in einem schwachen Moment erwischt hatte. Davon hatte es in letzter Zeit viele gegeben. Ich wünschte nur, ich hätte vor dem Training einen verdammten Kaffee getrunken. Nachdem diese Irre, die behauptete, jetzt neben mir zu wohnen, meinen Morgen zerstört hatte, hatte mir die Zeit gefehlt, mir eine Tasse zu besorgen.

Ich schoss die Augen, versuchte vergeblich, das immer lauter werdende Geplapper auszublenden, und zählte heute schon zum zweiten Mal von zehn nach unten. Dann hob ich die Finger an die Lippen und pfiff.

Das Geplapper verstummte abrupt.

Alle wandten sich mir zu.

»Juniper«, sagte ich und deutete auf das kurzhaarige Mädchen.

Ihre Augen wurden groß. »Ich habe nichts gesagt. Ich kann keinen Ärger dafür kriegen, dass ich nichts gesagt habe.«

Ich biss die Zähne zusammen und fragte mich, ob ich zu harsch geklungen hatte. Bemühte mich, meine Miene zu entspannen und meine Tonfall zu besänftigten. »Komm bitte her. Stell dich vor die Gruppe.«

Juniper musterte mich skeptisch, als hätte meine Bitte sie aus dem Gleichgewicht gebracht.

María wagte eine Frage. »Heißt das, du wirst uns dein Sternzeichen sagen?«

»Wie könnte das …« Ich brach ab. »Nein. Es bedeutet, dass ich Josephine holen werde. Und bis ich zurück bin, wird niemand dieses Spielfeld verlassen. Juniper hat das Sagen.«

Juniper beschwerte sich sofort. »Aber ich bin zehn Jahre alt. Ich kann nicht das Sagen haben.«

»Genauso wenig wie ich, Kleine«, murmelte ich. Obwohl ich offensichtlich alt genug aussah, um in einem anderen Jahrhundert geboren worden zu sein.

Ich konnte das heute nicht. Nicht ohne Koffein. Das war meine eine Schwäche im Leben. Mein persönliches Laster nach einem Leben voller Disziplin und strenger Regeln. Josephine war die einzige Lieferantin in der Stadt, und ich wusste, dass sie sich irgendwo auf dem Trainingsgelände herumtrieb, weil sie irgendetwas von einem Besuch erwähnt hatte. Ich würde sie um Kaffee anflehen, sollte es nötig werden.

»Aber wir sollten trainieren«, hielt Juniper dagegen. »Und ich habe noch nie ein Training geleitet.«

Ich drehte mich um, joggte los und warf über die Schulter zurück: »Da musst du improvisieren. Bin gleich zurück.«

Aus dem Augenwinkel sah ich, wie Juniper die Hände in die Luft riss, dann verwandelte sie ihre verzweifelte Geste in … einen Hampelmann.

»Himmel«, murmelte ich, als ich beobachtete, wie die Hälfte der Mädchen sie nachahmte. »Das …«

Die Worte erstarben auf meiner Zunge, als ich mit etwas zusammenstieß.

Oder vielmehr, mit jemandem. Jemandem, der warm und weich war. Ich schlang instinktiv die Arme um die Person, die an meiner Brust klebte, und senkte den Blick. Ein Chaos aus hellbraunen Haaren ruhte an meinem rechten Brustmuskel.

Wir traten gleichzeitig einen Schritt zurück, und ich erkannte sie, als große, braune Augen meinen Blick einfingen.

»Sie!«, stieß Adalyn hervor.

»Sie!«, brummte ich zurück.

»Nun, ist das nicht ein entzückendes erstes Treffen?«, sagte Josephine und trat näher, um mir freundlich den Arm zu tätscheln. »Cam, das hier ist meine neueste Freundin und Einwohnerin von Green Oak, Adalyn. Sie ist …«

»Ich weiß, wer sie ist«, erklärte ich ausdruckslos.

Adalyns Augen wurden schmal.

Josephine lachte leise. »Oh, schön. Mir war nicht klar, dass ihr beide euch schon getroffen habt.« Aus dem Augenwinkel sah ich, wie sie näher an Adalyn herantrat. »Also, wo hast du Unterschlupf gefunden, Ada? Kann ich dich Ada nennen? Du wolltest es mir gerade erzählen, bevor Cam gegen dich gelaufen ist.«

»Ich …« Adalyn schluckte schwer, und ein seltsamer Ausdruck huschte über ihr Gesicht. »Mir wäre es lieber, wenn du mich Adalyn nennst. Und ich wohne im Sweet Heaven Cottage.« Sie erholte sich und nagelte mich mit einem Blick fest. »Solange ich will. Weil das etwas ist, wozu ich absolut fähig bin.«

Ich bedachte sie mit einem wenig beeindruckten Blick.

»Ach, daher kennt ihr euch!«, quietschte Josephine. »Ihr seid Nachbarn. Wie wunderbar ist das denn?«

»Einfach fantastisch«, murmelte ich.

Josephine gluckste. »Oh, ist es wirklich. Ihr wohnt nebeneinander und arbeitet gemeinsam mit der Mannschaft. Jippieh!«

Sowohl Adalyn als auch ich rissen die Köpfe zu Josephine herum.

Die Frau hob die Hände. »Oje, warum schaut ihr beide mich an, als hätte ich euren Welpen getreten?« Niemand sprach. Josie lachte. »In Ordnung, ich sehe schon, hier gibt es unterschwellige … Spannungen. Also, lasst uns nacheinander sprechen.« Sie lächelte freundlich. »Adalyn, du zuerst.«

»Miss Moore«, setzte Adalyn an.

Aber Josie lachte nur. »Oh, Liebes, bitte, solche Formalitäten sind unnötig. Ich weiß, dass ich mich als die Bürgermeisterin vorgestellt habe; in einem so kleinen Ort ist das allerdings ein Ehrenamt.« Sie senkte die Stimme. »Ich bin nicht mal dreißig, und Formalitäten sorgen dafür, dass ich mich alt fühle.« Ich beobachtete, wie Adalyn die andere Frau anblinzelte, bevor Josie mit einem breiten Lächeln meinte: »Also? Du wolltest etwas sagen?«

»Ja. Ähm.« Adalyn zögerte, bevor sie mich mit einem Arm zur Seite schob und vor Josephine trat. Ich starrte böse ihr Profil an. »Hier muss irgendein Fehler vorliegen. Wir arbeiten nicht zusammen mit der Mannschaft. Er kann nichts mit den Green Warriors zu tun haben, denn wenn es so wäre, wüsste ich davon.«

Das erregte meine Aufmerksamkeit.

Josephine neigte verwirrt den Kopf. »Aber er arbeitet mit der Mannschaft. Cam …« Josephine zögerte kurz. »Cam ist der Trainer der Green Warriors.«

Ich hatte schon den Mund geöffnet, um diese Äußerung richtigzustellen – ich tat ihr lediglich einen Gefallen, indem ich vorübergehend als Trainer einsprang –, aber Adalyns Reaktion lenkte mich ab.

Ihre Wangen begannen, in strahlendem Pink zu leuchten, und sie öffnete den Mund.

Weit aufgerissene Augen voller Panik richteten sich auf mich, dann sagte sie: »Er ist gefeuert. Mit sofortiger Wirkung.«

6

Adalyn

*C*ameron Caldani, Torwart-Wunderkind und Premiere-League-Legende, starrte mich an.

»Korrekt«, murmelte ich, obwohl es nicht korrekt war. Ich hatte keine Ahnung, was da über meine Lippen drang. »Das ist meine erste Entscheidung als … Geschäftsführerin der Green Warriors.« O Gott. Hatte mein Job überhaupt eine Bezeichnung? »Und als die neue Verantwortliche für die Aktivitäten des Teams, die sicherstellen soll, dass die Spieler ihr volles Potenzial ausschöpfen, entscheide ich hiermit, dass wir ihn nicht brauchen. Daher ist er gefeuert.« Meine Stimme brach, aber aus irgendeinem Grund fügte ich hinzu: »Schönen Tag.«

Josie blieb stumm.

Cameron blinzelte unendlich langsam. Seine Lippen zuckten auf eine Weise, die ich nicht deuten konnte.

Und während er mich beobachtete, wusste ich, dass ich – wenn er mich jetzt verspottete, wenn er irgendetwas über meinen Daddy sagte oder ob ich mich verfahren hatte oder dass ich nicht hierhergehörte und keine Nacht durchhalten würde – wahrscheinlich heulend zusammenbrechen würde. Oder Schlimmeres. Der Himmel wusste, dass ich in letzter Zeit zu vollkommen unvorhersehbaren Reaktionen neigte.

Als seine Lippen also zur Ruhe kamen – verzogen zu einem

Schmollmund, den ich nicht deuten konnte –, hielt ich den Atem an. »Was werden Sie nun tun?«

Okay.

Damit konnte ich arbeiten. Feindseligkeit. Zynismus. Selbst Herablassung. Daran war ich gewöhnt.

»Ich werde gar nichts tun«, erklärte ich fest. »Weil ich es bereits getan habe. Sie sind aus Ihrer Trainerposition entlassen.«

Josie schien sich langsam zu erholen, weil sie ein verlegenes Kichern ausstieß. »Ich glaube, das ... freundschaftliche Geplänkel gerät ein wenig außer Kontrolle. Wie wäre es, wenn wir Cam zum Training zurückkehren lassen und das alles später über einem Stück Red Velvet Cake besprechen? Das ist heute die Tagesspezialität in *Josie's Joint,* und für Neuankömmlinge geht das erste Stück aufs Haus.«

»Es besteht keine Notwendigkeit, irgendetwas zu besprechen«, antwortete ich, den Blick auf Cameron gerichtet, der den Kopf schräg gelegt hatte und mich auf seltsame Weise musterte. »Wer hat ihn angestellt?« Mir fiel etwas ein. »Hat mein Vater ihn auch hierher geschickt?«

Cameron Caldani kniff die Augen zusammen, und in diesen grünen Tiefen flackerte ein neues Gefühl auf, das ich nicht deuten konnte. Wieso war dieser Mann ein wandelndes Rätsel, das ich nicht lösen konnte? Das gefiel mir nicht.

»Ich ... habe das getan.« Josie zögerte. »Nun, ich würde nicht das Wort *anstellen* verwenden, nachdem er keinen Cent dafür bekommt. Ein besseres Wort wäre ... rekrutiert. Ja, ich habe Cam rekrutiert.«

»Du hast mich freiwillig gemeldet«, hielt er bitter dagegen.

Josie lachte, und diesmal klang es etwas natürlicher. »Ich weiß, ich weiß. Aber die Mädchen brauchen einen Trainer, und du brauchtest, nun ja, du weißt schon. Ruhe und Frieden. Also war es perfekt, weil du bereits hier warst und eine Mannschaft wie diese zu trainieren wirklich ein Kinderspiel ist.«

»Ich brauche dringend Kaffee.«

Ich ignorierte seine letzten Worte, weil ... Ruhe und Frieden?

Die Mädchen? Eine Mannschaft wie diese? Ich beschloss schnell, dass die Aussicht, zur Abwechslung mal mit einer Frauenmannschaft zu arbeiten, mich durchaus reizte, aber irgendetwas entging mir. »Ich … ich verstehe nicht. Können wir noch mal einen Schritt zurückgehen? Vergessen, dass er hier ist und uns gestört hat?«

Cameron brummte.

»Ich vermute, ich kann dir genauso gut jetzt das Team vorstellen«, meinte Josie zu mir. »Die Warriors of Green Oak sind – oder vielmehr waren – eine Institution in dieser Gegend«, erklärte sie mit einem neckischen Zwinkern. »Als meine Mom jung war, hatten wir die einzige Frauenfußballmannschaft in dieser Gegend. Zumindest, bis die jungen Leute alle in die größeren Städte ausgewandert sind und alles irgendwie … den Bach runtergegangen ist. Irgendwann ist die Mannschaft ausgestorben und zu einer schönen Erinnerung geworden. Mom lebt nicht mehr, aber Grandpa Moe erzählt tolle Geschichten aus dieser Zeit.« Sie tätschelte mir mit einem traurigen Lächeln die Hand. »Ich werde ihn dir vorstellen. Er führt Cheap Moe's und Outdoor Moe's. Und früher hat ihm auch mein Café gehört, ehemals bekannt als *Moe's Joint*. Er wird dich lieben. Auf jeden Fall habe ich das Team letztes Jahr wieder zum Leben erweckt. Ich habe beschlossen, es in Green Warriors umzubenennen, weil der Name einprägsamer klingt.«

Das erklärte, warum Matthew sich am Telefon so geziert hatte, mir zu erzählen, was er über die Mannschaft herausgefunden hatte. Das waren … eine Menge Informationen, die ich erst mal verdauen musste. Angefangen mit der Tatsache, dass die Green Warriors, früher bekannt als die Warriors of Green Oak, schon bessere Tage gesehen hatten. Gefolgt von dem Fakt, dass die Bürgermeisterin der Stadt, eine Frau meines Alters in einer grünen Latzhose mit einem Muster aus Gänseblümchen, die mir in einer Minute eine Menge persönliche Informationen anvertraut hatte, das Team erst letztes Jahr wieder zum Leben erweckt hatte. »Ich … ich glaube, ich hätte ein paar Fragen. Themen, die ich gerne klarstellen und diskutieren würde. Sofort, wenn das in Ordnung ist.«

»Ich werde dir die Fotos zeigen«, bot sie an. »Meine Mom hat alle aufgehoben. Und ich muss sagen, es ist eine echte Begegnung mit der Vergangenheit!« Dann schien ihr etwas einzufallen. »Oh! Und das Aufregendste hätte ich fast vergessen: Wir werden unser County bei der Six Hills Little League vertreten!«

Das ließ mich zögern. »Little League?«

Ein enthusiastisches Nicken. »Die Green Warriors waren letzte Saison das beste U10-Team im County, also haben wir uns für die Six Hills qualifiziert. Jippieh!«

Ich spürte, wie ich bleich wurde. »U10?« Ich glaube, ich flüsterte die Worte, aber das Blut rauschte in meinen Ohren, und mir war plötzlich schwindelig. Josies Lächeln verblasste. »Was meinst du …«

Bevor ich die Frage fertig formulieren konnte, stürzte sich ein Schwarm Kinder auf uns. Kinder. Kleine Mädchen. In farbenfrohen Shorts und Turnschuhen und mit Pferdeschwänzen, die in alle Richtungen wippten. Und zu meiner großen Verwunderung entdeckte ich auch ein Tutu. Eines der Mädchen hielt einen Fußball unter dem Arm. Und alle wirkten, als wären sie irgendwo unter zehn Jahre alt.

»Adalyn.« Josies Stimme durchdrang den Nebel aus Verwirrung und Unglauben in meinem Kopf. »Mit großer Freude möchte ich dir die Green Warriors vorstellen.«

Ich starrte blinzelnd auf die Mannschaft hinunter. Und sie blinzelten zu mir auf. »Aber mein Vater …«, setzte ich an, nur fiel mir nichts anderes ein als ein Sturm aus Fragen. »Mein Vater hat nie … Das ist nicht … Warum … Wir reden von *Kindern?*«

Aus irgendeinem Grund landete mein Blick auf Camerons Gesicht, der mich anstarrte, als wäre ich ein Rätsel, das er nicht lösen konnte. Oder als würde mir jeden Moment ein zweiter Kopf wachsen. Ich war mir nicht sicher. Es ergab keinen Sinn. Nichts von alledem ergab Sinn. Ich …

»Juniper«, rief er einem der Kinder zu. »Könntest du bitte einen Eisbeutel für Adalyn bringen?«

»Ich mache das!«, schrie jemand, und ein Chaos aus Zöpfen und unordentlichem schwarzem Haar sauste an mir vorbei.

»Danke, María«, grummelte er, den Blick immer noch auf mich gerichtet.

Wahrscheinlich hätte ich mich beschweren sollen. Aber mir fehlte einfach die Energie dafür. Ich stand auf diesem Grasflecken und fühlte mich niedergeschlagener als je zuvor. Ich hatte gedacht, mein vollkommen fehlgeleiteter Angriff auf das Team-Maskottchen wäre mein absoluter Tiefpunkt gewesen. Dann, als ich herausgefunden hatte, dass es ein Video davon gab und der Clip viral gegangen war, hatte ich gedacht, dass ich den Tiefpunkt unter dem Tiefpunkt erreicht hatte. Aber dann war ich verbannt und weggeschickt worden, nur um festzustellen, dass ich in einer winzigen, schäbigen Jagdhütte mitten in den Bergen untergebracht war. Und ich hatte gedacht, das war's. Das ist der tiefste Tiefpunkt.

Ich hatte mich geirrt.

Den hatte ich erst jetzt erreicht.

Die Green Warriors waren mein Tiefpunkt. Diese Kindermannschaft, die den Schlüssel zu meiner Erlösung hielt, war der absolut tiefste Tiefpunkt.

Die Mädchen bewegten sich um uns herum. Vage war ich mir bewusst, dass Josie mit ihnen interagierte. Blinzelnd kehrte ich in die Realität zurück und musste feststellen, dass ich immer noch mit offenem Mund Cameron anstarrte. All dieses dunkle Haar, diesen ungepflegten Bart, die grünen Augen, in denen eine Mischung aus Neugier und … Sorge leuchtete. Er trug sogar Trainingskleidung. Ein langärmliges Sportoberteil, das förmlich an seiner Brust klebte und seine Schultern noch breiter wirken ließ. Und Shorts. Nylonshorts, die nur bis auf die Mitte seiner Oberschenkel reichten.

»Was …«, hörte ich mich selbst murmeln. »Was tun Sie hier? Wieso sind Sie hier? Das ergibt keinen Sinn.« Und was ich redete, ergab auch keinen Sinn. Aber ich war verwirrt und überrumpelt, und mein Hirn schien sich an dieser einen Tatsache festgebissen zu haben. »Sie sind Cameron C...«

Josies panisches Gesicht erschien neben dem von Cameron, der mich jetzt mit einer Feindseligkeit anstarrte, die gerade noch nicht vorhanden gewesen war. »O nein. Nein, nein.« Josie lachte, aber ich hörte die Anspannung in ihrer Stimme, die sie zu einem drängenden Flüstern senkte: »Hier ist er nur Cam.«

Mein entgeisterter Blick huschte in Camerons Richtung. Bevor ich etwas tun konnte, wirbelte er herum und lief davon.

Josie seufzte.

Und ich ... Was war gerade geschehen? Wieso verschwand Cameron so plötzlich? Und wieso verbarg Josie Camerons Identität?

Doch statt all diese berechtigten Fragen zu stellen, beobachtete ich, wie er am Rand des heruntergekommenen Trainingsplatzes entlangschritt, und fragte: »Stürmt er immer so vom Platz?«

»Denk nicht groß drüber nach«, erklärte Josie so voller Überzeugung, dass ich sie überrascht ansah. »Cam ist ein bisschen ... unnahbar, aber ich bin mir ziemlich sicher, dass er zurückkommen wird.«

»Ich hoffe wirklich, du irrst dich«, stieß ich hervor, was mir einen neugierigen Blick von Josie einbrachte. »Ich habe ihn aus gutem Grund gefeuert.« Ich musste mich nur noch entscheiden, wie dieser Grund eigentlich lautete.

Sie lachte, als wäre das ein Witz gewesen. Aber vielleicht war das einfach Josies Art. Vielleicht gehörte sie zu diesen Das-Glas-ist-halb-voll-Menschen. Die immer strahlten. Trat dem Leben mit einem Lächeln entgegen. Eine Optimistin.

»Es ist besser so«, erklärte ich ihr. »Unsere Abneigung ist gegenseitig. Wir hatten keinen guten Start, und ... er hat akzeptable Gründe, mich zu hassen. Ich ...« Ich schüttelte den Kopf. »Könnte sein, dass ich heute Morgen sein Haustier überfahren habe.« Josie riss die Augen auf. »Ich weiß. Ich fühle mich schrecklich, aber es ist nicht so einfach, ein Huhn in einer Einfahrt zu bemerken.«

Und anscheinend fiel es mir auch schwer, einen über einen Meter neunzig großen Fußballspieler zu sehen.

Josie schlug die Hand vor den Mund, um ein Lachen zu unterdrücken. Amüsierte Falten bildeten sich in ihren Augenwinkeln. »Oh, mach dir wegen des armen Tiers keine Sorgen, Hühner sind ziemlich widerstandsfähig. Ich bin mir sicher, es lebt und gackert.« Sie deutete auf meine Stirn. »Hast du dich dabei verletzt? Ich wollte nicht unhöflich sein und nachfragen, aber das sieht frisch aus, und Cam hat eines der Kinder gebeten, einen Eisbeutel zu holen.« Sie musterte mich besorgt. »Du solltest dich untersuchen lassen.«

»Das wurde mir schon mal gesagt«, flüsterte ich niedergeschlagen.

»Ich werde dich zu Grandpa Moe bringen, wenn wir hier fertig sind. Er war früher Sanitäter und arbeitet manchmal ehrenamtlich.«

»Das ist nichts«, versicherte ich ihr, während ich mich fragte, was dieser Mann eigentlich noch alles tat. »Tut kaum weh.«

»Ich bestehe darauf.«

»Okay«, gab ich nach, dann richtete ich den Blick wieder auf die Gruppe von Mädchen, die sich inzwischen auf dem Gras niedergelassen hatten und sich fröhlich unterhielten. Die Kleine mit dem Tutu warf mir immer wieder anklagende Blicke zu, als hätte ich gerade jeden Spaß im Keim erstickt … was unerwartete Schuldgefühle in mir auslöste. Ich wandte mich an Josie. »Ich weiß, äh, die Vorstellung, dass jemand wie … Cameron die Mannschaft trainiert, muss dich begeistert haben, ich kann dir indessen versichern: Jetzt, wo ich hier bin, geht es auch ohne ihn.«

Josie lächelte, aber nur kurz. »Ich wüsste sehr zu schätzen, wenn du Camerons Identität für dich behalten könntest.« Ihre Miene wurde ernst. »Niemand in der Stadt weiß Bescheid.«

»Aber …« Meine Stimme verklang. Die Zahnräder in meinem Kopf drehten sich. Versteckte … sich Cameron Caldani? War das der Grund, warum er sich in einem Ort wie Green Oak aufhielt? Ich schüttelte den Kopf. »Wie kann es sein, dass niemand ihn erkannt hat?«

»Der Bart?«, bot Josie an. »Die Tatsache, dass er weder Football noch Baseball spielt und kein Influencer ist, der Autos verlost?« Ein weiteres Achselzucken. »Du bist die Erste. Und wir sollten dafür sorgen, dass es so bleibt. Es ist ihm wichtig, und ich möchte das respektieren.« Ihr strahlendes Lächeln kehrte zurück. »Und du weißt doch, wie Kleinstädte sind. Sobald eine Person es herausfindet, weiß ganz Green Oak Bescheid. Und dann das gesamte County. Und bevor wir uns umschauen, werden hier Journalisten auftauchen, um ein Foto von ...« – sie hob hilflos die Hände – »... einem Fußballstar im Ruhestand zu schießen, der die Hühner füttert.«

Ich konnte mir vorstellen, dass das eine tolle Schlagzeile wäre. Cameron Caldani war in den Staaten nie zum echten Star aufgestiegen, aber ich konnte mir ausmalen, was man aus der Story machen konnte.

»Außerdem«, fuhr Josie fort, »bin ich – neben den Vasquez' – eigentlich die Einzige hier, die sich für Fußball interessiert.« Sie stieß den Atem aus, verstummte für einen Moment und warf mir einen geheimnistuerischen Blick zu. »Ich war mal mit jemandem aus der MLS verlobt. So haben Cam und ich uns getroffen.« Sie schürzte die Lippen. Ich konnte die Emotion nicht deuten, die über ihr Gesicht huschte. »Er durfte dabei zusehen, wie die Beziehung in Flammen aufging.«

Ich wandte mich leicht ab und richtete den Blick wieder auf die Gruppe Mädchen. Die Situation war mir nicht unbedingt unangenehm, aber Josie vertraute mir schnell eine Menge persönliche Informationen an. Mir, einer vollkommen Fremden.

»Oh, mach dir keine Sorgen, Süße«, meinte Josie, die mein Schweigen offensichtlich falsch gedeutet hatte. »Es geht mir wieder gut. Das war auch nicht mein einziger Reinfall mit der Liebe. Hm, diese Geschichte erzähle ich dir ein andermal.«

»Freut mich, dass es dir gut geht«, bot ich an, dann zermarterte ich mir das Hirn, um weitere freundliche oder einfühlsame Worte zu finden. »Ich ...« Gott, ich war so schlecht in dieser Art von sozialer Interaktion. »Ich halte mich auch von MLS-Spielern fern?«, bot ich an, was dafür sorgte, dass Josie die Augenbrauen hob. »Die meisten Spieler machen mehr Ärger, als sie wert sind, und, nun ja, als ich mich das letzte Mal mit jemandem eingelassen habe, der in Verbindung zu dieser Welt stand, hat er … aber das wäre zu viel. Ich …«

Ein blau-weiß gestreifter Eisbeutel erschien vor meinem Gesicht und rettete mich davor, irgendetwas von mir zu geben, was ich später bereuen würde.

Ich senkte den Blick auf die kleinen Hände, die den Beutel hielten. »Danke«, sagte ich, schnappte mir das Kühlpack und presste es an meine Stirn. Es brannte.

»Gern geschehen«, verkündete ein braunäugiges Mädchen mit einem breiten Lächeln. »Ich bin María Vasquez. Wann hast du Geburtstag? Ich brauche das Datum, die Uhrzeit und den genauen Geburtsort.«

Ich hörte Josie kichern. »María, hatten wir nicht darüber geredet, dass du Leute einfach nach ihrem Alter fragst?« Sie tätschelte dem Mädchen die Schulter. »Das ist Adalyn. Sie kommt aus … Miami, stimmt's?« Ich nickte einmal. »Und sie wird mit dem Team helfen.«

»Helfen stellt das Ganze etwas simplifiziert dar«, hielt ich dagegen. »Ich werde …«

»Bist du diejenige, die Mr Cam in den Arsch getreten hat?«

»María!«, warnte Josie.

Sie verdrehte die Augen. »Tut mir leid. Ich meinte Mr Cams Hintern. Er hat es neulich Popsch genannt. Er spricht nicht viel, verwendet aber manchmal lustige Worte. Ich glaube, er ist Stier. Und ich vertraue keinen Stier-Männern. Welches Sternzeichen bist du, Miss Adalyn?«

»Ähm, Jungfrau? Allerdi…«

»Aufregend! Bist du unsere neue Trainerin?« Sie warf mir einen Blick zu; musterte mich von oben bis unten. Ihr Blick blieb an meinen Füßen hängen. »Willst du uns in diesen Schuhen trainieren?«

Ich senkte den Blick auf meine Pumps. »Ich werde nicht …«

»O mein Gott!«, quietschte sie, und die Zöpfe an ihrem Kopf wippten bei jedem Wort. »Du siehst aus wie Vanessa Hudgens in *Prinzessinnentausch*. Willst du das Team einer Frühjahrskur unterziehen?« Sie drehte sich um. »Leute, kommt her! Wir haben eine neue Trainerin!«

»Ich …« Meine Lippen bewegten sich wortlos. »Was?«

Der Rest der Mädchen sah zu uns, aber keine der Kleinen schien ansatzweise so begeistert wie María. Tatsächlich wirkten manche von ihnen, selbst auf diese Entfernung, als hätten sie … Angst vor mir. Eines der Mädchen grummelte sogar: »Sie sieht nicht aus wie eine Prinzessin.«

»Kann Trainer Cam uns nicht weiter coachen?«, fragte jemand anders.

»Ehrlich, mir war Grandpa Moe am liebsten. Er hat uns fast immer einfach spielen lassen.«

»Ich will auch Trainer Cam. Wieso musste sie ihn vertreiben?«

Dieser letzte Kommentar sorgte dafür, dass mir die Kinnlade nach unten klappte.

Josie hängte sich bei mir ein.

»Willkommen bei den Green Warriors, Adalyn«, sagte sie. Ihr fröhlicher Tonfall passte überhaupt nicht zu der Diskussion, die die Mädchen führten. »Ich werde dir die Stadt zeigen, sobald das Training beendet ist. Es gibt nicht viel zu sehen außer ein paar Läden auf der Main Street und die Vasquez-Farm, die ein paar Meilen südlich liegt, aber du hast bereits eine wichtige Bekanntschaft gemacht: mich.« Sie grinste. »Und dieses Stück Red Velvet Cake wartet auf dich, wenn du es möchtest.«

Die Bestätigung, wie klein Green Oak war, hob nicht gerade meine Lebensgeister, aber Josie war nett. Und ich war es nicht gewöhnt, dass Leute mich mit offenen Armen willkommen hießen. Egal, was für ein privilegiertes Leben ich auch geführt haben mochte, mit Hunderten von Möglichkeiten, Einblick in verschiedenste soziale Kreise zu bekommen, ich hatte mich immer abseits gehalten. Es fiel mir nicht leicht, Verbindungen zu Leuten aufzubauen – oder vielleicht war ich einfach unfähig. Auf jeden Fall gab es außer Matthew nicht viele Leute in meinem Leben, die ich als Freunde betrachtete.

Also würde ich ihr Angebot nicht ablehnen. Genauso wenig wie den Kuchen. Mit der Bürgermeisterin befreundet zu sein hätte sicher seinen Nutzen – und ich hatte definitiv mehr Kurven als Vanessa Hudgens, was eine Menge damit zu tun haben mochte, dass ich ein Schleckermaul war.

Doch bevor ich auch nur den Mund öffnen konnte, um Josies Angebot anzunehmen, erklang unglücklicherweise ein lautes Keuchen von einem der Mädchen, das sein Handy in der Hand hielt, und zog so unsere Aufmerksamkeit auf sich.

»Ist das nicht Miss Adalyn?!«, kreischte sie förmlich und zeigte auf das Display. Alle Mädchen drängten heran. Mein Herz verkrampfte sich, und ich riss alarmiert die Augen auf. Josie runzelte verwirrt die Stirn. »Heiliger Bimbam.« Die Kinder starrten schockiert. »Wieso verprügelt sie einen riesigen Vogel?«

So viel zu dieser kurzen Atempause.

◎ ◎ ◎

Ich war auf dem Weg ins Bett, als mein Handy den Ton von sich gab, den ich Matthew zugeteilt hatte.

Noch bevor die alberne, fünfsekündige Melodie wirklich einsetzen konnte, die er bei unserer letzten Begegnung für sich selbst gewählt hatte, hielt ich das Handy schon in der Hand.

> **Matthew**: *Hast du die sozialen Medien gecheckt, seitdem wir uns das letzte Mal unterhalten haben? Oder überhaupt?*

Ich setzte mich auf diese schreckliche – und ich fürchtete auch von Ungeziefer bewohnte – Matratze und starrte ein paar Sekunden lang auf den Bildschirm. Wir hatten vor ein paar Stunden telefoniert, während ich von *Josie's Joint* zurück nach Lazy Elk gefahren war. Es war ein kurzes Telefonat gewesen, um Matthew auf den neuesten Stand zu bringen – ich hatte Kuchen gegessen, vielleicht eine Freundin gewonnen, Grandpa Moe ist ein charmanter alter Mann, Green Oak ist unglaublich klein, es gibt jede Menge Outdoor-Zeug, mein wohltätiges Projekt ist eine Kindermannschaft, sie wissen bereits von Sparkles, eines der Mädchen trägt ein Tutu. Und das alles hatte Matthew mit *Habe ich dir doch gesagt* kommentiert. Oder vielmehr mit einer Long-Version dieser fünf Worte, in denen er mich ermunterte, meine Sachen zu packen und nach Miami zurückzukehren. Ich hatte einfach aufgelegt.

Adalyn*: Ich war seit dem Flughafen nicht mehr online. Viel zu tun. Und der Empfang hier ist unzuverlässig.*

Die drei Punkte tanzten einen langen Moment, was dafür sorgte, dass ich nervös hin- und herrutschte, sodass der raue Stoff der Überdecke über meine Schenkel kratzte. Unglücklicherweise hatte ich nur ein Set aus Schlafshorts und Tanktop eingepackt – meine übliche Schlafkleidung und ein weiterer Beweis, wie kurzsichtig ich gewesen war. Hätte ich eine ordentliche Recherche gestartet und gewusst, dass meine Mietwohnung mit Dingen wie Geweihen an den Wänden, jeder Menge Staub und rauen Flanelldecken ausgestattet sein würde, hätte ich mir noch schnell den längsten, dicksten Pyjama gekauft, den ich finden konnte.

Matthew*: Bitte bedenke, dass ich dir das nur schicke, weil ich weiß, dass du es wissen wollen würdest.*

Das sorgte dafür, dass mir das Herz in die Hose rutschte. Gewöhnlich schrieb Matthew zuerst, um später erst nachzudenken.

Adalyn*: Wieso warnst du mich vor? Schick mir einfach den Link.*

Matthew: *Bevor ich ihn schicke, will ich,*
dass du mir versprichst, dass du mich anrufst,
sobald du hohldrehst.

Adalyn: *Ich drehe nicht hohl.*

Matthew: *Nenn es, wie du willst.*

Adalyn: *LINK.*

Ein seltsames, kratzendes Geräusch sorgte dafür, dass ich den Blick vom Handy hob. Ich musterte die schlecht beleuchtete Hütte, weil ich mich fragte, ob ich mich zusätzlich zu allem anderen auch noch mit irgendeinem … wilden Tier herumschlagen müsste, das in den Schuppen eindrang.

Auf dem Bildschirm erschien ein Link.

Ich klickte und wurde sofort zu TikTok weitergeleitet. Der Clip, der startete, war mir vertraut. Ich trug meinen burgunderfarbenen Hosenanzug, der momentan in dem Koffer unter dem schrecklichen Geweih an der Wand ruhte, und meine Louboutin-Schuhe. Die Erinnerung mochte blockiert oder irgendwo in meinem Kopf beerdigt sein, aber ich erkannte den Clip, der mein Leben auf den Kopf gestellt hatte. Ich wusste, was als Nächstes passieren würde. Gleich würde ich …

Ein Techno-Beat setzte ein. Nur dass es eigentlich kein Beat war. Nicht wirklich. Es war das reißende Geräusch des Polyesters von Sparkles Kostüm, das sich ständig wiederholte – im Loop eingespielt wurde –, um einen Rhythmus zu schaffen. Entsetzt lauschte ich, wie der Mix immer mehr Geräusche aufnahm. Mein Grunzen. Knurren. Seltsame Quietschlaute, die aus meiner Kehle drangen und an die ich mich nicht erinnern konnte. Pauls »Was, zum Teufel«. Alles. Und es war …

»Grauenhaft«, hörte ich mich selbst flüstern.

Abstoßend. Wirklich.

Weil ich jetzt ein Remix war. Ein Song.

Ich schloss die Augen und blieb unbewegt sitzen, während der dreißigsekündige Techno-Mix immer wieder durch die Hütte hallte. Ich spürte, wie Druck sich hinter meinem Brustbein aufbaute, und hörte, wie ein schluchzendes Geräusch aus meiner Kehle drang. Aber das konnte nicht sein, weil ich genau wusste, dass ich nicht weinte. Ich würde nicht weinen. Ich konnte nicht weinen. Also blieben meine Augen trocken.

Ich erinnerte mich daran, dass ich eine unerschütterliche Statue war. Eine Eiskönigin.

Dann schluckte ich alles hinunter, schüttelte den Kopf, vergrub diesen Druck so tief in mir, wie ich nur konnte, und kehrte zu meiner Nachrichten-App zurück.

Adalyn: *Eindrucksvoll.*

Matthew schickte mir eines dieser GIFs, die ich nicht verstand. Aber diesmal fragte ich nicht nach. Ich hatte eine Mission. Das hier war vollkommen unwichtig, und ich würde es einfach zur Seite wischen.

Adalyn: *Also brauchen Leute dringend*
produktivere Wege, ihre Freizeit zu füllen.
Kaum überraschend.

Matthew: *...*
Matthew *... Geht es dir gut?*
Adalyn: *Ich drehe gerade nicht hohl,*
falls du das wissen willst.
Matthew: *Bist du dir sicher? Das ist heftig.*
Es wäre okay, wenn du ... keine Ahnung.
Aus reinem Frust vor Wut Morddrohungen
ausstoßend, nackt durch den Wald
rennen würdest.

Ich verdrehte die Augen.

Adalyn: *Sehr farbenfrohes Bild.*
Adalyn: *So stellst du dir jemanden vor,*
der hohldreht? Nackt?

Matthew: *Ich stelle mir alle immer nackt vor.*
Selbst dich. Ich bin ein einfacher Mann mit einer
schlichten Fantasie. Ockhams Rasiermesser.
Adalyn: *Das ist nicht die Bedeutung*
von Ockhams Rasiermesser.
Matthew: *Du weißt, was ich meine.*

Wusste ich tatsächlich.

Adalyn: *Nun, ich drehe nicht hohl.*
Und ich bin auch nicht nackt.
Matthew: *Okay. Ich glaube dir. Aber ...*
ruf mich an, wenn du mich brauchst, okay?
Adalyn: *Klar. Gute Nacht.*
Matthew: *Du bist eine schrecklich*
schlechte Lügnerin. Nacht, Addy.

Ja. Ich log in jeder Hinsicht.

Mit einem Seufzen sperrte ich mein Handy und hängte es zum Laden an. Ich rollte mich auf das Bett, unfähig, diesen seltsamen Druck zu vertreiben. Sosehr ich mich auch bemühte, dem Clip keine Bedeutung zuzumessen, von der Existenz dieses Remix zu erfahren, hatte mich aufgewühlt. Der Clip bekam immer noch Aufmerksamkeit. Ich war immer noch viral. Ich war #LadyBirdinator, verdammt. Und die Mädchen – die Kinder in der Mannschaft, die ich leiten und in eine Erfolgsstory verwandeln sollte, welche mir Vergebung erkaufen und so zu meinem Ticket zurück nach Miami werden sollte – hatten bereits davon erfahren. Josie hatte den Clip mit einem Lachen abgetan, hatte mir sogar meine Erklärung abgekauft, es wäre nur ein Unfall gewesen. Aber es war lediglich eine Frage der Zeit, bis die gesamte Stadt von dem Video wusste und es auch gesehen hatte.

Sofort sah ich in meiner Fantasie ausdrucksstarke grüne Augen vor mir. *Tatsächlich vermute ich, dass Sie nicht mal eine ganze Nacht da drin überleben werden.*

Ich schüttelte mich, als könnte ich auf diese Weise das Gesicht dieses Mannes aus meinen Gedanken vertreiben. Ich musste mich entspannen, wenn ich jemals schlafen wollte – und Cameron Caldani hatte genau den entgegengesetzten Effekt. Also konzentrierte ich mich darauf, meine Muskeln zu lockern und meinen Kopf zu leeren.

Und sofort hörte ich wieder den Rhythmus dieses Techno-Remix.

»Herrgott«, murmelte ich und griff nach meinen AirPods.

Ich schob sie mir in die Ohren, schnappte mir mein Handy und startete einen Podcast.

»Hallo, meine True-Crime-Liebhaber«, erklang die Stimme meines liebsten Podcasters. Die Stimme des Kerls war nicht so tief wie die von Cameron, aber er hatte einen ähnlichen Akzent. Was ziemlich ironisch war. Und unwichtig. Ich schloss die Augen und stieß den Atem aus. »In der heutigen Episode nehme ich euch mit in die wildeste Tundra von Alaska. Also verriegelt eure Türen, setzt euch in euren bequemsten Sessel, und lasst uns in der Zeit zurückreisen, zu dem Fall von Alaskas Schlächter ...«

Den Kopf im Kissen vergraben, konzentrierte ich mich auf den beruhigenden Tonfall und die faszinierenden Bilder in meinem Kopf. Ich hatte mir diese Episode für einen schlechten Tag aufgespart, aber als die Geschichte voranschritt, spürte ich, dass diese Stimme mich nicht mehr so beruhigen konnte. Es wollten keine farbenfrohen Bilder in meinem Kopf entstehen. Stattdessen vermittelten sie mir ein unheimliches, verstörend vertrautes Gefühl. Besonders angesichts des Geweihs, das ...

Etwas knisterte in der Hütte. Oder knirschte. Oder knackte.

Ich stoppte die Episode.

Unendlich langsam setzte ich mich auf und musterte die Schatten, welche die Hütte füllten, wobei ich darum betete, dass ich mir nur etwas einbildete. Aber die Wahrheit lautete, dass ich nie mit einer lebhaften Fantasie gesegnet gewesen war. Und ich war mir sicher, dass ich auf der anderen Seite der Hütte etwas gehört hatte.

Wieder ein Knirschen. Diesmal näher.

Ich hielt den Atem an, und meine Schläfen begannen im Takt meines Herzens zu pochen. Ich riss die Kopfhörer aus den Ohren und starrte erneut in jede Ecke, in jeden Schatten, konnte aber nichts entdecken.

Schon beim Gedanken, dass irgendein Tier oder – Himmel – irgendein irrer Schlächter aus Alaska sich in die Hütte geschlichen haben könnte und mich beobachtete, rann mir ein eiskalter Schauder über den Rücken. Irgendein dämlicher Instinkt brachte mich dazu, die Hände in der Bettdecke zu vergraben und sie mir bis ans Kinn zu ziehen. Der Stoff war so rau, dass es sich anfühlte, als würde etwas über meine Haut kriechen. Aber das Gefühl entsprang sicherlich meiner Paranoia. Ich schnappte mir mein Handy und schaltete die Taschenlampe ein. Es war nicht möglich …

Kleine, katzenähnliche Augen blinzelten aus der Dunkelheit in meine Richtung.

Und genau im selben Moment bewegte sich etwas unter meinem Hintern. Unter *mir*.

Ich schrie. Ich sprang aus diesem Bett, schnappte mir alle Gegenstände auf dem Nachttisch und rannte.

»Nein, nein, nein, nein, nein. Nein!« Ich schnappte mir das erste Paar Schuhe, das ich fand. Die Stilettos, die ich heute getragen hatte. »Das war nicht Teil der Abmachung.« Ich rannte quer durch die Hütte. Ich war verängstigt und stinkwütend auf die Frechheit des Universums, mir zusätzlich zu allem anderen auch noch so etwas auf den Teller zu laden. »Ich sollte den Tiefpunkt erreicht haben«, fuhr ich fort, als ich das Geweih erreichte und mir die Handtasche schnappte, die ich dort aufgehängt hatte. »Alles, was bisher passiert ist, sollte mein Tiefpunkt gewesen sein. Es darf nicht noch mehr kommen.«

Aber offensichtlich stimmte das nicht.

Und was schlimmer war: Cameron Caldani hatte recht gehabt. Ich würde nicht durchhalten. Nicht mal eine Nacht.

7

Cameron

nverantwortliches, stures Weib«, sagte ich, als ich aus dem Fenster sah. Ich machte mir die Mühe, ein paarmal zu blinzeln, nippte sogar noch mal an meinem Kaffee – French Press, ein schrecklicher, wässriger Witz, wenn man bedachte, dass ich eigentlich Espressotrinker war. Aber ich hatte meine Maschine zurückgelassen. Auf jeden Fall mussten meine Augen mich täuschen. Entweder das, oder ich hatte von Anfang an recht gehabt.

Ich wirbelte auf dem Absatz herum, ein klares Ziel im Blick – die Tür –, aber dann hörte ich, wie Willow mich aus der Küche rief. Bevor wir nach Green Oak gekommen waren, wäre ich davon ausgegangen, dass sie sich fragte, wieso wir nicht frühstückten, aber ihr unablässiges Jaulen und Miauen hatte jetzt gewöhnlich nichts mehr mit Essen zu tun. Anders als Pierogi hatte Willow sich aufgeregt, seitdem die erste Kiste in L. A. gepackt worden war. Und sie hatte absolut klargestellt, wen sie für die Unannehmlichkeiten für verantwortlich hielt, die sie durchleiden musste. Mich. Als ich also das Wohnzimmer durchquerte und sie auf der Arbeitsfläche der Küche entdeckte, direkt neben der Drückkanne für meinen Kaffee, wusste ich genau, was mich als Nächstes erwartete.

»Könntest du es bitte gut sein lassen?«, fragte ich eine meiner zwei Katzen. »Ich kann mich nur um eine komplizierte, frustrierende Frau gleichzeitig kümmern.«

Schweigend hielt sie meinen Blick, schob sich gleichzeitig näher an die Kanne heran. Forderte mich heraus.

»Willow«, sagte ich warnend, doch sie hob nur die Pfote. »Ich schwöre bei Gott, Willow. Dieser Kaffee mag nicht schmecken, aber wenn du …«

Sie unterbrach mich mit einem Maunzen. Als wolle sie mir sagen, mir ist egal, was du denkst oder nicht denkst. Und herrje, mir entfuhr ein humorloses Lachen. Wie konnte es sein, dass die Katze, die ich vor Jahren adoptiert hatte, mich an eine Frau erinnerte, die ich seit weniger als einem Tag kannte?

Diese kleine, hinterhältige Pfote rutschte näher an die Kaffeekanne heran, und ich wurde wieder ernst. »Willow«, sagte ich, diesmal sanft, fast flehend. »Ich weiß, dass du hier nicht glücklich bist, aber wir müssen uns alle …«

Willow sprang vom Tresen und sauste durch den Flur davon.

»… anpassen«, beendete ich meinen Satz, den Blick auf die Schlammspur gerichtet, die sie hinterlassen hatte. Ich hob die Stimme. »Und bitte hör auf, dich aus dem Haus zu schleichen.«

Pierogi hob den Kopf von der Armlehne der Couch und warf mir einen nachsichtigen Blick zu.

»Danke, Pi«, meinte ich.

Mein Handy piepte auf der Kücheninsel. Ich schnappte es mir. Ein schneller Blick verriet mir, wer es war – Liam, mein ehemaliger Agent – und was er wollte – eine Angelegenheit, für die mir schlichtweg die Energie fehlte.

Also sperrte ich den Bildschirm, schob das Gerät in die Tasche und gönnte mir fünf Sekunden, um mich zu sammeln. Dann stampfte ich aus dem Haus auf die Veranda. Ich wollte mir selbst nichts vormachen. Ein großer – und lauter – Teil meiner selbst wusste, dass ich mich nicht in das Leben dieser Frau einmischen sollte. Ich sollte nicht mal daran denken, zu ihr zu gehen. Diese Frau wusste, wer ich war, und wäre fast vor den Mädchen damit herausgeplatzt.

Ich hatte fast einen Monat lang meine Anonymität gewahrt. Ich ging wandern, holte mir Kaffee in *Josie's Joint*, leitete, seitdem die Saison begonnen hatte, widerwillig dreimal die Woche das Training und blieb sonst für mich. Schon das Training ging über das hinaus, was ich eigentlich hier gesucht hatte. Ruhe und Frieden. Schweigen. Natur. Nichts, was mit Fußball – oder Soccer, kommentierte ich innerlich genervt – zu tun hatte. Ja, selbst nach fünf Jahren in L. A. lief mir immer noch ein Schauder über den Rücken, wenn jemand den Sport, den ich so liebte, anders nannte als Fußball.

Das Erscheinen dieser Frau brachte alles durcheinander. Adalyn Elisa Reyes brachte nichts als Unannehmlichkeiten, und ich sollte nicht auf dem Weg zu ihrem Auto sein. Ich hätte in die entgegengesetzte Richtung gehen sollen. Wahrscheinlich hätte ich sogar aus der Blockhütte ausziehen sollen. Die Stadt verlassen.

Ich wusste, dass sie nur Ärger bringen würde mit ihren schicken Kostümen, ihren hohen Absätzen und ihren Plänen, das volle Potenzial des Teams auszuschöpfen oder ähnlicher Quatsch, bei dem ich damit rechnete, dass er nur Aufmerksamkeit bringen würde, die ich weder brauchte noch wollte.

Und doch durchquerte ich den Garten und schlug mit der Faust gegen das Fenster ihres Autos.

Ohne auf das starke Déjà-vu-Gefühl zu achten, wartete ich darauf, dass die auf dem Fahrersitz zusammengerollte Frau reagierte. Wieder einmal lehnte ihr Kopf am Fenster, und ihre Lippen waren leicht geöffnet, aber ihre Miene war im Schlaf entspannt. Meine Augen verrieten mich, indem sie an ihrem Körper nach unten glitten. Ich bemerkte, dass sie mit beiden Armen ihre nackten Beine umklammert hielt. Ich fluchte leise. Sie trug so gut wie nichts. Nur eine seidige, zarte Schlafkombination, die kaum etwas der Fantasie überließ.

Hitze entzündete sich in meinem Bauch.

War sie verrückt? In dieser Gegend war der September ein relativ milder Monat, aber nachts konnte die Temperatur gute fünfzehn Grad fallen. Sie könnte …

Ach, zum Teufel damit. Mir war egal, ob diese Frau fror oder nicht.

Ich riss den Blick von all der zur Schau gestellten, nackten Haut los und trommelte wieder ans Fenster. Diesmal fester.

Sie schreckte auf.

Ihr gesamter Körper zuckte zusammen, und sie schlang die Arme um den Oberkörper. Dabei wirkte sie so desorientiert und verängstigt, dass ich mich für einen kurzen Moment schlecht fühlte. Ich. *Ich* bereute meine Handlungen, obwohl sie es war, die sich lächerlich unverantwortlich benahm.

Ihr Blick fand mich. »Sie schon wieder«, höhnte sie. Die Worte drangen nur gedämpft durch die Scheibe. »Sie haben mir Angst eingejagt! Was, in aller Welt, denken Sie, was Sie da tun?«

»Was ich tue?« Ich war entgeistert. »Die bessere Frage lautet, wieso, in aller Welt Sie in Ihrem Auto schlafen. Sind Sie verrückt?«

»Was ich tue, geht Sie nichts an.« Sie drehte den Kopf, sodass ich ihr Profil betrachten konnte.

Ich atmete langsam aus, dann stemmte ich die Hände aufs Autodach und lehnte mich näher ans Fenster. »Sie campieren in meinem Garten, und damit geht es mich etwas an. Könnten Sie das Fenster öffnen, damit wir uns nicht gegenseitig anschreien müssen?«

»Unseren Garten«, sagte sie, den Blick auf die Windschutzscheibe gerichtet. »Und Sie schreien immer. Ob mit oder ohne Autoscheibe.«

Ich seufzte verbittert. »Adalyn«, sagte ich. Dieses Wort alleine reichte aus, dass sie den Kopf schüttelte und widerwillig das Fenster senkte.

Sobald es offen war, nagelte sie mich mit einem trockenen Blick fest. »Also? Wie kann ich Ihnen helfen?«

Meine Brauen schossen nach oben. »Entschuldigung?«

»Oh, wo sind nur meine Manieren?« Ihre Stimme triefte förmlich vor Sarkasmus. »Guten Morgen, Nachbar. Kann ich Ihnen an diesem frischen, schönen Morgen irgendwie behilflich sein?« Ihre

Lippen verzogen sich zum künstlichsten Lächeln, das ich je gesehen hatte. »Ist das besser?«

Ich blinzelte die Frau an. Starrte eigentlich. Ich war vollkommen verloren. Mal wieder. Niemals – nicht ein einziges Mal in meinem Leben – war es jemandem gelungen, mich so schnell aus dem Konzept zu bringen, wie es diese Frau schaffte. Und ich hatte in meiner Karrieren wirkliche Arschlöcher getroffen.

Als ich schwieg, deutete sie auf meine Hand. »Ist dieser Kaffee für mich? Falls ja, dann nein danke. Nicht nur nehme ich keine Geschenke von Fremden an, sondern ich vertraue Ihnen auch nicht.«

Ich senkte den Blick, um zum ersten Mal zu bemerken, dass ich die Tasse mitgenommen hatte. Himmel. Was stimmte nicht mit mir? »Ich bin kein Fremder.« Ich sah sie erneut an. »Und glauben Sie mir, ich würde mir nicht die Mühe machen, Ihr Getränk zu vergiften oder was auch immer Sie mir gerade unterstellen. Ich habe Sie bewusstlos gesehen, und in diesem Zustand machen Sie genauso viel Ärger wie wach. Wenn nicht sogar mehr.«

»Ich vergesse immer wieder, wie nervig Leute wie Sie sind.«

Leute wie ich. »Engländer?«

»Aufgeblasene Spieler, die glauben, ihnen scheine die Sonne aus dem Hintern.« Sie zuckte mit einer Schulter. »Und übrigens? Sie sind ein Fremder. Ich weiß nichts über Sie, außer Ihren Namen und dass Sie gerne Leute anschreien, besonders Frauen. Während sie im Auto sitzen.« Sie senkte die Stimme. »Klingt in meinen Ohren, als wäre eine Klage nur einen Steinwurf entfernt.«

Ich kniff die Augen zusammen. Sie dachte, sie könnte von der Situation ablenken, indem sie mich beleidigte. »Ich habe Ihnen eine Frage gestellt.«

»Könnte sein, dass ich sie zwischen all dem aggressiven Geschrei und dem aufdringlichen Klopfen überhört habe.« Sie schürzte die Lippen. »Tatsächlich haben Sie …«

»Spar dir den verdammten Bullshit, Darling.«

Sie zog die Schultern hoch. »Ich habe einen Namen …«

»Oh, das weiß ich«, fiel ich ihr ins Wort, bevor sie mich wieder ablenken konnte. »Ich habe es dir, verdammt noch mal, gesagt, Adalyn. Ich habe dir gesagt, dass du keine ganze Nacht in diesem dämlichen Schuppen durchhalten würdest. Also sag mal. Wieso schläfst du hier draußen? In deinem Auto? Ich bin mir sicher, du hast einen guten Grund.«

In diesem Moment sah sie mich an. Sah mich wirklich an. Ihre Miene wurde weich, als hätten meine Worte sie so unvorbereitet getroffen, dass ihre Schutzmauern in sich zusammenfielen. In diesem kurzen Augenblick konnte ich sie endlich sehen. Die Adalyn hinter dem Stolz, den markigen Worten und der ständigen Feindseligkeit, die ich nicht verstand und die mich jedes Mal gegen sie aufbrachte. Und selbst mit dem Haar, das in alle Richtungen abstand, und den dunklen Ringen unter ihren Augen, waren zwei Dinge unmöglich zu übersehen. Adalyn Reyes war schön. Und sie war ein einziger, chaotischer Knoten aus Problemen.

Sie war ein schöner, chaotischer Knoten aus Unannehmlichkeiten, den ich so bald wie möglich loswerden wollte.

»Hier draußen schlafen ist nicht sicher«, erklärte ich und hörte, wie meine Stimme sanfter wurde. »Und auch nicht klug. Es ist unverantwortlich. Wenn du also nicht in dem Schuppen schlafen willst, den du gemietet hast, dann verschwinde. Pack deine Sachen, und mach dich vom Acker.« Sie wurde bleich, aber ich sprach weiter. Ich musste diese Botschaft laut und klar überbringen. »Wenn du hergeschickt worden bist, um irgendeine Wohltätigkeitsquote für deinen schicken Club zu erfüllen, lüg einfach. In Ordnung? Das ist einfach. Die meisten Clubs tun es. Fälsch einen Bericht, oder erfinde eine Geschichte, und fahr nach Hause. Hör auf mit der Heuchelei und ...«

Sie riss die Fahrertür auf, so plötzlich, dass ich verstummte und einen Schritt nach hinten stolperte. Sie streckte den Oberkörper aus dem Wagen und deutet mit einem Finger auf mich. »Hör zu«, zischte sie und verriet mir damit, dass ihre Schutzmauern wieder sicher standen. »Und hör genau zu, du sturer, selbstgefälliger, ärgerlicher, nerviger ... Vollpfosten von Mann.«

Ich runzelte die Stirn. »Was ...«

»Wenn du glaubst, du könntest mich herumkommandieren, weil du glaubst, du wärst wichtiger als ich – oder weil du wegen eines Traumas oder eines zu kleinen Penis eine seltsame Art von Überlegenheitskomplex entwickelt hast –, würde ich dir raten, lieber noch mal nachzudenken.«

Wieder schossen meine Brauen nach oben, bis sie fast mit meinem Haaransatz kollidierten. »Ich habe nicht …«

»Ich bin nicht deinetwegen hier«, flüsterte sie laut. Ihr Gesicht lief rot an. »Ich bin für mein Fußball-Franchise hier. Und ich bin keine Journalistin, die einfach … eine Geschichte erfinden kann. Ich nehme meinen Job ernst, und diese alberne Wohltätigkeitsquote ist mein einziges Ticket zurück nach Hause.«

Ich öffnete wieder den Mund, aber sie stieß die Tür noch weiter auf, sodass das Metall mich in den Bauch traf. »Himmelherrgott, Frau. Wieso attackierst du mich ständig mit diesem verdammten Auto?«

Adalyn antwortete nicht, weil sie aus dem Auto stieg und davonstampfte – barfuß, wie ich bemerkte –, ein Paar Schuhe in den Händen.

»Adalyn«, rief ich und verfolgte sie mit dem Blick, als sie an mir vorbeiging. Die Situation war auf eine Weise eskaliert, die ich nicht vorhergesehen hatte, und jetzt fühlte ich mich wie ein Riesentrottel. »Ich …«

Aber Adalyn interessierte nicht, was ich zu sagen hatte. Sie stoppte, wirbelte zu mir herum und zeigte mit einem spitzen Stilettoabsatz auf mich.

»Spar dir jedes Wort, weil es mir egal ist«, sagte sie und sorgte damit dafür, dass ich die Zähne zusammenbiss. »Und diesen Punkt möchte ich absolut klarstellen: Das hier ist der einzige Ort, an dem ich mich auf absehbare Zeit aufhalten werde.« Sie schluckte. Erst da bemerkte ich, wie schwer sie atmete. Verdammt. War ich ein solcher Mistkerl gewesen? »Glaub mir«, fuhr Adalyn mit brechender Stimme fort, »ich wäre nicht in Green Oak, wenn ich irgendetwas dazu zu sagen gehabt hätte. Ich wäre nicht hier, wenn ich nicht aus meinem Leben verbannt worden wäre, als wäre ich austauschbar. Also Gratulation, du hattest recht. Ich habe keine ganze Nacht durchgehalten. Aber du solltest wissen, dass ich nicht in diesem Auto geschlafen hätte, wenn ich eine andere, nicht mit Gott-allein-weiß-was infizierte Wahl gehabt hätte!« Ihre Stimme wurde schriller und schriller. »Wenn meine Gegenwart dich also so sehr belästigt, benimm dich einfach, als wäre ich gar nicht da. Weil ich eine Botschaft für dich habe: Ich gehe *verflixt* noch mal nirgendwohin, *Kumpel!*«

Verflixt. Kumpel. Wollte sie mich verarschen? »Ada…«

Sie wirbelte herum und verschwand in diesem baufälligen Schuppen, während ich wie erstarrt stehen blieb. Allerdings hatte ich eine Antwort auf meine Fragen erhalten. Ja, sie hatte mich offensichtlich verspottet, und ja, ich war definitiv ein Mistkerl gewesen.

Ich schloss die Augen und schüttelte kurz den Kopf, bevor ich einen Knall und einen Aufschrei hörte.

Meine Lider hoben sich gerade rechtzeitig, um zu sehen, wie ein Stiletto aus der Hütte flog und vor meinen Füßen landete.

Ein Stiletto.

Geh weg, ermahnte ich mich selbst. Sie hat dir gerade einen einfachen Ausweg eröffnet. Ignorier sie.

Ich nahm die Schultern zurück, kippte den Rest meines Kaffees, nahm den Schuh vom Boden und stampfte zu ihrer Tür.

Das Erste, was ich sah, als ich das Sweet Heaven Cottage betrat, war Adalyn. Sie atmete immer noch schwer, ihr Haar ein Vogelnest und ihre Arme und Beine offen zur Schau gestellt. Wieder einmal konnte ich nicht anders, als mich von diesem letzten Fakt ablenken zu lassen. Und wieder einmal war ich ehrlich genug, mir einzugestehen, dass mir gefiel, was ich sah. Ich mochte die Kurven ihrer Hüften und Schenkel, den Anblick ihrer nackten Füße und sogar, wie ihre Brüste sich bei jedem Atemzug unter diesem dünnen Oberteil bewegten. Schließlich war ich ein lebender, atmender Mann. Und sie …

»Ich habe keine Aggressionsprobleme«, verkündete sie und sorgte so dafür, dass ich ihr erneut ins Gesicht sah. »Das möchte ich nur klarstellen, bevor du fragst oder mich darauf hinweist. Habe ich wirklich nicht. Ich musste mich einer frustrierenden Situation stellen. Mit meinem Schuh.«

»Ich will ja kein *verflixter* Arsch sein, Kumpel«, sagte ich mit aufgesetzt heftigem britischem Akzent und schleuderte ihr ihre eigenen Worte wieder ins Gesicht, um die Anspannung ein wenig zu lösen. »Aber das sind genau die Worte, die jemand mit Aggressionsproblemen äußern würde.«

Sie stieß ein leises Schnauben aus, aber gleichzeitig sanken ihre Schultern fast unmerklich nach unten. »Wäre es dir lieber, wenn ich meinen Frust an etwas anderem auslasse? Denn ich habe noch einen Schuh.«

»Oh, hattest du einen Händel mit einem bestimmten Gegenstand?«

Ihr Blick schoss nach rechts, und erst da entdeckte ich es. Das riesige, uralte Himmelbett. Ich hob die Brauen, als mir auffiel, wie schief einer der Pfosten stand. Und musste ein Lächeln unterdrücken. Ein verdammtes Lächeln. »Hast du den Schuh vielleicht als eine Art Hammer verwendet?«

»Ich bin sehr erfinderisch«, antwortete sie schlicht. »Ich hatte die Wahl, das zu tun oder meine Wut an einer Person auszuleben.«

Mein Blick schoss wieder zu ihr. Und diesmal bildete sich so schnell ein Bild vor meinem inneren Auge, dass ich meine Mundwinkel nicht davon abhalten konnte, zu zucken.

Sie wirkte plötzlich entsetzt. »O Gott, nein. Nein. Ich meinte …«

»Ich weiß, was du gemeint hast«, sagte ich mit einem Achselzucken. »Und ich muss ablehnen. Von einem kleinen Vögelchen wie dir abgemurkst zu werden steht nicht auf meiner Prioritätenliste.« Ich legte den Schuh, den ich mitgebracht hatte, auf den Boden. »Zumindest nicht heute.«

Sie erstarrte einen Moment, dann verdrehte sie die Augen, doch ich sah durchaus, dass sie einmal schluckte und ihre Wangen sich röteten. »Ich weiß nicht mal genau, was du damit sagen willst. Und außerdem bin ich nicht klein. Und auch kein Vögelchen.«

Ich trat ein paar Schritte vor, um meine Tasse auf das eierschalenfarbene Schränkchen in der kleinen Nische zu stellen, die wohl eine Kitchenette darstellen sollte. Himmel. Diese Hütte war in deutlich schlechterem Zustand, als ich gedacht hatte. »Hör mal, ich bin hergekommen, um einen vorübergehenden Waffenstillstand anzubieten, okay?«

Sie musterte mich skeptisch, ließ den Blick über meinen Körper gleiten. »Wieso solltest du das tun? Ich habe mich nicht mal für gestern entschuldigt.«

»Tut es dir wirklich leid?«

Sie stieß geschlagen den Atem aus. »Ich hatte einen wirklich schrecklichen Tag.«

»Nun … Betrachte deine jämmerliche und viel zu spät erfolgende Entschuldigung als angenommen.«

Ich ignorierte das Geräusch, das Adalyn ausstieß, und trat tiefer in die Hütte. Das Holz knirschte unter meinen Füßen, als ich den Blick über die Umgebung huschen ließ. Die Oberflächen waren sauber, und auf dem Boden waren Kratzspuren, als hätte jemand schwere Möbel verschoben. Ich fragte mich, wer, in aller Welt, auf die Idee gekommen war, diesen Schuppen zu einer Ferienwohnung umzuwidmen. Jemand, der das Ding noch nie gesehen hatte, offensichtlich.

Ich breitete die Arme aus. »Ich kann sehen, wieso dieser Schuppen ein Problem darstellt. Das wäre bei jeder Person der Fall, die auch nur grundlegende Ansprüche an ihren Lebensstandard hat. Aber ich kann nicht zulassen, dass du in deinem Auto campierst. Es fängt mit einer Nacht an, dann werden es zwei, und am Ende der Woche wirst du unvorsichtig, lässt Essen herumliegen und lockst damit wilde Tiere an.«

Das erregte ihre Aufmerksamkeit. »Wilde Tiere? Wie einen Bär oder … etwas in der Art?«

»Schwarzbären sind in dieser Gegend nicht unbedingt selten.« Sie wurde bleich, und ich ergriff die Chance, weiterzusprechen. »Und das kann ich nicht riskieren. Ich habe eine Familie, auf die ich aufpassen muss, okay?«

Nachdem es mir nicht gelang, Willow in der Blockhütte zu halten.

»Oh«, hauchte sie, und zu meiner großen Überraschung wurde ihre Miene ... weich. Ihre Lippen öffneten und entspannten sich, und leichte Röte stieg in ihre Wangen. »Das wusste ich nicht. Ich habe nie gelesen oder gehört, dass du verheiratet bist. Oder Kinder hast.«

»Bin ich nicht. Habe ich nicht.«

Sie starrte mich an, als wollte sie nachfragen, aber dann biss sie sich nur auf die Unterlippe.

Ich riss den Blick von ihren Lippen los und musterte stattdessen all die geschmacklosen Möbel um sie herum. »Glaubst du, das ist ein Betrugsversuch?« Ich deutete mit dem Kinn auf das Bett, auch wenn ich mich eigentlich auf den gesamten Schuppen bezog. »Oder meinen die dieses Einrichtungsdesaster wirklich ernst?«

»Vielleicht eine Mischung aus beidem?«

»Nun, ich hoffe, die Person, die das hier für dich gebucht hat, ist zumindest gefeuert worden.«

»Woher weißt du, dass ich das Cottage nicht selbst gebucht habe?«

Ich sah wieder zu ihr, um festzustellen, dass sie die Stirn gerunzelt hatte. Abwesend hob sie die Hand an die Stirn und zuckte leicht zusammen. »Hast du das untersuchen lassen?«, fragte ich mit harter Stimme.

»Es war nicht die Schuld meiner Assistentin«, sagte sie, ohne auf meinen letzten Kommentar einzugehen. »Zumindest glaube ich das nicht. Und es ist ja nicht so, als befände ich mich gerade in der Position, irgendwen zu feuern.«

»Die Verbannung?«

Statt zu antworten, wandte sie den Blick ab. »Das Cottage geht schon. Eigentlich ist alles okay.«

»Du hättest mich fast getäuscht. Vielleicht hast du sogar dieses Bett getäuscht.«

Einen langen Moment standen wir schweigend da, und zu meiner tiefen Überraschung war die Luft nicht aufgeladen mit dieser übereilten, explosiven Anspannung, die bisher jedes unserer Gespräche gekennzeichnet hatte. Ich schaute Adalyn an, die geistesabwesend das Bett anstarrte, scheinbar in Gedanken versunken.

Ein leises Summen drang über ihre Lippen, und als sie sprach, war ich mir nicht ganz sicher, ob sie sich dessen wirklich bewusst war. »Ich kann nicht glauben, dass ich als Mädchen von so einem Bett geträumt habe.«

»Hast du das?«, murmelte ich neugierig.

Sie wirkte überrascht, vielleicht sogar ein wenig verlegen ob ihres Geständnisses, aber sie nahm die Worte nicht zurück. »Ja. Zu dumm, dass darin etwas lebt.«

»Etwas lebt?«

Jede Weichheit verschwand aus ihrer Miene. »Was glaubst du denn, warum ich in meinem Auto geschlafen habe?«

Dieses Cottage war ein Gräuel, ein kranker Witz, und das wusste ich. Aber jetzt flackerte all diese irrationale Genervtheit, die mich erfüllt hatte, wieder auf. Himmel. So viel zum geselligen Schweigen. »Weil du ein verwöhntes Papakind bist, das den Gedanken an eine Unterkunft unterhalb eines Fünfsternehotels nicht ertragen kann?«

Ehrlich, ich hasste mich für diese Worte. Aber ein Teil von mir konnte einfach nicht anders. Ein Teil, den ich nicht verstand. Der Teil von mir, der nichts mit ihr zu tun haben wollte.

All das Feuer, das sie vorhin gezeigt hatte, flackerte erneut in ihren Augen auf. »Du weißt nichts über mich.«

Und du weißt zu viel über mich, wollte ich sagen. Stattdessen streckte ich ihr die Hand entgegen, Handfläche nach oben. »Gib mir dein Handy.«

Sie blinzelte. »Bist du überhaupt fähig, normalen sozialen Normen zu folgen? Ich dachte, ich wäre kompliziert, aber du bist wirklich unmöglich.«

»Das bin ich tatsächlich. Unmöglich genervt.« Ich wackelte mit den Fingern. »Handy. Ich werde mir deine Nummer schicken.«

»Und wieso, in aller Welt, sollte ich deine Nummer wollen?«

Mir fielen hundert gute Gründe ein, und auf keinen davon

freute ich mich, aber ich hatte ihr einen verdammten Waffenstillstand angeboten. Und ich war kein Monster. »Ich werde dir die Kontaktinfos der Lazy Elk Lodge weiterleiten, sobald ich wieder in der Blockhütte bin. Die Nummer, die man mir gegeben hat. Ruf sie an, und sag ihnen, dass du dich in meinem Namen meldest. Das sollte helfen, dass sie schneller in die Pötte kommen. Bitte sie, das Cottage neu einzurichten.«

Ihr Mund formte plötzlich ein perfektes O.

»Behaupte einfach, du wärst meine Assistentin«, fuhr ich fort. »Beschwer dich über eine irre Nachbarin, die in einem Werkzeugschuppen lebt und Chaos anrichtet. Ich bin mir sicher, das wird ihre Aufmerksamkeit erregen.«

Ihr Blick huschte ein paarmal zwischen meinem Gesicht und meiner ausgestreckten Hand hin und her.

»Ich habe nicht den ganzen Tag Zeit«, erklärte ich. »Und ich helfe dir.«

»Indem du mich als verwöhnt beschimpfst und dich benimmst wie ein selbstgefälliger, eingebildeter Sch…« Sie brach ab.

»Scheißkerl. Du kannst es ruhig laut aussprechen, Darling.« Ich trat näher. »Und jetzt dein Handy bitte.«

Sie stieß den Atem aus. »Es ist im Auto.«

»Himmel«, flüsterte ich, zog mein Handy heraus, entsperrte den Bildschirm und reichte ihr das Gerät. Ihre Finger glitten kurz über meinen Handrücken, und aus irgendeinem Grund war ich mir dieser Berührung unglaublich bewusst. Ihre Wangen röteten sich und sie sagte mit gesenktem Blick: »Ich vertraue dir immer noch nicht. Und wenn das ein Versuch ist, mir irgendwelche Streiche zu spielen, werde ich …« Sie zögerte kurz, und ein seltsamer Ausdruck huschte über ihr Gesicht. »Na ja … spar dir die Mühe einfach.«

Mir gefror das Blut in den Adern.

»Schau mich an, bitte«, sagte ich, leise, aber mit harter Stimme. »Sehe ich für dich aus wie ein dämlicher Collegejunge?«

Die leichte Röte vertiefte sich. Sie runzelte die Stirn, schüttelte aber schließlich den Kopf.

»Sehe ich aus, als hätte ich nichts Besseres zu tun, als dir Streiche zu spielen?« Ich trat näher heran, stellte sicher, dass sie meinen Blick hielt. Sie schüttelte wieder den Kopf. »Genau. Denn ich mag dich nicht besonders mögen, und auch du magst nicht viel von mir halten, aber ich verspreche dir, Adalyn, ich bin zu alt, um meine Zeit auf dämliche Scherze auf deine Kosten zu verschwenden.«

Sie schluckte schwer, was dafür sorgte, dass mein Blick sich auf ihre Kehle richtete.

Dann sah ich ihr wieder in die Augen. »Ich spiele nur, wenn der Sieg sich auch lohnt. Also tipp deine Nummer in meine Kontakte. Je eher dir bewusst wird, dass dies alles ist, was Green Oak zu bieten hat, desto eher wirst du die Stadt verlassen.«

8

Adalyn

Mein Flames-Zugang war gesperrt worden.

Ich drückte erneut Enter, während ich meinen Laptop auf der Tribüne auf den Knien balancierte.

Ihr Benutzername oder Ihr Passwort passen nicht zu einem Benutzer in unserem System.

Ich gab alles noch mal ein, lud das Portal neu, trennte den Laptop vom Hotspot, den ich mit meinem Handy errichtet hatte, und klinkte mich wieder ein. Dieselbe Meldung.

Mein Magen verkrampfte sich.

Das konnte nicht wahr sein. Nicht ohne irgendeine Vorwarnung. Das …

»Miss Adalyn?«

Ich sah von diesem blauen Pop-up-Fenster auf, das Wellen des Entsetzens durch meinen Körper schickte, und entdeckte eines der Mädchen vor mir. »María Camila Vasquez, nicht wahr? Du hast mir gestern den Eisbeutel gebracht.« Einen Eisbeutel, der auch nicht verhindert hatte, dass ein Teil meiner Stirn sich blau verfärbt hatte – nur für ein paar Tage, hatte Grandpa Moe erklärt –, sodass ich mich heute Morgen gezwungen sah, dick Schminke aufzutragen. Genau wie Cameron es vorhergesagt hatte. Uaah.

María wirkte einen Moment verwirrt, also zog ich die Liste aus dem Stapel von Papieren, die Josie mir gestern gegeben und die ich den ganzen Vormittag studiert hatte. Darin befanden sich Informationen über die Six Hills Little League – so benannt, weil die besten Mannschaften aus sechs benachbarten Countys in dieser Liga spielten –, der Terminplan für die Spiele, erste Terminvorschläge für die Mannschaften, die es in die Play-offs schafften, und das Herzstück: der Grund, warum die Green Warriors sich qualifiziert hatten. Sie waren das einzige U10-Team in diesem County.

Ich ließ den Blick über die ausgedruckte Liste gleiten. »Ja«, sagte ich und kontrollierte das Foto der Neunjährigen, um dann zu ihr aufzusehen. »María Camila Vasquez. Du wirkst auf dem Bild ein bisschen jünger, aber das musst du sein.«

»Einfach María ist okay«, verkündete sie mit leicht geröteten Wangen. »Niemand nennt mich mehr María Camila. Außer vielleicht mein Dad. Und das nur, wenn er wirklich wütend auf mich ist, weil ich mich davongeschlichen habe, um mit Brandy zu spielen, statt meine Aufgaben zu erledigen. Ihm ist egal, dass Brandy einsam ist und ich mich deswegen wegschleiche, um sie zu sehen.« Ich öffnete den Mund, aber mir fiel nichts ein, was ich dazu sagen sollte … was María als Einladung deutete, weiterzureden. »Sie erinnert mich manchmal an Dad. Ich glaube, sie könnten Freunde sein, nur ist Dad so mit der Farm beschäftigt, dass er keine Zeit hat, mit irgendwem zu spielen. Nicht mal mit mir.« Ihr schien etwas einzufallen. »Ich könnte sie herbringen, wenn du sie kennenlernen willst.«

Ich blinzelte sie an. »Oh … Ähm. Ist Brandy deine Freundin?« Ich musterte erneut die Mannschaftsliste. »Ich vermute … ich vermute, sie könnte sich um einen Platz im Team bewerben, wenn sie möchte, aber ich muss die U10-Regeln kontrollieren, um herauszufinden, wie viele Spielerinnen wir aufstellen dürfen. Wie alt ist sie?«

»Ungefähr …« Sie streckte die Hand aus und zählte die Finger. »Sechs …?«

»Könnte ein bisschen jung sein.« Ich fing an, mich durch den

Stapel zu blättern, den Josie mir gegeben hatte. »Ich muss die Regeln hier irgendwo haben. Warte. Chelsea ist sieben. Also vielleicht ...«

»Aber sie ist groß für ihr Alter. Wenn man sie mit den anderen Ziegen vergleicht.«

Meine Hände erstarrten in der Luft. »Ziegen?«

»Brandy ist eine Ziege.« María grinste. »Außerdem ist sie blind. Und leidet an Angstzuständen.« Eine Pause. »Hm, vielleicht ist sie auch fünf Monate alt und nicht sechs. Ich bin mir nicht ganz sicher.«

Gott. Ich musste mich einen Moment sammeln ... denn wie war ich an diesen Punkt gekommen? An einen Punkt, wo ich einem Kind mitteilte, dass ihre an Angstzuständen leidende, fünf oder sechs Monate alte, blinde Ziege nicht im Fußballteam mitspielen konnte.

Ich legte den Papierstapel zur Seite. »Ich glaube, es gibt keinen Platz für Brandy in den Green Warriors. Unglücklicherweise.«

María nickte verständnisvoll und sah mich lächelnd an. Schweigend. Sehr lange Zeit.

Ich räusperte mich. »Also ... wolltest du etwas?«

»Ah, ja.« Sie begann zu strahlen. »Alle haben Angst vor dir, also haben sie mich als Vertreterin der Mannschaft hergeschickt.«

Schock und Entsetzen trafen mich wie ein Schlag.

Angst. Die Kinder hatten Angst vor mir. Ich verdrängte die Emotionen, die das in mir auslöste. »Nun, das ist verständlich. Nicht jeder mag Fremde. Und dieses Video war nicht unbedingt der beste Einstand.«

»Aber ich mag dich«, hielt sie dagegen. »Ich finde, du bist hübsch, und ich liebe deine Kleidung. Und anders als die anderen finde ich nicht, dass du ein Hexengesicht hast.«

Ich wollte abfällig schnauben, verwandelte es aber in ein Husten. »Das ist sehr nett von dir. Danke, María.«

»Gern geschehen.« María nickte und grinste noch breiter. »Außerdem finde ich, dass wir Mr Kamelrücken nicht wirklich brauchen.«

Diesmal konnte ich meine Reaktion nicht unterdrücken. Ich schnaubte. *Mr Kamelrücken.* »Und wieso das?«

»Weil du uns trainieren solltest. Genau wie ich gestern gesagt habe. Hast du darüber nachgedacht?«

»Oh.« Meine Schultern verspannten sich. »Nein, nein. Ich glaube nicht, dass das eine gute Idee ist. Aber ich werde nach einem neuen Trainer suchen.« Josie hatte erklärt, dass niemand in Green Oak eine besondere Leidenschaft für Fußball hatte, aber es musste doch irgendwen in dieser Stadt geben, der eine Gruppe Kinder trainieren konnte. Den Rest würde ich erledigen. Ich würde mit den Eltern anfangen, wenn sie später kamen, um die Mädchen abzuholen. Einige hatten mir beim Absetzen skeptische Blicke zugeworfen, als sie entdeckten, dass Cameron nicht da war, aber Josie war anwesend gewesen, um sie zu beruhigen.

»Ich finde, das ist die beste Idee jemals«, beharrte María. »Das ist doch nicht schwer für dich. Chelsea und ich haben dich gegoogelt, und du arbeitest für, na ja, eine echte Mannschaft. Unser letzter Trainer war Grandpa Moe. Ich bin mir sicher, du wirst viel besser sein als er. Er ist lustig, aber einmal hat er einen Eckball einen Touchdown genannt, als Juniper den Ball aus dem Feld geschossen hat.«

Ich kaute auf dieser Information herum. Kein Wunder, dass Josie so scharf darauf gewesen war, Cameron zu rekrutieren. »Hat die Mannschaft dich losgeschickt, mich das zu fragen?«

»O nein, sie haben mich losgeschickt, damit ich mit dir darüber rede, wie wir Mr Kamille zurückholen können, aber ich finde, wir sollten diesen Plan boykottieren und unser eigenes Ding durchziehen. Wir werden ein ... Zwei-Personen-Team. Wie Wednesday und das eiskalte Händchen. Oh, kann ich Wednesday sein?«

Ich ... »Was?«

María öffnete den Mund, aber in diesem Moment klingelte mein Telefon.

»Warte kurz, das könnte Miami sein.« Ich zog das Gerät aus der Tasche und entdeckte den Namen meines Vaters auf dem Bildschirm. Mein Vater rief mich nie an. Hoffnung brannte in meiner Brust. Vielleicht war ihm klar geworden, dass sie mich im Büro brauchten. Vielleicht war ich doch nicht so leicht zu ersetzen. »María, wie wäre es, wenn du zu den Mädchen zurückgehst und ihr euch aufwärmt, während ich dieses Gespräch führe. Vielleicht ... stellst du ein paar Kegel in eine Reihe, und ihr versucht, mit dem Ball dazwischen durchzudribbeln? Ich werde von hier aus zuschauen.«

Sie wirbelte mit einem fröhlichen »Okay!« herum und rannte zurück zu der Gruppe, die sich mitten auf dem Spielfeld versammelt hatte.

Ich starrte noch einen Augenblick das klingelnde Handy an, dann hob ich ab.

»Dad ...«

»*Ay mi*, Adalyn«, schrie eine Stimme.

»Mom?«

»Adalyn, *mi amor, dime que estás bien*«, kreischte mein Mutter fast ins Telefon.

Ich ließ mich wieder auf die Tribüne sinken. »Mom, was tust du in Dads Büro?«

»Nenn mich nicht Mom«, warnte sie mit diesem heftigen Akzent, den sie nie abgelegt hatte. »Du weißt, wie wenig ich das mag. Mom hier, Mom da.« Ein dramatisches Schnauben. »Das ist alles, was ich zu hören bekomme, nachdem ich herausfinden musste, dass dein Vater dich entführt hat?«

»Maricela«, hörte ich meinen Vater im Hintergrund sagen. »Ich habe sie nicht entführt. Jesus, ich habe sie lediglich ...«

Aber Maricela Reyes war wütend und wenn sie wütend war, gab es eine Sache, die man nicht sagen durfte.

»Zieh Jesus nicht mit hinein!«, spuckte sie meinem Vater entgegen. »Willst du mir erzählen, dass du unsere eigene Tochter nicht irgendwo gegen ihren Willen festhältst?«, fuhr sie fort. Und ich schwöre, ich konnte förmlich sehen, wie sie zornentbrannt die Hände an die Brust presste. »*Es mi única hija, Andrew. Mi sangre. Si mi santa abuela viera esto, nunca et lo perdonaría. Si ...*«

Und meine Mutter sprach und sprach darüber, dass mein Vater

die wahren Werte von Blut und Familie nicht verstand. Auf Spanisch, natürlich – die Sprache, in die meine Mutter immer verfiel, wenn sie aufgewühlt war.

»Maricela«, flehte mein Vater am anderen Ende der Leitung. »Englisch, bitte. Ich verstehe dich nicht, wenn du so redest.«

Ich musste den Impuls zurückhalten, meine Mutter zu verteidigen. Aber nach Jahren hatte ich gelernt, dass ich besser den Mund hielt, wenn sie sich stritten.

»Und wessen Schuld ist das, hm?«, fauchte sie. »Wenn du dich jemals bemüht hättest, aber nein. *Nunca, Proque tú …*«

Und damit ging es wieder los.

Ich atmete einmal tief durch und ignorierte die Diskussion, die ich so gut kannte. Genau das hatte mein Vater vermeiden wollen, indem er meiner Mutter nichts verriet. Einen Konflikt. Einen, bei dem ich irgendwie immer in der Mitte landete, was der Grund war, warum ich seiner Forderung nachgegeben hatte. Es spielte keine Rolle, dass meine Eltern nie verheiratet gewesen waren; in Momenten wie diesen wusste ich genau, wie es sich anfühlte, ein Scheidungskind zu sein.

»Mom«, sagte ich nach ein paar Sekunden. Und als sie nicht reagierte, sagte ich auf Spanisch, wie sie es sich immer wünschte: »*Mami, por favor.*«

Wie erwartet, sicherte mir das ihre Aufmerksamkeit. »Es tut mir leid. Ich mache mir einfach Sorgen um dich, Adalyn«, sagte sie mit weicher Stimme. Mein Vater war vergessen. »Geht es dir gut?«

»Natürlich«, log ich. Und weil ich keinen Nutzen darin sah, meine Mutter mit Dingen zu belasten, gegen die sie nichts unternehmen konnte, fügte ich hinzu: »Ich verspreche, dass es mir prima geht.«

»*No mientas*, Adalyn.«

Uaah. Sie kannte mich zu gut. »Ich lüge nicht«, beharrte ich mit fröhlicher Stimme, auch wenn ich mich dabei wie eine Hochstaplerin fühlte. »Das ist einfach eine Geschäftsreise.« Ich musste schlucken, bevor ich weitersprach. Trotzdem zitterte meine

Stimme leicht. »Alles läuft toll, und du musst dir keine Sorgen machen.«

Auf diese Aussage folgte nur angespanntes Schweigen.

»Siehst du?«, hörte ich meinen Vater sagen. »Es geht ihr gut. Außerdem ist sie erwachsen, um Himmels willen. Du verhätschelst sie.«

Wieder hörte ich meine Mutter keuchen, dann folgten schnelle Schritte und das Geräusch einer ins Schloss fallenden Tür.

»Hallo?«, sagte ich ins Telefon. »*Mami?*«

»Dein Vater ist irritierend«, verkündete meine Mutter. »Wie immer. Deswegen habe ich ihn nie geheiratet.« Sie schnalzte mit der Zunge. »Ich habe mich ins Bad seines Büros zurückgezogen, weil ich nicht will, dass du Dinge sagst, die nicht stimmen, nur weil er zuhört.«

Das ... schmerzte. Aber mir fehlte die Kraft, ihr zu widersprechen. »Es würde mir eine Menge bedeuten, wenn du mir vertrauen könntest.«

»Vertrauen«, schnaubte sie, aber nicht bösartig. »Wieso hast du dann nichts gesagt? Und wieso will dein Vater mir nicht verraten, wo du bist? Wieso musste ich hierherkommen, um herauszufinden, dass du Miami verlassen hast?«

»Was tust du überhaupt auf dem Gelände des Clubs?«, wich ich aus. Meine Mutter besuchte das Stadium nie. Sie verließ kaum je Coral Gables.

»Ich habe nach dir gesucht. Nachdem ich dieses schreckliche, furchtbare Video gesehen habe. Ich habe mit Matthew gesprochen, du weißt schon, bei unserem wöchentlichen Telefonat, und er ...«

»Ich werde ihn umbringen, ich ...«

»Adalyn Elisa Reyes.«

»Tut mir leid«, sagte ich, obwohl ich Matthew trotzdem ein paar Takte erzählen würde. Ich stieß den Atem aus. »Und es tut mir auch leid, dass ich dir nicht gesagt habe, dass ich aufbreche. Und dir nichts von dem Video erzählt habe.« Ich schloss für einen kurzen Moment die Augen. »Was ich getan habe, ist unentschuldbar.«

»Unentschuldbar.« Sie stieß eine Reihe von spanischen Flüchen aus, die ich nicht ganz verstand. »Du bist meine Tochter. Es gibt nichts, was ich dir nicht verzeihen würde. Und dieser Paul? Der hatte immer eine große Klappe. Was hat er zu dir gesagt, hm?« Mein Magen verkrampfte sich. Paul hatte nichts gesagt. Seine schlimmste Verfehlung war gewesen, mir in die Quere zu kommen, als ich ... ausgetickt war. »Weißt du was? Ich will es gar nicht wissen. Ich werde jetzt dorthin gehen, wo auch immer er ist, und ihm mitteilen, dass er alt genug ist, um sich einen richtigen Job zu suchen. Du weißt schon, einen, bei dem es weit und breit keine Kostüme mit Federn gibt.«

»Bitte tu das nicht«, sagte ich und unterdrückte nur mit Mühe ein Stöhnen. »Und er ist ein Performer, das weißt du. Wir bezahlen ihn gut für das, was er tut.«

»Wahrscheinlich zahlt ihr zu viel. Ich würde ihn gerne in einer Restaurantküche sehen. Das ist wirklich harte Arbeit, anders, als den Hintern für die Menge schwingen.«

»Mom.« Jetzt stöhnte ich wirklich. »Du warst früher auch in der Unterhaltungsbranche. Du warst ein Model. Das unterscheidet sich nicht sehr von dem, was Paul tut.«

»Und vorher habe ich in einer Menge Küchen gearbeitet. Bah, sogar sehr dreckigen Küchen. Ich wette, dieser Junge hat noch nie wirklich einen Finger krumm gemacht.«

»Ich ... Da ...« Es hatte keinen Sinn, darüber zu diskutieren. »Da gibt es etwas, worüber ich mit Dad reden müsste. Könntest du ihn bitte ans Telefon holen?«

Maricela Reyes seufzte das Seufzen, das mir verriet, dass sie noch nicht mit mir fertig war. »Arbeit. Es geht immer um die Arbeit. *¿Q qué hago con los pastelitos que te traje?* Ich dachte, sie würden dich aufmuntern. Das Internet ist so gemein. Die Kommentare unter deinem Video sind ...«

»Kelly wird sie lieben«, fiel ich ihr ins Wort. Ich wollte nicht hören, was im Internet gesagt wurde. »Gib ihr die Süßigkeiten.«

»Schön, das werde ich tun. Und ich liebe dich, okay? Ruf mich an, wenn du mich brauchst, *¿si?*«

»Ich verspreche es«, log ich wieder. Ich würde niemanden brauchen außer mir selbst, um aus dieser Situation zu entkommen.

Es folgten einige Geräusche, als sie zu meinem Vater zurückkehrte, dann stieß er ein kurzes »Ja?« hervor.

»Ich …«, setzte ich an, beging aber den Fehler, danach ein paar Sekunden zu lange zu zögern.

»Adalyn, ich habe nicht den ganzen Tag Zeit.«

Ich nahm die Schultern zurück, obwohl mein Vater mich nicht sehen konnte. »Ich dachte, du würdest mich anrufen, um mich auf den … neuesten Stand der Dinge zu bringen. Dort. In Miami.«

»Deine Mutter hat dich angerufen.« Ein Moment der Stille. »Und ich erinnere mich deutlich daran, dass ich dich angewiesen habe, dich ganz auf deinen Auftrag zu konzentrieren.«

»Wenn es irgendetwas gibt, was ich von hier aus tun kann …«

»Du wirst hier nicht gebraucht, Adalyn. Deine Assistentin kümmert sich um alles. Und ich denke, ich habe mich deutlich ausgedrückt: keine Fernarbeit.«

Dieser kleine Funke Hoffnung verlosch, sodass nur ein Loch in meinem Bauch zurückblieb. »Wurde deswegen mein Zugang zum System gesperrt?«

»Ja«, antwortete er schnell. »Wenn es etwas Dringendes gibt, was meine Aufmerksamkeit erfordert, wende dich an David. Du musst seine Privatnummer ja noch aus der Zeit haben, als ihr … involviert wart.« Involviert schien mir eine sehr unpassende Formulierung – jetzt, wo ich erfahren hatte, was ich eben erfahren hatte. »Alles, was nicht dringend ist, kannst du auflisten und …« Er brach mit einem irritierten Seufzen ab. »Hast du das Memo nicht gelesen?«

Das einseitige Memo über die Green Warriors, in dem mit keinem Wort erwähnt wurde, dass es sich beim Team um eine U10-Freizeitmannschaft handelte? Ich hatte es gelesen. Gerade. Anscheinend ein bisschen zu spät. »Doch, habe ich.«

»Dann weißt du, was du zu tun hast. Wir sponsern das Team jetzt, also betrachte es als Nebenstelle der Flames. Ich erwarte eine gute Story. Du solltest dafür sorgen, dass ein paar Journalisten etwas darüber schreiben, wie umfangreich wir ländliche Gemeinden unterstützen. Mach eine Erfolgsgeschichte daraus.« Ein weiteres Seufzen. »Das ist reine Zeitverschwendung. Deine Vorgehensweise sollte offensichtlich sein, Adalyn.«

Ich sackte auf der Tribüne in mich zusammen. Vielleicht sollte es das. »Wo wir gerade vom Team sprechen, den, ähm, Green Warriors. Die Mannschaft ist … nicht, was ich erwartet habe.« Ich wartete darauf, dass er etwas sagte, und als er das nicht tat, spürte ich den Drang, das Schweigen zu füllen. »Auch meine Unterbringung ist leider weniger als ideal. Die Hütte ist …«

»Was genau versuchst du mir zu sagen, Adalyn?«

»Dass …« Ich hätte Hunderte Dinge nennen können. Früher einmal hatte ich am besten unter Druck gearbeitet, also wusste ich, dass ich kluge, nachvollziehbare Argumente hätte finden können, wieso diese ganze Sache … lächerlich war. Unter meiner Würde. Aber stattdessen stieß ich hervor: »Meine Unterbringung ist unterdurchschnittlich, und ich soll mit einer Kindermannschaft arbeiten.«

Ein bitteres Lachen drang aus dem Lautsprecher. »Nun. Du hast gerade mal vierundzwanzig Stunden durchgehalten, bevor du das Handtuch wirfst.«

Die Worte fühlten sich an, als hätte er mir die Faust gegen die Brust gerammt. Und aus irgendeinem Grund beschloss mein Hirn, mich auch noch mit einer sehr ähnlichen Aussage von jemand anderem zu beschießen. *Ich vermute, dass Sie nicht mal eine ganze Nacht da drin überleben werden.*

»Ich nehme dir das nicht mal übel«, fuhr mein Vater fort. »Den Komfort des Lebens, das ich dir ermöglicht habe, hinter dir zu lassen, ist sicher nicht einfach. Also schön, ich werde dich an einen anderen Ort schicken. Such dir etwas aus. Underwood Holdings hat genug Optionen, um dich beschäftigt zu halten, bis der Sturm sich gelegt hat. Ich fand sowieso immer, dass du besser für die Immobilienbranche geeignet bist.«

Jegliches Blut verließ mein Gesicht und schien sich in meinen

Füßen zu sammeln. »Aber das ist nicht, was ich will. Und das weißt du auch.«

»Was willst du dann?«, fragte er mich, obwohl er die Antwort bereits kannte: die Miami Flames. Meinen Job. Mein Leben. Respekt von ihm und David. Er hakte nach: »Du willst zurück nach Hause fliehen? Das kannst du. Anders als deine Mutter gesagt hat, habe ich nicht vor, dich gegen deinen Willen dort festzuhalten. Aber ich kann dir deinen Job bei den Flames nicht zurückgeben. Dein Gesicht ist immer noch überall, als wären wir ein schlechter Witz.«

Ein schlechter Witz.

Mein Mund wurde trocken. Mein Herz raste, als mich die Erinnerung an diesen Tag überfiel. Mir wurde gleichzeitig heiß und kalt. »Ich werde nicht nach Hause fliehen. Ich kann das hier hinkriegen. Ich werde diese Sache in Ordnung bringen.«

»Das wollte ich hören«, sagte er, und ich hasste die Erleichterung, die mich bei seinem halbherzigen Kommentar erfüllte. »Und wenn es dir jetzt nichts ausmacht, müsste ich deine Mutter suchen gehen, bevor sie im ganzen Büro Chaos anrichtet.«

Und bevor ich noch ein Wort sagen konnte, legte er auf.

Meine Hand sank nach unten. Ich starrte ins Leere.

So blieb ich lange Zeit sitzen. Ich wusste nicht, ob für eine Minute oder fünf. Ich versuchte, Frieden in der frischen Septemberluft zu finden. Unter dem tröstenden, warmen Licht der Spätnachmittagssonne in meinem Gesicht beruhigte sich mein Herzschlag langsam. Das fühlte sich gut an. Oder so gut, wie sich etwas eben anfühlen konnte, wenn man seinen echten Tiefpunkt erreicht hatte – mindestens zehn Meter unter dem eigentlichen Tiefpunkt.

In der Ferne zwitscherte ein Vogel. Das Geräusch durchschnitt die absolute Stille um mich herum.

Ich runzelte die Stirn.

Wieso saß ich hier in absoluter Stille?

Mein Blick huschte zu der Stelle, wo die Mannschaft sein sollte, aber nicht war. Dort schlugen keine Kinder in Tutus Räder, ich hörte kein unablässiges Geplapper, und es lag auch niemand auf dem Gras.

Panik schlug in einer mächtigen, überwältigenden Welle über mir zusammen. Mit dem Handy in der Hand sprang ich auf und rannte die Tribüne nach unten.

»Hallo?«, rief ich verzweifelt. »Mädchen?«

Niemand antwortete.

Ich ging mit schnellen Schritten die Seitenlinie entlang, schaute in jede Ecke und jeden Winkel des Geländes. Wo, in aller Welt, waren sie? Ich konnte nicht glauben, dass ich eine ganze Mannschaft kleiner Kinder verloren hatte. Gott. Das war ein neuer Tiefpunkt. Und genau deswegen war ich nicht geeignet, ihre Trainerin zu sein. Ich gehörte nicht an die Seitenlinie und konnte nicht mit Kindern umgehen. Wenn sie in den nahe gelegenen Wald gewandert oder auf die Straße gelaufen waren, würde ich mir nie vergeben. Ich …

Ein lautes Geräusch, gefolgt von einer Kichersalve, erklang aus der entgegengesetzten Richtung. Sofort bog ich ab. Die Hütte, in der die Ausrüstung gelagert wurde? Es folgte weiteres Geklapper, als fielen eine Menge Dinge zu Boden. Ich beschleunigte meine Schritte und wünschte mir, ich trüge keine Sandalen mit Absätzen, die immer wieder ins Gras einsanken.

»Bitte, seid nicht verletzt. Bitte, blutet nicht … oder …«

Ich stoppte, als ein Ball aus der Hütte rollte. Die Metalltüren standen weit offen. Eine davon hing schief in den Angeln, und ich hörte gedämpfte Stimmen von innen. Ein weiterer Ball rollte auf den Platz. Dann ein dritter und ein vierter.

Schwer atmend betrat ich das Lager. Es war größer als gedacht – mit hoher Decke, mindestens halb so groß wie mein Cottage –, und … auf dem Boden lagen die verschiedensten Sachen verteilt. Westen quollen aus Schränken. Kegel lagen herum, und überall waren Netze mit Bällen, die schon bessere Zeiten gesehen hatten. Es gab sogar Kartons mit Ausrüstungen für andere Sportarten.

Es herrschte das reine Chaos. Und in der Mitte dieses Chaos waren die Mädchen.

Das Kichern brach abrupt ab.

Ich bemühte mich, gleichmäßig zu atmen, und fragte so ruhig wie möglich: »Ist irgendwer verletzt?«

Alle schüttelten den Kopf.

»Keine Prellungen? Blutende Wunden? Nichts? Alle sind in einem Stück?«

Alle nickten.

Erst da entspannte ich mich.

Das Mädchen mit dem kurzen kastanienbraunen Haar – Juniper Higgins, wie ich aus der Liste wusste – trat vor, die Arme um den Bauch geschlungen. »Miss Adalyn, ich habe versucht, sie zu stoppen, aber sie wollten nicht auf mich hören.«

»Juni!«, beschwerte sich ein anderes Mädchen. »Petzen leiden Schmerzen!«

Juniper wurde rot. »Es ist die Wahrheit. Ich habe euch gesagt, dass wir Ärger kriegen werden. Und jetzt sieht Miss Adalyn stinkwütend aus.«

»Ich bin nicht stinkwütend«, sagte ich. Oder zumindest nicht auf die Mädchen, sondern auf mich selbst.

Jemand flüsterte: »Aber sie sieht immer so aus.« Einige Mädchen grummelten zustimmend, was eine ganz andere Art der Hitze in meine Wangen schickte. »Hast du das Video nicht gesehen?«

Mein Magen verkrampfte sich.

»Sie ist kein Monster, auch wenn es im Video so aussieht!«, hielt eine gedämpfte Stimme dagegen. Ich sah in die Ecke, aus der die Stimme erklungen war, und entdeckte dort María mit einem gelben Kegel über dem Kopf.

»O Gott. Wie ist das passiert?« Ich ging zu ihr und versuchte ihr das Ding vom Schädel zu ziehen, aber es wollte sich nicht lösen. Dreck. »Ich kriege dich nicht frei«, stöhnte ich. »Geht es dir gut?«

»Alles in Ordnung«, antwortete María. »Seht ihr? Würde ein Monster versuchen, mir zu helfen?«

»Schleimerin«, murmelte jemand.

»Okay«, sagte ich. »Regel Nummer eins: Keine Beschimpfungen innerhalb der Mannschaft, okay?« Ich deutete das widerwillige Grummeln der Gruppe als Zustimmung und versuchte weiterhin, Marías Kopf und den Kegel zu trennen. »Und ich bin nicht sauer. Oder stinkwütend. Ich war …« Ich zerrte wieder an dem Plastik, aber der Kopf steckte fest. »Ich habe mir Sorgen gemacht.«

Entgegen der Überzeugung der Mädchen war ich kein Monster. Ich mochte nicht gut mit Kindern umgehen können, aber ich würde mir niemals vergeben, wenn einem der Mädchen wegen meiner Verantwortungslosigkeit etwas zustoßen sollte.

Dasselbe Kind flüsterte: »Das sagen alle Erwachsenen, aber dann kriegen wir trotzdem Ärger.« Sie drehte den Kopf zu Juniper und sagte lauter: »Du wirst noch Schmerzen leiden.«

»Regel Nummer zwei«, verkündete ich mit einer erhobenen Hand. »Niemandem werden Schmerzen zugefügt.«

Außer vielleicht mir. Das war alles meine Schuld.

In meiner Eile, die Kontrolle zu übernehmen, hatte ich die Situation offensichtlich falsch eingeschätzt. Die Tatsache, dass es sich hier um Kinder handelte, würde mir meinen Job nicht leichter machen oder dafür sorgen, dass ich weniger arbeiten musste als in Miami.

Wahrscheinlich galt sogar das Gegenteil.

Und jetzt hatte ich ein Kind, auf dessen Kopf ein Kegel feststeckte, und vollkommenes Chaos im Lagerschuppen.

Für einen Moment ignorierte ich María und stemmte die Hände in die Hüften. Wenn ich das hier zu einer Erfolgsgeschichte machen wollte, wie mein Vater es ausgedrückt hatte, brauchte ich nicht einfach nur jemanden, der beim Training auf sie aufpasste. Ich brauchte einen echten Trainer. Jemanden, der etwas Gutes bewirken konnte. Jemanden …

Ein lautes Keuchen riss mich zurück in die Realität.

Dann fragte eine tiefe Stimme mit einem Akzent, der mir langsam sehr vertraut wurde: »Was, in Gottes Namen, ist hier geschehen?«

Ich riss den Kopf herum und hoffte, dass Cameron sich mit

entsetztem Blick in der Hütte umsah. Aber so war es nicht. Er starrte direkt mich an.

Und zu unserer beider Überraschung antwortete ich: »Oh. Hallo, Trainer.«

9

Adalyn

rainer.« Der Mann spuckte mir das Wort entgegen, als wäre es giftig.

Und ich konnte ihm das nicht übel nehmen.

Selbst mir gefiel die Vorstellung nicht. Aber so war das Leben. Manchmal musste man sich zusammenreißen und Dinge akzeptieren. Oder in diesem Fall: mit diesem nervigen Fußballprofi im Ruhestand zusammenarbeiten, den man irrtümlicherweise gefeuert hatte und neben dem man zufällig wohnte.

Cameron Caldani hielt meinen Blick, zwei Mitnehmbecher von *Josie's Joint* in den Händen. Ich fragte mich, ob er wirklich so viel Kaffee trank oder ob eines der Getränke für jemand anderen bestimmt war. Vielleicht für jemanden in der Familie, um die er sich kümmern musste, wie er gesagt hatte.

Ich senkte den Blick und stellte fest, dass er sich seit unserer Begegnung heute Morgen umgezogen hatte. Jetzt trug er eine grüne Vliesjacke, und seine muskulösen Schenkel steckten statt in einer Trainingshose in einer Wanderhose mit mehr Taschen und Reißverschlüssen, als ein Mensch brauchen sollte. Außerdem trug er Stiefel. Wanderstiefel aus Gore-Tex. Igitt.

»Was hat es mit dem Kegelmädchen auf sich?«, fragte Cameron und riss mich auf diese Weise aus meinen Betrachtungen über seine Kleidung.

»Ich bin María!«, beschwerte sie sich. »Und die erste Regel lautet, keine Beschimpfungen.« Es folgte ein gedämpftes Schnauben, bevor sie hinzufügte: »Mr Kamille.«

Cameron stieß den Atem aus. Drei lange Schritte, und er stand neben mir. Dann befreite er mit einer Hand María, während er mit der anderen die beiden Getränke festhielt.

Ich verdrehte die Augen, weil es bei ihm so einfach aussah.

»Danke«, murmelte María.

Cameron ließ den Kegel zu Boden fallen und wandte sich mir zu. »Also. Wirst du mir erklären, was es mit diesem Tohuwabohu auf sich hat?«

Nope. Das hatte ich nicht vor. »Wie war dein Tag, Cameron?« Jetzt, wo er mir so nahe war, bemerkte ich getrockneten Schweiß an seinen Schläfen und dass seine Haut leicht von der Sonne gerötet war. »Hast du heute etwas Aufregendes getan? Eine schöne Wanderung gemacht?«

Seine Augen verengten sich zu schmalen Schlitzen. »Du meinst, außer dich erneut im Zentrum einer trostlosen, aber wenig überraschenden Situation wiederzufinden?«

Einige der Mädchen keuchten.

»Musst du immer so unangenehm sein?«, hielt ich dagegen.

Die Mädchen ooohten.

»Ich weiß nicht.« Er zuckte mit den Achseln. »Hast du vor, etwas anderes als Ärger in die Stadt zu bringen?«

Die Mädchen aaahten.

Ich zwang meine Mundwinkel nach oben. Nicht nur hatte ich keinerlei Interesse an den passiv-aggressiven Ausfällen dieses Mannes, ich durfte auch nicht vergessen, dass ich eine Frau auf einer Mission war. »Also, Trainer ...«

Er stieß ein humorloses Lachen aus. »Auf keinen Fall.«

Ich wollte mich gerade beschweren, aber in diesem Moment schob Josie den Kopf durch die Metalltüren.

»O Himmel«, keuchte Josie, eine Hand an die Stirn gepresst. »Gott sei Dank habe ich euch gefunden.« Sie war genauso außer Atem wie ich vor wenigen Minuten. Außerdem trug sie eine

Schürze, auf der in großen, grünen Buchstaben die Worte *Josie's Joint* prangten. »Wir haben einen Code Gelb.«

Wir alle blinzelten verwirrt in ihre Richtung. Sogar die Mädchen.

»Code Gelb?«, hakte ich nach.

»Die Eltern«, erklärte sie mit panisch aufgerissenen Augen. »Sie sind sauer.« Sie sah Cameron an. »Wieso hast du den Kaffee noch in der Hand? Bitte sag mir, dass du ihn nicht trinkst. Ich habe dir gesagt, dass der zweite *Josephino* für sie ist!«

Camerons Lippen wurden dünn. »Glaub mir, ich habe dich gehört.«

Hatte Josie einen Kaffee für mich gemacht? Ich musterte Cameron aus dem Augenwinkel, aber er reichte mir das Getränk nicht weiter, also …

Josie verlagerte ihr Gewicht. »Was, in aller Welt, ist hier geschehen? Egal, wir haben gerade keine Zeit dafür.« Sie starrte eilig über die Schulter nach hinten, bevor sie sich wieder an uns wandte. »Hey, Mädchen, wie wäre es, wenn wir aufs Spielfeld gehen? Ihr könnt spielen, was auch immer ihr wollt, bis das Training vorbei ist. Jippieh!«

Jubelnd rannten die Mädchen nach draußen.

»Wir folgen euch sofort!«, rief Josie, dann scheuchte sie uns mit einem drängenden Blick aus dem Schuppen.

Sie stoppte irgendwo an der Seitenlinie. Ich stellte sicher, dass ich zum Spielfeld sah, um die Mannschaft im Blick zu behalten.

Stimmen – erwachsene Stimmen, die nichts mit dem Lärm der Kinder auf dem Rasen zu tun hatten – drangen an meine Ohren. Ich versuchte, um Josie herumzuschauen, aber sie packte mit beiden Händen mein Gesicht.

»Adalyn«, sagte sie und schob ihre Nase direkt vor meine. »Du musst dich konzentrieren, wir haben keine Zeit. Und auch keine Strategie. Und wir brauchen eine, ehrlich. Das ist ein Code Gelb, vielleicht sogar Schwarz.« Josies Blick landete auf Cameron, dann schnaubte sie. »Himmel, Cam, wieso hältst du immer noch diesen Josephino?« Sie gab mich frei, entriss dem grimmigen Cameron den Becher und presste ihn mir an die Brust. »Hier. Den wirst du brauchen.«

Ich nahm den Becher entgegen, wobei ich mich schwer bemühte, zu ignorieren, dass Cameron mein Profil anstarrte. »Okay«, erklärte ich Josie mit einem Nicken. »Was stimmt nicht mit den Eltern?«

»Nichts stimmt mit den Eltern«, stieß Josie hervor. »Wir waren alle im Café. Und alles war in Ordnung, bis sie angefangen haben, darüber zu sprechen, hierherzukommen und das Training zu stören. Sie haben einen Plan. Sie schicken zwei Vertreter. Sie haben gesagt, sie wollten keine …« – sie zeichnete Gänsefüßchen in die Luft – »… Szene machen. Aber das ist unmöglich, wenn Diane etwas damit zu tun hat.«

Cameron stieß ein Brummen aus, das ich nicht verstand.

Ich hielt den Blick auf Josie gerichtet. »Weswegen eine Szene machen?«

Die Stimmen kamen näher, und diesmal sah ich über Josies Schulter hinweg zwei Erwachsene, einen Mann und eine Frau.

Josie schluckte schwer. »Sie wissen Bescheid, Adalyn. Sie haben es gesehen.«

10

Cameron

*I*ch sollte nicht hier sein.

Ich hätte in dem Moment verschwinden sollen, als zum ersten Mal das Wort *Trainer* über Adalyns Lippen gedrungen war. Lange bevor Josie und diese beiden anderen Leute aufgetaucht waren und angefangen hatten, von Regeln und Elternvertretungen und dem Wohl der Kinder und Dutzenden anderen Dingen zu reden, die mich nicht interessierten.

Diese sinnlose Diskussion dauerte jetzt schon zwanzig Minuten, und ich hatte immer noch nicht verstanden, wovon sie eigentlich sprachen. Irgendetwas mit Adalyn, was ich nicht kapierte – und mich auch offensichtlich nichts anging. Deswegen nutzte ich meine Zeit, die Mädchen im Blick zu behalten. Die eine Hälfte von ihnen spielte, und die andere ... nahm Dinge mit ihren Handys auf. Tänze. Ich wusste nicht mal, warum. Ich hasste Smartphones, Social Media und alles, was auch nur vage damit in Verbindung stand.

Ich senkte den Blick auf meinen leeren Becher.

Dämlicher Josephino.

Damit hatte alles angefangen. Ich hatte nur einen kurzen Abstecher ins Café machen wollen, um mir nach meiner Wanderung eine Tasse Kaffee zu gönnen. Ich hätte mich weigern sollen, das zusätzliche Getränk auszuliefern, das Josephine für Adalyn angefertigt hatte – natürlich ohne mir vorher Bescheid zu sagen. Aber Josephine war gut darin, Leute … zu überrumpeln. Sie stellte ein paar Fragen, und bevor man sichs versah, trainierte man ein Kinderteam oder lieferte Getränke aus.

Sie wäre eine tolle Sportagentin geworden.

»… Und das ist der Grund, warum mein guter Freund Cam …« – die Bürgermeisterin des Ortes tätschelte mir den Arm – »… hier ist.«

»Unglücklicherweise«, murmelte ich. Ich hatte mich schon vor einer Weile aus dem Gespräch ausgeklinkt, aber es war definitiv unglücklich, dass ich mich überhaupt hier befand.

Josie lachte laut, riss mich damit aus meinen Gedanken und sorgte dafür, dass ich bemerkte, dass alle Augen in der kleinen Gruppe auf mich gerichtet waren. Die zwei Eltern – eine Frau mit gleißend gelbblondem Haar und ein großer Mann mit roter Brille – musterten mich von Kopf bis Fuß. Adalyn tat dasselbe, und das nicht zum ersten Mal. Ich brauchte eine Dusche. Ich war verschwitzt, meine Kleidung und Stiefel waren staubbedeckt, und ich war fertig mit allem, was hier vor sich ging.

»Nun«, sagte die Frau und ihr Kopf, auf dem dieser leuchtend gelbe Schopf thronte, senkte sich, um meinen Körper abzuschätzen. »Er ist groß.« Ich blinzelte angesichts dieser Feststellung. »Und athletisch. Und Europäer.«

»Er ist das volle Paket!« Josephine klatschte in die Hände. Klatschte. Himmel. »Und er hat mit den Mädchen einen so tollen Job gemacht – tut er immer noch. Das wisst ihr.«

»Haben Sie heute das Team in dieser Kleidung trainiert?«, fragte Diane. »Ich kann mich nicht erinnern, dass sie so gekleidet gewesen wären, wenn ich in der Vergangenheit Chelsea abgesetzt habe.«

Ich sparte mir die Mühe, meine eigene Kleidung zu betrachten. »Ich …«

Josie unterbrach mich mit einem schrillen Lachen. »O nein. Er ist gerade erst angekommen! Cam musste sich heute freinehmen, um sich um sein …«

»... um sein Huhn zu kümmern«, bot Adalyn leise an.

Mein was?

»Cam liebt seine Tiere«, stimmte Josephine zu. »Und die Tiere lieben ihn ebenfalls. Und wisst ihr, wer Cam noch anbetet? Die Mädchen.«

Ich hob eine Augenbraue. »Wovon, in aller Welt ...«

Josephine lachte wieder und brachte mich damit zum Schweigen. »Ah! Kinder. Wir lieben sie. Auf jeden Fall vertraut ihr Cam, und das ist der Grund, warum er die perfekte Ergänzung zu Adalyn darstellt.« Meine Brauen berührten inzwischen fast meinen Haaransatz. »Er wird sich um die technische Seite der Dinge kümmern, wie das Training, die Spiele und all diese Sachen. Während Adalyn sich auf die praktische Seite konzentriert. Habe ich euch schon gesagt, dass Adalyn im wahren Leben eine echte Chefin ist? Sie arbeitet als Führungskraft für ein Team in der richtigen Liga!« Sie legte eine Hand auf meine Schulter, die andere auf Adalyns. »Sie sind bereits das perfekte Team. Schaut sie euch an!«

Ich fühlte mich nicht gerade wohl damit, dass die beiden mich nach dieser Aussage eingehend musterten, aber nachdem mich seit Wochen niemand erkannt hatte, wollte ich mir einreden, ich wäre in Sicherheit. Also schüttelte ich den Kopf und warf Josie einen ausdruckslosen Blick zu. Dabei bemerkte ich Adalyns Miene. Sie stand mit zu Boden gerichtetem Blick neben Josie. Ich runzelte die Stirn.

Die Frau vor uns schnaubte. »Ich weiß nicht. Ihm vertraue ich, aber in Bezug auf sie habe ich immer noch Vorbehalte. Ich bin sehr besorgt um Chelsea und natürlich auch um den Rest der Mädchen. Sie sind in der dritten und vierten Klasse, in einem sehr beeinflussbaren Alter. Vertraut mir, ich bin aus gutem Grund Vorsitzende des ELA, des Eltern-Lehrer-Ausschusses. Ich weiß solche Dinge.«

Das hatte sie bereits gesagt. Ungefähr hundertmal.

Ich verstand nicht mal, worüber sich eigentlich alle so aufregten. Irgendetwas darüber, dass sie Adalyn nicht wirklich *kannten*, dass sie online etwas *gesehen* hatten und *jemandem wie ihr* die Kinder nicht anvertrauen wollten – was auch immer das bedeuten sollte. Sie redeten ständig um den heißen Brei herum. Nicht, dass ich es wirklich wissen wollte. Ich machte mir eher Sorgen um Josephines Aussage, dass Adalyn und ich ein Team wären. Die Frau hatte mich gefeuert. Mehrmals innerhalb weniger Minuten. Mich – als wäre ich nicht ein Profifußballer, der der Mannschaft einen Gefallen tat. Was sie anscheinend wusste. Aber sie hatte mich abgetan, als hätte sie genau damit ein Problem.

Ich hegte keinerlei Interesse, herauszufinden, wo genau ihr Problem lag.

»Und als zweiter Vorsitzender des ELA«, fügte der Mann hinzu und rückte die Brille auf seiner Nase zurecht, »teile ich diese Sorgen. Mein Ehemann und ich haben uns lange mit unserer Juniper unterhalten, nachdem wir von der … Sache erfahren haben. Und auch wenn wir einen offenen Ausdruck von, ihr wisst schon, Emotionen gutheißen, sind wir uns immer noch nicht sicher, ob das ein gutes Vorbild für die Mädchen abgibt.«

»Mein Ehemann …« Die Frau brach ab, dann lief sie rot an. »Ex-Ehemann hat gehört, dass Chelsea etwas darüber gesagt hat, dass sie von Ballett zu … Kung Fu oder etwas ähnlich Ungeheuerlichem wechseln will. Könnt ihr euch vorstellen, wie beunruhigend das ist? Meine Tochter ist eine friedliche, feinfühlige Seele, und jetzt will sie kämpfen. Kämpfen!«

Ich spähte zu Chelsea in der Ferne, mit dem schwarzen Tutu über ihrer Kleidung, die wilde Pirouetten drehte, während María klatschte. Dieses Mädchen hatte niemals vor, mit Ballett aufzuhören.

»Diane. Gabriel.« Josies Lächeln wurde breiter, angespannter. »Ich kann alles nachvollziehen, was ihr sagt, wirklich. Aber können wir uns bitte auch einmal bemühen, uns in Adalyn hineinzuversetzen? Ich glaube, sie wurde für einen Tag genug ermahnt. Findet ihr nicht?«

Ich musterte die Frau, über die gesprochen wurde. Die dunklen Ringe unter ihren Augen schienen noch dunkler als heute Morgen. Mein Blick huschte über ihren Körper, und ich bemerkte, dass sie mit den Fingern auf ihren Becher trommelte. Scheinbar hatte sie ihren Josephino bisher nicht angerührt.

»Geben Sie mir eine Chance«, bat Adalyn die Gruppe. »Ich verstehe Ihren Standpunkt, aber ich verspreche Ihnen, dass ich mich ganz den Mädchen verschreiben werde.« Sie zögerte. »Ich werde die Mannschaft zu neuen Erfolgen führen …«

»Mit Cam«, fügte Josephine hinzu.

Adalyns Wangen röteten sich. »Mit Cam«, stimmte sie leise zu. Zu leise. »Außerdem steht hinter mir ein MLS-Team. Das bedeutet neue Trainingsausrüstung, gesponserte Kleidung … alles, was Ihnen einfällt. Es gibt ein Budget …«

»Glauben Sie, Sie könnten uns kaufen?«, stieß Diane hervor. Mein Blick schoss zu der Frau; saugte sich an ihrem Gesicht fest.

Adalyns Stimme blieb fest. »Nein. Natürlich nicht.«

Diane richtete sich trotzdem kampfeslustig auf. »Ich kenne Leute Ihrer Art. Sie tauchen in kleinen Orten wie unserem auf, in ihrer schicken Kleidung, mit ihrem schicken Auto, und wollen große Veränderungen anstoßen.« Sie trat einen Schritt auf Adalyn zu. »Das ist schon früher passiert. Mit der Farm der Vasquez-Familie. Also nein. Ich vertraue Ihnen und Ihrem Geld nicht, Missy!«

»Diane!«, rief Josephine. Sie legte eine Hand auf Adalyns Arm. »Diane meint es nicht so. Ich schwöre, sie hat sich einfach nur leidenschaftlich den Kindern und der Gemeinde verschrieben. Unglücklicherweise schießt sie dabei manchmal ein wenig übers Ziel hinaus.«

Gabriel murmelte etwas, was klang wie »Und jetzt geht das wieder los«.

Und wie aufs Stichwort begann die Frau, mit einer Hand in der Luft herumzuwedeln. »Ich schieße nicht übers Ziel hinaus.« Sie trat um Josephine herum und deutete mit dem Finger auf Adalyn. »Und wenn irgendwer darüber Bescheid weiß, wie es ist, übers Ziel hinauszuschießen, dann diese Frau hier. Bevor wir wissen, wie uns geschieht, wird jemand verletzt oder … geköpft.«

Als Antwort stieß Adalyn ein seltsames Geräusch aus.

Bevor die Frau noch ein Wort sagen konnte, fand ich mich bereits zwischen ihr und Adalyn wieder, meinen zerknüllten Kaffeebecher in der geballten Faust. Ich zwang mich, die Finger zu entspannen, dann schob ich den Becher in eine Hosentasche.

»Ich habe genug davon, mir das anzuhören«, verkündete ich der Gruppe. Diane legte den Kopf in den Nacken und starrte mit offenem Mund zu mir auf. Ich warf einen kurzen Seitenblick zu Josephine. »Wenn wir diesen Unsinn also beenden könnten, würde ich gerne nach Hause gehen.«

Josephines Augen wirkten ein wenig wild, aber gleichzeitig grinste sie so breit, dass sie fast grenzdebil aussah. Sie starrte mich an, während ich einfach stehen blieb.

»Himmel. Was jetzt?«

Sie zuckte mit den Achseln, ihr Lächeln wie festgefroren. »Nichts. Und ja, wir sind hier fertig.« Sie machte eine kurze Pause, die ich durchaus bemerkte, bevor sie hinzufügte: »Trainer Cam.« Dann trat sie vor und griff Diane und Gabriel jeweils an einem Arm. »Okay, ihr beide. Wie wäre es, wenn ich euch auf ein köstliches Stück Himbeerkuchen einlade? Geht natürlich aufs Haus.«

Und bevor ich blinzeln konnte, schaute ich den dreien hinterher, wie sie an der Seitenlinie zurück in Richtung der anderen Eltern gingen, die sich versammelt hatten, um ihre Kinder abzuhalten. Alle starrten in unsere Richtung.

Mit einem Seufzen zwang ich mich, die Schultern zu senken, auch wenn ich mich gleichzeitig für die nächste Welle der Feindseligkeit wappnete.

Aber als ich mich zu Adalyn umdrehte, starrte sie wieder zu Boden. Als könnte sie aus den Zehen, die unter dem Saum ihrer Hose hervorspähten, alle Geheimnisse des Universums ablesen.

»Du mochtest den Josephino nicht?«, hörte ich mich selbst fragen.

Sie trommelte mit den Fingern gegen den Becher. »Ich trinke nach Mittag keinen Kaffee mehr.«

»Nun«, ich stieß den Atem aus, »ich fand, er hat schrecklich geschmeckt, wenn du dich damit besser fühlst. Du hast nichts verpasst.«

Sie stieß ein Geräusch aus, das ich als Lachen gedeutet hätte, hätte es nicht so bitter geklungen.

Seltsamerweise blieb Adalyn, davon abgesehen, stumm. Unerklärlicherweise verspürte ich den Drang, sie auf die Probe zu stellen, also nahm ich ihr den Becher ab und nippte trotz meiner Worte daran.

Es folgte kein bissiger Kommentar. Stattdessen zog sie an einem Ärmel ihrer Bluse, vollkommen gedankenverloren. Ich hatte damit gerechnet, dass sie mich konfrontierte. Irgendetwas stimmte nicht mit ihr. Und zwar seitdem Diane und Gabriel aufgetaucht waren.

»Hast du mich gegoogelt?«, stieß sie plötzlich hervor. »Du weißt dank der Buchungsbestätigung meinen vollen Namen, also könntest du das getan haben.« Ein Zögern. »Hast du?«

Ich runzelte die Stirn. »Wieso sollte ich dich googeln?«

»Okay.« Ihre Miene entgleiste ein wenig, aber sie sprach weiter. »Übrigens hättest du nicht eingreifen müssen. Ich wäre auch allein mit Diane fertiggeworden.«

Darauf hätte ich gewettet. An jedem anderen Tag vielleicht. Im Moment erschien mir Adalyn nur als ein Schatten der Frau, die mir seit ihrer Ankunft auf die Nerven gegangen war. »Seltsame Art, dich zu bedanken«, meinte ich, was mir immerhin einen scharfen Blick einbrachte. »Nicht, dass ich mich erklären muss, aber es ging nicht um dich.«

Ich konnte einfach keine Menschen ertragen, die andere mobbten, was im Verlauf meiner Karriere zu mehr als ein paar Auseinandersetzungen geführt hatte, die es in die Presse geschafft hatten. Und diese Mutter wies alle Anzeichen eines Bullys auf. Mir war egal, dass sie ein besorgter Elternteil war statt eines selbstüberzeugten Flügelspielers oder Stürmers, der auf mich zurannte und dabei Beleidigungen über meine *nonna* von sich gab.

Adalyn nickte mir kurz zu und ließ es damit gut sein. »Ich nehme an, dann sollten wir den Elefanten im Raum ansprechen.«

»Diese unpraktischen Schuhe, die du trägst?«

»Ich kann dich bezahlen«, sagte sie, ohne auf meine Stichelei einzugehen, den Blick allerdings wieder auf ihre Füße gerichtet. »Für deine Zeit. Das Budget ist kleiner, als mir lieb ist, und ich stehe gerade nicht unbedingt auf gutem Fuß mit dem … CEO meines Clubs zu Hause, aber ich habe Mittel. Ich könnte …«

Ich beobachtete meine Hand dabei, wie sie sich auf Adalyns Unterarm senkte. Die Wärme ihrer Haut unter der Bluse übertrug sich auf meine Handfläche. Sie riss den Kopf hoch. »Wovon, in aller Welt, redest du da, Adalyn? Du willst mich doch hier nicht einmal haben.«

»Was ich will, spielt keine Rolle«, hielt sie dagegen, und ich zog mit einem Schnauben die Hand zurück. »Anscheinend gibt es uns beide nur im Team. Die Eltern vertrauen mir nicht, wenn du nicht auch da bist, um dich um die Mädchen zu kümmern. Na ja, wenn Josie es schafft, Diane zu überzeugen, keinen Kreuzzug gegen mich anzuzetteln.«

Ich biss die Zähne zusammen.

Sie fuhr fort, wobei ein seltsamer Ausdruck über ihre Miene huschte: »Die Mädchen haben panische Angst vor mir, Cameron. Aber dich mögen sie. Sie hören auf dich. Könntest du bitte vergessen, dass ich dich je gefeuert habe?« Ihre Stimme zitterte kurz. »Du würdest ihnen einen Gefallen tun, nicht mir.«

Ich hatte die Zähne dermaßen fest zusammengebissen, dass ich ein Knirschen spüren konnte. Ich ließ meinen Blick über sie gleiten, in dem Versuch, diese Frau endlich zu durchschauen.

»Diese Sache, wegen der die Eltern sich so aufregen«, sagte ich schließlich, nachdem ich im Kopf einen Teil der Aussagen zu einem Bild zusammengefügt hatte. »Hat das etwas mit deiner Verbannung zu tun?«

Sie nickte. Und ich war überrascht, fast sogar beeindruckt, dass es kein scheues Nicken war. Die Geste sprach von nichts als Entschlossenheit.

Was, zum Teufel, hatte sie getan, um hierhergeschickt zu werden?

»Ich habe gegen die Verhaltenskodex-Klausel in meinem Arbeitsvertrag verstoßen«, sagte Adalyn und lieferte mir damit eine Antwort. »Ich bin … handgreiflich geworden. Gegen jemanden. Ich habe Mist gebaut.«

Ich dachte einen Moment über ihre Worte nach. »Wurdest du provoziert?«

Sie runzelte die Stirn.

»Gab es einen guten Grund für deine Handlungen?«

Diese Entschlossenheit geriet ins Wanken, doch als sie antwortete, klang sie überzeugt. »Gab es.«

»In Ordnung.« Ich drehte mich um, entdeckte ein fast leeres Spielfeld. Die letzten Mädchen standen bereits in der Nähe eines Erwachsenen. »Lass uns gehen, ich habe etwas für dich im Kofferraum.«

Wir gingen zum Parkplatz.

»Also bedeutet das, dass du mitmachst?«, drängte Adalyn, als sie zu mir aufholte. »Und du solltest dringend an deinen sozialen Fähigkeiten arbeiten … der Kommentar über deinen Kofferraum war ein bisschen unheimlich.«

Ich ignorierte den Anflug der Erleichterung, den ich spürte, weil ihre Schlagfertigkeit zurückgekehrt war. »Aber sicher, Darling.«

»Immer noch nicht dein Darling«, stichelte sie.

»Und es ist mir immer noch egal.«

Inzwischen ging ich mit wirklich schnellen Schritten, und sie musste fast joggen, um mitzuhalten, aber sie schaffte es. Ich war beeindruckt.

»Also?«, beharrte sie, als wir den Parkplatz vor dem Trainingsgelände der Warriors überquerten. »Cameron?«

Ich ging zu meinem Geländefahrzeug, riss den Kofferraum auf und holte die Kiste heraus. »Wo ist dein Wagen?« Als ich mich umdrehte, sah ich eine atemlose Adalyn mit weit aufgerissenen Augen. Ihre Lippen bewegten sich. »Ich würde diese Sache gerne abschließen und endlich unter die Dusche springen, wenn es dir nichts ausmacht.«

Adalyn blinzelte zu mir auf. Als ich mich in Bewegung setzte, weil ich beschlossen hatte, dass ich ihr Auto auch ohne sie finden konnte, stoppte sie mich mit einer Hand. So wie ich es vorhin getan hatte, presste sie die Finger auf meinen Unterarm. Nur dass ich diesmal die Wärme ihres Körpers durch meine Vliesjacke nicht spüren konnte.

»Cameron«, sagte sie langsam, und erst da verstand ich, dass ich ihre Hand angestarrt hatte. »Was ist das?«

»Eine Kiste.«

»Was ist in der Kiste?«

»Nicht meine Geduld, das ist mal sicher.« Sie bedachte mich mit einem Blick. »Ich habe doch gesagt, ich habe etwas, das du gebrauchen kannst.«

»Könntest du bitte aufhören, all meine Fragen mit kryptischen Rätseln zu beantworten, die ich erst entschlüsseln muss?«

»Campingausrüstung«, erklärte ich und bereute es sofort. »Eine aufblasbare Matratze, Luftpumpe, Schlafsack. Ich denke, es dürfte offensichtlich werden, wenn du die Kiste zu Hause öffnest. Also, wo steht dein Auto?«

Adalyns Augen wurden groß. »O nein.« Und jetzt ging es los. »Ich werde nicht … ich kann nicht …«

»Was? Auf einer aufblasbaren Matratze schlafen?« Ihre Lippen formten den perfekten Schmollmund. »Findet die Prinzessin den Gedanken abstoßend, auf dem Boden zu schlafen? Du weißt, wo die Auffahrt zum Highway ist, oder?«

»Das ist für mich vollkommen in Ordnung«, kommentierte sie mit eisiger Stimme. »Und nennen mich nicht Prinzessin, du kennst mich gar nicht.« Sie schüttelte den Kopf. »Es ist eine Sache, offen zuzugeben, dass ich …« – sie kämpfte mit ihren Worten – »dich brauche, um diese Sache zum Laufen zu bringen. Und dass es mir leidtut, dass ich dich überstürzt gefeuert habe, okay? Denn das tut es. Deswegen werde ich so weit gehen, Geld aufzutreiben, mit dem ich …«

»Himmel. Ich will kein Geld.«

Das stoppte sie. »Was willst du dann?«

»Dass du aufhörst, so absolut irritierend zu sein.« Sie runzelte die Stirn, als verstände sie mich nicht. Himmelherrgott, sie würde mich auf die nächste Palme treiben. »Nimm die verdammte Kiste. In der Matratze in deiner Hütte lebt Ungeziefer, Adalyn.«

Sie schob das Kinn vor. »Ich werde keine Wohltätigkeiten von dir annehmen. Ich kann auf mich selbst aufpassen. Anders als alle denken, bin ich kein verwöhntes Blag, das hier nicht allein überleben kann. Ich brauche dich nur, um die Mannschaft zu trainieren.«

»Wohltätigkeiten?«, zischte ich förmlich. Ihre Entschlossenheit schien kurz ins Wanken zu geraten, aber ich erkannte noch etwas anderes in ihrer Miene. Etwas, das damit in Verbindung liegen musste, warum sie so … auf ihren Stolz pochte. So misstrauisch agierte. Aber ehrlich, es war mir egal. »Das ist keine verdammte milde Gabe, Adalyn. Wir sprechen hier von menschlichem Anstand.«

Ihre Miene wurde hart. Fast hätte man meinen können, ihre Züge wären zu Marmor erstarrt, wäre da nicht die leichte Röte in ihren Wangen gewesen.

Frust verkrampfte mir die Brust. »Ich gebe dir das nicht aus Wohltätigkeit, glaub mir. Ich würde mich freuen zu sehen, wie du deine Sachen packst, die Stadt verlässt und kein einziges Mal zurückschaust.«

»Das ist mal ehrlich«, meinte sie trocken. »Aber du wiederholst dich.«

Ich hörte das Geräusch, das aus meiner Kehle drang. »Willst du noch mehr Ehrlichkeit?« Mein Blick huschte über ihr Gesicht und fand dort nur Härte. »Du hast mir nichts als Ärger gemacht, seitdem du in dieser Stadt angekommen bist. Du hast jeden Versuch vereitelt, den Frieden und die Ruhe zu finden, die ich hier eigentlich gesucht habe. Und du bist noch nicht mal eine volle Woche hier.« Sie verzog den Mund, was mich dazu brachte, weiterzusprechen. »Ich kenne dich nicht, da hast du recht. Aber rate mal! Du kennst mich auch nicht, Darling.«

Ich ließ ihr die Kiste vor die Füße fallen, und etwas in ihrer Miene brach.

Ich trat zurück. »Du wirst allerdings bald herausfinden, dass ich kein großzügiger Mann bin. Ich bin egoistisch. Stolz. Und ein bisschen fies, wenn es nötig ist.« Ich senkte die Stimme. »Tu also, was auch immer du mit dieser verdammten Kiste tun willst, aber glaub nicht, dass ich dir wirklich helfen will.«

Damit wirbelte ich herum, um die Fahrertür meines Wagens zu öffnen. Ich war derart fertig mit dieser Frau. Ich war …

»Ich werde es allen sagen«, spuckte sie mir von ihrer Position hinter meinem Geländewagen entgegen. »Wenn du die Mädchen nicht trainierst, werde ich der ganzen Stadt verraten, wer du bist.«

11

Adalyn

D u hast *was* getan?«

Ich senkte meine Stimme zu einem Flüstern. »Ich habe ihn erpresst. Glaube ich.«

»Glaubst du?« In Josies fahlblauen Augen blitzte Verwirrung auf. »Aber … wie? Wann? *Warum?*«

»Lass mal schauen.« Ich hob einen Finger. »Ich habe gedroht, seine Identität der gesamten Stadt zu verraten.« Der zweite Finger. »Gestern Abend, direkt, nachdem du mit Diane und Gabriel weggegangen warst.« Und der dritte. »Weil ich verzweifelt bin und ich …« Gänsehaut bildete sich auf meinen Armen. »Ich brauche ihn, also bin ich in Panik verfallen. Die Worte sind über meine Lippen gedrungen, bevor ich sie zurückhalten konnte.«

Josies Augen blieben einen langen Moment rund wie der Vollmond. Ich war mir ziemlich sicher, dass sie auch nicht mehr atmete. Bis sie den Kopf in den Nacken warf und lachte.

»Ich habe soeben eine Straftat gestanden.« Ich blinzelte sie an. »Die zweite im Verlauf von wenigen Tagen. Vielleicht sogar die dritte, wenn wir mitzählen, dass ich Cameron mit dem Auto angefahren habe.« Ich schluckte schwer. »Das war's. Ich wandere ins Gefängnis.«

»Moment, Moment«, sagte sie, nachdem ihr Lachen abrupt verstummt war. »Was hast du mit Cam gemacht?«

»Ich … ich habe Cameron leicht angefahren«, gestand ich. »Mit der Stoßstange. Direkt, nachdem ich sein Huhn ermordet habe. Außerdem bin ich danach kurz in Ohnmacht gefallen, und er … aber das spielt keine Rolle. Ich habe nichts gesagt, weil ich dachte, du wärst entsetzt.«

Wieder begann die Frau vor mir zu lachen. Die Leute im Café drehten sich nach ihr um. Okay, vielleicht war Josie nicht entsetzt.

»O Gott«, stieß sie hervor und tätschelte sich selbst die Brust, als wäre das der beste Witz, den sie je gehört hatte. »Ich wünschte, es gäbe eine Möglichkeit, die Aufnahmen der Überwachungskamera der Lazy Elk Lodge von diesem Moment zu sehen.«

Ich spürte, wie ich bleich wurde. Nicht noch ein belastendes Video. »Es gibt eine Überwachungskamera?«

»Oh, das weiß ich nicht. Aber wäre das nicht toll?« Sie schüttelte den Kopf. »Nur, wenn es eine gibt, werde ich auf keinen Fall an die Aufnahmen herankommen. Das Grundstück gehört irgendeiner Tourismusfirma. Sie waren diejenige, die letztes Jahr die Blockhütte renoviert haben.« Sie zuckte mit den Achseln. »Ach, wie sehr ich mir wünschte, ich besäße das Geld, mein Heim so aussehen zu lassen.«

»Tatsächlich habe ich versucht, Kontakt zu den Besitzern aufzunehmen.« Ich war sogar so weit gegangen, Camerons Vorschlag anzunehmen – nicht, dass ich das jemals zugeben würde –, und hatte vorgegeben, seine Assistentin zu sein, als ich den Agenten angerufen hatte. »Ohne Erfolg.«

»Oh, stimmt etwas nicht mit dem Cottage? Ich kann versuchen zu helfen, wenn das nötig sein sollte.«

Worte, die mir zwei verschiedene Männer in den letzten vierundzwanzig Stunden entgegengeschleudert hatten, hallten in meinen Ohren wider.

Den Komfort des Lebens, das ich dir ermöglicht habe, hinter dir zu lassen, ist sicher nicht einfach.

Findet die Prinzessin den Gedanken abstoßend, auf dem Boden zu schlafen?

»Das Cottage ist perfekt«, sagte ich. »Es ging um etwas anderes. Rechnungen. Ich brauche sie für meine Spesen.«

»Das ergibt Sinn«, sagte Josie und schob ein Tablett in meine Richtung. »Probier mal ein Macaron. Das wird diesen Ausdruck von deinem Gesicht vertreiben.« Sie deutete auf einen dicken grünen Keks. »Ich mag am liebsten Pistazie. Und es könnte ja das letzte Macaron sein, das du je essen wirst. Du weißt schon, falls sie dich für all deine fiesen, hinterhältigen Verbrechen in den Knast werfen.«

»Das ist nicht witzig«, sagte ich. Aber sie lachte nur, und ich schnappte mir ein Macaron. Aber bevor ich das Gebäck an die Lippen hob, musste ich eine Frage stellen, zu der mir bisher der Mut gefehlt hatte. »Wie kann es sein, dass das alles für dich vollkommen in Ordnung ist? Nicht allein, was ich dir gerade über Cameron erzählt habe, sondern auch das Video von mir, in dem ich mich so … unzivilisiert verhalte.«

Vielleicht zum ersten Mal, seitdem ich sie kannte, geriet Josies Dauerlächeln ein wenig ins Wanken. »Ich war viermal verlobt«, erklärte sie mir. »Und habe nie geheiratet. Ich erkenne eine verletzte Frau, wenn ich sie sehe.«

Ich musterte die Frau vor mir. Ihr freundliches, schönes Gesicht, umrahmt von lockigem hellbraunem Haar. In der kurzen Zeit, die ich Josie jetzt kannte, war sie immer so optimistisch und glücklich gewesen, daher schockierte es mich wirklich zu hören, dass sie auf diese Weise verletzt worden war – und das gleich viermal. Nicht die Tatsache, dass sie vor ihrem dreißigsten Lebensjahr mehrfach verlobt gewesen war, sondern dass es diesem Umstand gerade gelungen war, für einen Moment ihr inneres Leuchten zu dämpfen.

»Meine Eltern haben sich schon vor meiner Geburt getrennt«, bot ich an. »Er hat ihr einen Antrag gemacht, als er herausgefunden hat, dass meine Mom schwanger war, aber sie haben nie geheiratet. Ich vermute sehr, dass sie sich immer noch lieben, auch wenn meine Mom ihn unablässig daran erinnert, wie glücklich und wunderbar ihr Leben ist – nicht trotz, sondern *weil* sie nie geheiratet hat.« Ich spürte, wie Hitze in meine Wangen schoss. Ich sprach nie über die Beziehung meiner Eltern. Und plötzlich hörte ich mich selbst sagen: »Ich habe bisher nur eine richtige Beziehung geführt. Ich dachte, er würde mir irgendwann einen Antrag machen, aber stattdessen hat er sich von mir getrennt. Das hat mich nicht verletzt, nicht so, wie es eigentlich hätte sein müssen. Also hatte ich nie Vorbehalte gegen ihn.« Dieses üble Gefühl in meiner Magengrube rührte sich. »Bis ich ungefähr ein Jahr später gehört habe, wie er gewisse Dinge über mich gesagt hat.«

Josie nickte, und die harte Miene verblasste. »Deswegen mag ich dich«, sagte sie und lächelte wieder breit. »Alle anderen hätten sich nach der Geschichte erkundigt. Was das Ende dieser vier Verlobungen eingeleitet hat. Aber du hast das nicht getan.«

Mir wurde auf eine Weise warm ums Herz, die mir nicht vertraut war. Dass Josie mich mochte, war wichtig. Ich brauchte eine Verbündete in Green Oak, und ich … ich mochte das hier.

»Also«, setzte sie wieder an und schob sich ein Macaron in den Mund. »Ich habe Fragen.« Sie zog die Augenbrauen hoch. »Die erste davon lautet: Ist Cam heute zum Training erschienen?«

Bei dieser Erinnerung spürte ich ein seltsames Ziehen in der Brust. »Ist er. Er ist herangestürmt und genauso wieder verschwunden, ohne auch nur einen einzigen Blick in meine Richtung zu werfen.« Ich hatte gedacht, die mangelnde Interaktion würde mich glücklich machen, aber so war es nicht gewesen. Ich fühlte mich schrecklich wegen dem, was ich getan hatte. Aber ich brauchte ihn, also: Wie sollte ich meine Worte zurücknehmen und trotzdem dafür sorgen, dass er blieb? »Diane war übrigens auch da. Sie hat Chelsea abgesetzt und dann das gesamte Training aus dem Auto beobachtet.«

»Das war zu erwarten. Aber ich hatte dir gesagt, dass er wiederkommen würde.« Josie nickte bestätigend.

Ich musterte die umstehenden Tische und stellte sicher, dass *Josie's Joint* immer noch überwiegend leer war. »Er glaubt, ich hätte ihn erpresst, Josie. Natürlich ist er zurückgekommen.«

Sie zuckte mit den Achseln, schnappte sich ein weiteres Macaron und biss hinein. »Du vergisst, dass er das Team schon vorher trainiert hat. Und ich kenne Cam nicht supergut, aber gut genug. Er hat deinen Versuch, ihn zu er-*so-ein-hässliches-Wort*-pressen, wahrscheinlich als bissiges Geplänkel gedeutet.«

Nicht das schon wieder. »Wir plänkeln nicht herum, vertrau mir.« Und außerdem: »Er-*so-ein-hässliches-Wort*-pressen?«

Josie gluckste. »Das war süß, oder? Als wären wir zwei Freundinnen in der Highschool, die hinter der Tribüne über ihren Schwarm flüstern.« Sie verzog das Gesicht. »Allerdings glaube ich nicht, dass du hinter die Tribüne gehen solltest. Sie ist wirklich alt. Wahrscheinlich sollte ich Robbie bitten, sich die Stützen mal anzusehen. Er ist Marías Dad und Green Oaks inoffizieller Allround-Handwerker.«

»Okay, ich werde versuchen, mich nicht hinter die Tribüne zu schleichen, bis Robbie sie sich angesehen hat«, meinte ich trocken.

»Außer, der Vorschlag kommt von jemand ... Interessantem«, hielt sie dagegen und verzog auf eine Weise den Mund, die mir gar nicht gefiel. »Jemand, mit dem man plänkelt und der spielerisch er-*so-ein-hässliches-Wort*-presst wurde, wie ...«

»Nein«, fiel ich ihr ins Wort. »Nicht in diesem Leben.«

»Schön.« Josie verdrehte die Augen. »Aber ...«

»Also, die Spiele beginnen in einer Woche?«, lenkte ich sie ab, obwohl ich die Antwort bereits kannte. Ich wusste inzwischen alles, was es zu wissen gab.

Sie verzog nachdenklich das Gesicht. »Oh! Du könntest ein bisschen darüber mit ihm reden. Small Talk, um die Situation zu beruhigen. Die erste Mannschaft, die wir schlagen müssen, sind die Grovesville Bears, und sie dürften ein harter Gegner werden.«

Das erregte meine Aufmerksamkeit. »Du musst nicht mal bis zum nächsten Training am Montag warten. Geh einfach zu ihm, und sag ...« Josie verstummte abrupt. »Code Gelb.«

Ich runzelte die Stirn. »Wieso sollte ich ...«

»Code Gelb«, beharrte Josie mit einem künstlichen Lächeln, den Blick hinter mich gerichtet. »Code Dianes-gleißend-gelbes-Haar.«

»Du musst aufhören, Codes auszurufen, die ich nicht …«

Die Glocke an der Cafétür bimmelte.

Es folgten schwere Schritte.

»Bleib cool«, flüsterte Josie. Aber eines ihrer Lider zuckte.

Ich öffnete den Mund, um sie zu fragen, ob es ihr gut ging, aber bevor ich das tun konnte, schob sich eine große Hand vor mein Gesicht.

Eine Handfläche, die in fünf langen, starken Fingern endete – einige davon schief, mit einem kleinen Finger, an dem ein Siegelring mit einem C glänzte –, legte etwas direkt neben das Tablett mit den Macarons.

Ich wartete, aber Cameron sagte nichts.

»Seltsame Art, Hallo zu sagen«, meinte ich schließlich. Ich konnte Camerons Blick auf meinem Scheitel fühlen. Ich nickte in Richtung des Flyers vor mir, immer noch ohne ihn anzusehen. »Was ist das?«

Keine Antwort.

»Das ist die Aktivitätsbroschüre von Green Oak«, flüsterte Josie laut und lehnte sich zu mir. »Wir bieten eine Menge saisonaler Aktivitäten an. Es gibt Sport, unsere Sommerabschlussfeier am See, Kunsthandwerkskurse, unser Herbstfest, das …«

Ich warf ihr einen Blick zu, und sie erwiderte ihn vielsagend.

»Das ist toll. Ich verstehe nur nicht, warum er mir vor die Nase gehalten wird.«

Statt etwas zu sagen, stieß Cameron eines dieser kehligen Geräusche aus, die ihn klingen ließen, als stamme er direkt aus dem Paläolithikum.

Ich schluckte schwer. »Ich brauche das nicht.«

»Oh, das tust du«, sagte er schließlich. Und es war sein Tonfall – oder vielleicht einfach seine Stimme –, die mich endlich den Blick heben ließ. Grüne Augen musterten mich unverwandt, und er wirkte so … eingebildet. Selbstgefällig. »Ich habe dich angemeldet«, verkündete er. »Bei jeder einzelnen Aktivität auf der Liste, von diesem Wochenende bis zum Herbstende.«

Der Stuhl, auf dem ich gesessen hatte, kratzte über den Caféboden, und erst das Geräusch machte mir bewusst, dass ich gerade aufgesprungen war. »Du hast *was* getan?«, quietschte ich.

Camerons Lippen zuckten unter diesem Bart, den ich langsam wirklich verabscheute, weil er es fast unmöglich machte, seine Miene zu deuten. »Diane – du erinnerst dich an Diane, oder?«, fragte er. Meine Reaktion bestand aus einem Blinzeln. »Sie ist nicht nur die Präsidentin der Elternorganisation, sondern zufällig auch Stadtrats-Sekretärin. Und rate mal, was damit in ihren Aufgabenbereich fällt?«

»Einige der organisatorischen Aufgaben«, antwortete Josie an meiner statt, sodass wir sie beide ansahen. Sie hielt die Broschüre in der Hand. »Tatsächlich erinnere ich mich genau daran, ihr gesagt zu haben, dass sie nicht diese Schriftart verwenden soll. Gott, auch das Farbschema ist falsch. Ich ...« Ihre Stimme verklang, als sie aufsah. »Uuups. Bitte, sprich doch weiter.«

Ich richtete meine Aufmerksamkeit erneut auf den Mann links von mir, nur um festzustellen, dass seine Augen auf mich gerichtet waren. Schon wieder. »Sie hat sich solche Sorgen um dein Engagement in der Gemeinde gemacht«, sagte er mit einem Zucken seiner breiten Schultern und besaß dabei die Frechheit ... schnodderig zu wirken. »Ich dachte, ich könnte dir dabei helfen, die Situation zu deinen Gunsten zu beeinflussen.«

»Du wolltest helfen«, wiederholte ich. Als sein Blick sich kurz auf meinen Mund senkte, wurde mir klar, dass ich die Lippen so fest aufeinandergepresst hatte, dass die Worte wahrscheinlich als ein Zischen hervorgedrungen waren. »Wie großzügig von dir, Cameron.«

»Manche würden es wohltätig nennen«, schoss er ruhig zurück, und bei der Erinnerung an unser Gespräch gestern Abend begannen meine Wangen zu brennen. »Aber natürlich musst du dich nicht verpflichtet fühlen, wirklich an den Aktivitäten teilzunehmen.«

Josie räusperte sich. »Diane ist ... na ja, eine ziemliche Paragrafenreiterin? Sie hasst es, wenn Leute sich eintragen und dann nicht auftauchen. Letztes Jahr hat sich Grandpa Moe aus Versehen

zu unserem Regenwurmrennen beim Herbstfest eingetragen.«
Ich warf Josie einen entsetzten Blick zu. »Ihr hättet Diane sehen
müssen, als Grandpa ... Nicht hilfreich? Okay. Später erzähle ich
dir alles. Ist eine lustige Geschichte.«

»Ich würde sie sehr gerne hören«, meinte Cameron vollkommen ernst. »Adalyn sicher auch. Sie hat sich schließlich dafür angemeldet.«

Ich riss den Kopf zu ihm herum. »Ich ...« Ich war sauer. Extrem
frustriert. Aber ich hatte es verdient. Ich ... »Tatsächlich finde ich
Würmer toll.«

Cameron legte den Kopf schräg, um mich zu mustern. Die
Bewegung sorgte dafür, dass ich eine dunkle Stelle entdeckte,
die aus dem Kragen seines Langarmshirts lugte. Direkt über
seinem rechten Schlüsselbein. Eine Tätowierung. Das musste
eine ...

»Oh, hey, Diane!«, stieß Josie plötzlich hervor. Jeder Muskel
in meinem Körper versteifte sich. War mir denn gar keine Pause
vergönnt? »Wir haben gerade über dich und die tolle Broschüre
geredet, die du gemacht hast. Wow, dieses Jahr sieht sie besser aus
als je zuvor.«

Ich riss den Blick von Cameron Caldanis Schlüsselbein und
musterte die Bürgermeisterin von Green Oak mit einer deut-
lichen Frage im Blick: *Was tust du da?*

Josie sah mich kurz an: *Vertrau mir.*

Ich hatte nur die Wahl, genau das zu tun oder aus dem Café zu
stürmen, also wappnete ich mich für das Schlimmste und beobachtete, wie Diane zu unserem Tisch kam.

»Danke dir, Josie«, sagte Diane nach einer knappen Begrüßung
und einem skeptischen Blick in meine Richtung. »Dieses Jahr
habe ich mir ein paar künstlerische Freiheiten herausgenommen.
Besonders die Schriftart gefällt mir sehr gut.«

»Sie ist toll«, stimmte Josie zu. Und Mann, war sie eine schlechte
Lügnerin. Es war fast schmerzhaft, sie dabei zu beobachten.
»Weißt du, worüber wir noch geredet haben? Die Mädchen-Fuß-
ballmannschaft.«

Diane runzelte die Stirn. Genau wie ich. Und Cameron ... Nun, er stand mit mürrischer Miene herum.

»In Ordnung«, brummte er und trat einen Schritt zurück. »Das ist mein Stichwort ...«

»Freude«, warf Josie ein. »Das ist Cams Stichwort, endlich offen zu äußern, wie viel Freude ihm die Arbeit mit dem Team bereitet. Und Adalyn. Und ...«

»Und wie wunderbar er die Aktivitäten findet«, brach aus mir heraus, dann riss ich überrascht von mir selbst die Augen auf. »So sehr, dass er sich anmelden will. Zusammen mit mir.«

Camerons Blick war so feindselig, dass ich spüren konnte, wie meine Haut brannte.

O Gott, was tue ich hier?

»Eine Teambildungsmaßnahme!«, quietschte Josie und klatschte begeistert in die Hände. »Um Kameradschaft und Vertrauen zu stärken. Wie TOLL. Das nenne ich Engagement und Hingabe. Alles im Dienst der Mädchen, natürlich.«

Als wäre ein seltsamer, rachsüchtiger Autopilot in mir aktiviert worden, fragte ich: »Was sagst du, Trainer?«

Seine Mundwinkel begannen zu zucken.

Und ich starrte ihn an, während mir gleichzeitig wegen dem, was ich hier tat, schrecklich übel wurde. Was ich getan hatte. Gott, ich war schon seit Sparkles vollkommen aus dem Tritt. Aber dieser Mann ... Irgendetwas an ihm sorgte dafür, dass ich ständig in Alarmbereitschaft war und zuschlug, bevor er mich zuerst angreifen konnte, als ob ...

Camerons Lippen bewegten sich. Einer seiner Mundwinkel hob sich, bis er schief grinste.

Selbst mit dieser ganzen Gesichtsbehaarung war das nicht zu übersehen. Es war sichtbar. Deutlich zu erkennen. Aber er wirkte dabei nicht amüsiert. Nein, er wirkte ...

In diesem Moment beschloss mein Gehirn, eine seiner Äußerungen für mich abzuspielen.

Ich spiele nur, wenn der Sieg sich auch lohnt.

O Gott. O nein.

Hatte ich ... einem ehrgeizigen Mann wie Cameron Caldani gerade einen Grund geliefert, mich in einem Wettstreit zu besiegen?

12

Adalyn

Ziegen-Yoga.
Mit Babyziegen.

Und Cameron Caldani. In Trainingshose und einem hautengen, langärmligen Work-out-Shirt.

Das war die erste Aktivität in Green Oaks Herbstbroschüre – oder, wie Cameron es wahrscheinlich in seinem Kopf nannte: »Kleinstadtaktivitäten, die Adalyns Niedergang einleiten werden«. Deswegen hatte ich die Broschüre quasi auswendig gelernt. Genau wie mit den Green Warriors war es meine Mission, mich niemals wieder überrumpeln zu lassen, also konnte ich jedes Detail jeder Aktivität zitieren, von diesem Wochenende bis zum Ende des Herbstes.

Und Nummer eins auf der Liste war Green Oaks Ziegen-Happy-Hour, kurz genannt GOZHH, die an jedem letzten Sonntag des Monats um Mittag in einer Scheune am südlichen Eingang zur Vasquez-Farm stattfand.

Meine Mission beinhaltete auch den Mann, gegen den ich antrat, also wusste ich inzwischen alles, was man über offizielle Kanäle über Cameron Caldani erfahren konnte. Geboren am Stadtrand von London, englische Mutter und italienischer Vater. Hatte mit siebzehn den ersten Vertrag bei einem kleinen Team unterschrieben und war zu einem der besten Torwarte in der Premier

League herangewachsen. Er hatte für Clubs in London, Manchester und Glasgow gespielt und war früh in seiner Karriere zweimal ins Nationalteam berufen worden. Vor fünf Jahren, als sein Stern langsam sank, hatte er den Sprung über den Atlantik gewagt und war in die USA gekommen, um für die L. A. Stars zu spielen. Bis vor ein paar Monaten, als er verkündet hatte – ziemlich abrupt und unerwartet –, dass er seine Torwarthandschuhe an den Nagel hängen würde. In jedem seiner Teams hatte er die Nummer dreizehn getragen.

Diese letzte Info war mir bereits bekannt gewesen. Die Dreizehn war eine ungewöhnliche Rückennummer für einen Torwart, aber was wusste ich schon.

Ich war vorbereitet. Ich hatte sogar *Outdoor Moe's* besucht und mir angemessene Kleidung für Yoga gekauft. Leggins und das einzige Tanktop, das Moe in einer Frauengröße auf Lager hatte. Auf der Vorderseite stand *Jemand in Green Oak liebt mich*, was nicht unbedingt der Wahrheit entsprach – nun, ich konnte wohl kaum in einem Kostüm bei der GOZHH auftauchen. Aber ich war in hochhackigen Schuhen hier erschienen. Das war okay. Yoga machte man barfuß – oder zumindest vermutete ich das. Und ich war mit Wissen, Informationen, Leggins und einem Oberteil mit einer zweifelhaften Beschriftung ausgestattet. Ich war bereit, Diane und allen in Green Oak die zivilisierte, verantwortungsvolle und absolut nicht durchgeknallte Person zu zeigen, die ich wirklich war.

Eine der Babyziegen meckerte, riss mich damit ins Hier und Jetzt und sorgte dafür, dass mein Blick nach rechts schoss.

Okay, vielleicht war ich nicht vollkommen vorbereitet. Aber ich glaube nicht, dass irgendwer jemals bereit war für den Anblick von Cameron Caldani, der barfuß auf einer pinkfarbenen Yogamatte stand, die muskulöse Brust von der Sonne beschienen.

Nicht mal die Dutzende Bilder, die ich im Internet gefunden hatte, hatten mich darauf vorbereitet.

Natürlich war ich nur aus Versehen auf sie gestoßen.

Sozusagen.

Es hatte sich herausgestellt, dass Cameron eher zur zurückhaltenderen Fraktion der Fußballspieler gehörte. Keine großen Werbekampagnen, kaum Interviews und kaum ein Bild, das ihn nicht in voller Torwartausrüstung, Trainingskleidung oder einem Anzug zeigte. Es gab kein einziges Bild von Cameron mit nacktem Oberkörper – wonach ich natürlich auch nicht gesucht hatte –, das mich auf den Anblick der definierten Muskeln unter diesem hautengen Shirt vorbereitet hätte.

Mit einem Kopfschütteln richtete ich den Blick wieder nach vorne und entdeckte María in der Ferne, die offenbar auf die Gruppe zukam, die sich für GOZHH versammelt hatte. Sie trug eine Ziege in den Armen. Eine, die nicht so jung wirkte wie diejenigen, die gerade um die Matten herumsprangen … und definitiv schon zu groß war, um von María getragen zu werden. Das Mädchen fing meinen Blick ein und versuchte zu winken, was dazu führte, dass ihm die Ziege entglitt.

Ich hörte – und ignorierte – Camerons Brummen neben mir. Wohin die hinterhältige Josie, die zufälligerweise neben ihrem Job als Cafébesitzerin und Bürgermeisterin auch noch als Yogalehrerin einsprang, ihn geschickt hatte. *So machen wir das immer bei GOZHH,* hatte sie mir mit einem zuckenden Augenlid erklärt. *Ich weise den Leuten persönlich die Plätze zu.* Quatsch mit Soße.

»Hi, Miss Adalyn!«, quietschte María, die neben mir auftauchte. »Miss Josie lässt mich nicht an den Aktivitäten für Erwachsene teilnehmen. Nicht mal, wenn sie direkt hier auf meiner Farm stattfinden. Aber ich wollte dir Brandy vorstellen.«

Die Ziege vor Marías Füßen meckerte.

Oh. »Brandy«, sagte ich. »Die sechs Monate alte, blinde Ziege, die an Angstzuständen leidet.«

»Das ist sie!«, bestätigte María. »Ich wusste, dass du dich erinnern würdest. Willst du sie streicheln?«

»Ich …« Wollte ich wirklich nicht. »Klar. Vielleicht bald. Das Yoga sollte bald anfangen.«

»Oh, Moment, weißt du was? Ich kann sie hier bei dir lassen, dann könnt ihr zusammen Yoga machen. Und wenn ihr fertig seid, komme ich zurück, und wir können noch abhängen.« Ich beobachtete, wie ihr Blick zu einer Stelle rechts von mir huschte. Ihre Miene veränderte sich. »Hallo, Trainer Kamelrücken, ich würde dich auch einladen, mit uns abzuhängen, aber du hast nicht die richtigen Vibes. Du könntest mit meinem Bruder Tony abhängen. Er ist nicht cool.«

Ich musste die Hand an die Lippen pressen, um ein amüsiertes Schnauben zurückzuhalten.

»Danke, María«, sagte Cameron gedehnt.

»María?«, sagte Josie von ihrer Position vor der Gruppe. »Ich mag dich schrecklich gern, Süße, aber du kennst die Regeln, und GOZHH fängt gleich an. Also …«

»Sorry, Miss Josie!« María drehte sich schwungvoll um, sodass ihr unordentlicher, dunkler Haarschopf wippte. »Wir sehen uns später, Miss Adalyn«, warf sie über die Schulter zurück. »Kümmern Sie sich für mich um Brandy! Oh, und vielleicht keine plötzlichen Geräusche? Sie machen ihr Angst, dann kackt sie!«

Diese letzte Information ließ mich die Augen aufreißen.

Die Ziege meckerte auf eine Weise, die ich als Bestätigung auffasste.

Ich senkte den Blick, um festzustellen, dass diese seltsamen Pupillen in meine Richtung zeigten. »Das ist, ähm, okay. Brandy.« Sie kam einen Schritt auf mich zu. Ich zwang mich, sie anzulächeln, falls sie meine Energie spüren konnte. Gleichzeitig senkte ich die Stimme. »Wir kommen schon klar. Nicht ausflippen, okay?«

Rechts von mir erklang ein Schnauben. Und als ich in diese Richtung sah, entdeckte ich Cameron – in diesem dämlichen, hautengen Oberteil – der mich mit hochgezogenen Augenbrauen musterte. Mein Lächeln verblasste.

»Also sieht dein Lächeln wirklich so aus«, sagte er, bevor er den Blick wieder nach vorne richtete. Er hob die Arme, streckte sich und lenkte damit meine Aufmerksamkeit auf ganz neue Muskeln, die sich plötzlich unter diesem Shirt abzeichneten. Ich schluckte. »Kein Wunder.«

Nur mit Mühe riss ich den Blick von seiner Brust los und lenkte ihn auf … sein linkes Ohr. »Kein Wunder, was? Und mit meinem Lächeln ist alles in Ordnung.« Ich richtete die Aufmerksamkeit wieder auf Josie, die unsere Gruppe gerade durch eine Dehnübung führte. »Ich habe für Brandy gelächelt, nicht für dich. Und ihr hat es gefallen.«

»Ist Brandy nicht blind?«

Meine Wangen brannten. Aber ich hob die Arme und beschrieb damit einen Bogen in der Luft, genau wie Josie es tat. Ich würde Cameron ignorieren und meine zivilisierteste Persönlichkeit präsentieren. Ruhig. Konzentriert. Eine große Freundin der GOZHH. Bisher hatte ich noch nie Yoga gemacht, aber wie schwer konnte es schon sein?

»In Ordnung, Leute«, drang Josies beruhigende, gebieterische Stimme von ihrem Platz vor der Gruppe an mein Ohr. »Ich möchte, dass ihr einatmet …« Sie sog lautstark die Luft durch die Nase ein und hob gleichzeitig in einer eleganten Bewegung beide Arme. »Und jetzt … atmet ihr wieder aus.« Gleichzeitig senkte sie die Arme, sodass sie einen perfekten Halbkreis in der Luft beschrieben. »Und dann beugen wir uns vor.«

Ich keuchte, als alle der Anweisung folgten und Köpfe und Oberkörper aus meinem Blickfeld verschwanden. Diane und Gabriel waren hier, genau wie einige andere Eltern der Mädchen. Sie alle pressten die Hände auf die Matte vor sich. Cameron eingeschlossen.

Ja. Cameron Caldani, ein eins neunzig großer Berg aus sehnigen, definierten Muskeln.

Ich versuchte es ebenfalls, und … meine Finger reichten nicht mal bis an meine Knöchel.

Okay. Vielleicht war Yoga doch nicht so einfach.

Josie räusperte sich und zog damit meine Aufmerksamkeit auf sich. Sie nickte mir aufmunternd zu, während sie die Gruppe durch eine Wiederholung derselben Übung führte. Ich senkte den Blick auf meine Beine und ging ein paarmal in die Knie, als zweifle ich an der Nachgiebigkeit der Leggins. Ich beugte den Oberkörper. Aber … es fühlte sich einfach nicht richtig an. Ich spürte ein

Ziehen an den falschen Stellen. Wie zum Beispiel ... an meinen Ohren. Und in meinem Hintern.

Ich reckte den Hals, und unglücklicherweise fand mein Blick wieder Cameron, der inzwischen aufrecht stand. Wie alle anderen. Eilig richtete ich mich auf.

Josie wechselte zu einer neuen Übung, und erneut war ich unfähig, den Anweisungen zu folgen. Ich stieß ein frustriertes Seufzen aus. Sofort meckerte Brandy, die sich am Ende meiner Matte niedergelassen hatte. Ich schenkte ihr einen genervten Blick. »Bin nur ein bisschen frustriert. Kein Grund, Angst zu bekommen, okay?«

Und als hätte ich einen neuen, vollkommen nutzlosen siebten Sinn entwickelt, spürte ich, dass Cameron mein Profil musterte.

Meine Stimmung sackte in den Keller. Ich drehte den Kopf ... und wie erwartet, waren zwei tiefgrüne Augen auf mich gerichtet. Mit intensivem Blick. Um genau zu katalogisieren, was ich alles falsch machte. Eigentlich ziemlich eindrucksvoll, dass der Mann dazu fähig war, während sein Kopf quasi zwischen seinen Beinen steckte.

Im Gegensatz zu mir war dieser Kerl superbeweglich. Und speziell diese Position spannte jeden einzelnen Muskel an seinen Beinen und Armen an und sorgte dafür, dass sich diese Muskeln bewegten und ... hervortraten. So sehr, dass ich einfach starren musste. Bizeps, Trizeps, Quadrizeps, Schenkel, sogar sein Hintern, der hoch in die Luft gereckt war. Es war ein Muskelfestival. Und dieses verdammte Shirt hätte wirklich nicht so eng sein müssen.

Und meine Wangen sollten auch nicht brennen. Ich ...

Cameron fing erneut meinen Blick ein, aber ich wandte eilig den Kopf ab.

Warum, in aller Welt, gaffte ich ihn so an?

Ich konzentrierte mich wieder auf Josie, die uns von der aktuellen Pose in etwas führte, was klang wie eine slawische Nachspeise. Parlova? Pablova? Ich wusste es nicht, aber ich hob einen Arm, beugte ein Knie und senkte den Blick, um Josies Haltung bestmöglich nachzuahmen. Gerade, als ich kurz davor war, eine sehr ungeschickte Version der Parlovskana – oder so – auszuführen – was ein seltsames Beugen des Beines beinhaltete –, rammte mich etwas in die Seite.

Das Bein, das mein Gewicht hielt, verlor den Halt, und ich fiel um.

Fast. Weil sich zwei Hände um meine Oberarme schlossen und mich aufrecht hielten.

Und dank des Grunzens, das dabei an meine Ohren drang, brauchte ich keinen siebten Sinn, um zu wissen, wem diese großen, warmen Hände gehörten.

»Dämliche Ziegen«, grummelte Cameron und verlagerte seine Hände an meine Schultern.

Ich senkte den Blick und entdeckte Brandy vor meinen Füßen. »Und ich dachte, du wärst in meinem Team, Brandy.«

Die blinde Ziege stieß erneut mein Bein an, und ich spürte, wie Cameron mich fester hielt.

Fasziniert von der Reaktion, die dem Kommentar »Dämliche Ziegen« vorausgegangen war, sah ich über die Schulter zurück. Um sein Gesicht dort zu entdecken. So nahe, dass ich die kleinen Falten um seine Augen sehen konnte. Seine glatte Haut. Wärme kroch meinen Nacken nach oben. Cameron senkte die Hände.

»Hört auf die Ziegen«, sagte Josie, die plötzlich vor uns auftauchte. »Sie sind hier, um zu helfen. Brandy versucht dir etwas zu sagen. Wahrscheinlich, dass du nicht aufgeben sollst.« Sie legte eine Hand hinters Ohr. »Was war das, Brandy? O ja. Brandy will, dass du dein Bestes gibst.«

Ich blinzelte Josie an. »Das versuche ich?«

»Tu nicht so überrascht«, sagte der Mann, der schräg hinter mir stand. »Vor einer Minute hast du mit der Ziege geredet.«

Josies Blick huschte zu ihm. »Sie will auch, dass du dein Bestes gibst, weißt du?« Sie legte den Kopf schief. »Hm. Du wirkst angespannt, Cam. Würdest du dich besser fühlen, wenn ich eine zweite Ziege herhole?«

»Nein.«

Ich runzelte die Stirn angesichts dieser definitiven, direkten Antwort. War es ... War es möglich, dass Cameron die Ziegen nicht mochte? »Nun, ich fände noch eine Ziege wunderbar«, hörte ich mich selbst sagen. »Vielleicht sogar mehr als zwei?«

Bevor Cameron reagieren konnte, meldete sich jemand aus dem hinteren Teil der Gruppe zu Wort. »Josie, Liebes? Können wir die Pose auflösen?« Diane klang angestrengt. »Wir halten den tiefen Ausfallschritt jetzt schon so lange, dass ich glaube, Gabriel wird sich gleich einen Muskel im Rücken zerren.«

Josies Augen wurden groß. »Tut mir leid, Diane!«, rief sie. Und dann wurde sie aktiv. »Okay, ihr beide ... oder drei ...«, meinte sie und deutete dabei auf Brandy, »... haltet den Kurs auf.« Sie ging um mich herum, und bevor ich wusste, wie mir geschah, landeten Camerons Hände wieder auf meinen Schultern. Hitze schoss in meine Wangen. »Und du, meine liebe Adalyn, hast Probleme«, stellte Josie klar.

»Ich habe alles unter Kontrolle«, beschwerte ich mich. »Ich brauche keinen Privatunterricht. Oder ihn. Oder seine Hände an meinem Körper.«

Cameron grummelte etwas.

Josie grinste angespannt. »Ich werde Gabriel nicht noch mal in die Notaufnahme fahren. GOZHH wird heute glatt und problemlos verlaufen. Also, Cam ...« – sie richtete den Blick über meine Schultern – »... hör auf, das Gesicht zu verziehen, als hättest du in eine Zitrone gebissen, und hilf ihr. Du weißt offensichtlich, was du tust.«

»Aber ...«, setzte ich wieder an.

»Kein Aber.« Josies Miene veränderte sich, wurde seltsam bedrohlich für jemanden, der Yogakleidung in leuchtendem Pink trug. Sie drehte sich um und verkündete mit dieser beruhigenden Stimme von vorhin: »Uuuund ... Kriegerpose!«

Cameron stieß hörbar die Luft aus.

Und ich spürte diesen Atemzug an meinem Nacken.

Ich schluckte schwer, weil ich mir seiner Nähe plötzlich unglaublich bewusst war. Des Gewichts seiner Hände auf meinen

Schultern. Der Wärme, die von seinem Körper ausstrahlte. Und was wir gleich tun würden. Zusammen.

»Ich hoffe, du bist glücklich«, murmelte er. Dann bewegte sich die Hand, die schlaff auf meiner Schulter geruht hatte, und presste sich gegen mein Schulterblatt. Er wollte mich durch die Position führen.

»Was meinst du?«, fragte ich abgelenkt, weil ich spürte, wie sein Daumen über einen angespannten Muskel glitt.

Ich spürte, wie Cameron noch näher an mich herantrat. »Team-bildung«, erklärte er so leise, dass nur ich ihn verstehen konnte. »Du hast mich in eine Falle gelockt, Adalyn. Nachdem du mich in Zugzwang gebracht hast.« Ein Moment der Stille. »Du hast sogar Josephine dafür eingespannt.«

»Ich habe sie nicht eingespannt.« Zitternd stieß ich den Atem aus. »Das hat Josie ganz allein gemacht.«

Sein Daumen glitt erneut über diesen Muskel, als wolle er ihn lockern. Ein Kribbeln schoss durch meine Wirbelsäule. »Also willst du behaupten, du hättest nicht vorgehabt, mich unfreiwillig freiwillig für das hier anzumelden?«, fragte er. Mein Körper wurde warm. Wärmer. Als wäre in meinem Inneren ein Heizofen angeschaltet worden. »Du hast mich nur zufällig mit ins Verderben gerissen?«

Ich wappnete mich. Er wollte mich ablenken, mich hänseln, und das würde ich auf keinen Fall zulassen. Ich würde mich nicht von Cameron Caldani zu Fall bringen lassen. Es war absolut keine Option, diese Stadt zu verlassen, bevor ich die Green Warriors zu einer Erfolgsgeschichte gemacht hatte. Hauptsächlich, weil ich vermutete, dass ich ohne diesen Erfolg niemals zu den Flames zurückkehren dürfte.

»Können wir das hier … einfach durchstehen?« Ich schloss die Augen und konzentrierte mich auf den Druck seiner Handfläche statt auf seine Worte. Auf seine Finger, die scheinbar unnötig langsam über einen meiner Arme nach unten glitten. Sie landeten an meinem Handgelenk, um sich in einer schnellen Bewegung darum zu schließen.

»Arm gerade nach oben strecken«, wies Cameron mich an. Und jetzt spürte ich seinen Atem an meinem Ohr. Ein Schauder rann über meinen Rücken, und ich musste mich ernsthaft konzentrieren, um seiner Anweisung zu folgen. »Das wird reichen«, sagte er. Und bevor ich mich über das zweifelhafte Kompliment beschweren konnte, schloss er die Finger um mein anderes Handgelenk. Was alle Gedanken aus meinem Kopf vertrieb. Diesmal war er es, der meinen schlaffen Arm anhob.

Ich stieß die Luft aus.

»Halte sie für mich nach oben«, erklang erneut Camerons Stimme, konzentriert, klar, ohne jedes Zögern. Ich schluckte. »Einfach halten.« Ich hielt die Position. »Wunderschön.«

Wunderschön.

»Ich …« Mir gefiel das gar nicht. Vor allem nicht, wie ich mich bei seinen Worten gerade eben gefühlt hatte. Welche Emotionen Cameron in mir auslöste. »Wenn ich noch mal darüber nachdenke, glaube ich wirklich, dass ich das auch allein hinkriege.«

Cameron seufzte schwer, und wieder glitt sein Atem über meine Haut, gefolgt von diesem Erschauern meines Körpers. »Du brauchst mich.«

Wut entzündete sich in meinem Bauch. Und ich war froh darüber. Damit konnte ich umgehen. Das hier …

Seine Hände landeten an meiner Taille.

Und wenn ich gedacht hatte, seine Hände hätten schon meine Schultern umschlungen … wenn ich gedacht hatte, seine Berührung an meinen Handgelenken wäre überwältigend gewesen … dann kam das nur daher, dass ich seine Hände noch nicht dort gespürt hatte, wo sie jetzt lagen. Diese Finger, die mehr Schläge und Erschütterungen abgefangen hatten als die meisten, lagen knapp unter meinem Rippenbogen. Und angesichts seiner Körperwärme wirkte mein Oberteil plötzlich viel zu dünn.

Cameron schob mich herum, drehte meinen Torso. Und ich spürte, wie ich steif wurde. Mich verspannte. Der Stoff, der seine Hände von meiner Haut trennte, klebte an meinem Körper, als schmölze er unter Camerons Berührung dahin. Aber vielleicht lag das auch an meinem Schweiß. Gott, wieso schwitzte ich plötzlich so heftig?

»Ich ...«, stieß ich hervor. »Mir ist ein bisschen warm, tut mir leid.«

»Du glaubst, ein wenig Schweiß kann mich abschrecken?«, meinte er gedehnt, was aus unbegreiflichen Gründen dafür sorgte, dass mein Magen sich verkrampfte. »Deine Haltung ist falsch«, fuhr er fort. »Es liegt an deinen Hüften.« Eine Handfläche glitt über meinen Hüftknochen. »Du musst den Oberkörper leicht senken.«

»Wie?«, krächzte ich. Ich schien nicht mehr zu wissen, wie ich allein funktionieren sollte.

Du brauchst mich.

Camerons Hände rückten meinen Körper zurecht. Eine glitt an meiner Seite nach oben, die andere blieb an meiner Taille liegen. Er drückte mich nach unten.

Und ich verlor mich vollkommen in dem Gefühl seiner zehn Fingerspitzen auf meiner Haut, die an diesen Stellen kribbelten, knisterten, brannten.

»Du bist steif wie ein Stock, Darling«, grummelte er. »Entspann dich für mich.«

Steif wie ein Stock.

Ich schluckte schwer, als die Erinnerung in mir aufstieg, wie jemand anders ganz ähnliche Worte über mich gesprochen hat. Ohne sich meines inneren Kampfes bewusst zu sein, bewegte sich Camerons Körper hinter mir, sodass ich plötzlich auf voller Länge an ihm lehnte. Brust, Oberkörper, Schenkel. Alles. Sein Körper hart wie Stein. Warm. Ganz nah.

»Öffne die Beine«, sagte er.

Und ohne einen einzigen zusammenhängenden Gedanken im Kopf öffnete ich die Beine.

Ich spürte, wie sein Kopf sich senkte, dann hörte ich direkt neben meinem Ohr. »Tritt einen Schritt zur Seite, und drück deinen Fuß fest auf die Matte.« Plötzlich schien ein Schalter in mir umgelegt zu werden, sodass er die volle Kontrolle übernahm. Ich bewegte mich. Seine Handfläche fand die Rückseite meines Oberschenkels, und als er sagte: »Anspannen«, spannte ich die Muskeln an.

Seine langen Finger streckten sich, schlangen sich um die Innenseite meines Beins. Ich stieß den Atem aus.

»Jetzt festhalten«, befahl er. Und so heftig mein Körper auch brannte und so sehr diese Stelle meines Schenkels unter seiner Berührung zu pulsieren schien, ich tat es. Oder versuchte es zumindest.

Denn Cameron stieß ein scheinbar missbilligendes Brummen aus, dann schlang er in einer schnellen Bewegung einen Arm um meine Taille und schob gleichzeitig mit dem Fuß mein Bein zur Seite, um meinen Stand zu verbreitern. Die Bewegung sorgte dafür, dass ich gegen ihn fiel. Mich an ihn presste. Und er brummte: »Halten.«

Ich hielt.

»Wunderschön«, wiederholte er, und das Wort fiel genau zwischen mein Ohr und meinen Hals. »Gut gemacht.«

Wunderschön. Gut gemacht.

Sein Lob ließ Wärme in meiner Brust aufflackern.

Und plötzlich spürte ich ein flatterndes Gefühl im Bauch. Das ganze Blut aus meinem Gesicht schien nach unten zu sinken, nur um sofort wieder nach oben zu schießen.

Ein seltsames Geräusch drang aus Camerons Kehle. Ich vermutete fast, dass ich in Ohnmacht gefallen war, hier und jetzt, halb auf Camerons Schoß. Weil ich Josies Stimme quasi nicht mehr hören konnte. Genauso wenig wie das Meckern der Babyziegen. Und Brandy ebenfalls nicht. Ich spürte auch nicht die Sonne, sah nicht die Scheune oder die Weiten der Vasquez-Farm oder war mir der Tatsache bewusst, dass ich von Hügeln umgeben war und Miami für Green Oak hinter mir gelassen hatte. Ich litt an Reizüberflutung.

Ich spürte nur noch Cameron.

Und ich konnte mich kein einziges Mal an einen einzigen Moment in meinem Leben erinnern, in dem ich mich so gefühlt hatte. Genau wie in dem Moment, als ich versuchte, mich zu erinnern, wann ich das letzte Mal geweint hatte, konnte ich keinen Augenblick greifen, in dem die Berührung eines Mannes mich überwältigt hatte. In dem mir so … heiß gewesen war.

In dem ich solche Erregung empfunden hatte.

Ich hatte nie wahllos Sex gehabt, aber ich war vor David mit zwei Männern zusammen gewesen. Mit ihm waren es drei. Ich dachte, ich wäre oft genug berührt worden, um zu wissen, was körperliche Berührungen bedeuteten.

Offensichtlich hatte ich mich geirrt.

Denn nichts – keine Berührung, keine Zärtlichkeit, kein intimer Moment – hatte sich so angefühlt, wie sich Camerons Hände an meinem Körper anfühlten – selbst über meiner Kleidung. Wie seine Brust und Schenkel, die sich gegen meine pressten. Seine Arme, die mich umfingen. Und das hier war nicht mal sexuell. Wir machten Yoga. Mit lauter Farmtieren um uns herum. Der Mann versuchte nicht, mich zu erregen. Er mochte mich nicht einmal.

Himmel.

Hatte ich mir wirklich eingeredet, das, was ich in der Vergangenheit empfunden hatte, wäre die Norm? Dass es okay war, dass ich keine Leidenschaft verspürte, wenn David mich berührt hatte. Oder war ich nach ihm zu lange allein gewesen? Meine Güte. Hatte ich meinen Körper so sehr vernachlässigt, dass er jetzt auf jede Berührung reagierte? Von einem Mann, mit dem ich kaum ein paar Worte wechseln konnte, ohne dass wir uns in die Haare kriegten?

Camerons Hände führten mich in die nächste Position. Allerdings war ich mir da nicht ganz sicher. Ehrlich, ich war unfähig, wirklich zu denken. In meinem Kopf herrschte Chaos. Verwirrung. Aber als meine Brust eng wurde, stieg ein Gedanke aus dem Chaos auf. *Ich* musste das Problem sein. Cameron sollte nichts von alledem empfinden. Ich war steif wie ein Brett.

Frigide, langweilig und leicht zu vergessen. Ich bin noch mal davongekommen.

»Atme tief ein, Darling«, sagte Cameron, und erst da wurde

mir bewusst, dass ich nach Luft schnappte. Und das hatte nichts mit den Übungen zu tun. »Adalyn«, erklang seine Stimme wieder, diesmal bestimmter. »Konzentriere dich auf deine Atmung.« Sein Körper war immer noch um meinen geschlungen ... und plötzlich schien seine Wärme zu viel. Und gleichzeitig nicht genug. Was stimmte nur nicht mit mir? »Ein und aus, Darling.« Seine Handfläche presste sich auf mein Schlüsselbein – fest, schwer – und lieferte mir so etwas, worauf ich mich konzentrieren konnte. »So ist es richtig. Genau so.«

Mein Brustkorb weitete sich bei seinen Worten, und ich konnte leichter atmen.

»Gut gemacht«, murmelte er, als meine Atmung sich langsam normalisierte und mein Hirn langsam wieder online ging. »Prima.«

Sobald ich mich wieder mehr wie ich selbst fühlte, sah ich mich um, ließ den Blick über die Gruppe gleiten und rechnete damit, dass alle Blicke auf uns gerichtet waren. Selbst die der Ziegen. Aber niemand schaute in unsere Richtung. Alle waren auf ihre eigenen Posen konzentriert. Und Brandy lag inzwischen auf meiner Matte. Direkt vor unseren Füßen. Vor Camerons Füßen.

»Die Ziege«, stieß ich hervor, weil ich die Warnung für nötig hielt. Er mochte sie nicht.

Camerons Körper verspannte sich hinter mir, wie jedes Mal, wenn eines der Tiere sich ihm genähert hatte. Er spreizte die Finger, sodass sie über meinen Nacken glitten. Und als er sprach, hörte ich, wie gestresst er klang. »Es ist nur eine Ziege.«

Ich löste mich aus seinem Halt und gab vor, angesichts seiner offenen Verleugnung Frust zu empfinden. Das stimmte nicht. Ich war verlegen. Weil ausgerechnet Cameron diesen Moment der Schwäche bezeugt hatte. Weil er mich daran hatte erinnern müssen zu atmen, weil ich mich in meinem Kopf verloren hatte wegen ... nichts.

»Du hast Angst vor ihnen«, meinte ich und wirbelte zu ihm herum. Das Grün seiner Augen war dunkel, seine Miene hart und seine Haltung angespannt. Ich trat zurück. »Du fürchtest dich vor den Ziegen.«

Das war nicht wichtig. Mir war eigentlich vollkommen egal, ob er eine seltsame Tier-Phobie hatte. Ein Teil von mir bemühte sich angestrengt, angesichts dieser Information kein Mitgefühl zu empfinden. Hauptsächlich aber benutzte ich diese Tatsache, um von mir selbst abzulenken.

Und Cameron schien mich zu durchschauen. »Wir haben alle vor irgendetwas im Leben Angst, Darling«, sagte er. »Dein kleiner Aussetzer gerade ist der beste Beweis dafür.« Ein Muskel an seinem Kiefer zuckte. »Es ist nur eine Frage der Zeit, bis ich es herausfinde.«

Was herausfinde?, wollte ich fragen.

Aber Cameron Caldani trat von meiner Matte und ging zu seiner eigenen zurück.

Stürmte regelrecht davon, während ich mit viel zu vielen Gedanken im Kopf zurückblieb.

Wieder einmal.

13

Cameron

Die Green Warriors zu trainieren, würde nicht länger das Kinderspiel sein, das es bisher gewesen war.

Das hatte nichts mit den Mädchen zu tun. Das Training hatte sich gestaltet, wie man es bei einer Gruppe von Kindern unter zehn Jahren erwarten durfte: Chaos, mit kurzen Momenten absoluter Verzweiflung und einer Prise Wahnsinn.

Das Problem war die neue Geschäftsführerin, wie sie sich selbst so gerne nannte.

Ich beobachtete, wie die zwei letzten Mädchen in Richtung ihrer Eltern davonwanderten – und Diane, die ein weiteres Mal das gesamte Training von ihrem Auto aus beobachtet hatte. Dann wirbelte ich auf dem Absatz herum, nur um sofort die Frau zu entdecken, die auf der Tribüne saß. Letzten Donnerstag war ich davon ausgegangen, dass es eine einmalige Sache bleiben würde. Aber sie war wieder da.

Mit einem resignierten Kopfschütteln ging ich in ihre Richtung. Ich beobachtete Adalyn, während ich mit großen, langen Schritten über das dürre Gras wanderte. Sie balancierte den Laptop auf den Knien, leicht vorgelehnt, als wäre sie vollkommen fasziniert von dem, was sie auf dem Bildschirm sah. Mein Blick folgte der Linie ihrer Schultern und Arme, musterte ihre geknöpfte Bluse. Sie hatte irgendwann den Blazer ausgezogen, während ich abwechselnd versuchte, den Mädchen grundlegendes Dribbling und Juniper – unserer Torwartin – beizubringen, wie man einen Ball abwehrte, ohne sich dabei selbst zu verletzen. Bei beiden Aufgaben hatte ich versagt.

Mein Blick sank nach unten, als ich näher kam. Beim Anblick dieser hochhackigen Schuhe stieg Irritation in mir auf. Es überstieg meine Vorstellungskraft, warum sie sich ständig in diesen Dingern bewegte, in einer Stadt, in der, abgesehen von der Main Street, die Straßen nicht einmal gepflastert waren. Sie war sogar zu diesem Ziegen-Happy-Hour-Unsinn in diesen Dingern erschienen. Und sofort musste ich wieder an Sonntag denken. An Adalyn in diesen Leggins. In diesem Tanktop. An die Wärme von Adalyns Körper unter meinen Fingerspitzen. An …

Mein Magen verkrampfte sich angesichts dieses unvollendeten Gedankens. Und als ich sie endlich erreichte, konnte ich nicht verhindern, dass die Worte, die ich sprach, in kampflustigem Tonfall erklangen. »Wieso bist du hier?«

Hier. In Green Oak. In meinem Kopf.

Sie schien von meiner Anwesenheit mehr überrascht zu sein als von meiner Frage. Eine kleine, steile Falte bildete sich zwischen ihren Brauen. »Wo sollte ich sonst sein? Der Sportplatz hat kein Büro, in dem ich mich einrichten könnte. Also erscheint mir die Tribüne als der beste Arbeitsplatz.« Ihre Finger glitten ein paarmal über das Mousepad. »Mein Hotspot funktioniert heute nicht, hast du Empfang?« Sie sah sich um, als hielte sie nach etwas Ausschau. »Vielleicht kann ich es morgen auf der anderen Seite des Spielfeldes versuchen.«

»Also hast du wirklich vor, bei jedem einzelnen Training anwesend zu sein?«

»Natürlich«, bestätigte sie. Als wäre das vollkommen offensichtlich. Und bevor ich definieren konnte, was ich bei diesem Gedanken empfand, wechselte sie das Thema. »Wie ist das Training deinem Gefühl nach heute gelaufen? Ich finde, wir sollten uns einmal die Woche treffen, um die Fortschritte zu besprechen. Ich werde ein paar Kopien der Mannschaftsliste ausdrucken, damit wir Notizen zu allen Spielerinnen machen können, ihre Schwächen einschätzen und notieren, welche Fähigkeiten wir vertiefen sollten.« Sie zog eine blaue Aktenmappe aus der Tasche. »Hier, nimm das mit nach Hause, für den Fall, dass du dich vorbereiten willst. Josie hat mir an meinem ersten Tag ein paar Ausdrucke gegeben. Ich habe sie abgeheftet. Was hältst du von mittwochs? Training ist montags, mittwochs und donnerstags, also ergibt ein Meeting Mitte der Woche am meisten Sinn.«

Ich blinzelte langsam. »Wir brauchen keine Meetings. Es sind Kinder.«

»Das sind sie.« Sie nickte und streckte mir weiterhin die Mappe entgegen. »Die sich für die örtliche Little League qualifiziert haben, deren Saison in weniger als einer Woche anfängt.« Sie schürzte die Lippen. »Wusstest du, dass sich die Green Warriors nur deswegen qualifiziert haben, weil sie die einzige U10-Mannschaft im gesamten County sind?«

Nein. Das hatte ich nicht gewusst. »Trotzdem sind es einfach Kinder.«

»Also immer mittwochs«, meinte Adalyn. »Das erste Spiel ist am Samstag. Ich glaube, wir sollten uns anschauen, wie sie sich anstellen, und auf dieser Grundlage planen. In der Mappe ist auch eine Ausgabe des Spielplans.« Ich öffnete den Mund, aber sie sprach einfach weiter. »Sie werden in den kommenden Wochen gegen fünf andere Städte spielen. Grovesville, Rockstone, Fairhill, Yellow Springs und New Mount. Die Liga ist übrigens ziemlich seltsam organisiert. Die Wertung geht nach Punkten, aber die Mannschaften spielen jeweils nur einmal gegeneinander. Die beiden, die am Ende oben stehen, spielen im Finale.«

Ich senkte den Blick auf ihre Hand. »Erklärst du mir wirklich gerade, wie eine Fußballliga funktioniert?«

»Ich habe erklärt, dass diese Liga einer seltsamen Struktur folgt.« Sie streckte erneut die Mappe in meine Richtung. Als ich sie nicht entgegennahm, senkte Adalyn den Arm, bis die Mappe auf ihrem Schoß ruhte. »Du wirst das komplizierter machen, als es sein müsste, oder?«

»Ich?« Ich runzelte die Stirn. »Du findest, *ich* wäre hier die Komplikation?«

»Ich vermute, das hatte ich verdient«, murmelte Adalyn und griff nach ihrer Handtasche. Angesichts ihres niedergeschlagenen Tonfalls verknotete mir ein seltsames Gefühl den Magen. Sie zog eine zweite Mappe heraus, diesmal rot. »Samstag spielen die Warriors gegen die Grovesville Bears.«

Wieder einmal beeindruckte mich, wie sie unbeirrt weitermachte, egal, wie sehr ich auch bocken mochte. Ich ging nicht davon aus, dass Adalyn mein Verhalten verdient hatte, aber mir gefiel immer noch nicht, dass sie hier war, in Green Oak, und mich in ihren Strudel zog. Sie wandte sich wieder ihrer Tasche zu und zog einen Post-ist-Block heraus. Ich legte den Kopf schief. »Was hast du außerdem da drin? Eine ganze Druckerei?«

»So gut wie«, meinte sie trocken. »Ich habe mir die Mühe gemacht und Recherchen über jedes Team und jede Stadt angestellt, die in der Six Hills Little League spielt«, meinte sie, kritzelte etwas auf einen Klebezettel und drückte ihn auf eine der Seiten in der Mappe. »Viel habe ich nicht gefunden. Aber alles, was sich herausfinden ließ, ist hier aufgeführt.« Sie sah auf und fing meinen Blick ein. »Es wäre toll, wenn du die Informationen über die Grovesville Bears vor unserem Treffen am Mittwoch durchgehen könntest. Du hast eineinhalb Tage Zeit. Ich habe die Seite gerade für dich eingemerkt.«

Ich starrte sie an – diese braunen Augen, die abwartend auf mich gerichtet waren, als rechne sie mit der Bestätigung oder dem Versprechen, dass ich ihrer Aufforderung folgen würde. Aber nachdem ihr Haar heute zu einem straffen Dutt gebunden war, fiel es mir schwer, mich nicht von dieser abgespannten Müdigkeit ablenken zu lassen, die ihre Gesichtszüge zeichnete.

Die Frage drang einfach über meine Lippen. »Schläfst du halbwegs gut auf der Luftmatratze?«

Ihre Lider hoben und senkten sich ein paar mal. Langsam. Dann schüttelte den Kopf. »Am Samstag haben die Green Warriors ein Heimspiel«, sagte sie. »Abhängig von Spielausgang, werde ich dir sagen, wie ich mit der Presse umgehen will. Aber zuerst muss ich mir anschauen, wie gut die Green Warriors spielen.«

Bei der Erwähnung der Presse verspannte ich mich sofort.

Adalyn musste es bemerkt haben, weil sie erklärte: »Mein Fokus liegt auf den Mädchen und der Erfolgsgeschichte, die ich hier schreiben werde.« Sie zögerte kurz. »Dein Fokus sollte ganz darauf liegen, ihnen die Punkte zu verschaffen, die sie brauchen, um im Finale zu spielen.« Wieder ein Moment der Stille. »Du gewinnst die Spiele, und ich halte dich aus den Pressemeldungen heraus. Mehr will ich nicht.«

Mehr wollte sie nicht? Als hätte sie nicht schon genug verlangt.

Und doch ... war da dieser Moment des Zögerns. Das verriet mir, dass es hier eher um Bellen als um Beißen ging.

Sie klatschte die rote Aktenmappe gegen meine Brust. Ich griff nicht danach.

»Okay«, murmelte sie und stand plötzlich auf. Dank der Tatsache, dass sie weiter oben auf der Tribüne gesessen hatte, schwebte ihre Brust plötzlich auf meiner Augenhöhe. »Dann nimm die Mappe nicht«, fuhr sie fort. Ihre Brüste hoben und senkten sich in einem tiefen Atemzug. Ich biss die Zähne zusammen, als dadurch eine Welle von Erinnerungen über mich hinwegschwappte. Sonntag. Yoga. Meine Hände an ihrem Körper. Weiche, warme Haut unter meinen Fingern. Meine Handfläche an genau dieser Stelle ihrer Brust, während sie nach Luft schnappte. Adalyn presste die Hand auf einen der Knöpfe an ihrer Bluse und riss mich damit zurück in die Gegenwart. »Ich vermute, ich sollte hier zusammenpacken.«

»Bitte«, hauchte ich, den Blick auf diesen Knopf gerichtet, an dem sie herumspielte.

Keiner von uns machte Anstalten, sich zu bewegen.

»Oh«, meinte Adalyn fast abgelenkt, während ihr Daumen mit diesem winzigen Knopf spielte, ihn von rechts nach links kippte. »Hast du die Trikots schon gesehen? Neue zu besorgen, steht auf meiner Prioritätenliste, aber ich glaube nicht, dass sie rechtzeitig für das Spiel diese Woche ankommen werden.« Eine Pause. Ihr

Daumen stoppte. Ich spürte, wie mein Adamsapfel hüpfte. »Josie hat gesagt, wir wären für den Moment versorgt, was auch immer das heißen soll. Aber irgendetwas sagt mir, dass ich mir die Trikots vor Samstag ansehen sollte.«

Adalyn ließ die Hand an die Seite sinken; dieser Knopf blieb jedoch schief stehen. Sie atmete tief ein. Wieder hob sich ihre Brust, und das Knopfloch wurde auf die Probe gestellt. Ein ungewollter Gedanke drängte in meinen Kopf. Welche Art von Unterwäsche versteckte eine Frau wie Adalyn Reyes unter ihrer kompetenten, kontrollierten Fassade? Trug sie Spitze oder war ihre Unterwäsche genauso korrekt und schicklich wie die äußere Schicht?

Mein Blick senkte sich, in dem Versuch, Konturen unter all diesem dünnen, weich wirkenden Stoff zu entdecken, nur um mich im Anblick ihrer Kurven zu verlieren. Brüste. Taille. Ich hatte sie umfasst, genau diese Stelle an ihrer Hüfte. Ich wusste, wie weich …

»Cameron?«

Ich sah auf, ließ meinen Blick wieder auf ihrem Gesicht ruhen. Himmelherrgott.

Was, in aller Welt?

»Ich habe die Trikots noch nicht gesehen«, erklärte ich ihr. »Wir können Josie morgen danach fragen.«

»Aber ich habe gerade gesagt …«

»Ich würde jetzt gerne nach Hause fahren. Mich ausruhen.« Schließlich war offensichtlich, wie dringend ich einen guten Nachtschlaf brauchte, um den Kopf klarzubekommen.

»Wenn es sein muss«, sagte sie und begann, ihre Sachen einzusammeln. »Dann reden wir morgen weiter. Auf meiner To-do-Liste stehen noch unzählige Dinge, die wir bisher nicht mal angesprochen haben.«

Natürlich. »Kein Wunder, dass sie dich hierher verschifft haben«, hörte ich mich leise murmeln.

Adalyns Miene veränderte sich bei meinen Worten. Ich erkannte eine ganz neue Emotion darin. Eine, die mir den Magen verkrampfte. Sie presste ihre Sachen mit einer frustrierten Bewegung fest gegen ihre Brust und wandte sich leicht ab. Ich verspürte den seltsamen, unerklärlichen Drang, mich zu erklären, trat aber gleichzeitig leicht zur Seite, um sie zu zwingen, sich an mir vorbeizudrängen.

Ich schnaubte in ihre Richtung, und sie schnaubte direkt zurück.

»Adalyn ...«

Aber Adalyn war entschlossen, mir aus dem Weg zu gehen und so schnell wie möglich aus meiner Gegenwart zu entkommen. Allerdings halfen ihr ihre gottverdammten Schuhe nicht gerade bei dieser Mission, weil sie in einem Moment aufrecht stand und im nächsten bereits stürzte.

Mit einem Fluch sprang ich in ihre Richtung. Die Arme ausgestreckt, positionierte ich meinen Körper so, dass ich ihren freien Fall brechen konnte. Sie knallte mit einem leisen Schrei gegen meine Brust, und ich konnte nichts anderes tun, als sie an mich zu drücken und zu sagen: »Ich habe dich.« Ich verlagerte meine Hände, bis sie an ihren Seiten lagen. »Alles okay.«

Adalyn murmelte eine Antwort, aber ich war zu abgelenkt von meiner allumfassenden Erleichterung, um ihre Worte zu verstehen. Außerdem stieg mir ihr Duft in die Nase. Ihr einfacher – definitiv nicht schlichter – Geruch drohte mich zu überwältigen. Beim Yoga hatte ich das nur vage bemerkt. Aber jetzt konnte ich nichts anderes mehr wahrnehmen als diesen sauberen, frischen und unendlich süßen Duft. Wie Baumwolle, die in einem Lavendelfeld in der Sonne getrocknet worden war.

Verdammt. Ich drehte wirklich langsam durch.

»Es geht mir gut«, hörte ich sie deutlicher sagen. »Ich glaube, du kannst mich jetzt loslassen.«

Ich musste schwer schlucken, bevor ich meine Hände von ihr lösen konnte. Ich trat zurück und spürte ein Kribbeln in meinen Fingern, als meine Hände an meine Seiten sanken. Ich bewegte sie. Dann fing ich ihren Blick ein, nur um festzustellen, dass ihr Blick etwas verschleiert wirkte. Und Röte ihre Wangen färbte.

»Diese verflixten Absätze«, sagte ich, harscher als beabsichtigt.

Sie runzelte die Stirn. »An einem dieser verflixten Tage wirst du dir noch deinen vermaledeiten Hals brechen.«

Adalyn blinzelte mehrfach, schüttelte den Kopf. Ihre Augen wurden wieder klar. »Musst du dich wirklich ausdrücken wie ein wandelndes Klischee?« Sie senkte ihre Stimme in dem offensichtlichen Versuch, mich nachzuahmen. »Diese verflixten Absätze, Kumpel. Ziemlicher Nonsens, oder nich'? Ich bin entzückt? Interesse an einer Tasse Tee?« Sie schnaubte. »Wenn du mir erzählst, dass du jeden Tag um fünf eine Pause einlegst, um Tee zu trinken, und irgendwo in einer Schublade eine Tweedmütze versteckt hast, werde ich den Verstand verlieren.«

Ich starrte sie an.

Lange Zeit. Dann stieß ich ein bellendes Lachen aus.

Es war laut und ungezügelt. Ich war mir ziemlich sicher, dass ich seit langer Zeit nicht mehr so gelacht hatte.

Adalyn verdrehte die Augen. »Du besitzt wirklich eine Tweedmütze, oder?«

»In der Tat«, bestätigte ich mit einem Nicken. »Aber ich wurde von einer italienischen *nonna* großgezogen, Darling. Also ziehe ich einen guten Espresso jederzeit einer Tasse Tee vor.«

»Ich bin nicht dein Darling.« Adalyn stieß den Atem aus. »Und ich vermute, das sollte mich nicht überraschen. Soweit ich gesehen habe, bist du definitiv koffeinsüchtig«, fügte sie ernst hinzu, doch ich konnte sehen, dass ihre Mundwinkel leicht zuckten.

Ich fragte mich, wie ihr Lächeln aussah. Ihr richtiges Lächeln.

Ich zwang mich, den Blick abzuwenden, nur um festzustellen, dass ich jetzt ihre Brust anstarrte. Der Knopf, an dem sie vorhin herumgespielt hatte, hatte sich geöffnet. Und erlaubte mir einen Blick auf ihren BH.

Satin, soweit ich es erkennen konnte. Lavendelfarben.

Herrje.

Aus reinem Überlebensinstinkt schloss ich die Augen. Ich wandte mich sogar von ihr ab. Suchte nach etwas, das ich stattdessen anstarren konnte. Mein Blick saugte sich am ersten Gegenstand fest, den ich fand. Den Schuppen. In dem immer noch totales Chaos herrschte.

Genau wie in mir.

14

Adalyn

*D*as war's. Ich war fertig. Wirklich.

Ich ließ den Schraubenzieher, den ich bei *Cheap Moe's* gekauft hatte, auf den Boden fallen und wischte mir geistesabwesend die Hände an den Schenkeln ab, womit ich zwei Staubspuren auf meinen Leggins verteilte. Ich starrte auf mein Tanktop herunter. Ebenfalls dreckig.

»Super«, flüsterte ich. »Das ist einfach super.«

Nicht nur schienen Teile dieser Monstrosität von Bett von superstarker schwarzer Magie zusammengehalten zu werden, ich war außerdem dreckverschmiert und verschwitzt und hatte gerade die einzige Freizeitkleidung ruiniert, die ich besaß.

Ich schnappte mir mein Sandwich und meinen Fruchtsalat von der Arbeitsfläche der Kitchenette, klemmte mir das Handy unter den Arm, trat auf die traurige, hässliche Veranda vor der Tür, die eigentlich nur aus einer einzigen Stufe bestand, und ließ mich fallen. Etwas Spitzes bohrte sich in meinen Hintern, aber ich fühlte mich in diesem Moment so hilflos, so durch den Wind, dass ich mir nicht die Mühe machte, mich zu bewegen. Die Leggins waren sowieso schon schmutzig. Und es war ja nicht so, als könnte ich sie in die Waschmaschine stecken … denn es hatte sich herausgestellt, dass das Cottage kein solches Gerät besaß. Also was auch immer.

Also was auch immer. Ich erkannte mich selbst nicht wieder.

Mit einem Seufzen packte ich mein Abendessen aus und starrte vor mich hin, als ich in das Sandwich biss. Ich betrachtete die angeblich friedliche und schöne Natur vor mir und erkannte sie als das, was sie wirklich war: ein Haufen Bäume. Ein hässlicher Schuppen. Verrottendes Holz unter meinem Hintern.

Eine Windböe traf mich und sorgte dafür, dass ich die Beine enger an die Brust zog. Ich biss noch einmal in mein Sandwich und zählte im Kopf die wintergeeigneten Kleidungsstücke, die ich eingepackt hatte: null. Ich besaß sogar nur eine Winterjacke, die ich allerdings seit … Jahren nicht benutzt hatte. Was einer der Punkte war, die ich an Miami liebte.

Ich schüttelte den Kopf, entschlossen, nicht darüber nachzudenken. Ich würde schon mit dem klarkommen, was ich dabeihatte. Je näher der Oktober rückte, desto kühler wurden die Nächte und die frühen Morgenstunden, aber ich würde schon zurechtkommen. Ich musste zurechtkommen.

Mein Handy kündigte mit einem Piepen eine Nachricht an und lieferte mir damit eine willkommene Ablenkung, also verschob ich das Sandwich in die linke Hand und hob das Gerät.

Matthew: *Schlechte Neuigkeiten*

Sorge stieg in mir auf, als ich meine Antwort tippte. Ich hatte Sonntagabend mit Matthew gesprochen, aber abgesehen davon, dass die Vorstellung von mir beim Yoga ihn ordentlich zum Lachen gebracht hatte – in meiner Version mit Ziegen, aber ohne Cameron, den ich gegenüber Matthew immer noch nicht erwähnt hatte –, hatte es keine neuen Entwicklungen an der #sparklesgate-Front gegeben.

Adalyn: *Muss wirklich schlimm sein, wenn ich kein Ziegen-GIF geschickt bekomme.*

Matthew: *Ist es auch.*

Es folgte ein Link. Ich klickte ihn mit dem Daumen an und landete auf der Webseite eines Energydrinks. Ich erkannte die Marke nicht, also scrollte ich nach unten, weil ich mich fragte, ob er mir wirklich den richtigen Link geschickt hatte.

Und in diesem Moment sprang das animierte Video an.

Eine farbenfrohe Dose rollte ins Bild, und darunter blinkte in großen Buchstaben der Slogan: Freude ist wichtiger als Würde. Die Dose begann zu zittern, als wolle sie jeden Moment platzen, und ein Aufdruck erschien auf der Oberfläche. Ungläubig starrte ich das Logo an, das plötzlich auf der Dose erschienen war.

Es war eine einfache Zeichnung, aber trotzdem waren die Ähnlichkeiten unmöglich zu übersehen. Ich wusste genau, was ich sah. Ich erkannte es. Inzwischen hatte ich mir das Video so oft angesehen, dass ich mein Gesicht, mit offenem Mund und verzerrten Zügen, jederzeit vor meinem inneren Auge aufrufen konnte.

Das war mein Lady-Birdinator-Gesicht.

Und offensichtlich prangte es jetzt auf einer Dose.

Entsetzen und Schock verkrampften mir den Magen, bis ich die wenigen Bisse Truthahnsandwich bereute, die ich bisher gegessen hatte.

> **Matthew**: *Ich habe recherchiert. Das ist eine neu gegründete Firma. Sehr klein. Der Drink ist vegan, die Firma hat ihren Sitz in Miami. Hauptsächliche Zielgruppe Gen Z. Sie sind geschickt vorgegangen. Hätte man das Video nicht gesehen, wüsste man nicht, was das ist. Aber …*
>
> **Adalyn**: *Aber Millionen Menschen haben das Video gesehen.*
>
> **Matthew**: *Tut mir leid.*

Bei diesen letzten Worten stieg mir Galle in die Kehle. Ich wollte nicht, dass irgendwer mich bemitleidete. Nicht einmal Matthew. Weil das … alles nur noch schlimmer machte. Ich schluckte schwer, um die Enge in meiner Kehle zu vertreiben.

Matthew: *Glaubst du, du kannst sie verklagen?*
Adalyn: *Ich werde mit meinem Vater reden.*
Ich bin mir sicher, er hat das bereits gesehen
und leitet rechtliche Schritte ein, um das Franchise
zu schützen.
Matthew: *Ich mache mir mehr Sorgen um dich.*
Adalyn: *Ich bin Teil des Franchise.*

Ich starrte meine eigenen Worte an, und dieses Gefühl in meiner Brust verstärkte sich. Aber ich war immer noch Teil der Flames, oder? Ich war seine Tochter und Angestellte, auch wenn ich für den Moment verbannt und aus dem Computersystem ausgesperrt war. Mein Vater würde mich beschützen. Ich wusste, dass er das in der Vergangenheit schon getan hatte, ich wusste, dass er jetzt ...

Einer der Büsche vor mir schwankte und erregte damit meine Aufmerksamkeit.

Bei der nächsten Bewegung kniff ich die Augen zusammen. Und dann, bevor ich mich vorbereiten konnte, stürmte etwas auf mich zu.

Handy und Sandwich entglitten meinen Händen. Ich hörte mich sogar aufschreien, als ich die Augen fest schloss und für das wappnete, was immer da auf mich zukommen mochte. Ein Bär? Ein heißhungriger Hase? Ich hatte gelesen, dass es in der Gegend mehrere verschiedene Arten Klapperschlangen mit tödlichem Gift gab. Was auch immer es war, es konnte nicht schlimmer sein als das Bild eines Energydrinks, dessen gesamte Marketingkampagne auf meinem Niedergang und Mangel an Würde aufgebaut war.

Als Sekunden vergingen, ohne dass ein Angriff erfolgte, öffnete ich ein Auge.

Das Huhn vor mir gackerte.

»Du bist es. Camerons Haustier.« Der Vogel schlug mit den Flügeln und trat auf mein Sandwich. »Hey. Das war mein Abendessen, ist dir das bewusst?«

Die Henne senkte den Kopf in Richtung des Sandwiches, als wollte sie sagen, *Jetzt gehört es mir.*

»Dann lass es dir schmecken«, gab ich nach, beugte mich vorsichtig vor, um mein Handy aufzuheben, und setzte mich wieder auf die Verandastufe. »Ich vermute, nach dem Tag neulich ist das nur fair.«

Das Vieh gackerte und kratzte auf dem Boden herum.

»Jaja. Es tut mir leid, okay?«, sagte ich mit einem Seufzen. »Ich hatte einen seltsamen Tag. Oder schön, eher eine schlechte Woche. Tatsächlich glaube ich nicht, dass meine Pechsträhne schon vorbei ist. Scheinbar hat das Universum noch einiges für mich in petto.«

Camerons Huhn ließ den Kopf wippen, bevor es nach dem Brot pickte.

»Ich bin mir nicht sicher, ob ein Huhn Truthahn fressen sollte«, murmelte ich stirnrunzelnd. »Das ist doch quasi Kannibalismus.«

Das Huhn machte weiter. »Deine Eier werden ... seltsam sein. Wahrscheinlich.«

»Das ist ein Hahn«, erklang eine tiefe Stimme in der Ferne. »Keine Henne.«

Und natürlich sorgte diese Stimme wie immer dafür, dass meine Wirbelsäule steif wurde. Außerdem stieg Hitze in meine Wangen – eine relativ neue Entwicklung.

Camerons Stiefel knirschten auf dem Kies, als er näher kam. Ich fragte mich, ob auch er aus den Büschen getreten war. Er hielt vor mir an. Das Erste, was ich sah, als ich den Blick von seinen Füßen hob, war der Humor, der in seinen Augen funkelte.

Das war neu. Camerons Repertoire beinhaltete offenbar mehr als Grummeln und Davonstürmen. Er lachte auch.

»Für mich sieht es aus wie eine Henne«, erklärte ich von meinem Platz auf der Nicht-Veranda.

Mein Blick senkte sich, glitt über seinen Körper. Er trug erneut eines dieser Outdoor-Vliesoberteile, den Reißverschluss bis zum Hals geschlossen. Und eine dieser Hosen mit Reißverschlüssen und Taschen, die er so liebte. Sie waren dunkelgrau, und der Stoff klebte fast an seinen Beinen. Seinen breiten, starken Schenkeln. Von denen ich anscheinend besessen war.

»Es ist der Schwanz.«

Ich verschluckte mich fast an meiner eigenen Spucke. »Entschuldigung, was?«

Ein schiefes Lächeln zeichnete sich unter seinem Bart ab. »Der Schwanz«, wiederholte er. Ich blinzelte, während ich spürte, wie Hitze in meine Wangen schoss. »Der verrät, dass es keine Henne ist. Und natürlich ist auch der Kamm ein deutlicher Hinweis.« Er deutete mit einem dieser langen, breiten Finger auf das Tier. »Aber vor allem haben Hähne spitze Sattelfedern und hohe Sichelfedern.« Er schob die Hände in die Hosentaschen. »Hennen nicht.«

Oh. Oh? Ich räusperte mich. »Danke für die Hausgeflügel-Anatomiestunde, Attenborough.«

Camerons Lippen zuckten. »Und er ist nicht mein Haustier.«

Meine Augen wurden schmal. »Hast du mich ausspioniert? Wie lang standest du schon da?«

Er zuckte mit den Achseln. »Josie hatte die seltsame Idee, ich könnte einen Hühnerstall bauen. Anscheinend hat jemand ihr erzählt, ich hielte ein Huhn als Haustier, also hat sie beschlossen, ich solle mir mehr Tiere anschaffen.«

Das Vieh schlug gackernd mit den Flügeln, als wolle es Camerons Worte kommentieren.

Ich zuckte zurück. »Ich weiß nicht, ob ich mich mit dem Gedanken wohlfühle, mehr von diesen Tieren um mich zu haben.«

Cameron überbrückte den Abstand zu dem Hahn und mir, dann ließ er sich auf ein Knie sinken und fing an, die misshandelten Reste meines Sandwiches aufzusammeln.

Ich erinnerte mich an seine Warnungen an dem Morgen, als er mich schlafend im Auto entdeckt hatte, und spürte den Drang, mich zu erklären. »Ich habe ihm nicht mein Abendessen gefüttert. Ich bin nicht dämlich. Ich habe es fallenlassen, als …«

»Ich weiß«, sagte er und bestätigte damit, dass er mich schon eine Weile beobachtet hatte. »Du magst eine Menge Dinge sein, aber für dumm halte ich dich nicht.«

Ich erkannte ein zweifelhaftes Kompliment, wenn ich es hörte. »Danke.«

Cameron schob die Essenreste, die er eingesammelt hatte, in eine Tüte, die er aus einer Hosentasche zog, dann sah er auf die Uhr. »Ein bisschen früh fürs Abendessen, oder?«

Ja. Aber ich war so erschöpft von meinen wenig erfolgreichen Versuchen, das Bett auseinanderzunehmen, um das dämliche Cottage zu yassifizieren. Und sonst hatte ich nichts zu tun. Heute war Dienstag, und ohne ein Training, um mich beschäftigt zu halten ... »Ich hatte Hunger.«

»Bist du zusätzlich ein Kleinkind?«

Ich warf ihm einen ausdruckslosen Blick zu. »Hast du nichts anderes zu tun?«

Cameron kam näher. Bevor ich wusste, wie mir geschah, ließ er seinen großen Körper neben mir auf die Stufe sinken und lieferte mir damit die Antwort auf meine Frage.

Mein Atem stockte angesichts unserer plötzlichen Nähe – genau wie gestern Abend, als er mich aufgefangen hatte. Oder Sonntag, als seine Hände über meinen Körper geglitten waren. Denn da war er wieder – sein Duft. Ein Hauch von Schweiß, als hätte er gerade eine Wanderung gemacht oder wäre gelaufen, aber trotzdem roch er ... gut. Nach Natur und Moschus und ...

Ich schüttelte den Kopf.

Gewöhnlich konnte ich verschwitzte Männer nur mit Mühe tolerieren. Ich musste mit ihnen leben, versuchte ihnen aber bestmöglich auszuweichen. Deswegen ging ich nach Spielen oder dem Training niemals in die Kabine, außer, es ließ sich gar nicht vermeiden.

»Wie läuft es mit den Renovierungsarbeiten?«

Froh über die Ablenkung, dachte ich an das Chaos, das ich im Cottage hinterlassen hatte. »Es läuft toll«, log ich. Ich bemerkte, dass Cameron mir einen schiefen Blick zuwarf, und wandte den Kopf ab. Waren meine Wangen rot? Sie fühlten sich jedenfalls warm an. »Woher weißt du, dass ich renoviere?«

»Das ständige Kreischen, das aus deinem Cottage dringt«, erklärte er, und ich bemerkte durchaus, wie er das Wort *Cottage* betonte. »Und dann wäre da noch die Tatsache, dass überall auf dir Staub klebt.«

Ich kämpfte gegen den Drang, mein Haar abzutasten. Mein Top abzuwischen. »Du liebst es wirklich, dich ständig über mich zu beschweren, oder?«

Ich sah rechtzeitig zu ihm, um sein Achselzucken zu bemerken. »Fällt schwer, sich auf etwas anderes zu konzentrieren.«

Meine Wangen brannten noch heißer.

»Du scheinst überall zu sein, wo ich auftauche.«

Stimmt. »Nun«, sagte ich, wobei ich mich bemühte, meine Miene so unbeteiligt zu halten wie nur möglich. »Zum Glück für dich und deine empfindlichen Trommelfelle sind die Renovierungen für absehbare Zeit abgeschlossen.«

Camerons Blick huschte über mein Gesicht und sorgte so dafür, dass ich … mich unsicher fühlte, exponiert, aus Gründen, die ich im Moment lieber nicht näher analysieren wollte. Ich zog die Knie an die Brust.

»Was tust du hier in Green Oak, Adalyn?«

Ich schlang auch noch die Arme um meine Beine. »Darüber haben wir doch bereits gesprochen.«

»Abgesehen davon«, meinte er, und dabei klang er so … ernst, so ganz anders als die anderen Male, als er Worte in meine Richtung schnaubte, sodass ich unruhig auf der Stufe herumrutschte. Mich von ihm entfernte. Als wäre der körperliche Abstand nötig, um klar denken zu können. »Was willst du beweisen?«

Ich starrte den Mann an, der nur wenige Zentimeter von mir entfernt saß, überrascht von seiner Wortwahl. Das war eine … bedeutungsschwere Frage. Von der ich nicht wusste, wie ich sie beantworten sollte, ohne mich total zu verraten. Denn aus irgendeinem bizarren Grund wusste Cameron nicht, was mich nach Green Oak geführt hatte. Er hatte das Video nicht gesehen, über das sich das halbe Land amüsierte. Ich dachte daran zurück, wie er mich gefragt hatte, ob ich einen Grund für meine Handlungen gehabt hatte, und sich mit der Antwort zufriedengegeben hatte. Er wollte nicht unbedingt die ganze Geschichte hören. Und vielleicht war das für mich in Ordnung.

»Ich habe ein Leben, falls du das wissen willst.«

Cameron schüttelte den Kopf, als wäre das nicht die Antwort, die er erwartet hatte.

»Ich habe einen Job und Hobbys«, beharrte ich, obwohl mir langsam dämmerte, dass beides nicht stimmte. »Ich renoviere Cottages.«

»Darling«, meinte er gedehnt, gefolgt von einem leisen Glucksen. Das Geräusch ließ mich an sein Lachen denken, und mein Magen machte einen Sprung. Das gefiel mir nicht. »Du kannst keine Renovierungen in einem Hosenanzug durchführen, bewaffnet mit einem Hammer.«

»Ich habe auch einen Schraubenzieher«, hielt ich dagegen. »Und ich trage keinen Hosenanzug.«

»Glaub mir, das weiß ich. Ich habe Augen im Kopf.«

Ich runzelte die Stirn. Wovon sprach er eigentlich? »Ich bin keine einsame, traurige Arbeitssüchtige.« Keine Ahnung, warum ich den Drang verspürte, das zu sagen. »Ich habe ein Leben«, wiederholte ich. »Ich höre gerne Podcasts. True Crime. Und ich habe ein tolles Gedächtnis. Ich könnte dir jetzt sofort die gesamte Mannschaft der Green Warriors aufzählen. Oder Green Oaks Aktivitätsbroschüre zitieren, Punkt für Punkt. Ich könnte sogar …«

All deine Leistungen aufzählen. Jedes Turnier und jeden Pokal, den du je gewonnen hast. Meisterschaften, in denen du gespielt hast. Ich könnte dir sogar jeden Ball aufzählen, den du in deiner letzten Weltmeisterschaft gehalten hast. So gut war mein Gedächtnis.

Und das verriet auch, wie viel ich inzwischen über Cameron gelesen hatte.

Gott. Ich brauchte wirklich ein Hobby.

»Das also hast du gehört, während du den Hammer geschwungen hast«, murmelte Cameron. »Verflixte Mordgeschichten.« Wieder glukste er amüsiert, und ich … ich hasste wirklich, wie sehr mich dieses Geräusch ablenkte. »Trotzdem kein Hobby.«

»Ich wusste gar nicht, dass ich mich mit der Hobby-Polizei unterhalte.«

»Darling …«

»Mir wäre wirklich lieber, du würdest mich nicht so nennen.«

Seine Augen funkelten vor Erheiterung. »Podcasts hören ist etwas, was man gewöhnlich tut, während man eigentlich anderweitig beschäftigt ist, wie mit der Renovierung einer Wohnung – wenn du wirklich auf so was stehst.« Er musterte wenig beeindruckt mein Haar. »Und ein gutes Gedächtnis ist eine Begabung, kein Hobby.«

»Schön.« Ich schnalzte mit der Zunge. »Was ist mit dir? Was tut ein Fußballspieler im Ruhestand mit all der Freizeit, die ihm plötzlich zur Verfügung steht?«

Sein Blick glitt langsam über mein Gesicht, und für einen Augenblick glaubte ich, er würde nicht antworten. Würde einfach aufstehen und gehen. Das wäre nicht das erste Mal, dass er launisch wurde, wenn ich seine Karriere ansprach.

Aber zu meiner großen Überraschung sagte er: »Ich gehe wandern. Zelten. Ich liebe die Natur. Und ich mache Yoga. Nicht die Art allerdings, die wir Sonntag gemacht haben.«

Und auf einen Schlag blitzten Hunderte Bilder von Cameron vor meinem inneren Auge auf. Ich hatte nie eine besonders gute Fantasie besessen, aber die war auch nicht nötig, um sich Cameron in dieser Art von Situation vorzustellen. All diese Outdoor-Klamotten, seine Haut schweißglänzend, irgendwo auf einem schmalen Wanderweg. Oder wie sich die Muskeln, die ich persönlich gesehen hatte, beim Unterarmstütz anspannten. Ich …

»Nun«, hauchte ich. »Mir fällt es schwer, mir dich bei etwas anderem vorzustellen als Grummeln.«

Cameron stieß ein Lachen aus, und das Geräusch bohrte sich direkt in meinen Bauch. Uah. »Ich meditiere auch«, bot er an.

Wieder schossen Bilder durch meinen Kopf. »Du meditierst?«

»Unter anderem.«

Ich schluckte schwer, plötzlich frustriert von diesem Mann, der offenbar voller Überraschungen steckte. »Wenn du mir jetzt noch erzählst, dass du strickst, werde ich aufstehen, gehen und dir nie wieder ein Wort glauben.«

»Ich stricke nicht.« Er legte nachdenklich den Kopf schief. »Auch wenn ich es versucht habe. Ich habe viele verschiedene Dinge ausprobiert.« Nun, das war einfach fantastisch und vermittelte mir absolut nicht das Gefühl, eine jämmerliche Person ohne Hobbys zu sein. Er fuhr fort: »Es heißt, man könne sich damit gut ablenken. Abschalten. Den Geist beruhigen, wenn die Gedanken zu laut werden.« Er hob eine dieser prankengleichen Hände. »Aber meine Finger sind zu dick und ramponiert dafür, und mir fehlt die nötige Geduld.«

Ich hätte sagen können, dass ich genau wusste, wie wenig Geduld er besaß, aber ich war zu sehr damit beschäftigt, die genannte Hand aus der Nähe zu betrachten. In allen Einzelheiten. Ohne einen Vorwand dafür zu brauchen. Wie ich in der Vergangenheit schon bemerkt hatte, hatte er lange und starke Finger. Wenn auch ein wenig angeschlagen. Und sein Mittelfinger wirkte, wie ich schon bei unserer ersten Begegnung bemerkt hatte, ein wenig schief, als hätte er ihn sich gebrochen, und der Knochen wäre nicht richtig verheilt. Der Siegelring an seinem kleinen Finger glänzte im Licht der letzten Sonnenstrahlen.

»Du solltest es versuchen«, meinte er.

»Stricken?«

»Dich mal abzulenken. Dir nicht ständig über alles den Kopf zu zerbrechen, jede Sekunde deines und jedes anderen Lebens zu analysieren. Nicht jedes Wort auf die Goldwaage zu legen, das jemand spricht. Dich selbst eingeschlossen.«

Ich fühlte, wie ich schwer schluckte. »Das tue ich nicht«, sagte ich, aber ich klang schrill. Wehleidig. Das passierte mir in letzter Zeit scheinbar ständig … und ich hasste es. »Ich bin absolut fähig, mich abzulenken und zu entspannen. Ich könnte mich an jedem Hobby meiner Wahl versuchen und wäre herausragend darin. Ich könnte dich im Yoga schlagen, wenn …« *Du mich nicht überall berührt hättest.* »… ich genug übe.«

Wieder zuckten Camerons Lippen. »Du bist wirklich ein feuriges, ehrgeiziges Ding, hm?«

Ich schnaubte. »Nenn mich nicht *Ding*.«

»Ich vermute, das sollte mich wohl nicht überraschen«, gab Cameron zu. Er musterte mich einen Moment lang so intensiv, dass ich fast fürchtete, er könne in mein Hirn schauen.

Ich öffnete den Mund, um ihn zu fragen, was um Himmels willen er damit meinte.

Aber dann hob er die Hand an mein Gesicht. Seine Handfläche glitt über meine Wange, sodass mir der Atem stockte, und sein Daumen glitt über meine Haut. Strich langsam über meinen Kiefer. Meine Lippen öffneten sich leicht, und ein seltsames, statisches Knistern überzog mein Gesicht.

Ganz plötzlich, als wäre Schießpulver gezündet worden, schoss dieses Gefühl über meinen Hals nach unten. Breitete sich in meine Arme aus. Brachte meinen gesamten Körper zum Kribbeln, bis hin zu meinen Zehen.

Cameron berührte mich, und ich konnte nichts anderes tun als stillhalten, während der raue Ballen seines Daumens über mein Gesicht strich.

Mit rasendem Herzen beobachtete ich, wie er den Blick senkte und diese Stelle an meinem Kiefer musterte, die jetzt knisterte, kribbelte, brannte. »Du wirst dich selbst verletzen, wenn du so weitermachst«, sagte er so leise, dass ich seine Worte kaum verarbeiten konnte. »Du bist ein Scherbenhaufen, Darling«, murmelte er und hob seine grünen Augen, um mich direkt anzusehen. »Ich kann dich in dem ganzen Chaos kaum erkennen.«

Ich sollte gehen. Aber Camerons Berührung – diese körperliche Verbindung, die ich mit ihm empfand – war so mächtig, so plötzlich und intensiv, dass ich mich nicht aus der Situation befreien konnte. Als strahlte dieser Mann ein Energiefeld aus oder wäre ein Vakuum. Ich war gefangen.

Seine Finger umfassten mein Kinn – eine zärtliche Geste, mit der ich nicht gerechnet hatte und die ich nicht verstand. Meine Lider sanken nach unten. Er sollte das nicht tun. Er sollte mich nicht so berühren; sollte mir nicht sanft Dreck aus dem Gesicht wischen, als interessierte ihn der Schmutz. Und ich … ich sollte mich dabei nicht so gut fühlen.

Ich zuckte zurück.

Brach die Verbindung und damit auch den Zauber, der mich gefesselt hatte.

Als ich die Augen öffnete, wirkte Cameron nicht beunruhigt von meiner Reaktion. Absolut nicht. Wenn überhaupt, wirkte er neugierig. Als hätte er etwas entdeckt, was er näher erforschen wollte.

Wahrscheinlich all den Staub und Dreck.

Ich konnte nichts anderes tun, als mir mit dem Saum meines Shirts über das Gesicht zu reiben, wütend und verwirrt. Einfach, um ihm zu zeigen, dass das niemand anders für mich erledigen musste. Dass ich nur mich selbst brauchte.

Cameron stieß ein tiefes Brummen aus, bevor er aufstand. Erst dann sagte er: »Vielleicht sind wir gar nicht so verschieden.« Das Grün seiner Augen verdunkelte sich. »Vielleicht versuche ich auch, etwas zu beweisen.«

15

Cameron

*D*as sind die Trikots?«

Ich nickte. »Genau die.«

Adalyn murmelte etwas Unverständliches, bevor sie murmelte: »Aber ... aber sie ...«

»Sehen aus, als wären die Kinder unterwegs zu einer Eighties-Revival-Party?«

»Ja.« Sie schnaubte, und ich musste gestehen, dass ich mich mit diesem niedergeschlagenen Geräusch wunderbar identifizieren konnte. »Wann sind ...«

»Josie war früh hier. Sie hat uns dieses Danaergeschenk gemacht.«

»Aber wie ...«

»Erinnerst du dich an die Geschichte von ihrer Mutter und der Mannschaft früher?« Adalyn riss die Augen auf. Ich nickte nur. »Ja. Das sind die Trikots, die sie damals getragen haben. Gott allein weiß, warum sie sie so lange aufgehoben haben.«

»Wurden sie wenigstens ...«

»Gewaschen? Ja«, antwortete ich. »Das waren Josies erste Worte.«

Adalyn kniff die Augen zusammen. »Kannst du Gedanken lesen?«

»Nein.« Aber langsam verstand ich, wie Adalyns Verstand funktionierte. Ich wandte mich den Mädchen zu, die sich auf dem Spielfeld verteilt hatten. »Jetzt können wir nichts mehr tun.«

»Das ist meine Schuld«, verkündete Adalyn neben mir. »Ich hätte mir die Kleidung vorher ansehen müssen. Wie ich gesagt hatte. Aber Josie kann so überzeugend sein, wenn sie es drauf anlegt.« Sie schnaubte wieder. »Ich werde schauen müssen, wie schnell ich neue Trikots bestellen kann. Dafür müssen wir erst mal eine Liste erstellen. Oberteile, Shorts, Socken, Schienbeinschützer, Noppenschuhe, keine Sneaker. Wir brauchen ein Farbschema und müssen uns für eine Schriftart entscheiden. Alles. Vielleicht könnte ich …« Sie brach ab. »Himmel. Was tut Chelsea da mit diesem Tutu? Was, wenn sie disqualifiziert werden? Was, wenn …«

»Darling …«

»Adalyn.«

»Adalyn«, gab ich nach, einfach, damit sie sich nicht noch mehr aufregte. Mir fehlte im Moment wirklich die Kraft, mich mit zusätzlicher Bissigkeit herumzuschlagen. Die Grovesville Bears hatten mehr Zuschauer mitgebracht, als ich erwartet hatte, und der Trubel nagte an mir. »Es ist nur ein Spiel, oder etwa nicht?« Sie verzog missbilligend das Gesicht, aber ich hob einen Finger. »Chelsea hat sich geweigert, das verdammte Ding auszuziehen, sie kanalisiert ihren inneren Schwarzen Schwan oder irgendwelchen altersunpassenden Mist, von dem María sie überzeugt hat. Aber als ich gefragt habe, meinte der Schiedsrichter, das sei kein Problem. Und außerdem ist sie noch ein Kind. Sie alle sind Kinder. Vergiss das Tutu und die Trikots, und versuch einfach, das Spiel durchzustehen, ohne mir Kopfschmerzen zu verursachen. Wir sprechen hier von der Little League. Ein Kinderspiel. Im wahrsten Wortsinn.«

Adalyn runzelte die Stirn. Für eine närrische Sekunde bildete ich mir ein, sie würde es damit gut sein lassen. Natürlich hatte ich mich geirrt. »Aber die Mannschaft sieht lächerlich aus.«

Ich seufzte.

Sie sprach weiter. »Sie sind Kriegerinnen, sie sollten wild aussehen. Beeindruckend. Ernst zu nehmen. Ich spreche noch nicht mal davon, dass sie über und über in Pink gekleidet sind. Die dritte Ausstattung der Flames hat eine ähnliche Farbe, die bei den Fans sehr beliebt ist. Aber das hier?« Sie wedelte mit der Hand. »Diese Trikots sind hässlich und altmodisch, und die Mannschaft wirkt … unseriös.«

Ich konnte nicht widersprechen. »Versuch einfach, es zu ignorieren. Mach die Augen zu. Wende den Blick ab. Geh vielleicht einfach weg.« Sie musterte mich aus zusammengekniffenen Augen, also wandte ich mich wieder dem Spielfeld zu. »Es gibt im Moment nichts, was du tun kannst, also hör entweder auf zu meckern, oder geh nach Hause.«

»Du weißt, dass ich recht habe.«

»Ich weiß auch, dass ich Kopfschmerzen bekomme.«

»Schau dir nur die andere Mannschaft an«, hakte sie nach, aber das musste ich wirklich nicht. Adalyn fuhr fort: »Sie sehen aus wie ein winziges MLS-Team. Selbst ihre Trainerin trägt einen passenden Trainingsanzug.« Ein Moment der Stille. »Ich frage mich, ob sie einen Sponsor haben.«

»Ich dachte, in deiner Aktenmappe stecken alle Antworten auf die Fragen des Universums«, meinte ich trocken, drehte mich jedoch gleichzeitig nach rechts und schaute zur Trainerin der Bears. Ich nickte ihr zu, dann öffnete ich den Mund, um ihr viel Glück zu wünschen, aber ihre Augen wurden schmal, und sie verschränkte die Arme vor der Brust. Ich musterte sie fragend. Und als Antwort formte sie mit den Lippen: *Du wirst untergehen, Arsch.*

»Was, zum Teufel«, murmelte ich.

»Achte auf deine Wortwahl«, flüsterte Adalyn laut. »Du musst wirklich aufhören, vor den Kindern zu fluchen. Das ist unprofessionell.«

Ich sah sie an, nur um festzustellen, dass sie auf ihr Handy starrte. »Aber diese Type hat mich gerade Arsch genannt.«

Adalyn hob für einen kurzen Moment den Blick vom Display und schaute kurz zu der Frau, bevor sie sich mit einem Seufzen wieder ihrem Gerät widmete. Ihre Finger flogen förmlich über den Bildschirm. Tippten neurotisch. Sie stoppte, hob das Handy und fing an, Fotos zu schießen. Unzufrieden zog sie sich ein paar Schritte zurück, hob ihr Handy höher und schoss noch hundert Bilder.

Ich blinzelte. »Was, in aller Welt, tust du jetzt bitte? Das Spiel fängt gleich an.«

Sie kehrte mit einem Achselzucken an meine Seite zurück und tippte weiter. »Was soll das für eine Frage sein? Ich arbeite.«

»Wenn du so weitermachst, kriegst du ein Karpaltunnelsyndrom.«

»Ist das irgendwas in meiner Hand? Falls dem so sein sollte, wird es nicht passieren. Ich tippe immer, wenn ich brainstorme.«

»Brainstormen«, wiederholte ich langsam. »Zu welchem Thema? Neue Wege, mich auf die Palme zu treiben?«

»Ha«, meinte sie trocken. »Neue Trikots. Könnte sein, dass ich gleich noch ein paar Banner mit dem neuen Logo bestelle, die ich bei den Spielen an die Zuschauer austeilen kann.« Sie kaute kurz auf der Unterlippe, sodass mein Blick sich an ihrem Mund festsaugte. »Ich kann dir eine Kopie meiner Notizen weiterleiten. Dann können wir am Montag alles durchsprechen. Nach dem Training. Wäre das ein guter Zeitpunkt?«

Ich erinnerte mich lebhaft an unser letztes Meeting. Wie sich dieser Knopf geöffnet hatte. Ihr Duft in meiner Nase. Und biss die Zähne zusammen.

Ohne den Blick vom Handy zu heben, sagte sie: »Schau mich nicht so an, Trainer.«

Ich ignorierte die Anrede als *Trainer*. »Woher weißt du, dass ich dich anschaue?«

»Weil du eigentlich nur zwei Modi hast. Aufgeblasen oder genervt.«

Ich schnaubte. Wahrscheinlich hatte sie damit sogar recht. »Ich dachte, wir hätten uns auf Meetings am Mittwoch geeinigt.«

»Das am Montag wird kein Meeting.« Ihr Daumen wischte hoch und runter, wechselte in beeindruckender Geschwindigkeit zwischen Apps. »Sondern nur ein zwangloses Treffen, um Ideen zu sammeln.«

»Das Wort ›zwanglos‹ vor das Wort ›Treffen‹ zu setzen sorgt nicht dafür, dass es etwas anderes wird als ein Meeting, Darling.« Ihr Zeigefinger tippte ein letztes Mal auf den Bildschirm. Erst dann hob sie den Kopf und sah mich endlich an. »Wie wäre es, wenn du mich Chefin nennst?« Sie hob die Augenbrauen. »Ich bin sonst kein großer Fan strenger hierarchischer Strukturen, aber ich denke, hier könnte ich eine Ausnahme machen.«

Ich starrte sie unter dem Schirm meiner Baseballkappe heraus an. Sie hatte ihr Haar wieder zu einem strengen Dutt gebunden. Nur dass er diesmal auf ihrem Scheitel thronte, was ihre Gesichtszüge in der Sonne schärfer wirken ließ. Sie trug auch wieder einen Hosenanzug, diesmal in hellem Beige, gepaart mit einem glänzend blauen Top, von dem ich mir inständig wünschte, es läge nicht unter dem Blazer verborgen.

Schicker hatte sie bisher noch nie ausgesehen. Selbst die Absätze wirkten höher als gewöhnlich. Adalyn wollte heute mit ihrer Kleidung Eindruck schinden. Formell gekleidet und bereit, irgendeine arme Seele in den Staub zu treten. Mich wahrscheinlich. Und doch war es ein willkommener Kontrast zu ihrem Aussehen neulich auf ihrer Veranda. Staubverklebt. Mit abstehenden Haaren. Ich konnte mich immer noch nicht entscheiden, welche Version von Adalyn ich beunruhigender fand.

Meine Handflächen kribbelten, als ich mich daran erinnerte, wie ihr Gesicht sich unter meinen Fingerspitzen angefühlt hatte.

Ich ballte für einen Moment die Hand zur Faust.

»Wo ist der Ring?«, fragte sie und zog damit meine Aufmerksamkeit wieder auf sich.

Ich spürte, wie ich überrascht die Stirn runzelte, aber dann klopfte ich mir gegen die Brust. »Ich bin daran gewöhnt, ihn für Spiele abnehmen zu müssen. Ich trage ihn an einer Kette um den Hals.«

Ihre Wangen röteten sich, aber falls das irgendetwas bedeutete, kommentierte sie es nicht. »Was hat es mit der Kappe auf sich?« Sie musterte mich kritisch von Kopf bis Fuß. »Ist das dein Look für Spiele? Ich könnte dir auch eine Kappe besorgen, wenn ich dir den Trainingsanzug im Mannschaftsdesign bestelle. Ich könnte sie bitten, die Worte *Trainer (widerwillig)* auf die Brust zu drucken.«

Ich kniff die Augen zusammen. »Warum genau bist du noch mal hier?«

»Ich bin die Managerin der Green Warriors. Wo sollte ich sonst sein?«

»Mit dem spielerischen Aspekt hast du nichts zu tun. Ich bin der Trainer, und das ist meine Bank.«

»Der spielerische Aspekt ist vernachlässigbar.« Sie machte eine Geste, die den kleinen Bereich um uns einschloss. »Und du brauchst mich hier. Ich bin mir sicher, dass ich auf dem Weg vom Parkplatz hierher gehört habe, dass die Trainerin der Bears Intrigen gegen dich spinnt.« Ein Achselzucken. »Ich würde wirklich ungern jemand anderen für deine Position finden müssen, falls du auf geheimnisvolle Weise verschwindest … vielleicht in diesem überwucherten Brachland hinter den Tribünen, den keiner je betritt.« Eine Pause. »Nicht, dass ich die Frau auf Ideen bringen will.«

Wäre ich nicht vollkommen von der Tatsache gefesselt gewesen, dass Adalyn mich aufzog, hätte ich wahrscheinlich gelacht. »Willst du damit sagen, dass du vorhast, mich vor ihr zu beschützen?«

»Schau nicht so selbstgefällig drein.« Adalyn schnaubte, ohne mich eines Blickes zu würdigen. »Du bist mein einziger Angestellter, Trainer.«

Ich kommentierte diese Äußerung nur mit einem Brummen und sah wieder nach vorne. Kurz darauf pfiff der Schiedsrichter endlich das Spiel an.

Ich trat einen Schritt vor und klatschte ein paarmal in die Hände. »In Ordnung. Auf geht's, Green Warriors!«

Alle Warriors auf dem Rasen sahen zu mir. Der Ball rollte. Sie blinzelten mich an.

»O Gott«, flüsterte Adalyn neben mir. »Was hast du getan? Wieso bewegen sie sich nicht?«

»Blick nach vorne«, wies ich die Mädchen an und deutete auf

die gegnerische Mannschaft. »Schaut nicht mich an!«, blaffte ich, den Blick auf den Ball gerichtet. Aber bis die Green Warriors reagierten, war es zu spät, um zu verhindern, dass die andere Mannschaft sich den Ball schnappte und quer übers Feld rannte.

María spähte zwischen den Torpfosten heraus. Aber ... Wieso stand María vor dem Tor? Unsere Torwartin war Juniper. Wo, zur Hölle, war Juniper? Dreck. Verflixt. Ich war so von Adalyn gefesselt gewesen, dass ich ...

Die Stürmerin der Bears riss das Bein zurück, um zu schießen. María drehte sich um und winkte geistesabwesend in meine Richtung. Nein. Sie winkte Adalyn.

Ich öffnete den Mund. »Pass auf das ...«

Aber der Ball traf das Netz, segelte ungehindert über eine lächelnde María hinweg.

»... Tor auf«, beendete ich meinen Satz.

Jubel erhob sich auf der Tribüne. Auf der altmodischen Anzeigetafel wurde eine neue Nummer aufgehängt. Green Warriors: 0 – Grovesville Bears: 1.

Ich warf einen kurzen Blick über die Schulter, schockiert vom Enthusiasmus der Auswärtsfans. Die Green Warriors hatten ein Heimspiel. Die einzigen Gesichter, die ich, abgesehen von ein paar der Eltern, erkannte, waren allerdings Josie, Diane und Gabriel. Zugegeben, ich hatte mir nicht gerade Mühe gegeben, die Leute in der Stadt kennenzulernen, aber auf den Rängen war kaum Grün zu sehen. Stattdessen leuchtete überall Rot und Weiß.

Eine Frau fing meinen Blick auf, und in ihren Augen blitzte etwas auf, wovon ich nur hoffen konnte, dass es kein Erkennen war. Ich wirbelte herum und zog meine Kappe tiefer in die Stirn.

»Wir sollten uns keine Sorgen machen«, meinte Adalyn, als die Menge sich beruhigte und das Spiel weiterlief. »Es ist nur ein Tor. Das Spiel geht noch eine Weile. Wir haben ...«

Adalyn brach abrupt ab, als Chelsea einer der Spielerinnen der Bears den Ball abnahm und losrannte. Wir beide gafften das Mädchen an, das schneller lief, als ich jemals ein Kind in einem Tutu hatte laufen sehen.

Chelsea näherte sich dem Strafraum der Warriors, und Adalyn flüsterte: »Was tut sie da?«

Ich konnte nicht antworten. Ich konnte lediglich zusehen, als Juniper irgendwo in der Ferne etwas rief. Als Chelsea nicht anhielt, rannte sie hinter ihr her. Doch auch das schien unsere Tutu tragende Mittelfeldspielerin nicht zu interessieren.

Adalyn murmelte etwas, dann sagte sie lauter: »O mein Gott, unternimm etwas, Cameron. Sie läuft in die falsche Richtung.«

»Ich kann nichts tun, Darling«, antwortete ich entsetzt, als Chelsea voller Enthusiasmus gegen den Ball trat. »Nichts hätte dieses Kind davon abgehalten, ein Eigentor zu schießen.«

Die Menge aus Grovesville begann erneut zu jubeln. Selbst, wenn sie das Tor streng genommen nicht geschossen hatten, ein Tor war ein Tor. Ich hielt den Blick nach vorne gerichtet und die Kappe tief in die Stirn gezogen, während das Kribbeln in meinem Nacken sich mit jedem begeisterten Schrei von den Tribünen intensivierte. Das war nicht einfach nur ein Eigentor gewesen … unser gesamtes Auftreten war vollkommen chaotisch.

Ich hatte die ganze Woche damit verbracht, Adalyns Drängen auf eine Spielstrategie abzutun, weil ich wirklich davon überzeugt gewesen war, dass sie übertrieb. Eigentlich war ich immer noch dieser Meinung. Aber aus irgendeinem Grund konnte ich jetzt, als das Spiel weiterlief und die Mädchen über den Rasen schlurften, nur an diese rote Aktenmappe denken. Und an die andere Mappe.

Ich fragte mich, ob darin irgendetwas gestanden hatte, was mich auf das hier hätte vorbereiten können. So oder so war ich der Trainer dieser Mannschaft, und ich … nun, ich hatte offensichtlich meinen Job nicht gut erledigt, wenn meine Torwartin mitten auf dem Feld herumrannte und meine Mittelfeldspielerin gerade ein Eigentor geschossen hatte.

Aus dem Augenwinkel sah ich die Trainerin der Bears. Sie musterte mich mit einem selbstgefälligen Blick, der mir gar nicht gefiel. Sie starrte mich an, hob eine Hand ans Auge und gab vor, sich Tränen abzuwischen, die es gar nicht gab.

Ich starrte sie mit leerem Blick an. Die Frau konnte nicht wissen, dass ich im Verlauf meiner Karriere Dinge ertragen hatte, die sie wahrscheinlich erbleichen lassen würden. Ich ... bemerkte, dass Adalyn nach vorne sprang.

»Schiedsrichter!«, brüllte sie. *Brüllte.* Und sorgte so dafür, dass mehr als ein paar Leute in unsere Richtung starrten. »Unsportliches Verhalten sollte auch bei der Trainerin einer Kindermannschaft geahndet werden!«

»Ma'am«, warnte die Schiedsrichterin – eine Frau mit sehr nüchternem Auftreten – von ihrem Platz auf dem Rasen. »Kehren Sie sofort hinter die Seitenlinie zurück.«

Lachen erklang aus dem anderen Trainerbereich, und Adalyn wirbelte herum. »Vielleicht sollte sie sich mehr Sorgen um ihr kleines Team machen.« Die Trainerin der Bears musterte sie mit einem Blick, der mir den Magen verkrampfte, dann sagte sie leise: »Geh nach Hause, *Prinzessin.*«

Prinzessin.

Die meisten bekamen es gar nicht mit, aber Adalyn und ich hörten das Wort laut und deutlich.

»Entschuldigung«, quietschte Adalyn, fast eine Oktave höher als normal und wirbelte zu der anderen Frau herum. »Mit allen gebotenem Respekt, Ma'am, ich bin keine ...«

Mein Arm schoss nach vorne, und ich zerrte sie rückwärts, zu mir, bis sie förmlich an meiner Seite klebte. Sofort stieg mir dieser Lavendelduft in die Nase. »Auf keinen Fall, Darling.«

Adalyn wirkte abgelenkt, weil es einen Moment dauerte, bis sie antwortete. »Sie hat mich Prinzessin genannt«, sagte sie schließlich. Für einen Augenblick wurde meine Kehle eng, denn genau das hatte ich ebenfalls getan. »Und sie verspottet dich und unsere Mannschaft. Das werde ich nicht zulassen.«

Wärme blühte hinter meinen Rippen auf und beruhigte mich. Ich war schockiert, fühlte mich aber auch geschmeichelt von ihrem Beschützerinstinkt; aber vor allem wollte ich meine Anonymität wahren. Und hier hatten sich ziemlich viele Leute versammelt. »Ich weiß ja nicht, Chefin. Ich würde sagen, wir zeigen Selbstbeherrschung und ignorieren sie.«

Ich spürte, wie ihr Körper sich entspannte. Mein Arm lag immer noch um ihre Taille. »Du hast mich gerade Chefin genannt.«

Das hatte ich in der Tat getan. Ich ließ eilig den Blick über unsere Umgebung huschen, hielt Ausschau nach neugierigen Blicken. Alle außer der gegnerischen Trainerin schienen vollkommen aufs Spiel konzentriert. Ach, zur Hölle. »Erinnerst du dich, dass du vorhin gesagt hast, wir sollten uns keine Sorgen machen?« Sie nickte. »Ich denke, das sollten wir allerdings doch tun.«

»Ich könnte die Schiedsrichterin immer noch dazu bringen, diese Frau auf die Tribüne zu schicken, weißt du?«, schlug sie vor. Aber sie sprach leise. Klang ruhiger. »Ich kann sehr überzeugend sein. Und außerdem kenne ich einige sehr einflussreiche Leute in der PRO.«

Ein Glucksen drang über meine Lippen. Es war nicht das erste und mir wurde langsam bewusst, dass es auch nicht das letzte bleiben würde. »Ich glaube nicht, dass deine Kontakte in der PRO hier relevant sind, Darling. Wir sprechen hier von einer Little League der Countys.« Sie grummelte. Ich verlagerte meinen Arm, bis meine Finger hilflos für einen Moment über dieses Top glitten, das ich vorhin beäugt hatte. Fühlte sich an wie Satin. Adalyn beschwerte sich nicht. »Wir sollten uns am Montag treffen.«

Ihre Brust hob sich in einem tiefen Atemzug, und als sie sprach, stieß sie nur ein Wort hervor: »Warum?«

Ehrlich, ich wollte verdammt sein, wenn ich es wusste. »Scheint, als hätten wir eine Menge zu tun.«

Adalyn zögerte kurz, aber dann trat sie näher, bis die Spitzen dieser Schuhe, die ich so verabscheute, fast meine Stiefel berührten. Sie hob das Kinn und musterte mich. Winzige Sommersprossen leuchteten auf ihrem Nasenrücken. »Ich verstehe«, sagte sie langsam. »Vielleicht hast du doch noch einen dritten Modus. Neben wichtigtuerisch und nervig.«

Ich wusste, dass dem so war.

Und der Schalter war gerade umgelegt worden – ohne dass ich wusste, warum.

16

Adalyn

»Meine lieben Freiwilligen aus Green Oak«, sagte Josie und breitete theatralisch die Arme aus. »Willkommen zu Green Oaks jährlichem BBBAS, oder wie wir es alle kennen, zu Bier, Barbecue und Boogie am See.«

Diane, die in der ersten Reihe stand, räusperte sich.

Eine gewisse Anspannung färbte Josies Lächeln. »Ja, Diane?«

»Warum genau haben wir den Namen geändert?«, fragte sie und sorgte so dafür, dass Josies Lippen schmal wurden. »Das sollte unsere Sommerende-Party am See sein. Sie hätte vor Wochen stattfinden sollen, in der letzten Augustwoche, wie jedes Jahr.« Dieser gleißend blonde Kopf wandte sich den Verkaufsständen zu. »Wo sind die Corn Dogs und die kleinen, glasierten Donuts? Außerdem schenken wir mehr als Bier aus. Und wenn wir schon dabei sind: Ich verstehe einfach nicht, was du mit *Boogie* meinst.«

Josie stieß ein Glucksen aus, das nicht so locker klang, wie sie es wahrscheinlich beabsichtigt hatte. »Nun, Diane, wenn du während der Frühjahrsversammlung des Stadtrates aufgepasst hättest, würdest du dich erinnern, dass wir in der nächsten Zeit die Dinge ein wenig aufpeppen wollten. Du weißt schon, um mehr Leute aus dem ganzen County anzuziehen, mit lustigen und eindrucksvollen Events, die witzige und einprägsame Namen haben. Daher der Boogie, daher das Barbecue, daher das Craftbier, und daher ...« – ihre Stimme wurde schriller – »... die Namensänderung.«

»Aber es gibt einen Kaffeestand«, hielt Diane dagegen. »Und unsere Sommerende-Party war vollkommen in Ordnung. Es war die beste im County, wenn ich das mal rundheraus so behaupten darf. Ich verstehe nicht, warum wir für Leute aus anderen Städten attraktiv sein müssen.«

Josie stürzte sich mit angespannter Miene in einen weiteren Vortrag darüber, warum Veränderung gut war.

Der Mann neben mir stieß den Atem aus und erregte meine Aufmerksamkeit. Er hob die Hand und rieb sich den Kopf. Inzwischen kannte ich Camerons verräterische Zeichen. Er war nicht glücklich über seine Anwesenheit hier. Nachdem ich ihn beim Spiel beobachtet hatte, vermutete ich, dass es mit den Leuten zu tun hatte, die diese Veranstaltung anziehen könnte. Er war jedes Mal zusammengezuckt, wenn die Menge gejubelt hatte.

»Es ist der Teil mit dem Boogie, oder?«, fragte ich ihn leise.

Meine Frage schien Cameron zu überraschen, denn als er mich ansah, war seine Stirn gerunzelt. »Yep.«

Ich fragte mich, warum er sich das antat, wenn er es doch so sehr hasste. Er glaubte wahrscheinlich wirklich, ich würde allen verraten, wer er war. »Wenn Josie auch nur vorschlägt, dass wir tanzen, werde ich sofort verschwinden.«

»Wir?«

»Die Freiwilligen«, erklärte ich. Gleichzeitig begann mein Nacken zu brennen, weil in mir ein Bild aufstieg, wie Cameron mich in den Armen hielt. »Falls es nötig wird, werde ich mich im Wald verstecken. Obwohl Josie ein paar beunruhigende Kommentare darüber gemacht hat, dass es darin spuken könnte. So verzweifelt will ich dem Boogie-Abend ausweichen.«

Cameron schnaubte.

»Ich dachte, von allen hier Anwesenden würdest du mir am ehesten glauben.«

Erheiterung huschte über seine Miene. »Und wieso das, Darling?«

»Weil deinesgleichen an Glücksrituale und spirituelle Dinge wie Juju glaubt«, erklärte ich mit einem Achselzucken. Ich wollte ihn fragen, ob er vielleicht auch deswegen den Ring bei Spielen an einer Kette um den Hals getragen hatte. »Ich habe Spieler vor dem Anpfiff schon die lächerlichsten Dinge tun sehen.«

Camerons Blick huschte einen Augenblick über meine Miene, als suche er dort nach etwas. Wieder brannte Hitze in meinen Wangen. »Nicht alle Fußballer sind gleich.« Er richtete den Blick nach vorne. »Wenn du heute Abend nett zu mir bist, werde ich dich mit auf eine Wanderung nehmen und dir zeigen, dass es dort keine Geister gibt. Aber du kannst nicht in diesen vermaledeiten Schuhen mitkommen.«

Ich schniefte. »Wenn ich nett bin ...«

»Ihr beide habt Bierdienst«, sagte Josie, die plötzlich vor uns auftauchte. »Ich liebe deinen Look, Adalyn. Aber hast du nichts Dickeres als diesen Blazer dabei? Am See wird es nachts wirklich kühl. Deswegen empfehlen wir in der Broschüre, sich nach dem Zwiebelsystem anzuziehen.«

Ich senkte den Blick. »Das ist Tweed. Ich komme schon klar.«

»In Ordnung«, sagte Josie, klatschte in die Hände und drehte sich um. »Folgt mir, bitte. Ich werde euch euren Einsatzort zeigen.« Wir wanderten hinter ihr her. »Die Leute aus der Stadt, die sich als Freiwillige für das BBBAS eingetragen haben, werden erst mal keinen Spaß haben.« Sie stoppte an einem Stand, über dem ein Schild mit der Aufschrift *Josie's Jostler* prangte. »Das hier ist mein Craftbier-Projekt. Mit dem Namen bin ich mir noch nicht sicher.«

Cameron murmelte etwas Unverständliches in seinen Bart.

»Also ...« Ich zögerte. »Du hast das Bier gebraut, das heute Abend ausgeschenkt wird?«

»Ja, Ma'am.« Sie grinste noch breiter als gewöhnlich. »Es ist ein ungefiltertes India Pale Ale. Ich perfektioniere die Rezeptur seit Monaten, und ich glaube, das ist es jetzt. Die Leute werden bald kommen, und ich will, dass alle Freiwilligen bereit sind.« Sie deutete auf ein Fass, auf dessen Oberseite ein seltsames Gerät befestigt war. »Hast du je so was verwendet?«

185

»Ja«, antwortete Cameron mit einem Seufzen, bevor ich ein Wort sagen konnte. »Und der Zapfhahn ist nicht richtig angeschraubt.«

Er rollte die Ärmel der Flanelljacke auf, die er heute Abend trug. Mein Blick sank auf seine Unterarme, und sofort entdeckte ich die Tätowierung, die unter dem Stoff herausspähte. Bei dem Anblick machte sich ein seltsames Gefühl zwischen Rippen und Bauch breit – mehr als nur Neugier. Ich beugte mich vor, um einen besseren Blick zu erhaschen, als Cameron sich am oberen Teil des Fasses zu schaffen machte.

Unterarme spannten und entspannten sich, als gewisse Teile mit entschlossenen Bewegungen ab- und wieder angeschraubt wurden.

Ich presste kurz die Hände an meine Wangen. Sie waren warm. Und ich …

O Gott. Was geschah hier? Ich stand nicht auf körperliche Arbeit. Oder Tätowierungen. Oder Unterarme. Oder, wenn wir schon dabei waren, auf Flanell.

Ein Ellbogen, der sich in meine Seite bohrte, riss mich aus meiner Versenkung.

Josie warf mir aus blauen Augen einen verschmitzten Blick zu. *Du glotzt*, formte sie mit den Lippen. Ich riss entsetzt die Augen auf und presste eine Hand vor den Mund. Sie gluckste amüsiert, wurde aber sofort ernst, als Cameron uns einen fragenden Blick zuwarf, und sagte: »Danke, dass du dich darum kümmerst, Cam.«

Cams Antwort bestand aus einem Achselzucken.

»Okay, jetzt, wo ich weiß, dass Josie's Jostler in guten Händen ist und dass du, Cam, Ada zeigen kannst, wie das Zapfsystem funktioniert, komme ich direkt zum Punkt.« Josies Hand hob sich und deutete auf eine schwarze Metallbox. »Alle, die kommen, erhalten am Eingang Essens- und Getränkemarken, also müsst ihr nur die Chips entgegennehmen und ein Bier dafür ausgeben. Wenn ihr Leute habt, die Trinkgeld geben wollen, sagt ihr ihnen, dass es am Heißgetränkestand eine Spardose in Form einer Ziege gibt. Das ist mein Stand. Alle Trinkgelder laufen ins Budget für das BBBAS nächstes Jahr. Noch Fragen?« Sie wartete eine Sekunde, aber gerade, als ich den Mund öffnete, meinte sie: »Keine Fragen, perfekt! Jetzt muss ich zum Grillstand. Gabriel hat vorhin etwas sehr Beunruhigendes über selbst gemachte vegetarische Bratlinge gesagt. Habt Spaß und ...«, wieder warf sie mir einen schelmischen Blick zu, »denkt dran, dass ihr vorgeben sollt, zu einem Team zusammenzuwachsen. Diane ist heute besonders aufmerksam, also würde ich vorschlagen, dass ihr euch extra gut versteht.«

Und mit einem letzten, sehr anzüglichen Zwinkern in meine Richtung, das dafür sorgte, dass ich tomatenrot anlief, joggte Josie davon.

»Geht es dir gut?«, fragte Cameron.

»Klar ... ja«, antwortete ich, wanderte um ihn herum und suchte mir einen Platz, von dem aus ich diese super ablenkenden Unterarme nicht sehen konnte. »Mir ist nur eingefallen, dass ich vergessen habe, Josie zu fragen, was es mit dieser Boogie-Sache auf sich hat.« Ich beschäftigte mich mit der Kasse. »Also, woher wusstest du das mit dem Zapfhahn?«

Es stellte sich heraus, dass Cameron in seinen späten Teenagerjahren in einem Pub gearbeitet hatte. Er hatte in den Sommern überhaupt jeden verfügbaren Job angenommen, bevor er seinen ersten Vertrag unterzeichnet hatte. Das erklärte eine Menge. Und sorgte dafür, dass dieses seltsame Gefühl in meiner Brust sich verstärkte.

Aber darauf würde ich nicht achten. Es war absolut nichts Neues, dass ich eine Schwäche für hart arbeitende Menschen hatte.

Bald stellte sich heraus, dass der Boogie-Teil des Abends aus einer Band aus Green Oak bestand, die Cover von Songs aus den Siebziger- und Achtzigerjahren spielte. Eine Band, in der Josie die Bassgitarre spielte.

Es war wirklich faszinierend, wie viele Dinge diese Frau konnte.

Allerdings stellte sich heraus, dass Bierbrauen nicht dazugehörte. Ich hatte einen Schluck von Josie's Jostler probiert, und lasst uns einfach sagen, dass man es auch hätte kauen können. Ich war wirklich keine Expertin für Craftbier – ich persönlich bevorzugte Wein –, aber ich ging nicht davon aus, dass ein ungefiltertes India Pale Ale so schmecken sollte.

Nicht, dass es die Menge zu interessieren schien. Unser Stand zog genauso viel Publikum an wie der Rest. Ich würde nicht sagen, dass der Festplatz gerammelt voll war – egal, wer das Wort auch definierte – aber wir hatten genug zu tun, dass Cameron überwiegend Bier zapfte und mich an die Kasse setzte. Das erforderte allerdings unglücklicherweise noch mehr aufgerollte Ärmel und angespannte Muskeln an den Unterarmen, wann immer er Gläser hob oder das Fass wechselte. Irgendwann wurde mir klar, dass ich einen seiner Unterarme – oder vielmehr dieses schwarze Tattoo oberhalb seines Handgelenks – so intensiv angestarrt hatte, dass ich ganz vergessen hatte, die Bierchips entgegenzunehmen. Also hatte ich ein paar Dollar aus der eigenen Tasche in die Kasse geworfen und einfach weitergestarrt.

Ungefähr zu diesem Zeitpunkt hatte er eine Strickmütze aus einer geheimen Tasche seiner Flanelljacke gezogen.

Inzwischen hasste ich Flanell, Strickmütze und geheime Taschen.

Und das war der Grund, warum ich in dem Moment floh, in dem die ersten fünf Noten von *Boogie Wonderland* aus der Richtung der improvisierten Bühne erklangen und die meisten Leute sich zur Band umdrehten.

Ja. Ich versteckte mich. Hochoffiziell. Vor Cameron, nicht vor dem Boogie.

Ich wanderte ans äußerste Ende des BBBAS, nah am Seeufer, mit nicht nur einer, sondern zwei Ziegen, die María sich als Gesellschaft mitgebracht hatte. Und wenn ein Geist erscheinen und mich und die Ziegen in den Wald locken sollte, wäre ich wahrscheinlich glücklich darüber.

Brandy meckerte auf ihrem Platz vor meinen Füßen. Und wie es jedes Mal in der letzten Viertelstunde der Fall gewesen war, seitdem ich mich hier aufhielt, antwortete Tilly.

»Ihr beide müsst damit aufhören«, flüsterte ich, was mir nur zwei weitere Bahs einbrachte. »Nein. Ruhig jetzt.«

Ich sah über die Schulter, um in der Menge nach einem bestimmten grünen Augenpaar über einem Bart und unter einer Strickmütze Ausschau zu halten. Kein Zeichen von ihm. Gut. Ich richtete den Blick wieder nach vorne, gerade rechtzeitig, um einen kalten Windstoß ins Gesicht zu bekommen. Ich schlang die Arme um den Körper und duckte mich.

Das Tweed-Kostüm war die wärmste Kleidung, die ich dabeihatte … aber Josie hatte recht gehabt. Jetzt, wo die Sonne unterging, entpuppte es sich nicht unbedingt als die beste Wahl. Nicht, dass meine Garderobe etwas Besseres hergegeben hätte.

»Aber das ist okay«, murmelte ich leise und dachte erneut an Camerons Strickmütze. Und Stiefel. Und Jeans. Und seine Flanelljacke. Und wie warm ihm sein musste. Vielleicht sollte ich bei *Outdoor Moe's* vorbeischauen und mir eine Mütze kaufen. Brandy stieß mit dem Kopf gegen mein Bein. »Ich weiß. Ich glaube auch nicht, dass mir eine Strickmütze stehen würde.« Vielleicht ginge Flanell. Ich seufzte. »Er hätte zumindest die Jacke dalassen können, bevor er verschwunden ist.«

»Wer ist verschwunden?«

Fast wäre ich von dem Stein gefallen, auf dem ich saß. »Jesus«, murmelte ich und entdeckte diesen Berg aus gepolstertem Flanell links von mir.

Camerons Brauen senkten sich unter dieser dämlichen Strickmütze. »Jesus ist verschwunden?«

Ich öffnete den Mund, um zu antworten, aber der Windstoß, der mich in diesem Moment traf, sorgte dafür, dass ich zitterte. Ich schlang die Arme um den Bauch und zuckte nur mit den Achseln.

Falls Cameron gerne eine ausführlichere Antwort bekommen hätte, ließ er sich das nicht anmerken. Stattdessen kam er zu mir und setzte sich direkt neben mich. Sofort senkte sich mein Blick auf seine Unterarme. Die Ärmel waren glücklicherweise wieder nach unten gerollt. Seine Hände allerdings hingen zwischen seinen Beinen. Entspannt. Rau. Groß. Mit diesem Siegelring an einem kleinen Finger. Uah. Was stimmte nur nicht mit mir? Ich musste aufhören, jeden Körperteil dieses Mannes anzustarren, der in mein Blickfeld geriet.

Tilly, die aufgrund ihrer Größe jünger wirkte als Brandy, trottete an Camerons Seite und lieferte mir damit eine willkommene Ablenkung. Er versteifte sich.

»Du kannst ruhig wieder gehen«, murmelte ich. Eigentlich bot ich es an, weil er uns damit beiden einen Gefallen getan hätte. Ich konnte mich schlecht vor ihm verstecken, wenn er hier war.

»Es ist nur eine Ziege«, antwortete er. Hatte er nicht genau diese Worte schon beim Yoga verwendet? »Zwei Ziegen. Und eine davon ist winzig.«

Mir fiel etwas anderes ein, was er gesagt hatte. *Wir haben alle vor irgendetwas im Leben Angst.*

»Ich habe María versprochen, dass ich ihnen Gesellschaft leisten würde«, erklärte ich ihm, nur damit ich nicht weiter über diese Aussage nachdenken musste.

»Für mich sah es aus, als würdest du mir aus dem Weg gehen«, meinte Cameron und sorgte damit dafür, dass mir das Herz in die Hose rutschte. »Weswegen du genau zu der Stelle gegangen bist, von der du wusstest, dass ich sie meiden würde.«

Ich schluckte schwer, und erneut rann mir ein kalter Schauder über den Rücken, der aber diesmal nichts mit der Kälte zu tun hatte. »Für mich sieht es aus, als hielte sich da jemand für den Mittelpunkt des Universums.« Die Wärme kehrte in mein Gesicht zurück. »Ich habe versucht, der Musik zu entkommen. Die Band ist nicht besonders gut, falls du es nicht bemerkt haben solltest.«

Wie aufs Stichwort verstummte die Musik, und alle klatschten.

Brandy versteifte sich vor meinen Füßen, was mich daran erinnerte, dass María gesagt hatte, dass die Ziege an Angstzuständen litt, die durch laute Geräusche ausgelöst wurden. Eine warme Schulter presste sich gegen meine, als Tilly neben Cameron meckerte.

Er rückte langsam von der winzigen Ziege ab.

Ich räusperte mich.

»Es geht mir gut«, brummte er. Aber das stimmte nicht. Und so warm sein Körper sein mochte und so gut das auch gegen die Kälte half, die ich empfand, ich fühlte mich trotzdem schlecht. Verantwortlich, aus einem Grund, den ich nicht ganz verstand. Ich öffnete den Mund, aber Cameron sprach zuerst. »Ich habe eine Weile auf einer Farm gelebt. Als Kind.«

Oh. Diese Information schien sich in meinem Hirn einzunisten, als wäre es wichtig. Wäre es wert, erinnert zu werden. »In England«, präzisierte ich. Was lächerlich war, weil wir das beide wussten.

Cameron nickte trotzdem. »Aber meine *nonna* hat es dort gehasst. Also sind wir zurück in die Stadt gezogen.«

Ich erinnerte mich, dass er gesagt hatte, er wäre von seiner Großmutter großgezogen worden. Und mir wurde klar, dass ich mich an jedes Wort erinnerte, das aus dem Mund dieses Mannes drang. »Steht ihr beide euch nahe?«

»Standen«, antwortete er mit einem kurzen Blick zu mir. »Sie ist gestorben, bevor ich meinen Vertrag bei Islington West unterschrieben habe.«

Sein erster Verein.

Ich starrte in Camerons Augen, verlor mich ein wenig in der Tatsache, wie offen und verletzlich er in diesem Moment wirkte. Ich erkannte Sehnsucht in seiner Miene. Und ein wenig Trauer.

»Ich hatte nie die Chance, meine Großeltern kennenzulernen«, hörte ich mich selbst sagen. »Meine Mutter stammt ursprünglich aus Kuba. Sie ist ein paar Jahre vor meiner Geburt in die USA gekommen. Sie hat alles und jeden zurückgelassen. Die Eltern meines Vaters … sind gestorben, als er noch klein war.« Cameron runzelte die Stirn. »Ich habe diese Art von Verbindung also nie erlebt, aber ich bin mir absolut sicher, dass deine Großmutter stolz auf dich wäre.« Ich spürte, wie ich schluckte. »Jeder wäre das.«

Er legte den Kopf schräg, und seine Augen huschten für einen langen Moment über mein Gesicht. Da war ein neuer Ausdruck in seiner Miene. Etwas, was nichts mit Trauer zu tun hatte. Etwas, das dafür sorgte, dass ich mich unruhig bewegte.

»Meine *nonna* ist nur mit dem Kleingeld in ihrer Tasche und einem Beutel voll Schmuck ohne großen Wert in England angekommen«, bot Cameron an. Er hob die Hand und zeigte mir seinen kleinen Finger. »Diesen Ring hat sie am meisten geliebt. Er gehörte ihrem Vater. Mein eigener Dad hat ihn mir gegeben, als ich achtzehn geworden bin.« Er atmete langsam durch die Nase aus. Als brauche er einen Moment Zeit. »Das ist alles, was ich noch von ihr habe. Von meinen Wurzeln. Das, einen Schopf schwarzen Haars und ein Bolognese-Rezept, das sie zu Feiern oder an schlechten Tagen gekocht hat.«

Ein Tsunami aus Fragen baute sich in mir auf, als wir dort saßen, auf diesem Stein, schweigend, während Boogie-Beats über den See hallten. Und Himmel, niemals zuvor hatte ich irgendwelche Fragen so dringend stellen wollen. Ich wollte vergessen, dass ich mich vor Cameron versteckt hatte und ihn nicht wirklich mochte. Ich wollte vorgeben, er hielte mich nicht für eine nervige, verwöhnte Frau, mit der er sich herumschlagen musste. Stattdessen wollte ich ihn ausfragen.

»Du hast … tolles Haar.«

Cameron gluckste. Und dieses amüsierte Glucksen half mir nicht. Und auch nicht, wie er mich ansah.

Ich wandte den Blick ab. Ein weiteres Zittern überlief meinen Körper, obwohl mein Gesicht brannte wegen … dieser seltsamen Gefühle, die ich empfand.

Etwas legte sich um meine Schultern.

Schwer und weich und warm. Gepolsterter Flanell.

»Cameron …«

»Lass es«, sagte er mit einem Kopfschütteln. »Es ist kalt. Und du zitterst schon den ganzen Abend.«

Meine Lippen öffneten sich. Ich wollte mich beschweren, aber er hatte recht. Und zur Abwechslung fehlte mir die Energie, mich mit ihm zu streiten. Ich atmete in tiefer Erschöpfung durch und sank tiefer in seine Jacke. Füllte meine Lunge mit seinem Duft.

»Danke«, hauchte ich, wobei ich versuchte zu ignorieren, wie gut die Jacke … er … roch. »Ich … weiß dieses Angebot menschlichen Anstands deinerseits zu schätzen. Und akzeptiere es.«

Cameron seufzte, und ich wusste, dass er sich an seine eigenen Worte erinnerte. »Ich akzeptiere, dass du denkst, ich hätte tolles Haar. Ich finde das auch.«

Ich fing an zu lächeln. Als meine Mundwinkel sich hoben, senkte sich Camerons Blick auf meine Lippen. In der Ferne stoppte die Musik, gefolgt von einem lauten, heftigen Klappern. Als wäre ein Instrument umgefallen und kaputtgegangen. Wir beide machten Anstalten, uns umzudrehen.

Aber ein verängstigtes Meckern stoppte uns. Ein lautes Meckern.

Es war Brandy. Die quasi ihren Ziegenverstand verlor.

Ich streckte die Arme in ihre Richtung aus. »Ist okay, Brandy«, sagte ich in einem Tonfall, von dem ich inständig hoffte, dass er beruhigend klang. »Es geht dir gut. Du bist nur ein bisschen erschrocken. Es geht dir gut, das verspreche ich.«

Aber Brandy ging es nicht gut. Und sie wollte sich auch nicht beruhigen lassen. Ihr Kopf schwankte von rechts nach links, und ihre Hufe kratzten über den Boden. Man musste kein Tierarzt, Zoologe oder Ziegenkenner sein, um zu erkennen, dass das arme Tier tief erschüttert war.

Hilflos streckte ich erneut die Arme aus.

Brandy sprang zur Seite und knallte dabei fast gegen ein großes Stück Holz, das an dem Stein lehnte, auf dem wir saßen. Ich warf mich nach vorne, um zu verhindern, dass das blinde Tier sich wehtat. Aber ich griff daneben. Schon wieder.

»Adalyn«, warnte Cameron hinter mir. »Lass mich …«

»Nein«, unterbrach ich ihn. Weil er Angst vor Ziegen hatte. Ich konnte nicht erwarten, dass er das Tier beruhigte.

Also konzentrierte ich mich auf meine Mission, griff erneut nach der panischen Brandy, jedoch …

Senkte ich den Blick und entdeckte eine Spur aus panikinduzierter Kacke.

»O Gott«, sagte ich und stoppte meine Bewegung. Aber Brandy war immer noch durcheinander – und kackte dementsprechend weiter. »Brandy«, versuchte ich es wieder, während ich im Augenwinkel wahrnahm, dass Cameron auf mich zukam. »Cameron, nein«, warnte ich ihn. Ich streckte eine Hand in seine Richtung aus, die andere Richtung Brandy. »Die Ziege«, erklärte ich, während ich beobachtete, wie Brandy herumwirbelte und fest genug gegen mein Bein rannte, um mich einen Schritt nach hinten zu zwingen. »Die Kacke«, fügte ich hinzu, als ich in etwas Weiches trat und spürte, wie mein Fuß zur Seite rutschte. »Der Flanell!«, waren meine letzten Worte, bevor es mir wundersamerweise gelang, die Jacke mit beiden Händen zu packen und in die Luft zu schleudern.

Ich landete auf dem Hintern.

»Himmelherrgott, Adalyn«, blaffte Cameron. »Bist du okay?«

»Sag mir, dass deine Jacke in Sicherheit ist«, antwortete ich vom Boden und blinzelte zu dem inzwischen dunklen Himmel über mir auf. *Hm, hübsch.* »Und es geht mir gut. Die Ziegenscheiße hat den Aufprall gedämpft.«

Mein Kostüm dagegen? Hatte die Sache nicht so gut überstanden.

Ein Kopf schob sich in mein Blickfeld. Seine Lippen waren schmal vor Wut. Hände schlossen sich um meine Oberarme. Glitten über meine Seiten. Den Kopf. Meinen Hals? Ich war mir nicht sicher, denn bevor ich wirklich wusste, wie mir geschah oder wo seine Hände gewesen waren, stand ich aufrecht, und die Hände waren verschwunden.

»Hey«, beschwerte ich mich. »Es ging mir gut dort unten. Das war Absicht.« Er zog die Augenbrauen hoch. »Ich habe mir die Sterne angesehen?«, bot ich an. Camerons Nasenflügel weiteten sich. »Schön. Ich bin gefallen. Aber du darfst nicht sauer sein, weil ich deine Jacke gerettet habe. Und ich habe mir wirklich die Sterne angesehen.«

»Zum Teufel mit der Jacke …«, setzte er an.

Etwas hinter ihm lenkte mich ab.

Brandy. Die direkt auf den See zulief.

»O nein.« Ich rannte um Cameron herum. »Brandy!«

Cameron murmelte etwas – oder vielleicht schrie er es auch, ich wusste es nicht. Und es interessierte mich nicht – durfte mich nicht interessieren. Ich war zu sehr damit beschäftigt, in knietiefes, eiskaltes Wasser zu waten, um sicherzustellen, dass eine sechs Monate alte, blinde Ziege namens Brandy, deren Kacke an meinem Rücken klebte, nicht ertrank.

Cameron Caldani und seine dämliche Flanelljacke würden warten müssen.

17

Adalyn

Falls ich gedacht hatte, Cameron wäre schrecklich gewesen, als er der Zusammenarbeit mit mir noch gleichgültig gegenübergestanden hatte, war das nur, weil ich keine Ahnung gehabt hatte, wie Cameron war, wenn er sich tatsächlich auf etwas einließ.

»Du bist einfach stur«, erklärte er mir, begleitet von diesem nervigen Heben einer Braue.

»Ich?«, schnaubte ich. »Du bist derjenige, der sich gerade eine volle Stunde lang über das Farbschema der neuen Trikots beschwert hat. Ehrlich, für jemanden, dessen Trikot es in Farben wie Smolder Blue, Northern Black oder Rocky Gray gibt, scheinst du genaue Vorstellungen davon zu haben, welche Schattierung von Grün die Socken haben dürfen.«

Er grunzte.

Zum fünften Mal in der letzten Stunde. Als wäre er eine Art … Mischung aus Mann und Bär.

»Was stimmt denn jetzt schon wieder nicht?«, fragte ich. »Habe ich dein Modebewusstsein beleidigt, indem ich die Wahrheit ausgesprochen habe?«

»Diese verdammte Tribüne, auf der wir sitzen.« Cameron rückte auf seinem Platz herum. »Ist ungemütlicher, als ich gedacht hätte«, murmelte er, während er sich nach rechts und links wandte. Aber die Tribüne hatte nichts zu bieten außer harten Oberflächen und einem Metallgerüst darunter, das schon bessere Tage gesehen hatte. »Wie schaffst du es, drei Tage die Woche zwei Stunden lang hier zu sitzen?«

Ich verdrehte die Augen. »Oh, die Unverfrorenheit von Männern, die an der Fähigkeit von Frauen zweifeln, Schmerzen und Unannehmlichkeiten zu ertragen.«

Cameron verzog grimmig das Gesicht. »Schmerzen?«

»Könntest du dich bitte konzentrieren? Ich muss das heute zu Ende bringen. Wir hatten gesagt, wir wollen am Montag nach dem Training darüber reden, aber da sind wir zu keinem Ergebnis gekommen. Das Mittwochsmeeting war auch sinnlos. Jetzt haben wir Donnerstag, das zweite Spiel findet diesen Samstag statt, und die Mädchen werden wieder in den alten Trikots spielen. Erkennst du den Grund zur Eile?«

Er besaß die Frechheit, zu antworten: »Eigentlich nicht.«

Das machte mich wirklich sauer. »Ich habe Berichte auszufüllen und eine Erfolgsgeschichte zu schreiben. Dafür brauche ich ein Narrativ, das ich kontrollieren kann, einen Social-Media-Auftritt, um das Team in den Fokus der Öffentlichkeit zu bringen, eine Strategie, um die Six Hills Little League zu gewinnen, und ein Team, das anständige, aktuelle Trikots seines Sponsors trägt. Bisher habe ich nichts davon.«

»Du hast mich.«

Diese dämliche Hitze kroch wieder meine Wangen hinauf, aber ich zwang mich, ihn mit einem ausdruckslosen Blick zu bedenken. »Jippieh.«

Doch so ironisch ich das auch gemeint hatte, gleichzeitig nistete sich ein seltsam schweres, unerwartetes Gefühl in meinem Magen ein. Nach diesem plötzlichen Sinneswandel während des Spiels letzten Samstag war Cameron mir wirklich eine Hilfe gewesen. Ich hatte diese Woche gesehen, wie anders er das Training anpackte. Cameron war nicht mehr mit resignierter Geduld vorgegangen, sondern hatte … Einsatz gezeigt. Hatte die Kinder herumkommandiert. Und zu meiner Überraschung hatte die chaotische, zusammengewürfelte Mannschaft der Green Warriors darauf nicht mit Rebellion oder Beschwerden reagiert, sondern hatte tatsächlich manchmal Disziplin an den Tag gelegt.

Na ja, vielleicht zehn Prozent der Zeit.

Camerons großer Körper bewegte sich erneut unruhig. Ich wurde plötzlich abgelenkt, als sein Knie gegen meines stieß. Beim Kontakt seiner warmen Haut mit dem dünnen Stoff der Chinos, die ich in dem Versuch trug, weniger beängstigend und zugänglicher zu wirken, glitt ein unerwarteter Schauder über meinen Rücken. Mein Blick fiel auf seine Knie, die dank der Trainingsshorts, die er zum Training getragen hatte, nackt waren. Mein Blick glitt höher, über seine Oberschenkelmuskeln. Die Shorts waren nach oben gerutscht, und die Haut lag frei, glatt und …

Uah. Ich tat es schon wieder. Gaffte den Körper dieses Mannes an.

»Dir ist kalt«, verkündete er neben mir. »Erneut. Wann wirst du endlich kapieren, dass du nicht in Miami bist und diese dünne Kleidung nicht reicht?«

»Mir ist nicht kalt«, log ich. Das war nur ein Effekt seiner Berührung. »Ich bin genervt. Und meine Kleidung ist nicht dünn.« Ich hob die vergessene Aktenmappe von meinem Schoß. »Wenn du am Entscheidungsprozess für die neuen Trikots teilhaben willst« – und dem dazu passenden Trainingsanzug, den er nicht wollte, den ich aber trotzdem bestellen würde –, »entscheiden wir uns jetzt für ein Design. Sonst werde ich mich von jemand anderem beraten lassen.«

»Du hast niemand anderen.«

Hatte ich wirklich nicht.

Abgesehen von Josie – und vielleicht Grandpa Moe –, interessierte sich kein Mensch in Green Oak auch nur im Mindesten dafür, mit mir zu reden, geschweige denn mit mir zusammenzuarbeiten. Diane benahm sich immer noch wie eine ELA-Spionin. Aber ich wollte mich nicht beschweren. Ich wäre auch nicht scharf darauf, mich mit der Irren anzufreunden, die ein Maskottchen attackiert hatte und im Netz als Lady Birdinator bekannt war.

Ich zog mein Handy heraus und öffnete meine Messenger-App.

Cameron reckte den Hals. »Wem schreibst du?«

Ich hielt den Blick auf den Bildschirm gerichtet, wobei ich seine Bewegungen ignorierte, und wählte ein paar der Bilder aus, die ich beim Spiel am Samstag geschossen hatte. »Jemandem, der mir vielleicht wirklich eine Hilfe sein kann.«

»Matthew«, murmelte Cameron. »Ist das dein Daddy?«

Das schmerzte mehr als erwartet. Nicht, weil Cameron mehr als einmal unterstellt hatte, ich wäre verwöhnt, sondern weil ich nicht davon ausging, dass mein Vater antworten würde, sollte ich ihm schreiben. Ich hatte in den letzten Tagen nur eine Nachricht von seiner Sekretärin erhalten, in der sie bestätigte, dass die Sache mit dem Energydrink analysiert wurde. Er hatte sich nicht mal nach meinem Wohlbefinden erkundigt. »Matthew ist mein bester Freund.«

Es war dämlich, Matthew um Rat zu fragen, aber ich wollte hier etwas beweisen.

Cameron stieß lautstark den Atem aus, und sein ganzer Körper bewegte sich dabei. Sein Oberschenkel presste sich gegen meinen. »Adalyn, ich …«

Mein Handy piepte.

»Da hast du es«, meinte ich. »Schnell. Effizient. Immer bereit.«

Cameron grummelte etwas, aber ich ignorierte ihn, um stattdessen Matthews Nachricht laut vorzulesen.

Matthew: *WTF*
Matthew: *Erklär dich.*

Ich stieß ein triumphierendes *Ha* aus. »Siehst du? Das ist genau die Anteilnahme, die ich mir wünsche. Er verzehrt sich nach einer Diskussion.«

Aber dann scrollte ich weiter, und ich …

Matthew: Ist das der, von dem ich denke,
dass er es ist?
Matthew: *WAS TUT ER DORT?*
Matthew: *Ist das heute????*
Matthew: *WTF ADALYN*
Matthew: *ICH KANN NICHT GLAUBEN,*
DASS DU MIT Cameron Caldani (!) zusammen
bist und MIR nichts davon gesagt hast.
Matthew: *Was macht er überhaupt in*
North Carolina? Was …

Ich sperrte meinen Bildschirm.

Zur Sicherheit presste ich das Handy auch noch an meine Brust. Versteckte es. Wie hatte er … die Bilder. Cameron musste darauf zu sehen gewesen sein. Gott. Ich umklammerte das Gerät fester. Ich wollte nicht, dass Cameron glaubte, ich würde in die Welt hinausposaunen, wo er sich aufhielt.

Ich sah zu ihm hinüber, legte mir in meinem Kopf Erklärungen zurecht, aber Cameron war in meine Aktenmappe vertieft. Die rote.

Ich blinzelte.

Deute es als Erfolg, Adalyn.

Ich schob mein Handy in die Tiefen meiner Tasche und räusperte mich. »Hm.« Ich rutschte näher heran. Was sich schnell als Fehler entpuppte, weil ich jetzt nichts anderes mehr fühlen und riechen konnte als Cameron. Also rückte ich wieder von ihm ab. »Ich glaube, wir können uns unserer Strategie zuwenden. Gute Idee.«

»Bin schon dran«, sagte er, ohne den Kopf zu heben.

Das mochte ein wenig passiv-aggressiv wirken, aber ich hatte eine Krise abgewendet, also sparte ich mir jeden Kommentar. »Wie sieht es damit aus?«, fragte ich. »Wie stellst du dir die Strategie fürs nächste Spiel vor? Wir treten gegen …«

»Rockstone an«, beendete er meinen Satz. »Steht hier in deiner kleinen Aktenmappe.« Sie war nicht klein, doch auch diesmal schwieg ich. »Und mein Plan lautet, die Kinder diesmal dazu zu bringen, aufs richtige Tor zu stürmen.«

»Das wäre ein guter Anfang«, gab ich ehrlich zu. »Aber wir sollten wahrscheinlich einen klareren Arbeitsplan aufstellen. Wie Trainingspläne für jede Spielerin, um ihre individuellen Schwächen auszugleichen.« Ich streckte die Hand über seinen Schoß und blätterte ein paar Seiten weiter, bis ich die Einzelaufstellungen erreichte, die ich für jedes Mädchen angelegt hatte. »Vielleicht könnten wir ...« Ich spürte seinen Blick auf meinem Profil. »Wieso schaust du mich so an?«

Cameron legte den Kopf schief. Und da ich mich vorgelehnt hatte, glitten seine Worte über meine Schläfe, als er sprach. »Hast du auch eine Seite über mich in deiner Aktenmappe der Hölle?«

Ich hatte ein Exposé von ihm. Aber nur im meinem Kopf. Noch etwas, was gerade in meinem Kopf herumspukte? Wie nah unsere Gesichter sich waren. Ich zuckte zurück. »Sprich nicht so über meine Mappe«, war das Einzige, was mir einfiel.

Ein tiefes Glucksen stieg aus Camerons Kehle, als wäre es unendlich amüsant, mich zu reizen.

»Dieses Meeting entpuppt sich als sehr unproduktiv«, erklärte ich. »Lass es gut sein, und lass uns nach Hause gehen.«

Jegliche Erheiterung verschwand. Sogar seine Schultern sanken nach unten, wenn auch nur ein winziges Stück. »Ada, Darling«, sagte er und stieß den Atem aus.

Ada, Darling.

Das war neu. So war ich noch nie genannt worden. Es klang ... melodisch und schön. Und es fühlte sich seltsam an, die Worte aus Camerons Mund zu hören. Nicht so, wie es immer der Fall war, wenn jemand mich Addy oder Ads nannte. Anders. Ich beschloss, es nicht zu mögen.

Camerons Mienenspiel veränderte sich wieder, als dämmere ihm eine Erkenntnis; als ergäbe irgendetwas endlich Sinn. Ich drohte, in Panik zu verfallen, aber in diesem Moment klingelte sein Handy in seiner Hosentasche und rettete mich.

Erleichtert beobachtete ich, wie er das Gerät widerwillig herauszog und auf den Bildschirm sah. Er richtete sich auf, und sein gesamtes Auftreten veränderte sich. »Da muss ich rangehen. Entschuldige mich eine Minute.«

Und einfach so stieg er über die Tribüne nach unten. Ich blieb zurück und beobachtete, wie diese muskulösen Schenkel sich bei jedem Schritt bewegten.

»Und ich tue es schon wieder?«, sagte ich zu mir selbst. »Ich gaffe ihn an.«

Ich stieß laut den Atem aus, schnappte mir die Mappe, die Cameron liegen gelassen hatte, und presste sie mir an die Brust. Ich dachte zurück an Matthews Sperrfeuer aus Nachrichten. Ich könnte mich glücklich schätzen, wenn er nicht sofort in ein Flugzeug sprang und auf Camerons Türschwelle campierte, um sich die Stirn signieren zu lassen. Oder, wie ich Matthew kannte, seinen Hintern. Oder …

»Hi!«

Fast hätte ich die Mappe von mir geschmissen.

»Uuups«, sagte María. »Hab ich dich erschreckt, Miss Adalyn? Tut mir leid. Manchmal bin ich zu laut.«

Ich kleisterte mir etwas ins Gesicht, wovon ich hoffte, dass es ein freundliches Lächeln war. »Du bist nie zu laut, María«, erklärte ich ihr. Aus irgendeinem Grund fiel mir etwas ein, was meine Mutter mal gesagt hatte. »Und du solltest dich nie dafür entschuldigen, dass du laut bist. Die Person, die dir dieses Gefühl gibt, hat einfach überempfindliche Ohren.«

Sie verzog das Gesicht. »Das ergibt Sinn.« Sie nickte langsam. »Hast du deswegen seinen Hinterkopf angestarrt? Hast du Trainer Camouflages Ohren angeschaut?«

Ich seufzte. »Ich habe mich … gefragt, welche Art von Conditioner er benutzt. Sein Haar wirkt immer so frisch und glänzend.«

Sie runzelte ernst die Stirn. »Ich glaube nicht, dass ich schon mal Conditioner verwendet habe. Dad kauft alle Badprodukte für uns, und Tony hilft mir mit meinen Haaren.« Ich musterte den schiefen Pferdeschwanz, den sie heute trug. »Vielleicht kann ich Dad bitten, mir welchen zu besorgen.«

Ich sah das Mädchen an, das mich immer anders behandelt hatte als alle anderen, und versuchte mich zu erinnern, ob ich je gehört hatte, dass jemand seine Mutter erwähnt hätte. Es ging mich nichts an ... und es wäre extrem unpassend, ein Kind über so etwas auszufragen ... aber dieses spezielle Kind hatte etwas an sich, das dafür sorgte, dass ich es wissen wollte.

Ein Teenager mit einem Holzbrett in der Hand trat hinter der Ecke der Tribüne hervor und lenkte mich ab.

»O ja«, sagte María, als ich den unerwarteten Besucher hinter ihr anstarrte. »Tony und Dad arbeiten am Lagerschuppen. Erinnerst du dich, dass wir aus Versehen die Tür zerstört und Chaos angerichtet haben? Komm, ich werde sie dir vorstellen, Miss Adalyn. Sie werden dich mögen, das verspreche ich.«

Und bevor ich wusste, wie mir geschah, zerrte mich María den gesamten Weg dorthin, wo ihr Bruder und ihr Vater arbeiteten.

Als wir die beiden erreichten, zog María an meiner Hand und sagte sehr laut: »Hi!«

Tony, ein Teenager, der nur aus Beinen und Armen zu bestehen schien und gerade im Begriff gewesen war, das Holzbrett auf seiner Schulter auf eine Arbeitsbank zu legen, ließ das Ding fallen.

Sein Vater fluchte.

María lachte.

»Tut mir sehr leid«, stieß ich hervor.

»Tony hat so empfindliche Ohren«, witzelte María.

Tony drehte sich um. »Wie wäre es, wenn du den Rand hältst, du kleines Monster ...« Er entdeckte mich, und sofort lief sein Kopf rot an. Gleichzeitig schien er sich zu verschlucken. »Oh. Hallo, Ma'am.«

»Ignorier Tony einfach«, meinte María. »So benimmt er sich immer, wenn Mädchen in der Gegend sind.« Die Augen des Teenagers wurden groß. »Hey, Dad? Das ist Miss Adalyn. Erinnerst du dich, dass ich dir von ihr erzählt habe?«

Der Mann wanderte bereits um die Werkbank herum und zog sich dabei die Arbeitshandschuhe aus. »Schwer zu vergessen«, erklärte er mit einem Lächeln, das mich sofort an seine Tochter erinnerte. »María redet quasi über nichts anderes.« Er streckte mir die Hand entgegen. »Ich bin Robbie Vasquez. Freut mich, Sie endlich kennenzulernen.«

Ich schüttelte die angebotene Hand. »Freut mich auch, Sie kennenzulernen, Mr Vasquez.«

Er lachte gut gelaunt. »Bitte, Robbie reicht völlig.« Er gab meine Hand frei und schlüpfte wieder in die Handschuhe. »Es ist nett, endlich ein Gesicht zu dem Namen zu haben, der in der Stadt in aller Munde ist. Ich hätte mich gerne schon bei der Ziegen-Happy-Hour vorgestellt, aber wir hatten einen Notfall im Kuhstall.«

María zog an meiner Hand, sodass ich sie ansah. »Carmen hat nicht gefressen. Ich glaube, sie ist traurig, weil Sebastian seit Wochen vermisst wird.«

»Carmen, die … Kuh?«, tippte ich. »Und Sebastian, der …«

»Der Hahn«, erklärte María. »Sebastian Stan. Miss Josie hat ihm seinen Namen gegeben. Als Geburtstagsgeschenk.«

»Das sind die beiden.« Robbie schmunzelte. »María besteht darauf, dass all unsere Tiere Namen bekommen. Aber Carmens Verdauung hat sich wieder beruhigt. Kein Grund zur Sorge.«

Bevor ich weitere Fragen stellen konnte, trat Tony schüchtern näher. Sein Kopf leuchtete immer noch rot, und er hielt den Blick auf den Boden gerichtet. »Ich habe alle Bretter aus dem Truck geholt. Kann ich kurz zu *Josie's*?«

Sein Dad schnalzte mit der Zunge, dann gab er nach. »Schön.« Und der Teenager wirbelte sofort herum. »Aber nimm deine Schwester mit«, fügte Robbie hinzu und stoppte den Teen damit. »Und komm in fünf Minuten zurück. Wir haben zu arbeiten.«

Tony schüttelte den Kopf, gleichzeitig streckte er den Arm zur Seite aus.

María rannte sofort zu ihrem Bruder und klammerte sich an der angebotenen Hand fest. »Ich werde dir einen Brownie mitbringen, Miss Adalyn«, rief sie über die Schulter zurück. »Dir auch, Dad!«

Robbie lachte und rief zurück: »*Gracias, bichito.*«

Die spanischen Worte hallten in meinem Kopf wider. Ein Teil von mir sehnte sich danach, diese Verbindung zu erkunden. Schließlich hatten wir etwas gemeinsam. Eine Sprache. Vielleicht auch eine Kultur. Ich würde es erfahren, wenn ich nachfragte. Das hätte meine Mutter getan. Aber ich … wusste nicht, wie ich das anstellen sollte. In solchen Situationen war mein Kopf vollkommen leer. Was, wenn der Mann Spanisch mit mir sprach, nur um festzustellen, dass ich ständig Fehler machte? Was, wenn er etwas von mir erwartete, das ich nicht bieten konnte, um dann enttäuscht zu sein? Im Moment schien er mich tatsächlich zu mögen.

Mein Blick huschte über die Umgebung, auf der verzweifelten Suche nach einem Gesprächsthema, und blieb an einem Miami-Flames-Kapuzenshirt auf einem Werkzeugkasten hängen.

»Sind Sie ein Fan?«, fragte ich und nickte in Richtung des Kleidungsstücks.

»Tony«, erklärte er und lächelte breit. »Der Junge ist vollkommen fußballverrückt. Schaut alles darüber im Fernsehen oder auf seinem Handy.« Ein kurzes Kopfschütteln. »Ehrlich, ich habe es nicht so mit Sport, aber ihre Mutter war Fan. Er, ähm …« Sein Lächeln verblasste. »In dieser Hinsicht kommt er nach ihr. María vermutlich auch.«

War. Ihre Mutter war.

Ich zermarterte mir das Hirn, um passende Worte zu finden, damit dieses Gespräch nicht eines abrupten Todes starb. »Ich arbeite für die Miami Flames«, stieß ich hervor. »Ich weiß, dass Miami weit entfernt ist, aber ich könnte Ihnen Karten für ein Spiel besorgen. Ihr könntet einen Wochenendtrip machen. Miami dürfte ein schöner Trip in die Wärme sein, wenn die Flames die Play-offs erreichen. Falls sie das schaffen, natürlich. Wir spielen nicht unbedingt die beste Saison.«

Der gut gelaunte, freundliche Mann verstummte.

»Ich bin die Chefin der Kommunikationsabteilung.« Aus irgendeinem Grund verspürte ich den Drang, mich zu erklären. »Nun, das … war ich zumindest. Ich bin gerade beurlaubt …

gönne mir eine Auszeit. Ich habe mir eine Auszeit genommen.«
Robbie runzelte die Stirn. Ich verlagerte unruhig mein Gewicht.
»Das klingt, als wäre ich gefeuert worden, aber das bin ich nicht.
Ich kann problemlos drei gute Karten besorgen, das verspreche
ich. Mein Vater ist der Besitzer. Er, ähm …« Ich schluckte schwer,
und Gott, ich hatte wirklich keine Ahnung, warum ich hier so
herumfaselte. »Andrew Underwood. Ich bin seine Tochter. Also,
auch wenn ich streng genommen gerade beurlaubt bin, kann ich
immer noch Karten für, ähm, Leute besorgen. Ja.«

Robbies Miene wirkte plötzlich verschlossen. Er trat sogar einen Schritt zurück. »Aber Ihr Name«, sagte er. »Ihr Nachname ist
Reyes. Ich hatte nicht gedacht …« Er brach ab.

Ich … ich verstand einfach nicht, was an meinen Worten ihn
beleidigt haben könnte. War ihm klargeworden, dass ich die irre
Frau aus dem Video war, über das die ganze Stadt redete? »Ich
trage den Nachnamen meiner Mutter.« Eilig verschränkte ich
die Hände vor dem Körper, um nicht nervös zu zappen. »Und ich
verspreche, die Kinder sind bei mir in Sicherheit. Das …«

»Danke für das Angebot, Miss«, fiel er mir ins Wort. »Aber ich
fürchte, ich kann die Karten nicht annehmen. Wir haben bereits
mehr Wohltätigkeit angenommen, als mir lieb ist.«

Wohltätigkeit.

Der Begriff traf mich härter, als er sollte. Vielleicht, weil ich
Cameron genau dasselbe vorgeworfen hatte. Robbies und meine
Reaktion unterschieden sich nicht besonders. Also sollte ich
nicht verletzt sein. Ich hatte doch nur nett sein wollen. Robbie
war Marías Dad, und ich wollte etwas für ihn und die Kinder tun.
Es konnte nicht schaden, jemanden außer Josie auf meiner Seite
zu haben. Ich verstand einfach nicht, warum dieser Versuch so
nach hinten losgegangen war.

»Gibt es ein Problem?«, fragte eine tiefe Stimme mit britischem
Akzent hinter mir.

In diesem Moment empfand ich etwas … und es fühlte sich
sehr wie Erleichterung an. Erleichterung darüber, dass Cameron
Caldani hier war. Hier. Es ergab einfach keinen Sinn.

Robbies Blick schoss über meinen Kopf hinweg. Er öffnete den Mund.

»Alles ist wunderbar«, sagte ich eilig. »Ich habe Mr Vasquez bei seiner Arbeit gestört. Jetzt, wo ich darüber nachdenke, ich habe die Reparatur des Schuppens nicht organisiert. Hat Josie Sie angerufen? Eigentlich hätte ich dieses Chaos beseitigen müssen. Ich würde mich immer noch gerne darum kümmern. Mit wem muss ich wegen der Kosten sprechen?«

»Ist alles schon geregelt, Miss«, antwortete Robbie.

Also waren wir wieder bei *Miss*.

»Aber …«

»Es spielt keine Rolle«, unterbrach Cameron. Er trat an meine Seite und musterte mich eingehend. Seine Miene veränderte sich. Irgendetwas blitzte in seinen Augen auf. Sorge? »Also, wo ist diese Aktenmappe mit deinem detaillierten Fünfzehn-Punkte-Plan, um mein Leben komplizierter zu machen? Ich würde gerne nach Hause gehen.«

Mr Vasquez' Augenbrauen schossen nach oben.

Okay, keine Sorge. Meine Erleichterung war schlichtweg einem Irrtum geschuldet. Offensichtlich.

Ich sagte sehr, sehr ruhig – und mit diesem Lächeln, von dem ich wusste, dass es ihn furchtbar irritierte: »Weißt du was?«

»Ich weiß nichts.« Seine Mundwinkel ahmten meine nach und hoben sich. »Aber du wirst es mir sowieso sagen, nicht wahr, Darling?«

Und da war es wieder, dieses dämliche Darling. Das machte mich wütend.

»Du.« Ich stach mit einem Finger gegen seine schockierend harte Brust. »Kannst wirklich ein Arsch sein.«

Er senkte den Blick auf meinen Zeigefinger, der sich in seinen linken Brustmuskeln bohrte, und zog eine Augenbraue hoch. »Ich glaube, das kannst du besser.« Er fing erneut meinen Blick ein, und ich erkannte die Herausforderung in seinen Augen. »Ich habe deine Aktenmappe beleidigt. Schon wieder. Ich habe ein bisschen mehr verdient.«

Das stimmte. Ich kniff die Augen zusammen, und Worte sammelten sich auf meiner Zungenspitze.

»Komm schon, Darling«, sagte er leise. »Lass es für mich raus.« Lass es für mich raus? Für wen hielt er sich?

»Du.« Ich stach erneut mit dem Finger gegen seine Brust. Wut schnürte mir die Kehle zu. »Du bist so nervig, dass ich …« Wieder stach ich zu. »… einfach nicht weiß, was ich mit dir anfangen soll, du sturer, besserwisserischer Miesepeter von einem Mann!«

Meine Worte hingen in der Luft, während Cameron mich mit einer Miene musterte, die ich nicht verstand. Sein Gesicht wirkte weder frustriert noch wütend oder auch nur ansatzweise unglücklich. Eigentlich sogar ganz im Gegenteil.

»Was ist ein Miesepeter?«, fragte María. »Ist das so was, was Grandpa Moe an seinem Hintern hat?«

Ich drehte langsam den Kopf, um zu bestätigen, dass María und Tony zurückgekehrt waren. Die Neunjährige hielt einen fettigen braunen Karton und der Teenager starrte vollkommen entsetzt seine Schwester an.

»Halt die Klappe, María«, flüsterte Tony laut. Aber dann drehte er sich zu uns um. Sein Blick landete auf Cameron. Und seine Augen wurden groß.

»Warum?«, fragte sie und sah zu ihrem Bruder auf. »Sie haben über Hintern geredet, und Trainer Kuss-Kamera sieht immer aus, als wäre er wegen irgendetwas wütend.«

Tony blieb stumm. Seine Miene zeigte diese Mischung aus Schock und Ehrfurcht, die ich so gut kannte. Er hatte seinen Star erkannt. Dieser Junge wusste genau, wer Cameron war, und es sah aus, als wäre er ihm gerade zum ersten Mal persönlich begegnet. »Nenn ihn nicht so«, murmelte Tony, als er seine Fassung wiederfand. »Er ist Cameron …«

»Er ist einfach Cameron.« Ich trat vor. Fing den Blick des Teenagers ein. Vielleicht hatte ich ein wenig harsch geklungen, also räusperte ich mich. »Oder Trainer Cam.« Ich trat zurück. »Und wir sollten wirklich nach Hause fahren.«

Es folgte ein Moment der Stille.

María seufzte. »Ehrlich, ich wäre auch sauer, wenn ich ein riesiges Ding an meinem Hin...«

Tony kniff sie in die Seite. »Klappe, Stinkmonster.«

»Hey!«, beschwerte sich María. »Ich bin kein Monster! Und eines Tages werde ich eine Chefin sein wie Miss Adalyn. Und dann werde ich dich mit meinen hochhackigen Schuhen treten, so wie sie es mit jedem macht, der sie stinkig nennt.«

Meine Brust fühlte sich plötzlich an, als wäre sie mit Beton gefüllt, und ich ... Gott.

Ich sackte in mich zusammen.

Ich konnte nicht glauben, wie jemand so etwas sagen konnte, obwohl ich nichts war als ein Haufen Chaos, der anscheinend Männer bei der geringsten Provokation beschimpfte, Maskottchen den Kopf abriss, das Gesicht eines Energydrinks war, der Freude über Würde stellte und manchmal in Ziegenkacke stürzte.

Noch nie in meinem Leben hatte mich jemand so bewundert oder gemocht, wie María es scheinbar tat.

Eine Hand presste sich an mein Kreuz, und als eine fast zu sanfte Stimme sagte: »Lass uns deine Sachen holen, Darling, ich werde dich zum Auto bringen«, gehorchte ich. Stellte nicht mal infrage, wieso dieselbe Hand kurz über meinen Handrücken glitt, als wir weggingen.

Langsam wurde mir wirklich bewusst, wie sehr es mich ermüdete, alles im Leben ständig infrage zu stellen.

18

Adalyn

Wir waren wieder auf der Vasquez-Farm.

Nur dass es diesmal keine Yoga-Matten oder fellige Farmtiere gab, die meckernd durch die Gegend sprangen. Es war Freitagabend, die Sonne war bereits untergegangen, und ich hielt meinen rechten, in einer limitierten Edition verkauften Manolo Blahnik in den Händen.

Cameron schaltete den Motor seines Trucks aus und stieg aus. Wortlos deutete er auf den Schuh und warf mir einen fragenden Blick zu.

»Der Absatz ist abgebrochen«, erklärte ich wenig amüsiert. Denn wie könnte ich amüsiert sein? Ich hob mit einer Hand den wunderschönen, exklusiven Schuh, den ich dämlicherweise getragen hatte, während ich in der anderen den Absatz hielt. »Während ich auf dich gewartet habe.«

Die Wahrheit lautete, dass ich auf und ab getigert war. Auf einem offensichtlich nicht dafür geeigneten Kiesweg. Aber es war spät, und ich … nun, ich hatte mich nicht allein in die Scheune gewagt, in der die Aktivität des heutigen Abends stattfinden sollte. Cameron Caldani mochte keine gute Gesellschaft sein, er war jedoch das kleinere Übel.

Cameron runzelte die Stirn. Als verstünde er nicht, was vor sich ging.

Das Letzte, was ich jetzt brauchen konnte, war eine solche Haltung. »Schau mich nicht so an«, meinte ich trocken.

»Wie schaue ich denn?« Er schloss endlich den Abstand zwischen uns, um vor mir anzuhalten. Sein Blick sank nach unten, auf meinen nackten Fuß. »Vielleicht solltest du nicht in diesen vermaledeiten Dingern herumstolzieren. Aber das habe ich dir ja schon mehrfach gesagt.«

»›In diesen vermaledeiten Dingern‹?«, fragte ich zornentbrannt im Namen meiner Schuhe. »Das sind Manolo Blahniks.« Seine Mundwinkel sanken nach unten, als löse dieser Name bei ihm keinerlei Assoziation aus. Ich schob den abgebrochenen Absatz in meine Tasche und zog den verbliebenen Schuh wieder an. »Tu nicht so, als wüsstest du nicht, was die wert sind. Du hast jahrelang in L. A. gelebt«, sagte ich und drehte mich um. »Und du bist sogar mit Jasmine Hill ausgegangen.« Ich setzte mich in Bewegung. »Und niemand datet eine Modemarkenbotschafterin und verlässt diese Beziehung unverändert. Nicht einmal jemand, der meistens steingraue oder moosgrüne Cargohosen trägt.«

Falls Cameron eine Meinung dazu hatte, dass ich genug über seine Dating-Geschichte wusste, um seine einzige Freundin namentlich zu nennen, äußerte er sie nicht. Gut. Ich hatte mich absichtlich geoutet, um mein Argument anzubringen und zu bekommen, was ich wollte: Schweigen.

»Komm, ich helfe dir zur Scheune«, sagte er. Plötzlich stand er direkt hinter mir. »Du kannst in diesem zerstörten *Banana Tonic* kaum laufen.«

So viel zum Schweigen. »Ich brauche keine Hilfe. Ich werde weiter herumstolzieren, wie du es ausgedrückt hast, und die Konsequenzen auf mich nehmen.«

Er kicherte tatsächlich. *Kicherte.*

Ich ignorierte das Geräusch – und seine Anwesenheit direkt hinter mir – und humpelte den restlichen Weg zur Scheune. Als wir den Eingang erreichten, schoss sein Arm vor, und diese große Handfläche schob die Tür für mich auf.

»Schlechte Laune vor Alter«, murmelte er an meiner Schläfe.

Ich versuchte, auch das zu ignorieren, aber das Kribbeln, das sein Atem über meine Haut jagte, drohte meine Willenskraft zu schwächen.

Jemand quietschte, und noch bevor ich einen Fuß in die Scheune setzen konnte, wurde ich in eine Umarmung gezogen, gedrückt, freigegeben und dann ins Innere gezerrt.

»Ihr seid endlich da!«, rief Josie. »Wir warten schon auf euch.«

»Wir wurden aufgehalten«, murmelte Cameron. »Von einem zerstörten Paar Manolos.«

Ich warf ihm einen Blick zu. Also wusste er doch, worum es sich handelte. Er wusste Bescheid. Nur Leute, die Bescheid wussten, nannten sie Manolos.

»Also das ist einfach schrecklich«, flötete Josie, was dafür sorgte, dass ich meine Aufmerksamkeit wieder auf sie richtete. Ich starrte sie einen Moment entgeistert an, entsetzt von der leuchtend gelben Latzhose, die sie trug. »Oh, Liebes, nein. Das kannst du nicht zum Töpferkurs tragen. Der heutige Abend steht unter der Überschrift ›Mächtig matschig‹, und das aus gutem Grund.«

»Meine Kleidung ist in Ordnung«, hielt ich dagegen. Ich musterte besagte Kleidungsstücke. »Und ich verspreche, der fehlende Absatz beeinflusst mich nicht besonders.« Es war ein Work-out, das meine Unterschenkel nicht brauchen konnten, aber falls es nötig werden sollte, würde ich die Zähne zusammenbeißen und den ganzen Abend auf den Zehenspitzen stehen.

Josie hängte sich bei mir ein und zog mich mit sich. »Ich bin mir sicher, du kannst so gut wie immer alles, weil du unsere Super-Lady-Chefin bist.« Das wirkte etwas übertrieben. »Aber ich werde nicht zulassen, dass du diese wunderschöne Bluse zerstörst. Oder die Hose. Nicht zusätzlich zu dem sowieso schon verstorbenen Schuh. Er möge in Frieden ruhen.« Sie sah über die Schulter zurück. »Cam, Liebling, schließ dich einfach der Gruppe an. Ich bin in einer Minute wieder da.«

Liebling? Mein absatzloser Fuß drohte aus dem Takt zu geraten. Wie vertraut waren Josie und Cameron? Und wie … es war mir egal. Sie waren schon befreundet gewesen, bevor ich hier angekommen war. Es spielte keine Rolle.

Und ging mich auch nichts an.

Josie zerrte mich ans andere Ende der Scheune und schubste mich dort in eine Art Umkleidekabine, die aus zwei aufklappbaren Leinwänden bestand, bevor sie kurz verschwand. Als sie zurückkehrte, drückte sie mir lächelnd etwas in die Hand. »Komm zu uns, sobald du fertig bist.«

Ich senkte den Blick.

Es war ein Overall. In Pink. Und Turnschuhe. Ebenfalls pink.

Ich dachte an meinen wachsenden Berg Wäsche. Meinen vernichteten Schuh.

Dann eben ein Overall.

»Du siehst so süß aus«, meinte Josie, als ich mich der Gruppe anschloss. Sie musterte mich strahlend von Kopf bis Fuß. »Das sieht an dir viel besser aus als an mir. Weißt du was? Du solltest die Sachen behalten.«

Das bezweifelte ich stark. Ein Blick auf die geliehene Kleidung verriet mir, dass sie an Hüften und Brust so eng saßen, wie es sich anfühlte. »Das ist … sehr nett von dir. Danke.«

»Natürlich«, antwortete sie mit einem Zwinkern. »Dein Arbeitsplatz ist direkt hier. Ganz vorne.« Sie deutete nach links. »Ich musste diesen Mann übrigens vor die Klasse zerren.« Mein Blick folgte ihrem Finger, um an einem breiten Oberkörper hängen zu bleiben, der hinter einer gelben Schürze mit winzigen Gänseblümchen darauf verborgen lag. »Kannst du etwas tun, um seine grimmige Miene aufzuhellen?«

Ich hob den Blick zu Camerons Gesicht. Er wirkte nicht glücklich, sondern so mürrisch und schlecht gelaunt, dass ich an eine nasse Katze denken musste. Fast hätte ich gelächelt. »Ich glaube nicht. Tatsächlich bin ich überzeugt, dass sein Gesicht schlicht so aussieht.«

Sein Mundwinkel zuckte.

»Cam?«, meinte Josie übermäßig freundlich. »Könntest du so lieb sein und Adalyn zeigen, wie die Töpferscheibe funktioniert?

Du meintest, du hättest schon Schalen gezogen. Und heute ist wirklich viel los.«

Ich sah mich um, ließ den Blick durch die Scheune schweifen und entdeckte mehrere kleine Gruppen an hüfthohen Tischen. Ich erspähte auch Diane, die sich schwer bemühte, nicht in unsere Richtung zu schauen.

Ich wandte mich wieder Josie zu. »Ich glaube, das ist ein wenig zu schwer für mich. Ich bin Anfängerin.«

Josie lachte leise. »Eine Töpferjungfrau.« Sie lächelte. Ich wand mich. »Keine Sorge, du befindest dich in guten Händen.« Sie schubste mich mit der Schulter in Richtung meines Arbeitstisches. Und des grimmigen Mannes. »Komm schon, mit Mut bewältigt man alle Herausforderungen. Selbst Töpfern!«

Widerwillig schlurfte ich an Camerons Seite.

Er senkte den Blick, dann biss er die Zähne zusammen. »Hübscher Overall.«

»Hübsche Schürze«, antwortete ich, während Josie im Hintergrund begann, Anweisungen zu rufen. »Die Gänseblümchen bringen deine Augen perfekt zur Geltung.«

Er schnaubte amüsiert.

Ich zog eine Grimasse, und er senkte erneut den Blick. Schnell. Nur für einen kurzen Moment. Aber ich hatte es gesehen. Und widerstand der Versuchung, an dem Overall herumzuzerren.

»Also, du weißt, wie das hier funktioniert?« Ich deutete auf die Töpferscheibe, die auf dem hohen Tisch stand.

Camerons Hand schob sich in mein Blickfeld. Er legte einen Schalter an der Seite um und sorgte so dafür, dass die Scheibe sich langsam drehte.

»Gibt es irgendetwas, was du nicht kannst?«

Er gab vor, tief über seine Antwort nachzudenken, und besaß tatsächlich die Frechheit, selbstgefällig zu wirken, als er schließlich antwortete: »Nein.«

»Perfekt!«, rief Josie, und ich zuckte zusammen, weil ihre Stimme direkt hinter mir erklang. Sie klatschte in die Hände. »Ihr habt eure Scheibe angeschaltet! Jippieh!« Dann eilte sie erneut da-

von und sprach in dem, was ich inzwischen als ihre Lehrerinnen-
stimme erkannte, über die therapeutische Wirkung der Töpferei.

»Jesus«, flüsterte ich und presste mir die Hand an die Brust.
»Wie macht sie das?«

Cameron ignorierte die Frage. Stattdessen meinte er gedehnt:
»Sieht aus, als würden wir eine verflixte Schüssel ziehen.«

»Jippieh!«, murmelte ich, als ich beobachtete, wie er nach dem
Brocken aus Ton griff. Mein Blick saugte sich an Camerons Händen fest, diesen langen, rauen Fingern. Er hatte den Ring abgenommen. Ich senkte die Stimme: »Ich könnte auch selbst herausfinden, wie es geht. Ich habe darüber gelesen und mehr als ein paar
Lehrvideos geschaut. Ich habe meine Hausaufgaben gemacht.«
Seine Hände trennten den Haufen in zwei Teile und fingen an, einen Teil zu einer Kugel zu formen. »Ich meine es ernst. Du könntest einfach zuschauen. Oder gehen.«

Cameron streckte den Arm in meine Richtung, die Kugel aus
Ton in der Hand. »Befestige sie auf der Scheibe.«

Ich zögerte.

Diese grünen Augen hielten unverwandt meinen Blick. »Hör
auf, dir den Kopf zu zerbrechen, und befestige diese Kugel für
mich auf der Scheibe, okay?«

Er wirkte schon wieder angefressen, also nahm ich ihm den
Ton ab und ließ ihn mit einem Knall auf die Scheibe fallen, bevor
ich ihn anstarrte. »Warte mal, wieso sitzen wir nicht?« Ich sah
mich um. »Bei allen Videos und Texten saß der Töpfer. Ich werde
Josie …«

»Im Stehen ziehen ist besser für den Rücken«, erklärte er nüch-
tern, als erkläre das alles. »Leg die Handflächen um den Ton, und
versuch, die Ränder mit der Oberfläche zu verbinden.«

Mit schmalen Lippen versuchte ich, seiner Anweisung zu folgen, schaffte es aber nur, dass das Rad sich langsamer drehte,
wann immer ich auf die Tonkugel drückte. Ich warf einen kurzen
Blick zu Cameron, weil ich damit rechnete, dass er sich an meinem Frust ergötzte. Er schien mein Versagen indessen ungerührt
zur Kenntnis zu nehmen. Seine Miene war ruhig. Voller Geduld.

Erinnerte mich daran, wie er mit den Mädchen umging. Er legte den Kopf schräg und wartete weiter ab. Und da wurde mir klar: Er wollte mir entweder die Zeit geben, es selbst herauszufinden, oder er wartete darauf, dass ich um Hilfe bat.

Ein ungewollter Gedanke materialisierte sich in meinem Kopf. Cameron wäre ein toller Vater. Unter dieser zornigen, harten Fassade existierte Geduld. Sanfte Autorität. Wärme sammelte sich in ... O Gott. Wieso beeinflusste mich dieser Gedanke so? Wieso stellte ich mir ... Dinge vor. Ich war mir nicht mal sicher, ob ich Kinder wollte.

»Geht es dir gut?«, fragte Cameron.

»Ich ...« Ich schluckte, als ich hörte, dass meine Stimme zitterte. Was stimmte nicht mit mir?« »Ich kann das nicht. Allein. Könntest du mir, ähm, vielleicht, na ja, helfen?«

Sofort legten sich Camerons Hände über meine.

»So«, sagte er leise, und seine Handflächen pressten sich auf meine Knöchel. »Fühlst du den Druck meiner Hände? Mach genau das, was ich auch tue. Spüre, wie der Ton nachgibt.«

Ich senkte den Blick, schockiert und seltsam angetan vom Anblick unserer verbundenen Hände, die über den Ton glitten. Ich schluckte, plötzlich durchaus bereit, ihn die Führung übernehmen zu lassen. Fasziniert von den kontrollierten Bewegungen.

Mit einem stummen Nicken begann ich mir im Kopf Notizen zu machen, während er weiter unsere Bewegungen lenkte.

»Die Scheibe muss sich mit den Bewegungen drehen«, sagte er, und ich spürte, wie ich jede Kontrolle aufgab. Ich ließ mich von ihm führen. Also meine Hände. Bedingungslos. »Du musst die Seiten nach unten drücken, damit der Ton sich mit der Scheibe verbindet.« Die Töpferscheibe drehte sich unter unseren Händen. Seine Stimme war nur noch ein konzentriertes Murmeln. »Genau so. Okay. So ist es ungefähr richtig.«

Sobald die Kugel befestigt war, packte er meine Handgelenke und zog meine Hände in die Luft. Er stieß ein tiefes Brummen aus, als er unsere Arbeit betrachtete.

Ich öffnete den Mund, um zu fragen, ob irgendetwas nicht

stimmte, aber viel zu schnell gab Cameron mich frei, und dann sauste seine Hand auf den Ton zu.

Er schlug nach der Kugel.

Einmal, zweimal. Dreimal. Und ich ...

O Gott. Wieso versohlte Cameron den Ton? Mir rutschte das Herz in die Hose. Wieso konnte ich nicht aufhören, seine Hände anzustarren? Wieso fühlte sich mein Gesicht an, als flackerten Flammen auf meinen Wangen?

Ich presste einen Handrücken an meine Stirn, um zu testen, ob meine Haut sich warm anfühlte. Ich musste irgendetwas ausbrüten. Welche andere Erklärung sollte es dafür geben, dass mir so heiß war?

Das war nicht erotisch. Wir sprachen hier von Ton.

»Scheint in Ordnung«, sagte Cameron und packte einen Schwamm, den ich bisher noch gar nicht bemerkt hatte, um ihn in einer Schüssel anzufeuchten. »Jetzt können wir ihn zentrieren.«

»Zentrieren«, wiederholte ich mit zittriger Stimme.

Er nickte. Und als der Mann den Schwamm sanft drückte, um ein paar Tropfen Wasser auf den Ton fallen zu lassen, war ich mir endgültig sicher, dass ich krank sein musste. Irgendetwas geschah mit mir. Sonst hätte ich die Art, wie seine feuchten Finger über das glatte Material glitten, nicht so anzüglich gefunden. Mein Mund wurde trocken.

»Adalyn?« Seine Stimme durchdrang den Irrsinn in meinem Kopf.

Ich sah zu ihm auf. Er musterte mich mit einer hochgezogenen Augenbraue. »Drück das Pedal, Darling.«

»Das ... was?«

»Sorg dafür, dass die Scheibe sich schneller dreht«, wies er mich sanft an, so sanft, dass es irgendwie seltsam wirkte. Als spräche er mit jemand anderem. »Mit dem Pedal.«

Ich leckte mir die Lippen, meine Fähigkeit, grundsätzliche Anweisungen zu verstehen, eingeschränkt von diesen suggestiven Bildern seiner Hände am Ton. »Was meinst du?«

Cameron seufzte leise, dann setzte er sich plötzlich in Bewegung und schritt um den Tisch herum.

Er trat hinter mich. »So, wie du es machst, ist es unnötig schwer, Darling«, sagte er, aber bevor ich diesen Kommentar wirklich verarbeiten konnte, landete seine Hand auf meinem Oberschenkel. Starke Finger schlossen sich um mein Bein und glitten tiefer, bis kurz über mein Knie. Er hob mein – jetzt willenloses – Bein und positionierte meinen Fuß auf etwas. Diese warme, große Hand drückte meinen Fuß leicht nach unten, wobei sein Körper sich leicht gegen meinen presste. »Hör auf, mich mit diesem weichen Blick anzustarren, und konzentrier dich darauf, mit dem Fuß das Pedal zu drücken, okay?«

Ich war erschüttert – vollkommen überwältigt von der plötzlichen Nähe von Camerons Körper und seinen Worten –, dass ich, statt meinen Fuß leicht zu senken, mit voller Kraft auf das Pedal trampelte.

Die Töpferscheibe drehte sich wie wild und schleuderte dabei Ton in alle Richtungen. Auf uns.

»Vermaledeiter Scheibenkleister«, knurrte Cameron. Er schlang die Arme um meinen Körper, als wollte er mich vor dem Schlamm schützen, schob mein Bein zur Seite und stellte selbst den Fuß auf das Pedal. Die Scheibe verlangsamte. »Du musst sanft anfangen«, wies er mich an. Sein Mund war mir viel, viel näher als gerade eben noch. Schwebte direkt neben meiner Schläfe. »Siehst du?«, fragte er, aber ich sah gar nichts. Nicht, während Cameron sich quasi um mich gewickelt hatte. »Wir haben die Kontrolle über die Scheibe. Wir.«

Wir.

Ich konnte nicht atmen, also nickte ich nur. So enthusiastisch, dass mein Hinterkopf gegen sein Schlüsselbein prallte. »Tut mir leid«, murmelte ich. »Ich war … abgelenkt.«

Von dir. Deiner Berührung. Die Art, wie du mich gegen die Tischkante drängst.

Cameron griff erneut nach dem Schwamm. Sein Kiefer strich fast unmerklich über meine Wange.

Mein Atem stockte.

Sein Atem strich über meine Schläfe. »Dir sollte es auch nicht so leicht möglich sein, meine Gedankengänge zu stören.«

Auch nicht. Die Flammen auf meinen Wangen griffen auf meinen Hals über. »Tue ich das?«

Cameron stieß ein Geräusch aus, das in seiner Brust rumpelte. Er packte meine Hände und legte sie um den sich drehenden Tonbatzen. »Wenn der Ton nicht gut zentriert ist«, sagte er, ließ die Scheibe schneller drehen und hielt die Hände auf meine gepresst, während das Material sich unter meinen Handflächen bewegte. Ich spürte seine Oberschenkel neben meinen, heiß wie ein Ofen. »Wird alles schief.«

Ich nickte. Aber eigentlich hörte ich ihm gar nicht mehr zu.

»Drück sanft zu«, wies er mich an und bewegte unsere Hände langsam über den feuchten Ton nach oben. »So formen wir einen Zylinder.«

Da war es wieder, dieses *Wir*. Ich ... Es gefiel mir.

Außerdem gefielen mir die hypnotisierende Bewegung der Scheibe und das Gefühl von Camerons Körper, der um mich lag wie eine Decke. Ich mochte im Moment viel zu viele Dinge. Dinge, die ich nicht mögen sollte.

»Genau so.« Seine Stimme war unendlich tief, erfüllt von demselben Gefühl, das mir die Brust zuschnürte. Er trat noch näher an mich heran, bis ich quasi in seinen Armen verschwand. »Das machst du gut, Darling. Sehr gut.«

Etwas in mir rührte sich bei diesem schlichten Lob. Ich war mir vage bewusst, dass so etwas schon einmal geschehen war, aber mein Herz raste. Trommelte gegen meine Rippen, genau wie das von Cameron. Es fühlte sich gut an. So gut, dass ich mich nach hinten lehnte und den Kopf auf seine Brust sinken ließ, während wir arbeiteten.

Camerons Atem brachte die Haut unter meinem Ohr zum Kribbeln. »Jetzt sollten wir es wieder ein wenig absenken«, sagte er, verschränkte unsere feuchten Finger und jagte damit ein elektrisches Knistern durch meine Arme. Er bewegte unsere Hände, bis der Ton seine Form veränderte. »Das sieht toll aus.«

Diese Wärme in meiner Brust bildete flatternde Flügel aus. Ich schob meine Daumen über die von Cameron.

Ein Grollen drang über Camerons Lippen.

Dieses Flattern verstärkte sich, bis ich nur noch keuchend atmen konnte. Ich wollte mich umdrehen und seine Miene mustern. Wollte sehen, ob er genauso empfand wie ich. Aber das tat ich nicht, weil ich diese Position nicht auflösen wollte. Noch nicht. Ich war im Moment gefangen. Gefesselt von Camerons verlässlicher Gegenwart und dem Gefühl seiner Hände an meinen.

»Es ist lange her, dass ich mit jemandem Händchen gehalten habe«, hörte ich mich laut zugeben. »Ich kann mich nicht erinnern, dass diese simple Geste sich jemals so angefühlt hat.«

Camerons Hände erstarrten kurz auf meinen. Nur für eine Sekunde, vielleicht sogar weniger, aber ich hatte es gesehen. Gefühlt. Er zögerte.

Ich erwachte aus meiner Trance.

Und von einem Moment auf den anderen war ich nicht mehr ruhig. Verspürte keinen Frieden mehr angesichts der aktuellen Situation. Die Zügel meines Lebens, die ich immer so fest umklammert hielt, fielen erneut in meine Hände. Hier stand ich und erzählte diesem Mann, der mir nur widerwillig half, dass er der erste Mann seit langer Zeit war, der meine Hand hielt. Dass er Gefühle in mir auslöste, die ich noch nie empfunden hatte. Was kam als Nächstes? Würde ich ihm erzählen, dass ich – abgesehen von dem kurzen Satz, den Matthew vor zehn Jahren in meine Richtung abgeschossen hatte – noch nie mit jemandem geflirtet hatte? Dass meine einzige richtige Beziehung sich als Lüge entpuppt hatte? Dass der Mann, von dem ich tatsächlich gedacht hatte, er würde mir bald einen Antrag machen, mich nur als Sprungbrett gesehen hatte, um an meinen Vater heranzukommen?

Sie ist so frigide, Mann. So … langweilig. Ich bin wirklich knapp davongekommen. Zu dumm, denn wenn der alte Mann ins Gras beißt,

wird sie wahrscheinlich einen Großteil des Geldes erben. Aber nein.
Meine Leidensfähigkeit hat Grenzen.

Nein.

Als wäre ich nicht mehr gewesen als eine fade, langweilige Essensbeilage, die man lieber nicht nahm.

Ich möchte nichts von dem gegrillten Gemüse, vielen Dank auch. Nein, lieber nicht.

Ich war bei der Trennung nicht verletzt gewesen. Es hatte mich nicht gestört, dass David eine Beziehung beendet hatte, die mein Leben kaum bereicherte. Aber während die Zeit verging, hatte ich mich an dem Gedanken festgeklammert, dass ich zumindest das gehabt hatte. Dass diese eine Beziehung bewies, dass ich nicht … kalt war. Vertrocknet. Dass ich geliebt werden konnte. Begehrt.

Also, wie hätte ich nicht zerbrechen sollen? Wie hätte ich einfach zuhören sollen, wie David lachte und erklärte, dass er nur mit mir ausgegangen war, um sich in das Geschäftsimperium meines Vaters einzuschleichen? Wie hätte ich mir anhören sollen, dass er knapp davongekommen war, und nicht brechen sollen? Wie hätte ich ungerührt bleiben sollen, als ich gehört hatte, was er direkt danach gesagt hatte?

Das Bild von Sparkles' Kopf vor meinen Füßen stand klar und deutlich vor meinem inneren …

»Adalyn.« Camerons Stimme durchschnitt das Chaos aus Gedanken in meinem Kopf. Schon wieder. Wie sie es immer tat. »Befrei dich daraus, Darling.« Er klang wütend. Seine Stimme rau. »Komm zu mir zurück.«

Ich zwang mich, meine Umgebung wahrzunehmen.

Der Tonbatzen war in einem seltsamen Winkel verbogen.

Starke Hände hielten meine.

Schöne, leicht schiefe Hände, die einmal zu oft verletzt worden waren. Wo war der Siegelring, den er immer an seinem kleinen Finger trug?

Plötzlich drang das Geräusch meiner eigenen Atmung an mein Ohr. Das Vakuum, in dem ich verschwunden war, spuckte mich wieder aus. Das war nicht das erste Mal. Es war nicht das erste

Mal, dass ich kurz vor dem Hyperventilieren stand, während die Arme dieses Mannes um mich lagen. Ich hasste es.

»Wohin, zur Hölle, bist du denn gerade verschwunden?«, fragte Cameron. Und als ich nicht antwortete, begannen seine Daumen sanfte Kreise auf meiner Haut zu beschreiben. »Wie lange leidest du schon an Panikattacken?«

Ich versteifte mich. »Ich habe keine ... Ich ...« Panikattacken? »Das war keine Panikattacke.« Das konnte nicht sein.

Oder?

Cameron stieß ein tiefes Brummen aus. Ich konnte nicht deuten, ob er mir damit widersprach oder zustimmte. Er gab eine meiner Hände frei und löste den flachen Tonbatzen von der Töpferscheibe.

»Ist es ruiniert?«, fragte ich und hasste, wie meine eigene Stimme klang.

Er warf den Ton zur Seite. »Ja, schon.«

Natürlich.

Nach einem langen Moment sagte er, immer noch sanft, immer noch freundlich, ohne die Arme von mir zu lösen. »Darling?«

»Vielleicht hattest du recht«, gab ich zu, ohne mich darum zu kümmern, dass ich seine Umarmung nicht verließ. »Vielleicht war es eine Panikattacke.«

»Okay«, antwortete er schnell. »Aber ich wollte etwas anderes sagen.«

»Dass das hier ungefähr so therapeutisch war wie ein Tritt gegen das Schienbein?«

Er gluckste, und aus irgendeinem Grund klang dieses amüsierte Geräusch anders als jedes andere amüsierte Glucksen bisher. »Ich wollte sagen, dass alle im Raum uns anstarren. Und auch wenn es mir nichts ausmacht, wir sollten uns entweder bewegen oder uns bewusst sein, dass alle morgen über uns reden.«

Ich riss den Kopf hoch. Sah mich um.

Cameron hatte recht.

◎ ◎ ◎

Einen Platten.

Ich hatte, verdammt, einen platten Reifen.

Ich stemmte die Hände in die Hüften, wobei ich die Tonspritzer auf meinem geliehenen Overall bemerkte. Super. Noch etwas, was ich auf den riesigen Wäschehaufen werfen musste, der bereits im Cottage wartete.

Und ich hatte gedacht, meine Unterwäsche per Hand waschen und am Geweih aufhängen zu müssen, wäre der Tiefpunkt dieser Woche gewesen. Aber natürlich nicht. Da war diese dämliche Panikattacke, die ich gerade erlitten hatte. Die Art, wie ich aus der Scheune gestürmt war, bevor der Töpferkurs geendet hatte. Und jetzt das. Ich starrte erneut auf den Reifen und schüttelte den Kopf. Mein Magen verkrampfte sich, und ich fragte mich, ob ich gleich weinen würde.

Ich betastete meine Augen. Trocken. Wieder fiel mir ein, dass ich mich nicht erinnern konnte, wann ich das letzte Mal eine Träne vergossen hatte. Ein bitteres Lachen drang über meine Lippen.

Ein weiteres Lachen folgte, denn Gott, ich war wirklich fertig. Bevor ich wusste, wie mir geschah, lachte ich schrill in den dunklen Himmel über meinem Kopf. Ich ließ meinen Frust heraus, auch wenn dieser schnell in Wut umschlug. In Unglaube. Verzweiflung. »Scheiße«, hörte ich mich selbst mit einem humorlosen Kichern sagen. »Verdammt.« Das schrille Lachen verklang. Wieder fiel mein Blick auf den Reifen, und ich trat dagegen. »Zum Teufel mit dir, du gottverdammter, verfickter, platter Reifen!«

»Das ist schnell entgleist.«

Ich erstarrte. Meine Wirbelsäule wurde steif.

»Wichser«, murmelte ich. Denn ich mochte ja nie fluchen, aber ich gestand mir diesen einen schwachen Moment zu.

»Oh, wow«, sagte Cameron, dann hörte ich wie er näher kam. »Hör bitte nicht meinetwegen auf. Ich muss sagen, ich genieße es.«

Ich sah über die Schulter und entdeckte in seiner Miene genau die Erheiterung, die in seiner Stimme mitgeschwungen hatte.

»Freut mich zu hören, dass das Belauschen meines Unglücks dich amüsiert.«

Er wurde ernst. »Tut es nicht«, hielt er dagegen, während sein Blick einmal über meinen Körper glitt. Schnell, aber gründlich genug, um mich zögern zu lassen. Er schluckte schwer. »Du bist es, die mich amüsiert, Adalyn. Und ich kann nicht mal genau benennen, warum das so ist. Was mich stört. Und fasziniert.«

Ich schüttelte den Kopf. »Soll das ein Kompliment sein?«

»Ich will verdammt sein, wenn ich es weiß, Darling«, sagte er, dann sank er vor meinem Auto in die Knie. Er kontrollierte den Reifen und richtete sich wieder auf. »Ich werde dich zurück nach Lazy Elk fahren. Komm.«

Er zog die Schlüssel zu seinem Truck heraus und entriegelte mit einem Klick die Türen.

Ich öffnete den Mund, aber er kam mir mit einem »Spar dir die Mühe« zuvor.

»Woher wusstest du, dass ich etwas sagen wollte? Du hast nicht mal in meine Richtung gesehen.«

»Weil ich nicht der Einzige bin, der nur zwei Modi hat«, gab er scharf zurück. »Dasselbe gilt für dich. Entweder du überanalysierst alles, oder du widersprichst. Beides unablässig und gewöhnlich gegen mich gerichtet.« Er schob die Beifahrertür auf und starrte mich an. »Du schienst dich von meiner Gegenwart nicht so belästigt zu fühlen, als ich die Arme um dich gelegt hatte, also spar dir das Gemecker, und steig ins Auto.«

Meine Arme um dich gelegt.

Meine Wangen brannten. »Das ist etwas anderes. Töpfern oder zu jemandem in einen engen, abgeschlossenen Raum steigen, der ebenso gut vorhaben könnte, mich zu ermorden und in einen Bachlauf im Wald zu werfen, in der Hoffnung, dass Verwesung und Aasfresser den Körper innerhalb einer Woche zersetzen, damit die Knochen auf den Grund des Gewässers sinken und so alle Überreste der Leiche verschwinden, sind zwei sehr unterschiedliche Paar Stiefel.«

»Seltsam konkret.« Er legte den Kopf schräg. »Allerdings kreativ.« Seine Mundwinkel zuckten. »Ich glaube, du wirst diese eine Fahrt überleben. Komm schon. Ich werde auf der Rückfahrt Robbie anrufen und ihm sagen, dass dein Wagen über Nacht auf der Farm stehen bleiben wird.«

»Das hat … absolut nichts mit dem zu tun, was ich gerade gesagt habe, aber okay.«

Cameron verlagerte sein Gewicht, stemmte sich lässig mit dem Ellbogen auf der Motorhaube ab und sah damit aus wie jemand, dem alle Zeit der Welt zur Verfügung stand, um meine Worte auseinanderzunehmen. »Okay, du wirst in den Wagen steigen? Oder okay, ich werde weiter hier rumstehen und mosern, mitten in der Nacht, ohne Jacke, einfach nur, um Cameron zu ärgern?«

Ich runzelte die Stirn. Ihn zu ärgern? Ich … sackte in mich zusammen. »Ich tue so was nicht, um dich zu ärgern, Cameron.«

»Dann steig ein«, meinte er, und ich hätte schwören können, dass seine Stimme sanfter klang als je zuvor. »Ich verspreche, dass ich dich nicht an die Fische verfüttern werde.«

»Danke«, kommentierte ich trocken, als ich zu seinem Truck ging. »Nur fürs Protokoll, ich wollte anmerken, dass ich durchaus wissen könnte, wie man einen Reifen wechselt.« Wusste ich nicht. »Du hast eine Mutmaßung angestellt.«

Er stieß ein gepresstes Geräusch aus, als ich ihn erreichte und unter seinem Arm hindurchglitt, um ins Auto zu steigen. Ich ignorierte es. Genauso, wie ich ignorierte, wie schrecklich ich mich fühlte, weil ich mich absichtlich schwierig verhalten hatte. Und wie gut es in seinem Auto roch. So wie Cameron auch. Und als Cameron meine Tür schloss, um den Truck herumging, seinen großen Körper auf den Fahrersitz schob und seinen muskulösen Arm hinter meine Kopfstütze schob, um das Auto zu wenden, ignorierte ich auch diese seltsame Wärme, die in mir aufstieg.

Grundsätzlich gesprochen, ignorierte ich auf der Heimfahrt nach Lazy Elk eine Menge Gefühle, die er in mir auslöste. Und Cameron schien ähnlich beschäftigt, denn keiner von uns sprach ein einziges Wort, bis er in der Einfahrt den Motor ausschaltete.

»Ich werde Robbie anrufen, sobald ich drin bin«, sagte er. Seine Stimme klang so … tief und leise und vertraulich im Innenraum seines Trucks. »Wir werden das mit dem Reifen morgen klären.« Wir. Da war wieder dieses Wir, als wären wir … ein Paar. Ein Team. Erneut erfüllte diese seltsame Wärme meine Brust.

»Danke dafür«, sagte ich. Ich war es leid, diesen Mann zu bekämpfen. »Ich würde darauf bestehen, Robbie selbst anzurufen, aber ich glaube nicht, dass er mich besonders mag.«

Cameron schien einen Moment nachzudenken. »Seine Kinder beten dich an.«

Ich war mir nicht sicher, ob er mich aufmuntern wollte oder ob das wirklich stimmte. »So weit würde ich nicht gehen. María mag mich, aber ein Teil von mir ist überzeugt, dass sie versucht, dem Rest der Mannschaft zu beweisen, dass ich keine Hexe bin.« Ich zuckte mit den Achseln. »Und Tony ist ein Teenager, der mich Ma'am nennt und kaum mit mir redet.«

Camerons Blick huschte über mein Gesicht. »Tony weiß einfach nicht, wie er sich in der Umgebung einer schönen Frau benehmen soll.«

Schön.

Ich riss den Blick von seinem Gesicht und starrte stattdessen das Armaturenbrett an. »Was meinst du damit?«

»Dieser Junge steht auf dich, Adalyn.« Genau. »Deswegen bekommt er die Zähne nicht auseinander. Wahrscheinlich nennt er dich deswegen auch Ma'am.«

Also hielt Tony mich für schön. Nicht Cameron. Das war in Ordnung. Ich hatte nie an meiner grundsätzlichen Attraktivität gezweifelt oder die Bestätigung einer anderen Person gebraucht, um mit meinem Aussehen zufrieden zu sein. Meine Unsicherheiten lagen definitiv an anderer Stelle. Aber es spielte eigentlich keine Rolle, und wahrscheinlich war es närrisch, auch nur anzunehmen, Cameron könnte mich je mit diesem Blick sehen, wenn man bedachte, wie … unsere Beziehung bisher verlaufen war.

»Ich habe mich noch gar nicht bedankt«, sagte Cameron im Anschluss und schockierte mich damit tief. Ich sah ihn an. Sein

Blick war auf mich gerichtet. »Tony hat mich auf dem Platz erkannt, und du bist für mich in die Bresche gesprungen. Das weiß ich zu schätzen.«

Ich schüttelte den Kopf. Ich hatte seine Dankbarkeit nicht verdient. Ich ... ich spielte nervös an meinem Sicherheitsgurt herum, plötzlich erfüllt von dem dringenden Wunsch, dieses Auto zu verlassen. Ich löste den Verschluss und öffnete die Beifahrertür. »Danke fürs Mitnehmen. Ich sehe dich, ähm, morgen. Am Tag des Spiels. Wird ein aufregender Tag. Gute Nacht!«

Damit sprang ich aus dem Wagen und ging mit eiligen Schritten zu meinem Cottage, nur um dann abrupt zu stoppen.

»O nein«, murmelte ich und klopfte die Tasche meines geliehenen Overalls ab. Nichts. Leer. Ich stöhnte. »O Gott.«

Ich drehte mich um und ...

Rannte gegen eine harte Wand. Die nach Kiefernwald roch und Hitze ausstrahlte. Ich stolperte zurück. »Cameron.«

»Wieso bist du geflohen?«, fragte die Mann-Mauer und senkte die Augen auf die eigene Brust. Ich folgte seinem Blick, nur um zu entdecken, dass ich die Hände gegen seinen Körper presste. Sofort riss ich sie zurück. »Was ist los?«, drängelte er und ignorierte vollkommen, dass ich seine erste Frage noch nicht beantwortet hatte.

»Ich habe meine Sachen vergessen.« Ich seufzte. Ja, genau darauf würde ich mich konzentrieren. »In der Scheune. Meine Kleidung, meine Schuhe, mein Handy und auch die Schlüssel. Ich glaube, ich habe die Tür nicht verschlossen, also sollte ich ins Cottage kommen, aber ich brauche mein Handy.«

»Was?«, blaffte er.

Ich runzelte die Stirn. »Ich wollte dich fragen, ob du mich zurückfährst. Im Cottage gibt es manchmal nachts seltsame Geräusche, und ich kann nicht schlafen, ohne ...«

Cameron setzte sich in Bewegung.

Sprang zur Seite und ging an mir vorbei. Sobald ich meine Überraschung abgeschüttelt hatte, wirbelte ich herum und folgte ihm eilig.

»Ich schwöre bei Gott, Adalyn«, hörte ich ihn grummeln, als ich zu ihm aufholte. »Mit dir kann man einfach nicht gewinnen.« Er schloss die Hand um den Knauf, und die Tür schwang ohne Widerstand auf. »Grüne Neune.«

»Ich habe dir doch gesagt, dass sie wahrscheinlich nicht verschlossen ist«, meinte ich bissig. Dann starrte ich Camerons Rücken an. Er ... bewegte sich nicht. Ich hatte erwartet, dass er zumindest Erleichterung zeigte. Damit hatte er die perfekte Ausrede, mich nicht noch mal zur Farm zu fahren. Aber stattdessen spürte ich ... Wut, die in Wellen von seinem Körper ausstrahlte. »Weißt du was? Ist schon in Ordnung. Ich komme auch ohne mein Handy klar. Wir werden einfach morgen früh kurz vorbeifahren.«

Cameron blieb stehen, wo er war.

»Letztendlich ist ja alles glattgelaufen, also ... gute Nacht«, beharrte ich und schob den Kopf über seine Schulter. Cameron trat in die Hütte. Schaltete das Licht an. »Hey, was glaubst du, was du da ...«

»Was zur vermaledeiten Hölle ist das?«, fragte er. Seine Stimme hallte durch den engen, kleinen Raum. Dann wiederholte er, als wolle er sicherstellen, dass ich ihn richtig verstanden hatte: »Was ist das, Adalyn?«

»Mein Cottage?«, mauerte ich, obwohl ich innerlich in Panik verfiel. Der Schuppen sah ... chaotisch aus. Und ich wollte nicht, dass Cameron mitbekam, wie viel im Argen lag. Mit zitternder Stimme sagte ich: »Könntest du bitte gehen? Ich habe dich nicht hereingebeten.«

Er tat das Gegenteil. Zwei lange Schritte trugen Cameron in die Mitte des Cottage. Er hatte die Schultern hochgezogen, und sein Rücken war so steif, dass ich fast damit rechnete, zu hören, wie die Nähte seiner Jacke platzten.

Ich schluckte einmal schwer, bevor ich ihm langsam folgte. Ich entdeckte das Mobile aus Unterhosen, das von dem Geweih hing, das ich als improvisierte Wäscheleine verwendet hatte, nachdem ich die Wäsche mit der Hand gewaschen hatte. Die aufblasbare

Matratze auf dem Boden. Das halb auseinandergebaute Himmelbett, bei dessen Demontage ich versagt hatte. Das Leben, das ich innerhalb weniger Stunden gepackt hatte, als Haufen in einer Ecke der hässlichen Hütte.

»Erkläre mir das«, verlangte Cameron. »Bitte sorg dafür, dass das hier Sinn ergibt.«

»Das ist mein Hausrenovierungsprojekt«, sagte ich. In meinen Wangen brannten Lagerfeuer.

»Adalyn«, hauchte er. Es klang fast flehend. »Du schläfst immer noch auf dem Boden. Warum?«

In den grünen Augen, die in meine Richtung blinzelten, erkannte ich ... Erschöpfung. Und einen Anflug von Verzweiflung. Ich sackte in mich zusammen. Gab einfach auf. »Mein Plan lautete, das Bett auseinanderzubauen und hier rauszuschaffen, allerdings scheint das Ding verschweißt zu sein.« Ich stieß zitternd den Atem aus. »Das Cottage hat keine Waschmaschine, also ...« Ich nickte in Richtung meiner Unterwäsche. »Aber die Campingmatratze ist gemütlich. Also ist es schon okay. Ich werde ja nicht ewig hier sein.«

Cameron biss die Zähne zusammen. Seine gesamte Miene versteinerte. »Wieso hast du nicht um Hilfe gebeten?«

Ich schloss die Augen. Hilfe. Wie sollte ich ihm erklären, dass Miami mich vollkommen ignorierte? Dass ich so oft beschuldigt worden war, verwöhnt und verzärtelt zu sein, dass ich allen das Gegenteil beweisen wollte? Dass ich außer Josie hier keine Freunde hatte und der einen Freundin, die ich hatte, nicht auf den Geist fallen wollte? Dass das alles in erster Linie meine Schuld war, weswegen ich nicht glaubte, das Recht zu haben, mich zu beschweren? »Ich brauche keine Hilfe. Es geht mir gut.«

Sein Adamsapfel hüpfte. Einmal, zweimal, dreimal. Er stieß die Luft aus – den gesamten Inhalt seiner Lunge.

»Verflixt«, murmelte er. »Verfickt noch mal, Adalyn.« Er schüttelte den Kopf. »Jesus Christus, Darling.« Er schloss die Augen und ließ den Kopf in den Nacken sinken. »Vermaledeite, verfickte Hölle.«

Ich blinzelte ihn an. Verwirrt. Schockiert.

»Ich hab so etwas noch nie erlebt«, sagte er, als spreche er mit sich selbst. Ich öffnete den Mund, aber er drehte sich um. »Zuerst dieser Overall und jetzt das. Ich bin auf so was nicht vorbereitet.«

»Cam …«

Er stampfte aus dem Cottage.

Ich stand einfach nur da, starrte meine geliehene Kleidung an und fragte mich, was gerade geschehen war. Ob ich einfach die Tür schließen und es für heute gut sein lassen sollte.

Cameron tauchte wieder auf.

Er stürmte zurück ins Cottage, wobei er immer noch fluchte, als hinge sein Leben davon ab. Jetzt trug er einen Metallkasten unter dem Arm. Ich versuchte, seinen Blick aufzufangen, aber er schaute mich nicht an. Stattdessen ging er einfach an mir vorbei, stoppte vor dem Haufen aus Hartholz und ließ die Kiste zu Boden fallen. Dann kniete er sich hin und riss den Behälter auf.

»Cameron?«, fragte ich, erfüllt von tiefem Unglauben. »Was tust du da?«

Cameron Caldani schien auf Autopilot zu agieren.

Er ignorierte meine Frage, zog einen sehr großen, schweren Hammer aus der Kiste und richtete sich wieder auf.

Und dann, ohne ein Wort zu sprechen, ließ er seine gesamte Wut an dem Bett aus.

19

Cameron

ir war einfach keine Pause vergönnt.

Mit einem Kopfschütteln betrachtete ich das Chaos vor mir. Nicht nur lag Willows Futter auf dem gesamten Küchenfußboden verteilt, sondern da waren auch noch Wasserpfützen und … Waren das meine Kaffeebohnen? Ich ging in die Hocke, um genauer hinzusehen. Ja.

Neben ein paar rostbraunen Federn.

»Willow?«, rief ich laut und stand wieder auf. Ich wartete auf das Geräusch ihrer Pfoten auf dem Parkettboden, auf eine ihrer jammernden Antworten – da ich mir sicher war, dass sie genau wusste, was sie getan hatte. Aber im Blockhaus herrschte gespenstische Stille. »Willow? Du solltest besser nicht diesen verdammten Hahn gejagt haben. *Schon wieder.*«

Und obwohl ich hoffte, dass sie das nicht getan hatte, empfand ich bei dem Gedanken, nicht von diesem unerträglichen Kikeriki aus dem Schlaf gerissen zu werden, eine gewisse Erleichterung. Der Hahn hatte anscheinend eine noch ausgeprägtere Schwäche für Lazy Elk entwickelt, seitdem er an Adalyns Sandwich gepickt hatte.

Dann fiel mir der gestrige Abend ein, und eine Welle von Frust schlug über mir zusammen. Es hatte mich eine ganze Stunde gekostet, dieses bescheuerte Bett auseinanderzunehmen und die

Teile in meinem Truck zu verstauen. Und, zum Teufel, die letzten Monate im Ruhestand hatten ihren Tribut gefordert. Meine Arme schmerzten genauso wie mein Rücken von der Anstrengung, das Ding in Stücke zu schlagen. Und ich war mir fast sicher, dass ich mir einen Muskel im Hals gezerrt hatte, als ich uns zur Farm zurückgefahren hatte, um ihre Sachen zu holen. Ich ...

Ich schüttelte den Kopf.

Heute Morgen gab es zu viel zu tun. Ich durfte mir nicht erlauben, an sie zu denken. An gestern Nacht. Es schien immer auf dieselbe Weise anzufangen. Mir fiel etwas ein, was vage mit Adalyn in Verbindung stand, und dann dachte ich an unzählige andere Dinge.

Wie diesen vermaledeiten Overall. Er war so eng gewesen und hatte dafür gesorgt, dass sie ... anders aussah. Ein bisschen hausbacken. Aber auf einladende Art. Zur Abwechslung einmal fast entspannt. Obwohl der Stoff so eng um ihre Kurven anlag, dass ich fast damit gerechnet hatte, dass die Nähte platzten. Spätestens unter meinen Berührungen. Das hatte dafür gesorgt, dass ich mir gewünscht hatte, ich könnte ihre gesamte Kleidung verbrennen und so dafür sorgen, dass sie ab jetzt nur noch dieses verdammte Ding trug.

Mein Handy klingelte auf der Küchenarbeitsfläche und riss mich aus diesen gefährlichen Gedankengängen.

Ich stampfte zu dem Gerät und starrte auf das Display.

Liam.

Ich nahm den Anruf an. »Was?«

»Wow«, schnaubte er. »Auch dir einen guten Morgen, Sonnenschein.«

Ich verdrehte die Augen. »Ich habe dich gefeuert. Wieso rufst du mich schon wieder an?«

»Du hast mich nicht gefeuert«, hielt er dagegen, mit diesem selbstgefälligen Tonfall, der mir so vertraut war. »Du hast mich ermuntert, zu kündigen. Und die meisten Menschen wüssten zu schätzen, dass unsere Freundschaft über das Ende unserer Arbeitsbeziehung hinaus andauert.«

Ich klemmte das Handy zwischen Schulter und Ohr und goss mir eine zweite Tasse Kaffee ein. »Du warst mein Agent. Du warst nie mein Freund.«

»Gott, ich hatte wirklich vergessen, was für ein Arschloch du sein kannst«, hauchte Liam. »Aber ich liebe dich trotzdem, also werde ich einfach vorgeben, als hättest du gerade nicht fünfzehn Jahre Freundschaft mit Füßen getreten.«

»Tu nicht so, als würdest du mich vermissen.« Ich hob die Tasse an die Lippen und nahm einen tiefen Schluck. »Wir wissen beide, was für ein Albtraum es war, mit mir zu arbeiten.«

»Gott im Himmel. Du hast heute Morgen wirklich schlechte Laune, Kumpel.«

Ich nahm das Handy wieder in die Hand und durchquerte das Wohnzimmer, um durch die Glastür in den Vorgarten zu schauen. »Vielleicht«, gab ich zu, während ich meinen Blick über die wunderschöne Natur vor mir gleiten ließ. Doch aus irgendeinem Grund landete mein Blick auf dem heruntergekommenen Schuppen rechts von meiner Hütte. Ich fragte mich, ob Adalyn schon wach war. Was sie heute tragen würde. Ob sie die Haare hochbinden oder offen tragen würde. In letzter Zeit hatte sie das Haar öfter offen getragen, und ich ... Verflixt. »Was willst du, Liam?«

»Würdest du mir glauben, wenn ich behaupte, ich hätte nur angerufen, um zu hören, wie es dir geht?«

»Nein.«

»Das hatte ich mir schon gedacht. Es wäre sowieso ein Wunder nötig, damit du über deine Gefühle redest.« Es folgte ein kalkulierter Moment der Stille. »Wie geht es meinen Lieblingskätzchen? Haben sie dich schon verlassen?«

Als hätte der Mann, den ich jetzt schon seit zwei Jahrzehnten kannte, sie beschworen, sprang Pierogi auf das Geländer der Terrasse. Sie streckte die Pfoten aus und ließ den Kopf darauf sinken, womit sie sich in einen orangenen Plüschball verwandelte. »Pierogi geht es gut. Schläft ständig, wie gewöhnlich. Und Willow ...« Ich dachte zurück an den Zustand der Küche. »Willow lässt mich ihre Missbilligung immer noch spüren, wann immer sich eine Chance dazu bietet. Sie hasst es hier.«

Ich hörte Liam leise lachen. »Das ist mein Mädchen.«

»Ganz und gar nicht«, murmelte ich.

Es folgte eine lange Pause. Eine, nach der sich der wahre Grund für den Anruf enthüllen würde. Ich kannte meinen ehemaligen Agenten wie meine Westentasche. Ich stichelte, weil er stichelte; in Wahrheit waren wir wie Brüder. Wir waren gemeinsam nach ganz oben aufgestiegen und er war immer loyal und ehrlich gewesen. Es war mir nicht leichtgefallen, ihn zu feuern. Aber nachdem ich meine Torwarthandschuhe an den Nagel gehängt hatte, gab es für ihn eigentlich nichts mehr zu tun. Und er kannte den Grund für meinen Rückzug. Weswegen er auch darauf bestand, sich regelmäßig bei mir zu melden.

»Hör mal«, sagte Liam, wie ich es erwartet hatte. »Ich weiß, dass du immer noch verarbeiten musst, wo du jetzt stehst. Aber ich möchte erneut betonen, was für eine tolle Gelegenheit das ist. Der Sender ...«

Ich unterbrach ihn mit einem Lachen. »Ich verarbeite nichts. Ich weiß, wo ich stehe. Deswegen habe ich dich, als du neulich angerufen hast, freundlich gebeten, RBC Sports meine Antwort auszurichten.«

»Ein ›Verpisst euch‹ ist nichts, was man freundlich ausrichtet, Caldani. Besonders nicht RBC Sports.«

»Dann übersetz es in deine Sprache.« Ich nahm noch einen Schluck Kaffee, darum bemüht, mich auf den köstlich bitteren Geschmack zu konzentrieren statt auf die Art, wie mein Magen sich verkrampfte. »Pack es in höfliche Worte, die ihnen gefallen.«

»Cameron«, warnte Liam, und jede Leichtigkeit verschwand aus seiner Stimme. »Ich weiß, dass du ein Riesentrottel bist.« Ich schnaubte. »Aber ich habe dich nie für einen Narren gehalten.«

Und deswegen hatte ich bei ihm unterschrieben, als wir beide nichts waren als Nobodys mit großen Träumen. Liam redete nie um den heißen Brei herum, sondern nannte die Dinge beim Namen.

Als ich nicht mehr in die Nationalmannschaft berufen worden war, hatte er sich mit mir hingesetzt und mir erklärt, ich solle die bittere Pille schlucken und weiterziehen. Ich wäre zu alt, und es gäbe neue, frischere Talente. Und als es das Klügste gewesen war, meine Sachen zu packen und bei einem MLS-Team zu unterschreiben, hatte er nie versucht, mir das als großen Plan zu verkaufen, um endlich den Legendenstatus zu erreichen, der mir nie vergönnt gewesen war. Er hatte mir erklärt, ich solle nach L. A. ziehen und mir ein letztes Hurra gönnen. Kontakte knüpfen, Geld scheffeln und eine Auszeit von der Politik der Premier League nehmen, für die ich mich nie großartig interessiert hatte.

Jedes Mal hatte ich auf ihn gehört. Weil ich wusste, dass er das Beste für mich wollte. Für uns. Damals war ich kein Narr gewesen. War ich das jetzt?

»Das ist eine einmalige Gelegenheit«, beharrte er. Das wusste ich durchaus. Ich war ja nicht von gestern. RBC rief nicht einfach Hinz und Kunz an. Schon gar nicht, um ihnen einen Expertenjob in einer Sendung zur Primetime anzubieten. »Ich habe noch nicht abgelehnt, noch nicht. Ich habe ihnen gesagt, du würdest darüber nachdenken. Deine Optionen abschätzen. Sie denken, die Management-Position in L. A. wäre weiterhin auf dem Tisch, und ich habe einen meiner Kontakte angewiesen, das Gerücht zu verbreiten, dass auch ein paar andere MLS-Teams potenziell Interesse gezeigt haben.«

Mein Magen verkrampfte sich, als ich daran zurückdachte, wie kurz ich davorgestanden hatte, das Angebot der L. A. Stars anzunehmen, Cheftrainer in ihrer Akademie zu werden. Und dass ich mich – hätte ich das getan – in einem goldenen Käfig wiedergefunden hätte, mit einem Leben und einem Plan, der keinen Sinn mehr ergab.

»Ich muss nicht mehr nachdenken«, erklärte ich Liam. »Mir geht es gut, wo ich bin.«

»Wirklich?«, schoss Liam sofort zurück. »Im Moment mag es dir gut gehen, Mann. Aber du weißt nicht, wie du dich in drei Monaten fühlst. Oder in einem halben Jahr. Oder einem Jahr.«

Es folgte eine lange Pause. Und ich wusste, dass er die Länge genau dosiert hatte. »Das ist es, Cameron. Es ist ein tolles Angebot. Denk ... denk einfach darüber nach. Bitte.«

Ich ließ seine Worte einsinken. Wägte sie wirklich ab. Denn auch, wenn ich bereits Nein gesagt hatte, ich wollte nicht der Narr sein, als den Liam mich sah. Die beiden Jungs, die sich die Hände geschüttelt hatten, kurz nachdem ich meinen ersten Vertrag in London unterschrieben hatte, existierten in dieser Form nicht mehr, aber ich ...

»Ich weiß, dass du zögerst, zurückzukommen«, sagte Liam, der genau wusste, welche Richtung meine Gedanken eingeschlagen hatten. »Du müsstest nach London zurückkehren, weil dort die Sendeanstalt ist.« Und damit jede Chance auf Privatsphäre verlieren, hätte er als Nächstes sagen müssen. Aber Liam war zu gut in seinem Job, um mir diese Ausrede zu liefern. »Dort würde man dich jederzeit erkennen. Und ich verstehe, dass du dich darauf nicht gerade freust, nach dem, was in L. A. geschehen ist. Ich verstehe das, Kumpel. Ich wäre auch traumatisiert.«

Mein gesamter Körper versteinerte. »Ich bin nicht traumatisiert.«

»Dann bist du das nicht. Gut. Es gibt jedoch einen Grund, warum du dich in einer Kleinstadt mitten im Nirgendwo versteckst. Die Frage ist nur, willst du dich ewig dort verkriechen?«

Schweiß bildete sich in meinem Nacken. »Ich verstecke mich nicht.«

Das kommentierte er mit einem Brummen. »Genieß deine Zeit dort. Entspann dich. Komm runter. Ich weiß, dass du auf die wilde Natur und frische Luft und all diesen anderen Blödsinn stehst. Aber so was gibt es hier auch. Die Highlands liegen nur ein paar Stunden Fahrt von London entfernt.« Ein Moment der Stille. »Denk an deine Zukunft, Mann. Du magst nicht mehr auf dem Platz stehen, deine Karriere im Fußball ist allerdings noch lange nicht vorbei.«

Fußball. Ich vermisste es, dieses Wort zu hören. Ich war lange genug in den USA, aber ich ... verfickt. Ich hatte keine Ahnung.

Ich war keinem Plan gefolgt. Ich war einfach nach Green Oak gekommen und hatte beschlossen, hierzubleiben, bis ich meine Meinung änderte. Und war damit einer Handlungslogik gefolgt, die ich seit diesem vermaledeiten Tag anwandte.

Vielleicht war ich doch traumatisiert.

Ich dachte zurück an gestern Abend. An jeden Tag davor. Ich war so ... mit dem Hurrikan beschäftigt gewesen, der mit Adalyn in Green Oak eingebrochen war, dass mir kaum Zeit geblieben war, über etwas anderes nachzudenken.

Als hätten meine Gedanken sie beschworen, erschien Adalyn im Garten. Sie kam auf meine Blockhütte zu ... und dem Herrn sei gedankt, sie trug wieder einen schicken Hosenanzug.

»Weißt du was?«, hörte ich mich selbst sagen. »Entspannung ist eventuell überbewertet.«

Liam lachte, doch es schwang kein Humor darin mit. »Das ist also deine Antwort. Nach allem, was ich gesagt habe? Versichere mir zumindest, dass du darüber nachdenken wirst.«

Ich beobachtete, wie Adalyn die Stufen zu meiner Veranda nach oben stieg, dann wirbelte ich herum, um zur Eingangstür zu gehen.

»Caldani?«, hakte Liam nach.

Ich erreichte den Flur, und sorglos drangen Worte über meine Lippen: »In Ordnung. Ja.«

»Du hast mich gerade zu einem sehr glücklichen Mann gemacht«, stieß Liam hervor. Ich runzelte die Stirn, weil ich mich fragte, wieso und wie. »Dann werde ich in ein paar Tagen wieder anrufen. Wenn du darüber nachgedacht hast. Cheers, Kumpel.«

Und damit legte er auf.

Mit einem Seufzen schob ich das Handy in die Tasche meiner Jogginghose und riss die Tür auf.

Wo mich eine erhobene Faust erwartete.

Adalyns Hand sank nach unten und gab den Blick auf ihr Gesicht frei. Sie trug ihr Haar heute offen, aber es fiel nicht glatt auf ihre Schultern, wie es bisher der Fall gewesen war. Ich sah Locken, die ich beim Blick durchs Fenster nicht bemerkt hatte. Ihr

Gesicht wirkte so weicher, ihre Lippen voller. Ich räusperte mich. »Was willst du?«

Adalyn antwortete nicht, also riss ich den Blick von ihrem Mund los. Ihre Augen waren weit aufgerissen und auf eine Stelle irgendwo unter meiner Kehle gerichtet. Sie blinzelte. Dann blinzelte sie noch mal.

Ich runzelte die Stirn.

»Du bist …« Ihre Stimme verklang und ihre Wangen leuchteten in sanftem Pink. »Nackt.«

Ich senkte den Blick. Stimmt. Mit Willows Anfall und Liams Anruf hatte mir die Zeit gefehlt, zu duschen und ein Hemd anzuziehen.

»Halb nackt«, murmelte sie. »Und tätowiert. Auf der ganzen …« Ein Seufzen. »Brust. Und auf den Armen.«

Es gelang mir nur mit Mühe, ein episch breites Grinsen zu unterdrücken. Das kostete mich wirklich viel Kraft. »Bin ich«, antwortete ich und spannte meine Arm- und Brustmuskulatur an wie der eingebildete Mistkerl, der ich nun mal war. Ihre Augen wurden noch größer. »Wenn du mich lieb bittest, könnte ich bereit sein, meine Hose auszuziehen. Denn darunter verbergen sich mehr Tattoos.«

Ihr Mund öffnete sich leicht, und ihr Blick wurde glasig. Dann riss sie den Kopf hoch. »Moment mal. Was?«

Kalkuliert langsam hob ich die Tasse an den Mund und trank einen Schluck, ohne sie aus den Augen zu lassen. »Ich habe gesagt, wenn du mich lieb bittest …«

»Ja. Okay.« Sie schüttelte sich, aber ihre Wangen glühten immer noch. Wer hätte gedacht, dass Adalyn Reyes sich von einer tätowierten Brust aus dem Konzept bringen ließ. Ich hätte viel eher vermutet, dass sie kein großer Fan von Tattoos war. Was würde sie sagen, wenn sie das Design auf meinem Oberschenkel sah? Was würde sie sagen, wenn ich wirklich die Jogginghose nach unten schob und … »Ich glaube nicht, dass das etwas ist, was ich, ähm … von dir möchte. Du kannst die Kleidung anbehalten, vielen Dank.«

Ich legte den Kopf schräg. Ihre Worte konnten mich nicht täuschen, aber ich gönnte ihr diesen kleinen Sieg. »Was möchtest du stattdessen von mir, Darling?«

Die Antwort kam mit einer Verzögerung. »Du hast versprochen, mich zurück zur Vasquez-Farm zu fahren. Damit ich mich um den Platten kümmern kann.«

»Das ist bereits geregelt.« Ich lehnte mich mit der Schulter gegen den Türrahmen. Überschlug die Beine. Hob erneut die Tasse an die Lippen. »Noch etwas?«

Ihre Brauen sanken nach unten. »Was meinst du mit ›Es ist schon geregelt‹?«

»Das bedeutet, dass du dir deswegen keine Sorgen machen musst. Es wird erledigt.« Ich trank einen Schluck, dann musterte ich den Inhalt meiner Tasse. Ein weiterer Kaffee ruiniert, weil er kalt geworden war. Ich seufzte. »Der Reifen wird Montag sofort gewechselt.« Ich sah sie an. »Ist das die Kleidung, die du zum Spiel tragen willst? Wir brechen in einer Stunde nach Rockstone auf. Vergiss nicht, deine magische Aktenmappe mitzunehmen, ja? Ich will ein paar Notizen machen.«

Adalyn verzog das Gesicht, als hätte sie Probleme, meine Worte zu verarbeiten. »Wir … Aber du … Du hasst meine Aktenmappen. Und wir brechen in einer Stunde nach … wo auf?«

»Ich hasse sie nicht, ich …« Eine Bewegung hinter ihr erregte meine Aufmerksamkeit. Weil etwas durch den Garten huschte. Ein Fellball, der mir nur allzu vertraut war. Und er bewegte sich schnell, offenbar auf der Jagd. »Willow.«

»Ich bin Adalyn.«

»Meine Katze«, murmelte ich. »Und sie ist schon wieder hinter diesem verdammten Hahn her.«

»Wa…«

Ich hörte mir nicht an, was sie sagen wollte. Stattdessen sprang ich um Adalyn herum und rannte durch den Garten. Also hatte ich recht gehabt: Willow war hier draußen und terrorisierte den armen Vogel. Und sie zwang mich, sie zu verfolgen. Mit nacktem Oberkörper. Und dabei verschüttete ich die letzten Reste kalten Kaffees in meiner Tasse.

Mir war wirklich keine Pause vergönnt.

Als ich den Ball aus Fell und Wut endlich erwischte, musste ich sie mit einem Arm an meine Brust pressen, um eine erneute Flucht zu verhindern. »Bist du glücklich?«, fragte ich die Katze, als ich zurück zur Veranda stampfte. Sie maunzte, aber immerhin, sie benahm sich jetzt nicht mehr wie ein wildes Raubtier. Sie ging sogar so weit, ihren Kopf in meine Achselhöhle zu schieben. »Genau. Spar dir die putzige Tour.« Ich verdrehte die Augen, als ich die Stufen nach oben stieg. »Daddy ist nicht glücklich.«

»*Daddy?*«

Ich sah von der Katze in meinen Armen auf, um eine noch entgeisterter blinzelnde Adalyn vor mir zu finden. Und verflixt, das war nicht der richtige Zeitpunkt, um darüber nachzudenken, was dieses Wort auf ihren Lippen in mir auslöste.

»Das ist Willow.« Ich nickte nach unten. Willows winzige Pfoten lagen um meinen Unterarm. »Jetzt macht sie einen auf süß, aber sie hat sich angewöhnt, übers Grundstück zu streifen und diesen armen Hahn zu jagen.« Adalyn schien zu schockiert, um zu sprechen. »Die andere hat bessere Manieren. Glücklicherweise.«

»Die andere.« Adalyn musterte das Fellbündel in meinen Armen. »Du hast zwei Katzen.«

»Willow und Pierogi«, bestätigte ich. »Der Hahn gehört nicht mir. Aber darüber haben wir ja schon geredet.«

Ein seltsamer Ausdruck huschte über ihr Gesicht. »O mein Gott«, flüsterte Adalyn. »Sebastian Stan.«

Ich musterte sie stirnrunzelnd. »Wer?«

»Robbie hat etwas von einem Hahn erzählt, der verschwunden ist«, erklärte Adalyn. »Er heißt Sebastian Stan.«

Oh. »Ach, verflixt.« Ich senkte den Blick kurz auf Willow. »Das dürfte ein unangenehmes Gespräch werden.«

Willow maunzte und hob den Kopf, offensichtlich neugierig auf Adalyn.

Ich trat näher, damit die zwei komplexen, frustrierenden Damen, die mir in letzter Zeit den Schlaf geraubt hatten, sich ein bisschen besser mustern konnten.

»Sie ist wunderschön«, flüsterte Adalyn, während Willow an ihrer ausgestreckten Hand schnüffelte. »Ihre Augen sind verschieden, genau wie ihr Gesicht. Ich habe noch nie eine solche Katze gesehen.«

»Willow ist eine Chimäre«, erklärte ich, ohne die Augen von Adalyns Gesicht abzuwenden. Sie lächelte kaum merklich, als sie die Katze in meinen Armen ansah. Ich mochte dieses leichte Heben ihrer Mundwinkel. »Sie werden geboren, wenn zwei Embryos miteinander verschmelzen. Deswegen sieht sie so aus.«

Willow schnurrte, Adalyn brummte, und ich spürte, wie ich mich zum ersten Mal heute Morgen entspannte.

Was wahrscheinlich der Grund war, warum ich weitersprach. »Sie war auf einem Auge blind, als ich sie adoptiert habe. Ich dachte, es könnte etwas damit zu tun haben, also habe ich nachgeforscht.«

»Oh«, flüsterte Adalyn. »Das ist ...« Sie wurde ernst. »Wirklich süß. Du steckst voller Überraschungen, Cameron.« Der sanfte Tonfall, in dem sie meinen Namen aussprach, schickte eine seltsame Wärme in meine Brust. »Du hast nicht nur jedes auf der Welt existierende Hobby ausprobiert, du hast auch noch zwei Katzen, die du deine Familie nennst, und du weißt über Schwanzfedern und Sichelfedern Bescheid. Du hast Angst vor Ziegen ...«

»Ich habe keine Angst vor ihnen«, warf ich ein. »Ich finde sie nur nicht vertrauenswürdig.«

Sie verdrehte die Augen, aber ich konnte erkennen, dass sie ein Lächeln unterdrückte. Ein breites. Ein richtiges. »Trotzdem«, sagte sie. »Ich frage mich, was du noch alles verbirgst.«

»Tiere.« Die Information drang einfach über meine Lippen. »Nicht allein Farmtiere. Ich finde die Natur und ihre Geschöpfe unendlich faszinierend. Ich habe über die Jahre eine Menge Naturdokus geschaut. Das hilft mir, mich zu entspannen. Mal runterzukommen.« Ich rückte Willow in meinen Armen zurecht. »Die Schwanz- und Sichelfedern sind nichts im Vergleich zu dem, was ich dabei sonst noch gelernt habe.«

Sie legte den Kopf schief, was mir verriet, dass ich mich wappnen musste. »Erzähl mir irgendetwas.«

»Du willst, dass ich mein Wissen unter Beweis stelle?«

»Nur, wenn du es kannst«, meinte sie mit einem Achselzucken. »Hau mich vom Hocker, Naturdoku-Fan.«

Diese Frau. Sie wagte es, einem Mann wie mir solche Herausforderungen vor die Füße zu werfen.

Ich sah ihr tief in diese schokoladenbraunen Augen. »Anders als alle denken, ist der wahre König des Dschungels nicht der Löwe. Nur ein winziger Prozentsatz der Löwenpopulation lebt im Dschungel. So wenige, dass sie als gefährdet eingestuft sind. Eigentlich müsste der bengalische Tiger so bezeichnet werden. Oder der Leopard oder der Jaguar.«

Sie nickte langsam, aber ich konnte erkennen, dass sie wenig beeindruckt war.

Ich stellte meine Tasse auf das Verandageländer und hob meine freie Hand. »Die Fingerabdrücke von Koalas sind unseren so ähnlich, dass man sie mit dem eines Menschen verwechseln könnte.«

Sie zog überrascht die Augenbrauen hoch.

Ich konnte noch eins draufsetzen. »Shrimps haben ihr Herz im Kopf.« Ich führte meine Hand an ihre Wange und strich ihr mit dem Handrücken über die Schläfe. Diese sanfte Berührung sorgte dafür, dass ihre Lippen sich leicht öffneten. »Und wenn ein weibliches Frettchen sich länger nicht paart, kann der ansteigende Östrogenspiegel in seinem Blut dafür sorgen, dass es stirbt.«

Ein Schauder schien Adalyns Körper zu überlaufen. Ich strich mit den Fingern langsam über diese Strähne, die über ihrer Wange hing. »Sie würde sterben?« Sie sprach wieder sanft. Leise. Und klang dabei traurig. »Sie würde sterben, nur weil sie keinen Gefährten gefunden hat?«

Ich trat näher an sie heran, bevor ich nickte.

Eine kleine Falte bildete sich auf ihrer Stirn. »Das ist … wirklich unfair.«

Mein Blick huschte über ihr Gesicht, und ich erfreute mich an der Verletzlichkeit, die ich in ihrer Miene entdeckte. Daran, wie nah wir uns waren.

Wahrscheinlich hätte ich das Thema einfach gut sein lassen sollen, hätte nach drinnen verschwinden und unter die Dusche springen sollen, damit wir nicht zu spät zum Spiel kamen, aber etwas in mir hatte sich verschoben. Verändert. »Es ist ziemlich grausam«, sagte ich und strich mit dem Daumen über ihre Wange. »Findest du nicht auch?«

Adalyns Lider senkten sich flatternd. Und als sie antwortete, war es nur ein Flüstern. »Doch.«

Ich bewegte meine Hand, genoss den Effekt, den die Berührung in mir auslöste. In ihr. In uns beiden. »Schließlich ist das nicht die Schuld der Frettchendame.«

Sie schluckte, ohne die Augen zu öffnen. »Vielleicht«, setzte sie an. Und jetzt glitt mein Daumen über ihre Stirn, über die Stelle, die sie sich am ersten Tag angeschlagen hatte. »Vielleicht hat sie einfach keine Zeit, um nach einem Gefährten zu suchen«, meinte sie ein wenig atemlos. »Oder vielleicht wirkt nichts an ihr anziehend auf die männlichen Frettchen um sie herum.« Sie öffnete die braunen Augen. Sie wirkten ein wenig verschleiert. »Vielleicht dachte sie, es ginge ihr allein ganz gut. Wie soll das ihre Schuld sein?«

»Ist es nicht«, erklärte ich ihr und schob mich noch näher an Adalyn heran. Als zöge sie mich magisch an. Bis unsere Körper sich fast berührten. Ich presste die Hand an ihre Wange. »Vielleicht wurde sie vernachlässigt«, fuhr ich fort und senkte langsam den Kopf. Jetzt konnte ich sie riechen. Ihr Shampoo. Ihre Seife. Sie roch so köstlich. »Vielleicht ist sie einfach übersehen worden.« Ich spreizte die Finger, bis mein Daumen über ihren Mundwinkel glitt. Adalyns Atem stockte. »All diese Anmut, einfach verkannt.« Ich verlagerte meine Hand, sodass der Rest meiner Finger unter ihr Haar glitt. »Was für dämliche Männchen.«

Adalyn stieß die Luft aus, und ihr Atem glitt über mein Kinn.

Und ich … verdammt. Ich …

Ein scharfer Schmerz riss mich aus dem Moment. Ich verzog das Gesicht.

Willow miaute in meinen Armen. Und bevor ich sie stoppen konnte, sprang sie aus meinen Armen und rannte durch die offene Tür. Ich versuchte, ihr zu folgen, aber Adalyns Hand lag auf meinem Arm.

Ich senkte den Blick und entdeckte ihre warmen, weichen Finger auf meiner Haut. Sie musterte den Kratzer. »Sieht nicht tief aus.« Sie klang besorgt und immer noch so freundlich, dass es mich fast umbrachte. Was geschah mit mir? »Ich glaube, wir sollten die Stelle desinfizieren.« Die Spitze ihres Zeigefingers glitt über die tätowierte Haut um die winzige Wunde. »Tut es weh?«

Tat es. Aber nicht auf die Weise, die sie meinte. »Nein.«

»Wird dadurch das … Design zerstört?«, fragte sie, während ihr Daumen über den schwarzen Linien schwebte, für die ich stundenlang auf dem Stuhl des Tätowierers gesessen hatte.

Es gab kaum eine Hautstelle zwischen dem Schlüsselbein und dem Handgelenk meines rechten Arms, die nicht tätowiert war. Dasselbe galt für die rechte Seite meiner Brust. Und meinen linken Oberschenkel. Ich lief nicht herum und präsentierte diese Tattoos der Öffentlichkeit. Sie waren nur für mich selbst bestimmt, und deswegen trug ich immer langärmlige Oberteile. Adalyns Hand bewegte sich und lenkte mich damit ab. Ich hatte für ein paar der feineren Tätowierungen einiges ertragen, doch aus irgendeinem Grund war diese leichte, sanfte Berührung ihrer Finger auf meiner Haut weit heftiger als all diese Nadelstiche.

»Das hier ist so schön.« Ihre Handfläche stoppte seitlich an meinem Bizeps. Ihre Berührung schenkte mir den Mut, den Arm zu drehen, damit sie das Tattoo besser sehen konnte. »Wer ist sie?«

Von allen Tätowierungen, die sie hätte auswählen können, hatte sie sich entschieden, ausgerechnet nach diesem Bild zu fragen. Sich nach der Tätowierung zu erkundigen, die am bedeutungsvollsten war. »Ich glaube, das weißt du, Darling.«

»Deine Großmutter?«, flüsterte sie. Ich nickte einmal, dann schenkte ich ihr die Ruhe, um das Tattoo genau zu betrachten. Ich war froh, dass sie sich nicht für die billigen oder sinnlosen Designs entschied, die ich mir hatte stechen lassen, als ich noch jung und dumm gewesen war. Dieses Tattoo war eine schlichte Darstellung einer jungen Frau mit schwarzem Haar. Einfach. Dicke Linien. Keine Schattierungen. Und in schwarz-weiß gehalten bis auf die zwei roten Blüten in ihrem Haar. »Was ist mit dem Rest? Wofür stehen sie?«

Ich musste schlucken, bevor ich Worte bilden konnte. »Den Anfang«, sagte ich mit belegter Stimme. »Das Ende. Alles dazwischen.«

Mein Blick schoss zurück zu ihrem Gesicht.

Sie kaute auf ihrer Unterlippe. »Tut Willow so was oft?«

Ich schüttelte den Kopf, kaum fähig, eine Antwort hervorzupressen, solange Adalyn mich auf diese Art ansah. Weil es mir viel zu gut gefiel. »Sie hat so was noch nie getan, aber das mag daran liegen, dass ich ihr bisher nie einen Grund für Eifersucht geliefert habe.«

»Eifersucht?«

Ich nickte, weil meine Zunge sich anfühlte, als wäre ein Knoten darin. Und dasselbe galt für meinen Kopf, nachdem ich mich plötzlich nicht mehr daran erinnern konnte, wann eine Frau meine Wunden versorgt hatte.

Hatte es das je gegeben? Hatte es sich je … so angefühlt?

»Oh. Oh.« Adalyn trat rasch zurück und brach damit den Kontakt. Meine Haut wurde kalt, wo ihre Finger gelegen hatten. Sie schnaubte. »Nun, sie muss eine sehr besitzergreifende Katze sein, wenn sie sich wegen nichts so aufregt.« Sie sah alles an außer mir. »Schließlich wäre dir nichts lieber, als wenn ich meine Sachen packen, die Stadt verlassen und niemals zurückschauen würde, oder?« Ich verzog das Gesicht. Sie schüttelte den Kopf. »Das ist nur vorübergehend. Ich werde wieder gehen, und wir … arbeiten zusammen, weil es sein muss. Ich habe dich erpresst.«

Ich runzelte die Stirn. Ich hatte nicht damit gerechnet, dass sie das sagte. Dass sie die Worte wiederholte, die ich so gerne vergessen hätte.

»Na ja.« Sie ging um mich herum und trat auf die erste Stufe. »Wir sehen uns dann in einer Stunde. Wenn wir zum, ähm, Spiel aufbrechen.« Sie stieg die Treppe ganz nach unten. »Du kannst einfach … hupen. Oder schreib mir eine Nachricht. Wenn du bereit bist und ich rauskommen soll. Ich nehme an, das ist der Vorteil daran, mich hier im Pelz zu haben, stimmt's?«

Damit joggte sie davon. Ich blieb einfach stehen und sah zu, wie sie zu ihrem Schuppen zurückkehrte.

Erst, als die Tür sich hinter ihr geschlossen hatte, sagte ich: »Stimmt.«

Denn sie hatte absolut recht damit, dass der Zustand vorübergehend war und ich mir wünschte, dass sie verschwand.

Das war doch so?

20

Cameron

Die Mädchen verließen das Spielfeld von Rockford und kamen zur Gästebank. Ihre Zöpfe, Pferdeschwänze und Haare standen in alle Richtungen ab.

Ich musterte sie nacheinander schweigend, nicht überrascht von ihrem schlurfenden Gang oder der Tatsache, dass sie sich sofort auf den Boden fallen ließen, sobald sie Adalyn und mich erreicht hatten.

»So eine Scheiße«, murmelte Juniper und ließ ihre Wut an dem Gras unter ihren ausgestreckten Beinen aus. »Wir stinken. Wir stinken wie ein Affenhintern. Wir stinken so übel, dass dagegen wahrscheinlich selbst Affenhintern echt gut riechen.«

Alle nickten zustimmend. Ich musste in die Hände klatschen, um die Aufmerksamkeit der Kinder auf mich zu ziehen, bevor die Stimmung vollkommen entgleiste. »Ihr stinkt nicht«, versicherte ich der Mannschaft voller Überzeugung. »Ihr habt gut gespielt. Ihr habt hart gekämpft. Und habt auf dem Spielfeld euer Bestes gegeben.«

»Aber wir haben verloren«, hielt Chelsea dagegen, die heftig am Rest ihres Zopfes zerrte. Ihr Tutu – ich hatte jeden Widerspruch eingestellt – hing schief. »Wir haben nicht mal ein Tor geschossen. Wir haben nur einmal in zwei Spielen getroffen. Und das hat nicht gezählt.«

Ich beschloss, das Eigentor nicht zu kommentieren. »Ihr habt nicht verloren. Ein Unentschieden ist keine Niederlage.«

Chelsea riss eine Hand in die Luft, um sie im Anschluss mit einem Seufzen an die Stirn zu pressen. »Es ist genauso tragisch wie eine Niederlage, Trainer Cam.«

»Wir sind Loser«, murmelte Juniper.

»Dabei haben wir uns diese Woche so angestrengt«, fügte Chelsea hinzu, ermuntert von den anderen Kindern. »Ich habe das Fußballtraining nicht einmal verpasst. Nicht mal für meinen Ballettkurs. Ich habe das Gefühl, ich hätte seit Eeeeewigkeiten nicht mehr getanzt. Ich habe meiner Mom erklärt, ich könnte beides machen, aber ich bin mir nicht mehr sicher. Vielleicht hatte Dad recht. Vielleicht sollte ich mich für eines entscheiden und mich ganz darauf konzentrieren.«

»Ich war auch kaum bei Brandy«, grummelte María neben ihr. »Oder Tilly. Oder Carmen. Und Sebastian wird immer noch vermisst.«

Schlecht gelauntes Murmeln brandete auf und wurde immer lauter, als alle Kinder dramatisch schilderten, welche Opfer sie für das Spiel gebracht hatten.

Ich schob zwei Finger in den Mund und stieß einen Pfiff aus.

Alle verstummten abrupt.

»Ihr fühlt euch also, als hättet ihr verloren«, sagte ich und trat einen Schritt vor. »Ihr habt die ganze Woche hart gearbeitet, seid heute hergekommen, habt euer Bestes gegeben und wurdet geschlagen.« Alle Blicke waren auf mich gerichtet, die leicht glänzenden Augen weit aufgerissen. Wäre ich klug gewesen, hätte ich das als Zeichen gedeutet, dass ich besser den Mund halten sollte. Aber es störte mich, sie so zu sehen. »Hey, lasst euch was erzählen, Girls. Das Leben ist kein Zuckerschlecken. Das Leben ist hart. Manchmal gewinnt man, und oft verliert man. Wir sprechen hier jedoch nur vom Ergebnis eines Spiels. Ihr fallt hin, und dann rappelt ihr euch wieder auf und jagt dem ... Pokal der Little League nach.«

Ich spürte, wie Adalyn sich näher an mich heranschob. »Es gibt keinen Pokal«, flüsterte sie laut. »Der Preis ist ein Ausflug in den Jungle-Rapids-Freizeitpark.«

»Ich liebe die Jungle Rapids«, grummelte Juniper.

»Also fallt ihr, dann steht ihr wieder auf und jagt dem … Ausflug in den Freizeitpark hinterher«, fuhr ich fort. »Stolpern macht euch stärker. Momente wie diese sind es, die euch hart machen. Und vergesst nicht, ihr habt mindestens noch drei Spiele vor euch, also reißt euch zusammen.«

María schniefte laut. »Aber …« Erneut ein Schniefen. »Ich … ich will nicht hart werden. Ich will weich sein.« Sie sah zu Adalyn. »Miss Adalyn, sag Trainer Camembert, dass Mädchen beides sein können.«

Mein Blick glitt von den Mädchen zu der Frau an meiner Seite, die mich inzwischen böse anstarrte.

»Das ist nur eine Redewendung«, erklärte ich. Das schien keine der beiden zu beruhigen, weil María wieder schniefte und Adalyn von wütend auf … traurig umschaltete. Ich schüttelte den Kopf. »Mädchen können weich und hart sein, ja. Beides gleichzeitig. Ich wollte heute auch gewinnen, okay? Ich wollte, dass ihr diese Mädchen besiegt und den Boden mit ihnen wischt. Aber das habt ihr nicht getan.« Ich hörte ein Schluchzen. Meine Augen wurden groß. »Das ist eine weitere Redewendung. Hört mal …«

»Trainer.« Adalyn legte die Hand auf meinen Arm, und ich konnte durch den Stoff meiner Jacke spüren, wie kalt ihre Finger waren. »Ich habe nicht das Gefühl, dass uns das weiterhilft.«

»Adalyn.« Ich trat auf sie zu, als besäße mein Körper einen eigenen Willen. Sie fror. »Darling …«

»Mir geht es gut«, sagte sie, die Lüge war dennoch offensichtlich. Sie zitterte in diesem dämlichen Trenchcoat, von dem sie stur behauptet hatte, er wäre warm genug. »Aber den Mädchen nicht. Sie sind traurig. Ich weiß, dass du es nur gut meinst, aber du machst die Sache nicht besser.«

Wie als Bestätigung hörte ich weiteres Schluchzen aus der Gruppe.

»Motivation ist nicht gerade meine große Stärke«, murmelte ich.

»Das habe ich bemerkt«, antwortete Adalyn, dann senkte sie die Stimme. »Sie weinen. Und ich weiß nicht, was ich mit weinenden Kindern anfangen soll, Cameron.«

Hinter uns erklang ein Räuspern.

Als ich mich umdrehte, entdeckte ich Tony neben mir. Er hatte auf der Tribüne gesessen, nachdem Adalyn ihn gebeten hatte, die Mädchen in dem gemieteten Minibus, den sie organisiert hatte, nach Rockstone zu chauffieren.

»Könnte ich …« Er zögerte und kratzte sich nervös den zotteligen braunen Haarschopf auf seinem Kopf. »Könnte ich etwas vorschlagen? Ähm, Sir?« Er wurde rot. »Ma'am?«

»Bitte«, sagten wir gleichzeitig.

»Snow Cones, also Raspeleis.«

»Raspeleis?«, wiederholte ich.

»Ja.« Er nickte. »Das ist wie Eiscreme … ohne Milch? Tut mir leid, ich bin mir sicher, Sie kennen das. Ich habe draußen einen Stand gesehen, als ich den Bus geparkt habe. Es ist vielleicht ein bisschen kalt dafür, aber ich weiß sicher, dass sie sich darüber total freuen werden. Am Stand hing ein Schild …«

»Ja«, stieß ich hervor. »Eis-Lollies, natürlich.« Einige der Mädchen sahen in unsere Richtung. Sie weinten immer noch, aber das Interesse war klar erkenntlich. »Wie schnell kannst du sie holen?«

»Ähm, schnell?«

Ich zog meinen Geldbeutel heraus und klatschte ihm mehr als genug Geld in die Hand. »Besorg mir auch etwas Heißes, okay?« Ich sah auf die Uhr. Nach Mittag. »Keinen Kaffee. Tee, Kakao oder was immer sie sonst haben. Den größten Becher. Und behalt das Wechselgeld.«

»Ja, Sir«, sagte Tony. Er senkte den Blick und riss die Augen auf. »Wow. Das ist … vielen Dank, Sir.«

»Einfach Cam«, erklärte ich. »Und jetzt geh.«

Tony rannte davon und verschwand in der Menge der Eltern und Zuschauer aus Rockford.

Finger schlossen sich um mein Handgelenk.

Aufgrund der Aufregung hatte ich verpasst, dass Adalyns Hand auf meinem Arm gelandet war. Sie klammerte sich dort fest. »Ich hoffe, das mit dem Raspeleis funktioniert.«

»Ich hoffe es auch«, sagte sie, dann zog sie leicht an meiner Jacke. Ohne darüber nachzudenken, umschloss ich ihre Hand mit meiner, schnappte mir ihre andere Hand und rieb beide leicht. Als sie wieder sprach, klang ihre Stimme zittrig: »Du hältst wirklich *schreckliche* Motivationsreden.«

Ich sah sie an und erwartete, eine schlecht gelaunte Miene zu entdecken. Aber ihre Stirn war nicht gerunzelt. Ihre Nase war gerötet, ihre Augen schmal und ihre Lippen auf eine Weise verzogen, die mir verriet, dass sie erleichtert war, dass meine Hände ihre rieben, um ihre Finger zu wärmen.

»Vielleicht ist das die eine Sache, die ich nicht kann«, gab ich zu. Ich presste ihre Hände an meine Brust. Und als sie mir eines dieser winzigen Lächeln schenkte, musste ich mich körperlich davon abhalten, sie an mich zu ziehen. »Ich kann nicht glauben, dass ich ihnen gesagt habe, sie müssten härter werden.«

»Kein Wunder, dass sie geweint haben«, antwortete Adalyn ernst. »Für eine Sekunde stand sogar ich kurz vor den Tränen. Es war furchtbar, wirklich.«

Ich starrte sie an. Ihre Lippen, die leicht zuckten. Ihre Mundwinkel, die sich hoben. Ich konnte nicht glauben, dass sie mich aufzog. Mit einem verflixten Lächeln auf den Lippen.

Ich zog an ihren Armen, sanft, aber fest genug, dass sie auf mich zustolperte. Unsere Hände lagen zwischen unseren Oberkörpern gefangen.

»Das war es wert.«

Ihr Atem stockte. »Was?«

»Die Tränen«, antwortete ich, ohne den Blick von ihrem Mund abzuwenden. »Dass ich mich zum Narren gemacht habe und eine Mannschaft voller Kinder zum Weinen gebracht habe. Das war es wert. Weil ich dich damit zum Lächeln gebracht habe.«

Ihre Miene fror für einen Moment ein, dann geschah etwas.

Ihre Lippen öffneten sich leicht, ihre Augen wurden glasig, und ihre Wangen röteten sich auf eine Weise, die nichts mit der Kälte zu tun hatte. »Cameron«, sagte sie. Nur das. Meinen Namen.

»Ich habe dich gewarnt«, erklärte ich ihr, weil ich das ernst gemeint hatte. »Ich bin ein selbstsüchtiger Mann.«

Hinter uns erklang lautes Kichern, das uns aus der Blase riss, die sich um uns gebildet hatte. Adalyn entzog mir ihre Hände, und wir drehten uns beide um.

Tony, der mit einem Tablett voller Raspeleis zurückgekehrt war, teilte die farbenfrohen Becher aus. Und je mehr Mädchen ihr Eis erhielten, desto besser wurde die Laune.

Als der Teenager Adalyn und mich erreichte, schlug ich ihm auf die Schulter. »Gut gemacht, Tony. Du warst wirklich schnell.« Seine Augen wurden groß, und sein gesamter Kopf leuchtete plötzlich in strahlendem Rot. Ich senkte die Stimme. »Und auch danke, dass du kein großes Ding darum gemacht hast, wer ich bin. Das weiß ich mehr zu schätzen, als du dir vorstellen kannst.«

Tony presste die Lippen zusammen und nickte, plötzlich ernst. »Ich verstehe, Sir. Ähm, Cam ... Trainer Cam? Ich verstehe, wie wichtig Privatsphäre ist. Als meine Mom gestorben ist ...« Er brach ab. »Manchmal sind Menschen beschissen neugierig.« Er warf einen entsetzten Blick zu Adalyn. »Schrecklich. Manchmal können Menschen schrecklich neugierig sein, Ma'am.«

Adalyn legte die Hand auf seine andere Schulter und tätschelte sie leicht. Der Junge brach fast zusammen.

Ich nahm Tony das Tablett mit den verbliebenen Eisbechern ab. »Hast du dir mit dem Wechselgeld auch etwas gekauft?«

»Ich würde es lieber für etwas anderes zur Seite legen, Trainer. Ich will bald aufs College und spare, soviel ich kann, um meinem Dad zu helfen.«

Adalyns Blick schoss von mir zu dem Jungen, und ich konnte quasi sehen, wie die Zahnräder in ihrem Kopf sich drehten. »Tony«, meinte sie. »Wie fändest du es, uns mit der Mannschaft zu helfen?«

Der Junge begann zu strahlen. »Das fände ich toll. Aber die

Farm ...« Er runzelte die Stirn. »Ich weiß nicht, ob ich Zeit habe. Wir sind auf der Farm unterbesetzt, und ich will auf keinen Fall meinen Dad hängen lassen.«

Adalyn zog ein langes Gesicht.

»Lass uns mit deinem Dad reden«, meinte ich. »Und jetzt setz dich. Wir werden aufbrechen, sobald die Mädchen ihr Eis gegessen haben.«

Der Junge verschwand mit einem Nicken.

»Ist meine Idee, Tony anzustellen, für dich in Ordnung?«, fragte Adalyn. »Wahrscheinlich hätte ich das erst mit dir besprechen sollen.«

Ich schnappte mir einen Becher Tee vom Tablett und reichte ihn ihr. »Nein. Ich halte das für eine tolle Idee, Chefin.«

»Er ist ein großer Fußballfan. Also dachte ich ...« Sie senkte den Blick auf den Becher in meiner Hand. »Was ist das?«

»Tee. Der ist für dich. Nimm ihn.« Sie biss die Zähne zusammen. Es dauerte einen Moment, doch dann schloss sie die Finger um den Becher. Diesmal war es nicht die Berührung ihrer Finger auf meiner Haut, die ein seltsames Gefühl in meiner Magengrube auslöste. Es war die Art, wie sie mich ansah – als hätte ich etwas Wunderbares für sie getan, indem ich ihr einen Tee bestellt hatte.

»Schau mich nicht so an, Darling.«

»Es ist nur, dass du ...« Dass ich mich daran erinnert hatte, dass sie nach zwölf Uhr keinen Kaffee mehr trank. »Du kannst sehr nett sein, Cameron.«

Nach der Art, wie ich sie behandelt hatte, sollte es mich nicht überraschen, dass sie so dachte. Ich war kein totales Arschloch, aber ich rannte auch nicht durch die Welt und umarmte ständig breit lächelnd Leute. Ich hatte nicht gelogen, als ich erklärt hatte, ich wäre ein bisschen gemein. Das war ich schon immer gewesen.

Ich warf einen Arm um ihre Schultern und zog sie mit mir zur Bank. Wir setzten uns. »Ich halte nur die Managerin warm«, sagte ich und nahm mir selbst ein Eis. Ich rückte näher an Adalyn heran, um sie vor dem Wind zu schützen, der inzwischen wehte. »Ich würde ungern nach einer Neuen suchen müssen. Wahrscheinlich hätte ich dann Josie am Hals.«

Adalyn schenkte mir ein weiteres dieser kleinen, wunderschönen Lächeln, und ich konnte nur zusehen, wie sie einen tiefen Schluck Tee trank.

»Schmeckt das Eis?«, fragte Adalyn mit einem Blick zu mir. »Ich glaube, so was habe ich seit Ewigkeiten nicht mehr gegessen.«

Fast hätte ich ihr gesagt, dass sie sich besser an ihren Tee halten sollte, aber dann musterte sie offensichtlich neugierig meinen Becher. Wer war ich, ihr zu sagen, dass sie nicht mal lecken durfte? Wie schon gesagt, ich war ein selbstsüchtiger Mann.

»Probier ruhig, Darling.«

Ich hielt ihr den Becher entgegen und beobachtete, wie sie ihren Mund vor dem kleinen Eishaufen in Position brachte. Sie ließ ihre Zunge kurz über die Oberfläche gleiten, bevor sie hineinbiss.

Mein Puls beschleunigte sich. Und eine Stimme in meinem Kopf sagte *Du geiler Bastard.* Aber ja. Ich konnte es nicht leugnen. Ich war erregt. Von Adalyn, nicht vom Eis.

»Also, Trainer Camping.« Marías Stimme riss mich aus meiner Erstarrung. »Wie geht es dem Miesepeter an Ihrem Hintern?«

Meine Augen, die bisher auf Adalyns Mund gerichtet gewesen waren, wurden groß. Und Adalyn schnaubte, den Mund voller Eis.

Es war ein schockierend lautes Geräusch und sorgte dafür, dass Teile der Mischung aus blauem und pinkfarbenem Eis aus ihrer Nase schossen. Adalyn schlug die Hand vors Gesicht, um die farbenfrohen Spuren zu verdecken, die ihr übers Kinn liefen.

Es folgte eine Sekunde der absoluten Stille.

Dann sagte eines der Mädchen, wenn ich mich nicht irrte, mit tiefer Ehrfurcht: »Wow. Das war das Coolste, was ich in meinem Leben gesehen habe.«

Adalyn, die immer noch all meine Aufmerksamkeit fesselte, schien schockiert von diesen Worten.

Aber als Chelsea hinzufügte: »Genau, Miss Adalyn. Das war supercool. Glaubst du, du kannst es uns beibringen?«, stimmte der Rest des Teams zu. Und etwas wie Stolz erschien in der Miene dieser Frau, der es scheinbar müheloser als jeder anderen Person auf dem Planeten gelang, mich aus dem Tritt zu bringen.

Stolz. Sie war tatsächlich stolz.

Mein Miesepeter war glücklicherweise vergessen. Die Laune der Mannschaft besserte sich, das Eis verschwand, aber mein Blick blieb auf die Frau an meiner Seite gerichtet. Diese gewöhnlich so angespannte und nach außen steife Frau, die gerade Eis aus der Nase geblasen hatte und tief erfreut wirkte, dadurch die Anerkennung der Mädchen gewonnen zu haben. Dieses seltsame Gefühl in meinem Bauch verstärkte sich so sehr, dass es mir fast den Atem raubte. Wärme breitete sich in meiner Brust aus. Sorgte dafür, dass ich …

Ich erstarrte.

»Scheiße.«

Sie drehte den Kopf und musterte mich mit einem halb verlegenen, halb glücklichen Blick. Donnerschlag, sie hatte nie schöner ausgesehen als in diesem Moment. »Was ist los?«

»Hm.« Ich räusperte mich. »Was?«

»Du hast das Sch-Wort gesagt«, antwortete sie schlicht. Hatte ich? »Ist dir das Eis in den Kopf gestiegen?«

Definitiv nicht das Eis. »Was meinst du damit?«

»Das Eis«, erklärte sie und trank kurz einen Schluck Tee. »Mir passiert das immer, wenn ich Eiskaffee bestelle. Die Kälte schießt in meinen Kopf, wenn ich zu schnell trinke. Hm, ist egal. Ich nehme an, die Köpfe echter Männer sind immun gegen Hirnerfrierungen.«

»Das denkst du also über mich?«, drang über meine Lippen. »Dass ich ein eindrucksvoller, echter Mann bin?«

»Ich habe nichts von eindrucksvoll gesagt.« Sie verdrehte die Augen, aber verflixt, ihre Mundwinkel hoben sich schon wieder.

»Was denkst du noch so über mich?«, fragte ich und stieß sie leicht mit der Schulter an. Ich wusste nicht, was mich ritt. Es musste mit dem Aufruhr in mir zusammenhängen. Ich senkte die Stimme: »Irgendetwas, was dich nachts wach hält?«

Adalyns Mund öffnete sich leicht. Sie schob die Zunge heraus. Und ich dachte: *Mach nur, Sweetheart. Schieß aus der Hüfte.* Weil ich wollte, dass sie mich aufzog. Und ich wusste, dass sie es auch wollte. Ich konnte die Worte quasi schon hören, die gleich aus ihrem Mund dringen würden. Ich schmeckte sie fast schon auf der Zunge.

Aber dann schoss ihr Blick über meine Schulter, und ihre Miene veränderte sich.

Und einen Augenblick später brach die Hölle aus.

21

Adalyn

Für einen Augenblick war ich überzeugt, ich würde mich irren. Dass es nicht stimmen konnte.

Denn wie viel Pech konnte ich haben? Wie konnte es sein, dass mir an dem Tag, an dem ich endlich einen Durchbruch geschafft hatte, an dem Tag, an dem ich mich nicht wie eine Versagerin fühlte – die ihren Club beschämt hatte und dafür verstoßen worden war –, diese Erinnerung unter die Nase gerieben wurde?

In einem Moment sah ich Cameron an und verlor mich fast in der Art, wie sein Blick über mein Gesicht huschte, als hätte er dort etwas ganz Neues entdeckt – vielleicht einen kleinen Teil von mir. Während ich mit einem Tee in den Händen hier saß, den er mir von Tony hatte holen lassen, weil er sich daran erinnerte, dass ich nach dem Mittag keinen Kaffee mehr trank. Während mich eine Wärme erfüllte, die nichts mit dem Tee oder der Nähe seines Körpers zu tun hatte.

Und im nächsten Moment? Puff. Alles weg.

Zuerst war es nur ein kurzes Aufblitzen von Farbe gewesen. Eine Form, von der ich mir sagte, ich müsse sie nicht groß beachten. Aber dann hatte der Kerl sich bewegt, als hätte er vor, zu uns zu kommen. Seine Brust war mir zugewandt, und ich erkannte, wie sehr ich mich geirrt hatte. Wie dumm ich gewesen war.

Er trug ein Kapuzenshirt mit genau dem Bild, das ich auf der

Webseite des Energydrinks gesehen hatte. Auf der Dose. Dieser Karikatur meines Gesichts. Mit dem Slogan: Freude ist wichtiger als Würde.

In diesem Moment wurde mir wieder bewusst, dass ich nie ein Update aus Miami erhalten hatte. Dass ich nach wie vor nicht wusste, wann oder ob sie juristische Schritte eingeleitet hatten. Ich wusste nur, dass hier ein Kerl mit meinem vor Wut verzerrten Gesicht auf der Brust herumlief. In North Carolina. Also verfiel ich in Panik. Mir rutschte das Herz in die Hose. Ich spürte, wie ich bleich wurde. Und ich tat, was ich wahrscheinlich an dem Tag hätte tun sollen, als ich in Green Oak angekommen war, nachdem ich dafür gesorgt hatte, dass mein ordentliches, akkurates Leben implodiert war.

Ich rannte weg.

Oder ich versuchte es zumindest. Denn stattdessen wirbelte ich auf der Bank herum, auf der ich saß, stolperte über einen Eimer und fiel zu Boden, wobei es mir gelang, den Pappbecher so heftig zu drücken, dass der Deckel sich löste und der Inhalt sich über meinen Bauch ergoss.

Es sah sicher schrecklich aus. Und ich hätte darauf gewettet, dass mir beim Sturz ein Schrei entfahren war.

Ich hätte beschämt sein, mich gedemütigt fühlen sollen, weil ich in letzter Zeit oft gestürzt und gestolpert war und diesen Umstand ehrlich leid war. Und doch dachte ich beim Fallen nur, *Nun, zumindest wird Cameron mich ansehen. Nicht den Mann mit dem Kapuzenshirt. Zumindest wird die eine Person, die das schreckliche Video nicht gesehen hat, es nicht auf diese Weise herausfinden.*

Also blieb ich dort auf dem Boden liegen wie der Trottel, als der ich mich fühlte, und schnappte nach Luft. Und dann, gerade als das Adrenalin nachließ und meine Erleichterung von Scham verdrängt wurde, war Cameron da.

Seine Hände berührten meinen Körper. Ich wollte Cameron nicht ansehen, weil ich wirklich fertig war mit der Welt. Aber ich konnte nichts sehen als ihn. Ein Fluch nach dem anderen Drang über seine Lippen, als er alle Glieder und jeden Körperteil auf fast panische Weise betastete. Ein kaum wahrnehmbarer Teil von mir dachte darüber nach, Beschwerde einzulegen, doch ich war zu überwältigt. Von dem Sturz und von der Erinnerung, wie mein Leben sich entwickelt hatte. Von der Tatsache, dass hier ein Kerl herumrannte, der einen Merchandise-Artikel mit meinem Gesicht darauf trug ... und was das bedeuten konnte. Von der durchaus realistischen Möglichkeit, dass Cameron mich jetzt nie wieder so ansehen würde, wie er es vor wenigen Minuten getan hatte. Überwältigt von ... allem.

Cameron rückte noch näher an mich heran. Er kniete neben mir, und zum ersten Mal verstand ich die Worte, die er sprach. »Was, zum Teufel, Adalyn«, sagte er, während diese grünen Augen meinen Blick einfingen, erfüllt von einer Gefühlstiefe, die ich nicht erwartet hatte. Hatte mein Sturz so jämmerlich ausgesehen? »Sag mir, dass es dir gut geht«, verlangte er. »Hast du dir den Kopf angeschlagen?« Ich schüttelte einmal kurz den Kopf. »Was, zur Hölle, ist passiert?« Ich presste die Lippen zusammen. »Wieso redest du nicht mit mir, Sweetheart?« *Sweetheart. Sweetheart?* Mein Atem stockte. »Ich habe gesehen, wie du etwas hinter mir angeschaut hast. Hat jemand etwas zu dir gesagt?« Seine Miene veränderte sich, und er machte Anstalten, sich zu entfernen. »Ich werde ...«

»Nein«, sagte ich und packte seinen Arm.

Ich bemerkte im Augenwinkel eine Bewegung. Als ich den Kopf drehte, sah ich, dass der Merchandise-Kerl mit Tony sprach, bevor er sich abwandte. Er ging einfach; beachtete uns nicht weiter. Ich hätte erleichtert sein sollen, wirklich, aber dafür rasten mein Herz und meine Gedanken zu sehr.

Ich richtete meine Aufmerksamkeit wieder auf Cameron und bemerkte, dass er sich keinen Zentimeter bewegt hatte. Ich leckte mir die Lippen, räusperte mich, bis ich endlich sprechen konnte und sagte dann: »Können wir gehen?« Immer noch bewegte er sich nicht. »Bitte. Kannst du mich nach Hause bringen?«

Dieser wilde, fast feindselige Ausdruck verschwand aus seiner Miene. Ohne ein Wort bewegten sich seine Hände, was mich daran erinnerte, dass sie mich immer noch berührten. Sie verschoben sich an meinen Rücken und meine Taille. Er wartete ab, bis ich den ersten Schritt machte, schob sich näher heran, damit ich mich auf seiner Schulter abstützen konnte. Ich legte eine Hand darauf, versuchte, mich nach oben zu stemmen, doch sobald ich meinen linken Fuß belastete, fiel ich wieder um.

»Mein Knöchel«, jaulte ich. »Ich glaube, ich habe ihn mir verstaucht.«

Sofort wurde ich in die Luft gehoben.

Meine Schläfe traf auf eine warme, feste Brust. Camerons Duft umgab mich, löste Gefühle in mir aus, die ich nicht akzeptieren wollte. Ich schloss die Augen. »Gott, das ist so peinlich.« Zitternd stieß ich den Atem aus. »Ich habe mich und euch alle beschämt. Es tut mir so leid.«

Camerons Brust vibrierte, auch wenn ich nicht sagen konnte, ob er ein Brummen ausgestoßen oder geschnaubt hatte. Und ich wollte es gar nicht wissen. Ich fürchtete mich davor, dass er mir zustimmen würde, mir sagen, wie lächerlich ich war. Aber die Worte kamen nicht.

Stattdessen trug er mich mit diesen langen, selbstbewussten Schritten davon, trug mich in seinen Armen. Und das Einzige, was er sagte, war: »Ich werde mich jetzt um dich kümmern, Sweetheart.«

◎ ◎ ◎

Als wir Lazy Elk erreichten, empfand ich … ein Chaos aus Widersprüchlichkeiten.

Zum einen hatte ich Schmerzen. Die Rückfahrt hatte nicht lange gedauert, und Grandpa Moe hatte mich vorher kurz durchgecheckt, doch je mehr Zeit verging, desto schlimmer wurde das Pulsieren in meinem Knöchel, bis ich dauerhaft die Zähne zusammenbiss.

Außerdem schämte ich mich schrecklich. Immer noch. Es spielte keine Rolle, dass Cameron den Sturz nicht kommentiert hatte. Es spielte keine Rolle, dass wir die Fahrt schweigend verbracht hatten, während er immer wieder zu mir sah, als wolle er sichergehen, dass ich noch anwesend war. Ich konnte selbst auf dem Beifahrersitz hören, wie die Zahnräder in seinem Kopf sich drehten. Er wusste, dass irgendetwas nicht stimmte.

Und zu guter Letzt – und das war definitiv nicht der unwichtigste Punkt – tobte in mir ein Aufruhr von Gefühlen, der von verwirrt in schockiert, fassungslos und aufgedreht umschlug, nur um dann wieder zu verwirrt zurückzukehren.

Cameron hatte mich Sweetheart genannt.

Er hatte mich zu seinem Wagen getragen wie die Jungfrau in Nöten, die zu sein ich mir nie zugestanden hatte, und er hatte mich Sweetheart genannt. Irgendwo hatte er einen Kühlpack aufgetrieben und auf meinem Knöchel drapiert, nachdem ich es hatte ertragen müssen, dass diese großen, warmen Hände mein Bein betastet und massiert hatten. Seine Berührungen waren so emotionslos gewesen, so sachlich, dass ich mich selbst gescholten hatte, als ein Kribbeln sich auf meiner Haut ausbreitete. Ich war wütend gewesen auf dieses elektrische Knistern, das von mir Besitz ergriffen hatte, obwohl er mich doch eigentlich lediglich untersucht hatte.

Ich schob die Schuld auf dieses Wort, das er verwendet hatte.

Und auch auf das *Ich werde mich jetzt um dich kümmern.*

Ich verstand das nicht. Ich war perplex, zusätzlich zu den Schmerzen und der Verlegenheit. Und ich war einfach … müde. Ich war so müde, dass ich einfach nur schlafen wollte, bis all das verschwand. Ich wollte die Augen schließen und den heutigen Tag genauso vergessen wie die letzte Woche und die Woche davor. Ich wollte in einen Winterschlaf verfallen, bis das Debakel meines Lebens sich einfach in Luft auflöste.

Als Cameron also den Motor ausschaltete – genau dort parkte, wo er immer parkte –, sprang ich mit der gesamten Würde, die mir verblieben war, aus dem Auto und humpelte davon.

Und wie jedes Mal, wenn ich mich an einem dramatischen Abgang versuchte, stand Cameron plötzlich vor mir.

Er schloss die Hände um meine Taille und sagte: »Komm, ich …«

Aber ich hob einen Finger und stoppte seine unnötige Rettungsaktion mit einem einfachen »Nein«.

»Nein?«, wiederholte er. Und ich musste ihm hoch anrechnen, dass er die Hände sofort sinken ließ.

Meine Stimme zitterte, als ich sagte: »Du musst mich nicht nach drinnen tragen, als wäre ich …« Eine Person, die dir etwas bedeutet. Der du heiße Getränke besorgst, wenn ihr kalt ist. Eine Person, die du Sweetheart nennst. »Irgendwas.«

Seine Miene wurde hart und verschlossen zugleich. Cameron wirkte … wenn ich mich für ein Wort entscheiden müsste, hätte ich gesagt, er wirkte verletzt. Und ich fühlte mich, als hätte ich gerade einen Welpen getreten. Oder eine Babyziege.

Mit einem Kopfschütteln humpelte ich zur Veranda, Cameron hinter mir. Dort fand ich eine kleine Kiste auf meiner Türschwelle. Ich reckte den Hals, um das Adressfeld zu mustern, und erkannte Matthews Handschrift. Ich lehnte mich vor, beugte mein gesundes Bein, um nach dem Paket zu greifen, aber alle auf dieser Veranda wussten, dass Flexibilität nicht gerade meine große Stärke war. Die Aufgabe entpuppte sich, ganz ehrlich, als unmöglich.

In einer schnellen Bewegung schnappte sich Cameron mit einer Hand das Paket und hob mich mit dem anderen Arm hoch.

»Ich habe dir gesagt …«, setzte ich an.

»Hör auf mit dem Mist, ja?«, fiel er mir ins Wort, und es machte mich wütend, dass seine Stimme selbst bei dieser Ermahnung unglaublich sanft klang, fast zärtlich. »Gut. Nachdem du jetzt für einen Moment aufgehört hast zu zicken, könntest du bitte die Tür aufsperren?«

Ich zog den Schlüssel aus der Tasche, die immer noch von meiner Schulter hing, und tat wie gebeten.

Cameron trat die entriegelte Tür mit dem Fuß auf und stampfte in die Hütte, mich und das Paket in den Armen.

»Paket«, blaffte er. »Wohin?«

»Neben das Bett«, antwortete ich mit einem Seufzen. »Bitte.«

Er ging in die angegebene Richtung. »Das ist kein Bett.«

»Ja, ich weiß«, gab ich erschöpft zu. »Wer weiß, vielleicht ist es Matthew irgendwie gelungen, eine Matratze in diesen kleinen Karton zu stopfen.«

Mein Kommentar schien Camerons Frust nur zu verstärken, weil er das Päckchen nicht ablegte, sondern stattdessen mit einem Knall zu Boden fallen ließ.

»Hey. Was, wenn der Inhalt zerbrechlich ist?«

»Dann ersetze ich ihn.« Er zuckte mit den Achseln und schwang meinen Körper herum, bis ich sicher vor seiner Brust lag. »Wohin?«

»Aufs Bett, bitte.«

Sanfter, als ich in diesem Moment verarbeiten konnte, legte er mich ab. Sein Blick huschte über meinen Körper. Nach unten, wieder hoch und wieder nach unten. Er biss die Zähne zusammen.

»Ich erhole mich schon«, murmelte ich. »Es ist nur ein verstauchter Knöchel.«

Er hob die Augenbrauen, sah mir aber immer noch nicht in die Augen. Stattdessen blaffte er weitere Worte: »Dusche, Eis, Schmerzmittel und Schlaf.«

»Wieso zählst du Dinge auf oder bellst mir vielmehr einzelne Worte entgegen?« Ich machte mich ungeschickt an den Knöpfen meines Trenchcoats zu schaffen. »Wieso redest du nicht und schaust mich auch nicht an? Ich habe mich bereits für vorhin entschuldigt.«

Ein Muskel an seinem Kiefer zuckte. »Ich will keine Entschuldigung.«

»Was willst du?« Ich hielt inne. Keine Antwort. »Schön, dann rede eben nicht mit mir.«

Endlich fing er meinen Blick ein. »Ich spreche nicht, weil ich mir selbst nicht traue«, sagte er, und jetzt konnte ich diesen Sturm, der sich offensichtlich in ihm zusammengebraut hatte, hinter dem Grün seiner Augen erkennen. »Denn wenn ich mehr sage als ein paar Worte, wirst du mehr Gründe finden, mich zu hassen, Adalyn. Du wirst einen Anfall kriegen und wirst mir alles nur noch schwerer machen. Also bitte«, sagte er, leise und seltsam schwach.

»Dusche, Eis, Schmerzmittel und Schlaf.«

Was, wollte ich fragen. *Was genau werde ich dir nur noch schwerer machen?* Aber ich kannte die Antwort bereits. Alles. Alles und jedes. Weil ich das am besten konnte. Dinge verkomplizieren. Also nickte ich und sagte: »Du kannst jetzt gehen. Danke.«

Cameron schloss für einen Moment die Augen und murmelte: »Gott sei Dank«, bevor er sich umdrehte und verschwand.

Ich wartete darauf, dass die Tür sich hinter ihm schloss, und als ich das Geräusch hörte, tat ich das genaue Gegenteil von dem, was ich gerade versprochen hatte. Zuerst humpelte ich in die Kitchenette, schnappte mir eine Schere und kehrte zu dem Paket zurück. Darin fand ich eine Notiz, die auf etwas in Seidenpapier lag.

Leiste Wiedergutmachung.
Dein (einziger) BFF,
M.

Inwiefern sollte ich Wiedergutmachung leisten?, fragte ich mich, als ich das Seidenpapier zur Seite schob. Wäre ich klarer im Kopf gewesen und hätte weniger Schmerzen gehabt, dann hätte ich es wahrscheinlich sofort begriffen. So aber musste ich den Inhalt erst auspacken und hochhalten, um zu verstehen.

Ich starrte das Trikot an – das schwarze, langärmlige Trikot mit der Nummer 13, mit sieben einfachen Buchstaben, die einen Namen bildeten: CALDANI.

»Dieser Trottel«, sagte ich, senkte die Arme und legte das, was in den letzten Jahren Camerons L. A. Stars-Trikot gewesen war, zur Seite. »Dieser Trottel hat mir das geschickt, damit ich es für ihn signieren lasse.«

An jedem anderen Tag hätte ich Matthew angerufen und ihm erklärt, dass er es vergessen konnte. Vielleicht hätte ich ihn sogar gefragt, wie es ihm gelungen war, das Paket so schnell versenden zu lassen. Aber heute? War mir das vollkommen egal.

Ich schnappte mir meinen Pyjama, humpelte in das winzige Bad, legte alles aufs Waschbecken, was ich brauchte, und schleppte mich in die winzige Dusche. Ließ vom Wasser der heißen Quelle meinen Körper aufwärmen. Sobald ich fertig war, zog ich den Vorhang zur Seite, nur um festzustellen, dass sowohl meine alte Kleidung als auch mein Pyjama auf den Boden gefallen und daher durchnässt waren.

»Toll.«

Ich schlug mir ein Handtuch um den Körper und humpelte zurück zum Bett. Mein Blick fiel auf das schwarze Trikot mit den winzigen weißen Sternen auf Schultern und Ärmeln. Ohne wirklich darüber nachzudenken, schnappte ich mir das Oberteil und schlüpfte hinein. Polyester und Nylon waren nicht unbedingt gut als Schlafkleidung geeignet, aber zumindest bedeckte das Ding meinen Hintern.

Gekleidet in das Symbol der letzten Jahre von Camerons Karriere, ließ ich mich auf die Matratze sinken, schlang die Arme um die Beine, schloss die Augen und weinte mich in den Schlaf.

Es dauerte nicht lange, und mein letzter bewusster Gedanke war, dass ich mich jetzt zumindest daran erinnern würde, wann ich das letzte Mal eine Träne vergossen hatte.

◎ ◎ ◎

Als ich aufwachte, war es draußen dunkel.

Den ganzen Tag über hatten mich immer wieder Sturmböen geweckt, die gegen die Hütte peitschten. Ich hatte Schmerztabletten genommen und war wieder eingeschlafen. Bis auf dieses letzte Mal. Der Wind war einfach zu laut, mein Hirn zu vernebelt nach all dieser unverantwortlichen Selbstmedikation, und mein Knöchel schickte Wellen von Schmerz durch mein Bein.

Ich rollte mich mit einem Stöhnen herum, in der Hoffnung, die Schmerzen so zu dämpfen, und berührte dabei etwas. Eine …

Wärmequelle. Etwas lag auf meinem Bett. Ein Lebewesen. Unter normalen Umständen wäre ich sofort aus der Hütte gerannt, aber ich war so fertig, dass ich stattdessen die Hand ausstreckte. Ich berührte das Lebewesen, tastete es vorsichtig ab.

Es maunzte.

Ich griff nach meinem Handy und schaltete die Taschenlampe an, um zwei Augen zu entdecken, die ich schon mal gesehen hatte.

»Willow?«

Die Katze stieß ein Geräusch aus, das ich als Ja interpretierte, und kletterte auf meinen Schoß, um sich dort zusammenzurollen. Ich beobachtete mich selbst dabei, wie ich sie selbstbewusst streichelte, als täte ich so was jede Nacht. Ihr kleiner Körper begann auf meinem Bauch zu vibrieren. Es war ein wirklich seltsames Gefühl, angeschnurrt zu werden. Aber sehr tröstlich. Die Empfindung vertrieb fast den Schmerz.

Hielten Leute deswegen Katzen?

Hatte Cameron deswegen zwei davon?

»Kletterst du auf seinen Schoß und schnurrst?«, hörte ich mich die Katze in der Dunkelheit des Raums fragen.

Eine Windböe traf das Cottage, und Willow hob den Kopf.

»Is' okay«, murmelte ich. »Der Wind ist unheimlich, aber ich bin ja bei dir.« Ein seltsamer Gedanke schoss durch mein vernebeltes Hirn. »Weißt du, mich hat bei einem Gewitter noch nie jemand im Arm gehalten. Ich habe nie jemandem verraten, dass ich mich vor Gewittern fürchte. Ich vergrabe mich unter der Decke und ermahne mich selbst, stark zu sein. Aber ich werde dich halten.«

Willow machte es sich wieder gemütlich, als hätte mein Argument sie überzeugt.

»Ich war in Camerons Armen, weißt du?«, fuhr ich fort. »Und du warst auf seinem Schoß.« Willow schob den Kopf höher, bis er auf meinen Brüsten ruhte. »Ich glaube, das macht uns zu Freundinnen.« Ich runzelte die Stirn. »Hat er einen tollen Schoß?«

Sie stieß mich mit ihrer kleinen, zweifarbigen Schnauze an.

»Ja, das dachte ich mir schon.« Ich schloss die Augen, und vor meinem inneren Auge tanzten Bilder von Cameron mit nacktem Oberkörper, wie er genau diese Katze hielt. Eifersüchtig. Er hatte angedeutet, Willow wäre eifersüchtig. Auf mich. Ein Gedanke nahm Form an. »O nein. Er muss sich schreckliche Sorgen um dich machen.«

Ich öffnete meine Messenger-App und fing an zu tippen, aber die Buchstaben tanzten vor meinen Augen. Also presste ich das winzige Mikrofon-Symbol neben dem Textfeld und nahm stattdessen eine Nachricht auf.

Und als ich fertig war, schickte ich sie ab.

22

Cameron

*I*ch warf einen Blick auf das stumme Handy auf meinem
Schoß.

Es trieb mich in den Wahnsinn.

Den ganzen Tag war ich zu Hause geblieben. Und auch wenn
ich mich bemühte, den Grund dafür zu leugnen, hatte das nichts
mit dem Wetterumschwung zu tun. Sondern mit ihr.

War ich ein Narr, weil ich auf Adalyn gehört hatte und ihr
Freiraum ließ? War ich ein Idiot epischen Ausmaßes, weil ich so
aus ihrem Cottage gestürmt war?

Ja. Wahrscheinlich traf beides zu. Und bald schon würde ich
zusätzlich dem Wahnsinn verfallen.

Jetzt war es zwei Uhr morgens, und ich starrte an die Decke
meines Schlafzimmers, blinzelte gegen die Bilder an, die meinen
Geist füllten. Adalyn beim Spiel. Adalyns Lächeln. Wie sie von
der Bank aufgesprungen war, als hätte sie einen Geist gesehen.
Der Schmerz in ihrem Gesicht, als sie versucht hatte, aufzustehen. Ihre Entschuldigung, weil sie uns in Verlegenheit gebracht
hatte. Himmel. Wo, zur Hölle, war das hergekommen?

Ich verstand nicht. Ich …

Ein Piepen meines Handys kündigte eine Nachricht an. Sofort
streckte ich die Hand aus und schaltete das Licht an. Ich setzte
mich im Bett auf und entsperrte das Gerät.

Eine Nachricht von Adalyn leuchtete auf dem Bildschirm. Eine Sprachnachricht.

Stirnrunzelnd spielte ich sie ab.

»Hey, was geht?«, erklang ihre Stimme, irgendwie gedehnt. Etwas stimmte nicht. So sprach Adalyn nicht. Und sie klang auch niemals so ... schwach, hatte keine zitternde Stimme. Ich stand auf und begann, mich nach meiner Kleidung umzusehen, während ihre Stimme den Raum füllte. »Sie ist hier, bei mir. Wir sitzen in meinem Bett, das nicht wirklich ein Bett ist, und reiten das Gewitter gemeinsam aus. Ich hoffe, das ist okay, denn wenn es dir nichts ausmacht, würde ich sie gerne behalten. Nur für heute Nacht. Gewitter in Miami sind viel beängstigender, aber sie hält mich warm und lenkt mich von den Schmerzen und dem Lärm draußen ab.« Ein Seufzen drang über ihre Lippen.

Ich dagegen dachte nur *Schmerzen, Schmerz, Schmerzen, sie hat Schmerzen.*

Ich wollte die Nachricht schon unterbrechen, mein Körper bereits im Fluchtmodus, als ihre nächsten Worte mich erstarren ließen. »Ich glaube, ich habe eine Schmerztablette zu viel genommen. Weiß nicht. Das war ... sehr dumm. Ich habe auch meinen Knöchel nicht gekühlt. Wie Grandpa Moe und du gesagt haben. Aber mir ist eingefallen, dass ich kein Gefrierfach habe. Oder Eis. Ich habe ... hier viele Dinge nicht. Ich habe mich nicht über den Schuppen beschwert, weil ich das Gefühl hatte, ich dürfte es nicht, weißt du? Ich habe versucht, stark und unabhängig zu sein. Ich ... ich fürchte, ich habe nicht viele Freunde.« Eine kurze Pause. »Ich weiß nicht mal, ob ich in Miami überhaupt Freunde habe. Zählt meine Assistentin? Wir waren einmal gemeinsam abendessen, aber ich glaube nicht, dass sie sich amüsiert hat.« Ein seltsames Geräusch erklang. »Vielleicht bin ich einfach nicht besonders freundlich. Oder nett. Ich glaube, du mochtest mich heute, sonst magst du mich allerdings nicht besonders, also, na ja. Auf jeden Fall ist Willow hier bei mir. Glaubst du, das ist okay? Ich bin mir sicher, du hast einen tollen Schoß, aber ihr scheint es auch auf meinem ganz gut zu gefallen.«

Ich blinzelte auf das Display, stand wie erstarrt neben meinem Bett. Das Einzige, was sich bewegte, war mein Herz, das wie wild schlug.

Eine neue Sprachnachricht kam an und riss mich aus meiner Erstarrung.

»Ich wollte nur klarstellen«, erklärte ihre Stimme, als ich Play drückte. »Dass ich nicht über deinen Schoß nachdenke. Oder nicht allzu sehr. Aber wenn er so hart ist wie deine Brust, würde das erklären, wieso Willow es hier mag. Weil ich weich bin. Und du hart.«

Eine neue Nachricht erschien.

»Dein Schoß ist hart.«

Dann noch eine.

»Nicht du.« Ein Zögern. »Aber du bist auch hart. Vermute ich? Nicht dein Hintern, sondern du. Es ist deine Persönlichkeit, die ich nicht mag.«

Ich schüttelte den Kopf. Als ich den Kopf hob, stellte ich fest, dass ich inzwischen am Fußende des Bettes stand, meine Jogginghose und mein Kapuzenshirt in der Hand. Eilig zog ich mich an.

Als ich wieder auf den Bildschirm sah, war eine neue Nachricht angekommen.

Himmel, sie schickte sie schneller, als ich sie anhören konnte. Wieso rief sie mich nicht einfach an?

Ich rannte aus der Tür.

In Rekordzeit stand ich auf ihrer Veranda. Die Tür war, natürlich, unverantwortlicherweise, unverschlossen. Fluchend durchquerte ich die winzige Hütte in drei langen Schritten.

Sobald mein Blick auf Adalyn fiel, die sich mit Willow zusammengerollt hatte, drang ein gepresstes Geräusch aus meiner Kehle. Ich eilte zum Bett und sank auf die Knie. Und da traf es mich wie ein Schlag: wie dumm ich gewesen war, die Emotion nicht anzuerkennen, die meine Brust erfüllte. Herrje, ich wollte sie schütteln. Und mich selbst gleich mit. Wollte heulen wie ein Wolf, aus unverständlichen Gründen, die mehr mit mir zu tun hatten als mit ihr. Aber ich zwang mich, all das zurückzudrängen, weil Adalyn quasi bewusstlos war. Genau dort lag, wo ich sie abgelegt hatte. Verletzlich und allein.

Mit zusammengebissenen Zähnen schob ich die Arme unter ihren Körper, einen unter ihren Rücken, einen unter ihre Beine. Herrgott, sie war so weich. Und sie fühlte sich so warm an. Zu warm. Ich unterdrückte ein Stöhnen, als ich sie so fest wie möglich an meine Brust zog und hochhob.

Und dann, als die Decke von ihrem Körper glitt, sah ich, was sie anhatte.

Das Kohleschwarz, die Ärmel mit Sternen und Schulterpolstern, das Teamwappen auf der rechten Brustseite. Es war mein L. A.-Stars-Trikot. Meines. Ich musste die Rückennummer nicht sehen, weil niemand sonst Schwarz getragen hatte – nur ich im Tor.

Ich schloss die Augen. Ich brauchte einen kurzen Moment. Ein paar Sekunden, bevor ich etwas Unverantwortliches tat, was ich später bereuen würde.

Adalyns Kopf sank gegen meine Brust. Ich öffnete die Augen, um ihren Blick einzufangen, als sie zu mir aufsah. »Cameron?«, fragte sie und blinzelte verwirrt. Überrascht. »Du bist hier. Wieso bist du hier?«

»Ich hätte dich nicht hier alleinlassen sollen.« Ich schluckte schwer. »Es tut mir wirklich leid.«

Adalyn blinzelte wieder und wieder, und Himmelherrgott, dann schenkte sie mir ein Lächeln. Breit und süß und schön. Sie lächelte so strahlend, dass ihre braunen Augen leuchteten.

Willow sprang mit einem Maunzen von der Matratze und erregte so meine Aufmerksamkeit. Sie wanderte langsam zur Tür, als wolle sie mir den Weg zeigen. Wolle mich ermuntern, Adalyn mit nach Hause zu nehmen.

Ich richtete den Blick auf die Frau in meinen Armen und folgte der Katze.

Ich rechnete damit, dass Adalyn mich fragte, wo ich sie hinbrachte, oder sich vielleicht beschwerte und widersprach. Aber stattdessen murmelte sie: »Ich habe dich nicht darum gebeten, mir zu Hilfe zu eilen.«

Meine Kehle wurde eng. »Darum musst du nie bitten, Sweetheart.«

23

Adalyn

ch schreckte aus dem Schlaf.

Das Erste, was ich bemerkte, war, wie gemütlich es hier war. Wie gut sich das Laken an meiner Haut anfühlte und wie warm die Decke war.

Ich rollte mich zur Seite und blinzelte in den Raum, in dem Versuch, zu verstehen, wo ich mich befand. Meine Beine stießen gegen etwas Festes, Warmes.

»Was ...«, murmelte ich, dann senkte ich den Blick und entdeckte einen Ball aus zweifarbigem Fell. »Willow? Wieso ...«

In dem Moment fiel mir alles wieder ein. Die letzten vierundzwanzig Stunden blitzten in kurzen Bildern vor meinem inneren Auge auf, füllten meinen Geist.

Der Kerl mit dem Kapuzenshirt. Meine Panik. Der stechende Schmerz, der von meinem Knöchel in meinen Schenkel ausstrahlte. Wie ich unverantwortlich zu viele Schmerzmittel geschluckt hatte. Willow, die sich auf meinem Schoß zusammenrollte. Camerons Arme. Das Gefühl seiner Brust unter meiner Wange. Seine Hand auf meinem Haar. Das sanfte Brummen seiner Stimme.

Camerons Arme.

Er hatte mich in seine Blockhütte gebracht. Hatte mich mit nach Hause genommen. Ich konnte nicht genau sagen, warum.

Aber wenn meine Erinnerungen mich nicht täuschten, war er so weit gegangen, mich … zu beruhigen, bis ich wieder eingeschlafen war. Das Bild war zu klar, zu scharf, um mir einzureden, ich hätte es mir nur eingebildet. Er hatte sich neben mich gesetzt und hatte mir den Kopf gestreichelt, bis ich eingeschlafen war.

Hitze kroch in meine Wangen. Gott, ich musste in wirklich schlechter Verfassung gewesen sein.

Es kostete mich mehr Mühe als normal, mich im Bett aufzusetzen. Das brachte mir einen skeptischen Blick von der Katze ein, die sich neben mir streckte. »Tut mir leid, Freundin«, sagte ich, und sie gähnte mich an. »Ist das okay? Wenn ich dich Freundin nenne?« Sie sprang über meine Beine und machte es sich an meiner Hüfte gemütlich. Ich deutete ihr Verweilen als Bestätigung. »Danke. Ich glaube, seit gestern Nacht sind wir Freundinnen.«

Ihr Kopf sank wieder auf die Decke. Und ich wollte nicht lügen, ich deutete die Tatsache, dass die Katze mich ebenfalls mochte, als kleinen Sieg. Und den konnte ich sicherlich brauchen, wenn man bedachte, was für unangenehme Gespräche mich heute wahrscheinlich erwarteten.

Mit einem Seufzen rollte ich mich aus dem Bett. Ein scharfer Schmerz schoss durch meinen rechten Fuß, als ich ihn auf den Boden setzte. Ich ignorierte die Empfindung. Ich musste mich um Dringenderes kümmern. Ich humpelte aus dem Raum und in einen Flur, wo ich alle paar Schritte anhielt, um mich zu orientieren. Ich konnte es gerade wirklich nicht brauchen, Cameron in irgendeiner unpassenden Situation zu ertappen wie … keine Ahnung …, dass er sich gerade umzog oder nackt aus der Dusche kam …

Vielleicht solltest du einfach aufhören, dir Cameron nackt vorzustellen, schrie eine Stimme in meinem Kopf.

Ich verdrängte alle Gedanken, die sich mit Cameron beschäftigten, und humpelte weiter. Vom anderen Ende des Flurs drang Musik an mein Ohr, also bog ich in diese Richtung ab, um dort die Küche und einen Wohnbereich zu entdecken.

Um mich auszuruhen, stützte ich mich auf der Kücheninsel

mit einer Platte aus weißem Marmor ab und ließ den Blick durch den Raum huschen. Eine cremefarbene Chaiselongue mitten im Raum, rustikales und minimalistisches Dekor auf den Regalen, Holzbalken, die sich quer über die Decke zogen, atemberaubende, bodentiefe Fenster, um den Raum mit Licht zu erfüllen, ein halb nackter Mann im Handstand, ein Tisch ...

Mein Blick schoss zum vorletzten Punkt zurück und saugte sich fest.

Oha.

Es hatte nur wenige Gelegenheiten in meinem Leben gegeben, in denen ich so schockiert, so total durcheinander gewesen war wie in diesem Moment. Bildete ich mir das ein? Nein, auf keinen Fall konnte mein Geist solche Perfektion erschaffen. Meine Fantasie stank zum Himmel. Also musste Cameron wirklich hier sein, am Ende des Wohnzimmers. Mit atemberaubend nacktem Oberkörper.

Und er hatte nicht gelogen.

Cameron Caldani war nicht einfach nur gut in Yoga. Er war ein Meister.

Und ich war anscheinend Meisterin darin, gleichzeitig Hitze und Kälte zu empfinden.

Denn bei dem Anblick seines nackten Oberkörpers schoss innerhalb von einer Zehntelsekunde mein gesamtes Blut in mein Gesicht. Cameron ruhte mit den Ellbogen auf der Matte, die Beine nach oben gestreckt. Mit lockeren Work-out-Hosen, die durch die Schwerkraft nach unten fielen und den Ansatz seiner Oberschenkel enthüllten. Meine Augen saugten sich einen Moment daran fest, an diesen sehnigen Muskeln, auf denen Schweiß glänzte. Auch dort konnte ich den Beginn einer Tätowierung erkennen. Ein Oberschenkel-Tattoo? O Gott, das könnte ich nicht ertragen. Es war schlimm genug, dass der mit Tätowierungen überzogene Arm gerade angespannt war. Dass seine Brustmuskeln – von denen eine Seite ebenfalls mit wunderschönen Designs überzogen war – sich wölbten, als hätte ich noch nie echte Muskeln bei der Arbeit gesehen. Es war ...

»Autsch«, jaulte ich, als der Fuß, den ich in der Luft gehalten hatte, unsanft auf dem Boden aufkam.

Cameron öffnete blinzelnd die Augen. Und bevor ich etwas sagen konnte – etwas anderes tun konnte als starren –, stürzte sein großer, glänzender und lächerlich beweglicher Körper zu Boden. Seitwärts. Und landete mit einem dumpfen Knall auf der Matte.

Keuchend setzte ich mich in seine Richtung in Bewegung.

Aber er brummte vom Boden: »Beweg dich nicht.« Und ich erstarrte.

»Geht es dir ... gut?«

»Himmel, Arsch und Zwirn.« Es klang, als würde er die Worte halb knurren, halb seufzen. »Ich war unvorbereitet.«

Ich öffnete den Mund, um zu fragen *Unvorbereitet für was?*, aber in diesem Moment schoss ein orangefarbener Fleck an mir vorbei und lenkte mich ab.

»Das wird sie mich eine Weile nicht vergessen lassen«, sagte Cameron, als ich wieder zu ihm sah. Mit einem Stöhnen setzte er sich auf. »Das war Pierogi. Sie liegt gerne am Ende der Matte, wenn ich trainiere.«

Pierogi. Seine andere Katze. Ja, angesichts des Ausblicks hätte ich dort auch gerne geruht. »Bist du dir sicher, dass bei dir alles okay ist?«

Er biss die Zähne zusammen. Und als er aufschaute, fiel sein Blick auf meine Brust. Glitt über meine Schultern. Meine Beine. Seine Augen schossen von hier nach dort, als könnte er sich nicht entscheiden, was er sich als Nächstes ansehen wollte. Er schluckte. »Ich kann nicht leugnen, dass dein Anblick in meinem Trikot mich umgeworfen hat.«

Meine Augen wurden groß. Sein Trikot. »Ich hatte nicht vor, darin zu schlafen. Matthew hat es geschickt, damit du ...« Ich brach ab. »Ich habe ihm nicht von dir erzählt. Er hat es aus Versehen mitbekommen. Weil du auf einem Bild warst, das ich ihm geschickt habe. Er ist ein fanatischer Fußballfan, deswegen hat er dich auch im Profil erkannt. Ich ...«

»Ich werde ein Trikot für ihn signieren«, bot Cameron an. Schlicht und einfach.

»Das wird er sehr zu schätzen wissen. Nein, er wird dich dafür lieben.« Und ich hatte keine Ahnung, wieso, aber genau in diesem Moment fiel mir ein, dass ich nichts unter dem Trikot trug. Ich zerrte am Saum. »Ich ... denke, wir sollten uns wahrscheinlich unterhalten? Die letzte Nacht war ziemlich seltsam, und du musst Fragen haben.«

»Wirst du das auch tun?«

Ich runzelte die Stirn.

»Es zu schätzen wissen«, präzisierte er und erhob sich in einer schnellen Bewegung. Er überbrückte den Abstand zwischen uns mit entschlossenen Schritten und hielt direkt vor mir an. Unsere Blicke trafen sich. »Weil ich das nur deinetwegen anbiete.«

Ich wusste ehrlich nicht, was ich mit dieser Information anfangen sollte. »Ja«, hörte ich mich sagen. »Ich wüsste es zu schätzen.« Tat ich jetzt schon. Mehr, als er sich vorstellen konnte.

Cameron nickte. »Worüber möchtest du reden?«

Eigentlich hätte ich sagen müssen *Über alles*. Aber er war mir so nahe, all diese wunderschöne, glänzende, tätowierte Haut zur Schau gestellt, und sah mich dabei so ... konzentriert an, dass ich einfach das Erste hervorstieß, was mir in den Kopf kam. »Ich schulde dir eine Entschuldigung. Für gestern Nacht.«

Cameron legte den Kopf schief. »Tust du eigentlich nicht.« Er hob den Arm, und sein Handrücken strich über meine Stirn. »Wie steht es mit den Schmerzen, Darling?«

Meine Lippen öffneten sich bei der Berührung. Der Frage. »Es ist ... ich bin okay«, murmelte ich. »Ist keine große Sache.«

Er brummte leise. »Ich frage mich, wer dafür gesorgt hat, dass du es in deinen eigenen Augen nicht wert bist ... dass sich jemand um dich kümmert«, sagte er so schlicht und ehrlich, dass ich nur blinzeln konnte. »Ich habe mir gestern Nacht Sorgen gemacht, und ich mache mir jetzt Sorgen.« Seine Brauen sanken nach unten. »Tatsächlich könnte es sein, dass ich ein bisschen sauer bin.«

»Das wäre möglich?«

Sein Daumen bewegte sich, glitt für eine Zehntelsekunde über mein Kinn. Ich spürte, wie ich unter der federleichten Berührung dahinschmolz. »Du hättest mich anrufen sollen.«

»Warum?«, flüsterte ich fast unhörbar.

»Weil du mich gebraucht hast und ich nicht bei dir war. Und ich hasse diesen Gedanken.« Seine Mundwinkel senkten sich. Gleichzeitig jagte die Bedeutungsschwere seiner Worte meinen Pulsschlag in ganz neue Höhen. »Dann bekomme ich eine Reihe von Sprachnachrichten, gehe zu dir und finde dich in meinem Trikot. Das dir ein anderer Kerl geschickt hat.« Er senkte die Hand. »Eigentlich war ich nie ein eifersüchtiger Mann.«

Ein eifersüchtiger Mann.

»Ich glaube, ich muss mich setzen«, sagte ich und hüpfte einen Schritt nach hinten.

Camerons Körper folgte meinem. »Wo willst du hin?«

»Mich setzen …« Ich wurde hochgehoben. »O mein Gott.« Eilig schloss ich die Beine, unfähig, etwas anderes zu tun, als Cameron mit mir in seinen Armen herumwirbelte. »Du musst aufhören, mich ständig hochzuheben.«

»Ich würde lieber damit weitermachen«, hielt er ernst dagegen, bevor er mich auf einem Hocker an der Kücheninsel absetzte. Er drehte sich um und zauberte von irgendwoher ein kleines Kissen hervor.

Meine Augen wurden schmal. »Was meinst du mit ›Ich würde lieber damit weitermachen‹?«

Er schlang eine Hand um meine Beine – eine Hand um beide Knöchel – und legte sie auf das Kissen, das er auf einem zweiten Hocker positioniert hatte.

»Cameron«, zischte ich. »Du musst wirklich damit aufhören.«

»Verrat mir doch bitte, warum«, sagte er, ohne wirklich auf mich zu achten. Stattdessen trat er hinter mich. Ich spürte, wie sein Kinn meine Schulter berührte. »Ich bin mir sicher, es gibt einen hochkomplizierten Grund, warum ich dir nicht auf einem Stuhl helfen darf.« Seine Worte strichen über meine Wange. Gänsehaut bildete sich. »Feminismus? Ein Taylor-Swift-Lied? Dein Zwölf-Punkte-Plan, mich in den Wahnsinn zu treiben?«

»Was …« Der Hocker bewegte sich, mit mir darauf, weil er mich näher an die Kücheninsel schob. Ich spürte, wie das Trikot bei der Bewegung höher rutschte. »Weil ich keine Unterwäsche trage«, stieß ich hervor.

Cameron erstarrte.

Für einen lauten, stürmischen Moment … wenn Momente denn jemals ein solches Gefühl vermitteln konnten. »Oh«, hauchte er dann, und dieses Wort strich über meinen Nacken. »Wie sehr ich mir wünsche, du hättest mir das nicht gesagt.«

»Du hast mich nach dem Grund gefragt«, schoss ich zurück. Denn das hatte er getan.

»Ich werde dir ein paar Shorts oder Jogginghosen bringen.« Er stieß den Atem aus und trat zurück. »Danach.«

»Nach was?«

»Frühstück.« Er wanderte um die Kücheninsel, riss den Kühlschrank auf und sah über die Schulter zu mir zurück. »Süß oder herzhaft?«

Ich zögerte einen winzigen Moment.

Aber anscheinend lange genug, um Cameron dazu zu bringen, verschiedenste Dinge aus dem Kühlschrank zu ziehen. Unterschiedliche Früchte, Milch, Saft, Butter, Eier, ein paar Marmeladengläser, etwas, das verdammt aussah wie ein Glas mit bereits vorbereitetem Haferbrei, Käse und sogar Schinken. Prosciutto, wenn ich mich nicht irrte. Und sobald alles vor mir stand, wanderte er an den Schränken entlang und nahm eine Packung mit vorgeschnittenem Brot von einem Regal, um es ebenfalls auf die überquellende Kücheninsel zu werfen.

Ich blinzelte das Überangebot an. »Bist du ein Hamster oder etwas in der Art?«

»Könnte sein, dass ich auch eingefrorene Croissants habe«, meinte er, vollkommen beiläufig, als hätte er damit nicht bestätigt, dass er tatsächlich Hamstertendenzen aufwies. Er ging zum Tiefkühlschrank, womit er mir einen Panoramablick auf seine fast nackte Rückseite in diesen ziemlich kurzen Shorts eröffnete, als er sich vorlehnte und etwas herauszog, das gefrorene Croissants sein mussten.

Ich starrte alles an, was vor mir ausgebreitet lag – Cameron eingeschlossen. Mein Hirn war immer noch vernebelt vom Anblick seines Hinterns in diesen Shorts. Dann schüttelte ich den Kopf. »Ist das ... dein übliches Frühstück?«

Ich beobachtete, wie er sich an den Knöpfen des Ofens zu schaffen machte. »Ich habe schon gegessen.«

»Erwartest du zusätzlichen Besuch zum Frühstück?« Wieder durchschoss mich die Erkenntnis, dass ich nur ein Fußballtrikot ohne etwas darunter trug. »Wenn jemand kommen sollte, muss ich mich umziehen.« Ich versuchte, vom Hocker zu gleiten, aber meine Beine waren hochgelegt, und er hatte mich zu nah an die Arbeitsfläche geschoben. »Ich muss duschen. Mich anziehen. Wahrscheinlich sollte ich einen Arzt aufsuchen, um ... O mein Gott, mein Auto. Steht es immer noch an der Vasquez-Farm? Vielleicht könnte ich jemanden anrufen, der es abholt. Ich weiß nicht, wo mein Handy ist. Ich ...«

Plötzlich war Cameron bei mir, stand direkt neben mir. »Ada, Darling«, sagte er mit einem Lächeln. Einem breiten, sanften Lächeln. Ich starrte ihn benommen an. »Was du tun musst, ist genau da zu bleiben, wo du bist. In meiner Küche. Trink etwas. Gönn dir ein Frühstück. Dann Couch oder Bett, das kannst du dir aussuchen. Der Arzt wird dich hier untersuchen. Ich habe bereits angerufen.«

Ich ... Was?

»Sag mir ...«

»Ich soll dir nicht sagen, was du tun sollst? Soll dich nicht behandeln wie jemanden, der gestern einen schrecklichen Tag hatte und mal eine Pause verdient hat?« Er zuckte mit den Achseln und stellte einen Teller vor mir ab, von dem ich nicht mal mitbekommen hatte, dass er ihn geholt hatte. »Zuerst etwas zu essen. Dann eine Dusche. Dann der Arzt. Dann was immer du tun willst. Netflix und chillen oder ein Nickerchen bis zum Mittagessen.« Eine

Tasse erschien und landete ebenfalls vor mir. »Ich habe dir Handtücher und einen Bademantel in dein Zimmer gelegt.«

Handtücher. Einen Bademantel.

Mein Zimmer.

Ein seltsames Gefühl verengte mir die Brust. »Weißt du überhaupt, was ›Netflix und chillen‹ heißt?«

»Nein.« Das Lächeln kehrte zurück. »Aber es ist mir eigentlich auch egal.« Er kehrte auf die andere Seite der Kücheninsel zurück. »Du hast nicht gesagt, ob du dein Frühstück süß oder herzhaft magst, also ist hier alles, was ich anbieten kann.«

»Wenn du nicht vorhast, eine ganze Stadt zu ernähren, ist das ein bisschen viel.«

Cameron betrachtete die Berge auf der Kücheninsel. Seine Hand hob sich an seine Brust, und er klopfte geistesabwesend auf eine Stelle über einer Rose, die einen Teil seiner tätowierten Brust bedeckte. Ich beschloss, dass dies mein zweitliebstes Tattoo war. Seine Finger bewegten sich, und sofort fragte ich mich, wie sich diese Brust mit all den Designs darauf wohl anfühlen würde. Spürte man die Tätowierungen? Wäre die Haut so glatt wie der Arm, den ich vor einer gefühlte Ewigkeit berührt hatte? Ich wollte die Hände an seinen Körper pressen und …

»Du musst aufhören, mich so anzuschauen, Sweetheart.«

Sofort schoss mein Blick zu seinem Gesicht.

Ada, Darling. Sweetheart. Dieses Lächeln, das schon wieder sein Gesicht erhellte.

Ich kam einfach nicht mit.

»Ich habe gar nicht geschaut«, flüsterte ich mit brennenden Wangen.

»Hast du wohl. Und mein Ego fand das wunderbar.« Er stemmte die Hände auf die Arbeitsfläche und lehnte sich vor. »Und andere Teile von mir auch.«

Ich meinte, an meinem eigenen Atem ersticken zu müssen. Mein Blick senkte sich kurz, bevor ich mich stoppte. Kein Starren mehr. Besonders nicht unter der Gürtellinie.

Er lachte leise, das Geräusch genauso ablenkend wie der Rest von ihm. »Ich werde kurz duschen, während der Ofen vorheizt. Dann bereite ich dir ein Frühstück, bevor ich aufbreche.«

Und ohne mein Nicken abzuwarten, drehte er sich um und verließ die Küche. Ließ mich mit meinen Gedanken und unglaublich unpassenden Bildern von ihm unter der Dusche zurück.

◎ ◎ ◎

Der Sonntag verging in einer Reihe von Nickerchen. Und der Montag unterschied sich nicht allzu sehr vom Vortag. Als Cameron also zurückkehrte, fand er mich genau dort, wo er mich abgesetzt hatte, bevor er losgezogen war, um ein paar Dinge zu erledigen: auf seiner riesigen Couch, gekleidet in einen indigoblauen Bademantel, mit meinem angeschlagenen Knöchel auf einem Kissen und Willow neben mir zusammengerollt.

Er erschien vor mir, die Arme voller Tüten. »Was hat der Arzt gesagt?«

Natürlich kam er gleich zur Sache. »Du hättest nicht anrufen und um einen Hausbesuch bitten sollen. Ein verstauchter Knöchel rechtfertigt das nicht. Ich kann mich doch bewegen.«

Cameron stellte vorsichtig alles auf dem Couchtisch ab, ohne meine Beschwerde zu beachten. Dann richtete er den Blick wieder auf mein Gesicht, geduldig, abwartend. Unbeeindruckt. Und zog die Augenbrauen hoch.

Ich seufzte. »Eine leichte Verstauchung. Ich sollte den Knöchel ein paar Tage schonen, und in einer Woche geht es mir wieder gut.«

Er schenkte mir einen skeptischen Blick.

Ich verdrehte die Augen. »Ein bis drei Wochen, je nachdem.«

»So was hatte ich mir gedacht.« Er nickte langsam. »Hast du Hunger?«

»Ich bin immer noch voll vom Frühstück«, antwortete ich ehrlich. Er hatte – erneut – solche Massen serviert, dass ich so viel gegessen hatte wie möglich, einfach, damit er nichts wegwerfen musste. Und das beinhaltete eine neue Tüte mit Mini-Croissants.

Ich wandte den Blick ab und nahm meinen ganzen Willen zusammen, um alles auszusprechen, über was ich in seiner Abwesenheit nachgedacht hatte. »Hör mal, ich weiß zu schätzen, dass du deine Vorratskammer plünderst, mich fütterst und mir … generell hilfst, aber ich denke, ich sollte jetzt gehen.«

»Warum?«

Dieser Mann und seine Fragen. »Weil.«

»Weil was?«

Ich sah auf. Er musterte mich konzentriert. »Weil das dein Zuhause ist, Cameron. Weil ich weder meine Kleidung noch meine anderen Sachen habe …« Und nach diesem Wochenende auch meine Würde verloren hatte. »Du bist ein wunderbarer Gastgeber und ein noch besserer Nachbar. Müsste ich dir eine Yelp-Bewertung hinterlassen, würde ich es hochwertige, großmütterliche Fürsorge nennen. Aber ich kann mich um mich selbst kümmern, und wir können jetzt zur Normalität zurückkehren.«

»Großmütterlich.« Er lachte in sich hinein. Uah, dieses dämliche, amüsierte Glucksen, das er ständig von sich gab. »Hatte nicht erwartet, mit einer Oma verglichen zu werden. Was an mir ist großmütterlich?«

»Na ja, schau mich doch an.« Ich wedelte mit den Armen. »Du hast mich gefüttert, hast mich in den kuscheligsten Bademantel der Welt gesteckt und alle Kissen im Haus für mich zusammengesammelt.«

»Ist es nicht bequem?«

Ich schüttelte den Kopf. »Sehr bequem. Ich glaube nicht, dass ich es je in meinem Leben so behaglich hatte.«

Seine Mundwinkel zuckten. Ich konnte es nicht glauben, aber er besaß tatsächlich die Frechheit, selbstgefällig zu wirken. Dann deutete er in die generelle Richtung meines Schoßes. »Willow mag keine Leute. Sie hasst jeden. Und nachdem ich sie hierhergeschleppt habe, galt das auch für mich.« Er legte den Kopf schief. »Jetzt wirkt sie gar nicht mehr so unzufrieden.«

Ich sah die Katze an und erinnerte mich daran, wie ich sie zum ersten Mal gesehen hatte. Sie hatte Cameron am Arm gekratzt.

»Vielleicht hat sie gespürt, dass etwas nicht stimmt, und hat Mitleid mit mir.«

»Vielleicht kann sie sich einfach nicht länger fernhalten.«

Nicht länger? Unsere Blicke trafen sich. Und seiner war so intensiv, so anders, dass ich errötete. Sprachen wir noch über Willow? »Vielleicht … gefällt mir, dass sie mich mag. So fühle ich mich als etwas Besonderes. Ist das albern?«

»Ist es nicht«, sagte er. Sein Adamsapfel hüpfte. »Aber wenn du weiter so nett bist, wird sie sich dir anschließen und nie zurückschauen. Und das …« Etwas huschte über sein Gesicht. »Das würde vieles verkomplizieren.«

Mein Herz raste. »Ich werde dir nicht die Katze stehlen«, krächzte ich. Gleichzeitig spürte ich, wie meine Haut unter dem Bademantel warm wurde. »Und ich sollte wirklich gehen.«

Cameron betrachtete mich noch einen Moment, dann richtete er seine Aufmerksamkeit auf die Tüten. Er zog den Inhalt heraus. Pullover, kurz- und langärmlige Shirts, gefütterte Vliesjacken, Hosen, Socken. Alle Kleidungsstücke in Schattierungen von Grün, Burgunderrot und Grau. Kleidungsstücke, die sehr dem ähnelten, was er trug, absolut funktionell, aber … in einer kleinen Größe. Viel zu klein, als dass er sie hätte tragen können.

»Cameron?«, fragte ich. Meine Stimme klang zittrig, denn das konnte er nicht getan haben, oder? »Was ist das alles?«

Er schnappte sich eine senffarbene Mütze und musterte sie genau. »Das sind Klamotten. Du weißt schon, dafür gedacht, deinen Körper warm zu halten und zu schützen. Und ja, es ist angemessene Kleidung für diese Gegend und die Jahreszeit, selbst wenn sie nicht deinen Vogue-Standards entspricht.«

»Du hast in L. A. gelebt, also solltest du wissen, dass ich weit davon entfernt bin, eine Fashionista zu sein, oder was auch immer du gerade andeutest. Du warst mit …«

»Dein Knöchel ist da anderer Meinung.«

»Meine Pumps …«

»Du brauchst sie nicht.« Er öffnete eine weitere Tüte und zog ein paar Bergstiefel heraus. »In denen hier wirst du genauso beeindruckend und schön aussehen.« Meine Lippen öffneten sich leicht. Beeindruckend und schön? »Sobald dein Knöchel abgeschwollen ist, natürlich. Bis dahin ...« Er hielt inne und ließ den Blick über meinen Bademantel gleiten, wobei etwas Seltsames mit seinem Gesicht geschah. »Wirst du genau dort bleiben, wo du bist. Ich muss in die Stadt, um das Training zu leiten, also wird Josie kommen und nach dir schauen. Sie hat darauf bestanden, nachdem sie gehört hatte, was mit dir los ist.« Ein Moment der Stille. »Sie hat außerdem erwähnt, dass sie dir helfen will, in Lazy Elk einzuziehen, also wappne dich.«

Mein Oberkörper schoss in die Senkrechte. »Ich ziehe nicht ein.«

Cameron zuckte mit den Achseln, aber ich konnte das leise Lächeln hinter der vorgespielten Gleichgültigkeit sehen.

»Auf keinen Fall«, krächzte ich und machte Anstalten, aufzustehen. »Ich muss nicht ...«

»Wir werden einfach die Pausetaste in Bezug auf diese Unabhängigkeitsroutine drücken, okay?« Er senkte die Stimme. Jede Erheiterung war verpufft. »Du wirst hierbleiben, bis du wieder laufen kannst. Und ich kümmere mich um dich, hast du das verstanden? Und du wirst es zulassen. Und ich hoffe bei Gott, dass du mich nicht dazu zwingst, mich deswegen mit dir zu streiten, Adalyn. Denn ich verspreche dir, ich werde es tun. Wenn es sein muss, werde ich diesen verdammten Schuppen abfackeln.«

Adalyn. Es fühlte sich so seltsam an, meinen Namen aus seinem Mund zu hören. So ... gewöhnlich, nachdem ich inzwischen wusste, wie es sich anfühlte, *Ada, Darling* oder *Sweetheart* genannt zu werden.

Himmel, ich war wirklich durch den Wind.

»Okay«, sagte ich. Scheinbar hatte ich mich bisher wirklich ziemlich angestellt, weil Cameron einen Moment lang fast schockiert wirkte. Ich fühlte mich schrecklich; ließ mich mit einem Seufzen wieder in die Couch sinken. »Danke, dass du dich um all das gekümmert hast.« *Danke, dass du dich um mich kümmerst.* »Aber bitte setz den Schuppen nicht in Brand. Ich würde ungern Kaution für dich hinterlegen müssen, nachdem du wegen Brandstiftung verhaftet wurdest.«

Das brachte mir ein typisches schiefes Lächeln ein.

Ich wandte den Blick ab. Die Tatsache, dass Cameron sich um mich kümmerte, hatte solche Auswirkungen auf mein Seelenleben, dass ich fürchtete, meine Emotionen ständen mir ins Gesicht geschrieben. Dass Cameron sehen könnte, wie gut ich mich dabei fühlte. Wie süß ich es fand, dass er Kleidung für mich gekauft hatte. Selbst wenn sie hässlich war.

Die einfache Wahrheit lautete, dass ich nicht viel Erfahrung mit solchen Situationen hatte.

Als ich mit David ausgegangen war, hatten wir überwiegend unsere eigenen Leben gelebt. Er hatte sich nie große Mühe gegeben, irgendetwas für mich zu tun – und dasselbe galt für mich. Wenn ich jetzt zurückdachte, waren wir einfach zusammengekommen, weil unsere jeweiligen Väter es vorgeschlagen hatten. Vielleicht hatten sie es sogar erwartet. Es ergab Sinn, dass der Sohn und die Tochter von Geschäftspartnern miteinander ausgingen. Also … hatten wir das getan. Es war nicht perfekt gewesen, nicht romantisch, aber ich hatte mich damit arrangiert. Ich hatte mich selbst davon überzeugt, dass ich zufrieden war; dass jede Beziehung anders aussah. Ich war kein besonders herzlicher, liebevoller Mensch, also konnte ich das auch kaum von einem Mann erwarten.

Und jetzt tat dieser *eine* Mann, der absolut klargestellt hatte, dass er mich nicht mochte, all diese Dinge für mich. Er rettete mich und machte mir Frühstück und kaufte mir Kleidung und erklärte mir, dass er sich um mich kümmern würde. Ich verstand einfach nicht, wie wir an diesen Punkt gekommen waren. Und ich wusste nicht, was ich mit all den Gefühlen anfangen sollte, die in meiner Brust tobten und dafür sorgten, dass mir das Atmen schwerfiel.

»Darling?« Camerons Stimme riss mich aus meinen Gedanken, zurück in sein Wohnzimmer, wo ich in der Position auf der Couch saß, in der er mich abgesetzt hatte, mit all diesen weichen

Kissen, die er um mich herum platziert hatte. »Was ist gestern geschehen? Was hat dir solche Angst eingejagt?«

Angst. Ich hatte Angst empfunden, oder?

Ich stieß zitternd den Atem aus. Plötzlich war ich es unglaublich leid, mich ständig zu fragen, wieso es ihn interessierte, wieso er nachfragte, also sparte ich mir die Mühe, mich zu widersetzen, sondern sagte einfach die Wahrheit.

»Jemand hat mich daran erinnert, wieso ich hier bin. Dass ich zu Hause wirklich Mist gebaut habe. Und ich weiß nicht, wie ich das in Ordnung bringen soll, außer einfach zu tun, was man mir gesagt hat. Gestern hatte ich mich für einen kurzen Moment davon überzeugt, dass es mir gut geht, dass alles okay ist und mein Leben kein einziger verfluchter Chaoshaufen ist.« Ich zuckte mit den Achseln. Vielleicht lag es an der Weise, wie Cameron mich ansah, ohne irgendeine Verurteilung, oder vielleicht gab es andere Gründe dafür, aber ich fügte hinzu: »Du hast mich angesehen, wie du mich jetzt ansiehst. Auf diese Art. Ich wollte nicht, dass es endet.«

»Auf welche Art?« Seine Stimme war leise, kaum mehr als ein Flüstern.

»Als wäre ich kostbar. Wäre es wert, angesehen zu werden.«

Er wirkte fast entgeistert. »Wieso solltest du etwas anderes glauben?«

»Weil niemand mich je so ansieht.«

24

Adalyn

Ich konnte meinen Pyjama nicht finden.

Josie war aufgetaucht, während Cameron die Mannschaft trainierte. Und er hatte nicht gescherzt: Sie war mit einem Karton im Arm vor Camerons Tür erschienen, in der sich all meine Sachen befanden.

»Umzugstag!«, hatte sie fröhlich verkündet.

Ich protestierte nicht. Ich besaß weder die Energie noch die nötige Willenskraft dafür. Mein Gespräch mit Cameron hatte mich … erschöpft.

Auch wenn ich weiterhin überzeugt war, dass ich Josies Freundlichkeit nicht verdient hatte, ich wollte sie. Also ließ ich zu, dass Josie einen Wirbel machte und sich darüber beschwerte, dass ich ihr nichts über die Umstände erzählt hatte, in denen ich hauste. Dass ich das schreckliche Cottage verschwiegen hatte.

Josie hatte mich albern und stolz genannt, und dann hatte sie mich mit Kuchen vollgestopft und verlangt, dass ich endlich aufhörte, so stur zu sein. Ich fragte mich, ob Cameron und Josie sich abgesprochen hatten oder ob ich wirklich so kompliziert gewesen war.

Wahrscheinlich beides.

Mit einem Seufzen holte ich das L. A.-Stars-Trikot aus dem Trockner, schüttelte den Bademantel ab und zog es an. Ich würde darin schlafen müssen, auch wenn ich diesmal zumindest Unterwäsche darunter trug. Ich schlüpfte wieder in den weichen, gemütlichen Bademantel und zog ihn über meiner Brust zu. Ich fragte mich, ob Cameron ihn im Haus trug. Vielleicht, wenn er aus dem Bett stieg. Oder vielleicht, wenn er es sich mal gemütlich machte. Was trug er darunter? Seine Schlafkleidung? Oder gehörte er zu diesen Männern, die nur in Unterhose schliefen? Sofort stand mir ein Bild von Cameron in Boxershorts vor Augen und sorgte dafür, dass meine Haut warm wurde. Ich dachte an neulich morgens zurück. Seine nackte Brust. Diese leichte Kuhle über seinen Hüften. Die Tätowierungen auf seinem Oberschenkel. Ich wünschte, ich hätte sie mir genauer ansehen können. Ich wünschte ...

Ein Klopfen an der Tür zum Waschraum riss mich aus diesen gefährlichen Gedanken. Als ich mich umdrehte, entdeckte ich genau den Mann, den ich mir gerade im Kopf quasi nackt vorgestellt hatte.

Cameron stand hoch aufgerichtet und füllte damit fast den Türrahmen, in Trainingskleidung. Sein Haar war ein wenig feucht. Ich fragte mich, ob es regnete oder ob sie so intensiv trainiert hatten.

»Hi«, krächzte ich.

»Hi«, antwortete er.

Wir starrten uns an ... und da war irgendetwas zwischen uns. Das spürte ich. Das letzte Mal, als wir uns unterhalten hatten, hatte ich ein paar Dinge ausgesprochen, die wahrscheinlich besser ungesagt geblieben wären. Und jetzt sah Cameron mich erneut so an. Und das sorgte dafür, dass meine Brust eng wurde ... wahrscheinlich vor Sehnsucht.

»Darling?«

Ich räusperte mich. »Wie war das Training?«

Seine Mundwinkel zuckten bei meiner Frage. »Die Mädchen haben eine Genesungskarte für dich gebastelt.«

Wärme füllte meine Brust. »Das ist so nett von ihnen«, sagte ich. Und meinte es ernst. Aber dann ... »Ich hoffe, María musste sie nicht bedrohen, damit sie unterschreiben.«

»Glaub mir, sie haben sich durch die Bank wirklich Sorgen gemacht. Du hast uns am Samstag alle ziemlich beunruhigt. Selbst Diane hat gefragt, ob es dir gut geht.« Cameron trat einen kleinen Schritt vor. »Ich habe die Karte auf den Nachttisch gelegt.« Meinen Nachttisch. »Hast du alles gewaschen?«

»Ja«, antwortete ich mit einem Nicken. »Ich … Ich frage das nur ungern, aber hast du neben allem anderen zufällig auch Pyjamas gekauft? Ich kann meinen nirgendwo finden.«

Seine Miene versteinerte. »Nein.«

»Oh, okay. Das ist okay.« Ich kratzte mich am Kopf, weil sein Blick seltsame Empfindungen in mir auslöste. »Ich klinge wie eine Idiotin, oder? Da tust du schon all diese Dinge für mich, und ich verlange immer mehr. Tut mir wirklich leid. Ich werde in etwas anderem schlafen.«

»Du kannst dir ein T-Shirt leihen.«

Ich öffnete leicht den Bademantel. »Ich trage schon das hier.«

Das Grün in Camerons Augen verdunkelte sich. »Das ist …« Er brach mit einem seltsamen Geräusch ab, dann runzelte er die Stirn. »Das ist perfekt. Du gehst ins Bett?«

»Noch nicht.« Ich spielte an den Rändern des Bademantels herum. »Tatsächlich hätte ich ein bisschen Hunger. Und bin überhaupt nicht müde, nachdem ich fast den ganzen Tag verschlafen habe.«

Cameron stapfte in meine Richtung. Zwei lange Schritte führten ihn direkt zu mir her. Sein Duft schlug wie eine Welle über mir zusammen. Sauber, holzig, mit einem Hauch Schweiß. Mein Magen verkrampfte sich, und mein Herz schlug schneller. »Ich bin feucht und verschwitzt«, sagte er, und seine Worte glitten über meine Schläfe. »Aber ich würde dich wirklich gerne zur Couch tragen. Darf ich?«

Ich starrte zu ihm auf, überrascht von der Frage. Erfüllt von dem Drang, die Hand zu heben und die Finger durch diese feuchten, dunklen Locken gleiten zu lassen.

»Ich weiß, dass du es hasst«, erklärte er. »Wenn der Schweiß dich stört …«

»Bitte«, flüsterte ich. Nur dieses eine Wort. Denn er irrte sich gewaltig.

Sofort schlang er die Arme um meinen Körper und hob mich hoch. Meine Wange ruhte auf seiner Brust. Cameron roch nach Regen. Harter Arbeit. Ich schloss die Augen. »Daran könnte ich mich gewöhnen.«

Sein Brustkorb vibrierte unter meinem Ohr. Nach viel zu kurzer Zeit waren wir schon im Wohnzimmer, und er setzte mich auf der Couch ab. Seine Arme verweilten einen Moment länger als nötig, was dafür sorgte, dass ich die Augen öffnete.

Ich zwang mich dazu, etwas zu sagen, um mich von dem Gesicht abzulenken, das viel zu nahe vor meinem schwebte. »Josie hat Kartoffelbrei und einen Auflauf mit Hühnchen in den Kühlschrank gestellt«, sagte ich. Meine Stimme klang seltsam. »Ich werde …«

Seine Hand fiel auf meinen Schenkel, warm und schwer und fest. Ich senkte den Blick und wünschte mir inständig, der dicke Stoff des Bademantels läge nicht zwischen uns. »Lass mich das machen«, sagte Cameron. Und als ich mich nicht beschwerte, richtete er sich auf und ließ den Blick über meinen Körper gleiten. »Ich bin am Verhungern.«

Mein Magen machte einen seltsamen Sprung. »Ich auch.«

»Gut. Ich werde das Essen in den Ofen schieben und unter die Dusche springen, während es heiß wird.«

Und damit verschwand er hinter der Couch.

◎ ◎ ◎

Bis wir fertig gegessen hatten, vollführte mein Herz seltsame Tänze in meiner Brust.

Es musste an der Fürsorglichkeit der Situation liegen. Wie Cameron mir einen Teller gebracht hatte, der vor Essen fast überquoll. An der Tatsache, dass er ein Glas Wasser auf den Tisch gestellt und meine Schmerzmittel danebengelegt hatte, direkt vor meinem Platz. Wie er auf der Couch saß, so nahe, dass ich dank meiner auf dem Sofa liegenden Beine quasi seine Körperwärme an meinen Zehen spüren konnte. Ich in einem Bademantel – und Cameron in einem Sweatshirt, unter das ich meine Hände schieben wollte, um herauszufinden, wie gut es ihn wärmte. Trug er darunter noch ein T-Shirt? Ich ging nicht davon aus.

Und ich war mir ziemlich sicher, dass ich die Antwort auf die Frage, die in meinem Kopf tobte, gar nicht wissen wollte. Sah so – wie das hier, genau das – eine normale Beziehung aus? Fühlte es sich so an, sich mit dem Partner in eine Berghütte zurückzuziehen? Wir hatten sogar die Katzen mitgenommen.

Der Gedanke – diese Möglichkeit – löste Aufregung, Schwindel, Neugier in mir aus. Gleichzeitig spürte ich auch eine tiefe Trauer. Weil ich um all das trauerte, was ich nie erlebt hatte. Und ich sehnte mich nach mehr. Hm, das war ein gefährlicher Gedanke. Und ein beängstigender.

Ich setzte mich abrupt auf. Willow, die sich mal wieder an meiner Seite zusammengerollt hatte, beschwerte sich lautstark. »Tut mir leid«, stieß ich hervor. »Aber ich kann das hier nicht.« Ich krabbelte ungeschickt von der Couch. »Wo ist sie?«

Cameron sprang sofort auf; er musste meinen Stimmungsumschwung bemerkt haben – meinen Drang nach Freiraum –, weil er nicht näher kam. Stattdessen beobachtete er mich nur. »Darling?«

Darling. Ich entschied, dass diese Anrede mich nicht mehr störte. Nein. Ich liebte es, so genannt zu werden. »Meine Aktenmappe. Die rote. Hast du sie gesehen?«, erklärte ich, als ich die Küche erreichte. Ohne meinen verstauchten Knöchel zu belasten, begann ich, Schubladen aufzureißen. Küchenutensilien. Alu- und Frischhaltefolie. Kerzen. »Du hast Kerzen. Teelichter. Sogar welche mit Duft. Warum?«

»Wieso nicht?«

Ich schob die Schublade wieder zu. »Weil ich Duftkerzen liebe und du … keine Ahnung. Du bist ein Mann. Engländer.« Den ich nicht noch attraktiver finden sollte, nur weil ich eine Schublade voller Kerzen entdeckt hatte.

»Stört dich, dass ich Engländer bin oder dass ich ein Mann bin?«

Ich humpelte zur nächsten Schublade, in der ich nichts als Backzubehör entdeckte. Brachte er womöglich auch einen Kuchen zustande? Ich knallte die Lade wieder zu. »Das macht alles nur schlimmer.«

»Was genau?«

Gott, er war so ruhig, so geduldig – als durchwühlte ich nicht gerade seine gesamte Küche auf der Suche nach einer Aktenmappe. Ich drehte mich, und mein Blick fiel auf ein kleines Schränkchen am Eingang zur Küche. »Ha«, sagte ich und humpelte hinüber. Ich schnappte mir die Aktenmappe von der Oberfläche, hüpfte zurück zur Couch und schob ihm den Hefter gegen die Brust. »Wir haben zu arbeiten. Ich kann nicht hier herumsitzen und … Urlaub machen. Das ist kein romantisches Wochenende.«

Cameron griff nach der Mappe, dann schloss er, in einem Manöver, das ich weder vorhergesehen hatte noch verstand, seine Finger um mein Handgelenk und ließ sich zusammen mit mir auf die Couch fallen.

»In Ordnung«, sagte er. Ruhig. Seine Hüfte an meiner und die Mappe auf den Knien.

Ich starrte ihn entgeistert an, weil er sich mit der einen Sache beschäftigte, die ihn in der Vergangenheit so auf die Palme getrieben hatte. Er öffnete die Mappe und fing an, durch den Inhalt zu blättern, als suche er nach etwas. Und das alles tat er einhändig, während … sein Daumen in den Ärmel meines Bademantels glitt. Was mich darauf aufmerksam machte, dass er weiterhin mein Handgelenk hielt.

Ich räusperte mich. »Wir haben noch drei Spiele vor uns: Fairhill, Yellow Springs und New Mount. Es …« Sein Daumen bewegte sich, glitt hin und her. »Die Mädchen brauchen die Punkte. Bisher haben sie einmal verloren, einmal unentschieden gespielt. Die nächsten drei Spiele müssen sie gewinnen. Wenn sie das nicht tun …« Cameron verlagerte sein Gewicht, lehnte sich zurück und zog mich irgendwie mit sich. »Wenn sie das nicht tun, werden sie

nicht mal um den dritten oder vierten Platz spielen. Ich habe ...«
Ich brach ab. Vor Samstag hatte ich mit ein paar ansässigen Medien
gesprochen, hatte aber keine festen Abmachungen getroffen.
Und jetzt ... war ich mir nicht mehr sicher, ob ich die Presse ein-
laden wollte. »Ich muss in Miami eine Erfolgsstory verkaufen. Die
Green Warriors müssen die Six Hills Little League gewinnen.«

Camerons Zunge erschien und befeuchtete seine Lippen.
»Okay«, sagte er und legte die Mappe in den schmalen Spalt zwischen uns. Er gab mein Handgelenk frei, um seine Hand stattdessen auf meinen Schenkel zu legen. »Wähl ein Mädchen aus.«
Er spreizte die Finger. »Oder eine Mannschaft, gegen die wir spielen.«

Ich riss entsetzt – oder erregt, da war ich mir nicht ganz sicher –
die Augen auf, als diese einfache Berührung Hitze durch mein
Bein jagte. »Okay?« Ich schnappte mir die Heftmappe und machte
mich daran zu schaffen. »Keinen Kommentar über den Ordner
aus der Hölle? Kein kurzer Blick in den sehr detaillierten Bericht
über dich?« Ich starrte Cameron an, gaffte fast schon. Seine Miene
dagegen wurde nachdenklich, wirkte aber immer noch ... entspannt. »Wieso beschwerst du dich nicht genervt? Wieso stürmst
du nicht aus dem Raum, weil ich schwierig bin?«

»Du bist nicht schwierig«, sagte er langsam. Und als sein Daumen über mein Knie glitt, stieß er ein seltsames Geräusch aus.
»Das kannst du allerdings durchaus sein. Wenn du es willst. Bisher
habe ich nicht durchschaut, warum. Aber langsam verstehe ich.
Auf jeden Fall bin ich durch damit.«

»Du bist ... durch?«, fragte ich kaum hörbar. Doch echtes
Chaos in meinem Kopf löste der Kommentar *Langsam verstehe ich*
aus. »Was ist mit der Broschüre? Wir sind immer noch für jede
Aktivität darin eingetragen. Hast du vergessen, dass ich dich mit
mir ins Verderben gerissen habe? Ich nämlich nicht.« Ich schluckte
schwer. Weil ich selbst hörte, was für seltsames Zeug ich redete.
Spürte, wie ... Angst von mir Besitz ergriff. »Mir wäre es wirklich
lieb, wenn du daran denken würdest.«

»Tue ich.«

Tat er. Was tat er? Und wieso blieb er immer noch so ruhig? »Also? Bist du auch damit durch? Denn ein verstauchter Knöchel wird mich nicht aufhalten. Es ist keine Kriegsverletzung, selbst wenn du dich fast so benimmst.«

Cameron gab mein Knie frei. Und gerade, als ich dachte, er würde aufstehen oder mich mit meinem Verhalten konfrontieren, das er wirklich nicht verdient hatte, drückte er seine Hand an meine Wange.

»Du willst spielen, Sweetheart?« In seiner Stimme schwang ein dunkler Unterton mit, und seine Finger bewegten sich. »Du willst einen Mann, der nicht verängstigt davonrennt? Einen Kerl, der auch mal etwas riskiert?« Mein Herz machte einen Sprung. »Dann bin ich dein Mann.«

25

Adalyn

*C*amerons Worte verfolgten mich eine ganze Woche.
Du willst spielen, Sweetheart? Dann bin ich dein Mann.

Das hatte ich jetzt davon, dass ich mit einem Hochleistungssportler … angebandelt hatte. Also nicht angebandelt wie ›er und ich in einer Beziehung‹, sondern wie in ›Zusammenarbeit‹. Und schliefen unter demselben Dach. Und aßen zusammen und …

Was auch immer. Es spielte keine Rolle.

Wichtig war nur, dass von heute an wieder alles seinen gewohnten Gang gehen würde. Eine Woche Hausarrest war schon mehr, als ich mir leisten konnte. Ich hatte bereits dreimal das Training und ein Spiel verpasst – das erste, das die Green Warriors gewonnen hatten.

Deswegen war ich jetzt hier und trat – oder vielmehr humpelte – mit einer schweren Kiste in den Armen auf das Spielfeld. Und alles war wunderbar. Eigentlich sogar perfekt.

Als hätte in seinem Kopf eine Glocke gebimmelt, drehte sich Cameron um. Eilig. Aber mit geschmeidigen Bewegungen. Als wäre er ein schroff-attraktives Model in einer Werbekampagne für etwas wie … Männerrasierer. Hatte er seinen Bart getrimmt? Und wann? Ich hatte ihn erst heute Morgen gesehen, und da hatte diese gesamte Gesichtsbehaarung noch wie üblich chaotisch gewirkt.

Er warf mir quer über die Rasenfläche einen bösen Blick zu.

Okay. Wie gesagt: alles wie üblich.

Zumindest wusste ich, warum er so finster dreinblickte. Cameron hatte keine Ahnung gehabt, dass ich heute zum Training kommen wollte, weil ich mich wahrscheinlich – höchstwahrscheinlich sogar – noch ausruhen sollte. Deswegen hatte ich Josie angerufen, die Gabriel angerufen hatte, der wiederum seinen Ehemann Isaac gebeten hatte, mich aus Lazy Elk abzuholen und in die Stadt zu fahren. Es war eine komplizierte Abfolge von Gefallen, die ich nicht ganz verstand … aber wie Issac sofort gesagt hatte, als ich mich beschwert und mich überbordend dafür entschuldigte, dass ich ihm Unannehmlichkeiten bereitete: »So läuft es nun mal in einer Kleinstadt, Süße.« Außerdem hatte er mir erklärt, ich solle still sein, bevor er sich ausführlich darüber ausließ, wie viel Zeit er in letzter Zeit für die Arbeit in Charlotte verbracht hatte – wegen seines *nutzlosen, miesen* Bosses –, und mir ein Kompliment für mein Aussehen machte. Auch wenn sein Blick eher sagte: »Ich kann nicht glauben, dass das zusammen funktioniert«, während er meine Kostümbluse und die Wanderstiefel an meinen Füßen musterte. Ich mochte Isaac und hatte den Eindruck gewonnen, er mochte mich ebenfalls.

Anders als jemand, der gerade in der Mitte eines Fußballfeldes stand, umgeben von neunjährigen Mädchen – plus eine Siebenjährige in einem Tutu –, dessen frisch getrimmter Bart ihn nur noch attraktiver machte.

Cameron murmelte Tony – dem neuen Assistenztrainer der Green Warriors – etwas zu und stampfte in meine Richtung.

Mir rutschte das Herz in die Hose. Und zwar nicht vor Angst. Das verantwortliche Gefühl war irgendwie kribbelig und sprudelnd und sorgte dafür, dass ich mich ganz leicht fühlte, obwohl Cameron mich mit fast mordlüsternem Blick ansah.

»Wie macht sich der Neuzugang?«, fragte ich, als er vor mir anhielt.

Cameron riss mir mit einer schnellen, wütenden Bewegung die Kiste aus den Händen. »Adalyn«, blaffte er, wobei er gleichzeitig wütend und … fürsorglich klang. Uah. Ich hasste es, wenn er so was machte. »Das Ding wiegt eine Tonne.«

Ich zwang mich dazu, die Augen zu verdrehen, aber der kribbelige Tumult in meinem Bauch gewann mit jedem Augenblick an Kraft. »Ich weiß«, gab ich zu. »Und bevor du fragst, ja, ich bin hier. Und ja, es geht mir gut, und ich kann arbeiten. Und nein, mein Knöchel tut nicht weh. Und ja, die Stiefel, die auch du ständig trägst, sind zwar hässlich, jedoch geradezu schockierend bequeme Kleidungsstücke. Und nein, ich werde mich nicht hinsetzen oder weiter wie eine Einsiedlerin leben, nachdem ich bereits so viel Zeit mit der Mannschaft verpasst habe. Und übrigens? Könnte sein, dass ich heute wieder in mein Cottage ziehe.«

Cameron starrte mich einen langen Moment an, dann sagte er tief überzeugt und ziemlich selbstgefällig: »Nein, wirst du nicht.«

Ich kniff die Augen zusammen. »Was hast du getan?«

Cameron zuckte mit den Achseln.

»Was hast du mit dem Cottage angestellt, Cameron?«

»Es gibt einen Wasserschaden im Bad.«

Ich schenkte ihm einen abschätzigen Blick. »Hast du das Bad mit einem Eimer gestürmt, um das sicherzustellen?« Cameron lächelte, und ja, bei dem Anblick machte mein Herz einen Sprung. Ich seufzte. Die Wahrheit lautete, dass ich mich in Camerons Blockhütte wohlfühlte. Mit ihm. Ich wollte auch gar nicht ausziehen. »Bekommst du immer, was du willst?« Er trat einen Schritt vor, kam mir so nahe, dass ich den Kopf in den Nacken legen musste, um ihn anzusehen. »Hoffentlich.«

Meine Gedanken zerstreuten sich in alle Winde. Ich hatte Fragen. Das wusste ich. Wichtige Fragen in Bezug auf das Cottage. Aber dann erschien seine Zunge, glitt über seine Unterlippe und lenkte meine Aufmerksamkeit dorthin. »Du hast deinen Bart getrimmt.« Seine Mundwinkel zuckten. Ich hob die Hand. Vollkommen unbewusst. Gedankenlos. Konnte mich gerade noch stoppen. »Sieht gut aus.«

Die Finger seiner freien Hand schlossen sich um mein Handgelenk. »Du kannst mich berühren.« Er zog meine Finger höher, und mein Atem stockte. Aber letztendlich streckte ich die Hand aus und umfasste sein Gesicht. Meine Finger glitten über seinen Bart, der erstaunlich weich war. Genau wie die Haut an seiner Wange und seinem Hals.

Camerons Lider senkten sich flatternd.

Ich bewegte die Hand, kratzte mit den Fingernägeln durch seinen Bart.

»Das fühlt sich so gut an.« Er brummte.

Für mich ebenfalls. Ich ...

Hinter uns blies jemand in eine Trillerpfeife.

Ich senkte die Hand. »Die Trikots sind angekommen.« Diese grünen Augen wurden wieder sichtbar. Sie wirkten so benommen, wie ich mich fühlte. »Endlich«, krächzte ich. »Das ist es, was ... ähm ... in der Kiste ist. Ich sollte aufhören, deinen Bart zu liebkosen, und ... sie mir ansehen.«

Cameron stieß ein schnaubendes Lachen aus. »Heiße Hölle, Darling.« Er schüttelte den Kopf. »Du dachtest, das wäre Liebkosen?« Wieder ein Lachen. »Das kratzt am Selbstbewusstsein.«

Meine Wangen wurden warm. Aber ich wollte mich nicht schon wieder von diesem Mann ablenken lassen. »Hast du gerade ›heiße Hölle‹ gesagt?«

»Ich fluche nicht mehr vor den Mädchen. Die Managerin des Teams hat mir erklärt, das wäre unprofessionell.«

Oh. »Das ist ... ähm.« Plötzlich fehlte mir die Luft, um Worte zu bilden. »Das ist wirklich süß. Danke, dass Sie sich so anstrengen, Trainer.«

Etwas blitzte in seinen Augen auf. Dann schüttelte Cameron den Kopf, fast ... ungläubig. »Ach, Donnerschlag.« Wieder erklang ein Lachen. »Ich glaube, du hast mich kaputt gemacht, Sweetheart.«

Ich runzelte die Stirn. Und errötete angesichts dieses *Sweetheart* noch mehr.

Glücklicherweise rammte, bevor ich etwas Seltsames sagen oder tun konnte – wie zum Beispiel, in einem Chaos aus Gefühlen, die ich nicht verstand, ins Gras zu sinken –, etwas gegen meine Seite.

»Immer vorsichtig«, sagte Cameron sanft, aber bestimmt. Gleichzeitig legte er eine Hand auf meine Schulter. Er stabilisierte mich. Seine Finger glitten über meinen Nacken, und sofort schoss ein Kribbeln über meine Arme nach unten.

Ich senkte den Blick, um festzustellen, dass María mich umarmte.

»Ich bin einfach so froh, dass es dir gut geht«, murmelte sie an meiner Seite, dann sah sie mit ernster Miene auf. Bei dem Anblick wurde meine Brust eng. »Hast du die Karte bekommen? Hast du gesehen, dass Brandy und Tilly auch unterschrieben haben? Ich habe ihre Hufe angemalt und aufs Papier gedrückt.«

Also waren diese seltsamen Tintenklekse die Signaturen der Ziegen.

»Ja«, gab ich schwach zu. »Ich mochte die Karte sehr. Ich …« Ich würde nicht emotional werden. Auf keinen Fall. »Sie war wunderschön. Vielen Dank.«

»Wir sind einfach froh, dass es dir gut geht«, sagte Juniper aus der Gruppe heraus. Alle anderen Mädchen nickten.

»Ich bin auch froh, Ma'am – Adalyn«, sagte Tony, der inzwischen neben Cameron getreten war. »Ich habe ihnen gesagt, wir legen fünf Minuten Pause ein, Trainer.«

Cameron antwortete Tony mit einem kurzen Nicken.

María gab mich frei, dann ergriff sie meine Hand und trat zurück. »Also, was ist in der Kiste? Geschenke?« Sie runzelte die Stirn. »Du hättest uns sagen müssen, dass du heute kommst. Wir hätten eine Willkommensparty organisieren können.«

»Ist schon okay«, versicherte ich ihr und drückte ihre Finger. Das Lächeln des Mädchens wurde noch breiter. »Und ja, ich komme mit Geschenken. Es ist eine Überraschung. Für alle in der Mannschaft. Und ich hoffe, sie gefällt euch.«

»Ich liiiiiiebe Überraschungen«, gestand María. Gefolgt von einem lang gezogenen *Oooooooh* vom Rest der Mädchen. Sie trat einen Schritt vor und pikte die Kiste in Camerons Armen. »Magst du auch Überraschungen, Miss Adalyn?«

»Klar«, sagte ich, wobei ich das Gewicht von Camerons Blick auf meinem Profil spürte.

»Das ist perfekt«, gab María zurück. »Dann können wir heute Überraschungen tauschen. Es wird wie … Weihnachten. Aber im Herbst. Oh, übrigens, kommst du zum Herbstfest? Kannst du das mit deinem Fuß? Wir können Äpfel jagen oder mit Kürbissen kegeln oder uns sogar fürs Rennen durchs Grusellabyrinth eintragen.« María strahlte, vibrierte fast vor Aufregung, weswegen es mir unmöglich war, etwas anderes zu tun, als zu nicken. »Super!« Sie richtete den Blick wieder auf die Kiste. »Dann sollten wir jetzt Überraschungen tauschen.«

»María«, warnte Cameron. »Worüber haben wir vorhin geredet?«

María hatte sich noch nie von diesem stoischen, insgeheim so fürsorglichen Mann einschüchtern lassen, also sagte sie einfach: »Ich weiß, dass du gesagt hast, es wäre noch nicht fertig, aber ich finde, Miss Adalyn hat ihre Überraschung jetzt verdient. Sie hatte Schmerzen. Und mich muntern Überraschungen immer auf, wenn ich krank oder traurig bin. Außerdem hat sie Geschenke für die Mannschaft mitgebracht, und wir haben keine Willkommensparty für sie, obwohl du versprochen hast, dass wir eine veranstalten würden, wenn sie zurückkommt.« Die Neunjährige warf Cameron einen strengen Blick zu. »Du bist wieder ein grummeliger Grummler, Trainer Cam.«

Cameron seufzte.

Ich starrte das Mädchen fassungslos an. »Hey, du hast ihn Trainer Cam genannt.« María verdrehte die Augen. »Aber direkt davor einen grummeligen Grummler«, neckte ich mit einem Blick zu Cameron. Er verdrehte die Augen. »Wogegen ich absolut nichts einzuwenden habe.«

»Ja, weil der Trainer die ganze letzte Woche beim Training total grummelig war, selbst am Samstag, als wir das Spiel gewonnen haben. Und er hat sich auch viel Mühe mit der Überraschung gegeben. Obwohl Dad ihm hundertmal gesagt hat, dass er nicht helfen muss.« Sie schüttelte den Kopf, und ich imitierte sie vollkommen verwirrt. »Vielleicht ist es dieser Miesepeter an seinem ...«

»María«, stieß Tony hervor. »Nicht das schon wieder. Himmel. Erzähl Miss Adalyn einfach von dem Schuppen.«

Cameron brummte.

Ich runzelte die Stirn. »Dem Schuppen?«

»Schööööön.« María zog das Wort in die Länge. »Trainer Cam hat den Vorratsschuppen von meinem Dad und meinem Bruder zu einem Büro umbauen lassen. Für dich. Es ist winzig, aber der Trainer hat geholfen und war wirklich stolz, bevor du gekommen bist. Es sieht supersüß aus, das verspreche ich.«

26

Adalyn

Die Green Warriors gewannen ein zweites Mal.

Cameron meinte, es läge an den neuen Trikots. Die Mädchen fanden sie absolut wunderbar, weil sie – worauf María hingewiesen hatte – superkrass aussahen. Und das stimmte. Die Hemden waren schwarz mit mintgrünen Akzenten, mit den Namen und den Nummern der Spielerinnen in Pastellpink auf dem Rücken und dem Miami-Flames-Logo auf der Brusttasche. Ich hatte Shorts und Socken in Grün und Schwarz bestellt, damit die Mädchen selbst wählen konnten. Und ich war sogar so weit gegangen, einen kurzen Hosenrock für Chelsea zu besorgen, der ein wenig aussah wie ein Tutu. War nicht einfach aufzutreiben gewesen, doch sie war so aufgeregt und erfreut-schockiert gewesen, dass ihr meines Erachtens für einen Moment die Luft weggeblieben war. Selbst Diane war gerührt gewesen. Aber ich war nicht für den Sieg verantwortlich. Sondern die Mädchen. Sie hatten ein gutes Spiel gespielt. Und das nicht meinetwegen.

Sondern nur wegen Cameron.

Cameron, der beim Spiel gestern den passenden Trainingsanzug getragen hatte, den ich für ihn bestellt hatte. Cameron, dem ich momentan aus dem Weg ging.

Er hatte ein Büro für mich herrichten lassen. Damit ich nicht auf der Tribüne sitzen musste. Er hatte den Umbau aus eigener

Tasche bezahlt und mit Robbie daran gearbeitet, heimlich. Während ich also auf seiner Couch saß wie eine ... angeschlagene Prinzessin, hatte er geschwitzt, um Regale zu bauen. María hatte mir alle Details verraten.

Also war ich in den letzten Tagen – seit der Enthüllung des Büroprojekts – ein wenig wütend gewesen. Auf mich selbst, nicht auf ihn, weil das wirklich das Netteste, Aufmerksamste war, was jemals jemand für mich getan hatte. In meinem ganzen Leben. Der Grund dafür, dass ich Cameron aus dem Weg ging, lag darin, dass ich in seiner Nähe beim besten Willen nicht klar denken konnte. Ich schmolz einfach dahin, weil ich an nichts anderes denken konnte als an dieses Büro. Oder die Scones, die er mir heute Morgen gebracht hatte. Wie seine Hand sich auf meinem Schenkel anfühlte. Der Bart, den er jetzt immer ordentlich getrimmt hielt. Den Drang, diesen Bart – und ihn – noch einmal zu berühren.

Uah.

Seufzend ließ ich den Blick über die Ränge vor mir gleiten, weil ich hoffte, mich mit dem Herbstfest abzulenken. Es gab eine leere Bühne – ich hoffte inständig, dass das nicht auf eine weitere Boogie-Nacht hinwies – ein paar Essensstände, einen Kunsthandwerkerstand und ... einen Stand von *Josie's Joint*.

Ich ging zu Josies Kaffeehütte und betrachtete blinzelnd die farbenfrohe Auslage. Vor der Hütte standen Kürbisse aufgereiht, rote Äpfel hingen von Fäden herab, und der Fuß der Hütte sowie ihr Dach waren mit winzigen Heuballen dekoriert. Es gab sogar etwas, das aussah wie eine ... Vogelscheuche. Weiblich, nach den Zöpfen, den dichten Wimpern, den rosigen Wangen und dem Schild, das um ihren Hals hing, zu urteilen: *Schnitzt das Patriarchat in Stücke, einen Kürbis nach dem anderen.*

Ohne Vorwarnung tauchte Josies Kopf hinter dem Tresen auf. Ich zuckte zusammen.

»Uuups«, sagte sie mit ihrem typischen, breiten Lächeln. »Tut mir leid. Ich hatte nicht vor, dich zu ... vogelscheuchen.« Sie zwinkerte mir zu. »Wie gefällt dir mein Stand? Ich habe beschlossen, mich dieses Jahr mehr meiner feministischen Seite hinzugeben. Du weißt schon, angesichts meiner Wer-braucht-schon-Männer-Politik und so.«

»Männer sind manchmal wirklich das Letzte, was wir brauchen können«, stimmte ich zu. »Und ich liebe den Stand. Die ganze Stadt wirkt unglaublich festlich, aber das ist definitiv mein Lieblingsort.«

Josie lachte, und es klang so fröhlich, so locker, dass ich mich fragte, ob ich jemals so sorglos klang. »Wie du sehen kannst«, meinte sie und breitete die Arme aus, »kann niemand Festivals organisieren wie wir. Hier treffen die Berge auf Südstaatencharme.« Sie senkte die Arme. »Was kann ich dir anbieten?«

»Was würdest du empfehlen?«

Ihr Lächeln wurde noch breiter, und ihre blauen Augen funkelten. Sie zog eine Tafel mit den Getränkeempfehlungen heraus und stellte sie vor mich. »Ich mag am liebsten Josie's Kürbiskick. Aber wenn du etwas wirklich Starkes willst, dann würde ich vorschlagen, dass du den Lagerfeuer Fizz nimmst. Und zu guter Letzt gibt es noch das Kakao-Apfelherz, wenn du keine Lust auf Koffein hast.«

Ich starrte die Tafel und die Frau daneben an und war plötzlich ... glücklich, hier zu sein. In Green Oak. »Ich nehme das Kakao-Apfelherz. Das klingt toll.«

»Wow.« Ihre Miene veränderte sich. »Du lächelst gerade superstrahlend, und aus irgendeinem Grund habe ich das Bedürfnis, dich zu umarmen. Willst du geknuddelt werden?«

»Okay«, hörte ich mich selbst flüstern. Und bevor ich wusste, wie mir geschah, lehnte Josie sich über den Tresen und drückte mich. Und ich tat dasselbe mit ihr. »Tut mir leid«, sagte ich, als sie mich wieder freigab. »Ich war heute ziemlich übel gelaunt. Aber die Vorstellung von einem deiner Getränke hat mich aufgeheitert. Selbst die Vogelscheuche hat mich aufgeheitert, dabei mochte ich die nie besonders.«

Josie kicherte. »Weißt du was?« Ihr Blick huschte für einen kurzen Moment über meine Schulter, dann sagte sie: »Ich glaube, ich werde zusätzlich auch noch einen Lagerfeuer Fizz machen. Es könnte da jemanden geben, dem du ihn anbieten willst?« Das verriet mir, was sie in der Ferne angestarrt hatte. Oder vielmehr wen. »In der Zwischenzeit kannst du mir erzählen, womit er dafür gesorgt hat, dass du übel gelaunt bist.«

Ich öffnete den Mund, um dieses Gespräch im Keim zu ersticken, aber … »Er hat mir ein Büro eingerichtet. In einem Lagerschuppen neben dem Trainingsplatz. Er hat mit, na ja, eigenen Händen geholfen, mit Werkzeug oder was immer.«

Josie nickte langsam. »Und das ist …« Ihre Stimme verklang, als sie eine Kiste mit Sirup-Flaschen unter dem Tresen hervorzog.

»Gut«, antwortete ich. »Aufmerksam. Und süß.« Ihr Lächeln verbreitete sich. »Und gleichzeitig auch wirklich schlimm«, fügte ich hinzu, was dafür sorgte, dass sie die Stirn runzelte. »Ich weiß es nicht. Ich kann mich nicht entscheiden. Ich bin so was nicht gewöhnt.«

»So was wie … jemanden zu haben, der sich für dich ins Zeug legt? Sich langsam dein Vertrauen erarbeitet? Sich um dich kümmert? Mit dir flirtet? Dich so richtig … rangenommen …«

»Josie!«, flüsterte ich.

Sie grinste. »Ich fasse nur in Worte, was ich sehe.«

Tat Cameron all diese Dinge? Ich glaubte schon, aber andererseits … was wusste ich schon?

»Er hat dir wirklich übel mitgespielt, hm?«, fragte Josie mit einem tiefen Seufzen. »Cameron ist nicht derjenige, der dich so verletzt hat. Er ist kein schlechter Kerl. Ganz im Gegenteil, um ehrlich zu sein.« Josie schüttelte den Kopf. »Der Mann ist wie eine Nuss. Schwer zu knacken, aber innen weich. Genau wie du. Vielleicht solltest du ihm eine Chance geben.« Sie hob die Augen von ihrer Arbeit, um meinen Blick einzufangen. »Du solltest dir selbst eine Chance geben.«

Mir selbst eine Chance geben.

Ich schluckte schwer, um den seltsamen Knoten aus Emotionen zu vertreiben, der mir plötzlich die Kehle zuschnürte. Ich wandte den Blick ab, überwältigt von Josies Worten.

María materialisierte sich in der Ferne. Sie trieb sich mit einigen Mädchen aus der Mannschaft herum, die alle glasierte Äpfel in den Händen hielten. Sie entdeckte mich und winkte mir enthusiastisch zu.

Ich winkte zurück.

»Dieses Mädchen betet dich an, weißt du das?«, meinte Josie und zog damit wieder meine Aufmerksamkeit auf sich.

Als ich sie ansah, öffnete sie gerade ein Tetrapak Milch. »Das beruht auf Gegenseitigkeit.«

Josie lächelte. »Gut zu wissen.« Sie schnappte sich eines dieser kleinen Metallkännchen von einem Regal. »Ich glaube, sie hat eine der Babyziegen in Adalina umbenannt.«

Ich lachte schnaubend. »Hätte wahrscheinlich schlimmer kommen können.«

»Nicht jedem in der Stadt ist das Privileg vergönnt, dass eines der Vasquez-Tiere nach ihm benannt wird.« Sie lachte leise, dann wurde sie wieder ernst. »Scherz beiseite, ich glaube, María schaut zu dir auf. Du musst sie an ihre Mom erinnern.«

Ich verstand nicht ganz, wie so ein warmes, glückliches Kind irgendetwas Mütterliches an mir entdeckt haben sollte, aber das Mädchen bedeutete mir etwas. Ich mochte María wirklich, und Josies Worte sorgen dafür, dass mir ganz warm ums Herz wurde. »Wie lange ist es schon her, dass sie gestorben ist?«

»Als María ungefähr sechs war«, erklärte Josie und verzog traurig das Gesicht. »Die Vasquez-Familie ist hergezogen, als Tony noch klein war, hat eine völlig heruntergewirtschaftete Farm gekauft und sie wieder zum Leben erweckt. Sie haben in wenigen Jahren mehr für die Gemeinde getan als die meisten Familien in Generationen. Und Robbie bietet immer an, jede Aktivität und jede Party in der Stadt auf seinem Gelände zu veranstalten. Meistens, ohne einen Gegenleistung zu verlangen. Auch das Gelände, auf dem wir jetzt gerade stehen, gehört zur Farm.«

»Muss eine Menge Arbeit für Robbie sein. Es kann nicht einfach sein, sich um seine Familie und die Farm und alles andere ganz allein zu kümmern.«

»Ist es nicht, das ist mal sicher«, stimmte Josie zu, als sie aufgeschäumte Milch über eines der Getränke goss. »Die Farm hatte finanziell ziemliche Schwierigkeiten, nachdem Marías Mom gestorben ist.« Sie senkte die Stimme. »Und Robbie spricht nicht gerne darüber, aber er hatte … hat wahrscheinlich immer noch … eine Menge Schulden.« Sie seufzte. »Zu unser aller großem Glück gibt es eine Art Schutzengel, der auf Green Oak aufpasst. Ich bilde mir gerne ein, es wäre so eine Art moderne gute Fee. Und ja, in meiner Vorstellung ist es eine Frau, mit Oprahs Gesichtszügen.« Sie schnappte sich einen Edding und begann, etwas auf einen Becher zu kritzeln. »Niemand weiß, wer diese Person ist, aber wann immer ein örtliches Geschäft in Schwierigkeiten gerät …« Sie wedelte mit dem Stift, als wäre es der Zauberstab der guten Fee, die für Cinderella Wunder wirkt. »Bibbidi-bobbidi-boo!«

Ich lachte, überrascht von ihrer theatralischen Vorführung. »Also eine Art anonymer Investor?«

»Ja«, stimmte sie zu. »Wir glauben lieber an die Magie als an schicke Bezeichnungen.« Ein Schulterzucken. »Auf jeden Fall läuft die Vasquez-Farm jetzt auf Hochtouren. Wir brauchen nur noch ein neues Happy End für Robbie. Aber daran arbeite ich bereits. Ich bin eine tolle Kupplerin.«

Ich sah erneut über die Schulter zurück und entdeckte María in der Menge. Sie redete über etwas, das offensichtlich beide Hände erforderte.

»Sie kommt schon klar«, meinte Josie. »Und Tony ebenfalls. Ich wurde auch von einer alleinerziehenden Mutter großgezogen, und schau dir an, wie gut ich mich entwickelt habe.«

»Wirklich?«

»Ja, Ma'am. Habe meinen Vater nie kennengelernt.« Sie stellte einen zweiten Becher vor mir ab. »Ich weiß nur, dass er beschlossen hatte, persönlich nicht in Erscheinung zu treten. Und das Geld, das er jeden Monat geschickt hat, hat meine Mom unter meinem Namen auf ein Sparbuch eingezahlt.«

Mir lagen Dutzende Fragen auf der Zunge, aber Josie lenkte mich mit einem Lachen ab.

Ich runzelte die Stirn. »Was?«

Sie schob zwei aufwendige, farbenfrohe Getränke in meine Richtung. »Mädchen, du solltest besser losziehen und diesen sehr nervös wirkenden Mann retten, bevor er jemanden umbringt. Genauer gesagt, die Vorsitzende des ELA.«

Ich sah ebenfalls nach hinten und entdeckte einen angespannt wirkenden Cameron im Gespräch mit Diane. Oder vielmehr redete Diane auf ihn ein, wenn die Überschallbewegungen ihres Mundes ein Hinweis waren. Cameron dagegen hatte das Gesicht verzogen. Ich kannte diese Miene.

»O Gott«, murmelte ich und wirbelte zu Josie herum. »Ich sollte besser losziehen. Wie viel schulde ich dir?«

»Du kannst die Getränke morgen bezahlen, ich müsste dich nämlich um einen echten Gefallen bitten«, meinte Josie, den Blick immer noch hinter mich gerichtet. Ihre Brauen wanderten immer höher. »Oh. *Oh*. Ich glaube … Diane baggert Cameron an?«

Ich schnappte mir die Getränke, drehte mich um und ging eilig in Richtung Cameron, ohne das Lachen aus Josies Stand zu beachten. Ich wusste, warum sie lachte. Sie dachte, ich wäre eifersüchtig. Das war ich aber nicht. Cameron und ich waren … gewissermaßen ein Team. Wir waren Partner. Arbeitskollegen. Ich schuldete ihm etwas. Genau, nur deswegen beschleunigte ich meine Schritte. Nicht, weil Diane mit ihm flirtete.

Es dauerte ein paar Sekunden, bis Cameron mich bemerkte. Dann riss er die Augen auf. *Beeil dich*, schien er stumm zu flehen.

Diane wiederum war sich seines offensichtlichen Unwohlseins nicht im Mindesten bewusst. Und als ich näher kam, schien all dieses Drängen zu verpuffen und sich stattdessen in … Erheiterung zu verwandeln.

Ich verdrehte die Augen. *Werde erwachsen*, schickte ich ihm durch die unsichtbare Leitung, über die wir kommunizierten.

Verständnis huschte über seine Miene. Dann hob sich einer seiner Mundwinkel. *Zwing mich doch.*

Selbstgefälliger, kompetitiver Kerl, dachte ich. Und auch das schien er aufzufangen, weil er mich anlächelte. Und ich errötete.

Als ich die beiden erreichte, war ich so abgelenkt, dass ich Dianes Worte kaum mitbekam. Irgendetwas über ihre Scheidung und einen Schlauch in ihrem Garten, der mal kontrolliert werden musste.

»Es gibt einen Notfall«, verkündete ich. Diane verstummte abrupt. »Und ich brauche Cameron.« Camerons Lächeln wurde breiter. »Es ist äußerst dringlich.« Äußerst dringlich? Himmel, Adalyn.

Cameron räusperte sich, aber ich wusste, dass er das nur tat, um ein amüsiertes Schnauben zu überspielen.

Diane lachte betreten. »Kannst du nicht jemand anderen holen? Ich wollte Cam gerade erklären, wie wichtig es für Chelsea ist, das Gleichgewicht zwischen ihren Ballettstunden und dem Fußballtraining zu wahren.«

Ich runzelte die Stirn. Wirklich? Ich hätte schwören können, dass sie etwas von einem Schlauch und ihrem Ex-Mann gemunkelt hatte. Cameron, der immer noch mich ansah, riss warnend die Augen auf. »Ich fürchte, dieser Notfall kann nicht warten.« Ich bemühte mich, möglichst streng dreinzublicken. »Es gab einen Unfall. Am Käsestand.« Diane wirkte ziemlich skeptisch. »Sie brauchen Cameron. Speziell ihn. Aufgrund seines Wissens über … Weichkäse. Genau.«

»Weichkäse?« Diane blinzelte.

»Mozzarella«, sagte ich. »Und … Brie. Ricotta, vielleicht auch Feta. Du weißt schon, Käse, die weich sind und / oder zerbröseln, wenn …«

»Ich glaube, wir sollten besser gehen«, schaltete Cameron sich ein. »Um uns den, ähm, Weichkäseunfall persönlich anzusehen. Klingt wichtig.« Ich nickte. »Und ich fände es schrecklich, wenn die grundsätzlich bröselnden Käsesorten … nun, wenn sie zu heftig zerbröseln.«

»Aber …«, setzte Diane an.

Doch Cameron hatte bereits den Arm um meine Schultern gelegt. Seine prankengroße Hand schloss sich um meine Seite, und er drehte uns um. Er senkte die Stimme und den Kopf, sodass ich die Worte an meinem Ohr spüren konnte, als er sagte: »Grüne Neune, Darling.« Er schob uns weiter, weg von Diane. »Weichkäse? Etwas Besseres ist dir nicht eingefallen?«

»Diese Frau macht mich nervös.« Ich drückte ihm Josies Mitnehmbecher in die Hand. »Ein Lagerfeuer Fizz, für dich.«

Er stieß ein tiefes Brummen aus. Und ich konnte beim besten Willen nicht ignorieren, dass er den Arm auf meinen Schultern beließ.

Ich beschwerte mich nicht. »Ist eines von Josies saisonalen Getränken. Ich habe ein Kakao-Apfelherz.« Ich hob die Tasse mit der Milchschaumhaube und nahm einen tiefen Schluck. »Wow.«

»Gut?«, fragte er.

»Wirklich toll, tatsächlich«, antwortete ich. Die Geschmacksmischung tröstete mich auf unerwartete Weise. Ich beäugte Camerons Getränk und dachte an Josies Worte zurück. »Probier mal. Der Lagerfeuer Fizz sollte besser gut sein, weil ich dafür einen echten Gefallen eingetauscht habe, was immer das heißen mag.« Ich zögerte. »Es ist ein kleines Zeichen der Anerkennung. Ein Dankeschön. Für das Büro. Und eigentlich auch für alles andere.« Ich hob den Kopf und musterte sein Profil. Sein Mundwinkel zuckte. Nein. Gnade. Ein weiteres Grinsen würde ich nicht überleben. Nicht bei der Geschwindigkeit, mit der wir uns bewegten. Ich richtete den Blick wieder auf den Kiesweg vor uns. »Du solltest nicht so selbstgefällig wirken. Vor ungefähr einer Minute musstest du noch gerettet werden.« Ich spürte, wie ich die Stirn runzelte. »Hat sie … wirklich mit dir geflirtet?«

Cameron beschleunigte seine Schritte, den Arm um mich geschlungen, seine Hand an meiner Taille. »Bist du eifersüchtig?«

Ich antwortete nicht.

Ich konnte fühlen – spüren, dank dem Cameron-Caldani-siebten-Sinn, den ich inzwischen entwickelt hatte –, dass er lächelte. Breit. Wissend.

Ich wollte ihn gerade darauf ansprechen, als Diane hinter uns rief: »Hallo? Der Käsestand ist direkt da! Ihr seid dran vorbeigegangen!«

»O Gott«, murmelte ich mit einem kurzen Blick nach hinten. »Sie verfolgt uns.«

»Geht es deinem Knöchel gut, oder soll ich dich über die Schulter werfen?«

»Häh?«

»Zum Teufel damit.« Und in einer schnellen Bewegung, die ich nicht ansatzweise erwartet hatte, lag ich in seinen Armen. Ohne die Getränke zu verschütten.

»Cameron …«, setzte ich an, während ich mich mit einer Hand an seine Jacke klammerte, das Getränk in der anderen Hand. Über seine Schulter hinweg konnte ich Diane sehen. Sie eilte mit erhobenem Zeigefinger hinter uns her. »Okay, ich glaube, die Zeit zum Rennen ist gekommen.«

Cameron startete. Ein Lachen drang aus seiner Kehle, laut und dunkel und wunderschön. Sodass sein Körper an meinem vibrierte. Er bog abrupt nach links ab, und, bei Gott, ich musste kichern. Der Mann, der jetzt zwischen zwei Ständen hindurchsprintete, stieß als Antwort etwas zwischen einem Glucksen und einem Fluch aus und umrundete einen großen Truck.

Dahinter hielt er an, neben der Ladefläche des Trucks, die mit Heuballen gefüllt war und daher eine gute Deckung bot. Er spähte darüber, wahrscheinlich um herauszufinden, ob wir immer noch verfolgt wurden.

Als er mich ansah, keuchte ich. Mein Herz raste vor Adrenalin, das allerdings wenig mit dem Sprint zu tun hatte und alles mit dem Mann, der mich weiterhin in den Armen hielt.

Die Zeit schien zu verlangsamen, zu Sirup zu gerinnen, als er mich auf die Beine stellte. Dann überschwemmten mich ganz andere Emotionen, als meine Stiefel den Boden berührten.

»Hey«, sagte Cameron mit tiefer Stimme, so angespannt, wie ich mich fühlte. »Was ist los?«

»Nichts«, flüsterte ich. Ich sah ihm in die Augen. Fast so grün wie das Blätterdach hinter seinem Kopf. »Ich … ich war vielleicht doch ein bisschen eifersüchtig.« Meine Worte füllten den kleinen Abstand zwischen unseren Körpern. So klein, dass ein einzelner

Atemzug ihn überbrücken konnte. »Ich war eifersüchtig auf Diane. Mir hat nicht gefallen, dass sie mit dir geflirtet hat. Aber jetzt fühle ich mich schlecht, weil wir so davongerannt sind. Jetzt ...«

Cameron legte die freie Hand an meine Wange, seine Handfläche warm, dann spreizte er leicht die Finger, um mein Gesicht zu umfassen. »Wir werden uns später entschuldigen, wenn du dich damit besser fühlst.« Ein Muskel an seinem Kiefer zuckte. »Ich werde ihr sagen, dass ich kein Interesse habe. Dass ich dich gebeten habe, eine dumme Ausrede zu erfinden, damit ich einem unangenehmen Gespräch aus dem Weg gehen kann.«

Mein Mund wurde trocken – aufgrund seiner Worte, unserer Nähe, des Kribbelns, das sich bei seiner Berührung durch meinen Körper ausbreitete. »So dumm war meine Ausrede gar nicht.«

Camerons Mund zuckte, aber er lächelte nicht. Stattdessen öffneten sich seine Lippen, und er stieß sanft den Atem aus. Das Grün seiner Augen verdunkelte sich, und er kam näher, trat vor, bis ich mit dem Rücken an den Truck gelehnt stand.

Mein Herz blieb stehen, und ich war mir ziemlich sicher, dass ich ein seltsames Geräusch machte, weil seine Brust, seine Hüften und Schenkel sich jetzt an meine drückten. Unsere Körper berührten sich auf voller Länge. Und meine Haut kribbelte und brannte. Jedes Nervenende schien unter Strom zu stehen. Ich stand in Flammen.

Cameron brummte. Diese große Hand, die mein Gesicht umschlossen hatte, glitt über meinen Hals, meine Schulter und Seite, bis sie meine Taille erreichte. Die er drückte. »Das hat mich fast in den Wahnsinn getrieben.«

»Was?«, flüsterte ich.

»Die Frage, ob das hier etwas ist, was du willst«, antwortete er stirnrunzelnd. Ich öffnete den Mund, wie um zu sagen, natürlich, wie sollte ich das nicht wollen, gleichzeitig machte mir dieses Eingeständnis Angst ... aber da bewegte sich seine Hand. Er umklammerte den Stoff meiner Jacke. »Dieses kleine Wimmern, das du gerade ausgestoßen hast«, sagte Cameron rau. »Das hast du auch in dieser ersten Nacht von dir gegeben. Als ich dich ins Bett gebracht habe.«

Ich schloss die Augen. »Habe ich das?«

Ich spürte, wie er meine Jacke freigab. Dann lag seine Hand an meinem Rücken. Er spreizte die Finger, schob sie an meine Schulterblätter, bis seine Finger meinen Nacken berührten. »Du hast mich mit ins Bett gezogen, weißt du das?«

Ich meinte den Kopf zu schütteln. Ich wusste gar nichts. Ich war zu abgelenkt, überwältigt, von dem Gefühl seiner Finger an meinem Nacken, die sich in mein Haar schoben, mich an ihn zogen, meinen Körper gegen seinen drückten.

»Du hast genau dieses Geräusch ausgestoßen und mich am Hemd gezogen«, stieß er hervor. Ich spürte die Worte an meiner Wange. »Und ich musste mich damit zufriedengeben, dir den Kopf zu streicheln, bis du eingeschlafen bist.«

Meine freie Hand machte sich selbstständig und umklammerte seinen Unterarm. Mir fehlten die Worte. Ich konnte nicht mal denken. Also ließ ich mich einfach gehen. Gab mir selbst eine Chance. Wie Josie gesagt hatte.

Ich zerrte an seinem Ärmel, heftig, wie ich es vermutlich in dieser Nacht getan hatte. Camerons Körper folgte dem Zug. Immer noch mit geschlossenen Augen spürte ich ihn, sein Gewicht, seine Wärme. Fühlte, wie seine Schenkel sich seitlich an meine pressten. Ich hörte, wie etwas zu Boden fiel. Und dann umfasste er mit beiden Händen mein Gesicht.

»Adalyn«, hörte ich und spürte die Worte gleichzeitig auf meinen Lippen. »Öffne die Augen, Sweetheart.«

Ich öffnete sie, und zum ersten Mal erlaubte ich mir, ihn wirklich anzusehen. Er war so überwältigend attraktiv, wirkte so wild, so absolut entschlossen, dass mir der Atem stockte.

»Ich mag es, wenn du mich ansiehst«, sagte er, wobei er den Daumen sanft über meine Kinnlinie gleiten ließ und damit eine Spur aus Kribbeln erzeugte. Er strich über meinen Mundwinkel, dann sah ich, wie seine Zunge vorschoss, um sich die Lippen zu lecken. »Was möchtest du von mir?«

Ich packte seinen Arm fester. »Eine Chance.«

Camerons Nasenflügel weiteten sich, aber ich spürte auch ein Zögern.

»Du bringst mich dazu, zu fühlen«, hörte ich mich selbst flüstern. Ich wusste nicht, ob meine Worte wirklich Sinn ergeben würden, aber Himmel, ich wollte es versuchen. »Du sorgst dafür, dass ich etwas fühle, was ich noch nie mit jemand anderem empfunden habe, Cameron. Du sorgst dafür, dass ich mir Dinge wünsche, die ich mir noch nie gewünscht habe.«

Ein Stöhnen drang über Camerons Lippen. Sein Halt an meinem Gesicht wurde verzweifelter und sanfter, wenn das denn gleichzeitig überhaupt möglich war. Hüften pressten sich gegen meine. Wir seufzten gleichzeitig. Cameron fühlte sich so ... groß, hart an. Er bedeckte mich vollkommen. Und er wirkte, als hätte er Schmerzen. Seine Augen senkten sich auf meinen Mund, starrten sie verzweifelt an, während sein Daumen über meine Unterlippe glitt.

Gott, ich wollte ihn spüren. An meinen Lippen. Ich drehte den Kopf. Küsste seinen Daumen.

»Himmelherrgott«, stöhnte er, und ein Funken erwachte in seinen dunklen Augen zum Leben.

Ich beugte mich etwas vor, weil meine Geduld erschöpft war. Cameron tat dasselbe.

Unsere Körper erzitterten, als das Anspringen des Motors unseren Moment zerstörte.

Wir blinzelten uns an, schwer atmend, während unsere Umgebung plötzlich wieder an Bedeutung gewann.

»Es ist der Truck«, flüsterte er schließlich und ließ die Stirn auf meine Schulter fallen, um dort einen Fluch auszustoßen.

Oh. Stimmt. Das hatte ich ganz vergessen.

Cameron hob den Kopf und zog mich von dem Fahrzeug weg.

Der Anblick meiner Hände in seinen sorgte dafür, dass mein Herz einen Sprung machte. Und erinnerte mich an etwas. »Ich glaube, wir haben unsere Getränke fallen lassen«, sagte ich. Ich sah auf den Boden und entdeckte die Becher. Ich schaute wieder

Cameron an und errötete. »Ich … du grinst wirklich breit.« Ein Flattern erfüllte meine Brust, und ich zwang mich, zu fragen: »Warum?«

»Weil du mir gerade einen Grund geliefert hast.«

»Einen Grund für was?«

»Eine längerfristige Strategie zu planen als jemals zuvor … Das längste Spiel meines Lebens zu spielen.«

27

Cameron

Die Lasagne brauchte nur noch fünf Minuten im Ofen, und Adalyn war bisher nicht erschienen.

Ich ging zu meinem Handy und zog es von der Arbeitsfläche. Ich öffnete meine Kontakte, aber … meine Finger erstarrten über dem Display. Ich konnte ihr Gesicht bereits vor mir sehen. Wie sie ihre braunen Augen rollte und irgendeinen Kommentar über meine Ungeduld von sich gab. Vielleicht würde sie mich wieder *nonna* nennen, wie sie es neulich getan hatte, als sie mir zusätzliches Essen auf den Teller geschaufelt hatte, ohne sie vorher zu fragen.

Meine Mundwinkel zuckten, dann ließ ich das Handy mit einem Kopfschütteln wieder sinken.

Ich war wirklich ein ungeduldiger Mistkerl. Aber das war mir egal. Ich war zu alt und längst zu eingefahren, um noch etwas daran zu ändern. Wahrscheinlich konnte ich gar nichts dagegen tun. So wie ich nichts dagegen tun konnte, dass ich den Drang empfand … mich um Adalyn zu kümmern. Besonders, wenn sie es selbst nicht tat. Oder noch schlimmer, wenn sie von niemandem erwartete, es zu tun.

Willow und Pierogi, die zur Haustür rannten, waren der Hinweis, den ich brauchte, dass Adalyn zu Hause war. Zu Hause. Wärme erfüllte meine Brust.

Ich wandte mich dem Eingang zur Küche zu, so wie meine Katzen es gerade getan hatten, und wartete schweigend darauf, dass sie erschien. Freundliches Maunzen drang an mein Ohr, gefolgt von Adalyns sanfter Stimme. Das geschah immer, wenn sie mit den Tieren redete, und es faszinierte mich. Ich fand es wunderbar, wie stark sie in Beziehung zu den Katzen getreten war, besonders zu Willow. Jedes Mal, wenn ich die beiden zusammengerollt auf der Couch entdeckte, musste ich mich davon abhalten … neben Adalyn zu springen und sie anzubetteln, stattdessen mich zu kraulen.

Vollkommen lächerlich.

Ihre Gestalt erschien am Ende des Flurs, die Wangen gerötet von der Kälte. Ich beobachtete, wie sie die Jacke öffnete, die ich ihr gekauft hatte. Sie war sich wahrscheinlich nicht bewusst, dass ich hier stand, sie anstarrte, meine gesamte Aufmerksamkeit auf diese Hände gerichtet, die ich an meinem Körper spüren wollte. Die Jacke öffnete sich und enthüllte eine dieser seidigen, dünnen, geknöpften Blusen, die sie so sehr liebte. Sie trug sie mit Jeans und Stiefeln. Ich hatte jedes einzelne Kleidungsstück an ihrem Körper für sie gekauft außer dieser Bluse und ihrer Unterwäsche. Und ein Teil von mir rebellierte gegen diese Tatsache. Ich wollte Adalyn verwöhnen. Sie mit schönen Dingen überschütten, die sie sich wahrscheinlich hätte selbst leisten können. Aber das war mir egal.

»Hi«, sagte sie, als sie mich bemerkte. Eine andere Röte stieg in ihre Wangen, und ihr Blick glitt über meinen Körper. Das tat sie in letzter Zeit oft. Checkte mich offen ab. Und verflixt, ich liebte es. »Cameron?«

Ich schluckte. »Ich finde dein Haar heute wunderschön.« Tat ich wirklich. Sie trug es offen, sodass es in Locken um ihre Schultern fiel. Nicht geglättet oder in einen strengen Dutt gezwungen.

Adalyn presste kurz die Lippen aufeinander. »Ich … Oh. Danke.« Sie runzelte die Stirn. »Du, ähm, hast … seltsam ausgesehen. Als müsstest du gleich niesen. Oder … wärst hungrig?« Ihre Augen wurden groß. »O Gott, ich bin superspät dran, oder?«

Sie zog ihr Handy heraus und starrte aufs Display. »Bitte sag mir, dass ich nicht zu spät gekommen bin und das Abendessen versaut habe.«

Die aufrichtige Sorge in ihrer Miene trieb mich einen Schritt vorwärts, dann zwang ich mich, wieder anzuhalten. »Du kommst genau rechtzeitig«, versicherte ich ihr, meine Stimme immer noch zu rau. »Und ich wollte nicht niesen. Und ich bin auch nicht über die Maßen hungrig. Das ist einfach mein Gesicht.« In deiner Nähe. In letzter Zeit. Immer. Daran musste ich arbeiten.

Ihre Sorge verpuffte, wurde ersetzt von dieser Verspieltheit, die in den letzten Tagen immer mal wieder aufgeblitzt war. »Du siehst trotzdem attraktiv aus«, sagte sie leise. »Und übrigens, es riecht toll hier. Ich freue mich schon darauf, zu sehen, was du gekocht hast.«

Wie bezaubert beobachtete ich, wie sie zur Kücheninsel tapste und sich setzte. »Wie schlimm war es?«

Ein tiefes Seufzen drang über ihre Lippen. »Schlimm. Es hat Josie und mich zwei Runden Milchshakes gekostet, alle aufzumuntern.«

Ich schloss die Hand um die Flasche Rotwein, die ich auf der Heimfahrt vom Spiel gekauft hatte. Zwei Gläser standen bereits bereit. »Rotwein?«, fragte ich. Die Intimität der Szene traf mich vollkommen unvorbereitet, und eine neue Art von Wärme blühte in meiner Brust auf. Ich … mir gefiel das. Wie sich das anfühlte. Ich räusperte mich. »Ich habe auch eine Flasche Weißen in den Kühlschrank gelegt.«

Sie stieß ein leises »Oh« aus. Und mein Blick saugte sich an ihren Lippen fest. »Wofür ist das? Wir können kaum den Ausgang des Spiels feiern, selbst wenn es ein Unentschieden war.«

»Du hast auch verdient, getröstet zu werden, Darling. Es waren nicht nur die Mädchen, die nicht genügend Punkte gesammelt haben, um im Finale zu spielen.«

Adalyn seufzte erneut. »Rotwein ist perfekt. Danke, Trainer.«

Als sie mich so nannte, musste ich ein Lächeln unterdrücken. Oder ein Knurren, da war ich mir nicht ganz sicher. »Dank mir noch nicht«, murmelte ich und servierte ihr ein Glas. »Also, zwei Runden Milchshakes?«

»Ja. Die Mädchen waren so am Boden zerstört, dass ich alles aufgefahren habe, was Josie hinter dem Tresen hatte. Es ist nichts übrig geblieben, nicht mal Josies Rosinen-Cookies.« Sie schloss die Finger um den Stiel des Glases. »Ich meine, wir wussten, dass wir nur um den dritten oder vierten Platz spielen würden, wenn wir dieses Spiel gegen die New Mount Eagles nicht gewinnen. Aber ich ...« Sie wandte den Blick ab, führte das Glas an die Lippen und nahm einen tiefen Schluck. »Ich weiß nicht.«

Wir hatten lange und eingehend darüber geredet. Wir hatten eine Strategie entwickelt, und die Mädchen waren heute mit einem Schlachtruf aufs Feld gestürmt. Adalyn hatte alles gefilmt. Als wir wieder lediglich unentschieden gespielt hatten, hatte ich mich bereits für die möglichen Konsequenzen gewappnet, die das für Adalyn haben würde. Weil ich gewusst hatte, wie sehr Adalyn sich wünschte – wie wichtig es für sie war –, dass die Mädchen in diesem Finale spielten, das sie jetzt nicht mehr erreichen konnten. Aber sie war ... okay gewesen. Nein. Sie hatte sich solche Sorgen um die Reaktion der Mädchen gemacht, dass sie ihre eigene Enttäuschung nicht zeigte. Sie hatte die Starke gemimt.

Es war mir unglaublich schwergefallen, sie in diesem Moment nicht zu küssen.

Jetzt war das unmöglich. »Bist du nicht ein bisschen niedergeschlagen? Vor mir musst du dich nicht verstellen, Sweetheart.«

Adalyn stellte das Glas wieder auf die Kücheninsel. »Ich bin enttäuscht. Für mich stand eine Menge auf dem Spiel.« Sie runzelte die Stirn. »Aber nein, ich bin nicht niedergeschlagen. Aus welchem Grund auch immer. Doch ich war es, die den Mädchen Hoffnung gemacht hat. Ich wollte, dass sie es für sich schaffen.«

Für mich stand eine Menge auf dem Spiel.

Ich wusste, dass sie auf die eine oder andere Art Mist gebaut hatte und versuchte, sich zu rehabilitieren. Aber langsam drängte sich das Gefühl auf, dass es um mehr ging als nur das.

»Was genau stand für dich auf dem Spiel?«, fragte ich.

Adalyn schüttelte den Kopf. »Du weißt, warum die Miami Flames mich hierhergeschickt haben«, sagte sie. Ich wusste es. Doch ich ließ sie reden. Denn inzwischen war ich sicher, dass ich irgendetwas übersah. Das war überdeutlich zu erkennen. Daran, dass sie mich nicht ansehen wollte. Sie zog die Schultern hoch. »Die Bedingung war eigentlich nicht der Sieg, aber … na ja, ich hatte einfach gehofft, dass wir es schaffen würden. Ein Sieg ist immer ein Sieg. Und einen Sieg kann man der Presse besser verkaufen. Wir alle wissen, dass die Menschen Gewinner lieben. Trotzdem habe ich viel Material, mit dem ich arbeiten kann. Und ich habe große Pläne für dieses letzte Spiel. Egal, welchen Platz wir erreichen. Es ist trotzdem eine Erfolgsgeschichte.«

Ich runzelte die Stirn. Die Bedingung? Wieso verwendete sie dieses Wort statt ›Ziel‹ oder etwas anderes? Aber zusätzlich …

»Heute war keine Presse beim Spiel anwesend. Und auch nicht bei dem vorher.« Ich erinnerte mich genau, wie sie darüber gesprochen hatte, dass sie mit örtlichen Medien in Kontakt stand. »Warum?«

Sie hob erneut das Glas an die Lippen. Und es war deutlich zu erkennen, dass sie sich damit Zeit erkaufen wollte.

Ich starrte sie schweigend an. Hoffte darauf, dass sie mir den Grund verriet, obwohl ich ihn schon kannte. Sie musste es meinetwegen getan haben. Und das … sorgte dafür, dass ich aus ganz anderen Gründen schreien wollte. »Adalyn …«

»Genug von mir, bitte.« Sie versuchte, über ihr Glas hinweg zu lächeln, aber ich glaubte ihr nicht. Denn das war dieses künstliche Lächeln, das ich verabscheute. Das eigentlich nicht ihr Lächeln war. »Was ist mit dir? Wie lautet Cameron Caldanis Plan? Wie lange … denkst du, wirst du noch in Green Oak bleiben?«

Ich blieb stumm. Zum Teil, weil sie mich einfach abgewürgt hatte, und zum Teil wegen der Erinnerung daran, dass wir beide nicht vorhatten, hierzubleiben. Oder ich vielleicht schon. Ich wusste es nicht.

Adalyn musste meinen Widerwillen gegen dieses Thema gespürt haben, weil sie leicht meinen Arm berührte. »Wir müssen nicht darüber reden.« Sie senkte die Stimme. »Kann ich dich stattdessen etwas anderes fragen?«

Ich griff nach meinem Glas und nahm einen tiefen Schluck. »Du kannst mich alles fragen«, erklärte ich ihr, bevor ich das Glas wieder abstellte. Ich wünschte nur, sie würde mir dieselbe Freiheit einräumen.

»Es geht um dein Karriereende.«

Ich versteifte mich. So sehr, dass ich mich ganz auf die Berührung ihrer Finger an meinem Arm konzentrieren musste, um mich zu beruhigen. »Was ist damit?«

»Ich … ich habe darüber gelesen«, gab sie zu. »Und eine Menge über dich.« Ihre Wangen hatten sich wieder gerötet, aber nicht vor Verlegenheit. Ganz im Gegenteil. Und der Narr in mir dachte: Das ist mein tapferes Mädchen. Doch sie war nicht mein Mädchen. Noch nicht. »Es kam plötzlich. Du hättest ein paar weitere Jahre spielen können. Torhüter sind gewöhnlich …« Sie schüttelte den Kopf. »Dir muss ich das ja nicht erklären. Dann hast du dich plötzlich zurückgezogen. Ich habe mich nur gefragt, ob es einen Grund dafür gab.«

Ich spürte, wie ich mich nach hinten lehnte, sodass Adalyns Hand den Kontakt zu meinem Arm verlor.

Ich ging zum Ofen und holte die Lasagne heraus. Die Worte blieben mir im Hals stecken. Diesmal ging es allerdings nicht um meinen Widerwillen, darüber zu reden – weil ich durchaus bereit war, diese Erfahrung mit ihr zu teilen. Ich hielt es sogar für dringend geboten. Aber es fiel mir nicht leicht.

Vor wenigen Augenblicken, als Adalyn meiner Frage ausgewichen war, hatte mich das verletzt – wie konnte ich von ihr erwarten, dass sie sich mir öffnete, wenn ich nicht dasselbe tat?

Ich lehnte mich gegen die Arbeitsfläche und stellte zu meiner Überraschung fest, dass ich einen Pfannenheber hielt.

Ich ließ ihn neben die Kasserolle fallen und stemmte meine Hände auf die Marmorplatte.

Dann schloss ich die Augen und wurde sofort zurückkatapultiert zu dieser Nacht.

»Jemand ist eingebrochen«, stieß ich hervor. »In mein Haus. In L. A.«

Ich wartete; hörte meine eigenen Worte in der Luft hängen; spürte den Druck, der mich immer zusammen mit der Erinnerung überwältigte. An diese schreckliche Nacht. Ich öffnete die Augen und sah Adalyn an. Ihr Gesicht war weiß wie die Wand.

»Bis heute verstehe ich nicht, wie das geschehen konnte.« Ich ließ die Arme sinken. »Es war die Nacht nach einem Spiel in Austin. Gewöhnlich habe ich Willow und Pierogi bei einer Nachbarin abgegeben ...: einer alten Dame, die behauptete, ein ehemaliger Hollywood-Star zu sein. Ich habe sie nicht erkannt, aber sie hat sich gut um die beiden gekümmert, also habe ich ihr vertraut.« Ich schüttelte den Kopf. »Ich war in Versuchung, die beiden einfach eine zusätzliche Nacht bei ihr zu lassen und ins Bett zu fallen. Ich habe – oder hatte – noch ein paar Jahre vor mir, da hast du recht, langsam begannen die Auswärtsspiele allerdings ihren Tribut zu fordern. Aber ich vermisste meine Katzen und habe mir Sorgen gemacht, weil Willow wirklich eine Zicke sein kann, also habe ich sie abgeholt, bin nach Hause gegangen und ins Bett gekrochen.«

Adalyn wirkte so verstört, dass ich den Blick abwenden musste.

»Ich ...« Die Erinnerung an das, was als Nächstes geschehen war, stand mir überdeutlich vor Augen. »Ich glaube, ich hatte ungefähr fünf Stunden geschlafen, bevor ich Willows lautes Jammern gehört habe, also habe ich ... die Augen geöffnet und habe ihn gesehen.«

Ein seltsames Geräusch drang aus ihrer Kehle.

Ich schloss die Augen. »Für eine Sekunde dachte ich, ich würde träumen. Dann hat der Kerl sich bewegt, und ich wusste, dass jemand eingebrochen ist. Und er war in meinem Zimmer. Neben meinem Bett.« Mein gesamter Körper fing an zu zittern. Die Reaktion war inzwischen nicht mehr so schlimm, wie sie schon mal gewesen war. Aber hin und wieder fing ich immer noch an zu zittern. »Ich wusste nicht mal, wie lange der Eindringling schon da war. Minuten, Stunden, das ganze Wochenende, an dem ich abwesend gewesen war? Ich ...« Meine Worte verklangen. Meine Stimmbänder versagten mir den Dienst. »Verflixt, ich ...«

Jemand stürzte sich auf mich.

So heftig, dass ich gegen den Tresen stolperte. Arme schlangen sich um meinen Oberkörper, trafen sich auf meinem Rücken, und dann wurde ich gedrückt. Umarmt. So fest wie bisher nie in meinem Leben. Mir entfuhr ein schluchzendes Lachen, als ich meine Arme um Adalyns Schultern warf und sie noch enger an meine Brust zog. So eng ich nur konnte. Ich hätte mich in ihr vergraben, wenn das möglich gewesen wäre. So gut fühlte es sich an, mit solcher Wildheit von Adalyn Reyes umarmt zu werden.

»Das ist also nötig, hm?«, sagte ich, mehr zu mir selbst als zu ihr. Ich ließ das Kinn auf ihren Scheitel sinken und erlaubte mir, getröstet zu werden, wie es seit dieser Nacht nicht mehr geschehen war.

Zeit verging. Und mit jeder Sekunde unserer Umarmung wurde mein Herz schwerer. Eigentlich hätte ich mich besser fühlen müssen, jetzt, wo ich diese Frau, die ich wollte, brauchte – begehrte –, in meinen Armen hielt. Aber es geschah nicht nur das. Gleichzeitig kristallisierte sich eine meiner schlimmsten Ängste, die ich nach dieser Nacht entwickelt hatte.

»Was, wenn ich eine Familie im Haus gehabt hätte? Eine Frau? Kinder? Was, wenn ...« Wenn du in meinem Bett gelegen hättest? »Was, wenn jemand außer Willow und Pierogi im Haus gewesen wäre?« Ich konnte kaum schlucken, so eng war meine Kehle. »Ich hätte nichts tun können, Adalyn. Absolut gar nichts. Und es wäre meinetwegen passiert. Wegen einer Karriere, für die ich mich als Jugendlicher entschieden habe. Wegen eines Lebens, für das ich mich aus meinem eigenen Stolz heraus entschieden habe. Meine Familie hätte keinerlei Mangel gelitten, aber was für ein Leben hätte ich ihr bieten können?« Ich begann, stoßweise zu atmen. »Dieser Kerl ... er war ein irrer Fan, der verhaftet und verurteilt wurde. Nur was, wenn erneut so jemand auftaucht?«

Sie schlang die Arme noch fester um mich. »Es wäre niemals deine Schuld gewesen. Du bist nicht verantwortlich für die Handlungen einer anderen Person. Nicht mal, wenn sie behaupten, sie täten es aus Liebe oder Bewunderung oder Anbetung.« Ihre Stimme brach. »Du bist nicht verantwortlich, Cameron. Hörst du mich? Du trägst keine Verantwortung.«

Ich erlaubte mir einen tiefen Atemzug, wahrscheinlich den ersten seit langer Zeit. Ich füllte meine Lunge mit ihrem Duft, und verdammt, es fühlte sich so gut an. So richtig.

Adalyn hob den Kopf von meiner Brust und sah zu mir auf. »Du musst wissen, dass ich niemals etwas gesagt hätte«, erklärte sie. Emotionen tobten in ihren braunen Augen. Schuldgefühle. »Ich schwöre dir, Cameron, als ich dir damit gedroht habe, dich vor der ganzen Stadt bloßzustellen, habe ich …« Ihre Stimme zitterte. »Gott, es tut mir so leid. Ich …«

»Ich weiß«, erklärte ich ihr Und da wurde mir bewusst, welche Überzeugung ich bei den Worten empfand. Wie sicher ich mir war. »Inzwischen weiß ich das, okay?«

Ungeweinte Tränen glitzerten in ihren Augen. Wenn sie jetzt weinte, würde mich das zerstören. »Du musst dich meinetwegen so unsicher gefühlt haben. Und du musst mich wirklich gehasst haben. Wieso bist du nicht einfach gegangen?«

»Ich bin ein sturer Mistkerl«, antwortete ich ehrlich. »Ich habe dir doch gesagt, dass ich stolz bin. Und selbstsüchtig.« Ich schluckte schwer, dann rieb ich ihren Rücken, weniger, um sie zu beruhigen, als vielmehr zu meinem eigenen Wohl. »Und ich habe dich nicht gehasst. Ich könnte dich niemals hassen.« Ihre Miene wurde weicher, nur ein kleines bisschen. Das erleichterte mich. »Ich war kein Engel, Sweetheart. Ich habe dich schrecklich behandelt. Habe Dinge gesagt, die ich nicht hätte sagen sollen und nie gemeint habe. Ich war fies zu dir.« Ich vergrub die Finger im Stoff ihrer Bluse. »Und das finde ich schrecklich.«

Adalyn gab mich frei. Sie trat einen Schritt zurück, und ihre Abwesenheit fühlte sich an, als hätte sie mich in den Magen geschlagen.

»Das ist okay«, sagte sie und überraschte mich damit. »Du hattest gute Gründe dafür.«

Mein Magen machte einen erleichterten Sprung, weil sie nicht vor mir wegrannte … aber gleichzeitig gefiel mir diese Situation nicht. Wieso lag sie nicht mehr in meinen Armen? Wieso ging sie auf Abstand?

»Ich hatte es verdient, ganz ehrlich. Wichtig ist nur, dass du mir vergeben hast.«

Ich spürte, wie ich bleich wurde. Sie hatte es verdient? »Adalyn …«

»Ich verschwinde mal kurz, okay? Bin gleich zurück, dann können wir essen.« Sie zwang sich zu einem Lächeln. »Ich bin plötzlich am Verhungern und kann mich des Eindrucks nicht erwehren, dass diese Lasagne direkt aus *nonnas* Rezeptbuch kommt.«

So war es. Mit der Bolognese, die sie immer gemacht hatte, als ich noch ein Junge gewesen war.

Aber bevor ich ein Wort sagen konnte, entfernte sich Adalyn. Und ich beobachtete sie dabei. Ich wollte ihr schon folgen, dann stoppte ich mich selbst. Ich würde ihr die Minute Zeit gönnen, die sie so offensichtlich brauchte.

Auf der Kücheninsel piepte mein Handy mit einer Nachricht.

Eine E-Mail von Liam.

Ich wollte das Gerät schon wieder weglegen, da erregte etwas meine Aufmerksamkeit. Die Erwähnung der Miami Flames.

Ich entsperrte den Bildschirm und öffnete die Mail.

Von: *Liam.acrey@zmail.com*
An: *c.caldani11@zmail.com*
Betreff: *Interesse Miami Flames*

C – Erinnerst du dich, dass ich ein paar Scouts gebeten habe, das Gerücht zu streuen, dass es MLS-Interesse an dir gibt? Jetzt ist es kein Gerücht mehr. Die Flames scheinen auf der Suche nach einem großen Namen als Sportdirektor zu sein. Der Scout behauptet, es ginge entweder darum, ein Mediendebakel in Ordnung zu bringen (Link unten) oder

Aufmerksamkeit zu generieren. Ich glaube, es ist etwas anderes.
Auf jeden Fall gäbe es eine Menge Geld. Interessiert?
   L.

P. S.: RBC wird langsam ungeduldig, du hast noch bis Ende
Oktober, um eine Entscheidung zu treffen. Sei kein Wichser,
und nimm das Angebot an.

Sofort klickte ich den Link an.

Ein Video öffnete sich und startete automatisch.

Eine Frau betrat einen Platz, der aussah wie das Stadion der Flames, und stampfte zu einem Maskottchen in Form eines Vogels. Jemand sagte: »Nimmst du das auf?« Und die Kamera rückte näher, um ihr Gesicht einzufangen.

Mir rutschte das Herz in die Hose.

Adalyn.

Und dann schoss mir Blut ins Gesicht und sorgte dafür, dass ich Rot sah.

»Was, zur Hölle?!«

28

Adalyn

Als ich in die Küche zurückkehrte, fand ich einen vollkommen anderen Cameron vor als den, den ich verlassen hatte.

Dieser Cameron hier musterte mich nicht sanft, die Augen erfüllt von einer Verletzlichkeit, die mir die Brust zusammenschnürte. Dieser Cameron war sauer. Aufgebracht.

Befremdet.

»Adalyn«, sagte er. Das war alles. Nur meinen Namen.

Ich stoppte abrupt. Mein Blick huschte über sein Gesicht, seine Haltung, dann durch die Küche, auf der Suche nach einer Erklärung. Hatte ich etwas getan, um das auszulösen? Vor Minuten hatte ich mich in seine Arme geworfen, weil ich einfach nicht anders konnte. Weil ich mich bei der Vorstellung, dass ich etwas so Schmerzhaftes gegen ihn verwendet hatte, so schrecklich gefühlt hatte, dass ich glaubte, in Stücke zerspringen zu müssen, wenn ich ihn nicht wissen ließ, wie leid es mir tat. Vor Minuten hatte er mich Sweetheart genannt und mir erklärt, dass er den Gedanken hasste, wie gemein er in der Vergangenheit zu mir gewesen war. Cameron wusste nicht, dass ich es gewohnt war, mich unerwünscht zu fühlen; dass ich es gewöhnt war, mich in Situationen und das Leben von Menschen zu drängen, mit nur wenigen Ausnahmen, wie Matthew oder meine Mutter.

Cameron hob den Arm und zum ersten Mal bemerkte ich, dass

er mit eisernem Griff sein Handy umklammerte. »Was ist das«, stieß er hervor, ohne es wirklich als Frage zu formulieren.

Ich brauchte eine Nanosekunde. Einen kurzen Blick.

Ich hatte seit diesem Gespräch mit Diane und Gabriel versucht, mich mental auf genau diesen Moment vorzubereiten – darauf, dass er es herausfand. Nachdem ich erfahren hatte, dass Cameron nichts davon wusste und anscheinend auch nicht neugierig gewesen war, mich zu googeln. Dieser Moment hatte mir seit Wochen bevorgestanden. Seit Tagen. Hatte über meinem Kopf gehangen wie ein Damoklesschwert. Denn ich wusste, dass Cameron das Video irgendwann sehen würde.

Leider bedeutete das nicht, dass ich mich bereit fühlte.

Mein Körper wurde kalt, und ich war mir sicher, dass ich leicht zur Seite schwankte, weil der Sturm aus Gefühlen in Camerons Blick für einen Moment den ganzen Raum ins Wanken brachte. Er griff nach mir.

Ich stellte mich breitbeinig hin. Schüttelte den Kopf und ermahnte mich selbst, aufrecht zu stehen. Was hatte Cameron zu den Mädchen gesagt? Ich musste mich zusammenreißen.

»Ich denke, das Video ist klar«, erklärte ich ihm. »Hast du es ganz geschaut?«

Er stieß rau den Atem aus. »Ich verstehe nicht.«

Ich auch nicht. Ich verstand nicht, warum er so wütend war. Aber vielleicht störte ihn, dass ihn diese Info unvorbereitet getroffen hatte oder dass ich ihn im Ungewissen gelassen hatte. Vielleicht fühlte er sich verraten, weil ich ihm nicht anvertraut hatte, dass er mit einer wandelnden PR-Bombe herumlief. Schließlich war ich ein Meme; ein virales, dreißigsekündiges Video; ein Gesicht, mit dem Energydrinks verkauft wurden. Freude ist wichtiger als Würde. Ich war alles, wovor er gerade floh.

»Da gibt es nichts zu verstehen.«

»Erklär mir das Video trotzdem«, flehte er, und jetzt konnte ich es in seiner Stimme hören. Wie verletzt er war. Wie frustriert. »Bitte.«

Ich wandte den Blick ab. »Welchen Clip hast du gesehen? Den

Techno-Remix? Oder den mit klassischer Musik im Hintergrund? Oder vielleicht einen der choreografierten Tänze oder die theatralische Neuinterpretation der Audiospur? Die Leute sind heutzutage wirklich sehr talentiert.« Ich zuckte mit den Achseln. »Vielleicht hast du auch die Werbung mit meinem Gesicht gesehen. Ich bin mir sicher, sie taucht inzwischen unter meinem Hashtag auf.«

»Es gibt eine Werbung«, sagte Cameron unendlich langsam. Als fiele ihm das Sprechen schwer. »Mit deinem Gesicht?«

Mein Magen verkrampfte sich. Ich war mir ziemlich sicher, dass ich mich gleich übergeben musste, aber ich schaffte es, einmal zu nicken.

Es folgte ein langer Moment der Stille, bevor Cameron wieder sprach. »Was hat er getan?«

Ich spürte, wie meine Brauen sich senkten, als ich zweifelnd die Augen zusammenkniff. Das war dieselbe Frage, die meine Mutter gestellt hatte. »Er hat gar nichts getan. Es war nicht Sparkles' – oder Pauls – Schuld. Ich habe das getan.«

Wieder einmal schwieg Cameron eine gefühlte Ewigkeit. Das war wahrscheinlich der Grund, warum meine Augen in seine Richtung wanderten. Sein Gesicht fanden. Er wirkte vollkommen verloren. Hilflos. Ich hasste die Tatsache, dass ich dafür gesorgt hatte. »Ich habe nicht nach dem Maskottchen gefragt. Ich habe über deinen Vater gesprochen. Er war der Besitzer des Clubs. Was hat er in Bezug auf diese Sache unternommen?«

Ich blinzelte. Das wusste er doch schon. »Mein Vater hat mich hierhergeschickt.« Camerons Miene wurde hart. Ich rang nervös die Hände. »Das Video war in weniger als einem Tag viral gegangen.« Ich deutete auf das Handy in seiner Faust. »Ich war ein PR-Problem für den Club. Himmel, ich war ein Problem für ihn, also wurde ich hierher geschickt, mit einem Auftrag.«

All diese Wut verpuffte. »Sag das nicht.«

»Was?«

»Dass du ein Problem bist.« Seine Stimme brach. »Du bist kein verdammtes Problem, Adalyn.«

Diese Schutzmauern, die ich seit Tagen vernachlässigt hatte, fuhren wieder nach oben, zeigten ihre volle Stärke. »Tu nicht so, als hättest du mich nie als Problem gesehen, Cameron.« Ich sprach die Worte nicht harsch. Sie klangen nicht anklagend. Es war eine reine Feststellung von Tatsachen. Und ich war deswegen nicht wütend. Ich verstand, warum er das getan hatte. Aber das bedeutete nicht, dass ich fähig war, hier zu stehen und mir anzuhören, wie er sich auf meine Seite stellte, obwohl es in diesem Konflikt eigentlich gar keine Seiten gab. »Was hättest du an seiner Stelle getan, hm? Hättest du nicht versucht, die Mannschaft zu schützen? Das Franchise? Das Imperium, das du aufgebaut has? Deinen eigenen Namen? Ich schon. Ich hatte all das in Gefahr gebracht. Ich war ein Running Gag – bin ich eigentlich immer noch. Also, ehrlich, was hättest du stattdessen getan?«

»Herrje, Adalyn«, sagte er. »Ich hätte dich beschützt. Sonst nichts. Ich hätte alles getan, um dich zu schützen.«

Camerons Worte trafen mich mit solcher Macht, dass ich damit rechnete, nach hinten zu stolpern. Ich stützte mich mit einer Hand auf einem Hocker ab. »Und wie genau hättest du das angestellt, Cameron? Wärst du von Tür zu Tür gegangen, um den Menschen zu sagen, dass sie aufhören sollen, das Video zu schauen? Hättest du ihnen die Handys aus der Hand gerissen und auf dem Boden zertreten? Oder vielleicht hättest du die Presse angeschrien, dass sie aufhören sollen, mich zu beachten, und sich stattdessen auf die mittelmäßige Saisonleistung der Mannschaft konzentrieren? Oder ...«

»Ja«, fiel er mir ins Wort. Und dieses eine Wort schien unendlich lange in der Luft zu hängen. »All das hätte ich getan.« Er schloss den Abstand zwischen uns. »Ich hätte alles in meiner Macht Stehende getan.«

Plötzlich konnte ich nicht mehr atmen.

Camerons Hände schlossen sich um mein Gesicht, das Gefühl seiner Haut an meiner schwindelerregend, überwältigend auf eine Weise, die ich in diesem Moment einfach nicht verarbeiten konnte. Die ich aber auch nicht missen wollte. Noch nicht. Ich lehnte mich in seine Berührung.

»Ich hätte alles in meiner Macht Stehende getan, um dich zu beschützen.« Seine Daumen glitten über meine Wangen, und so wütend er auch immer noch wirkte, seine Stimme war sanft, zärtlich. »Das Internet hat dich gemobbt, also hätte ich versucht, die Sache in Ordnung zu bringen. Und ich hätte dich nie – niemals – behandelt, als wärst du ein Problem. Hätte dich nie hierher geschickt, um dich aus dem Weg zu schaffen.«

Inzwischen keuchte ich. Und was immer ich gerade empfunden hatte, es schlug in Schmerz um. Einen Schmerz, den ich nicht empfinden wollte, der trotzdem da war. »Aber du wolltest auch, dass ich verschwinde. Und das nehme ich dir nicht übel. Ich bin deswegen nicht wütend, und ich trage es dir nicht nach.« Meine Kehle wurde eng. »Als ich in Green Oak angekommen bin, war ich eine Unannehmlichkeit für dich, und du wolltest mich loswerden. Daran habe ich sicher eine Mitschuld, aber es unterscheidet sich kaum von dem, was mein Vater getan hat.«

Cameron stieß ein kehliges Stöhnen aus, dann presste er seine Stirn an meine. Ich hob die Hände und schloss die Finger um seine Handgelenke. Zeigte ihm, dass ich ihn genau dort haben wollte, wo er war. »Es hätte mich verflixt noch mal interessiert, Sweetheart. Und ich werde es dir beweisen, okay?«

Ich konnte mir nicht vorstellen, wie er das anstellen wollte, nickte jedoch.

Sofort schien Cameron leichter zu atmen. »Ich bin nicht dein Vater, und ich kenne ihn nicht. Aber das ist nicht ...« Er schüttelte den Kopf, ohne die Stirn von meiner zu lösen. »Ich verabscheue, was er getan hat. Seine Reaktion.« Seine Hände sanken nach unten, glitten von meinen Wangen an meinen Hals. »Und wenn du glaubst, ich wäre nicht stur genug, um von Tür zu Tür zu wandern und Handys auf dem Boden zu zertreten, dann kennst du mich noch nicht besonders gut.«

Ich stieß die Luft aus, ohne mir sicher zu sein, ob es ein Lachen oder ein Schluchzen war. Wahrscheinlich nichts davon. Denn das war einfach zu viel. Der Moment war zu intensiv. Und ich fürchtete, dass mir die Fähigkeit fehlte, all das zu verarbeiten. Ich wünschte, ich könnte meine Augen geschlossen halten, bis dieser schwere, komplizierte Knoten in meiner Brust verschwand. Ich wollte die Zeit nicht zurückdrehen und dieses Gespräch nicht führen … weil es immer hatte stattfinden müssen. Aber ich wünschte, ich könnte mich einfach ins Bett teleportieren und den Rest der Nacht verschwinden lassen. Um morgen früh aufzuwachen, tief vergraben unter der Decke in Camerons Gästezimmer.

Und natürlich schien dieser Mann, der immer noch mein Gesicht hielt, als hinge sein Leben davon ab, irgendwie meine Gedanken zu lesen, weil ich wortlos hochgehoben und kurze Zeit später auf den weichen Kissen der Couch abgesetzt wurde. Ich seufzte, halb glücklich, dass mein Wunsch erfüllt worden war, halb traurig, weil das bedeuten musste, dass er gehen würde. Aber dann kuschelte sich ein großer Körper an meinen, und Camerons Arm schlang sich um meine Taille, um mich an seine Brust zu ziehen.

»Ich weiß, dass du es hasst, ständig herumgetragen zu werden«, sagte er, das Gesicht in meinem Haar vergraben. »Aber ich musste mich den ganzen Abend davon abhalten. Vielleicht sogar die ganze Woche.«

Eine Lawine widersprüchlicher Gefühle tobte in mir, als ich die Hände zwischen unsere Körper schob, um die Handflächen an seine Brust zu pressen. Dann lehnte ich die Stirn gegen sein Kinn. »Ich hasse es nicht.«

Tat ich wirklich nicht. Ich hatte mich widersetzt – ihm widersetzt –, weil ich es zu sehr mochte, in Camerons Armen zu liegen. Was mich daran erinnerte, dass ich mich in Green Oak in einer Blase bewegte und dass in Miami mein Leben auf mich wartete. Ein Leben, um das ich hart gekämpft hatte, das mir aber langsam das Gefühl vermittelte, dass es mir gar nicht mehr gehörte. Zumindest nicht so, wie ich geglaubt hatte.

Und was bedeutete das für mich? Was bedeutete das für uns?

◎ ◎ ◎

Wir verbrachten die Nacht auf der Couch.

Oder zumindest glaubte ich das. Jetzt, wo ich den leeren Platz neben mir anblinzelte, war ich mir nicht ganz sicher, ob ich nicht doch allein geschlafen hatte.

Willows Kopf erschien hinter der Couch. Ein Maunzen war die einzige Vorwarnung, bevor sie sich auf meinem Schoß zusammenrollte. Ich kraulte sie hinter den Ohren, weil ich gelernt hatte, dass sie das liebte. Gleichzeitig fragte ich mich, wie spät es wohl war, wollte aber die Sicherheit der Couch und der eng um mich geschlungenen Decke nicht verlassen.

Hatte ich mir alles nur eingebildet? War der gestrige Abend nur ein Traum gewesen?

Ich senkte die Hand an meine Seite und stellte fest, dass die Kissen noch warm waren.

Also konnte ich mir nicht eingebildet haben, dass Cameron an meiner Seite geschlafen hatte.

Ich hatte mir nicht eingebildet, dass meine Hände unter sein Shirt geglitten waren; wie sich seine warme, glatte Haut unter meinen Fingerspitzen angefühlt hatte. Ich hatte mir nicht eingebildet, wie seine Hände einen Platz an meinem Rücken gefunden hatten. Oder wie seine Daumen unter den Bund meiner Jeans geglitten waren und er dabei ein tiefes Brummen von sich gegeben hatte. Meine Lider sanken flatternd nach unten, und ich stieß den Atem aus.

Kein Wunder, dass ich erregt aufgewacht war. Nein, das war nicht das richtige Wort, um zu beschreiben, wie ich mich fühlte.

Scharf. Das war ich. Mir war heiß. Ich war wuschig. Spitz. Dabei war er im Moment nicht mal hier.

Ich öffnete die Augen und fing Willows zweifarbigen Blick ein. Sie starrte mich an, dann stieß sie ein Geräusch aus, das ich als *Deine Gedanken sind zu laut, und ich versuche, hier zu schlafen* interpretierte.

»Tut mir leid, Kleine«, sagte ich und strich noch einmal über ihren Kopf. Ich runzelte die Stirn, als mir ein Gedanke kam. »Hm.

Ich war nie zuvor dermaßen sexuell frustriert, also muss ich erst mal damit klarkommen.«

Aus der Küche erklang ein tiefes, amüsiertes Glucksen.

Mein Oberkörper schoss in die Senkrechte. Ich riss den Kopf in Richtung des Geräusches herum.

Cameron lehnte an der Kücheninsel. Mit einer Hand kraulte er Pierogi, in der anderen hielt er eine Tasse. Er grinste breit. »Auch dir einen guten Morgen, Sweetheart.«

Uah.

Ich ließ mich wieder nach hinten fallen, suchte Deckung hinter der Rückenlehne der Couch. Ich schlug die Hände vors Gesicht und unterdrückte ein Stöhnen. Das hätte Cameron wirklich nicht hören müssen.

Sein Kopf erschien über der Lehne. Mit einem unglaublich selbstgefälligen Lächeln stemmte er die Ellbogen auf die Polster.

»Lass dir das nicht zu Kopf steigen«, sagte ich, die Hände in Willows Fell vergraben. Ich versuchte, mich locker zu geben. »Betrachte es wie … eine Morgenlatte. Aber für Frauen. Das hat absolut nichts mit dir zu tun. So was passiert einfach.« Ich schüttelte den Kopf. »Sexuelle Frustration ist weit verbreitet.«

Diesmal lachte er wirklich. »Klar«, meinte er. »Nur wir beide wissen, dass es allein an mir liegt. Tatsächlich wäre es ziemlich einfach, das zu beweisen.« Und gerade, als ich eine Augenbraue hochzog, hob er den Arm und spannte seinen Bizeps an. »Siehst du?«

Ich liebte seine Arme. Besonders, wenn die Muskeln angespannt waren. Ich schnaubte. »Wirklich?«, fragte ich trocken. »Wie alt bist du? Zehn?«

Cameron richtete sich auf. Dann zog er in einer schnellen Bewegung, mit der ich absolut nicht gerechnet hatte, sein Hemd aus.

Ich klappte abrupt den Mund zu. Meine Wangen wurden warm. Heiß. Er musste nicht mal seine Muskeln spielen lassen. Ich schluckte. Schwer. Und war spitzer als je zuvor. »Ich vergesse immer wieder, wie gerne du gewinnst«, hauchte ich.

»Nah«, sagte er und lächelte breiter. »Du lieferst mir einfach ständig Gründe, mich mehr anzustrengen, Sweetheart.«

Erinnerungen an den gestrigen Abend stiegen in mir auf – nicht von ihm und mir auf der Couch, sondern an unser Gespräch. Die essenziellen Informationen, die wir uns anvertraut hatten, die so wichtig waren für unser gegenseitiges Verständnis. Es war eine intensive Begegnung gewesen, aber auch eine unerlässliche. In diesem Moment hatte ich mich Cameron näher gefühlt als jedem anderen Menschen. Er hatte mir Einblick in seine Seele gewährt ... und ich wusste, wie schwer ihm das gefallen war. Ich fühlte mich schrecklich, weil ich dieses Vertrauen nicht erwidert hatte. Nicht wirklich. Aber wie hätte ich ihm all die Dinge anvertrauen sollen, die zu meinem größten Fehler geführt hatten? Ich fürchtete mich davor, dass Cameron mich hinterher mit anderen Augen sehen könnte. Wie mein Vater oder David es getan hatten. Ich war starr vor Angst.

Als hätte auch er meinen inneren Kampf gespürt, verpuffte Camerons Unbeschwertheit, und er wandte sich von mir ab.

Mein Blick folgte ihm, als er ans andere Ende des Wohnzimmers ging. Die definierten Muskeln seines Rückens bewegten sich mit jedem Schritt und vertrieben alle kohärenten Gedanken aus meinem Kopf. Cameron sank auf die Knie und verschwand damit für einen Moment aus meinem Blickfeld, bevor er sich mit einer Matte in der Hand wieder aufrichtete. Es war *Die Matte*. Was bedeutete, dass Yoga-Zeit war. Ich liebte die Yoga-Zeit. Weil ich ihn dabei ungestört angaffen konnte.

»Für heute bist du vom Haken«, sagte Cameron und warf mir einen wissenden Blick zu. »Doch morgen wirst du dich mir anschließen.« Er wurde ernst. »Ich möchte, dass du dich auch an Meditation versuchst. Ich bin nicht in der Position, irgendwem Vorträge zu halten, Gott weiß, dass ich selbst einige Dinge aufzuarbeiten habe. Aber ich glaube, es könnte dir helfen. Mit dieser Beklemmung, die dich immer wieder plagt.«

»Meinen ... Panikattacken.«

»Ja.« Er nickte. »Meditation wird sie nicht verschwinden lassen.

Ich habe gelernt, dass es dafür eine echte Therapie braucht. Aber ich bin kein Therapeut, und ich bin nicht dein ...« Seine Stimme verklang, und mein Herz setzte für einen Moment aus. »Es ist ein Anfang. Ein Schritt nach dem anderen, ja?« Ich nickte. Er stieß den Atem aus, als wäre er erleichtert, dass ich ihm erlaubte zu helfen. Gott. Dieser Mann. »Gut. Ich werde dich durch die Grundlagen führen. Morgen. Im schlimmsten Fall wird es dich einfach nur für eine Weile von deinen Problemen ablenken.«

Ich beobachtete, wie er die Matte ausrollte. Seine Miene wirkte besorgt. Das gefiel mir nicht. »Ich glaube, dann solltest du ein Hemd tragen«, erklärte ich ihm. »Weil ich fürchte, dass mein Hirn sich sonst nicht entspannen kann.«

Er schenkte mir ein schiefes Lächeln, als wolle er mich wissen lassen, dass er meinen Versuch, die Stimmung aufzulockern, durchaus zu schätzen wusste. Sein Stirnrunzeln blieb.

»Cameron?«, sagte ich. Er hielt inne, um mich anzusehen. »Du solltest dir nicht so viele Sorgen machen. Ich will Yoga und Meditation ausprobieren. Mit dir. Aber ich ... ich bin okay. Größtenteils. Glaube ich. Ich will nicht, dass du nach letzter Nacht das Gefühl hast, du müsstest Dinge für mich in Ordnung bringen. Ich bin sehr lange Zeit gut allein klargekommen.«

»Ich weiß«, antwortete er schlicht. »Langsam verstehe ich, wie lange das schon so ist.« Irgendein Gefühl schien seine Augen von innen zu erleuchten, sodass sie noch grüner wirkten als sonst. Ich konnte den Blick nicht abwenden. »Ich habe nicht vor, deine Drachen für dich zu töten. Nicht, weil ich das nicht will. Glaub mir, ich will es. Sondern weil du es verabscheuen würdest und du mich dafür nicht brauchst.«

Meine Augen begannen zu brennen. Und etwas Seltsames geschah. Da war ein komisches Gefühl tief in meiner Brust. Ein Flattern, das ich nicht verstand. Eine Sehnsucht nach genau dem, wovon er gerade behauptet hat, ich wollte und bräuchte es nicht.

Ein Gefühl huschte über Camerons Gesicht, und ich erkannte an der Art, wie er sein Gewicht verlagerte, dass er sich davon ab-

hielt, zu mir zu kommen. Stattdessen räusperte er sich. »Josie holt
dich in einer Stunde ab, stimmt's?«

Stimmt. »Frauenzeit, ja.«

Cameron starrte für einen kurzen Moment auf seine Füße.
»Ich habe sie gebeten, dich nach dem Mittagessen zurückzubrin-
gen. Und ich habe ihr das Versprechen abgenommen, pünktlich
zu sein, damit ich dich bald wiederhabe. Da ist etwas, was ich für
dich geplant habe. Ist das okay?«

Damit ich dich bald wiederhabe. Das seltsame Flattern verstärkte sich. »Natürlich.«

Die Erleichterung in seiner Miene war so allumfassend, dass
ich zögerte.

Er hatte gedacht, ich würde Nein sagen.

»Dann sollte ich besser duschen gehen«, meinte ich und
wandte mich ab. Ich ging zwei Schritte, bevor ich mich umdrehte.
Cameron sah mich immer noch an. Er hatte sich nicht bewegt.
»Ich würde es nicht verabscheuen, weißt du?«, erklärte ich. Er runzelte die Stirn. »Ich würde es nicht verabscheuen, wenn du derjenige wärst, der meine Drachen für mich tötet.«

29

Adalyn

B ist du dir sicher, dass du zurechtkommst?«
Ich nickte, wagte es aber nicht, den Blick von dem Pfad abzuwenden.

»Wir sind fast da«, fügte Cameron hinzu. Ich spürte, wie er näher kam. Er ging hinter mir und berührte immer mal wieder einen Rücken oder meine Schulter, als wüsste er, wann wir uns einem Felsen oder einem unebeneren Teil des Wegs näherten. Er legte die Handfläche an mein Kreuz, und ich hörte seine Stimme dicht neben meinem Ohr. »Du machst das prima.«

Ich stieß den Atem aus, sodass meine Worte undeutlich klangen. »Ich gehe nur.« Seine Hand glitt höher, schloss sich um meine Taille und drückte sie leicht. Ich musste schlucken, bevor ich weitersprechen konnte. »Das ist nicht mal eine richtige Wanderung. Es ist eher ein Spaz...« Sein Kinn glitt an meiner Wange entlang und machte mir damit das Denken unmöglich.

»Du wolltest was sagen?«, murmelte er. Und als ich nichts erwiderte, lachte er. Dieses tiefe, vielschichtige Geräusch schoss direkt in meinen Magen. Vielleicht sogar ein bisschen tiefer. »Bist du müde, oder hast du Schmerzen?«

»Häh? Was?« Ich runzelte die Stirn, weil mir erst jetzt auffiel, dass ich angehalten hatte. »Es geht mir gut. Und bevor du fragst oder es anbietest, ich muss auch nicht getragen werden wie eine Prinzessin.« Nicht, dass es mir etwas ausgemacht hätte. Ehrlich. Ich fand … das hier nur nicht besonders begeisterungswürdig.

»Ein Mann kann hoffen«, sagte er, ließ den Arm sinken und wartete, dass ich mich erneut in Bewegung setzte.

Bevor ich sein Angebot annehmen konnte, beschleunigte ich meine Schritte … oder bewegte mich vielmehr wieder in der moderaten Geschwindigkeit weiter, die ich seit zwanzig Minuten vorlegte. Ich hörte Camerons leises Glucksen hinter mir, als ich mein Bestes gab, mich auf den Weg zu konzentrieren. Auf meine Beine. Auf die zunehmende Geschwindigkeit meines Herzschlags, die absolut nichts mit Anstrengung zu tun hatte.

»Also …«, setzte ich an und sah kurz über die Schulter zurück. Ein Fehler. Diese moosgrüne Vliesjacke, die er trug, ließ seine Augen leuchten wie Smaragde. Ich schüttelte den Kopf. Noch nie in meinem Leben hatte ich irgendwelche Augen mit Edelsteinen verglichen. »Also, ich, ähm, dachte, man soll nicht wandern gehen, wenn die Sonne bald untergeht?«

»Dein Fuß könnte eine Wanderung gar nicht bewältigen«, meinte Cameron.

Ich starrte stirnrunzelnd auf den Pfad vor mir. »Was tun wir dann?«

»Das Nächstbeste.«

Ich schürzte die Lippen, bereit, mich über seine unnötig nebulöse Antwort zu beschweren, aber dann schlang er erneut den Arm um meine Taille und führte mich nach links.

Uah, er roch so gut, frisch und holzig und so wunderbar, dass ich einfach nicht anders konnte, als den Geruch in mich aufzunehmen. Ich schnüffelte an ihm. Genau wie Willow und Pierogi es taten. Und Cameron, der meine Reaktion durchaus bemerkt hatte, brummte leise.

Und als wäre dieses kehlige Geräusch noch nicht schlimm genug, senkte er den Kopf und sagte: »Es fällt mir wirklich schwer, die Finger von dir zu lassen.« Ich stoppte für einen Moment, unfähig, das Kribbeln zwischen meinem Magen und meiner Brust zu verarbeiten. Cameron schob uns weiter. »Weil ich dich in all dieser Kleidung sehe, die ich für dich gekauft habe.«

Hitze schoss in meine Wangen. Aber … es fühlte sich gut an. Nein. Es fühlte sich *toll* an. Diese Worte, dieses Geständnis zu hören verschaffte mir ein Vergnügen, das ich so noch nie zuvor empfunden hatte. Vielleicht verspürte ich deswegen den Drang, ihn zu befragen. Um zu verstehen. Ich sah an mir hinunter. »Ich trage Schichten über Schichten«, krächzte ich. Das konnte nicht attraktiv sein. Oder anziehend. »Ich bin die Outdoor-Version einer Zwiebel. Du hast darauf bestanden. Wie kannst du das … attraktiv finden?«

Cameron stieß ein dunkles Lachen aus. »Wäre es so schlimm, wenn es mich hart macht, dich warm und sicher zu wissen?«

Mein Blut sauste nach unten.

Meine Beine versagten mir den Dienst. Ich sank gegen ihn, und sofort schlossen sich beide Arme um mich, um mich zu stützen.

Wäre es so schlimm, wenn es mich hart macht, dich warm und sicher zu wissen?

Seltsame Dinge gingen in meinem Körper vor. Ich zitterte als Reaktion auf Camerons Worte. Ich wollte mich umdrehen, weil ich nach dieser Aussage einfach sein Gesicht sehen musste.

Aber etwas vor mir sorgte dafür, dass ich innehielt.

»Cameron?« Ich blinzelte, weil ich mich fragte, wie ich das bisher hatte übersehen können. »Was ist das?«

Das war wirklich die dämlichste Frage, die ich stellen konnte. Falls der Mann, der mich gerade gegen seine Brust drückte, es ebenso empfand, sprach er es zumindest nicht aus. »Heute Abend beobachten wir die Sterne.« Er trat um mich herum und deutete nach rechts. »Das Zelt ist nur eine Vorsichtsmaßnahme. Für den Fall, dass dir zu kalt wird und du dich eine Minute aufwärmen willst. Ich habe im Verlauf des Tages ein paar Decken und eine Thermoskanne hineingelegt. Aber wir werden nicht die ganze Nacht zelten.« Cameron wandte sich mir zu, sah mich an und schenkte mir ein kleines Lächeln. »Der Seitenstreifen, auf dem wir geparkt haben, ist nur eine Viertelstunde entfernt, also können wir zurückgehen, wann immer du willst.«

Heute Abend beobachten wir die Sterne.

Meine Brust wurde so eng, dass es sich anfühlte, als würden meine Organe gequetscht. »Du ...« Das Wort klang so zittrig, dass ich mich erst räuspern musste. »Du warst schon früher am Tag hier, um alles vorzubereiten? Warst du deswegen nicht zu Hause, als Josie mich abgesetzt hat?«

Cameron legte den Kopf schief, und sein Kiefer wurde hart. Etwas huschte über seine Miene. Zu schnell, um das Gefühl zu identifizieren.

»Stimmt etwas nicht?«, flüsterte ich.

»Im Moment ist alles ganz wunderbar.« Er streckte mir die Hand entgegen – diese langen Finger, mit denen ich langsam eine Besessenheit entwickelte, leicht gespreizt. »Komm her.«

Ohne zu zögern, überbrückte ich den Abstand zwischen uns. Ich starrte die Hand an, die in der Luft schwebte und auf mich wartete. Auf uns. Und als ich sie ergriff, spürte ich seine Berührung tief in mir. In diesem Moment veränderte sich etwas. Ich konnte es fühlen. Spürte eine Verschiebung. Cameron führte mich näher zum Zelt, dann gab er meine Hand frei, um den Rucksack abzustellen, den er trug. Er zog eine dicke Decke heraus und drapierte sie auf dem Boden, dann holte er etwas aus dem Zelt, was ich als Outdoor-Version eines Picknickkorbes identifizierte. Endlich setzte er sich auf eine Hälfte der Decke und streckte die Beine aus.

Erst als er zu mir aufsah, mit einem leisen Lächeln, das seine Lippen umspielte, wurde mir klar, dass ich mich nicht bewegt hatte. Er zog am Saum meiner Jacke und zeigte mir das breite Grinsen, das ich so sehr liebte. Aber ich rührte mich immer noch nicht.

»Darling«, mahnte er. Seine Augen funkelten amüsiert. »Wenn du nicht aufhörst, mich so anzusehen, kann ich nicht versprechen, dass du heute Abend einen einzigen Stern sehen wirst.«

Versprich es mir, wollte ich sagen. *Versprich mir, dass du das nicht*

tun wirst. Versprich mir, dass du alles bist, was ich heute Abend wahr-
nehmen werde. Aber ich sprach die Worte nicht aus. Stattdessen
schloss ich mich ihm auf der Decke an. Mein Herz raste vor
Vorfreude und … Verheißung. Ja, das musste es sein, was mir den
Atem raubte. Ein warmer Behälter wurde gegen meine Finger
gedrückt, und als ich aufschaute, waren Camerons Augen auf
mich gerichtet. Seine Gesichtszüge sanft und hart gleichzeitig.

»Danke dir«, flüsterte ich.

Camerons Antwort bestand aus einem Nicken in Richtung
des Behälters auf meinem Schoß. Die Thermoskanne. Ich hob
meinen Becher und nippte vorsichtig daran, schmeckte Milch
und Kakao. Wärme glitt durch meinen Körper, zum Teil wegen
des Getränks, aber überwiegend wegen des Mannes an meiner
Seite. Ich richtete den Blick auf den Horizont vor uns, auf diese
unebene Silhouette von Hügeln, in der die Sonne schon fast verschwunden war.

»Ich weiß nicht, was ich sagen soll«, gestand ich ehrlich. Ich
wagte einen kurzen Blick zur Seite, nur um festzustellen, dass er
mich immer noch ansah. »Ich bin an … so was nicht gewöhnt.«
Ich wusste, dass Cameron verstand, dass ich nicht von der Wanderung sprach, oder der Aussicht, oder von warmen Getränken
und Decken. Wahrscheinlich wandte ich mich deswegen wieder
dem langsam dunkler werdenden Himmel zu. Bald schon würden kleine Lichtpunkte über uns erscheinen. »Die Sonne ist noch
nicht ganz untergegangen, und es ist bereits so schön. Damit
hatte ich nicht gerechnet.«

»Die Aussicht ist wirklich unglaublich«, stimmte er zu, und
lieber Himmel, ich konnte seinen Blick auf mir spüren. »Du hast
mir diese Idee in den Kopf gesetzt, weißt du das?«

Ich runzelte die Stirn. »Wie?«

»In der Nacht am See«, antwortete er mit einem leisen Lachen.
»Du lagst auf dem Rücken, betupft mit Ziegenkacke, und hast zu
den Sternen aufgestarrt. Du hast nicht die Stirn gerunzelt, nicht
schmerzerfüllt das Gesicht verzogen, sondern für einen Moment
zeigte deine Miene nur glückselige Ehrfurcht.« Ich sah zu ihm

und bemerkte, dass er den Kopf schüttelte. »Diesen Ausdruck hatte ich noch nie auf deinem Gesicht gesehen. Und die Erkenntnis, wie schön du warst und wie wahnsinnig ich dich in diesem Moment begehrte, hat mich getroffen wie ein Schlag. Hat mich so unvorbereitet erwischt, dass ich nicht mal sprechen konnte.« Er biss die Zähne zusammen. »Und dann hast du alles noch schlimmer gemacht.«

Meine Worte waren nur ein zittriges Hauchen. »Habe ich?«

»Du musstest unbedingt in diesen See springen und diese verflixte Ziege aus dem Wasser ziehen, als hinge dein Leben davon ab«, stieß Cameron mit einem humorlosen Lachen hervor. »Du, in hohen Schuhen und einem verdammten Kostüm ...« Er schnaubte. »Gott, ich war nie in meinem Leben schockierter oder erregter.« Sein Adamsapfel hüpfte. »Ich glaube, ein Teil von mir hat an diesem Abend beschlossen, dass ich dich eines Tages hierherbringen würde.«

Ich führte erneut den Becher an den Mund; ermahnte mein Herz, sich zu beruhigen, den Pulsschlag in meinen Schläfen zu verlangsamen, damit ich diesen atemberaubenden Ort genießen konnte. Aber Camerons Worte hallten in meinem Kopf wider. Ich spürte ihr Gewicht und was unausgesprochen in ihnen mitschwang. Was zwischen uns geschah.

Für einen Augenblick sanken meine Lider flatternd nach unten, und bevor mir wirklich klar war, was ich sagen würde, drangen die Worte schon über meine Lippen. »Wie geht es für dich weiter, Cam?«

Das hörbare Stocken seines Atems machte mich darauf aufmerksam, dass ich ihn Cam und nicht Cameron genannt hatte. »Ich weiß es nicht«, antwortete er, und ich konnte die Aufrichtigkeit in seiner Stimme hören. Ich spürte auch, dass da ein Anflug von ... Angst, vielleicht ... mitschwang. Von Unsicherheit. »Es liegt ein TV-Experten-Job auf dem Tisch, in London. Ich will ihn nicht.«

Warum?, wollte ich fragen. *Wirst du die USA also nicht verlassen?* Mir fehlte jedoch der Mut, die Frage zu stellen. Ein Teil von mir wollte die Antwort einfach nicht hören. Ich wollte nicht, dass er ging, aber das war unfair. Weil ich auch nicht in Green Oak bleiben würde. Ich würde bald verschwinden.

Cameron bewegte sich auf der Decke, rückte näher an mich heran. Ich zitterte wieder, was nichts mit Kälte zu tun hatte. Und ich glaubte, dass Cameron das ebenfalls wusste. »Freust du dich schon auf die Rückkehr nach Hause?«

»Ich weiß es nicht.« Ich starrte auf meine Füße. Zu Hause. »Ich dachte, ich wäre froh, wenn diese ganze Sache ein Ende findet und ich zu meinem Leben zurückkehren kann. Aber ich ... Es ist seltsam. Ich habe mich immer als Teil der Miami Flames wahrgenommen; je mehr Zeit ich hier verbringe, desto losgelöster fühle ich mich allerdings vom Club. Als wäre ich nie wirklich Teil der Flames gewesen. Nicht wirklich.«

Camerons Hand fand meinen Schenkel, ein schweres Gewicht. Ihre Wärme drang durch den dicken Stoff der Hosen, auf die er bestanden hatte. Diese langen Finger pressten sich auf eine Weise in meine Haut, die mich daran denken ließen – mich wünschen ließen – er würde mehr tun als das.

»Ich habe immer davon geträumt, eines Tages die Leitung des Clubs zu übernehmen«, hörte ich mich gestehen. »Du weißt schon, den Platz meines Vaters einzunehmen. Vielleicht habe ich deswegen keinen Moment gezögert, hierher zu kommen. Das war meine Möglichkeit, mich reinzuwaschen und seinen Respekt zurückzugewinnen, nachdem ich ihn beschämt hatte.« Mir fielen Davids Worte ein, die ich an diesem Tag belauscht hatte. »Auch wenn ich inzwischen nicht mehr davon ausgehe, dass mein Vater je wirklich an mich geglaubt hat. Und vermutlich habe ich ihn noch in seinen Ansichten bestätigt.«

»Hör auf damit«, sagte Cameron neben mir. »Hör auf, Rechtfertigungen für jede einzelne Person zu finden, die dich wie Dreck behandelt.« Er runzelte die Stirn, und als seine Lippen sich öffneten, wusste ich bereits, welche Frage er stellen würde. »Was ist geschehen, Sweetheart?«, fragte er mich sanft. »Was hat man dir angetan, dass du so gebrochen bist?«

Gebrochen.

Ich war gebrochen, oder?

Ja. Daran bestand kein Zweifel.

Meine Schläfen pulsierten, als Erinnerungsfetzen an diesen Tag in mir aufstiegen, an das Video. Aber vor allem musste ich daran denken, wie Cameron darauf reagiert hatte. An seine Worte.

Ich hätte alles in meiner Macht Stehende getan, um dich zu schützen.

»Niemand hat mir etwas angetan.« Ich stolperte über die Worte, spürte, dass meine Hände zitterten, und stellte deswegen den Becher neben mich. »Ich bin die Einzige, die Verantwortung für meine Handlungen trägt. Mir etwas anderes einzubilden, wäre dumm. Und unreif.« Ich schüttelte den Kopf. »Was geschehen ist, ist es nicht wert, diese wunderschöne Nacht mit dir zu ruinieren.«

Cameron zog die Hand von meinem Schenkel und führte sie stattdessen an meinen Hinterkopf. Seine Finger glitten in mein Haar. Ich drehte den Kopf, um ihn anzusehen. »Lass mich entscheiden, was meine Aufmerksamkeit wert ist«, erklärte er mir, plötzlich nicht mehr sanft.

Und ich konnte es in seinen Augen sehen, so klar wie der helle Tag. *Es hätte mich, verdammt noch mal, interessiert. Sag es mir. Vertrau mir.*

Also drangen die Worte aus meinem Mund. »Mein Ex, David, hatte gelogen. Hatte mich benutzt. Und mein Vater hatte seinen Anteil daran.«

Wut verdunkelte Camerons Augen – ein Zorn, der mich an gestern Abend erinnerte, als er dieses dämliche Video gesehen hatte. Für eine Sekunde dachte ich, er würde mich freigeben, sich zurückziehen, stattdessen legte er die Hand seitlich an meinen Kopf, besitzergreifender als bisher. Als hätte er Angst, dass ich verschwinden könnte. Aber vielleicht fürchtete er auch, ich könne erneut brechen.

»Es hat sich herausgestellt, dass ich nichts anderes war als ein Pfand für einen geschäftlichen Vorgang«, erklärte ich ihm. Und Gott, mir wurde schlecht, als ich die Worte aus meinem eigenen

Mund hörte. Als ich mir zum ersten Mal erlaubte, wirklich darüber nachzudenken. Ich zwang mich, weiterzusprechen. »David wollte eigentlich nie mit der unscheinbaren, langweiligen Adalyn ausgehen. Er wollte nur die Tochter von Andrew Underwood. Und mein Dad hatte ihn ermuntert, weil unsere Beziehung einfach … Sinn ergab. David war der Sohn eines Geschäftspartners, und ich war seine Tochter. Dieselben sozialen Kreise, dasselbe Alter. Er …« Camerons Miene wurde hart, und ich stieß ein humorloses Lachen aus. »Er hat David eine Position im oberen Management des Clubs versprochen, wenn er mich heiratet. Als wäre ich eine … Aktie oder eine Ware, die man tauscht. Und noch schlimmer: als könnte er nicht glauben, dass David – oder irgendwer – ohne eine Kompensation oder irgendeine Art von anderer Motivation mit mir ausgehen könnte. Keine Ahnung.«

Der Mann neben mir sprach kein Wort. Seine einzige Reaktion bestand darin, sanft mit dem Daumen über mein Kinn zu streichen. Beruhigend. Ermutigend. Während ein Sturm sich in seinen grünen Augen zusammenbraute.

»Mein Vater hatte nicht ganz unrecht«, fuhr ich fort. »David hatte nie vorgehabt, mich zu heiraten. Wahrscheinlich wollte er nicht mal mit mir ausgehen … wenn man bedenkt, dass ich im Bett ›frigide, langweilig und leicht zu vergessen‹ bin.« Ich zeichnete Gänsefüßchen in die Luft. Das waren seine Worte gewesen. Und das sollte mich nicht interessieren, aber … das tat es. Einem Teil von mir war es wichtig. »Deswegen hat er mich in dem Moment, in dem er den Job hatte und das auch verkündet worden war, fallen gelassen wie die Bürde, als die er mich angesehen hat. ›Noch mal davongekommen‹, hat er gesagt.« Ein humorloses Lachen drang über meine Lippen. »Ich kann mir nicht mal vorstellen, wie sauer mein Vater gewesen sein muss, als sein Plan nicht nur nach hinten losgegangen ist, sondern er letztendlich auch von David erpresst wurde.«

Ich konnte mir das Gesicht meines Vaters gut vorstellen. Wie es sich verzog, wann immer etwas nicht nach seinen Vorstellungen lief. Und was noch seltsamer war: Wie konnte sich jemand, der so viele Leute getäuscht hatte, sich selbst so täuschen lassen? Das verstand ich einfach nicht.

»Inwiefern erpresst?«, fragte Cameron.

Erst da fiel mir auf, dass ich verstummt war.

»David hat damit gedroht, alles publik zu machen, falls mein Vater ihn feuert oder degradiert.« Am Tag des Sparkles-Vorfalls hatte eine Jubiläumsfeier des Clubs stattgefunden, mit einem Umtrunk vorher. Ich wusste, was Alkohol mit David anstellte. Er machte ihn übermütig. Prahlerisch. »Ich habe David zufällig belauscht. Er hat das alles nur zu gern ... Paul erzählt. Sparkles. Er hat dem Maskottchen der Mannschaft fröhlich all seine Geheimnisse anvertraut. Einem riesigen Vogel mit kreischend bunten Federn. Direkt dort, im Treppenhaus, wo jeder ihn hätte hören können. Als wäre es eine unanständige Geschichte, die man in der Umkleide seinen Kumpels erzählt, statt ... mein Leben.«

Ich brach ab, weil ich eine Sekunde für mich brauchte. Um mich auf Camerons Berührung zu konzentrieren.

»Ich habe mich so klein gefühlt«, fuhr ich schließlich mit brechender Stimme fort. »David hatte entschieden, dass ich unzumutbar bin. Mein Vater schien überzeugt, dass ich unfähig war, selbst die simpelsten Vorgänge des Lebens allein zu bewältigen. Und noch schlimmer, ich fühlte mich von dem Club verraten, dem ich so viel gegeben hatte. Dass ausgerechnet Sparkles sich das alles anhörte, machte die Situation aus irgendeinem bizarren Grund noch schlimmer.« Meine Stimme zitterte. »Als ich also kurz darauf – keine zehn Minuten später – gesehen habe, wie dieser alberne Vogel mitten in der Menge, die aus allen bestand, die eine Rolle für die Miami Flames spielen, mit dem Hintern gewackelt hat, als wäre gar nichts geschehen ... als wäre gerade nicht meine Welt aus den Angeln geraten ... bin ich gebrochen.«

Camerons Blick huschte über mein Gesicht, meinen Körper, auf fast verzweifelte, ziellose Weise. Und als er mir endlich wieder in die Augen sah, erkannte ich die Frage darin. Also nickte ich – wie sollte ich das nicht tun. Und bevor ich auch nur blinzeln konnte, hatte er mich auf seinen Schoß und an seine Brust gezogen.

»Das Letzte, woran ich mich erinnern kann, ist, dass ich auf Paul zugegangen bin«, flüsterte ich. Cameron schlang die Arme um meine Taille. Eng. Enger, als ich je gehalten worden war. »Und dann lag Sparkles' Kopf vor meinen Füßen.«

Cameron stieß ein tiefes Brummen aus, dessen Vibrationen sich auf meinen Körper übertrugen.

»Ich würde es dir nicht übel nehmen, wenn du mich für verrückt hältst«, hörte ich mich sagen. »Wenn man bedenkt, dass ich trotz allem, was ich gehört habe, jetzt hier bin, um mich diesen Männern zu beweisen. Meinem Vater meinen Wert zu beweisen. Statt die beiden mit ihren Taten zu konfrontieren.« Ich konnte nur murmeln. »Aber ich vermute, so mutig bin ich nicht. Und ich bin immer noch angeschlagen. Ich hasse Chaos. Gewöhnlich bin ich diejenige, die dann aufräumen muss.«

Dieser Club war alles, was ich kannte. Die Miami Flames – und damit auch mein Vater – waren mein Leben. Was also hätte ich tun sollen, statt zu versuchen, sie zurückzugewinnen?

»Willst du hören, was ich denke?«, fragte Cameron.

Ich schloss die Augen, kuschelte meinen Kopf unter sein Kinn, vergrub meine Nase in seiner Brust. Gott, ich fand es hier einfach wunderbar. Ich liebte es, wie fest er sich unter mir anfühlte. Wie sicher ich mich in seinem Halt fühlte. Das wollte ich nicht verlieren. »Nein, will ich wirklich nicht. Aber ich weiß auch, dass du es mir trotzdem sagen wirst.«

Ein Lufthauch glitt über meine Schläfe, und für einen Moment löste sein Schweigen Panik in mir aus. Es bedeutete mir etwas, wie Cameron von mir dachte; wie er in Bezug auf mich empfand; wie er mich sah. Es bedeutete mir fast *zu* viel. Und mir fiel auf, dass dies keine neue Entwicklung war. Einem Teil von mir hatte es immer etwas bedeutet.

»Ich denke«, sagte er schließlich, dann lagen plötzlich seine Hände an meinen Wangen, um mein Gesicht anzuheben. »Dass du sehr hart mit dir selbst ins Gericht gehst für jemanden, der ständig das schreckliche Verhalten anderer Leute rechtfertigt.« Das Grün seiner Augen verdunkelte sich, und seine Zunge huschte über seine Unterlippe, als müsse er sich für die nächsten Worte wappnen. »Ich denke, dass du so hart daran gearbeitet hast, dich unter Kontrolle zu halten … Sicherheit hinter dieser harten Schale zu finden, die du um dich errichtet hast … dass der Zusammenbruch kommen musste.« Sein Blick sank auf meine Lippen, und sein Daumen folgte den Konturen meines Mundes. »Ich weiß auch, dass ich in dem Moment, in dem wir uns von dieser Decke erheben, gegen den Drang ankämpfen werde, in den nächsten Flieger nach Miami zu springen.« Sein Stirnrunzeln vertiefte sich. Er wirkte konzentriert. Und das lenkte mich ab. »Aber vor allem …« Seine Stimme verklang in einem knurrenden Laut.

Ich konnte nichts tun, als zuzusehen, wie der Mann, der mich in den Armen hielt, einmal tief einatmete, als bräuchte er eine kurze Pause. Einen Moment für sich. Er stieß einen leisen Fluch aus, und bevor ich mich wappnen konnte, bewegten sich seine Hände, glitten um meine Taille und drehten mich auf seinem Schoß, bis wir uns direkt ins Gesicht sahen.

»Vor allem«, sprach er weiter, so leise, dass ich ihn nicht gehört hätte, wären wir uns nicht so nahe gewesen, »weiß ich, mit erschreckender Klarheit, dass ich, kaum dass der Schock und die Wut über die Hässlichkeit der Welt abgeebbt waren, noch nie in meinem Leben von einer solchen Darstellung von Wildheit so beeindruckt, so überwältigt und so erregt gewesen bin.« Er hob mich mit seinen Beinen an, hielt unverwandt meinen Blick, während er dafür sorgte, dass meine Knie auf beiden Seiten seiner Hüften die Picknickdecke berührten. »So sehr, dass ich mich körperlich davon abhalten muss, dich zu küssen, seitdem ich dieses Video gesehen habe. Davon abhalten muss, deinen Mund zu erobern und das Feuer, das in dir brennt, auf meiner Zunge zu spüren.«

Das Feuer, das in dir brennt.

Feuer. Cameron sah Feuer in mir.

Und es fühlte sich tatsächlich an, als würden plötzlich Flammen in mir lodern, weil mir so heiß wurde, dass mir das Atmen schwerfiel. Ich konnte nichts anderes denken als *Küss mich. Bitte. Erobere meinen Mund.* »Das ist lächerlich«, flüsterte ich.

»Vielleicht«, meinte er mit harter Miene. »Aber deswegen nicht weniger wahr.«

Meine Hände packten den Stoff seiner Jacke. Noch nie in meinem Leben hatte ich solches Verlangen gespürt. Diese schwindelerregende Anziehungskraft, die weit über Aussehen und Tätowierungen und Muskeln hinausging. *Er* war es. Es war Cameron, der diese Sehnsucht in mir auslöste.

Cameron senkte seinen Kopf. »Verstehst du nicht? Du bist alles andere als leidenschaftslos, Adalyn. Du bist unermüdlich, entschlossen, wild. Und du hast in jedem Moment, den du in meiner Nähe verbracht hast, dafür gesorgt, dass ich mich so lebendig gefühlt habe wie die vermaledeite Sonne, die bei Sonnenaufgang alles erhellt. Jeder, der das nicht erkennt, ist entweder blind oder ein wertloses Stück Sch…«

»Cameron«, flüsterte ich.

Irgendetwas geschah zwischen uns.

Er biss die Zähne zusammen. »Sag es mir«, meinte er. Mein Herz schlug schneller, als wollte es aus meiner Brust springen. Seine Hände schlossen sich um meine Taille, gruben sich in meine Haut. »Erlaube mir, dich …«

Ich schloss den Abstand zwischen unseren Lippen.

Cameron wirkte für eine Zehntelsekunde verblüfft – als hätte er damit gerechnet, dass ich ihn zurückwies –, dann schmolz er förmlich dahin, begleitet von einem tiefen, kehligen Geräusch. Sein Mund bewegte sich auf meinem, öffnete sich, eine seiner Hände hob sich, fand meinen Hinterkopf und zog mich enger an ihn.

Jede Zelle meines Selbst, mein gesamtes Ich, erwachte unter seinen Lippen zum Leben. Cameron vertiefte den Kuss. Und als ein Wimmern aus meiner Kehle stieg, vergrub er die Finger in meinem Haar. Ich schlang die Arme um seinen Hals und klammerte mich mit einer Verzweiflung an ihm fest, die ich so noch nie empfunden hatte.

Wieder spürte ich die Vibrationen seines Körpers an meinem, als er stöhnte. Seine andere Hand glitt über meinen Rücken. Er zog mich auf seinem Schoß höher. Unsere Hüften trafen sich, und Gott, ich konnte ihn heiß und hart unter mir fühlen. Sein Körper war so unbeschreiblich stark, so ... *präsent*, dass jeder klare Gedanke aus meinem Kopf verschwand.

Mit einem Keuchen löste ich mich von ihm, um nach Luft zu schnappen. Sofort glitten Camerons Lippen über meine Kinnlinie, über meine Haut, meinen Hals, zu meinem Ohr. Er umspielte sanft meine empfindliche Stelle dort. Meine Lider sanken flatternd nach unten, und ein lautes Stöhnen hallte durch die Nacht, von dem ich mir nicht sicher war, ob es wirklich von mir stammte.

»Verdammt«, grollte er an meiner Haut.

Kribbelnde Wellen – Funken, Elektrizität – glitten über meinen Körper. Mein Herz raste, kochte vor Verlangen, und mein Blut schoss dorthin, wo unsere Hüften sich berührten. Ich öffnete die Augen wieder, um festzustellen, dass Cameron mich ansah, aufmerksam, entschlossen, als wolle er mich wissen lassen, dass es jetzt kein Zurück mehr gab.

Unser Kuss hatte etwas veränderte, und das sollte ich wissen. Das sagte mir Cameron. Und ich wehrte mich nicht länger gegen diese Vorstellung – wehrte mich nicht länger gegen ihn.

Ich gab mir selbst eine Chance.

Ich schloss meine zitternden Finger um seinen Nacken, und diesmal kostete ich den Geschmack seiner Lippen aus, prägte mir ein, wie seine Zunge mit meiner tanzte, und genoss bebend das Gefühl, auf diese Weise geküsst zu werden, auf diese Weise zu küssen.

Als wir uns voneinander lösten, um nach Luft zu schnappen, atemlos, wie betrunken, flüsterte Cameron: »Sag mir, dass du das auch fühlst.«

Ich nickte einmal, versicherte ihm schweigend, dass ich noch viel mehr wollte. Ich wollte alles fühlen. Cameron hob ruckartig seine Hüften. Angesichts der Reibung an dieser plötzlich so empfindsamen Stelle zwischen meinen Beinen stöhnte ich. Gott, ich pulsierte. Pochte vor Verlangen.

»Mehr?«, fragte Cameron an meinen Lippen. Und als ich nicht antwortete, packte er mich, zog mich mit sanftem Halt fester an sich, während er die Bewegung wiederholte. Ein weiterer, kurzer Stoß. Mir entfuhr ein selbstvergessenes Geräusch, dann sagte er: »Das habe ich mir gedacht.«

Ich schloss erneut die Augen, versuchte, all diese Emotionen, diese Beben, diese Wallungen zu identifizieren, die in mir tobten und mich tiefer und tiefer in der Nacht versinken ließen. In ihm. Cameron.

Er begann sich wirklich zu bewegen, spreizte seine Beine und positionierte mich so, dass dieses Verlangen in mir noch höher getrieben wurde. Jetzt konnte ich seine Härte deutlich spüren. Ich fühlte seine Hitze. Instinktiv drängte ich mich ihm entgegen.

O Gott.

»Noch mal«, verlangte er, beide Hände an meinem Hinterkopf. Als ich mich nicht bewegte, weiterhin wie betäubt davon, wie gut sich das angefühlt hatte, küsste er mich erneut, flehte mich auf diese Weise an, mich zu bewegen. Befahl es mir. Meine Hüften senkten sich. Und dann noch mal und noch mal. Und als Cameron den Kuss brach, schob er den Mund neben mein Ohr. »Gut … das ist gut.«

Ich war wie befreit. Irgendetwas in mir überwältigte meinen Verstand, sorgte dafür, dass ich mich in verzweifeltem Verlangen an seiner Härte rieb.

»Lass mich sehen, wie wunderbar du kommst«, flüsterte er mir rau ins Ohr, während er sich mir entgegenwarf. Inzwischen zitterte mein gesamter Körper, pulsierte im Takt unserer Bewegungen. Meine Hände setzten sich in Bewegung, versuchten verzweifelt, den Stoff zu entfernen, der uns trennte. Ich zerrte an seiner Jacke, wollte sie zerreißen. Verschwinden lassen. Cameron fing mit langen Fingern meine Handgelenke ein. »Reite mich«, befahl er mit heiserer, tiefer Stimme.

Für einen Moment gab er meine Hände frei, aber nur, um sie

hinter meinen Rücken zu führen. Ich wölbte den Rücken, meine Hüften verschoben sich, und jetzt drängte er sich direkt an meine Klit. »Ich muss dich spüren«, murmelte ich, während er meine Hände auf meinem Rücken festhielt. Ich wollte ihn. »Ich muss deine Haut spüren.«

»Ich werde weder dir noch mir ein einziges Kleidungsstück ausziehen«, flüsterte er an meinem Mund. »Was habe ich dir gesagt, hm, Sweetheart?« Er drängte mir die Hüften entgegen, drängte sich noch enger an mich. »Ich kann ein bisschen gemein sein, wenn es nötig wird. Und jetzt heb die Hüften, und bring dich selbst an mir zum Höhepunkt.«

Ich meinte, ein Geräusch irgendwo um uns herum zu hören, ein Geräusch, das ich hätte erkennen müssen. Aber das war mir egal. Ich konnte nicht darüber nachdenken, während ein Stöhnen nach dem anderen aus meiner Kehle drang. Während ich mich zu sehr in diesem Vergnügen verlor – in uns –, um mich darum zu kümmern. Also drängte ich mich Cameron entgegen, gehorchte seinem Befehl und verlor mich an seinem harten Schwanz, den der Stoff seiner Hose kaum bändigen konnte, als er über meine Klit glitt. O Gott. »Cameron?«, wisperte ich.

»Lass los, Sweetheart«, stieß er so verzweifelt, so voller Verlangen hervor, dass allein der Klang seiner Stimme mich dem Orgasmus entgegentrieb. Seine freie Hand glitt über meinen Rücken, über meinen Hintern, an meine Hüfte, wo sie mich ermunterte, ihn schneller zu reiten. Heftiger. »Ich will, dass du einfach loslässt und mir zeigst, wie verdammt hell du brennst.«

Etwas explodierte hinter meinen Lidern. Mein gesamter Körper schien nur noch aus kribbelnden Nerven zu bestehen, die in einem so intensiven Höhepunkt vibrierten und pulsierten, dass ich dachte, es würde niemals enden.

»Verdammt«, flüsterte Cameron. Er gab meine Handgelenke und Hüfte frei, um die Hände an mein Gesicht zu heben. Er zog mich an sich, presste einen harten Kuss auf meine Lippen. »So verdammt schön«, murmelte er, bevor er die Stirn an meine sinken ließ.

Ich atmete schwer ein und aus, und da ich mich erschöpft und wie betäubt fühlte, ließ ich mich mit meinem ganzen Gewicht gegen Cameron sinken. Ich öffnete die Augen, und mir wurde erst in diesem Moment klar, dass ich sie irgendwann geschlossen hatte. Camerons Nasenflügel waren gebläht, und er stieß rau den Atem aus. Ich presste die Hände an seine Brust, um seine schwere Atmung zu spüren.

Ich fing seinen Blick ein. In dem tiefen Grün brannte Verlangen. Ich wollte ihn sehen. Ich wollte …

Cameron küsste mich wieder. Gleichzeitig hart und weich. Ich schmiegte mich an ihn, schob die Hände suchend über seine Brust nach unten, bis ich den Rand seiner Jacke erreichte. Ich ließ die Finger unter den Stoff gleiten, wie er es vorhin nicht erlaubt hatte, und hakte die Daumen in den Bund seiner Hose.

»Ach, Sweetheart«, hauchte er, gefolgt von einem humorlosen Lachen. »Ich werde dich nicht mitten im verdammten Wald nehmen.«

Ich zerrte an seiner Hose, stieß den Atem aus. »Aber nur ich bin gekommen. Ich schulde dir einen Orgasmus.«

»Du schuldest mir absolut gar nichts.« Er drückte mir einen Kuss auf die Nasenspitze und erklärte mit rauer Stimme: »Ich verspreche, so heftig zu kommen wie nie zuvor, wenn ich endlich in dir bin. Aber nicht hier.«

Ich schluckte, dann zog der süße Geschmack von Glück und Verheißung meine Mundwinkel nach oben. »Ziemlich vermessen von dir, einfach anzunehmen, dass es so weit kommen wird.«

Dieses schiefe Grinsen erschien. »Töricht von dir, davon auszugehen, dass ich nicht immer noch eine langfristige Strategie verfolge. Wir spielen hier *the long game*, Sweetheart.«

Das Herz schlug mir bis zum Hals. Ich starrte ihn an, während ich versuchte, die Hoffnung zu ersticken, die in mir aufkeimte; den Drang zu ersticken, ihn zu fragen, ob er diese Worte wirklich ernst meinte. »Cam …«

Mein Handy klingelte. Und ich … war das schon mal passiert? Ich meinte, mich vage zu erinnern.

Mit einem Brummen streckte Cameron den Arm aus und zog das Gerät aus der vorderen Tasche des Rucksacks.

Er reichte es mir. Ich nahm den Anruf an, ohne den Blickkontakt mit ihm zu unterbrechen.

Töricht von dir, davon auszugehen, dass ich nicht immer noch eine langfristige Strategie verfolge.

Wie langfristig?, wollte ich fragen. *Wie ...*

Josies Stimme erklang in der Leitung, aber ich war so sehr auf Camerons Blick konzentriert – auf diesen Ausbruch von Hoffnung und Angst in meiner Brust –, dass ihre Worte kaum zu mir durchdrangen.

»Was?«, stieß ich hervor, unsanft zurück in die Welt gerissen. »*Was?* Meine Mutter ist hier?«

30

Adalyn

*C*ameron stoppte den Wagen direkt vor *Josie's Joint*.

Er schaltete den Motor aus. Das Schweigen, das sich im Auto ausbreitete, machte es leichter, das wilde Pochen meines Herzens wahrzunehmen. »Es tut mir so leid«, flüsterte ich.

Seine Hand fand erneut meinen Schenkel, schwer und warm. Mein gesamter Körper erwachte bei der Berührung. Gute Güte, hätte sich so meine Pubertät anfühlen sollen? Diese Rastlosigkeit, diese sinnliche Wärme, die durch mein Blut floss, diese … Geilheit?

»Was tut dir leid, Sweetheart?«, fragte der Mann neben mir, als gäbe es nicht hundert Gründe, mich zu entschuldigen.

»Du hast diesen wunderbaren Abend organisiert, aber statt uns die Sterne anzusehen, habe ich es irgendwie geschafft, zu viel zu reden, dich sexuell frustriert zurückzulassen und im Anschluss dazu zu bringen, meine Mutter abzuholen.«

Das Lachen, das er ausstieß, sorgte dafür, dass ich ihn ansah. Uah, er war so verdammt attraktiv, wenn er so lächelte. »Ich dachte, ich hätte absolut klargestellt …«, sagte er, als er seine Tür öffnete.

Runzeln erschienen auf meiner Stirn, aber mein Blick saugte sich an ihm fest – seinem Hintern, seinen Schultern, seinem gesamten Körper –, als er mit selbstbewussten Schritten um den

Wagen herumging. Das war wahrscheinlich noch schlimmer als sechzehn sein.

Cameron öffnete auch meine Tür und lehnte sich in den Innenraum. »Die Sterne am Himmel werden nicht weglaufen«, sagte er, seine Stimme nur ein tiefes Rumpeln. »Du redest nicht zu viel, niemals. Du hast mir etwas anvertraut, nachdem ich danach gefragt hatte.« Er senkte den Kopf, und seine Miene wurde streng. »Ich bin alles andere als sexuell frustriert«, fügte er hinzu. Seine Augen huschten über meinen Hals nach unten, bis zu meiner Brust, bevor er den Blick auf meinen Mund richtete. »Wenn überhaupt, bin ich vollkommen ausgehungert.« Er räusperte sich. »Und neugierig ... sowie auch ein wenig aufgeregt ... deine Mutter zu treffen.«

»Natürlich bist du das«, murmelte ich. »Alle sind neugierig und ein wenig aufgeregt, wenn Maricela Reyes ins Spiel kommt.«

»Lass uns gehen«, sagte er, bevor er mir einen harten Kuss auf die Lippen drückte. »Was auch immer dir Sorgen bereitet, wirf es ab wie Ballast. Für Sorgen gibt es momentan keinen Grund.« Er drückte kurz seine Stirn an meine. Nur einen Moment. »Ich bin da.«

Mit zugeschnürter Kehle sah ich zu ihm auf. Aber der Teil von mir, der immer bereit gewesen war, Cameron zu bekämpfen, ihm zu widersprechen, hatte sich für die Nacht zur Ruhe gebettet. Und wahrscheinlich würde es so bleiben, wenn man bedachte, dass ich schlicht nicht mehr fähig war, Cameron Caldani zu widerstehen. Die Wahrheit lautete, dass ich es liebte, wenn er das tat ... wenn er Dinge mit solcher Überzeugung verkündete. Das sorgte dafür, dass ich mich leichter fühlte, weniger belastet. Es sorgte dafür, dass ich ihm die Kontrolle überlassen wollte, einfach, damit er bewies, dass er dazu fähig war.

Ich seufzte, dann erklärte ich ihm: »Geh voran.«

Cameron ergriff meine Hand und zog mich aus dem Auto. Und er gab meine Finger nicht frei. Nicht einmal, als er die Tür für mich öffnete und mir den Vortritt ließ. Und auch nicht, als er sich in dem schockierend vollgestopften Café umsah und meine

Mutter in der Mitte einer Gruppe lachender Einheimischer fand.

»Mom?«, fragte ich. Und was immer Cameron in meiner Stimme hörte, es sorgte dafür, dass er meine Hand drückte.

Meine Mutter drehte den Kopf und begann zu strahlen, als sie mich sah. »Adalyn, *mi amor.*« Sie erhob sich von dem Stuhl, auf dem sie so elegant gelümmelt hatte. »Entschuldigen Sie mich«, erklärte sie den Leuten um sich herum, als sie auf uns zukam. »Meine Tochter ist da!«

Maricela Reyes stürzte mir mit einem »Ay, *hija*« entgegen. Und als ihre Stimme zitterte, erbebte auch etwas in meiner Brust. Uah. Genau einer solchen Szene hatte ich aus dem Weg gehen wollen. »Ich habe mir solche Sorgen um dich gemacht.« Sie löste die Umarmung, legte aber sofort die Hände auf meine Schultern. Dann wurden ihre Augen schmal. »Warst du krank? Deine Wangen sind gerötet, und deine Lippen wirken … geschwollen.«

Ich riss die Hand hoch, um sie an den Mund zu pressen. Oder hätte es getan, hätte Cameron sie nicht festgehalten.

Maricela schnalzte missbilligend mit der Zunge, als sie mich von Kopf bis Fuß musterte. »Dein Vater wollte mir nicht verraten, wo du bist, kannst du das glauben?« Sie schüttelte den Kopf. »Hat immer seine kleinen Geheimnisse. Das ist nichts Neues. Aber so etwas mit seiner eigenen Tochter anzustellen, als wärst du eine seiner Schachfiguren. *Ay, no.*« Sie sah über die Schulter zurück. »Josie, Süße? Könntest du ein Wasser für meine Tochter bringen? Sie wirkt, als würde sie gleich in Ohnmacht fallen.« Ihr Blick huschte nach rechts, und sie kniff die Augen noch mehr zusammen. »Vielleicht zwei Gläser statt nur eines?«

»Ich bin …«, setzte Cameron an und machte mich so darauf aufmerksam, dass ich ihn nicht vorgestellt hatte.

»Cam«, beendete meine Mutter den Satz für ihn. »Trainer Cam. Ich habe von dir gehört. Gerade eben. Du hast meine Tochter mit in den Wald genommen. Bei Nacht.«

Cameron verzog nicht das Gesicht. Stattdessen fühlte ich, wie sein Daumen über meinen Handrücken glitt. »Genau der bin ich, ja.«

»Nun, Cam«, sagte meine Mutter und hob die Augenbrauen. »Ich hoffe, du hast nichts Gutes im Schilde geführt. Weil meine Tochter dringend ein wenig ...«

»Mami«, warnte ich.

Maricela Reyes verdrehte die Augen genau in dem Moment, in dem Josie mit zwei Gläsern Wasser hinter ihr auftauchte. »Vielen Dank, Josie. Du hattest recht. Sie gefallen mir zusammen. Sie tragen sogar zueinander passende Outfits ... und ich habe meine Tochter noch nie in Bergstiefeln gesehen, das kann ich dir verraten.«

Cameron senkte den Kopf und flüsterte: »Ich mag sie.«

»Natürlich tust du das«, murmelte ich.

Cameron war offensichtlich glücklich über ihr Lob für diese dämlichen Stiefel, aber insgesamt: Was gab es an der schönen und unterhaltsamen Maricela Reyes auch nicht zu mögen?

»Was flüstert ihr beiden da?«, fragte meinte Mutter, als sie uns die zwei Gläser Wasser gegen die Brust drückte. »Trinkt«, befahl sie. »Und dann kann Cam mir erzählen, was für Absichten er in Bezug auf meine Tochter hegt.«

Ich spuckte das Wasser aus. »Mom.«

»*Siempre* Mom hier, Mutter da.« Sie wedelte wegwerfend mit der Hand. »*Soy tu madre,* also nenne ich die Dinge beim Namen. Ich habe keine zehnstündige Geburt durchgemacht, um jetzt auf den Busch zu schlagen.«

»Auf den Busch zu klopfen«, stellte ich richtig.

»Schlagen mag ich lieber«, antwortete sie locker. »Das kommt aus der Jägersprache, weißt du? Habe ich in einem Magazin gelesen«, erklärte sie mit einem Blick zu Josie, als wäre diese ihre neue beste Freundin. Sie wedelte mit den Armen. »Sie haben gegen Büsche und Bäume geschlagen, und weißt du, womit? Mit Stöcken. Und glaubst du, dass man mit Stöcken nur klopft? Nein. Man schlägt. Nicht böse sein, aber manche von diesen Redewendungen ergeben einfach keinen Sinn.«

Josie schnalzte mit der Zunge. »O mein Gott, sie könnte recht haben.«

»Ich ...« Ich stieß den Atem aus, wappnete mich dafür, meine Mutter zu fragen, was, in aller Welt sie hier in Green Oak trieb, aber in diesem Moment betrat ein Paar das Café, das ich als Eltern eines der Mädchen in der Mannschaft erkannte. Und ihnen folgte eine sehr enthusiastische Neunjährige.

Zum ersten Mal sah ich mich wirklich im Café um und bemerkte, wie voll es hier für diese Abendstunde war; wie laut und aufgeregt die Gespräche klangen.

Ich warf Josie einen fragenden Blick zu. »Was geht hier vor sich?«

Sie blinzelte. »Ich habe es dir doch am Telefon gesagt«, meinte sie, aber scheinbar starrte ich sie nur verständnislos an, weil sie sofort weitersprach. »Eine der Mannschaften in der Six Hills Little League wurde disqualifiziert.« Sie klatschte in die Hände, was mein Stirnrunzeln vertiefte. »Ein Whistleblower hat die County Gazette angerufen. Anscheinend haben sie Dreizehnjährige in die Mannschaft geschmuggelt. Daher steigen alle anderen Mannschaften einen Platz auf. Und das bedeutet, dass ...«

»Die Green Warriors im Finale spielen«, beendete ich den Satz für sie.

Josie machte einen begeisterten Luftsprung. Ich blinzelte sie nur an.

Die Green Warriors spielten im Finale.

Für einen Augenblick war ich zu entgeistert, um zu reden. Oder mich zu rühren.

Und dann setzte ich mich in Bewegung. Wie an diesem Tag vor so vielen Wochen, der mein Leben aus den Angeln geworfen hatte. Aber diesmal brach der Damm aus einem vollkommen anderen Grund.

Ich warf mich auf Josie. Mit einem schockierten Lachen schlang sie die Arme um mich. Wir drückten uns fest. Und als ich sie freigab, wirbelte ich auf dem Absatz herum.

Camerons Blick war wie erwartet auf mich gerichtet, kleine Lachfältchen in den Augenwinkeln. Ich warf mich auch auf ihn. Und als ich an seiner Brust landete, hatte er die Arme bereits geöffnet. Er lachte laut, ein tiefes, vielschichtiges Geräusch, das direkt in mein Herz traf.

Ich war glücklich. Ekstatisch.

»Wir haben es geschafft, Trainer«, flüsterte ich an seinem Hals. Und mir war vollkommen egal, dass meine Mutter hier war und Josie und die ganze Mannschaft und zusätzlich die halbe Stadt. Mich interessierte nicht einmal, dass es hier um eine Kinder-Freizeitmannschaft ging. Mir war auch egal, dass wir noch nicht gewonnen hatten oder dass ich feierte, dass eine andere Mannschaft disqualifiziert worden war. Ich konnte an nichts anderes denken als daran, wie sehr die Kinder sich freuen würden. Wie sehr María strahlen würde. Wie gut das für die Stadt war. »Wir haben es verflixt noch mal geschafft!«

Cameron senkte den Mund an mein Ohr, dann sagte er leise, so leise, dass nur ich ihn verstehen konnte: »Ich könnte dich gerade mit Haut und Haar verschlingen.« Was mir tatsächlich ein Kichern entlockte.

»*Mira, mira.* Schaut euch das an«, hörte ich meine Mutter lachend sagen. »Sie waren definitiv miteinander im Bett. Glaubt ihr, sie sind über die *Situationship*-Phase hinweg?«

Josies Lachen drang an mein Ohr. »Das hoffe ich sehr, Maricela.«

Cameron stieß ein Brummen aus, das ich als Bestätigung interpretierte.

Ich hob den Kopf von seinem Hals, aber er gab mich nicht frei. Nun, das war wahrscheinlich in Ordnung, soziale Umgangsformen waren nie sein Ding gewesen. »Woher, zur Hölle, kennst du solche Ausdrücke, Mom?«

»Ich habe jetzt TickTack.«

»TikTok?«

Sie verdrehte die Augen. »Eine Uhr macht Tick-tack, also ist dieser Name falsch.«

O Gott.

Damit hatte sie tatsächlich recht.

◎ ◎ ◎

Cameron presste die Lippen auf meinen Scheitel, bevor er den riesigen Koffer meiner Mutter hochhob und den Raum verließ.

Meine Mutter starrte ihm hinterher, genau wie ich es getan hatte, dann drehte sie sich um und warf mir einen bedeutungsvollen Blick zu.

»Was?«, flüsterte ich.

»Nein, *nada*«, sagte sie und hob die Hände. Aber ich konnte ihr Schmunzeln sehen. Sie zog einen der Hocker an Camerons Kücheninsel heraus und ließ sich darauffallen. »Setz dich zu mir.«

»Mami«, warnte ich mit einem Seufzen. »Cameron wird in ein paar Minuten zurückkommen, und er schläft heute Nacht auf der Couch. Wir sollten es wahrscheinlich für heute gut sein lassen und das Gespräch, das du führen willst, lieber morgen früh führen, wenn wir alle ausgeruht sind.«

»Okay. Erstens.« Sie hob die Hände. »Du musst meinetwegen nicht schamhaft sein. Ihr könnt euch gerne ein Bett teilen.« Sofort blitzten Erinnerungen an den ersten Teil des Abends in mir auf und erschwerten mir die Atmung. Meine Mutter schnalzte mit der Zunge. »Und zum zweiten? Dieser Mann wird nicht zurückkommen, bis wir nach ihm suchen. Er hat gesagt, er würde das Zimmer für mich fertig machen – in Wirklichkeit lässt er uns Zeit zum Reden. Also setz dich.«

Ich verschränkte die Arme vor der Brust. »Aber ...«

»*Ahora*, Adalyn.«

Mit einem Augenrollen zog auch ich mir einen Stuhl heraus. »Glücklich?«

»Nicht wirklich«, antwortete sie mit ernster Miene. »Wieso bist du nicht sofort zurück nach Hause gekommen? Wieso spielst du die Spielchen deines Vaters mit? Und noch wichtiger, wieso musste ich Matthew bestechen, um herauszufinden, wo du dich befindest?«

»Was, in aller Welt, hast du ihm angeboten, dass er mich verkauft hat?«

Meine Mutter zuckte mit den Achseln. »Werde ich dir nicht sagen. Eine Mutter verrät ihre Kinder nicht. Und dieser Mann ist der Sohn, den ich nie hatte.«

Ich öffnete den Mund, um mich zu beschweren, aber meine Mutter hob eine Augenbraue und erinnerte mich so daran, dass ich Fragen zu beantworten hatte. »Das ist kein Spiel. Ich habe wirklich Mist gebaut, Mom. Es gibt eine Verhaltensklausel in meinem Vertrag ...«

»Du bist seine Tochter«, warf sie ein. »Solche Klauseln sollten ihn nicht interessieren.«

»Ich bin auch seine Angestellte«, hielt ich dagegen, während mir das Atmen immer schwerer fiel. »Und weil ich beides bin, entscheidet er sich hoffentlich eines Tages dafür, den Club an mich zu übergeben.« Das waren Worte, die ich schon oft ausgesprochen hatte, Worte, für die ich gearbeitet hatte, entschlossen, allen Anforderungen gerecht zu werden. Aber aus irgendeinem Grund ... hinterließen sie heute einen bitteren Nachgeschmack. Den ich ignorierte. »Ich muss das in Ordnung bringen. Muss ihm zeigen, dass er mir vertrauen kann. Außerdem wollte ich der Mannschaft nach meinem ... Ausrutscher helfen.«

Maricela Reyes schüttelte den Kopf, sodass diese wunderbaren, dunklen Locken um ihr Gesicht wippten. »Da ist etwas, was du mir nicht erzählst. Das merke ich.«

Ich zwang mich, meine Miene ausdruckslos zu halten. Ich konnte meiner Mutter nicht von David erzählen oder was Dad aus ... irgendeinem Gefühl der Verantwortung heraus getan hatte, auch wenn das nur dafür gesorgt hatte, dass ich mich klein und unzulänglich fühlte. Wenn meine Mutter etwas mitbekam, wäre das, was Sparkles geschehen war, nichts im Vergleich zu dem, was sie tun würde. Sie würde sofort in einen Flieger nach Miami steigen und ...

Genau auf dieselbe Weise hatte Cameron auf die Geschichte reagiert. Heute Abend. Das hatte seine Reaktion, seine Miene, seine Umarmung ... alles ... absolut klargestellt. Ich ... ich lag ihm am Herzen. So sehr.

»Du weißt, wie sehr ich meinen Job liebe«, fuhr ich ein wenig atemlos fort. »Den Club. Wie viel Respekt ich für Dads Arbeit hege.«

»Ich glaube, du verstehst da etwas falsch, *mi amor*.« Sie stieß ein langes Seufzen aus. »Ich habe deinen Vater geliebt. Tue ich immer noch. Ich glaube nicht, dass man je aufhört, die erste große Liebe im Herzen zu tragen. Und das war er für mich. Aber schon als du klein warst, hast du ihn auf dieses Podest gestellt, wo niemand ihn erreichen kann. Nicht einmal du.«

»Ist das so falsch?«, fragte ich sie aufrichtig. »Ist es so schlimm, dass ich sein will wie er? Dass ich ihn beeindrucken will?«

»Ich weiß es nicht.« Sie schüttelte den Kopf, und ich glaubte ihr, dass sie sich wirklich nicht sicher war. »Aber auf deinem Weg auf das Podest kletterst du nach oben, steigst höher und höher. Und ich fürchte, dass du abstürzen willst. Ich habe Angst davor, dass dein Vater etwas tun wird, um all dieses Vertrauen zu zerstören, das du in ihn setzt.«

Ich spürte, wie mein Magen sich verkrampfte. Mein Vater hatte dieses Vertrauen bereits auf die Probe gestellt, nicht wahr? Aber er hatte auch Davids Forderungen nachgegeben, um unsere Beziehung zu schützen. Um mir den Schmerz zu ersparen, nachdem er David gebeten hatte, mich zu heiraten. Und das bedeutete etwas. Es *musste* etwas bedeuten.

»Dein Vater ist ein guter Mann«, fuhr sie fort. »Oder vielleicht war es das einmal, früher. Jetzt ist er zu geblendet von seiner eigenen Bedeutung. Er glaubt, dass alle um ihn herum immer zu seiner Verfügung stehen ... nur Statisten in seinen Plänen und Intrigen sind.« Sie hob beide Hände und wackelte mit den Fingern. »Er hält sich für den Marionettenspieler.«

»Ohne diese Art von Intrigen kommt man nicht dorthin, wo er ist.«

»Darüber weiß ich nichts.« Sie wandte einen Moment den Blick ab. Und als ihre braunen Augen, die meinen so sehr ähnelten, wieder mein Gesicht fanden, wusste ich, dass meine Mutter mir etwas erzählen würde, worüber sie bisher noch nie gesprochen hatte. »Mir gefällt nicht, dass du Dinge vor mir verheimlicht hast. Nicht, wenn dein Vater gleichzeitig dasselbe getan hat. Geheimnisse …«

»Es tut mir leid, Mami.« Ich hatte Dinge vor ihr verheimlicht, daran war nicht zu rütteln. »Letztendlich habe ich es dir verschwiegen, um dich nicht aufzuregen. Glaubst du, Dad hat aus demselben Grund Geheimnisse gehütet?«

»Ich glaube nicht. Sonst wüsste ich, woher er stammt«, bot sie an. »Ein großer Teil seiner Vergangenheit liegt im Dunkeln. Er lässt die Leute glauben, er käme aus Miami, aber das stimmt nicht.« Ein Kopfschütteln. »Ich habe es durch die Briefe erfahren.«

»Die Briefe?«

»Kurz bevor ich feststellte, dass ich mit dir schwanger bin, fand ich einen Stapel Briefe in seinem Schreibtisch. Und ich habe nicht geschnüffelt.« Sie verdrehte die Augen in meine Richtung, bevor ich einen Kommentar in dieser Art machen konnte. »Sie stammten alle von einer Frau, waren an ihn persönlich adressiert. Und als ich ihn danach fragte, wurde er weiß wie die Wand und hat etwas über seine Kindheit gemurmelt. Da wusste ich es. Du weißt, dass dein Vater sonst ziemlich unerschütterlich ist.«

»Hat er …«

»Mich betrogen?«, beendete sie den Satz für mich. »Nein. Er hat geschworen, dass es das nicht ist, und ich habe ihm geglaubt.« Sie tippte sich an die Schläfe. »Du weißt, dass ich merke, wenn jemand lügt.« Tat sie tatsächlich. »Aber er hat mir nie erzählt, worum es wirklich ging.« Sie schob die Hand über den Tisch. Und als sie meine Finger ergriff, drückte ich ihre Hand. »Deswegen habe ich ihn nie geheiratet. Es tut mir leid, dass ich dir keine normale Familie geschenkt habe, aber ich konnte das einfach nicht tun. Es ging nicht um die Briefe, sondern darum, dass er mir nicht genug vertraut hat, um mir die Wahrheit anzuvertrauen. Ich war ein offenes Buch für ihn, habe ihm meine Seele geöffnet. Und dass er die Dinge zurückgehalten hat, die ihn zu dem Mann gemacht haben, der er ist ... das hat mir gezeigt, dass er mich nie als gleichgestellt gesehen hat.«

»Das alles hast du mir noch nie erzählt«, sagte ich. Es gelang mir nur mit Mühe, meine Stimme ruhig zu halten. »Und du bist meine Familie, okay?« Glaubte meine Mom wirklich, ich würde ihr Vorwürfe machen, weil sie Dad nicht geheiratet hatte? Dass unsere Familie nicht normal war? »Und seien wir doch ehrlich: Du schaffst es, dass jeder Raum, jedes Haus sich anfühlt, als wäre es voller Menschen.«

Ich hatte es als Scherz gemeint, aber Himmel, das war die reine Wahrheit.

Meine Mutter lächelte, und ihre Augen wurden feucht. »Die Liebe ist ein seltsames Spiel, *mi amor*. Es gibt keine Regeln. Und egal, wie sehr man sich auch bemüht, zu gewinnen, es steht immer das eigene Herz auf dem Spiel.« Sie stieß zitternd den Atem aus. »Tut mir leid, dass ich dir das nie erzählt habe. Ich wollte deine Sicht auf ihn nicht beeinflussen.«

Ich ergriff ihre Hände. Und dachte über ihre Worte nach, darüber, wie wahr sie klangen. Wie herzzerreißend es für sie gewesen sein musste, zu wissen, dass sie schwanger war und ihr Leben mit einem Mann teilen musste, der ihre Liebe nicht ausreichend erwiderte, um ihr zu vertrauen.

Sie schüttelte den Kopf. »Also, wo wir gerade von Liebe sprechen, willst du mir endlich erklären, wieso du mit einem Mann zusammenlebst?« Sie zwinkerte mir zu. Zu meinem großen Glück wartete sie gar nicht erst auf meine Antwort. »Ich werde mich nicht beschweren. Dieser Cameron ist wirklich attraktiv. Und groß. Oh, wie groß er ist.« Sie hob die Augenbrauen. »Ich würde wetten, er könnte uns beide hochheben, ohne ins Schwitzen zu kommen. Und diese Tätowierungen, die ich gerade auf seinem Arm gesehen habe?« Sie schürzte schelmisch die Lippen. »Hat er noch me...«

»Mami, nein.« Ich würde nicht mit meiner Mutter über Came-

rons möglicherweise noch unter der Kleidung verborgene Tätowierungen sprechen.

»Du bist langweilig«, meinte sie mit einem Achselzucken.

»Dann verrate mir wenigstens, ob er der Grund ist, wieso du
nicht nach Miami zurückgekehrt bist. Behandelt er dich, wie du
es verdient hast?«

Meine Wangen begannen zu brennen. »Er …« Meine Stimme
verklang, mir fehlten plötzlich die Worte. Behandelte Cameron
mich, wie ich es verdiente? Mein Herz raste, als die Antwort in
mir aufstieg. Ja. Er behandelte mich, wie niemand es je zuvor getan hatte.

Meine Mutter blinzelte einmal, zweimal, dreimal. Und zu meinem absoluten Entsetzen begann sie zu lachen. »Dios mío, hija.«

Jetzt brannten auch meine Ohren.

»Ich habe dich noch nie so gesehen.« Sie tätschelte sich die
Brust und gluckste ein letztes Mal, bevor sie ernst wurde und
mich mit einem Blick auf meinem Stuhl festnagelte. »Dich hat es
genauso übel erwischt.«

»Genauso übel?«

»Wie ihn, mi amor.« Sie sprang von ihrem Hocker und stellte
sich vor mich hin, um meine Wangen zu umfassen. »Ich bin seit
zwei Stunden in der Stadt, und in jeder einzelnen Sekunde, die er
vor mir stand, hat er dich angeschaut wie ein pastelito, das er sich
schmecken lassen will.« Sie senkte die Stimme zu einem Flüstern.
»Ich habe vorhin nur gescherzt, als ich darüber sprach, dass ihr
miteinander im Bett wart. Ich wollte sehen, ob er auf eine Weise
reagiert, die mir nicht gefällt.« Ich riss entsetzt die Augen auf.
»Keine Sorge, er hat den Test bestanden. Und jetzt, mal ehrlich,
hast du ihn schon geküsst?«

Mir fiel die Kinnlade nach unten.

»Ja. Das hatte ich mir gedacht.«

Camerons Worte hallten in meinem Kopf wider. Ich könnte
dich gerade mit Haut und Haar verschlingen. Dann folgte die Erinnerung an das Gefühl seiner Lippen auf meinen. Seine Hände, die
meinen Körper berührten. Die Art, wie ich … Nein, darüber

durfte ich nicht nachdenken, während meine Mutter – offensichtlich mit Hellsichtigkeit gesegnet – vor mir stand.

»Du gefällst mir so«, sagte sie so leise, dass ich sie fast nicht verstand. »Du strahlst.«

Zeig mir, wie verdammt hell du brennst.

Mein Herz schlug wie wild gegen meine Rippen. Meine Mutter lachte leise, bevor sie die Arme um mich schlang, um mich in Maricela Reyes engste Umarmung zu ziehen. »Mehr wollte ich nicht. Ich wollte sicherstellen, dass es dir gut geht. Jetzt, wo ich das weiß, werde ich nur eine Nacht bleiben.« Sie seufzte, aber es war kein trauriges Geräusch. »Ich weiß, dass dieser Mann dich nicht anrühren wird, solange ich hier bin. Und *hija*, du brauchst wirklich …«

»Mom. Jesus, bitte hör auf«, flehte ich. Diesmal mit einem Lachen.

Und eins musste ich meiner Mutter lassen, sie hörte wirklich auf. Allerdings nicht, ohne vorher zu erklären: »Ich glaube nicht, dass du Jesus in dieses spezielle Gespräch hineinziehen willst, *mi reina*.«

◎ ◎ ◎

Ich konnte nicht schlafen.

Es herrschte zu viel Lärm in meinem Kopf. Das Gespräch mit meiner Mutter hatte mich unruhig zurückgelassen, sowohl auf positive als auch auf negative Weise. Zum einen hatte ich jetzt das Gefühl, sie besser zu verstehen als bisher. Und ich wünschte, wir hätten schon früher darüber gesprochen. Zum anderen wünschte ich mir, ich wäre ihr früher nicht so oft ausgewichen und hätte ihr die Chance gegeben, mit mir über diese Dinge zu reden. Außerdem fühlte ich mich schlecht, weil ich mich nicht öfter auf ihre Seite geschlagen hatte. Ich fühlte mich schrecklich deswegen. Voller Schuldgefühle, weil ich meinem Vater gestattet hatte, zu behaupten, sie läge ihm am Herzen, obwohl er diese Worte nie mit Handlungen unterfüttert hatte.

Aber das war nicht der einzige Grund für meine Unruhe. Da war noch dieses stetige Brummen in meinem Hinterkopf. Das schon existierte, seitdem ich Cameron getroffen hatte. Und mit jedem Tag lauter wurde. Mit jeder Sekunde in dieser Achterbahn, die unsere Beziehung war. Ein Summen, das sich heute verändert hatte. Ein Summen, das mit den Flügeln schlug, wenn ich an jeden Tag vor diesem Abend dachte. Oder daran, wie ich mich mit ihm fühlte. Oder dass mich noch nie jemand so angesehen hatte, wie er es tat. Selbst ganz am Anfang, als wir ständig aneinandergeraten waren, uns nie einig gewesen waren und uns ein einziges Sticheln geliefert hatten. Aber ich hatte mich nie unsichtbar gefühlt, wenn er vor mir gestanden hatte. Er hatte mir immer, jedes Mal, seine volle Aufmerksamkeit geschenkt. Im Guten wie im Schlechten.

Und jetzt ... jetzt wollte ich mehr. Ich wollte mehr als nur seine Aufmerksamkeit. Ich wollte mich fühlen, wie ich mich heute Abend gefühlt hatte. Gesehen. Verbunden. Nicht mit irgendwem, sondern mit ihm. Cameron.

Ohne wirklich zu wissen, wieso ich das tat, rollte ich mich aus Camerons großem Gästebett und tapste mit nackten Füßen über den Parkettboden. Ich erreichte das Wohnzimmer, und sofort saugte sich mein Blick an seiner Gestalt fest.

Er füllte den Großteil der Couch. Die Decke, die ihn einst bedeckt hatte, lag verknüllt um seine Hüfte. Der Drang, zu ihm zu gehen, verstärkte sich. Der Wunsch, mich an ihn zu kuscheln und die Decke über uns beide zu ziehen. Es ging nicht um Sex, auch wenn ich wusste, dass mein Blut wieder vor Verlangen kochen würde, sobald ich ihn berührte. Nein, ich brauchte etwas anderes.

Ich ging zur Couch. Neben ihm war kaum noch Platz, aber das war mir egal. Ich fühlte mich verletzlich, als wäre mein Innerstes nach außen gewendet worden, sodass meine wundesten Stellen offen lagen. Ich stemmte ein Knie neben seine Hüfte und legte mich vorsichtig neben ihn.

Er brummte, dann schlang er in einer schnellen, geschmeidigen Bewegung die Arme um mich und rollte auf die Seite. Er senkte den Blick, die Augen nur halb geöffnet, und zog mich an seine Brust.

»Hi«, flüsterte ich.

Er brummte wieder, und diesmal fühlte ich das Geräusch an Brust und Bauch. »Kannst du nicht schlafen?«

Ich schüttelte leicht den Kopf. Wortlos ließ ich die Hände an den Saum seines Schlafshirts sinken. Ohne den Blickkontakt zu brechen, schob ich die Finger darunter. Ich presste die Handflächen auf seine glatte, harte Haut und ließ mich von seiner Körperwärme erfüllen.

Cameron stieß zitternd den Atem aus. »Sweetheart«, sagte er, und ich wusste, dass es eine Warnung war.

»Ich muss dich einfach nur berühren«, gestand ich. Gleichzeitig schob ich die Hände höher, presste meine Fingerspitzen auf seine Haut. »Ich muss dich nah bei mir spüren.« Seine Augen verdunkelten sich, und seine Lippen wurden schmal. Er musterte mich unendlich ernst. Fast streng. Als wäre mein Flehen etwas, das sein Leben veränderte. »Ich will dich näher spüren als jemals zuvor einen Menschen.«

Er schlang die Arme enger um mich, zog mich an sich, viel näher, presste mich gegen seinen Körper und hielt mich dort fest. Ich konnte fühlen, wie sein Herz raste. »Besser?«

Ich nickte, dann schloss ich die Augen, um das Gefühl zu genießen. »Kannst du mich auch berühren?«

Er stieß ein knurrendes Geräusch aus. Ich wusste, dass ihn das seine gesamte Selbstbeherrschung kostete, aber er gab nach. Natürlich tat er das. Cameron zog die Decke über uns … und erst in dem Moment schob er die Hände unter das Einzige, was ich über meiner Unterwäsche trug – eines seiner T-Shirts. Der Stoff knitterte über seinem Handgelenk, als er die Finger an meinen Rücken gleiten ließ.

Ich bewegte mich leicht, spürte, wie er an meinem Bauch hart wurde. Zitternd stieß ich den Atem aus. Und bevor ich mich noch mal bewegen konnte, hielt Cameron mich fest.

»Cameron?«, flüsterte ich. »Kann ich dich etwas fragen?«

»Bitte mich nicht, mit dir zu schlafen, Sweetheart«, sagte er, seine Stimme eher ein Krächzen. »Weil ich es dann tun werde.«

Ein leises Lachen drang über meine Lippen. »Nichts wäre mir lieber«, erklärte ich ihm und meinte jedes Wort ernst. Und mein Geständnis musste ihn schockiert haben, weil sein Körper unter meinem erstarrte. Für einen Moment. Dann zitterte er leicht, und ich spürte seinen rasenden Puls unter meinen Händen, sein Verlangen, das im selben Maß stieg wie meines. »Aber ich weiß, dass das nicht fair wäre, während meine Mutter auf der anderen Seite der Wand schläft. Ich weiß …«

Ich schluckte schwer, ohne den Gedanken weiter auszuführen.

Ich wusste – spürte tief in mir, als wäre da ein Instinkt erwacht, der nur auf ihn reagierte –, dass Sex mit Cameron keine schnelle, lautlose Affäre sein würde. Es wäre nichts, was man tun wollte, wenn die eigene Mutter einen Raum entfernt schlief.

»Hmmm«, murmelte ich. »Wenn ich darüber nachdenke, sollten wir meine Mutter vielleicht im Sweet Heaven Cottage einquartieren.«

»Das ist kein Cottage«, grollte er. Ich runzelte die Stirn, aber er rückte meinen Körper zurück, schob eines seiner Knie zwischen meine und lenkte mich so ab. »Und dieses Wir, das du so beiläufig verwendet hast?«, eine Pause, »hat mich fast umgebracht. Also stell mir deine Frage.«

»Glaubst du, ich bin ein bisschen wie sie?« Ich stieß kurz den Atem aus. Cameron wartete, als wüsste er, dass dies nicht meine eigentliche Frage war. »Oder verblasse ich neben ihr? Bin ich nicht ein bisschen schwarz-weiß und kalt und langweilig?«

Wir waren immer so verschieden gewesen, sie und ich, und manchmal … Manchmal fragte ich mich, ob ich nicht ein bisschen mehr sein konnte wie sie. Und ich fragte mich inzwischen auch, ob mein Vater mich vor diesem Video überhaupt je wirklich gesehen hatte. Ob die Welt es getan hatte. Ob Cameron mich wirklich sah.

Er drückte seine Stirn an meine, bis ich ihn anschaute. Seine Augen leuchteten hell, und darin brannte solche Aufrichtigkeit, dass mein Herzschlag stockte. »Du bist alles, was ich sehen kann«, erklärte er mir, und ich spürte seine Worte an meinen Lippen. »Selbst wenn ich die Augen schließe, sehe ich nur dich.«

Jetzt war ich es, die an seiner Haut brummte, um den Aufruhr in meiner Brust zu bezähmen. Das tat er immer. Er gab mir die perfekte Antwort, die ich fast nicht glauben konnte. »Cameron?«

»Ja, Sweetheart?«

Meine Bitte war nur ein Flüstern: »Vertrau mir ein Geheimnis an. Etwas, was sonst niemand weiß.«

Falls meine Worte ihn überraschten, ließ er es sich nicht anmerken. Er hob lediglich eine Hand, ließ sie an meinem Nacken ruhen. »Ich hatte solche Angst«, sagte er, und ich wusste genau, wovon er sprach. Sanft presste er meinen Kopf an seine Brust, bot sich selbst als Kissen an. Bat mich um einen Trost, den ich ihm niemals verweigert hätte. »Ich habe immer noch Angst.« Ich zählte seine Herzschläge – eins, zwei, drei, fünf, zehn – unter meiner Wange; wünschte mir, ich könnte für immer hierbleiben. Könnte jede Nacht hier verbringen. Bis ans Ende meiner Tage. »Ich bin nie mit Jasmine Hill ausgegangen. Das war alles Liam, mein Agent. Er hat das Date arrangiert, und ich habe das Abendessen durchgesessen, um nicht unhöflich zu sein. Die Medien haben ein Riesengetöse darum gemacht, aber in Wirklichkeit war ich mit niemandem zusammen, seitdem ich in die USA gekommen bin.«

Wir schwiegen einen Moment. Ich war so damit beschäftigt, mich nach diesem Geständnis zurückzuhalten, dass ich seine nächsten Worte fast nicht gehört hätte.

»Die Lodge gehört jetzt mir«, sagte er. Ich erstarrte. »Es war nicht leicht, aber ich habe heute Morgen den Kauf von Lazy Elk abgeschlossen.«

Mein Herzschlag setzte aus. Um dann doppelt, dreimal, viermal so schnell weiterzuschlagen.

»Was?«, flüsterte ich. Eigentlich wollte ich fragen: *Warum?*

Cameron schien mich zu verstehen. »Ich bin nicht scheu, wenn ich etwas will. Und ich knausere auch nicht mit meinem Geld. Ich habe hart dafür gearbeitet.« Seine Stimme klang plötzlich lockerer. Selbstbewusst. Selbstgefällig auf eine charmante Weise, die ganz allein Cameron gehörte. »Dieses Cottage wird abgerissen. Ich werde dir etwas anderes bauen.«

Ich … wollte es ihm erlauben. Ich wollte all das, was diese Aussage implizierte. Der Gedanke machte mich glücklich. Glücklicher, als ich seit langer Zeit gewesen war. Und da waren noch andere Gefühle in mir, die ich wahrscheinlich nicht verarbeiten konnte, wenn ich nicht in seinen Armen lag. »Das ist mehr als ein Geheimnis«, erklärte ich ihm. »Dabei hatte ich nur um eines gebeten.«

Zeit verging, ohne dass ein Wort gesprochen wurde. Und es war so warm, so gemütlich, so sicher, wie ich hier an Camerons Körper gekuschelt lag, dass ich langsam in Dunkelheit versank. Halb einschlief. Als er also wieder sprach, nahm ich seine Worte mit in meine Träume. »Ich werde dir immer geben, worum du bittest, Sweetheart. Selbst wenn du gar nicht weißt, was du willst.«

31

Cameron

*I*ch beobachtete Tony von der Seitenlinie aus.

Er stand mitten auf dem Feld, umgeben von einer Gruppe faszinierter Neunjähriger, die zu ihm aufsahen, als wäre er das Tollste auf der Welt.

Ich schmunzelte. Er war ein netter junger Mann, und man konnte deutlich erkennen, dass er das Spiel schon seit langer Zeit liebte. Es hatte ihn eine Weile gekostet, sich an die verträumten Blicke der Mädchen zu gewöhnen, nachdem sie ihm gegenüber aufgetaut waren – besonders Juniper war ihm anfangs mit Skepsis und Vorsicht begegnet –, aber dann war es ihm gelungen, diese Bewunderung zum Besten des Trainings einzusetzen.

Die erste Hälfte des heutigen Trainings war intensiv gewesen. Wir hatten die einfachen Einheiten mit Hütchen hinter uns gelassen und waren zu komplizierteren Übungen wie gezielten Pässen übergegangen. Es war nicht leicht gewesen, doch der Enthusiasmus der Mädchen hatte gehalten. Selbst Juniper, die ich zur Seite genommen hatte, um spezielle Übungen für den Torwart mit ihr zu absolvieren, war froh gewesen, von einfacher Beinarbeit zu unterhaltsameren Sprüngen überzugehen. Wir waren beide dreckig geworden, aber das war die Sache wert gewesen. Sie hatte sich toll angestellt.

Ich kannte da eine bestimmte Managerin, die sich sehr über die

Fortschritte der Mädchen freuen würde. Ich beäugte, was vor Wochen noch ein einfacher Schuppen gewesen war, und fragte mich, was die Frau im Inneren wohl tat. Hatte sie es da drin warm genug? Der Oktober wurde jeden Tag kühler. Und auch wenn ich ihr bei Moe's ein elektrisches Heizöfchen besorgt hatte, war es draußen doch verflixt kalt. Oder wie Moe es ausgedrückt hatte, arschkalt.

Ich zog das Handy aus der Tasche des Kapuzenpullis, den ich heute angezogen hatte, und sah auf den Bildschirm. Wenn ich Liam jetzt anrief, würde ich ihn vielleicht noch erwischen. Danach würde ich nach Adalyn sehen.

Ich tippte auf seinen Namen und hob das Gerät ans Ohr.

»Die Hölle muss zugefroren sein, wenn Cameron Caldani persönlich mich anruft.«

Ich seufzte. »Und schau dir an, was mir das bringt.« Ich wartete seine Antwort nicht ab. »Ich habe Fragen. In Bezug auf deine Mail.«

»Wow. Du kommst gleich auf den Punkt, hm?« Er lachte. »Okay, dann mal los.«

»Du hast gesagt, die Miami Flames suchen nach einem neuen Sportdirektor«, sagte ich und bemühte mich, so neutral wie möglich zu klingen. »Um einem möglichen Mediendebakel entgegenzuwirken.«

»Ja«, bestätigte Liam. Er kicherte, und ich wusste sofort, was er gleich sagen würde. »Hast du das Video gesehen? Diese Frau war …«

»Klar.« Das Wort war eher ein Zischen. Ich schloss die Augen, um das Grauen zu kontrollieren, das sich in meiner Magengrube sammelte. »Ich habe es gesehen. Natürlich. Du hast gesagt, du vermutest, dass es einen anderen Grund gibt. Der nichts damit zu tun hat.«

Ich hörte ein Seufzen am anderen Ende der Leitung. »Habe ich. Meine Kontakte sitzen überwiegend an der Westküste, aber ich habe auch ein paar Augen und Ohren in Miami. Na ja …« Er zögerte. »Bisher ist nichts bestätigt. Es sind nur Gerüchte. Die

Situation ist unübersichtlich … Es könnte alles mit dem Medien-fiasko zusammenhängen, fürchte ich.«

Vor meinem inneren Auge erschienen große braune Augen. Ein paar schöne Lippen. Ich spürte ihre warmen, weichen Hände auf meiner Haut. »Sag mir, was du weißt.«

Ein Moment der Stille. »Geht es dir gut, Mann?« Als ich nicht antwortete, schnalzte Liam mit der Zunge. »In Ordnung. Ich habe gehört, dass der Club den Besitzer wechseln könnte. Bald. Das könnte erklären, wieso jemand herumschnüffelt. Aber natürlich ist das nur meine Vermutung.«

Scheiße. Ich hob die Hand ans Gesicht, um den kalten Schweiß wegzuwischen. Ein Verkauf? Eine Übergabe? Das Schlimmste war, dass Adalyn offensichtlich nichts davon wusste. Denn sonst hätte sie es mir erzählt. Sie wäre in den nächsten Flieger gesprun-gen. »Wie sicher bist du dir?«

»Für den Moment ist es lediglich ein Raunen.«

»Aber du glaubst es?«

»Ja, Mann.« Eine Pause. »Hm, worum geht es hier eigentlich?«

»Kannst du das für mich verifizieren? Mich auf dem Laufen-den halten über alles, was du herausfindest? Auch wenn du es für unwichtig hältst, will ich es wissen.« Ich wartete nicht auf seine Antwort, weil ich wusste, dass er mir diesen Gefallen tun würde. »Und danke, dass du mit dem anderen Zeug geholfen hast. Mit der Blockhütte. Bisher habe ich mich nicht richtig bedankt.«

Liam lachte. »Und jetzt dankst du mir? Mein lieber Schwan, Cameron.« Ich hörte seinen ausgestoßenen Atem. »Hör mal, was auch immer mit dir los ist, du musst es auf die Reihe kriegen. Krieg dich selbst auf die Reihe, und entscheide, ob du deiner Kar-riere wirklich den Todesstoß versetzen willst. Versuch einfach … diese Leben-lachen-lieben-Phase deines Lebens so schnell wie möglich abzuschließen, okay? Ich will nicht mehr mit dir Vater-Mutter-Kind spielen. Ich bin nicht dein persönlicher Assistent oder ein Agent – nicht mehr –, und ich habe anderes zu tun. Also finde, verdammt noch mal, heraus, was deine Prioritäten sind.«

»Ich kenne meine Prioritäten«, sagte ich, ohne zu zögern. »Lehn alle Angebote ab.« Und damit legte ich auf.

Neben mir erklang ein Räuspern.

Ich wandte mich um und wurde willkommen geheißen von diesem wunderschönen, halben Lächeln, von dem ich langsam abhängig wurde. Eine Sicherheit, wie ich sie lange nicht empfunden hatten, verkrampfte mir den Magen.

»Gönnst du dir eine kleine Pause, Trainer?«

Meine Lippen zuckten bei ihrem Tonfall. Gleichzeitig gab ich mein Bestes, die Information zu verdrängen, die ich gerade erhalten hatte. Ich hatte nicht vor, Adalyn wegen etwas Sorgen zu bereiten, dessen ich mir noch nicht sicher war. Das würde sie nur ablenken und die Hoffnung und die Aufregung verpuffen lassen, die sie wegen der Green Warriors empfand und die ich so deutlich in ihren Augen erkennen konnte. Ich wünschte mir nichts mehr, als diese Frau vor jedem Herzschmerz oder Angriff zu schützen. Also würde ich Liam herausfinden lassen, was wirklich los war ... und erst dann, wenn ich mir sicher war, würde ich sie selbst nach Miami bringen und eine Erklärung von ihrem Vater einfordern. Wir würden das gemeinsam durchstehen. Bis dahin hatte sie es verdient, den heutigen Tag zu genießen, das heutige Abendessen vor dem Spiel und auch das morgige Finale. Ob wir nun gewannen oder verloren, ich wollte alles tun, um ihr so viel Glück zu schenken, wie es mir eben möglich war.

»Geht es dir gut?«, fragte sie stirnrunzelnd.

Ich nahm die Schultern zurück, schob all diese Gedanken beiseite und konzentrierte mich wieder auf das, was vor mir lag. Auf den heutigen Tag. »Keine Ahnung, Chefin.« Ich musterte sie sehr offensichtlich von Kopf bis Fuß. »Sag du es mir. Stecke ich in Schwierigkeiten?«

Sie schürzte die Lippen. Die Röte in ihren Wangen verriet mir alles, was ich wissen musste. »Könnte sein.« Ich hörte kaum unterdrücktes Verlangen in ihrer Stimme. »Jetzt, wo ich dich dabei erwischt habe, wie du deine Verantwortung an Tony delegierst, und das Training nur noch ein paar Minuten dauert, gäbe es da etwas, worüber ich mit dir diskutieren müsste.« Sie schluckte. »Ich möchte in meinem Büro mit dir sprechen.« Sie schob das Kinn vor. »Jetzt.«

Ich wollte nicht lügen, ihr entschlossener Tonfall ließ mich hart werden. Ich überbrückte den Abstand zwischen uns, bis ich so hoch über ihr aufragte, dass sie den Kopf in den Nacken legen musste. Mein Blick senkte sich auf ihren Mund. »Gehen Sie voraus.« Ich leckte mir die Lippen. »Miss Reyes.«

Ich wartete, bis sie sich in Bewegung setzte, weil ich selbstsüchtiger Mistkerl auf diese Weise beim Gehen ihren Hintern in den Jeans angaffen konnte. Beobachten konnte, wie ihr Haar über ihre Schultern fiel und ihre Hüften bei jedem entschlossenen Schritt schwangen. Mann. Ich verzehrte mich wirklich nach ihr.

Sobald wir den sauberen, aber winzigen Raum betreten hatten, schloss ich die Tür hinter mir und beobachtete, wie Adalyn sich zu mir umdrehte. Ihre Wangen leuchteten, als sie sich an den Rand des Schreibtisches lehnte.

»Könnten Sie, ähm, die Tür schließen.« Ein Zögern. »Trainer?«

Ich legte den Kopf schief und unterdrückte ein Lächeln. Die Tür war bereits geschlossen, aber das sagte ich nicht. Stattdessen nickte ich ihr zu. Ich fand es wunderbar, wie durcheinander sie wirkte. Ich fand es wunderbar, dass ich das in ihr auslöste. Ich fühlte mich in ihrer Nähe meistens ähnlich. Mein Blick senkte sich auf ihre Brust, Taille, ihre Beine, um dann wieder nach oben zu gleiten, zu diesem schönen Gesicht, das mir deutlich verriet, dass die Zahnräder in ihrem Kopf sich drehten. Und die Gedanken, die sie hegte, sorgten dafür, dass sie sich über die Lippen leckte.

Das Training dürfte jede Minuten vorbei sein, und ich war nie glücklicher gewesen, dass Tony draußen auf dem Platz stand. Ich schob eine Hand hinter den Rücken und verriegelte die Tür.

»Ich …«, flüsterte Adalyn. »Du …« Sie leckte sich erneut über die Lippen und spielte nervös an ihren Fingern herum. »Eigentlich steckst du gar nicht in Schwierigkeiten. Oder vielleicht doch. Ich nehme an, das hängt davon ab.«

Ich runzelte angesichts ihrer Nervosität die Stirn und musste mich davon abhalten, irgendwelchen Mist zu reden wie *Du siehst wunderbar aus, wenn du nachdenklich die Stirn runzelst.* Meine Finger zuckten, weil ich mich danach verzehrte, sie zu berühren, aber ich hielt die Hände an den Seiten und wartete. Ermunterte sie mit einem Nicken, zu sagen, was sie sagen wollte.

»Ich …«, setzte sie erneut an, ihre Stimme weich. »Ich wollte dir offiziell danken.« Sie hob kurz die Arme, dann ließ sie sie wieder sinken. »Für das hier. Für gestern Nacht. Für alles und jedes, was du für mich getan hast. Ich bin …« Ihr Atem ging schneller. »… ich weiß nicht, was ich getan habe, um das zu verdienen, aber ich bin dir dankbar für deine Aufmerksamkeit.« Sie hob die Hand, dann beobachtete ich, wie sie die wenigen Schritte zu mir kam und ihre Finger sanft an meine Brust drückte. Ich suchte ihren Blick. »Und ich will dir zeigen, wie sehr.«

Diese Handfläche übte Druck aus und drängte mich rückwärts um den Schreibtisch herum.

Ich leistete keinen Widerstand. Ließ mich führen.

Als meine Beine gegen ihren Bürostuhl stießen, presste sie auch die andere Hand an meine Brust. Sie ließ ihre Finger höhergleiten, zu meinen Schultern, und drückte mich nach unten. »Setz dich«, sagte sie leise. So leise, dass ich sie stattdessen in meine Arme ziehen wollte. Aber ich ließ mich in den Stuhl fallen, fasziniert, gefesselt von der Entschlossenheit in ihrem Blick. Der Vorfreude. Was für eine schöne, tapfere Frau sie war. Meine Brust schmerzte, wenn ich sie nur ansah.

Adalyn stand direkt vor mir, einen Schritt entfernt. Ihre Hände senkten sich an den Reißverschluss ihrer Jacke, dann zog sie sie aus. Ihre Brust hob sich in einem rauen Atemzug, sodass der Stoff ihrer Bluse über ihren Brüsten spannte. Die Knopfleiste sich dehnte. Und ich konnte nur denken, *Diese verdammte Bluse. Ich will sie mit den Zähnen aufreißen.*

Meine Hände umklammerten die Armlehnen des Stuhls, damit ich nicht nach ihr griff.

Adalyn trat zwischen meine geöffneten Beine. Ihr Blick huschte über mein Gesicht. Dann senkte sie die Augen. Weit nach unten. Das gesamte Blut in meinem Körper strebte zu dieser Stelle. Wenn sie vorhatte, was ich dachte – worauf ich hoffte, wonach ich mich verzehrte –, konnte ich meine Selbstbeherrschung in der Pfeife rauchen. Sie würde sich einfach in Rauch auflösen. Das wusste ich. »Adalyn.« Ihr Name drang über meine Lippen. »Darling, ich …«

Sie stemmte die Hände auf meine Oberschenkel und sank auf die Knie.

Ich schloss die Augen und fluchte leise.

Ich fühlte, wie ihre Finger über meine Beine nach oben wanderten, sanft, dennoch entschlossen, sodass mein Schwanz noch härter wurde. Vor gespannter Erwartung pulsierte.

»Adalyn«, wiederholte ich, aber diesmal war es eher ein Gebet als eine Warnung. Ich öffnete die Augen und entdeckte, dass sie die wachsende Wölbung in meiner Hose anstarrte. Verdammt. Ich war so hart, und sie hatte noch nicht mal … »Wirst du mich berühren, Sweetheart?«, fragte ich sie mit brechender Stimme.

Adalyn biss sich auf die Unterlippen. Nachdenklich. Lusterfüllt. Sie nickte einmal kurz, ließ sich aber Zeit damit, ihre Hände zu bewegen. Ich stöhnte ungeduldig, und das Geräusch zauberte ein Lächeln auf ihr Gesicht. Endlich schob sie die Handflächen höher, schob die Finger unter den Saum meines Kapuzenshirts, um den Bund meiner Trainingshose zu packen.

Und zog daran.

»Sag es mir«, erklärte ich ihr und hörte, wie meine Stimme vor Verlangen brach. Gott, ich begehrte sie. Jetzt. Ich verzehrte mich schon seit Tagen nach ihr. Seit Wochen. »Sag mir, was du mit mir anstellen willst, und ich hebe die Hüften.«

»Ich …« Sie sah zu mir auf, fing meinen Blick ein. Gute Güte. Was für eine atemberaubende, unglaubliche Frau, die da zwischen meinen Beinen kniete. »Ich will sexy sein. Will so gesehen werden, von dir. Ich habe diesen Moment den ganzen Tag über in meinem Kopf geplant. Ich wollte deine Hose nach unten ziehen und …« Ihre Lider sanken für einen Moment nach unten. »Dich in den Mund nehmen. Ich wollte dir dasselbe Vergnügen verschaffen wie du mir in dieser Nacht. Allerdings ...« Sie schüttelte den Kopf. »... verliere ich den Mut. Ich weiß nicht, wie ich in diesem Szenario den Ton angeben soll. Mir wäre es viel lieber, wenn du ...«

Sie führte den Satz nicht zu Ende.

Ich sah ihr noch eine Sekunde in die Augen, enthüllte ihr mein Verlangen. »Hol mich heraus«, befahl ich ihr fast knurrend. »Du darfst mir zeigen, was du tun willst, aber ich werde helfen.« Ihr Blick senkte sich, und ich hob die Hüften. Mein steinharter langer Schwanz presste sich gegen den Stoff. »Verdammt«, fluchte ich bei diesem Anblick. Adalyn packte den Bund fester, bewegte aber die Hände nicht. »Ich war noch nie in meinem Leben so hart, Sweetheart. Wirst du etwas dagegen tun?«

Adalyns Atem stockte, dann bewegte sie die Hände. Für einen Moment schwebten ihre Finger unschlüssig in der Luft. Zögernd. Verriet mir so, dass sie wollte, dass ich sie führte. Sie ermunterte. Sie ... ihre Finger glitten über den gespannten Stoff, und ich stöhnte. Stieß ein tiefes, kehliges Stöhnen des Verlangens aus.

Endlich zog sie die Hose nach unten, befreite mich so von einer der zwei Lagen Stoff, die mich von ihr trennten.

Ich wusste genau, wie lange ich auf diesem Stuhl durchhalten würde.

»Du hast zwei Minuten, um mich zu verwöhnen«, erklärte ich ihr, unfähig, mich davon abzuhalten, meine Hüfte nach vorn zu stoßen. Ihre Reaktion war, meinen Schwanz fester zu packen, ihre Hand über dem Stoff einmal auf und ab zu bewegen. Es reichte nicht. »Boxershorts«, knurrte ich. »Bitte. Jetzt.«

Eine schnelle Bewegung, und meine Unterhose war verschwunden, sodass mein Schwanz stolz auf meinem Bauch lag.

»Ich habe mir das ausgemalt«, sagte Adalyn, und ihr sanftes Geständnis riss mich für einen Moment zurück in die Realität. Etwas in mir wurde bei ihren Worten weich. Sie suchte meinen Blick. »Ich glaube, ich begehre dich schon seit langer Zeit, Cameron.«

Die Armlehnen des Stuhls knarrten unter meinen Händen.

»Dann liebkose mich.« Ich stieß den Atem durch die Nase aus. »Leck mich, oder nimm mich in den Mund, oder foltere mich, wie auch immer du willst. Aber tu es jetzt, bevor ich zusammenbreche.«

Neugier gesellte sich zu dem Verlangen in ihren Augen, was meine eigene Begierde vorantrieb. Und bevor ich wusste, wie mir geschah, schloss sie die Hände um meinen Schwanz, Haut auf Haut, und bewegte sie heftig auf und ab. Einmal.

Meine Lider sanken nach unten und mein gesamter Körper zuckte im Stuhl. »Fester«, sagte ich. Verlangte ich. Flehte ich. Adalyn folgte der Aufforderung, schloss erneut beide Hände um mich. Bewegte sie von der Spitze zur Wurzel. »Genau so«, ermunterte ich sie. Sie tat es ein weiteres Mal. »Bring mich zum Betteln, Darling. Sorg dafür, dass ich mich nach mehr verzehre.«

Ich spürte, wie sie sich zwischen meinen Beinen bewegte, näher kam, sich weiter vorlehnte. Und als die Liebkosungen aufhörten, wusste ich, was gleich kommen würde. Ich öffnete die Augen und starrte ihre wunderschönen Lippen an, als sie sich um meinen Schwanz schlossen.

Verdammt. Herrje. Gott. Ich hatte noch nie in meinem Leben so inbrünstig gebetet, aber Himmel, ich betete ihren Mund an. Diese Frau. Ihr Herz. Meine Hüften stießen nach oben, um mich tiefer in ihrem Mund zu versenken. Adalyn stöhnte um mich herum, und ich … ich konnte nicht mehr sanft sein, ich stand kurz vor dem Zerbrechen. Ich würde in Stücke zerspringen. »Dreimal saugen«, stieß ich zwischen den zusammengebissenen Zähnen hervor. »Mehr bekommst du nicht.«

Adalyn hob und senkte den Kopf ein zweites Mal. Und als ein Stöhnen aus ihrer Kehle drang und meinen Schwanz umhüllte, explodierte etwas in mir.

»Ich habe gelogen«, sagte ich und legte die Hände auf ihren Kopf, um sie sanft, aber bestimmt von mir herunterzuziehen. Ihre Lippen leuchteten, und eine wunderbare Röte brannte auf ihren Wangen. »Atemberaubende, schöne, wunderbare Frau«, murmelte ich und sorgte so dafür, dass sie mich auf eine ganz neue Weise ansah. Mein Herz raste, ließ den Puls in meinen Ohren pochen. »Du hast gewonnen, Sweetheart. Wirklich.«

Bevor sie ein Wort sagen konnte, packte ich ihre Handgelenke und zog sie mit mir auf die Beine. Dann drehte ich sie um.

»Stemm die Hände auf den Schreibtisch«, befahl ich knurrend. Sie gehorchte. Und als ihre Handflächen die Holzoberfläche fanden, beugte ich mich über sie. »Gut ... sehr gut«, hauchte ich ihr ins Ohr. »Das dürfte schnell gehen.«

»Ich will es nicht schnell«, flehte sie fast. Meine Hände glitten um ihren Oberkörper, über den Stoff ihrer Bluse. »Ich will ... ich will ...«

»Dieses verdammte Ding hat mich fast in den Wahnsinn getrieben«, gestand ich, als ich an dem seidigen Stoff zog. »Hat sich in meine Träume geschlichen«, flüsterte ich an ihrem Nacken. »So dringend wollte ich diese Knöpfe abreißen. So lebhaft habe ich mir ausgemalt, was du darunter verbirgst.«

Diese schönen Brüste. Diese glatte Haut. Dieses kostbare Herz.

Ihr Körper zitterte unter meinem, und sie drängte die Hüften nach hinten, presste den Hintern an meine Erektion. »Ja. Zu alldem.«

Ich zerrte an ihrer Bluse, bis diese winzigen Knöpfe in alle Richtungen davonsprangen. »Verdammt. Verdammt.« Ohne eine Sekunde zu verschwenden, zog ich ihren Körper an meinen und nach oben, damit ich sie endlich ansehen konnte. Wunderbare Spitze verhüllte ihre Brüste. Lavendelfarben. »Meine Fantasie konnte dem hier nicht gerecht werden. Du bist noch viel atemberaubender als gedacht.«

»Cameron?« Mein Name drang als Wispern über ihre Lippen. Aber meine Hände glitten bereits nach oben. Ich ließ die Handflächen über ihre Haut gleiten, bis meine Finger ihre Brüste fanden und sich besitzergreifend darum schlossen. Ihre Lider senkten sich flatternd. »Sorg dafür, dass wir uns gut fühlen.«

Wir.

Das trieb mich über die Kante.

Ein unbeschreibliches Geräusch drang über meine Lippen. Ich presste ihre Hände wieder auf den Schreibtisch, beugte mich über sie. Ich öffnete ihre Jeans, schob meine Hand hinein und spürte noch mehr Spitze. Ich achtete darauf, sie nur über ihrem Höschen zu berühren – weil ich sonst meinen verflixten Verstand verloren hätte –, und ließ meine Finger über ihre glühend heiße Mitte gleiten. »Meine Adalyn, so feucht und perfekt.«

Adalyn zuckte unter mir, und ich drängte die Hüften gegen ihren Hintern.

Ich bewegte die Finger, verstärkte den Druck, als ich den hitzigsten Punkt erreichte, beschrieb kleine Kreise über ihrer Klit.

»Da draußen«, erklärte ich ihr, während ich die freie Hand um meinen Schwanz schloss und mich im selben Takt liebkoste wie sie. »Kannst du mich herumkommandieren. Sprich nur ein Wort, und ich werde gehorchen. Du hast mich ganz und gar in der Hand.« Ich spürte, wie sie unter meiner rauen Berührung rastlos wurde. Der Stoff ihres Höschens war durchnässt. Ich stieß in meine Faust, drängte ihr hilflos die Hüfte entgegen. »Aber hinter geschlossenen Türen?« Ich trat einen halben Schritt zurück, drehte Adalyn um und schob sie auf den Schreibtisch, um dann zwischen ihre geöffneten Beine zu treten. »Hier drin«, erklärte ich ihr und suchte ihren Blick. Ich stieß erneut in meine Faust, presste die Knöchel meiner Hand gegen ihre Spalte. Wir beide mussten ein Stöhnen unterdrücken, als mein Schwanz über ihr feuchtes Höschen glitt. »Hier drin habe ich das Sagen.«

Ein Wimmern drang über ihre Lippen, und ich wusste, dass es ein Ja war. Ein Flehen. Eine Bestätigung. Ein grünes Licht. Und als ich mich wieder bewegte, die Hand gegen sie drängte, während ich uns beide liebkoste, schlang sie die Arme um meinen Hals.

»Cameron«, sagte sie mit wundervoll brüchiger Stimme.

Ich drückte die Stirn an ihre, während ich mich an ihr rieb. »Komm, Sweetheart.« Ich bewegte mich weiter, achtete darauf, mit jedem Stoß die richtige Stelle zu treffen. »Komm, und ich schwöre, ich werde dich heute Nacht lange und hart nehmen.«

Adalyns gesamter Körper zuckte. Ich folgte ihr zum Höhepunkt, ergoss mich über ihren Bauch. Sie senkte die Augen, und ihr Blick wurde vernebelter, ekstatischer, als ich ihn je gesehen hatte. Ich wollte ihr das Höschen vom Körper reißen und mich in ihr versenken. Schon in einer Minute wäre ich wieder hart. Ich war seit Tagen hart.

Aber das tat ich nicht. Ich ließ die Stirn an ihrer ruhen, dann schlang ich die Arme um ihren Körper und zog sie an mich. Ich konnte nichts dagegen tun, ich konnte nicht anders. Ich wollte sie genau hier. Unter mir, an mir, in meinen Armen. Ich wollte Teil dieser Frau werden, auf jede Weise, die nur möglich war.

Ihre Lippen pressten sich gegen meinen Mundwinkel, als wüsste sie genau, was ich dachte. Ich verschob meinen Mund und eroberte ihren in einem harten, verzweifelten Kuss. Es reichte nicht. Ich wollte mehr. Aber ich trat zurück. Wortlos zog ich ihre Arme aus ihrer jetzt zerstörten Bluse und säuberte ihr damit den Bauch.

Mit einem Kuss auf die Schläfe zog ich sie vom Schreibtisch und knöpfte ihre Jeans zu. In einer perfekten Welt befänden wir uns nicht in einem improvisierten Büro ohne Heizung. In dieser Welt war das Training nicht zu Ende, und wir sollten nicht aufbrechen, um bei den Vorbereitungen für das Abendessen vor dem Turnier zu helfen. Stattdessen hätte ich sie Kleidungsstück für Kleidungsstück ausziehen können, um im Anschluss jeden Zentimeter ihres Körpers zu lecken. Aber wir lebten nicht in einer perfekten Welt, also rückte auch ich meine Kleidung zurecht und versuchte zu ignorieren, dass ich bereits wieder hart wurde.

Ich schlüpfte aus meinem Kapuzenshirt. »Arme hoch«, sagte ich, und als sie sie hob, zog ich ihr das Kleidungsstück über den Kopf.

»Was ist mit dir?«, hörte ich gedämpft durch den Stoff, als ich den Pulli zurechtrückte.

Ich schob ihre Arme in die Ärmel. »Die Erinnerung daran, wie du an meinem Körper gekommen bist, wird mich ein Leben lang warm halten.«

Adalyn stieß ein leises Geräusch aus, das ich bestmöglich ignorierte. Sie wirkte in diesem Moment so ... sehr, als gehöre sie mir, dass es mir den Atem raubte.

»Heute Nacht«, versprach ich rau.

Adalyn lächelte, scheu und wunderschön, sodass ich mir am liebsten auf die Brust getrommelt hätte. »Heute Nacht.«

32

Adalyn

Heute Nacht.
Heute Nacht war es so weit. Und ich hatte mich noch nie so unvorbereitet gefühlt.

Konnte jemand seine Jungfräulichkeit ein zweites Mal verlieren? Es war gar nicht so lange her, dass ich das letzte Mal Sex gehabt hatte. Oder vielleicht doch. Irgendwie verschwamm alles. Jetzt, wo ich wusste, wie Camerons Berührung sich anfühlte, verblasste jede vergangene Erfahrung zu schwammigem Grau.

Die heutige Nacht war anders.

Sie fühlte sich an, als bedeute sie mehr.

Mehr als nur Sex. Mehr als nur Begehren. Mehr als körperliche Anziehung.

In mir tobte ein rohes Verlangen, das ständig Forderungen aufsteigen ließ. Ich wollte Cameron nahe sein. Näher. Ich wollte geküsst und genommen und herumgeworfen werden. Ich wollte, dass er mich ansah, wie er es früher am heutigen Tag getan hatte, mit dieser weichen Miene. Aber gleichzeitig, als wolle er mich am Stück verschlingen. Ich wollte, dass er mir sein genüssliches Lächeln schenkte und sein Stirnrunzeln; dass er den Kopf schief legte, wie er es tat, wenn er in meinen Kopf blickte. Ich wollte ihn zum Lachen bringen und dass er mich Sweetheart nannte, nicht, weil es mit diesem englischen Akzent süß oder sexy klang, sondern weil noch niemand mich so genannt hatte und es sich nur bei ihm richtig anfühlte. Aber vor allem anderen wollte ich von ihm gewollt werden. Wollte, dass er sich nach mir verzehrte. Wie man sich nach diesem Gefühl in der Brust verzehrte, das alles andere zum Leuchten brachte. So wie ich mich nach ihm verzehrte.

Die Berührung seiner Hand an meinem Schenkel riss mich zurück in die Gegenwart. Und als ich ihn ansah, verriet ihn das Grün seiner Augen.

Er konnte es kaum erwarten, hier zu verschwinden. Er – wir – waren nur noch hier, weil ich ihn gebeten hatte, ein wenig länger zu bleiben. Josie hatte ein Viel-Glück-Abendessen für alle in der Mannschaft geschmissen, und die meisten Eltern waren erschienen.

»Wieso so ernst, Trainer?«, fragte ich, und meine Mundwinkel hoben sich. »Dieses Essen soll uns Glück bringen. Ich hätte dich nicht für jemanden gehalten, der eine solche Geste missachtet.«

Sein anzügliches Schmunzeln sorgte dafür, dass meine Wangen heiß wurden. Er lehnte sich vor und sagte direkt neben meiner Ohrmuschel: »Mir fiele da einiges ein, was wir als Glücksritual fest einführen könnten.« Seine Lippen glitten über meine Haut und jagten einen Schauder über meine Wirbelsäule. »Wenn wir sofort aufbrechen.«

Mein Herz raste. »Ich glaube …« Ich schluckte schwer, während ich mich fragte, ob es wohl seltsam aussehen würde, wenn ich jetzt auf seinen Schoß kletterte, obwohl die halbe Stadt hier am Tisch saß. »Ich glaube, darüber könnten wir diskutieren. Aber wir brechen noch nicht auf. Befehl der Chefin.«

Er summte an meiner Haut, dann zog er den Kopf zurück, wenn auch nicht allzu weit.

Gott. Vielleicht tat ich mir hier selbst keinen Gefallen. Wie lange sollten solche Glücksbringer-Essen dauern?

Mein Handy piepte auf dem Tisch, also griff ich danach und schaute, wer mir geschrieben hatte. Meine Mutter.

»Ist sie gut angekommen?«, fragte der Mann neben mir, ehrlich interessiert.

»Fahrt war okay«, las ich ihm vor.

Er seufzte. »Ich hätte sie selbst fahren können. Asheville liegt nur ein paar Stunden entfernt.«

Ich musste zugeben, dass ich förmlich dahinschmolz, als ich mich an sein Angebot erinnerte. »Habe Vincent einiges erzählt«, las ich weiter vor. »Er ist jung, aber ich könnte ihm viel beibringen.« Ich zögerte. »O Mann.«

»Wer war Vincent noch mal?«

Ich sah zu ihm auf. »Ein Cousin von einer Freundin von Josie, glaube ich? Er war in der Stadt, um mit Josie über Geschäftliches zu reden und ist heute nach Asheville zurückgefahren.« Cameron murmelte etwas. Ich presste die Hand gegen seine Wange. »Hör auf, so lieb zu sein. Ich … habe schon so Probleme, die Finger von dir zu lassen, Cam.«

Er lehnte sich mit einem Seufzen in meine Berührung. »Nenn mich noch mal Cam.«

Ich senkte die Stimme. »Cam.«

Cameron stieß ein leises Grollen aus. »Okay, und jetzt sag mir, wieso ich süß bin und wieso ich damit aufhören soll.«

»Du machst dir Sorgen um meine Mutter«, antwortete ich, wobei ich den Aufruhr in meiner Brust kaum ignorieren konnte. »Das sorgt dafür, dass es mir wirklich schwerfällt, dir zu widerstehen.«

Er drehte den Kopf, sodass seine Lippen erst über meine Handfläche, dann über mein Handgelenk glitten. »Wieso solltest du mir überhaupt widerstehen wollen?« Er drückte seine Zähne sanft in meine Haut. »Das ist verpönt. Experten raten dazu, Dingen nicht zu widerstehen, die gut für einen sind.«

Ich kicherte.

Cameron sah mir in die Augen, und als er an meiner Haut sagte: »Ich könnte ein Leben damit verbringen, diesem Geräusch zu lauschen«, stellte ich seine Worte keinen Moment infrage, weil ich wusste, dass sie der Wahrheit entsprachen.

Ich atmete tief ein. »Ich …«

»Hi«, sagte Mr Vasquez – Robbie – mit vorsichtiger Miene. María stand neben ihm. Sie stieß sein Bein an, bevor sie mich anlächelte. Eilig stieß er hervor: »Tut mir leid, dass ich störe.«

»Ist okay«, versicherte ich ihm und meinte es ernst. »Du störst nicht.«

Der Mann an meiner Seite grummelte.

Robbies Blick schoss zu Cameron, bevor er erneut mich ansah. »Ich wollte mich nur bedanken. Für das, was du für Tony und María und … überhaupt getan hast. Seitdem Tony angefangen hat, Zeit mit der Mannschaft zu verbringen … sieht er wieder aus wie er selbst … und klingt auch so. Dadurch habe ich verstanden, dass er zu viel Zeit auf der Farm verbracht hat. Zu viel gearbeitet hat, obwohl er doch noch ein Kind ist. Ich …« Er schluckte schwer. »Danke, dass du ihm einen Job gegeben hast, der etwas mit seiner großen Leidenschaft zu tun hat.« Robbie sah mit einem Lächeln auf seine Tochter hinunter. »Zufrieden?«

Sie senkte die Stimme zu einem lauten Flüstern. »Bitte sie um die Karten.«

Der Mann fluchte leise. »María …«

»Tu es«, wiederholte sie. »Du hast mir erklärt, du wärst ein M-Wort zu ihr gewesen, also entschuldige dich. Du zwingst mich ständig dazu, mich zu entschuldigen, wenn ich unhöflich war. Es ist okay, zu fragen. Tony wird es toll finden. Du weißt, dass er sich für dieses Team in Charlotte bewerben will. Er wird ausflippen.«

Der Mann presste die Lippen aufeinander und warf mir einen entschuldigenden Blick zu. »Bitte, ignorier …«

»Betrachte es als erledigt«, erklärte ich ihm. »Wir können morgen nach dem Spiel über mögliche Termine sprechen. Und da gab es noch etwas, was ich dich sowieso fragen wollte. Aber das kann warten. Wir werden uns morgen unterhalten.« Robbie wirkte weiterhin unsicher, also verspürte ich den Drang, in mein altes Selbst zu schlüpfen. »Die Miami Flames werden sich freuen, euch zu empfangen, das verspreche ich.«

Camerons Körper verspannte sich neben mir. Nur für einen kurzen Moment, aber all die harten Muskeln, an denen ich lehnte, wurden für die Dauer eines Atemzugs hart.

María klatschte in die Hände und forderte damit wieder meine Aufmerksamkeit. »Jippieh!«, rief sie und warf sich ohne Vorwarnung auf mich. »Feierumarmung«, sagte sie an meiner Wange. Und ich konnte nicht anders und drückte sie fest. Dann, als könne sie die Worte einfach nicht zurückhalten, flüsterte sie leise: »Ah. Das fühlt sich so gut an. Wir sollten das öfter machen.«

Ich umarmte sie noch fester.

Als sie mich freigab, lächelte sie. Ich wusste nicht genau, wie mein Gesicht aussah, aber mir war ganz warm ums Herz. »Ich sehe dich morgen, Miss Adalyn.« Sie sah den Mann an meiner Seite an. »Dich sehe ich auch morgen, Trainer Camorra.«

Robbie murmelte etwas Unverständliches.

Cameron lachte leise, schlang die Arme um meine Schultern und zog mich wieder an sich.

»Oh!«, sagte María, die sich bereits entfernte, ihre Hand in der ihres Dads. »Vergiss nicht, dem Trainer sein Hemd zu geben!« Dann verschwand sie um das Ende des langen Tisches und zerrte Robbie mit sich.

»Was für ein Hemd?«, fragte Cameron.

Ich seufzte. »Es sollte eigentlich eine Überraschung sein.« Ich schüttelte den Kopf. »Es ist zu Hau…« Ich brach ab. Ich wusste nicht, warum, aber ich tat es. Dann räusperte ich mich. »In Lazy Elk.«

Cameron brummte. »Nah dran«, meinte er und schob einen Arm um meine Taille. »Ist okay, Sweetheart, ich werde nicht in der Halbzeit aufgeben.«

◎ ◎ ◎

Cameron schloss die Eingangstür zum Blockhaus auf und trat zur Seite.

Ich sah hinein, in den Flur, der nach rechts zu Camerons Zimmer abbog. Dem Zimmer, das meines gewesen war, direkt gegenüber. Meine Lider sanken für einen Augenblick nach unten.

Ich drehte mich um. Wandte mich ihm zu. Blockierte seinen

Weg in die Hütte. Tiefgrüne Augen fingen meinen Blick ein, und ich sagte: »Hi.«

»Hi«, antwortete er. Seine Lippen zuckten. Ich dachte schon, er würde mir ein träges Lächeln schenken, das mich betören und vielleicht von meinen Gedanken ablenken würde. Aber stattdessen biss Cameron die Zähne zusammen. Ich beobachtete, wie sein Blick über mein Gesicht huschte, eine gefühlte Ewigkeit auf meinen Lippen verweilte – in Wirklichkeit waren es nur ein oder zwei Sekunden –, und dieses schwindelige Gefühl, diese Vorfreude, stieg in mir auf.

»Was denkst du gerade?«, fragte ich ihn.

Er hob die Hand an mein Gesicht, strich mit dem Handrücken über meine Wange. »Mehrere Dinge«, gestand er ruhig, fast streng, als mache es ihm nichts aus, dass ich uns davon abhielt, über die Türschwelle zu treten. »Ich denke, dass ich Gott danken will, dass dieses Abendessen endlich vorbei ist.« Das zauberte ein Lächeln auf mein Gesicht. Camerons Daumen glitt kurz über meine Unterlippe. »Außerdem denke ich, grüne Neune, sie ist wunderschön in diesem Licht. Mit dem Vollmond, der vom Himmel leuchtet. Wäre es schmalzig, darauf hinzuweisen? Würde sie lachen? Ich liebe ihr Lachen.«

Mein Lächeln verblasste, und mein Herz vollführte einen seltsamen Tanz in meiner Brust. »Das wäre eines der schönsten Dinge, die jemals jemand zu mir gesagt hat.« Ich schlang die Finger um sein Handgelenk, fühlte seinen Puls unter meinem Daumen. Er schlug schnell, eilig. War er auch nervös? »Ich würde nicht lachen. Aber wahrscheinlich würde ich noch länger mauern.«

»Mauern«, wiederholte er. »Sag mir, warum.«

Ich öffnete den Mund, um etwas zu sagen, was wahrscheinlich ungefähr so klingen würde: weil du du bist und ich ich bin. Und ich habe mich noch nie so gefühlt. Aber letztendlich antwortete ich: »Es ist schwer zu erklären.«

Wenn der heutige Tag – die letzten Tage – irgendetwas bewiesen hatten, dann, dass ich keine Verführerin war. Und mit Cameron machte mir das nichts aus. *Hier habe ich das Sagen.* Das hatte er vorhin im Büro gesagt. Ich wollte, er hätte dieses Angebot wiederholt. Wünschte mir, dass er das Kommando übernahm. Ich hatte mich nie sicherer, freier gefühlt, als wenn er den Ton angab. Und doch ... sorgte diese Nervosität dafür, dass ich an mir selbst zweifelte. Was, um Himmels willen, hatte ich getan, um das zu verdienen, um zu verursachen, dass er mich so sehr begehrte? Ich ...

»Stell mich auf die Probe«, sagte Cameron.

»Ich ...«, setzte ich wieder an, obwohl ich wusste, dass ich meine Empfindungen wahrscheinlich kaum in verständliche Worte würde fassen können. »Ich habe mich immer gefühlt, als würde ich nirgendwo wirklich hinpassen. Als müsste ich mich immer besonders anstrengen, um den Leuten zu beweisen, dass ich es verdient habe, da zu sein. Und hier bist du.« Ich schüttelte den Kopf. »Und gibst mir das Gefühl, als würdest du eine Brücke bauen, um mich zu erreichen. Als müsste ich dich nicht überzeugen. Du ...«

»Scheiß auf ihn«, sagte Cameron und sorgte damit dafür, dass ich ihn ansah. »Scheiß auf sie. Scheiß auf alle, die dir das Gefühl vermittelt haben, dass du nicht alles wert bist, was du verdient hast.«

Etwas klickte in meiner Brust. Laut. Ganz nah an meinem Herzen. »Du musst nicht ...«

Ich wurde hochgehoben und über eine breite Schulter geworfen.

»Kein Zerdenken mehr«, sagte er und trug mich in die Hütte. »Du wirst nicht mehr hinterfragen, wie ich in Bezug auf dich empfinde. Ich habe keine volle Stunde Lagerfeuerlieder ertragen, damit du einen Grund findest, mich auszubremsen, wenn ich dich endlich nach Hause gebracht habe.« Seine andere Hand fand meine Kniekehlen, presste meine Beine an seinen Körper, als fürchtete er, ich könne aus seinen Armen springen. »Genau so«, sagte er, als er ins Wohnzimmer stampfte. »Ich musste mich davon abhalten, dich dort genau so über meine Schulter zu werfen. Josie singt schrecklich schlecht.«

Ich blinzelte, starrte an seinem Rücken hinab auf seinen Hintern, seine langen Beine, und ich … fing an zu lachen.

Cameron stoppte sofort, lockerte seinen festen Griff, zog mich von seiner Schulter und stellte mich vor ihm ab. Ich stützte mich an seiner Brust ab.

»Ich bin jetzt schon in Versuchung, es wieder zu tun«, sagte er. Sein Blick huschte zwischen meinen Augen und meinen Lippen hin und her. Ich spürte das Pochen seines Herzens unter meinen Händen, schneller als noch vor wenigen Augenblicken. »Ich könnte das jeden Tag tun. Könnte dich durch jede Tür tragen.«

»Darüber lässt sich reden.« Ich lachte immer noch, aber als Cameron die Zähne zusammenbiss, verpuffte die Erheiterung. »Okay, ich sollte dir deine angekündigte Überraschung geben.«

Er öffnete den Mund, aber ich zog mich bereits zurück, um auf dem Absatz herumzuwirbeln. Ich ging ins Gästezimmer und angelte das Geschenk aus dem Schrank, in dem ich es versteckt hatte.

Als ich mich umdrehte, lehnte Cameron im Rahmen seiner Schlafzimmertür, direkt gegenüber von meiner. Ich schluckte. Tapste mit der pinkfarbenen Tüte in der Hand zu ihm.

Und streckte sie ihm entgegen.

Cameron öffnete sie und zog den Inhalt heraus. Die Tüte fiel zu Boden. Er hielt ein Hemd in die Luft.

»›Dieser Trainer ist supidupi‹«, las er laut vor. Er schluckte. »›Trainer Kamille, Green Warriors aus Green Oak. Six Hills Little League, NC.‹«

Mein Herz raste. »Es ist so albern«, sagte ich und hörte selbst, wie angespannt ich klang. »Ich habe es drucken lassen, damit die Mädchen es morgen signieren können.« Zitternd stieß ich den Atem aus. »María hat mir beim ersten Satz geholfen.«

Cameron senkte die Arme. Musterte mich mit einem Blick, den ich nicht deuten konnte. Das nicht den Gefühlen entsprach, die ich angesichts des Hemdes erwartet hatte.

»Es sollte ein Witz sein«, erklärte ich. »Ich … ich dachte, du fändest es unterhaltsam.«

Ein Muskel an seinem Kiefer zuckte. »Beim Spiel morgen wird keine Presse anwesend sein, oder?«

Mir rutschte das Herz in die Hose. »Natürlich nicht.«

»Bei keinem Spiel bisher war Presse anwesend.«

Meine Kehle wurde eng, und ich musste gegen einen Kloß in der Kehle anschlucken. »Ich würde niemals deine Anonymität oder Privatsphäre in Gefahr bringen. Nicht nach dem, was du mir erzählt hast.«

»Aber das hast du erst vor Kurzem erfahren«, hielt er dagegen und trat einen Schritt auf mich zu. »Du hattest deine Meinung schon vorher geändert. Warum?«

Ich spürte, dass ich anfing zu zittern. Zu beben. »Ich bin auch so klargekommen.«

Ein weiterer Schritt. »Auf Kosten deiner Rückfahrkarte nach Miami?«

Ich klappte den Mund zu. Mein Herz raste. Meine Lider sanken flatternd nach unten.

Camerons Finger glitten über meine Wange. »Ja oder nein, Sweetheart?«

Ich suchte seinen Blick und erkannte so viel darin – Emotionen, die genau denen entsprachen, die ich empfand. Verzweiflung. Verlangen. Ich fiel so schnell, dass ich kaum atmen konnte. »Ja«, sagte ich. »Um jeden Preis. Ich habe dich beschützt und werde dich weiterhin beschützen, egal um welchen Preis.«

Er umfasste meine Wange. »Ich sehe dich, Adalyn.« Seine andere Hand fand meine andere Wange, und das Hemd fiel zu Boden. »Ich sehe dich, verflixt noch mal, Sweetheart. Aber dass du dich mir endlich auf diese Weise öffnest? Das macht es mir unmöglich, nicht auch zu zerbrechen.«

Ich packte seine Handgelenke. »Und wie würde das aussehen?«

»Ich werde die Seite verwöhnen, die du verbirgst«, sagte er an meinen Lippen. »Ich will *dich* verwöhnen, einfach, weil ich es kann. Ich will dich unter Kissen begraben, wenn dir kalt ist, und dich jede Nacht in mein Bett tragen. Will dich küssen, wenn wir uns gegenseitig sticheln, und dich daran erinnern, wie sehr du mich in den Wahnsinn treibst.«

Ein mir nicht vertrauter Druck füllte meine Brust. Sorgte dafür, dass meine Augen brannten. Und ich wollte bersten. Regelrecht bersten. Ich empfand solches Glück, war so ekstatisch, so … gefüllt mit etwas, das ich wahrscheinlich nicht laut aussprechen konnte – oder auch nur denken –, sodass ich in Stücke zerbrechen und es ihm zeigen wollte.

Ein gebrochenes Lachen drang über meine Lippen. Ich erkannte meine eigene Stimme kaum, als ich sagte: »Du hast meine Überraschung gerade ziemlich doof wirken lassen.«

»Ich liebe die Überraschung«, sagte er sanft, so sanft, dass es sich anfühlte wie eine Liebkosung. Er zog mich an seinen Körper und ging rückwärts, nahm mich mit in sein Zimmer. »Ich werde es auf die Überraschung schieben, falls ich heute Nacht die Kontrolle verliere.«

Ich schüttelte den Kopf, und eine einsame Träne glitt hilflos über meine Wange. »Warum?«

»Weil ich weiß, dass du glücklich bist, wirklich glücklich. Und diese Träne?«, fügte er hinzu, presste seine Lippen auf meine Haut und folgte der feuchten Spur. »Sie beweist mir, wie sehr.« Er neigte meinen Kopf nach hinten, küsste die Braue des verräterischen Auges. Sein Blick fiel auf meine Lippen. »Jetzt kann ich deinen Mund erobern und weiß, dass du dir bewusst bist, was ich empfinde. Dass du dir das hier nicht verdienen musst. Du besitzt bereits jedes Recht.«

Diesmal wartete Cameron nicht, bis ich den Abstand zwischen uns überbrückte und ihn küsste. Er tat es.

Cameron presste den Mund auf meinen, öffnete meine Lippen mit solchem Hunger, dass ich die Arme um seinen Hals schlingen musste, um mich aufrecht zu halten. Unsere Zungen duellierten sich, und ich zog ihn an mich. Verlangen erfüllte meinen Körper, meine Brust, meine Glieder, meinen Unterleib, jeden Teil. Und mit einem Knurren schob er mich rückwärts, ließ seine Hände über meine Kehle, Schultern, Hüften gleiten, bis sie meinen Hintern fanden. Und dann hob er mich hoch.

Als hätte ich das schon unzählige Male getan, schlang ich die Beine um ihn. Ich klammerte mich an seine Schultern, hob meinen Körper, suchte nach der richtigen Stelle, bis meine heiße Mitte die Härte unter seiner Hose fand. Ein Knurren erschütterte seine Brust, und als er den Mund von meinem riss, um zu atmen, leuchtete das Grün in seinen Augen heller, als ich es je gesehen hatte. Er senkte erneut den Kopf, verschwendete keine Sekunde, ließ die Zähne über meinen Hals gleiten.

Mit einem Wimmern warf ich den Kopf in den Nacken, und dann fiel ich – auf etwas Weiches. Sein Bett.

Sein Duft wallte um mich herum auf. Und sofort füllte sich meine Brust mit solcher Freude, solcher Glückseligkeit, dass ich fürchtete, davonzuschweben.

»Dieses Lächeln«, hörte ich dunkel vom Ende des Bettes. Ich sah Cameron an, ohne dass meine Lippen ihre Position veränderten. »Komm her«, sagte er und zog an meinem Fuß. »Ich will dieses Lächeln an meinem Mund spüren.«

Er schlang die Hände um meine Knöchel, und ich erlaubte ihm, mich dorthin zu ziehen, wo er war. Ich hob mich auf die Knie, fing immer noch lächelnd seinen Blick ein, immer noch so glücklich, dass ich bersten könnte. Ich überbrückte den Abstand zwischen uns, presste meinen Mund auf seinen, kam seinem Wunsch nach.

Er stöhnte, dann glitten seine Lippen über mein Gesicht. Süße, feste Liebkosungen, die hinauf- und hinunterwanderten, von rechts nach links, bis Schauder über meine Arme rannen.

»Ich habe bislang nie etwas so sehr gewollt wie das hier«, flüsterte ich an seinem Mund, die Hände auf seinen Schultern, und stieß den Atem aus. Dann ließ ich die Finger über seinen Oberkörper wandern, bis ich den Saum seines Thermoshirts fand, die Sorte, die er immer trug und die ich inzwischen so liebte. Ich ballte die Hand im Stoff zur Faust. »Ich habe mich nie so sicher, so geschätzt, so begehrt, so …« Geliebt gefühlt. »Ich begehre dich so sehr.«

Camerons Körper zitterte. Vor Selbstkontrolle, vor Verlangen, aufgrund dieses Gefühls, das ich vor Angst noch nicht in Worte fassen konnte? Ich wusste es nicht. Und es war mir auch egal. Zumindest in diesem Moment, in dem ich spürte, wie er die Hände auf meine legte und sie nach oben führte. »Zieh mich aus«, flüsterte er rau.

Ich zog den Stoff nach oben. Seine Hände gaben meine frei, um mir zu helfen, weil ich nicht groß genug war. Eine wunderschöne Collage aus Tätowierungen und Haut wurde enthüllt. Und ein neues Verlangen kochte in mir hoch. Das Verlangen, ihn zu berühren, mir alles einzuprägen, ihn zu brandmarken und für mich zu beanspruchen.

»Zeig es mir«, sagte er und drängte den Körper gegen meine Hände. »Zeig mir, wie sehr du mich willst.«

Bewusst langsam presste ich die Lippen gegen seine Brust, direkt über seinem Herzen, wo das Bild der Rose prangte. Ich konnte spüren, wie seine Muskeln zuckten. Seine Haut war so glatt, sein Körper so stabil und hart, und sein Herz schlug heftig, fast zu schnell. Ich ließ die Zähne über all diese Tinte gleiten, und seine Hand landete in meinem Nacken.

Ich ließ den Mund höher gleiten, zog eine Spur aus Küssen bis zu seiner Kehle, spürte, wie seine Finger in mein Haar glitten. Ich biss in seine Haut, zart, aber diesmal doch ein wenig fester, und sofort kam ein Stöhnen über seine Lippen. Es fühlte sich unglaublich an, zu spüren, wie dieser beeindruckende Mann unter meiner Berührung zerschmolz.

Bei diesem Gedanken schlossen meine Lider sich flatternd. Bevor ich wusste, wie mir geschah, presste Cameron uns beide auf das Bett.

Erneut umhüllte mich sein Duft, füllte meine Lunge. Es war eine Verheißung von mehr. Sein Gewicht auf mir fühlte sich wunderbar an, verlangte nach mehr, sodass ich die Arme um seinen Hals schlang und ihn auf mich herunterzog.

Cameron widersetzte sich, eine Hand neben meinen Kopf gestemmt.

»Ich werde jede der Schutzmauern in dir einreißen, die noch steht«, sagte er neben meinem Ohr. Seine andere Hand kroch an meiner Seite hinauf, schob den Stoff von Pulli und Hemd nach oben. »Und sobald ich in dir bin«, sein Daumen erreichte die Unterseite meiner Brust, und er ließ die Finger rau, fast verzweifelt, über meinen BH gleiten. »Werde ich mich so tief in dir vergraben« – er zog die Spitze nach unten, sodass meine Brüste herausfielen – »dass du nicht mehr sagen kannst, wo du endest und ich anfange.«

»Ja«, flüsterte ich. »Zu alledem. Ja. Hundertmal ja.«

Seine Antwort war ein kehliges Lachen. Dann zog er meine Arme über meinen Kopf und presste sie auf die Matratze. Sein Mund senkte sich auf eine Brust, und mein Atem stockte. Er summte an meiner Haut, leckte sanft über meinen Nippel. Sog daran. Sorgte dafür, dass mein Rücken den Kontakt zum Bett verlor.

Cameron liebkoste die andere Brust auf dieselbe Weise. Ich stieß ein protestierendes Geräusch aus, fühlte mich gefesselt. Ich wollte ihn berühren. Wollte auch meine Lippen über seinen Körper gleiten lassen.

Mit einer schnellen Bewegung zog er mir die Kleidungsstücke über den Kopf, die einen Wulst an meinem Hals gebildet hatten, dann zog er mir den BH aus. Kühle Luft umschmeichelte meine Haut. Ich spürte, wie meine Lider nach unten sanken, überwältigt von dem Gefühl, nackt vor ihm zu liegen. Es war nicht so lange her, dass jemand mich so gesehen hatte, aber gleichzeitig ging es hier um viel mehr als nur nackte Haut.

Ich hörte ein Knurren. Gefolgt von einem Fluch.

Ich öffnete meine Augen und stellte fest, dass Cameron rittlings über meinen Hüften saß. Seine breite Brust hob und senkte sich in schweren Atemzügen, sodass all diese Tätowierungen auf seinen harten Muskeln wogten.

»Ich könnte dich die ganze Nacht ansehen«, sagte er und umfasste meine Seiten. »Du treibst mich vor Begierde fast in den Wahnsinn.« Er ließ die Finger nach unten gleiten, bis er den Bund meiner Jeans fand. »Auf bestmögliche Weise.« Seine Finger öffneten den Knopf. »Hoch mit dir.«

Ich folgte der Aufforderung ohne jedes Zögern. Und Cameron verschwendete keine Sekunde. Er zog meine Jeans nach unten und warf sie auf den Boden.

Dann beugte er sich langsam vor und presste seinen Mund auf meinen Hals.

»Cameron«, hauchte ich. Flehte ich. Meine Hände fanden seine Hose, und ich schob die Finger unter den Bund, als weitere Küsse auf meine Brust herniederregneten, über die Wölbung meiner Brüste glitten und schließlich tiefer, zu meinem Nabel. Meinem Hüftknochen. Ich verlor den Halt an seinen Jeans. »Ich will dich in mir spüren. Jetzt.«

Er lachte dunkel. »Aber ich habe dich noch nicht gekostet.«

Und einfach so spreizte er meine Beine, erst mit den Händen, dann mit seinen Schultern, und sein Kopf lag zwischen meinen Schenkeln. Meine Atmung geriet außer Kontrolle. Verlangen und Vorfreude ließen mein Blut rauschen, bis ich hätte schwören können, dass ich jeden Herzschlag am ganzen Körper spürte.

Cameron presste den Mund auf dieses pulsierende Nervenbündel unter dem Stoff meines Höschens. Drängendes Verlangen erfüllte meinen Körper, ließ mich leise fluchen.

Er ließ die Zunge über meine Spalte gleiten, und ich spürte seine Lippen. Dieser gepflegte Bart, den ich so liebte, sensibilisierte meine Nerven. Ich dachte, es wäre zu viel, zu schnell, zu gut, aber dann schob er mit den Zähnen den Stoff zur Seite und wiederholte die Bewegung. Er saugte an mir, seine Zunge vergrub sich in meiner glühenden Mitte … und das war der Moment, in dem ich Sterne sah. Spürte, wie sie unter meiner Haut leuchteten.

Ein Stöhnen vibrierte an meiner Klit, dann gesellte sich dieser Daumen, der bis jetzt über meine Brüste geglitten war, zu seinem Mund, zog drängende Kreise über diesem pulsierenden Bündel, das nach Erlösung schrie. Mir drehte sich der Kopf. Mein Puls raste. Mein gesamter Körper bebte.

Cameron glitt an meinem Körper nach oben, ohne die Liebkosungen seiner Hand an meiner Mitte zu stoppen, eroberte erneut meinen Mund und fing all die Laute der Lust ein, die über meine Lippen drangen.

»Öffne die Augen«, verlangte er. Und ich tat es. »Schau mich an«, sagte er, als könnte ich etwas anderes ansehen als sein Gesicht, in dem sich wildes Verlangen abzeichnete.

Wir sahen uns tief in die Augen, als er sich auf ein Knie stützte und seine Hose öffnete. Ich senkte den Blick gerade rechtzeitig, um zu sehen, wie er seine Härte befreite. Er schloss die Faust um seinen harten Schwanz und pumpte einmal.

»Oh … ja«, sagte er, bevor er seine Erektion freigab und diese starken Finger im Stoff meines Höschens vergrub. Er riss mir das Kleidungsstück vom Leib, warf es zur Seite, nur um sofort wieder meine Klit und die hochempfindliche Haut darum herum zu liebkosen.

Ich stöhnte lauter, sehr laut, als er dieselbe Hand erneut um seinen Schwanz schloss und sich selbst streichelte. Ich dachte, ich müsste kommen. Dafür war nicht mehr nötig, als zu sehen, wie er sich mit meiner Feuchtigkeit benetzte. Ich senkte die Hand, ohne mir dessen wirklich bewusst zu sein, um mich selbst zu berühren.

»Meins«, warnte er, zog meine Hand zur Seite und schob sich über mich. Sein hartes Glied presste sich gegen meine Klit. »Kondom«, stieß er keuchend hervor. »Ich brauche …«

»Pille«, flüsterte ich. »Ich nehme die Pille. Ich will dich. Nur dich. Ich bin gesund. Bist du …«

»Ja.« Er schloss die Finger um meine Handgelenke, um meine Arme erneut über meinen Kopf zu ziehen. Cameron verlagerte sein Gewicht, schob die Hüften zwischen meine Beine, öffnete mich. »Jetzt«, sagte er, als er die Spitze seines Schwanzes an meine Mitte führte. »Jetzt bewegst du dich mit mir.« Er drängte vorwärts, und ich wölbte mit einem lauten Wimmern den Rücken. Er stieß vorwärts. Diesmal heftiger. Und dann noch mal. »Und jetzt kommst du für mich.«

Und auf seinen Befehl hin geschah genau das. Sterne blitzten hinter meinen Lidern auf, Vergnügen durchfuhr mich und katapultierte mich für einen Moment ins Leere. Und Gott … Noch nie in meinem Leben war ich so schnell gekommen.

»Du bist so schön, wenn du kommst«, sagte er an meinem Ohr, ritt mit mir die Welle der Lust, bis mein Körper vollkommen erschöpft war. »Du strahlst so hell.«

Ich bewegte den Mund, aber es drangen keine Worte über meine Lippen, so verloren war ich in den Emotionen; in dem Gefühl, wie er sich immer noch in mir bewegte, mich füllte.

Er presste rau die Lippen auf meine, dann drehte er mich plötzlich auf den Bauch.

Camerons Hände glitten über meine Seiten. Und als er meinen Körper anhob, spürte ich ihn heiß und hart und feucht an meinem Rücken. Raue Handflächen glitten über meine Rippen, meinen Bauch, meine Schenkel, um im Anschluss meine Brüste zu finden. Er zog an einem meiner Nippel, erweckte die Begierde erneut zum Leben. Seine Schenkel bewegten sich unter mir, sein Schaft fand von hinten meine Mitte, und eine ganz neue Dringlichkeit ergriff Besitz von mir. Ich senkte mich auf ihn.

»Sag es mir«, verlangte Cameron, während er die Zähne über meinen Hals gleiten ließ. »Sag mir, dass du mich so willst.« Er bewegte die Hüften, sodass seine Härte neckend über meine Klit glitt. »Sag mir, dass du mein bist, dass ich dich nehmen soll. Wenn es das ist, was du willst.«

»Cameron«, wisperte ich und wurde mit einem Kuss auf die Schulter belohnt. »Ich habe immer nur dich gewollt«, stieß ich förmlich hervor, rau und voller Verlangen. Es klang so richtig. »Ich will dich auf jede mögliche Weise.«

Er bewegte sich erneut, versenkte langsam seine Spitze in mir. »Dann sag mir, dass ich dich ficken soll.«

»Fick mich«, flüsterte ich. »Bitte.«

Er versenkte sich ganz in mir. Die Position, seine Größe, die

Art, wie wir uns perfekt zusammenfügten, ließ uns beide aufstöhnen.

»Ach verdammt, Sweetheart«, stieß er hervor, als er in mich stieß. »Wie verdammt weich und perfekt du bist.« Er schlang die Arme um meine Taille, stieß schneller zu, verlor jeden Rhythmus. »Ich bin so tief in dir.« Seine Hand glitt an die Stelle, an der wir vereint waren. »Wir mögen uns manchmal streiten. Uns gegenseitig in den Wahnsinn treiben. Aber so sind wir, wenn wir vereint sind.« Seine Finger umkreisten meine Klit. »So wird es sich immer anfühlen, egal, was kommt. Das sind wir.«

»Ja«, wisperte ich und verlor mich in dem Tsunami aus Empfindungen, der über mir zusammenschlug. »Das sind wir. Nur mit dir. Nur wir.« Er stöhnte hinter mir, veränderte den Winkel. Wieder sah ich Sterne. Wieder schlug eine Welle aus reinem Begehren über mir zusammen. Zu viel und doch nicht genug. »Bring mich zum Höhepunkt. Komm in mir.«

Seine freie Hand umfasste sanft mein Kinn, während seine Hüften sich unablässig hoben und senkten. »Das habe ich dir versprochen, nicht wahr?« Er drehte meinen Kopf, bis er mir in die Augen sehen konnte. »Schau mich an. Schau dir an, was du mit mir anstellst.« Jeder Rhythmus löste sich in Luft auf. »Komm mit mir, Sweetheart.« Seine Stimme brach. »Ich möchte dich strahlen sehen.«

Der Orgasmus überwältigte mich, riss mich in die Luft und wirbelte mich herum, ließ meinen gesamten Körper pulsieren, während ich Camerons Namen schrie.

In perfektem Einklang begann sein großer, fester Körper unter mir zu zucken, als er sich seinem Höhepunkt hingab. Mein Name drang als Knurren über seine Lippen, als er mich fester umarmte, als ich je in meinem Leben umarmt worden war.

Keuchend schwebten wir gemeinsam durch die Leere. Seine Hüften zuckten immer noch, seine Hand liebkoste immer noch meine Klit, und sein Schwanz in mir war immer noch hart. Cameron presste einen Kuss auf mein Kinn, und ich ließ den Kopf gegen seine Brust sinken.

Ich wusste nicht, wie lange wir in dieser Position verharrten, ich wusste nur, dass er sich irgendwann aus mir zurückzog und mich in seine Arme zog. Er lockte mich mit einem Kuss zurück in die reale Welt und begleitete mich ins Badezimmer. Dann stiegen wir unter die Dusche, die er aufgedreht hatte, und zog mich an seine Brust. Wir ließen uns vom warmen Wasserstrahl umhüllen, erkundeten die glatte Haut des anderen.

»Adalyn, Sweetheart«, flüsterte er an meinem Ohr, während seine Hände träge über meinen Rücken glitten. »Das ist kein Spiel mehr.« Bei seinen Worten wurde mir ganz warm ums Herz. Weil eine solche Verheißung darin mitschwang. Und die Wahrheit, die ich vor allen verbarg. »Sag mir, dass du das verstehst.«

Ich hob den Kopf von seiner Brust und stellte sicher, dass ich ihm in die Augen sah. Ich verstand. So klar, dass mir bewusst wurde, dass ich nie eine Chance gehabt hatte. Schon in dem Moment, in dem ich Green Oak betreten hatte, hatte ich verloren gehabt. Allerdings stand jetzt auch mein Herz auf dem Spiel. Hier ging es um mehr als nur Wiedergutmachung. Um mehr als das Ausbügeln eines PR-Debakels. Um mehr, als das Vertrauen von jemandem zurückzugewinnen.

Aber das hier war Cameron. Ich vertraute ihm, wie ich noch nie in meinem Leben jemandem vertraut hatte. Das wusste ich. Also presste ich einen Kuss auf seine Brust. Und als ich »Ich weiß« sagte, meinte ich jedes Wort ernst.

33

Adalyn

Ich wachte von einem Stups ins Gesicht und dem charakteristischen Brummen meines Handys auf.

Ich öffnete blinzelnd die Lider, um ein Augenpaar zu entdecken, das ich so nicht erwartet hatte.

»Willow?«, murmelte ich.

Erneut senkte die Katze, die neben meinem Kopfkissen saß, die Pfote und legte sie auf meine Wange.

Ich sah hinter sie, um ein leeres Bett zu entdecken, wo zuvor Cameron gewesen war.

Nach dem besten Schlaf, den ich seit Wochen genossen hatte, hatte ich nicht bemerkt, dass er aufgestanden war. Ich fühlte mich wie neugeboren und zugleich auf die beste Art wund. Was wir letzte Nacht getan hatten, war wohl der beste Sex meines Lebens – von der lebensverändernden Multiple-Orgasmen-Art.

Und Cameron? Er war ein Kuschler. Ein Schmuser. Und auch wenn ich das selbst nie gewesen war, hatte ich doch gelernt, dass Kuscheln mit Cameron zu wunderbarem Sex mitten in der Nacht führte. Gemächlich und sinnlich und …

Das Handy, das ich ignoriert hatte, brummte wieder, sodass ich mich in die Richtung des Geräusches rollte.

Ich setzte mich auf, lehnte mich an das Kopfende, das Cameron mitten in der Nacht als Stütze eingesetzt hatte, um …

Willow maunzte über das Brummen hinweg.

»Jaja, ich weiß«, erklärte ich ihr und zog sie auf meinen Schoß, bevor ich nach dem Handy griff. »Ich bin besessen von deinem Daddy.«

»Du bist was?«, erklang eine Männerstimme aus dem Lautsprecher meines Handys.

Ich sah auf und entdeckte Matthews Gesicht auf dem Bildschirm. Oops. Anscheinend hatte ich den Anruf aus Versehen angenommen. »Ich bin …«, setzte ich an, aber dann musterte ich die dunklen Ringe unter seinen Augen. Und wie sein Haar in alle Richtungen abstand. »Was ist mit dir los?«

»Ist das eine Katze?«, fragte er, ohne auf meine Frage einzugehen. Willow miaute und hob den Kopf, um auf den Bildschirm zu starren. »Wieso hast du eine Katze?«

»Matthew«, sagte ich, jetzt ernst. »Was ist los? Du rufst mich gerade sehr früh am Morgen an.« Schuldgefühle wallten in mir auf. Ich war dermaßen mit meinem eigenen Leben beschäftigt gewesen, dass ich mich schon seit längerer Zeit nicht mehr nach ihm erkundigt hatte. »Also, was ist los?«

Er biss die Zähne auf eine Art zusammen, die mir verriet, dass etwas nicht stimmte, ohne dass er ein Wort sprach. Wahrscheinlich lag sogar ziemlich viel im Argen.

»Matthew …«

»O mein Gott«, stöhnte er plötzlich und schloss dramatisch die Augen. »Bist du unter dieser Katze nackt? Warte. Sag es mir nicht.«

»Zwischen der Katze und mir ist eine Decke.«

Im Hintergrund erklang eine Frauenstimme.

Matthew seufzte, bevor er sich umdrehte und rief: »MA! ICH HABE DIR GESAGT, DASS ICH TELEFONIEREN WERDE!«

Ich blinzelte überrascht. »Du bist zu Hause? In Massachusetts?«

»Ist das Adalyn?«, fragte die Stimme im Hintergrund. »Sag ihr, sie soll zu Besuch kommen. Gott weiß, dass du …«

»NICHT DAS SCHON WIEDER, MA.« Er wandte sich mir zu. »Es ist eine lange Geschichte.« Ein Kopfschütteln. »Auf jeden Fall erklärt das wahrscheinlich, dass du ...« Seine Stimme verklang fast jämmerlich. »So aussiehst.«

»Wie sehe ich denn aus?«

»Wunderschön«, antwortete Cameron. »Atemberaubend sogar.«

Mein Kopf wirbelte in Richtung dieser tiefen, sinnlichen Stimme mit englischem Akzent, die mir gestern Abend verschiedenste Dinge ins Ohr geflüstert hatte. Er trug kein Hemd und sah so attraktiv und einladend aus, wie er da in der Tür stand, dass ich ihn nur anstarren konnte.

»Und ordentlich ... na ja ...«, fügte er hinzu, was dafür sorgte, dass mir die Kinnlade herunterklappte.

Matthew stieß ein gepresstes Geräusch aus.

Cameron ignorierte das alles. Er überbrückte den Abstand zwischen uns mit langen, entschlossenen Schritten. Seine grünen Augen bohrten sich in meine. Er erreichte die Bettseite und lehnte sich vor. »Du bist nackt, in meinem Bett, mit meiner Katze auf dem Schoß, und sprichst mit irgendeinem anderen Mann. Muss ich mir Sorgen machen, Sweetheart?«

»Cameron«, murmelte ich wie ein Idiot, statt einfach Nein zu sagen. Oder vielleicht *Mach dich nicht lächerlich, ist nicht absolut offensichtlich, dass ich verrückt nach dir bin?* Oder *Deine größte Sorge sollte sich darum drehen, dass ich mich hoffnungslos in dich verliebe, wenn du nicht aufhörst, solche Dinge zu sagen.* Aber mein Hirn war scheinbar heruntergefahren.

»CAMERON?«, schrie mein bester Freund aus dem Telefon. »Cameron Caldani wie in DER CAMERON CALDANI?« Eine panische Pause. »Ist das Cameron Caldanis Katze? Du liegst in Cameron Caldanis BETT!« Seine Stimme schraubte sich immer höher. »Ist Cameron Caldani derjenige, der dich ordentlich durchge...«

»Matthew«, fiel ich ihm ins Wort. »Könntest du wenigstens damit aufhören, ständig seinen vollen Namen auszusprechen? Eigentlich wäre es nett, wenn du aufhören könntest, auf alldem herumzureiten.«

Cameron drückte mir eine Tasse in die Hand und küsste mich. Hart. Kurz, aber mit Zunge.

Matthew keuchte.

Und ich ... ich war zu benommen von diesem Kuss. Abgelenkt. Ich wollte mehr solche Küsse. Mehr knurrende Geräusche, die aus seiner Brust aufstiegen. Ich ...

»Du bist mit Cameron Caldani zusammen«, murmelte mein bester Freund, als sänke diese Erkenntnis erst jetzt richtig ein. »Ich habe Fragen. Zuerst einmal: Wo bleibt mein Trikot? Zweitens: Wie ernst ist diese Sache? Wie ist das passiert? Wird er mein Schwager?«

Cameron setzte sich auf die Bettkante, schlang einen Arm um meine Schultern und murmelte: »Das sollte unterhaltsam werden.«

Ich seufzte. »Cameron, das ist mein bester Freund, Matthew Flanagan. Und Matty, das ist ...«

»Cameron Caldani«, beendete er den Satz für mich. Seine Augen wurden groß. Aber zumindest keuchte er nicht mehr. »Ich bin ein großer Fan, Mr Caldani. Ich habe Ihre Karriere jahrelang verfolgt. Ich ...« Er brach ab. »Moment mal, bevor ich weiterspreche, habe ich das Gefühl, ich sollte als Adalyns bester Freund eine Warnung aussprechen.«

»Matthew, nein«, flüsterte ich laut. »Und hör auf, ständig seinen vollen Namen zu verwenden. Das ist seltsam.«

Cameron zog mich näher an sich, und als ich an seine Seite gekuschelt war, schob er die Hand unter die Decke und legte sie auf meinen nackten Schenkel. »Lass den Mann reden.« Er drückte mein Bein, und sofort schoss mein Blut genau an diese Stelle. »Ich bin nicht leicht einzuschüchtern.«

Mein bester Freund wirkte derart beeindruckt, dass er momentan wahrscheinlich nicht mal eine Fliege hätte verängstigen können, aber er räusperte sich. »Adalyns letzter Freund war ein absoluter Volltrottel.«

»Mir gefällt jetzt schon, wo das hinfuhrt«, murmelte Cameron. Seine Hand glitt auf meinen Bauch, um mich noch näher an sich zu ziehen.

Matthew fuhr fort: »Ich wusste schon bei unserer ersten Begegnung, dass ich ihm die Fresse polieren will.« Ich verspannte mich. Matthew wusste nicht, was Cameron tat. »Ich habe darauf gewartet, dass er mir einen Grund liefert, einen guten Grund, den ich anführen könnte, falls ich mich vor Gericht verantworten muss, aber das hat er nie getan.« Es folgte ein Moment der Stille. »Ich kenne dich nicht wirklich, Cameron. Aber ich mag dich. Sehr. Ich bin mir bewusst, wie seltsam dir das erscheinen mag ...«

»Himmel, Matthew«, zischte ich. »Komm zu den Drohungen, weil wir zu einem Spiel müssen.«

Matthew verdrehte die Augen, dann wurde seine Miene streng. »So sehr ich dich auch als Torwart geliebt habe, ich werde dir die Fresse polieren, falls du Adalyn wehtust.« Ich seufzte, aber nicht, weil ich an ihm zweifelte. Ganz im Gegenteil. Sondern weil ich fürchtete, dass seine Worte Cameron tatsächlich vertreiben könnten. »Nichts fände ich schöner, als wenn du mit ihr zusammen bleibst und ihr einen Haufen hübsche Katzen, Babys oder was auch immer schenkst. Das würde dich zu meinem besten Freund machen. Aber bitte, brich ihr nicht das Herz. Denn wenn du das tust, schwöre ich, ich werde ...«

»Das werde ich nicht tun«, verkündete Cameron. Voller Überzeugung. Ohne jedes Zögern. »Und sie ist diejenige, die alle Macht hält und sich entscheiden muss, ob sie sie einsetzt. Nicht ich. Ich warte nur darauf, dass sie mir das alles endlich erlaubt.«

Mein Herzschlag setzte für einen Moment aus. So, wie es sich anfühlte, hatte vielleicht sogar gerade meine Seele den Körper verlassen.

Ich würde in Ohnmacht fallen. Oder hysterisch. Wirklich.

Was, in aller Welt, ging hier vor? Wieso sprachen sie über Familie mit Katzen und Babys? Und wieso redete Cameron, als ... als müsste ich lediglich auf der gestrichelten Linie unterschreiben, um genau das zu bekommen? Ich ... Wir hatten noch nicht mal darüber gesprochen, was das alles bedeutete. Hatten nicht über die Zukunft geredet. Ich würde Green Oak verlassen. Meiner Einschätzung nach bald nach dem Spiel. Und er ... er hatte das Blockhaus gekauft.

Ich warte nur darauf, dass sie mir das endlich erlaubt.

Mein Herz drehte in meiner Brust Pirouetten. Wir mussten reden. Nicht über Katzen oder Babys – weil das vollkommen lächerlich war, sondern über das – was danach kam. Nach dem Jetzt.

»In Ordnung«, sagte Matthew. Er klatschte in die Hände und riss mich damit in die Realität. »Gut, dass wir das erledigt haben. Kann ich dir ein paar Fragen stellen, Cameron?«

Der Mann neben mir zuckte zusammen. Und doch sagte er: »Klar.«

»Nein«, sagte ich fest, endlich wieder ich selbst. »Keine Fragen. Keine journalistischen Spielchen. Schalte diese Seite von dir aus.«

Mein bester Freund starrte mich einen Moment lang mit offenem Mund an, dann runzelte er die Stirn. »Ich ...«

»Ich habe Nein gesagt«, wiederholte ich. Ich hörte, dass viel zu viele Emotionen in meiner Stimme mitschwangen. »Cameron hat nur zugestimmt, weil du mein bester Freund bist. Aber die Wahrheit lautet, dass sein persönliches Leben weder dich noch sonst jemanden etwas angeht. Er wird reden, wenn er sich entschließt zu reden. Und wenn das nie geschieht, dann ist das okay.«

Matthew erholte sich schnell, wie immer. Gott, ich fühlte mich schrecklich, aber ich hatte Cameron bereits verletzt, indem ich gedroht hatte, seine Identität zu enthüllen. Und selbst wenn es sich anfühlte, als wäre das eine Ewigkeit her, zitterte ich allein bei dem Gedanken, ihn noch mal einer ähnlichen Situation auszusetzen.

»Tut mir leid«, sagte Matthew, und ich erkannte, wie ernst er es meinte. Er richtete den Blick auf Cameron. »Ich glaube, sie wird dich behalten, Mann. Adalyn hat mir gegenüber bisher nie in den Rottweiler-Modus geschaltet. Bis auf dieses eine Mal, als ich sie zum St. Patricks Day ...«

»Matthew, bitte«, stöhnte ich. »Du hast versprochen, nie wieder in meiner Anwesenheit darüber zu reden.«

»In Ordnung«, antwortete mein bester Freund. »Aber muss

ich jetzt wirklich aufhören. Addy?«, sagte er und klang plötzlich ernst, während mir auffiel, dass der Spitzname mich aus irgendeinem Grund nicht mehr störte. »Da gibt es etwas, was du sehen sollst. Deswegen habe ich angerufen. Ist in deinem E-Mail-Postfach.« Er sah erneut den Mann neben mir an. »Kümmere dich um sie, okay? Ich … sie kommt letztendlich mit allem klar, aber manchmal ist es gut, dabei nicht allein zu sein.«

Ein Geräusch erklang, irgendwo hinter Matthews Stuhl, doch bevor ich es identifizieren konnte – oder auch nur über das nachdenken, was er gerade gesagt hatte –, war der Anruf schon vorbei.

Cameron nahm mir den Becher ab.

»Hey, ich bin noch nicht ….«, setzte ich an.

Aber dann landete Camerons Mund auf meinem, seine Hände an meiner Taille, und mein Rücken sank auf die Matratze. Er schob sich über mich, und sofort empfand ich ein Gefühl der Stimmigkeit – gepaart mit Aufregung und Wärme –, das mich umfing und meine Gedanken in alle Winde zerstreute.

Willow maunzte irgendwo in der Ferne, als wäre sie aus dem Raum geflohen. Cameron biss sanft in meine Lippe, um erneut meine Aufmerksamkeit zu gewinnen.

»Du wunderschönes, leidenschaftliches Mädchen«, sagte er an meinem Mund und schob gleichzeitig die Hüften zwischen meine Beine. »Wie du mich beschützt hast.« Sein Mund glitt über meinen Hals. »Hat mich unglaublich hart werden lassen.«

Ich hob die Hände an seinen Kopf, vergrub die Finger in seinem Haar, nahm kaum etwas anderes wahr als seinen Mund, der langsam tiefer sank. »Ich dachte, du …« Cameron sog an meinem Nippel, und ich drückte den Rücken durch. »Ich glaube …« Seine Zunge zog eine Spur über meinen Bauch. »Ich glaube …« Er presste einen Kuss auf meinen Hüftknochen. »Ich glaube, wir …«

Er hob den Kopf und fing meinen Blick ein. »Was glaubst du, was wir tun sollten, Sweetheart?«

Meine Brust hob und senkte sich heftig, weil Verlangen mich durchfuhr und mir das Denken fast unmöglich machte. »Reden. Ich denke, wir sollten reden.«

Ich wartete auf seine Reaktion, weil ich mich halb davor fürchtete, dass er den Wunsch beiseitewischte oder einfach ging.

Aber Camerons Lippen zuckten, seine Mundwinkel hoben sich und machten den Weg frei für dieses strahlende Lächeln. »Dann werden wir reden.« Er presste noch einen Kuss auf meinen Bauch, schob sich höher und presste die Lippen an meinen Kiefer. Meine Lider sanken flatternd nach unten. Und als ich die Augen wieder öffnete, stand er neben dem Bett und sah auf mich herunter, wie ich bewegungslos auf der Matratze lag. »Wir haben noch ein paar Stunden bis zum Spiel. In der Küche wartet das Frühstück auf dich. Und frischer Kaffee. Ich werde kurz unter die Dusche springen, um mich darum zu kümmern.« Er presste die Hand auf die Härte unter seiner Schlafhose. Ich schluckte. »Du darfst dich mir jederzeit gerne anschließen. Auf jeden Fall werden wir reden, bevor wir das Haus verlassen.«

Erstaunt beobachtete ich, wie er etwas aus der Tasche seiner Trainingshose zog. Dann beugte er sich vor und legte es mir um den Hals. Als ich den Blick senkte, entdeckte ich den Siegelring an einer Kette.

»Als Glücksbringer«, sagte er. »Damit du nicht vergisst, wie abergläubisch ich bin.« Und damit drehte er sich um und verließ mich.

Himmel. War das jetzt mein Leben? Von einem schönen, barschen Mann zum Sex unter der Dusche eingeladen zu werden, während ich sein Familienerbstück um den Hals trug?

Du darfst dich mir jederzeit gerne anschließen.

Ich sprang aus dem Bett. Meine Fersen trafen so hart auf den Boden, dass sie wahrscheinlich Kuhlen hinterließen. Also konnten wir uns erst noch ein paar Orgasmen gönnen, hm? Cameron ließ mir die Wahl. Wie er es immer tat. Er hatte gewusst, dass mich etwas beschäftigte, und hatte mir Möglichkeiten aufgezeigt. Er hatte sichergestellt, dass ich wusste, wo er war.

Unter der Dusche. Wo er sich selbst liebkoste.

Ich setzte mich Richtung Bad in Bewegung, aber in diesem Moment piepte mein Handy.

Fast instinktiv schaute ich auf das Display. Matthews E-Mail.

Seine Worte, die Art, wie er sich benommen hatte, hatte mich beunruhigt. Irgendetwas stimmte nicht mit Matthew. Und die Antwort auf diese Frage könnte sich in dieser Mail befinden.

Ich griff nach dem Handy. Entsperrte es. Öffnete meinen Posteingang und klickte die Mail an.

34

Adalyn

Es war Camerons Stimme, die mich wieder in die Realität holte.

»Adalyn?«

Ich blinzelte. Der Bildschirm meines Handys war schwarz.

Wie lange hatte ich ins Leere gestarrt?

Ich nahm die Welt wie durch Nebel wahr. Ich konnte mich nicht mal erinnern, dass ich eines von Camerons T-Shirts überzogen hatte, bevor ich in die Küche gekommen war. Ich erinnerte mich nur daran, dass ich Matthews Mail geöffnet und im Anschluss daran den Drang gespürt hatte, mich zu bewegen. Mir war kalt. Ich brauchte ein Glas Wasser. Brauchte Sauerstoff.

»Adalyn?«, fragte Cameron wieder, und diesmal klang er fast panisch. Ich hörte seine Schritte, dann umschlossen seine Hände mein Gesicht. »Du musst atmen, Sweetheart.«

Atmete ich nicht?

Die Luft blieb in meiner Kehle stecken. Ich keuchte. Da hatte ich meine Antwort.

Camerons Brauen sanken nach unten, seine Miene besorgt. Er hatte recht. Cameron hatte die ganze Zeit über recht gehabt. Das musste eine Panikattacke sein. Und so was sollte ich nicht einfach abtun. Ich sollte mir deswegen Hilfe suchen. Ich hatte wahrscheinlich Trigger, die ich kennen sollte. Ich …

»Ich muss weg«, krächzte ich. »Es ist mein Vater. Matthews Mail. Ich muss den ersten Flug zurück nach Miami nehmen.«

Er strich mit den Daumen über meine Wangen. Schob meinen Kopf in den Nacken. Sah mir in die Augen. »Atme.«

Er hatte recht. Das sollte ich wirklich machen.

»Genau so«, sagte er, als ich begann, mich allein auf meine Atmung zu konzentrieren. »Sehr gut, Darling.«

Der Lärm in meinem Kopf ließ nach. Das Pochen in meiner Brust verlangsamte sich. Aber dann hoben sich neue Emotionen. Schuldgefühle. Trauer. Schock. Cameron musste sich solche Sorgen gemacht haben, als er mich so entdeckt hatte. Vollkommen überrumpelt von ... mir. Ich schüttelte den Kopf.

»Mein Vater verkauft den Club.« Die Worte waren eher ein Gurgeln. Der Druck in meiner Brust verstärkte sich wieder. Ich konzentrierte mich auf Camerons Gesicht. Ließ mich vom Grün seiner Augen im Hier und Jetzt verankern. »An David, laut dem, was einer der Journalisten in seinem Unternehmen Matthew erzählt hat. Und das muss an mir liegen. Das passiert sicher nur, weil Dad nach meinem Anfall keine andere Wahl hat. Wahrscheinlich erpresst David ihn irgendwie, setzt mich wieder als Druckmittel ein. Er muss die Situation ausnutzen, in die ich die Flames mit dem Video gebracht habe. Sonst würde Dad das nie tun. Er ...« Ein seltsamer Ausdruck huschte über Camerons Gesicht. »Mein Vater würde die Flames nie verkaufen.«

»Nichts davon ist deine Schuld«, erklärte er voller Überzeugung. Entschlossen. Ich hörte dieses Bedürfnis in seiner Stimme, alles besser zu machen, mir meine Sorgen zu nehmen. »Hörst du mich? Nichts davon. Du bist nicht verantwortlich.«

Diese Worte erleichterten mich, aber er ... Wieso wirkte er nicht schockiert? Was war da über sein Gesicht gehuscht?

»Adalyn«, sagte er. Langsam. Vorsichtig. »Gestern ...«

Da verstand ich. »Du wusstest es.«

Schweigen. Ein Schweigen, das ich nicht verstehen wollte.

Ich lehnte mich zurück, musterte sein Gesicht. Dieses attraktive Gesicht, das ich so sehr liebte. Ja, ich liebte viele Dinge an Cameron. Doch ich … ich zwang mich, trotz des Kloßes in meiner Kehle Worte hervorzustoßen. Auch wenn ich nur meine Worte von gerade eben wiederholte. »Du wusstest es.«

Camerons Miene verrutschte, aber ich wusste, dass er nicht leugnen würde. Er würde auch nicht versuchen, diese Tatsache herunterzuspielen. So war Cameron einfach nicht. »Ich wusste es nicht sicher.«

Ich fühlte mich, als müssten jeden Moment meine Knie nachgeben.

Ich öffnete und schloss den Mund, bis es mir schließlich gelang, mein Stimme zu finden. »Wie lange wusstest du es schon?«

»Einen Tag«, antwortete er. »Ich wusste nichts Konkretes. Es war nicht sicher.« Er zog zögernd seine Hände zurück, als wüsste er, dass ich Freiraum brauchte, wolle mich aber nicht freigeben. »Liam, mein ehemaliger Agent. Er ist derjenige, der die Gerüchte gehört hat. Er hat sie nur erwähnt, weil die Flames Interesse an mir gezeigt haben.«

Die Flames. Hatten Interesse an Cameron gezeigt? Was hatte ich noch verpasst? Offensichtlich zu viel. »Ich wusste nichts«, murmelte ich. »Doch ich hätte es wissen müssen. Hätte über all das informiert sein müssen.«

»Ich glaube nicht, dass dein Vater wollte, dass du davon erfährst«, antwortete Cameron so schlicht, so geradeheraus, dass ein Teil von mir wütend werden wollte. Aber das war ich nicht. Ich war verwirrt. Und verletzt. Cameron hob die Hand, hielt sich jedoch zurück. Er ließ den Arm sinken und ballte die Hand zur Faust. »Es war kein echtes Jobangebot. Wäre es so weit gekommen, wärst du die erste Person gewesen, der ich davon erzählt hätte, bevor ich ernsthaft darüber nachgedacht hätte. Aber das ist nicht, was dich erschüttert.« Er zögerte, und ich – Gott, warum fühlte ich mich so … verloren? Wieso hatte ich das Gefühl, alle hätten mich über mein eigenes Leben im Ungewissen gelassen? »Ich wollte dir von den Gerüchten erzählen, Sweetheart, werde aber nicht lügen; ich wollte bis später am heutigen Tag warten.«

Und das war es, was ich nicht verstehen konnte.

Ich sollte in diesem Moment meine Taschen packen. Ich sollte in einen Flieger steigen und nach Miami zurückreisen, um das in Ordnung zu bringen. Um den Verkauf aufzuhalten. Um meinem Vater mitzuteilen, dass er sich nicht von David manipulieren lassen durfte; dass ich von der Erpressung wusste; dass er nicht verkaufen sollte. Aber stattdessen stand ich hier und fragte mich, wieso ich mich so … untröstlich fühlte. So verraten.

Um meine Emotionen und die wirbelnden Gedanken in meinem Kopf zu ordnen, zog ich mich zurück. Brachte Abstand zwischen mich und Cameron und hielt erst am anderen Ende der Küche an.

Cameron stieß ein gepresstes Geräusch aus.

Ich verdrängte, wie schrecklich ich mich dabei fühlte – wie sehr ich es hasste, der Grund für dieses gequälte Geräusch zu sein –, aber ich konnte meine Gedanken nicht sammeln, wenn er mich berührte. Dann spürte ich nur ihn.

»Du wusstest, was David vorhat«, erklärte ich ihm, immer noch in dem Versuch, zu verstehen. »Du weißt auch, wie ich in Bezug auf den Club empfinde.« Ich schüttelte den Kopf. »Und doch hast du mich in dieser … Fantasiewelt belassen. Hast Spielchen gespielt.« Ich ignorierte den Schmerz, der sich bei meinen eigenen Worten in meiner Brust ausbreitete. »Gott allein weiß, was David getan hat, um meinen Vater auch nur an einen Verkauf denken zu lassen. Das ist alles meine Schuld.«

Cameron machte einen Schritt auf mich zu. Öffnete den Mund.

Ich hob eine Hand. »Ich will keine Ausreden für mein Verhalten hören. Nicht jetzt. Bitte.« Ich massierte mir die Schläfen. Schloss für einen Moment die Augen. Gott. Was tat ich hier? »Ich sollte packen, nicht mit dir hier Familie spielen.«

Seine Lippen wurden so schmal, dass ich sie kaum erkennen konnte. »Das war nie ein Spiel.« Wieder trat er einen Schritt vor. Und ich wich zurück, bis mein Kreuz gegen die Arbeitsplatte stieß. »Ich habe scheiße noch mal nicht gespielt, Adalyn. Und du hast mir versichert, dass du das verstehst. Letzte Nacht.«

»Du hast mich im Dunkeln gelassen«, antwortete ich leise, mit einem Ton in der Stimme, der mir selbst nicht gefiel. Cameron öffnete den Mund, aber es drangen keine Worte heraus. »Genau wie sie. Selbst wenn es nur um einen Tag geht.« Ich schüttelte den Kopf. »Verstehst du? Alles, was ich je wollte, war ... gesehen zu werden. Einen Eindruck zu hinterlassen. Seine Anerkennung zu erwerben und allen zu beweisen, dass ich sein kann wie mein Vater.« Meine eigenen Worte hallten in meinen Ohren wider, als hörte ich sie heute zum ersten Mal laut ausgesprochen. »Und jetzt kann es sein, dass ich zu spät dran bin und nichts mehr unternehmen kann, um das in Ordnung zu bringen.« Meine Stimme brach. Ich musste mich räuspern, bevor ich weitersprechen konnte. »Ich wünschte wirklich, du hättest recht. Ich wünsche mir so sehr, dass es kein Spiel war, aber das ganze Leben ist eines. Und egal, wie sehr ich mich auch bemühe, ich scheine immer zu verlieren.« Ich schloss die Augen. Mir war ein wenig schwindelig. Meine Gedanken schossen in alle Richtungen, verbanden sich zu einer chaotischen Masse. »Und mein Aufenthalt hier sollte ja immer nur vorübergehend sein.«

»Tu das nicht«, sagte Cameron.

Meine Kehle war wie zugeschnürt, und irgendwo zwischen meiner Brust und meinem Bauch bildete sich eine verletzliche, weiche Stelle. »Ich muss jetzt gehen. Ich sollte längst im Flieger sitzen. Ich muss das in Ordnung bringen, bevor es zu spät ist.«

Cameron kam auf mich zu, so vorsichtig, so langsam, dass ich die Bewegungen kaum sehen konnte. »Adalyn ...«

»Nein.« Ich schüttelte einmal kurz den Kopf. Ich wollte nicht hören, wie er Entschuldigungen für mich fand. Oder sich auf meine Seite schlug. Ich wollte nicht, dass er mir noch mal versicherte, dass es kein Spiel gewesen war. »Du hättest es mir in dem Moment sagen müssen, in dem du es erfahren hast. Selbst wenn es nur Gerüchte waren.«

»Vielleicht hätte ich das tun sollen.« Seine Miene wurde hart, so als wollte er dichtmachen, konnte es aber nicht, weil jede Emotion nach oben drängte. Seine Nasenflügel blähten sich. »Doch das habe ich nicht getan.«

Ich blinzelte, vor den Kopf gestoßen von seinem offenen Eingeständnis.

»Nein«, wiederholte er fest. »Ich habe getan, was ich getan habe. Und sosehr ich verabscheue, dass du es so herausgefunden hast – ich bereue die Entscheidung nicht, dir nichts zu sagen, bis ich mir sicher war, was vor sich geht. Weißt du, warum? Weil ich mich, das steht fest, vermaledeit, weigere, ihnen zu erlauben, dir noch etwas wegzunehmen.«

Diese empfindliche Stelle wuchs und machte mich umso verletzlicher. Sodass ich mich wirklich vor seinen nächsten Worten fürchtete.

Camerons mühsam aufrecht erhaltene Selbstkontrolle brach. »Ich habe es ernst gemeint, als ich gesagt habe, dass ich dich *sehe*.« Er senkte den Arm. »Ich sehe dich, verdammt noch mal, Adalyn. Und ich sehe, was dein Vater dir angetan hat. Und auch, was David dir angetan hat.« Frustration leuchtete aus dem Grün seiner Augen und verzogen seine Lippen zu etwas, das fast ein Knurren war. »Soweit ich weiß, könnte dieser verflixte Gauner Gerüchte verbreitet haben, gerade um dich zu verletzen. Ich musste sicherstellen, dass das nicht der Fall war.«

Meine Augen wurden groß angesichts der Vorstellung, dass David dahinterstecken könnte. Hinter den Informationen, die in Matthews Mail gestanden hatten.

Cameron fuhr mit sanfterer Stimme fort: »Ich bin ein selbstsüchtiger Mann, Adalyn. Und ich wollte dir das gönnen. Ich wollte nicht, dass er – oder vielmehr beide Männer – dir den heutigen Tag ruinieren. Die eine Sache, für die du so verdammt hart gearbeitet hast. Mir ist diese Little League vollkommen egal, aber ich wollte sie für dich gewinnen: Ich wollte, dass du zum Spiel gehst und dich freust wie ein Kind. Vollkommen unbesorgt. Dass du lächelst und lachst, wie du es so selten tust. Ich wollte, dass du Spaß mit mir und den Mädchen hast und die Freude empfindest, die du verdient hast. Die gottverdammte Liebe, die du dir nicht verdienen musst. Dazu hat meine Selbstsucht mich gebracht.«

Meine Fingerspitzen begannen auf seltsame Art zu kribbeln.

Und wurden gleichzeitig taub. »Sag mir nicht, ich solle öfter lächeln. Oder mir weniger Sorgen machen.« Ich verschränkte die Finger vor dem Körper, weil ich fürchtete, meine Hände könnten zittern. Aber dieses seltsame Gefühl begann über meine Arme höher zu gleiten. »Ich bin, wer ich bin.«

»Ich weiß, Sweetheart.« Seine Stimme zitterte. »Ich will dich nicht ändern. Ich will absolut nichts an dir ändern, egal, wie sehr du mich manchmal in den Wahnsinn treibst.« Er schüttelte den Kopf, als müsste er einen Gedanken vertreiben. »Du bist, wer du bist. Und das liebe ich. Dieses verflixte Lächeln könnte so selten sein, wie du willst, solange es mir gehört.«

Du bist, wer du bist.

Und das liebe ich.

Dieses verflixte Lächeln könne so selten sein, wie du willst, solange es mir gehört.

Mir.

Mir rutschte das Herz in die Hose. Und Gott, dieses seltsame Loch, das sich in meinem Bauch aufgetan hatte, pochte; pulsierte drängend; verlangte, gefüllt zu werden.

Ich schaffte es kaum, die Worte hervorzustoßen. »Darauf kommt es nicht an.«

Ich bereute meine Worte. Fast sofort. Natürlich kam es darauf an. Was er gesagt hatte ... es war alles. War perfekt.

Cameron gab nicht nach, ließ mich nicht aus den Augen. »Das ist in Ordnung.« Wieder trat er einen Schritt vor. »Ich werde deinen Sandsack spielen.« Noch ein Schritt. »Ich werde alles sein, was du von mir brauchst. Ich werde dir helfen, etwas mit bloßen Händen zu zerbrechen. Verdammt, ich werde danebenstehen und zusehen.« Er erreichte mich, und mein gesamter Körper reagierte auf ihn. Auf seine Nähe. Auf seine Worte. »Alles, was du brauchst. Wenn du jetzt aufbrechen willst, brechen wir auf.«

Du bist, wer du bist.

Und das liebe ich.

»Du musst mich nicht beschützen«, verkündete ich, auch wenn ich mir gleichzeitig wünschte, ich könnte meine eigenen Worte glauben. Ich wünschte, ich würde mich nicht fühlen, als könnte ich mir nichts Schöneres vorstellen, als mich in seine Arme zu werfen. Aber damit wäre ich einfach nur wieder dieselbe Frau, die an diesem Tag die Kontrolle über ihr Leben verloren hatte. Dieselbe Frau, die ihre Gefühle nicht unter Kontrolle halten konnte. »Das hier. Deswegen hast du es mir nicht gesagt. Du vertraust nicht darauf, dass ich die Dinge handhaben kann. Allein. Und das mag ich verdient haben nach dem Vorfall mit Sparkles und all den anderen Malen, als du gesehen hast, wie ich die Kontrolle verloren habe, aber ich habe mich mein ganzes Leben lang selbst um Dinge gekümmert, Cameron. Und es ging mir gut.«

»Glaubst du, das weiß ich nicht?« Er schnaubte, und das verriet mir, dass er kurz vor einem Ausbruch stand. Cameron zerbrach langsam in Stücke. »Ich weiß, dass du weder mich noch irgendwen anderen brauchst. Ich weiß, dass du wunderbar allein klarkommst. Herrje, Adalyn, das ist es doch, was mich dazu bringt, dich bewachen zu wollen, als wäre ich ein verdammter Hund.«

Er legte eine Hand an meine Wange, und Gott, das fühlte sich so richtig an. Seine Berührung so tröstend, so warm auf eine Weise, die dafür sorgte, dass ich mich unglaublich lebendig fühlte. Ich schloss die Augen.

Seine Stimme wurde sanft. »Du bist so stark, so leidenschaftlich unabhängig, dass ich dafür sorgen will, dass du glücklich und sicher bist, bevor du es selbst tun musst.« Er ließ die Finger sanft über meinen Kiefer gleiten. Und erst da wurde mir bewusst, dass meine Zähne fast knirschten. »Ich vertraue dir. Nicht ein einziges Mal habe ich daran gezweifelt, dass du alles überwinden kannst, was das Leben dir serviert. Aber das bedeutet nicht, dass ich nicht verhindern will, dass dich jemals wieder etwas verletzt.«

Mein Herz raste in meiner Brust, so heftig, dass selbst meine Schläfen pulsierten. Ich schloss die Augen, musste mich anstrengen, Sauerstoff in meine Lunge zu ziehen. Durch den Mund einatmen. Durch die Nase ausatmen.

Das ist es doch, was mich dazu bringt, dich bewachen zu wollen als wäre ich ein verdammter Hund.

Durch den Mund einatmen. Durch die Nase ausatmen.

Ich vertraue dir.

Aber vertraute ich mir selbst?

Ich öffnete die Augen. »Du solltest den Job bei R BC annehmen. Das ist eine einmalige Gelegenheit.«

Wieder stieß er eins dieser gepressten Geräusche aus. Und meine Schläfen pochten noch heftiger. *Nimm diese Worte zurück,* flehte eine Stimme in meinem Kopf. *Nimm sie zurück. Bitte ihn, dich heute nach Miami zu begleiten. Mach das nicht allein, wenn es doch nicht nötig ist.*

»Nein«, erklärte Cameron. Verkündete Cameron. Voller Überzeugung. Ohne einen Anflug von Zweifel. Dieser sture, dickköpfige Mann. Seine Beharrlichkeit sorgte dafür, dass ich schreien wollte. Weinen. Mich in seine Arme werfen. »Ich habe nie ernsthaft darüber nachgedacht, aber inzwischen käme mir der Gedanke nicht mal mehr in den Kopf. Ich werde nicht gehen.«

Mein Herz schlug so heftig, so laut, dass ich mich selbst kaum hörte, als ich fragte: »Warum? Warum willst du den Job nicht annehmen? England ist dein Zuhause.«

Cameron biss die Zähne zusammen. Ließ die Hand sinken. »Tu das nicht.« Er schüttelte den Kopf. »Zwing mich nicht, die Worte laut auszusprechen. Nicht jetzt. Nicht kurz bevor du versuchst, mich von dir zu stoßen.«

Die Worte.

Welche Worte?

Dieselben Worte, die über meine Lippen dringen wollten?

Wahrscheinlich spielte das keine Rolle. Es spielte keine Rolle, was wir seines Erachtens unausgesprochen ließen. Denn auch, wenn ich verstehen konnte, warum er mir nichts erzählt hatte, befanden wir uns doch nicht mehr in einer Welt, in der Neunjährige Fußball spielten, wo wir an Herbstfesten teilnahmen und uns eine Blockhütte teilten.

Es wurde Zeit für mich, dorthin zurückzukehren, wo ich hingehörte.

Mein Schweigen sorgte dafür, dass Cameron die Augen schloss.

Für einen Moment stand er unbeweglich da. Und dann ging er weg.

Es folgte ein langer Moment, in dem lediglich mein flacher Atem und seine Schritte auf dem Weg zur Tür zu hören waren. Und ich konnte nur denken, was ich – eine Person, die so lange alles zusammengehalten hatte – für ein Chaos angerichtet hatte, für jemanden, dem so oft vorgeworfen worden war, nicht genug Gefühle zu zeigen.

Dieses verflixte Lächeln könne so selten sein, wie du willst, solange es mir gehört.

Ich presste die Hand an die Brust, doch auch das half nicht, den Druck zu mindern, der mir das Herz zu zerquetschen drohte.

»Hast du es ernst gemeint, Sweetheart?«, fragte er, und erst da wurde mir klar, dass Cameron mich von der Tür aus beobachtete. Er war nicht gegangen. »Als du mir gesagt hast, dass du nichts dagegen hättest, wenn ich derjenige wäre, der deine Drachen für dich tötet?« Etwas in mir zerbrach. »Hast du das ernst gemeint?«

Ich hatte es ernst gemeint. Todernst.

Aber jetzt hatte sich alles geändert. Hier ging es nicht darum, in seinem Gästezimmer zu schlafen oder mich mit ihm zusammen um die Mannschaft zu kümmern. Hier ging es nicht darum, seine Berührung so zu akzeptieren oder zu brauchen. Die Blase war geplatzt, das Märchen zu Ende, und ich war mit einem Schlag zu Boden gefallen. Genau, wie meine Mutter es vorhergesagt hatte. Das war das wahre Leben. Und mein Vater verkaufte den Club, den ich mein gesamtes Leben lang als mein Zuhause betrachtet hatte, an den Mann, der mich benutzt hatte, um ebendiesen Vater zu manipulieren.

35

Cameron

ch hatte Mist gebaut.

Brutalen Bockmist.

Ich handelte nie ohne Grund, ohne einen sinnvoll durchdachten Plan. Aber diesmal hatte ich einen Fehler gemacht. Adalyn hatte recht, ich hätte nicht entscheiden dürfen, was das Beste für sie war, ohne sie mitreden zu lassen. Obwohl ich ihr nur diese eine gottverdammte Sache hatte ermöglichen wollen. Obwohl ich Adalyn kannte und wusste, wie bereitwillig sie ihr eigenes Glück opfern würde. Um nach Miami zu fahren und eine Situation in Ordnung zu bringen, für die sie in keiner Weise Verantwortung trug.

Diese vermaledeiten Arschlöcher benutzten sie in ihren kranken Machtspielchen wie eine Schachfigur. Und das brachte mein Blut zum Kochen.

Aber so dringend ich sie beschützen wollte, ich hatte die Situation falsch eingeschätzt. Und jetzt wusste ich auch, dass ich die Hütte nicht hätte verlassen dürfen. Ich hätte mich nicht selbst davon überzeugen dürfen, dass Adalyn Freiraum brauchte. Ich hätte sie nicht zurücklassen und auf das Beste hoffen dürfen. Ich hätte bleiben sollen.

Denn Adalyn war nicht mehr hier. Sie kam nicht zum Spiel, und ich wusste nicht mal, ob sie noch mal zurückkommen würde.

Ich starrte auf meine Füße, der Lärm der Menge und der Mädchen nur ein fernes Rauschen um mich herum.

Du musst mich nicht beschützen ... Du vertraust nicht darauf, dass ich die Dinge handhaben kann.

Donnerschlag. Ich war so ein Trottel gewesen. Genau das glaubte sie jetzt. Ich hatte dafür gesorgt, dass sie das glaubte. Obwohl ich nur sah, wie stark und tapfer sie war. Und wie sehr ich mich darum sorgte, dass sie mich tatsächlich nicht brauchte.

Und jetzt war sie auf dem Weg zum Flughafen, und ich war hier, gefesselt von meinen eigenen Handlungen. Mein Magen verkrampfte sich bei dem Gedanken daran, wie Adalyn allein in diesem Flugzeug saß. Niemanden hatte, der ihre Hand drückte, falls sie Rückhalt brauchte. Ich zog mein Handy heraus und öffnete die Flug-App, aber meine Finger erstarrten in der Luft, als ich mich erneut an ihre Worte erinnerte.

Du vertraust nicht darauf, dass ich die Dinge handhaben kann.

Ich vertraute ihr absolut. Aber würde sie mir das glauben, wenn ich in Miami auftauchte. Würde sie nicht vielmehr annehmen, dass ich genau das tat, dessen sie mich beschuldigt hatte? Würde sie mir erklären, dass ich versuchte, ihre Schlachten für sie zu schlagen?

Ich stieß die Luft aus. Schüttelte den Kopf. Sperrte erneut mein Handy. Machte Anstalten, es wegzustecken, nur um es wieder herauszuziehen und den Bildschirm zu entsperren. »Verdammt«, murmelte ich. »Verdammte Hölle«, fuhr ich fort, als ihr Gesicht vor meinem inneren Auge auftauchte. *Achte auf deine Sprache, Trainer,* würde sie mit diesem leichten Zucken ihrer Mundwinkel sagen. Ich fühlte mich, als wäre ich geohrfeigt worden. »Du Volltrottel.« Ich schloss die Augen. »Wie konntest du sie anlügen, du ...«

»Trainer Cam?«

»María«, sagte ich mit einem Kopfschütteln und wappnete mich innerlich, bevor ich mich umdrehte. »Hey, du hast mich Cam genannt.«

María zuckte mit den Achseln. »Du trägst dein besonderes Hemd«, meinte sie, als wäre das eine Erklärung. Verdammt, jetzt tat meine Brust schon wieder weh. »Das ist gut. Aber wer ist ein Volltrottel? Und wen hast du angelogen?«

Ich seufzte, unfähig, mir eine Antwort für sie auszudenken.

Sie kniff die Augen zusammen, doch sie wirkte dabei nicht misstrauisch, sondern vielmehr verständnisvoll. »Ist das der Grund, warum Miss Adalyn zu spät kommt? Ich dachte, sie würde mir wieder die Haare zu Zöpfen flechten. Wie beim letzten Mal.« Sie deutete dorthin, wo die Mannschaft sich versammelt hatte. »Chelsea hat Gesichtsfarbe mitgebracht, also muss sie nicht noch mal ihren schicken Lippenstift benutzen, um uns Streifen auf die Wangen zu malen.«

»Ich …« Scheiße. Ich konnte das nicht. Meine Kehle war wie zugeschnürt. »Ich glaube nicht, dass Miss Adalyn zum Spiel kommt, María.«

»Warum?«

»Es gab einen Notfall in Miami, und sie musste weg.«

María legte den Kopf schief. »Wieso hast du sie dann nicht begleitet?«, fragte sie. Und Gott. Diese schlichte Frage, gesprochen mit ehrlicher Verwunderung – als wäre es unvorstellbar, dass ich nicht an Adalyns Seite stand –, zwang mich fast in die Knie.

Ich … antwortete mit der reinen Wahrheit. »Ich habe Mist gebaut. Ich habe sie glauben lassen, ich würde ihr nicht zutrauen, dass sie allein klarkommt. Ich …« Habe sie behandelt wie der Mann, vor dem ich sie unbedingt schützen wollte. »Aber sie wird zurückkommen«, hörte ich mich selbst sagen. »Sie wird zurückkommen. Ihr Mädchen seid ihr immer noch sehr wichtig.«

María starrte mich an. Ich wappnete mich. Wenn es ein Kind in der Mannschaft gab, das keinen Moment zögern würde, den Boden mit mir aufzuwischen, dann war es María. Und ich hatte es verdient. Ich hatte jeden skeptischen Blick und jede Grimasse verdient, die sie wegen meiner anfänglichen Behandlung von Adalyn in meine Richtung geschickt hatte. Ich würde auch das hier einstecken.

Sie verzog das Gesicht. Dann legte sie den Kopf schräg. »Würdest du dich besser fühlen, wenn du mein Haar flechten kannst?«

Ich öffnete den Mund, um abzulehnen, nur um stattdessen zu nicken.

»Okay«, sagte sie mit einem Seufzen, bevor sie meine Hand ergriff und mich zur Trainerbank zerrte. »Setz dich hier hin«, befahl sie. Und ich ließ mich fallen. Sie stellte sich mit dem Rücken zu mir vor mich hin. »Ich hoffe, du kannst es besser als Tony. Seine Zöpfe stinken zum Himmel.«

Ich starrte den chaotischen Haarschopf vor mir an und hieß das Gefühl willkommen, eine Aufgabe zu haben, und sei es nur für wenige Minuten. Dann machte ich mich an die Arbeit.

»Hattest du schon viele Freundinnen, Trainer Cam?«

Ich runzelte die Stirn, überrumpelt von ihrer Frage. »Nein. Ich hatte schon eine Weile keine Freundin mehr.«

Sie seufzte, und schon das hätte mir einiges verraten müssen. »Liebst du Miss Adalyn?«

Meine Hände erstarrten in der Luft, und ich hätte schwören können, dass mein Herz stehen blieb. »Ja«, krächzte ich, bevor ich mich wieder auf ihre Zöpfe konzentrierte.

»Hast du es ihr gesagt?«

Ich musste mich räuspern, bevor ich sprechen konnte. »Nein.«

María schnaubte. »Wie soll sie dann zurückkommen?« Und mein Herz brach schon wieder. »Wie soll sie wissen, wohin sie ihrem Herzen folgen soll?«

Ich schloss die Augen. »Ich fürchte, das ist Teil des Problems.«

»Liebe ist nie Teil des Problems«, antwortete María. Und grüne Neune, wieso trafen mich Worte aus dem Mund einer Neunjährigen so hart?

»Es ist ein bisschen komplexer als das, Süße.«

»Aber ich habe dein Gesicht gesehen, wenn du sie berührst.«

Meine Finger erstarrten erneut für einen Moment. »Von welchem Gesicht sprichst du?«

»Du schaust genauso wie Brandy, wenn ihr klar wird, dass ich diejenige bin, die sie streichelt«, sagte sie, und ich musste ein Lachen unterdrücken. Dann fuhr das Mädchen fort: »Als könne sie sich endlich entspannen. Als hätte sie Angst gehabt, aber jetzt ginge es ihr gut. Weil sie weiß, dass sie bei mir immer, immer sicher ist.«

Du sorgst dafür, dass ich etwas fühle, was ich noch nie mit jemand anderem empfunden habe, Cameron. Du sorgst dafür, dass ich mir Dinge wünsche, die ich mir noch nie gewünscht habe. Ich hörte Adalyns Stimme förmlich in meinem Kopf, laut genug um das Pochen meines Herzens zu übertönen.

Ohne zu bemerken, welche Wirkung ihre Worte auf mich hatten, fuhr María fort: »Du hast uns gesagt, das Leben ist hart. Du hast gesagt, dass eine Niederlage nur das Ende eines Spiels ist. Dass wir aufstehen sollen und dem Preis weiter hinterherjagen. Ein Spiel verlieren ist nichts als ein Stolpern, es macht uns härter, solange wir wieder aufstehen.«

»Ich … Das habe ich.« Genau das hatte ich den Kindern gesagt. Und ich war mir sicher gewesen, dass meine Worte sie fast zerstört hatten. Und jetzt wurden sie mir ins Gesicht geschleudert und zerstörten stattdessen mich.

María reichte mir über ihre Schulter den Haargummi. »Ist Miss Adalyn dein Preis?«

»Nein.« Ich schluckte schwer. »Sie ist kein Preis, den man gewinnen kann.« Ich nahm den Haargummi. »Sie ist … kein Spiel. Sie ist mehr als etwas, was man gewinnen kann. Sie ist mehr als eine Niederlage. Sie sorgt dafür, dass das Spiel es überhaupt wert ist. Sie ist alles.«

»Siehst du?«, meinte María mit der Lässigkeit, die nur Kinder aufbringen. »Liebe ist nie das Problem. Liebe ist einfach, so wie in den Filmen. Wir sind diejenigen, die alles kompliziert machen. Deswegen werde ich ihr vergeben, dass sie das Spiel verpasst.« Ich wickelte den Haargummi ein letztes Mal um den Zopf. »Aber wenn sie wirklich dein Alles ist und sie sich um etwas Wichtiges kümmert, solltest du nicht bei ihr sein? Selbst wenn du Mist gebaut hast. Was, wenn sie jemanden braucht, der für sie da ist? Sie mag dich im Moment nicht mögen, aber das bedeutet nicht, dass sie dich nicht bei sich haben will.«

Bevor ich ein Wort sprechen konnte, drehte María sich um.

Sie musterte mich aus braunen Augen, und ich konnte sie nur ungläubig anblinzeln. Über ihre Worte nachdenken. Mir bewusst machen, wie viel Sinn sie ergaben. Wie einfach alles wirkte, wenn man es so ausdrückte.

»Kann ich dein Handy haben?«, fragte María.

Ich reichte es ihr, meine Gedanken immer noch in Aufruhr.

María musterte das Display. Ich vermutete, sie setzte die Fotofunktion als Spiegel ein. Dann seufzte sie.

»Trainer Cam?«, sagte sie laut, und ich konzentrierte mich erneut auf sie. »Deine Zöpfe sind Mist.« Sie gab mir das Handy zurück, und wieder konnte ich nur blinzeln. »Wirst du sie bitten, es dir beizubringen?«

Wie der hoffnungslos närrische Mann, der ich war, flüsterte ich: »Wann?«

Und María schürzte die Lippen, als wäre die Antwort vollkommen offensichtlich. »Wenn du sie zurückbekommst.«

36

Adalyn

Ich verabscheute mich selbst für die Worte, die gleich aus meinem Mund dringen würden. Das tat ich wirklich.

»Wollen Sie Ihren Job behalten?«, krächzte ich und fühlte mich dabei noch schlimmer, als ich gedacht hatte. »Wissen Sie überhaupt, wer ich bin?«

»Ja.« Der Kerl blinzelte. »Und Ihr Zugang wurde gesperrt, Miss Reyes. Ich darf Sie nicht durchlassen.«

Also wusste er es. Dieser Bastard.

Dieser Bastard. Genau das hätte Cameron gesagt. Ich hatte die Worte sogar in seiner Stimme in meinem Kopf gehört. Wenn er hier wäre, würde er …

Nein.

Ich stieß ein bitteres Lachen aus, das am Ende wie ein Schluchzen klang. Das war mir heute schon oft passiert. Dass ich fast anfing zu heulen. Kurz vor dem Brechen stand. Fast Cameron angerufen hätte. Fast Josie eine Nachricht geschrieben hätte, um sie anzuflehen, den Mädchen meine Entschuldigung auszusprechen. Fast das Gefühl zuzulassen, dass ich einen Fehler beging.

Der stoische Mann vor mir runzelte die Stirn.

»Hören Sie«, sagte ich langsam, nahm die Schultern zurück und richtete mich hoch auf. »Ich weiß, dass es spät ist. Und es ist offensichtlich, dass Sie hier nur Ihren Job machen. Dafür danke ich Ihnen. Aber das hier ist ein Notfall, und ich weiß, dass mein Vater hier ist. Er ist immer hier, und sein Fahrer steht vor der Tür.« Ich sah ihm direkt in die Augen. Flehend. »Sie müssen mich durchlassen.«

Er zögerte. Sah sich um. Aber dann schüttelte er den Kopf. »Das kann ich nicht machen, Miss Reyes.«

Ich schloss die Augen. Weigerte mich, vor diesem Mann zusammenzubrechen.

Ich konnte nicht glauben, dass man mich nicht in das Gebäude ließ, in dem ich mein gesamtes Erwachsenenleben gearbeitet hatte. Ich konnte nicht glauben, dass ich den Ort nicht betreten durfte, von dem ich so lange gehofft hatte, dass ich ihn eines Tages mein Eigen nennen konnte. Ich konnte nicht glauben, dass mein Vater bei keinem meiner Anrufe ans Telefon gegangen war. Nicht ein einziges Mal. Ich …

»Chefin?«

Ich öffnete die Augen und entdeckte ein Gesicht, das ich zu dieser Stunde hier nicht erwartet hätte.

»Hey, du bist es wirklich«, fuhr Kelly fort und kam mit klappernden Absätzen auf mich zu. »Wow, was für ein Glow up! Du gehörst vor eine Kamera! O mein Gott, dein Haar ist ganz wild und … schön.«

Ich senkte kurz den Blick, musterte meine Jeans, die Stiefel und die insgesamt praktische Kleidung. Dann schüttelte ich den Kopf. »Kelly«, sagte ich und suchte ihren Blick, ernst genug, dass sie blinzelte. »Könntest du bitte Mr …«

»Billie«, sagte der Mann, als ich ihn ansah. »Billie Ellis.«

Kelly sah ihn an. »Das ist wirklich Ihr Name?«

Billie seufzte. »Ich bin fünfzehn Jahre älter als Billie Eilish, Ma'am. Und die Namensähnlichkeit ist reiner Zufall.«

»Das ist zum Schreien«, murmelte Kelly, lächelte aber nicht mal ansatzweise, als sie ihn musterte. »Sind Sie neu hier?« Billie starrte sie offensichtlich überrascht an. »Sie sind süß. Wie lautet Ihr Username? Ob-ihr-es-glaubt-oder-nicht-Billie-Ellis oder etwas in der Art?« Sie zog ihr Handy heraus. »Ich würde …«

»Kelly«, rief ich, meine Stimme verzweifelt und müde und … hoffnungslos, wenn ich mich für ein Wort entscheiden müsste. »Könntest du Mr Ellis erklären, dass er mich durchlassen muss, damit ich mich um diesen Notfall kümmern kann, über den wir am Telefon gesprochen haben?« Kelly musterte mich fragend. »Er scheint zu glauben, dass mein Zugang gesperrt wurde, aber ich erinnere mich deutlich daran, dass mein Vater mich gebeten hat, herzukommen. Heute.« Ich starrte sie an. »Du erinnerst dich, oder?«

Meine ehemalige Assistentin nickte langsam. »Oooooh. Stimmt ja. Ja.« Sie drehte den Kopf und starrte den leeren Flur entlang, bevor sie ihre Aufmerksamkeit wieder auf uns richtete. »Der Notfall«, sagte sie selbstbewusst. »Billie, wollen Sie der Kerl sein, der die Tochter des Big Boss nicht reingelassen hat während der …« – sie wedelte theatralisch mit den Händen – »… größten Krise des Jahres?«

Billie runzelte die Stirn, aber gleichzeitig stieg Röte in seine Wangen.

»Genau«, meinte Kelly zustimmend. »Das ist keine tolle Aussicht, oder?« Billie schüttelte den Kopf. »Super. Also öffnen Sie bitte den Durchgang, damit sie den Tag retten kann.« Sie stemmte eine Hand in die Hüfte. »Außer Sie glauben, eine Frau könnte nicht der Held sein. Geht es hier darum?«

»W-was?« Er riss die Augen auf. »Nein. Ich bin Feminist.«

Sie grinste. »Also, machen Sie den Durchgang frei, bitte.«

Es kostete ihn ein paar Sekunden und einige Flüche, aber dann öffnete sich die Glastür, die den Zugang zum Bürobereich absperrte.

Ich sprintete durch den Flur in Richtung des Büros meines Vaters, wobei ich das Klappern von Kellys Absätzen hinter mir hörte.

»Chefin?«, rief sie. Als ich mich weder umdrehte noch anhielt, beschleunigte sie ihre Schritte. »Hey. Du läufst echt schnell in diesen Dingern.« Stimmt. Langsam begann ich meine Stiefel zu lieben. »Es tut mir so leid, dass ich dir die kalte Schulter gezeigt habe, aber ich hatte wirklich keine andere Wahl …«

»Ist okay, Kelly«, versicherte ich ihr, als ich um eine Ecke bog.

»Okay, puh«, antwortete sie, inzwischen etwas atemlos. »Und jetzt, wo wir das geklärt haben, gibt es da noch etwas, was du wissen solltest, bevor ...«

»Ich weiß«, fiel ich ihr ins Wort und rannte schneller. »Und ich werde das auf die eine oder andere Art aufhalten.«

»Aber, Chefin, sie sind ...«

Ich erreichte die Tür. Ich war mir vage bewusst, dass Kelly eine Hand auf meine Schulter legte und etwas sagte, doch ich wollte keine Sekunde mehr verschwenden. Ich hatte das schon lange genug laufen lassen. Ich würde die Kontrolle zurückgewinnen und Davids Manipulationen ein Ende bereiten. Ich würde meinem Vater erklären, dass ich alles wusste, und den Verkauf stoppen. Ich riss die Tür auf.

Zwei Köpfe wirbelten zu mir herum.

»Adalyn«, sagte mein Vater, so schockierend ruhig und kalt, dass ich kurz erstarrte.

Ich öffnete den Mund, um etwas zu sagen – um einen der Sätze auszusprechen, die ich mir in meinem Kopf zurechtgelegt hatte –, aber ich konnte nur denken: Was hält David da in der Hand? Denn es konnte nicht sein ...

»Hey, Zuckerschnecke«, meinte David mit einem Lächeln, von dem ich nicht glauben konnte, dass ich den Hohn darin früher nicht gesehen hatte. »Oh, Moment, isst man dort überhaupt Zuckerschnecken?« Sein Blick huschte über meinen Körper, was dafür sorgte, dass mir ein kalter Schauder über den Rücken lief. »Nun, auf jeden Fall ist das eine ziemliche Überraschung. Wieso bist du gekleidet wie eine ... Holzfällerbraut?«

Ich hörte Kelly hinter mir schnauben.

Mein Vater verdrehte die Augen und sagte: »David.« Als hätte dieser Mann mich gerade nicht missachtet, und diese milde Warnung wäre genug.

Wieso störte mich das plötzlich so sehr? Dieses Desinteresse daran, was vor ihm zu mir gesagt wurde? Diese Trägheit, mit der er darauf vertraute, dass ich für mich selbst einstehen konnte? Das konnte ich natürlich ... aber sollte mein Vater nicht mehr tun?

David zuckte mit den Achseln. »Entschuldigung. Hey, ich habe eine Überraschung für dich.« Er hob das Ding in seinen Händen hoch. »Cool, hm?«

Mein Mund wurde trocken. Es war ein Trikot der Miami Flames. Ich erkannte es. Abgesehen von dem Symbol des Sponsors, das auf der Vorderseite prangte. Das war neu. Es war das Logo dieses Energydrinks. Mein verzerrtes Gesicht.

Mir blieb der Mund offen stehen. Ich ... *Konzentrier dich, Adalyn.* Ich richtete meine Aufmerksamkeit auf meinen Vater. »Ich weiß es.« Er zuckte leicht zusammen. Mein Puls raste in meinen Ohren. »Ich weiß alles, Dad. Also kannst du das hier stoppen.«

»David«, sagte er sofort. »Gib uns eine Minute.« David machte Anstalten, sich zu beschweren, aber mein Vater hob eine Hand. »Allein. Noch ist das hier nicht dein Büro.«

Noch.

David sah mich an, als er auf mich zukam, und als er an mir vorbeikam, zwinkerte er mir zu. Sofort bekam ich Gänsehaut.

Die Tür schloss sich hinter mir. Erst danach erlaubte ich mir, vorzutreten und zu dem jetzt leeren Stuhl vor dem Schreibtisch meines Vaters zu gehen. Dort hatte ich vor nicht allzu langer Zeit gesessen. Doch das schien schon Ewigkeiten her zu sein.

Camerons grüne Augen erschienen vor meinem inneren Auge, und ich spürte, wie meine Knie weich wurden, weil ein überwältigendes Gefühl meine Brust füllte. *Ich wünschte, er wäre hier,* schien mein Hirn zu rufen. Nicht, um meine Hand zu halten, aber bereit – nah genug, um mich zu halten, sollte es nötig werden. Um das leere Gefühl zu dämpfen, tätschelte ich meine Brust ... nur um etwas unter meiner Bluse zu spüren.

Camerons Ring. Er war immer noch da, hing an der Kette, die er mir heute Morgen um den Hals gelegt hatte.

»Ich habe das alles verborgen, um dich zu schützen«, sagte mein Vater und lenkte damit meine Aufmerksamkeit wieder auf sich.

Ich schluckte schwer. Dachte an den letzten Mann, der etwas Ähnliches gesagt hatte. Aber ... irgendwie war das hier etwas anderes. Übte einen anderen Effekt auf mich aus. Ein Teil von mir glaubte Dad nicht. »Du musst mich nicht beschützen. Ich bin kein Kind. Ich hätte mit der Wahrheit umgehen können.«

Mein Vater seufzte, ein kurzes Zischen, das doch so viele Gefühle transportierte. »Genau das hat deine Mutter mir auch gesagt.« Er schüttelte den Kopf. »Du siehst ihr heute sehr ähnlich.«

»Wirklich?«

Er nickte. »Ich wollte nie, dass es auf diese Weise geschieht«, fuhr mein Vater fort, den Blick auf den Schreibtisch gerichtet. »All diese Zeit über war das mein eines, großes Bedauern. Das, was ich vor deiner Mutter und dir geheim gehalten habe.« Er schüttelte den Kopf. »Scheinbar wiederhole ich meine Fehler. Hegst du einen Groll gegen mich, Adalyn? Hegt auch sie einen Groll gegen mich?«

Ich öffnete den Mund, aber es dauerte, bis ich sprechen konnte. Sie? »Mom? Wieso sollte sie deswegen einen Groll gegen dich hegen?«

Die Brauen meines Vaters sanken fragend nach unten. Er sprach nicht über Mom.

»Auf wen beziehst du dich?«, fragte ich. Und weil sich etwas in meinem Hinterkopf rührte, leise flüsterte, fügte ich hinzu: »Wer soll einen Groll gegen dich hegen, Dad?«

Andrew Underwood wirkte für eine Sekunde so ehrlich verwirrt, dass seine Stimme eher wie ein Krächzen klang, als er antwortete: »Josephine.«

Mein Herzschlag setzte einen Moment aus. Josephine? Aber das konnte nicht …

»Was hat Josie mit dem Verkauf des Clubs zu tun?«

Er wurde bleich.

Diesmal gaben meine Knie wirklich nach, sodass ich mich am Stuhl abstützen musste. Ich starrte ihn an. Musterte seine Miene. Er wirkte, als hätte er einen Geist gesehen. Und das erinnerte mich daran, was meine Mutter erzählt hatte. Von den Briefen.

Dein Vater hat Geheimnisse.

Dann öffneten sich die Schleusentore in meinem Kopf und fluteten mein Hirn mit Erinnerungen. Mit Puzzlestücken, die ich bisher nicht zusammengefügt hatte.

Du wirst morgen aufbrechen. Du hast einen Auftrag. Tatsächlich denke ich schon eine Weile darüber nach.

Es gibt eine Art Schutzengel, der auf Green Oak aufpasst.

Robbie spricht nicht gerne darüber, aber er hatte … hat wahrscheinlich immer noch … eine Menge Schulden.

»Du bist Green Oaks geheimer Investor.« Ich schluckte schwer, aber der Kloß blieb stecken, sodass mir das Sprechen schwerfiel. Ich umklammerte Camerons Ring. Dann fiel mir etwas ein, was Josie an diesem Tag gesagt hatte. Etwas, was nicht bedeuten konnte, was es scheinbar bedeutete. »Was versuchst du mir zu sagen? Wieso hast du Josie angesprochen? Ich muss es wissen. Du musst es laut aussprechen.«

Er starrte mich an, dann sagte er: »Josephine ist deine Halbschwester.« Und angesichts dieser Bestätigung fühlte ich mich, als hätte er mir einen Eimer kaltes Wasser über den Kopf gegossen. »Sie ist meine Tochter«, fügte er hinzu. Ich konnte keinerlei Schuldgefühle in seiner Miene erkennen oder in seiner Stimme hören. Keine Scham. Kein Bedauern. Keine Sehnsucht. Da war gar nichts.

Absolut gar nichts.

»Ich dachte, du hättest es verstanden«, sagte er. »Ich dachte, du wärst deswegen hier und hättest diesen dramatischen Auftritt hingelegt. Du hast gesagt, du wüsstest alles.«

Ich … konnte nicht atmen. Ich hatte eine Schwester. Eine Halbschwester. Dad hatte noch eine Tochter. »Du dachtest, ich wüsste von Josie? … Du …« Mein Blick huschte über sein ausdrucksloses Gesicht. »Du bist weder überrascht noch wütend. Es geht dir gut. Ich …« Meine Gedanken rasten, kollidierten in meinem Kopf. Setzten Fakten zusammen und rissen gleichzeitig Überzeugungen in Stücke. Ich keuchte. »Hast du gehofft, dass ich von Josie erfahre?« Aber das konnte nicht sein, oder? »Hast du mich deswegen dorthin verfrachtet?«

»Ja und nein«, antwortete er schnell. Viel zu schnell, als dass ich es hätte verarbeiten können. »Ich habe dich dort hingeschickt, weil Green Oak mir als eine Erfahrung erschien, von der du profitieren könntest. Aber ich müsste lügen, würde ich behaupten, ich hätte nicht erwartet, dass du die Sache durchschaust.« Er zuckte mit den Achseln. »Anscheinend habe ich mich geirrt.«

Das tat er ständig. Machte mich schlecht. Verbarg Dinge vor mir.

»Du hast dich anscheinend geirrt?«, wiederholte ich. Ein Aufruhr erhob sich in meiner Brust. Ein Tumult, der nichts damit zu tun hatte, dass ich gerade noch um Atemluft gerungen hatte. »Du hast mich dorthin geschickt in dem Wissen, dass ich vielleicht von einer Halbschwester erfahren würde, die du vor mir verborgen hast? In dem Wissen, dass ich mit ihr interagieren, mich vielleicht mit ihr anfreunden würde? Und das tust du einfach so mit einem Achselzucken ab?«

»Noch einmal: Ich dachte, deswegen wärst du hier«, sagte er. Und Gott, das Blut rauschte so laut in meinen Ohren, in meinem Kopf, dass ich kaum denken konnte. Ich vermisste Camerons Hände, die mich in der Welt verankerten. »Ich rechne jetzt schon eine Weile damit.«

Ich schloss kurz die Augen, gönnte mir selbst ein paar Sekunden, um die hässlichen und überwältigenden Gefühle zu sortieren, die in mir tobten. »Ich bin hergekommen, weil ich von dem Gerücht erfahren habe, dass du die Flames verkaufst. An David. Denn ich weiß, dass er dich erpresst hat. Dass er mich dafür benutzt hat. Ich bin hier, weil ich dachte, ich wäre irgendwie verantwortlich für den Druck, den er auf dich ausübt.«

Er seufzte. »Es ist schon spät. Lass uns nach Hause gehen und dieses Gespräch ein andermal weiterführen. Der Verkauf des Clubs lässt sich sowieso nicht mehr aufhalten, aber ich bin mir sicher, du hast trotzdem Fragen dazu. Ich werde meinen Fahrer bitten, dich an deiner Wohnung abzusetzen.«

Trotz des Rauschens in meinen Ohren hallten seine Worte unendlich laut in mir wider ... aber ich fragte mich trotzdem für einen Moment, ob ich ihn wirklich richtig verstanden hatte.

Schließlich war es unmöglich, dass jemand seiner Tochter eine solch lebensverändernde Nachricht überbrachte und dann diesen Satz folgen ließ. Ich hob den Kopf, plötzlich vollkommen konzentriert.

»Nein«, spuckte ich ihm förmlich entgegen und musterte seine leere Miene. »Du wirst mich nicht einfach so abtun. Ich habe eine Menge aufgegeben, um jetzt hier zu sein.« Ich hatte die Mädchen enttäuscht. Hatte Cameron untröstlich zurückgelassen.

Er sah erneut auf die Uhr. »Es ist schon spät, Adalyn«, sagte er langsam. »Und du bist offensichtlich erschüttert und nicht in der Verfassung, eine vernünftige Diskussion zu führen. Ich tue das zu deinem eigenen Besten. So wie alles andere auch.«

»Du meinst, eine Schwester zu verstecken? Oder David zu bitten, mich im Austausch für einen Job zu heiraten, als wäre ich nicht mehr als Vieh, das verkauft wird?«

Er biss die Zähne zusammen. »Du übertreibst.«

Plötzlich senkte sich eine Klarheit über mich, die mir jahrelang gefehlt hatte. »Was soll dann zu meinem Besten sein? Vielleicht, dass du über all meine Anstrengungen hinweggesehen hast, dich zu beeindrucken? Deine Anerkennung und deinen Respekt zu gewinnen? War das auch zu meinem eigenen Besten?«

»Ich habe nie über dich hinweggesehen, Adalyn.«

»Warum hast du es dann getan?«, fragte ich ihn, beängstigend ruhig. »Wieso solltest du deine Tochter einem schrecklichen Mann anbieten? Wieso hast du zugelassen, dass er sein Spiel mit uns beiden treibt, indem du mir Dinge nicht erzählt hast, die ich hätte wissen müssen? Ich musste es beim Jubiläum des Clubs aus seinem eigenen Mund hören. Ist das die Art, wie du mich beschützt? Du hast dich nie nach meinem Wohlergehen erkundigt, kein einziges Mal.« Ich presste die Hand an die Brust. »Du bist mein Vater.«

Mein Vater nickte langsam, bevor er ein amüsiertes Glucksen ausstieß, das ich nicht verstand. »Das also hat dafür gesorgt, dass du ausgetickt bist und Sparkles attackiert hast? Gute Güte, Adalyn. Das hätte mich fast den Club gekostet.«

Jegliche Hoffnung in mir erstarb.

»Das ist alles, was du zu sagen hast«, sagte ich. Es war keine Frage. Weil ich keine Antwort brauchte. Die hatte er mir bereits geliefert. Ich schüttelte den Kopf. »Es ging nicht um mich, stimmt's? Es ging nie um mich.«

»Alles, was ich tue, ist für uns«, antwortete er, als wäre etwas in meinen Worten zu ihm durchgedrungen. »David hat gedroht, die Information über unsere Abmachung an eine Klatschseite im Internet weiterzugeben, wenn ich ihm den Posten als Vizepräsident wegnehme. Die Sponsoren haben sich auch auf die Hinterbeine gestellt. Aber das ist Schnee von gestern. Ehrlich, ich dachte, du besäßest genug Selbstrespekt, um dich von so etwas nicht beeinflussen zu lassen.«

Also hatte Dad nie unsere Beziehung geschützt. Oder mich. Sondern nur sich selbst. Seinen Namen. Und das brach mir das Herz. Dieses Gespräch drohte schon die ganze Zeit mein Herz in Stücke zu zerreißen, wurde mir klar. Aber jetzt zersprang es wirklich in tausend Teile.

Für einen langen Moment herrschte Schweigen im Büro. Ich konnte nicht glauben, dass ich hierhergekommen war und das Vertrauen der Mädchen enttäuscht hatte. Das Spiel verpasst hatte. Ich hatte hundert Schritte zurückgemacht … und das ließ einen Schmerz in meiner Brust aufblühen, wie ich ihn noch nie empfunden hatte. Erneut umklammerte ich Camerons Ring.

»Wie viel Schulden hat die Vasquez-Farm?« Mehr musste ich nicht sagen. Mein Vater verstand.

»Viel.«

Ich nickte. »Josie. Wie ist das überhaupt geschehen?«

Mein Vater kniff die Augen zusammen. Zu jedem anderen Zeitpunkt hätte dieser Blick ausgereicht, mich zum Schweigen zu bringen. Aber plötzlich war es mir egal. Ich wollte seinen Respekt nicht mehr. Ich wollte nur Antworten. »Ich habe immer dafür gesorgt, dass Josephine versorgt war, als sie aufgewachsen ist. Ich habe für sie gesorgt. Ich habe in die Stadt investiert, damit sie nicht in demselben Ort aufwachsen muss wie ich.«

Er lässt die Leute glauben, er käme aus Miami, aber das stimmt nicht.
Das hatte Mom gesagt.

Und damit fand das nächste und letzte Puzzlestück seinen Platz. Dad stammte aus Green Oak.

»Das war nie der Ort für mich«, verkündete er, als wäre es eine Karte, die er ausspielte. Als könnte diese Tatsache alles rechtfertigen, was er gesagt oder getan hatte. »Ich war immer für Größeres bestimmt. Deswegen habe ich meine Taschen gepackt, sobald es möglich war, habe alles und jeden zurückgelassen. Ich bin nur ein einziges Mal zurückgekehrt. Kurz bevor ich deine Mutter kennengelernt habe.« Er seufzte. »Aber es hat nie etwas bedeutet. Es war eine sorglose Nacht, für die ich mein gesamtes Leben lang bezahlt habe.« Augen, die Josies nicht im Mindesten ähnelten, musterten mich. »Ich bin nicht stolz darauf, doch ich bereue meine Entscheidungen nicht.«

»Du bist nicht stolz darauf«, wiederholte ich seine Worte, dann schnaubte ich, traurig und hoffnungslos. »Du sprichst über eine kluge, schöne, tüchtige Frau, als wäre sie ein schlechtes Investment, über das du nicht länger nachdenken willst.« Ich schüttelte den Kopf. Stemmte beide Hände auf die Rückenlehne des Stuhls vor mir, weil ich plötzlich den Drang verspürte, mich zu bewegen. Senkte kurz den Blick, bevor ich erneut meinen Vater ansah. »Hattest du jemals vor, den Club an mich zu übergeben?«

Seine Schultern sanken nach unten, und ich wusste, dass mich eine Absage erwartete. »Du hättest jeden Job in unserem Portfolio haben können. In der Immobilienbranche, den Infrastruktur-Firmen oder sogar einem der Hotelresorts, die wir besitzen. Such dir etwas aus. Aber nicht den Club. Ich verkaufe die Miami Flames an David und seinen Vater.« Er stand auf und ging um seinen Schreibtisch herum. »Diese Entscheidung steht fest.«

Ich schwieg. Er kapierte es nicht. Dad kapierte absolut gar nichts.

»Du wirst deine Schwärmerei für den Club überwinden.« Er strich sein Jackett glatt. »Er stirbt sowieso eines langsamen Todes, das tut er schon seit einem Jahrzehnt, also sei froh, dass wir dank deines Zusammenbruchs und dieses Sponsorendeals, den David eingefädelt hat, noch Profit machen.«

Ist das mir zu verdanken, oder findet es vielmehr auf meine Kosten statt?, wollte ich fragen.

Aber das spielte keine Rolle. Es spielte keine Rolle, dass mein Vater diesem Energydrink erlaubte, die Mannschaft zu sponsern, oder Davids Geld nahm. Nichts spielte eine Rolle.

Hier war es nie um ein Vermächtnis oder eine Schwärmerei gegangen. Nicht einmal um Geld.

»Verkauf den gottverdammten Club«, hörte ich mich selbst sagen. Mein Vater verzog das Gesicht. »Hier ging es nie um mich. Oder um die Flames. Es ging immer nur um dich.« Wieder fand meine Hand meine Brust, um Camerons Ring zu umklammern. Ich wusste, wie es sich anfühlte, wenn sich jemand um mich kümmerte; mich schützte. Cameron hatte behauptet, er wäre selbstsüchtig, aber inzwischen erkannte ich, wie sehr er sich irrte. Er hatte so selbstlos gehandelt. Für mich. Hatte immer meine Interessen im Blick behalten. Selbst wenn er einen Fehler gemacht hatte. »Es ist dein Problem, wenn du das nicht verstehen willst.«

Ich drehte mich um und ging Richtung Tür.

»Adalyn«, warnte mein Vater.

Ich hielt nicht an. »Du hast vierundzwanzig Stunden, um mit Mom und Josie zu reden«, sagte ich, ohne mich umzudrehen. »Ich gebe dir die Chance, nicht denselben Fehler zu wiederholen, den du bei mir gemacht hast. Aber wenn du es ihnen nicht sagst, werde ich es tun.« Ich stoppte kurz vor der Tür. »Außerdem wirst du alle Schulden der Vasquez-Farm tilgen. Ich vermute, das wird dir angesichts des Profits, den du dank meiner Rolle in dem miesen Spiel machst, nicht wehtun.«

Ohne zu zögern, öffnete ich die Tür, nur ein Ziel im Kopf.

Und als ich wieder das Wort ergriff, hatte ich einen Gedanken, einen Mann, einen Plan im Kopf, mein Fuß schon halb über der Schwelle. Der Schwelle zum Rest meines Lebens. »Oh, und für den Fall, dass das bisher nicht klar geworden ist: Ich kündige.«

37

Cameron

Ich presste das Handy so fest ans Ohr, dass meine Knöchel knackten.

»Geh dran, geh dran«, flehte ich. Betete ich. »Komm schon, Sweetheart. Geh an dein Handy.«

Als die Stimme, nach der ich mich so verzehrte, nicht erklang, fluchte ich leise. Ich legte auf und konnte mich nur mit Mühe davon abhalten, das verdammte Ding aus dem Taxifenster zu schmeißen.

Herrje, wo war sie? War etwas geschehen? Wieso ging sie nicht an ihr Handy? Es war so verdammt spät, und ich …

Mein Handy klingelte.

Ich hob sofort ab.

»Cameron«, sagte Adalyn. Mein Name aus ihrem Mund traf mich wie ein Schlag in die Magengrube. In die Brust. Ins Herz. »Cam?«

»Wo bist du?«, hörte ich mich selbst blaffen. Ich schloss die Augen. So würde ich sie nicht zurückgewinnen. Ich musste zu Kreuze kriechen, wie ich es mir vorgenommen hatte. Ihr zeigen, dass ich ihr vertraute. »Ich … Wo bist du, Sweetheart? Ich brauche eine Adresse.«

Ich hörte Stimmen im Hintergrund. Eine weibliche, eine männliche. Hörte sie mir überhaupt zu?

»Adalyn?«

»O Gott, du wirst das nicht glauben«, sagte sie. Wieso zitterte ihre Stimme? »Mein Vater ... Ich ... O Gott, ich war so dumm. Ich wünschte, du wärst hier. Ich ...«

»Ich bin in Miami. Ich bin unterwegs zu dir, aber dafür musst du mir sagen, wo du bist.«

Sie stieß etwas aus, was sehr wie ein Schluchzen klang, und herrje, schon wieder umklammerte ich mit aller Kraft das Handy in meiner Hand. Adalyn sagte: »Ich verlasse gerade das Grundstück der Miami Flames. Ich wollte nach Hause, als ich all die verpassten Anrufe von dir bemerkt habe.«

»Kannst du dort auf mich warten?« Zum ersten Mal seit Stunden konnte ich wieder frei atmen. »Fahr noch nicht zu deiner Wohnung. Ich komme zu dir. Warte ... Warte einfach auf mich. Bitte.«

»Es ...«, setzte sie an.

Ich herrschte den Fahrer an: »Können Sie schneller fahren?« Der Kerl warf mir einen Blick zu. »Ich zahle das Doppelte.« Er trat aufs Gas. »Ich bin fast da, Sweetheart. Ich weiß, dass du mich heute nicht gebraucht hast, aber verdammt, Adalyn ... Ich fand es schrecklich, wie du verschwunden bist und ich nicht wusste, ob du zurückkommen wirst. Ich glaube, ich muss deine Hand halten. Sicherstellen, dass es dir gut geht. Könntest du das für mich tun? Bitte? Fahr noch nicht zu deiner Wohnung. Ich muss mich hundertmal bei dir entschuldigen.«

»Cameron«, sagte sie wieder, und mein Herz setzte für einen, zwei, fünf Schläge aus. »Ich meinte nicht meine Wohnung. Ich meinte Green Oak.« Die schöne und kluge Frau am anderen Ende der Leitung stöhnte leise. Und mein Atem stockte. »Ich meinte dich.«

Ich entdeckte etwas vor uns, was zweifellos das Miami-Flames-Gelände war. Und als wir auf den Parkplatz einfuhren, sagte ich: »Halten Sie den Wagen an.« Ich zog mehr Geld aus meinem Portemonnaie, als ich ihm versprochen hatte, und klatschte es ihm hin.

»Sir, Sie können nicht …«

Oh, und wie ich konnte. Ich riss die Autotür auf und rannte die letzten paar Meter zu einem Eingang, der zu den Büros führen musste. Ich sprang durch die Glastüren, und da war sie. Adalyn, meine Adalyn. Sie stand dort, wie ich sie gebeten hatte, mit dem Handy am Ohr und besorgter Miene. Erst da fiel mir auf, dass ich nicht aufgelegt hatte.

Unsere Blicke trafen sich quer durch die große Lobby.

Ihre Lippen zuckten. Dann setzte sie sich in Bewegung.

Verdammt. Noch nie in meinem Leben hatte ich ein solches Bedürfnis verspürt, jemanden in meine Arme zu schließen, der in Höchstgeschwindigkeit auf mich zurannte.

Adalyn landete an meiner Brust. Und ich zog sie an mich, umarmte sie fest. Endlich empfand ich wieder Ruhe. Der Aufruhr in meinem Kopf, der Sturm aus Gefühlen in meiner Brust, dass alles verklang. Die Welt verblasste. Nichts zählte außer ihr.

»Das habe ich mit Zuhause gemeint«, sagte sie an meinem Hals. »Dich, Cameron. Ich war auf dem Weg zurück zu dir.«

Ich presste eine Hand an ihren Hinterkopf, vergrub die Finger in ihrem Haar. Dann zog ich leicht daran, damit sie mich ansah. »Es tut mir so verdammt leid. Sag mir bitte, dass du mir vergibst.« Ich musste die Worte hören. Ich musste mir sicher sein. »Sag mir, dass du mir die Chance geben wirst, dir zu zeigen, dass ich dir vertraue und nur das Beste für dich will. Gib uns nicht auf, bevor ich die Chance hatte, dir zu zeigen, wie gut wir zusammen sein können.«

Sie lächelte, und es war der schönste Anblick meines gesamten Lebens. »Nur, wenn du die Worte aussprichst. Die, die du vorher nicht sagen wolltest.«

Ich schluckte. Dann senkte ich langsam den Kopf, fast als fürchtete ich, sie würde jeden Moment verschwinden, und eroberte ihren Mund mit einem Kuss, legte mein gesamtes Selbst in diese Liebkosung. Ich sagte es ihr ohne Worte.

Und erst, als ich wusste, dass sie mich verstanden hatte, sagte ich: »Weil ich dich, verdammt noch, mal liebe.« Ich drückte meine

Stirn an ihre. »Ich bin verrückt nach dir, und ich … verdammt, Adalyn. Ich werde dir die Flames kaufen, wenn du das willst. Ich werde mich zurücklehnen und dabei zusehen, wie du die Welt eroberst. Ich weiß nicht, wie ich in Worte fassen soll, wie viel du mir bedeutest … wie sehr ich dich begehre. Ich habe mich dir geschenkt, aber falls das nicht ausreicht, werde ich alles tun …«

»Ich liebe dich, verdammt noch mal, auch, Cameron Caldani«, flüsterte sie an meinen Lippen. »Und ich brauche nur dich.«

Bevor ich bereit dafür war, lehnte sie sich zurück und zog etwas unter ihrer Bluse heraus. Mein Ring baumelte von der Kette um ihren Hals. Und in diesem Moment wusste ich, dass ich diese Frau eines Tages heiraten würde. Ich würde ihr die Katzen schenken, die Babys, oder auch eine Farm voller beängstigender Babyziegen, wenn sie das wollte. Ich hätte alles in meiner Macht Stehende getan, um diese Chance zu bekommen. Das wusste ich tief in meinem Inneren.

»Es gibt so viel, was ich dir erzählen muss«, sagte sie, und ein Schatten huschte über ihr Gesicht. »Angefangen damit, dass es unglaublich falsch von mir war, dich von mir zu stoßen und zu glauben, dass du nicht mein Bestes im Sinn hättest, aber …« Sie schluckte schwer. »Moment. O mein Gott. Haben wir gewonnen? Werden die Mädchen mir je vergeben?«

Wir. Dieses Wir war es, das mich fertigmachte.

Ich eroberte erneut ihren Mund, nahm ihren Geschmack in mich auf. Ich wusste, dass sie die Antwort hören wollte, aber ich brauchte sie. Und ich war selbstsüchtig genug, um zu nehmen, was ich kriegen konnte. Irgendwann hoben wir die Köpfe, um nach Luft zu schnappen. Ihre Lippen waren geschwollen, ihr Blick vernebelt. »Die Mädchen werden dir verzeihen. Und die Green Warriors haben die Six Hills Little League gewonnen. Die lokale Presse wird morgen voll davon sein.« Ihre Augen wurden groß. »Ich habe persönlich angerufen. Als sie gehört haben, wer ich bin …«

Adalyn starrte mich mit offenem Mund an. »Du hast *was* getan?«

Eine Frau beobachtete uns mit einem breiten Grinsen. Verflixt. Wie lange stand sie schon da? »Ich unterbreche nur ungern, denn das war total heiß, und ich werde diesen Kuss im Kopf wahrscheinlich öfter noch mal aufrufen, als ich zugeben sollte, aber ...« Ihre Augen huschten nach rechts.

Ein blonder Mann schritt – schlenderte, eigentlich – durch eine Schranke und grinste einem Wachmann zu, der meinem Blick auswich. Verdammt, wie viele Leute hatten mich dabei beobachtet, wie ich diese Frau quasi verschlungen hatte? Eigentlich interessierte mich das gar nicht.

Der Mann entdeckte uns, und ich spürte, wie Adalyn sich in meinen Armen verspannte.

Das war der einzige Hinweis auf seine Identität, den ich brauchte.

Ich gab die Frau in meinen Armen frei und stampfte in die Richtung des Kerls, ohne darauf zu achten, dass hinter mir zwei Frauen überrascht keuchten. »David?«, fragte ich, als ich ihn erreichte.

Der Wichser lächelte. Lächelte tatsächlich. »Hi ...«

Ich packte ihn am Kragen. Zog ihn leicht vorwärts. Der Kerl wurde bleich wie die Wand. Ich benahm mich wie ein Höhlenmensch. Das wusste ich. Das war nicht richtig. Aber ich konnte einfach nicht anders. »Danke«, sagte ich. Oder vielmehr stieß ich das Wort zwischen den zusammengebissenen Zähnen hervor. »Deine Dummheit hat mein gesamtes Leben verändert.«

Der Mann runzelte die Stirn, und sein Mund öffnete und schloss sich wie bei einem Fisch. Plötzlich wollte ich ihn von mir stoßen. Ich spürte eine Hand auf der Schulter, und diese leise Berührung beruhigte mich sofort. »Tut mir leid, Sweetheart«, sagte ich zu Adalyn, die jetzt neben mir stand. Ich richtete den Blick wieder auf David und sagte: »Du weißt, dass ich ganz schön fies sein kann.«

David blinzelte. »Du bist ... Sie sind Cameron Caldani.« Er schien über etwas nachzudenken, dann schoss sein Blick zur Seite. »Kelly? Wenn du dieses Handy nicht senkst, verlierst du deinen Job.«

»Oh«, antwortete die Frau, von der ich jetzt wusste, dass sie Kelly hieß. »Ich kündige. Ich habe alles mitgehört, was heute Abend in diesem Büro gesprochen wurde, und du bist ein Stück Scheiße.«

»Was, zum Teufel …«, setzte David an.

Ich packte seinen Kragen fester. »Achte auf deine Sprache.« Davids Lippen wurden dünn. Ich lächelte. Ich würde ihn nicht schlagen. Ich wollte es tun, aber wahrscheinlich würde das Adalyn nicht gefallen. Außerdem …

Zierliche Finger drückten meine Schulter. »Hey, Schatz?«, meinte Adalyn.

Sofort schoss mein Blick zu ihr. »Du nennst mich Schatz?«, flüsterte ich. »Du kämpfst wirklich mit harten Bandagen.« Und ich konnte nicht anders, als mir vorzustellen, was ich alles mit ihr anstellen würde, während sie dieses Wort wieder und wieder stöhnte.

»Oh, ich weiß«, gab sie zu und errötete. »Aber ich will nicht, dass du meinetwegen in Schwierigkeiten gerätst.« Ich zögerte. Ihre Finger glitten höher, an meinen Hals. Sie streichelte mich leicht, und verdammt, diese Frau hatte mich wirklich in der Hand. »Bitte?«

Abrupt ließ ich David los.

Er stolperte rückwärts. »Was stimmt nicht mit Ihnen?« Er machte sich an seinem Hemd zu schaffen, dann musterte er uns. »Und seit wann seid ihr beide zusammen?«

»Das geht dich nichts an«, erklärte Adalyn ihm. »Und außerdem? Du bist ein Drache, den ich selbst töten kann.«

Und bevor ich auch nur blinzeln konnte, riss Adalyn ihren freien Arm zurück und boxte David gegen das Kinn.

Er klappte mit einem Stöhnen zusammen.

»Okay.« Ich schlang einen Arm um Adalyns Taille, nur für den Fall, dass sie den Drachen erneut attackieren wollte. »Unerwartet, aber sicher nicht unverdient.«

David erholte sich und sah uns an. »Damit werdet ihr nicht davonkommen. Ihr …«

»Sie kommt damit durch«, erklärte Kelly von ihrem Beob-achtungsposten. »Glaubst du, das ist das einzige Video, das ich gemacht habe? O bitte, du Aas. Ich habe Adalyns Gespräch mit ihrem Vater ebenfalls aufgezeichnet, neben vielen anderen Dingen.« Sie wandte sich an uns. »Sollen wir gehen?«

Adalyn nickte und wandte sich dem Ausgang zu. Ich reihte mich neben ihr ein und zog sie an mich. »Meine Kriegerin.« Ich drückte ihr einen Kuss auf den Scheitel. »Das war unglaublich erregend, aber morgen wird es wehtun.«

Sie verzog schmerzerfüllt die Lippen. »Tut es jetzt schon«, murmelte sie. Ich packte ihre Hände und inspizierte die Knöchel der Hand, mit der sie zugeschlagen hatte. »Nächstes Mal lasse ich dich zuschlagen.«

Ich hatte das Gefühl, als würde mein gesamter Körper lächeln. »Das nächste Mal?«

Sie zuckte mit den Achseln. »Na ja, wenn meine Erfahrung mit den Green Warriors mich irgendetwas gelehrt hat … könnte der Jugendclub, den ich eröffnen will, mich vielleicht in Schwierigkeiten bringen, aus denen mich jemand retten muss.« Ich stoppte kurz. »Ich dachte ans ländliche North Carolina. Der Posten des Sportdirektors wäre übrigens noch unbesetzt, falls du Interesse hättest. Ich glaube, die Managerin wird ihr Bestes geben, dafür zu sorgen, dass es deine Zeit und Mühe wert ist.« Sie stieß die Luft aus. »Was denkst du? Interessiert?«

Bevor ich wirklich wusste, was ich tat, hatte ich schon ihre Hand an den Mund gezogen. »Interessiert?« Ich presste meine Lippen auf ihre Knöchel. »Heißhungrig, Sweetheart.«

Diese wunderschönen braunen Augen funkelten vor Glück. Und ich erkannte darin das Versprechen auf eine Zukunft … was dafür sorgte, dass mein Herz aus meiner Brust in ihre Hände springen wollte. In diesem Moment gehörte ich ihr mit Haut und Haar.

»Sag mir die Worte«, flehte ich, weil ich sie einfach hören musste. Jeden Tag, wenn es nach mir ging. Und ich wollte sie jede Nacht in meinen Armen halten.

»Ich liebe dich, verdammt noch mal, Cameron Caldani«, sagte Adalyn.

Ich liebte sie, verdammt noch mal, auch.

Aus tiefstem Herzen.

Und als sie mir ein atemberaubendes Lächeln schenkte, wusste ich mit einer Überzeugung, wie ich sie nie zuvor empfunden hatte, dass ich mich mit dieser Frau an meiner Seite dem wildesten, schönsten Spiel meines Lebens stellen würde. Ein Spiel, in dem Verlieren keine Option war und das heute angepfiffen wurde. Diese Frau würde lächeln, und ich würde sie in meinen Armen halten.

Epilog

Etwas mehr als ein Jahr später

*D*ann mal los, Sweetheart.

Er musste die Worte nicht aussprechen. Ich konnte sie in seinem Gesicht lesen. Das war eines der Dinge, die ich an ihm, an uns, liebte – dass wir kein Wort sprechen mussten, um zu wissen, was der andere dachte. Eine Berührung reichte. Ein kurzes Streicheln der Hand. Ein Blick. Eine Kopfbewegung. Ein Zucken der Mundwinkel. Eine leichte Veränderung im Grün seiner Augen.

Oder in diesem Fall, als Cameron beim einjährigen Jubiläum des Warriors-Jugend-Fußballclubs vor dem Tor stand, der Ansatz eines schiefen Lächelns.

Wir standen auf dem Rasen und starteten die Feier mit einem Duell – wie allgemein gewünscht. Camerons Torwarthandschuhe hingen immer noch am Nagel – wortwörtlich, sie zierten die Wand unseres Büros –, aber im letzten Jahr hatte er seinen Platz an der Seitenlinie gefunden. Er trainierte unsere jüngste Mädchenmannschaft und beaufsichtigte die Trainer, die wir für die älteren Jahrgänge eingestellt hatten. Er ging immer noch regelmäßig zur Therapie, um mit den Folgen des Einbruchs umzugehen, aber Cameron hatte kein Problem mehr mit Menschenmengen oder damit, Aufmerksamkeit zu erregen. Auch ich hatte eine

Therapie begonnen und schnell festgestellt, dass ich das schon viel, viel früher hätte tun sollen. Nicht nur, damit jemand mir aufzeigte, wie ich in dem Versuch, mein Leben zu kontrollieren, jede Sorge in mir angestaut hatte oder wie ungesund das Verhältnis zu meinem Vater gewesen war ... sondern auch, um Mechanismen zu lernen, mit denen ich das Chaos in meinem Kopf ordnen konnte, sodass es nicht zu Panikattacken führte.

Auf jeden Fall war ich glücklich. *Wir* waren glücklich. Ich bereute nicht, dass ich die Verbindungen zu den Miami Flames gekappt hatte – obwohl David sich langsam einen Ruf für schlechte Entscheidungen erwarb und der Club wahrscheinlich die Konsequenzen tragen musste. Ein Teil meines Herzes würde immer den Flames gehören, aber ich schaute nicht mehr zurück. Die MLS stand hinter mir. Cameron und ich förderten junge Talente. Es war die befriedigendste Beschäftigung, der wir je nachgegangen waren. Unser Hauptquartier lag irgendwo zwischen Green Oak und Charlotte, und die Kinder kamen aus dem gesamten Umland, ob städtisch oder ländlich. Es war nicht einfach gewesen, nochmal bei null anzufangen, doch wir waren beide starrköpfig und ehrgeizig. Dank unserer Charaktere und der Kontakte, die Cameron und ich in der Branche hatten, nahm unser Jugendclub relativ schnell Fahrt auf. Unser letztendliches Ziel lautete, Talente in den Profiligen unterzubringen.

Vor uns lag noch ein langer Weg. Ein solcher Neuanfang war beängstigend, aber mein Leben war niemals voller, reicher oder einfach besser gewesen als im Moment. Und das hatte ich diesem Projekt und der Gemeinschaft zu verdanken, die mich in ihre Arme geschlossen hatte – und auch dem Mann an meiner Seite. Er schenkte mir eine Sicherheit, die ich vor ihm nicht gekannt hatte, und dank ihm war jeder Schritt des Weges ein bisschen weniger beängstigend und viel weniger einsam.

Denn mit Cameron gab es keine Einsamkeit. Für ihn spielten meine scharfen Kanten keine Rolle. Ich wurde geliebt und geschätzt und angebetet, nicht trotz, sondern wegen meines komplizierten Charakters. Und ich hätte nicht glücklicher sein können.

Hätte ihn nicht mehr lieben können. Und daran erinnerte ich ihn jeden Tag. Jede Nacht. Wann immer sich eine Chance dazu bot.

Cameron hob die Hände, warf mir einen herausfordernden Blick zu und vollführte eine auffordernde Geste.

Selbstgefälliger, ehrgeiziger Mann. Ich fand es wunderbar, dass er mir gehörte.

Ich schenkte ihm mein breitestes Lächeln, mein Cameron-Lächeln, und folgte meinem Kurs, den Ball vor den Füßen. In Turnschuhen übrigens. Cameron stellte sich breitbeiniger auf, und sein Blick saugte sich an mir fest, als ich in den Strafraum rannte.

Jemand auf den Tribünen schrie: »LOS, KLEINE SCHWESTER! MACH IHN FERTIG!«

Josie. Mir wurde warm ums Herz. Sie war ein so wichtiger Teil meines Lebens geworden. Meine Vertraute. Die Person, von der ich nicht gewusst hatte, dass ich sie brauchte, bis sie quasi aus dem Nichts erschienen war. Dad hatte in den letzten Monaten versucht, uns etwas näherzukommen. Und auch wenn wir alles immer noch verarbeiten mussten – besonders Josie –, war es doch tröstlich, dass er zumindest versuchte, seine Fehler wiedergutzumachen.

Cameron trat vor, nahm eine Haltung an, von der ich wusste, dass sie eine Mischung aus Technik und Talent war. Und die laut verkündete: Showtime! Ich kniff die Augen zusammen, konzentrierte mich auf den Ball, als ich nach links schwenkte – seine schwache Seite. Er grinste. Also riss ich das Bein zurück, grinste ebenfalls und trat zu, in dem Versuch, die obere Ecke des Netzes zu treffen.

Cameron sprang ab, katapultierte seinen Körper mit ausgestreckten Armen in die Luft, so wie er es in den letzten Monaten so oft den Kindern erklärt hatte. Diese Demonstration war eigentlich unnötig, wenn man die Geschwindigkeit des Balls bedachte, aber er sah toll dabei aus. Mächtig. Heiß. Unglaublich sexy. Klar, das hatte viel damit zu tun, dass ich von Cameron sprach. Doch auch damit, dass er mich nicht gewinnen ließ. Cameron ließ mich nie gewinnen. Und das liebte ich an ihm.

Er fing den Ball. Und als er mit dem Leder an der Brust auf der Erde landete, lächelte er. Grinste. Er warf mir vom Gras aus einen beeindruckenden Blick zu und zwinkerte.

O Mann.

Die Zuschauermenge, die aus den Kindern im Club und ihren Familien bestand, jubelte auf den Tribünen.

Tony, der sich redlich bemühte, gleichzeitig sein Studium am College und eine Aushilfstrainerposition bei uns unter einen Hut zu kriegen, klatschte an der Seitenlinie, bevor er zu uns joggte, um den Ball zu holen und von allen Angestellten signieren zu lassen.

»Gut gefangen, Trainer Kamille!«, schrie María, die mit Robbie aus Green Oak gekommen war. Ich drehte mich um und entdeckte sie sofort. Sie war seit letztem Monat, als sie uns zu einer Übernachtungsparty mit mir, Josie, Willow und Pierogi besucht hatte, schon wieder gewachsen. Sie winkte mir zu. »Ich wollte nur nett sein!«, schrie sie, bevor sie sich umdrehte und auf den Rücken ihres Trikots zeigte. Dort stand TEAM ADA und darunter ein Selfie von mir mit Brandy. »Ich feuere immer das Mädchenteam an.«

Ich lachte, weil ich an den Tag denken musste, an dem dieses Bild entstanden war. Wir hatten ein Wochenende widerwillig Brandy babysitten müssen. Aber wenn es eine Ziege gab, die Cameron halbwegs tolerierte, dann war das Brandy.

Als hätten meine Gedanken ihn beschworen, glitten Camerons Arme um meine Taille. Sofort ließ ich mich gegen ihn sinken, und er vergrub den Kopf an meinem Hals.

»Das war ein sehr guter Schuss, Sweetheart«, sagte er an meiner Haut.

»Oh, das weiß ich«, gab ich zu. »Ich habe mit Tony geübt. Habe Videos von deinen alten Spielen geschaut, um herauszufinden, wie du reagierst. Nur für diesen Moment.«

Cameron riss den Kopf hoch. Er suchte meinen Blick, und das Grün seiner Augen verdunkelte sich. »Das ist unglaublich erregend.«

Schmetterlinge flatterten in meinem Bauch. Aber ich schüttelte den Kopf. »Wie ist das möglich?«

»Alles, was mit dir zu tun hat, macht mich scharf«, hielt er dagegen. Und das war keine Lüge. Das wusste ich. Und er war mit diesen Empfindungen nicht allein. Dass er mich jetzt berührte, seine Arme um mich lagen, sein Duft in meiner Nase, das Gefühl seines Körpers an meinem Rücken, brachte mein Blut zum Kochen. Er leckte sich kurz über die Lippen. »Glaubst du, wir können uns wegschleichen, ohne dass jemand etwas bemerkt? Also … sofort?«

Nichts hätte ich lieber getan. »Hier läuft gerade eine Party«, sagte ich ein wenig zu atemlos. »Wir haben sie gerade wortwörtlich angestoßen, und wir sollten eigentlich Reden halten.«

Cameron stieß ein tiefes Brummen aus. »Wie wäre es in zehn Minuten?«

Ich lachte.

»Eine Viertelstunde? Dein Büro oder meines?«

»Du bist unmöglich.«

Seine Mundwinkel hoben sich. »Unmöglich heftig in dich verliebt.«

Verdammt. Ich küsste ihn. Es war unmöglich, ihn nicht zu küssen, wenn er solche Sachen sagte. Cameron drehte mich sofort in seinen Armen und übernahm die Kontrolle. Er öffnete meine Lippen und sorgte so dafür, dass ich mich auf die Zehenspitzen hob und den Rücken wölbte. Gott, ich liebte es, wenn er das tat. Seine Küsse ließen die Welt verblassen. Schenkten mir Ruhe.

»Also?«, flüsterte er an meinen Lippen, als wir uns lösen mussten, um zu atmen. »Fünf Minuten? Eine? Jetzt sofort? Es wird schnell gehen.« Sein Mund lag neben meinem Ohr. »Schnell und hart.«

Ich schloss kurz die Augen, schüttelte aber den Kopf. Dann umfasste ich mit beiden Händen sein Gesicht und brachte ihn dazu, mich direkt anzusehen, damit er aufhörte, mir mitten in einer Menge von Leuten schmutzige Dinge ins Ohr zu flüstern.

»Ich liebe dich, verdammt noch mal, Cameron Caldani«, erklärte ich ihm, und sofort wurde seine Miene weich. »Aber wir gehen nirgendwohin, bis ich diese Rede, die du geschrieben hast, entweder sehe oder höre. Vor allen anderen. Ich will keine Redewendungen oder Sportmetaphern, die Kinder zum Weinen bringen. Das ist schon zu oft passiert.«

Er runzelte leicht die Stirn. »Das letzte Mal war nicht meine Schuld. Tony hat mich ermuntert, es so zu formulieren.«

»Nun, Trainer. Vielleicht solltest du dich nicht auf einen Neunzehnjährigen verlassen. Verlass dich stattdessen auf deine Chefin. Ich werde dich nie in die Irre führen und dir immer sagen, wenn deine Formulierungen Mist sind.«

Er biss die Zähne zusammen. »Das hilft mir nicht mit meiner Erektion, Sweetheart.«

Hitze stieg in meine Wangen, aber gleichzeitig verdrehte ich die Augen. »Wir sind umgeben von Leuten, hör auf, über deine …«

Hinter mir erklang ein Räuspern.

Josie war da. Ihre Miene wirkte peinlich berührt. »Wieso tauche ich immer auf, wenn ihr gerade kurz davor steht, Sex zu haben, oder darüber redet, Sex zu haben?«

Cameron lachte. Offen und frei, als machte es ihm absolut nichts aus, Josie zu schockieren. Und die Wahrheit lautete, dass es ihn wirklich nicht störte.

Ich öffnete den Mund, aber dann erklang »Mein lieber Schwan!« aus dem Handy in Josies Hand, das ich bisher nicht bemerkt hatte. Mein Handy. Ich hatte ihr meine Sachen gegeben, bevor ich für den Anstoß aufs Feld geeilt war. Eine Stimme erklang: »Begeistert mich nicht gerade, zu hören, wie eines meiner Idole meine beste Freundin rannimmt.«

»Matthew?«, fragte ich.

Josie verzog das Gesicht und drehte das Handy, sodass ich Matthews Gesicht auf dem Bildschirm erkennen konnte. »Er hat immer wieder angerufen, also bin ich drangegangen«, erklärte sie. »Redet er immer so viel? Kein Wunder, dass du ihn noch nicht eingeladen hast, dich zu besuchen.«

Ein Schnauben erklang aus dem Handy. »Ich rede angeblich

zu viel? Du hast mir gerade eine Zehn-Punkte-Liste präsentiert, wieso du Adalyns neue beste Freundin bist.«

»Nun, das bin ich, allerdings«, verkündete Josie lächelnd. »Und ich bin mehr als das. Ich bin ihre Schwester, also Game over für dich, vermute ich.« Sie sah mich an und formte mit den Lippen: *Er ist süß. Aber nervig.*

Matthew stieß hörbar den Atem aus. »Ich kann Lippen lesen, und das habe ich gesehen. Die hintere Kamera war an, weil du sie angeschaltet hast, um mir das Gelände zu zeigen, da ich es noch nicht besichtigt hatte.«

Josie zuckte nur mit den Achseln. »Ich dachte, du wolltest eine Führung. Wenn man bedenkt, dass du nie eingeladen wurdest und so.«

»Aber sicher, Süße«, meinte Matthew gedehnt. »Du findest mich süß.«

»Und nervig.«

Matthew grinste. »Ich halte mich an süß fest. Meine selektive Wahrnehmung ist herausragend.«

Josie schnaubte amüsiert und warf sich in eine Rede, in der sie unter anderem Promis auflistete, die sie süßer fand als ihn. Matthew hörte genau zu, als mache er sich Notizen, um ihre Argumente zu widerlegen.

Camerons Hand fand meine Taille. »Das ist … eine schockierende Entwicklung. Ich denke, wir sollten das unterbrechen.« Ein Zögern. »Machst du das, oder soll ich?«

»Diesmal werfe ich mich in die Bresche«, sagte ich, bevor ich die Hand ausstreckte und einer erstaunlich widerwilligen Josie das Handy abnahm. Sie errötete, wirbelte herum und floh mit einem schnellen »Man sieht sich!«. Ich speicherte diese Information für später ab und konzentrierte mich wieder auf Matthew. »Okay, was ist los? Wieso hast du angerufen? Ist etwas geschehen?«

»Ich …« Matthews Stimme verklang, und er verzog das Gesicht. »Ist das Blockhaus in Green Oak verfügbar?«

Ich runzelte die Stirn.

»Ja«, meinte Cameron, und ich hörte dieselbe Sorge in seiner Stimme, die ich empfand. »Wir leben jetzt näher am Club.«

Matthew nickte. »Dann würde ich euch gerne um einen Gefallen bitten.«

Zwei exklusive Bonuskapitel

Vasquez-Farm, Green Oak

Cameron

Töpferabend

*I*ch schaltete den Motor des Trucks aus und stieg aus.

Sofort fanden meine Augen Adalyn, so wie es in letzter Zeit immer der Fall war. Sie stand auf dem Weg zu der Scheune, in der die Aktivität des heutigen Abends stattfand. Mit zusammengekniffenen Augen fing sie meinen Blick ein, und in diesem dunklen Braun glitzerte ... Feindseligkeit – woran ich mich inzwischen gewöhnt hatte –, aber auch noch ein anderes Gefühl. Etwas, das fast nach Erleichterung aussah.

Hatte Adalyn auf mich gewartet?

Ja, verkündete eine Stimme in meinem Kopf voller Überzeugung. *Und sie findet es wahrscheinlich schrecklich, dass sie das getan hat.*

Der Gedanke sorgte dafür, dass ich ein Lächeln unterdrücken musste. Stattdessen musterte ich einen weiteren dieser gepflegten, unnötig schicken Hosenanzüge, die sie ständig trug. Meine Augen blieben an dem Schuh in ihrer Hand hängen. Mit hochgezogenen Brauen zeigte ich darauf.

»Der Absatz ist abgebrochen«, erklärte sie schlecht gelaunt. »Während ich auf dich gewartet habe.«

Meine Mundwinkel zuckten angesichts dieser Bestätigung

meiner Vermutung, aber wieder unterdrückte ich meine Erheiterung. Stattdessen runzelte ich leicht die Stirn, als ich in ihre Richtung startete. Ein Lächeln würde mich nicht weit bringen, solange sie dort mit einem absatzlosen Schuh in der Hand stand, der ordentlich Geld gekostet hatte.

»Schau mich nicht so an«, meinte sie trocken.

»Wie schaue ich denn?«, fragte ich, als ich direkt vor ihr anhielt. Ein bisschen zu nah, als dass es für sie oder mich angenehm gewesen wäre. Mein Blick senkte sich auf ihren nackten Fuß. Adalyn stand auf den Zehenspitzen. Auf dem rauen, ungepflasterten Weg. Bei dem Anblick entfuhr mir ein irritiertes Geräusch. »Vielleicht solltest du nicht in diesen vermaledeiten Dingern herumstolzieren. Aber das habe ich dir ja schon mehrfach gesagt.«

»In diesen vermaledeiten Dingern?«, meinte Adalyn höhnisch, was dafür sorgte, dass ich ihr wieder ins Gesicht sah. Genervtes Pink färbte ihre Wangen. Und schon wieder wollte ich lächeln. Was unangemessen und albern war und dafür sorgen könnte, dass sie mir den abgebrochenen Absatz in den Körper rammte. Sie stieß ein leises Schnauben aus. »Das sind Manolo Blahniks.«

Ich wusste, was für Schuhe das waren. Aber ich wusste auch, dass sie sich aus schierer Sturheit selbst quälen würde. Es erstaunte mich, wie sehr diese Möglichkeit mich irritierte. Wie die bloße Vorstellung, sie könnte Schmerzen haben, mich regelrecht erschütterte.

Ich spürte, dass meine Mundwinkel nach unten sanken.

»Tu nicht so, als wüsstest du nicht, was die wert sind. Du hast jahrelang in L. A. gelebt«, sagte sie und wirbelte herum. »Und du bist sogar mit Jasmine Hill ausgegangen«, fuhr sie fort, während sie losstampfte und ich nur wie angewurzelt dastehen konnte. »Und niemand datet eine Modemarkenbotschafterin und geht aus dieser Beziehung unverändert hervor. Nicht einmal jemand, der meistens steingraue oder moosgrüne Cargohosen trägt.«

Die letzte Bemerkung hätte mich dazu gebracht, amüsiert zu schnauben, wäre ich nicht an der Tatsache hängen geblieben, dass Adalyn von Jasmine wusste. Allerdings hatte sie unrecht. Wir waren nie miteinander ausgegangen. Das war nur eine Finte von Liam und Jasmines PR-Team gewesen. Aber das wusste niemand. Adalyn konnte es nicht wissen. Und was mich noch mehr ablenkte: Hatte ich da einen leisen Unterton von Eifersucht in ihrer Stimme wahrgenommen? Ich stampfte hinter ihr her, weil ich bei ihrer Antwort ihr Gesicht sehen wollte. Scheinbar war das wichtiger, als ihr die Tatsachen darzulegen.

Adalyn beschleunigte ihre humpelnden Schritte.

Ich will dein Gesicht sehen, Darling. »Komm, ich helfe dir zur Scheune«, stieß ich hervor und holte mit ein paar schnellen Schritten zu ihr auf. »Du kannst in diesem zerstörten *Banana Tonic* kaum laufen.«

»Ich brauche keine Hilfe. Ich werde weiter herumstolzieren, wie du es ausgedrückt hast, und die Konsequenzen auf mich nehmen.«

Jetzt konnte ich ein Kichern nicht unterdrücken.

Falls sie wirklich glaubte, ich ließe mich so einfach abwehren, würde die Wahrheit sie sicher enttäuschen. Ihre bissige Antwort sorgte nur dafür, dass ich …

Ein Gedanke formte sich in meinem Kopf, und die Erkenntnis traf mich wie ein Schlag.

Ach herrje, Cameron.

Das hatte es noch nie gegeben. Gewöhnlich schreckte mich … was genau? Plötzlich fiel mir keine Eigenschaft dieser Frau mehr ein – Eigenschaften, die sie einsetzte wie Waffen –, die mich tatsächlich abschreckte. Eher im Gegenteil. Ich fand ihre Entschlossenheit anziehend und ihre leicht neurotischen Tendenzen amüsant. Ich hatte beobachtet, wie sie in einem Hosenanzug, der dem, den sie momentan trug, sehr ähnlich gewesen war, eine Ziege aus dem See gezogen hatte. Und schockierenderweise hatte mich das eher erregt. Plötzlich verspürte ich den Drang, Adalyn die Wahrheit über Jasmine zu erzählen; ihr vielleicht sogar anzuvertrauen, dass ich schon seit langer Zeit mit keiner Frau mehr ausgegangen war. Und ich wollte sie nach ihrer eigenen Dating-Historie fragen und herausfinden, ob sie deswegen mir gegenüber so ängstlich und misstrauisch war. Mein Magen verkrampfte sich, bevor ein ganz neuer Drang mich erfüllte. Nein, ich wollte wahrscheinlich lieber nichts über den Wichser erfahren, der Adalyn verletzt hatte. Oder vielleicht doch. Vielleicht konnte ich ihn aufspüren ...

Die Tür zur Scheune tauchte vor uns auf, und dieser Anblick riss mich zurück ins Hier und Jetzt. Adalyn stoppte ihren Marsch. Sofort umhüllte mich wieder ihr Duft. All diese hässlichen Gefühle in mir vergingen. Ihr so nahe zu sein, dass ich die Wärme ihres Körpers spüren konnte, dass ihr Scheitel direkt unter meiner Nase lag – selbst der Fakt, dass sie immer noch vor Wut kochte –, all das beruhigte mich. Zog mich zu ihr hin. Bevor ich mich davon abhalten konnte, murmelte ich: »Schlechte Laune vor Alter.«

Ein Schauder überlief Adalyns Körper. Ich musste einen Fluch unterdrücken angesichts des Hochgefühls, das diese Reaktion in mir auslöste.

Ohne wirklich zu wissen, wie oder warum, fiel mir plötzlich wieder dieser Moment auf dem Gelände der Green Warriors ein ... als Adalyn meine Identität geschützt hatte, weil Marías Bruder kurz davor stand, meinen Nachnamen hinauszuposaunen. Der Junge war ein großer Fan. Adalyn war so weit gegangen, leicht vor mich zu treten, als wäre sie bereit, mich gegen die verträumten Blicke irgendeines Teenagers abzuschirmen. Ich erkannte Beschützerinstinkt, wenn ich ihn sah. Und genau den hatte sie gezeigt. Nur, dass ich damit nie gerechnet hatte. Tatsächlich hatte mich ihre Reaktion so unvorbereitet erwischt, dass ich hinter ihr gestanden hatte wie ein Volltrottel. Vollkommen verloren.

Meine linke Hand schwebte hinter Adalyns Rücken, kurz davor, sie zu berühren. Gleichzeitig öffnete ich den Mund, um etwas zu sagen. Was genau, fand ich nie heraus, weil plötzlich der Hurrikan Josephine erschien und Adalyn mit einem Jubelschrei von mir wegzerrte. Der plötzliche Verlust ihrer Gegenwart zerstreute meine Gedanken in alle Winde. Bevor ich wusste, wie mir geschah, stand ich vor der Töpferklasse, in einer Schürze, die mit

Gänseblümchen bedruckt war, und beobachtete, wie Adalyn auf mich zukam.

Der Hosenanzug war verschwunden. Die hohen Schuhe auch.

Und plötzlich schien der Boden unter meinen Füßen ins Wanken zu geraten. Ich war mir nicht sicher. Eigentlich konnte das nicht sein. Aber es war mir egal. Jedenfalls fühlte es sich für einen Moment so an, als hätte sich die ganze verdammte Erde um die eigene Achse gedreht und ich …

Adalyn … Sie … Oh, verdammt.

Ich schnappte nach Luft. Hörbar, da war ich mir sicher.

Nachdem ich in letzter Zeit eine gefühlte Ewigkeit damit verbracht hatte, böse ihre Kleidung anzustarren, hatte ich gedacht, ich wäre froh, wenn sie dieses Zeug endlich ablegte. Sie beim Ziegen-Yoga in Leggins zu sehen hatte mir schon einen Hinweis darauf geliefert, wie sehr ich mich geirrt hatte. Aber ich war ein sturer Mistkerl, also war es mir gelungen, diesen Tag zu verdrängen und als Freak-Vorfall abzutun.

Was für ein Narr ich doch gewesen war.

Es war kein Freak-Vorfall.

Denn jetzt trug Adalyn einen Overall. In Pink. Einen engen Overall. Ihr Hintern sowie ihre Brüste und Hüften stellten die Nähte des albernden Dings auf die Probe. Und plötzlich konnte ich mich nicht mehr erinnern, was Leggins waren oder warum ich in dieser Scheune stand. Ich … konnte nicht mehr klar denken.

Ich vermutete, es war reiner Überlebensinstinkt, der mich dazu brachte, den Blick auf ihre Füße zu senken. Großer Fehler. Sie trug Turnschuhe. Ebenfalls in Pink. Und dieser Anblick hätte eigentlich nicht alles noch schlimmer machen sollen, aber er tat es, weil Adalyn … ich wollte sie vernaschen.

Und war steinhart in meiner Hose.

Ich zwang mich, den Blick zu heben. Konzentrierte mich mit aller Macht auf ihre Nasenspitze. Ich ermahnte meinen Schwanz, sich zu beruhigen, während ich vage mitbekam, dass Josephine Adalyn bat, etwas an meiner Miene zu ändern. Anscheinend schaute ich ziemlich finster drein. Was Sinn ergab. Das war keine angenehme Entwicklung. Ich konnte nicht mit einem Ständer töpfern.

»Ich glaube nicht«, sagte Adalyn und fing meinen Blick ein. In ihren braunen Augen leuchtete etwas, das mir ein wenig zu gut gefiel. »Tatsächlich bin ich überzeugt, dass sein Gesicht einfach so aussieht.«

Meine Mundwinkel zuckten.

Was für Zeug diese Frau zu mir sagte.

Das half mir absolut nicht mit der Situation in meiner Hose.

»Cam?«, fragte Josephine in übertrieben süßlichem Tonfall. »Könntest du so lieb sein und Adalyn zeigen, wie die Töpferscheibe funktioniert? Du meintest, du hättest schon Schalen gezogen. Und heute ist wirklich viel los.«

Ich vermutete, dass ich nickte – aber ich war mir nicht sicher. Das Wort *gezogen* hatte unzählige Bilder vor meinem inneren Auge aufsteigen lassen. Alle wenig hilfreich und unangebracht, weil sie damit zu tun hatten, wie ich an Adalyns Kleidung zog, nicht an Ton, sie in diesem Overall und den pinkfarbenen Turnschuhen auf die Tischplatte beförderte und diesen Reißverschluss mit meinen Zähnen …

Adalyn stolperte in meine Richtung. Wieder senkte ich den Blick auf ihre Brüste. Lieber Gott, was war nur mit mir los? »Hübscher Overall.«

»Hübsche Schürze«, antwortete Adalyn. »Die Gänseblümchen bringen deine Augen perfekt zur Geltung.«

Ich schnaubte amüsiert. Ach verdammt. Ich war ihr gegenüber wirklich hilflos.

Adalyn zog eine Grimasse, die allerdings nicht verbergen konnte, wie gerne sie mich zum Lachen brachte. Meine Willenskraft versagte, also senkte ich erneut den Blick. Auf die Wölbung ihrer Hüften. Bevor ich ihr eilig wieder ins Gesicht sah. Ihre Miene verriet mir, dass sie mich ertappt hatte. Ich fragte mich, ob sie wohl wusste, wie sehr mich dieser Overall in den Wahnsinn trieb.

»Also, du weißt, wie das hier funktioniert?«

Ich legte den Schalter an der Töpferscheibe um.

Sie legte den Kopf schief. »Gibt es irgendetwas, was du nicht kannst?«

Außer mich davon abzuhalten, dich hoffnungslos zu begehren? »Nein.«

»Perfekt!«, rief Josie, die plötzlich wiederaufgetaucht war. »Ihr habt eure Scheibe angeschaltet! Jippieh!« Damit rannte sie wieder los und erzählte der restlichen Gruppe irgendwas.

»Jesus«, flüsterte Adalyn, eine Hand an der Brust. Mein Blick folgte ihrer Bewegung. Zu ihren Brüsten. Ich dachte darüber nach, was für Unterwäsche sie wohl heute trug, und bumm! – sofort musste ich an lavendelfarbene Spitze denken. Momentan schien jeder Gedanke ein Fehler zu sein. »Wie macht sie das?«

Ich verlagerte mein Gewicht, weil die Situation in meiner Hose sich nicht verbessert hatte. Herrje, ich musste mich auf irgendetwas anderes konzentrieren. Das hier geriet vollkommen außer Kontrolle. »Sieht aus, als würden wir eine verflixte Schüssel ziehen.«

»Jippieh«, murmelte Adalyn, als ich nach dem Tonbatzen griff, dann murmelte sie noch etwas Unverständliches. Etwas darüber, dass sie auch allein klarkommen könnte.

Daran zweifelte ich keinen Moment, aber mir ging langsam die Willenskraft aus. Ich musste mich von Adalyn ablenken. Von Adalyn in diesem verdammten Overall. »Befestige sie auf der Scheibe«, wies ich sie an, während ich ihr die Tonkugel auf meiner Handfläche entgegenstreckte.

Adalyn zögerte. Sah sich nervös um. Und ich wusste, wenn sie jetzt floh, würde ich sie verfolgen. Ich wusste nicht mal, warum oder wofür, aber ich würde es tun. Und ich würde sie anflehen, mich auch von diesem Gedanken abzulenken. »Hör auf, dir den Kopf zu zerbrechen, und befestige diese Kugel für mich auf der Scheibe, okay?«

Sie nahm mir den Ton ab und ließ ihn mit einem Knall auf die Scheibe fallen. Erleichterung erfüllte mich. »Warte mal, wieso sitzen wir nicht?«, meinte sie mit einem Stirnrunzeln. »Bei allen Videos und Texten saß der Töpfer.« Ihre Stimme wurde höher. Als hätte sie Panik. Mein kleiner Kontrollfreak tickte aus. Moment. Mein was … Adalyn machte Anstalten, sich umzudrehen. »Ich werde Josie …«

»Im Stehen ziehen ist besser für den Rücken«, erklärte ich ihr, wobei ich mich zwang, alles zu ignorieren, was gerade in meinem Kopf vor sich gegangen war. »Leg die Handflächen um den Ton, und versuch, die Ränder mit der Oberfläche zu verbinden.«

Ihre Lippen wurden schmal, aber sie gab nach und konzentrierte sich auf die Aufgabe. Ich stieß den Atem aus und beobachtete sie, musterte unverwandt ihr Gesicht, als es sich zu einem Ausdruck verzog, den ich bisher noch nie gesehen hatte. Es war weder Wut noch Frust. Sie zeigte nicht mal diese genervte Miene, an die ich mich so sehr gewöhnt hatte. Adalyn warf mir einen schnellen Blick zu – und erwischte mich damit unvorbereitet –, dann starrte sie wieder den Ton vor sich an. Diese leichte Röte, die ich so sehr liebte, kroch langsam in ihre Wangen. Ich fragte mich, woran sie gerade dachte. Das tat ich in letzter Zeit oft. So oft, dass ich mir wünschte, ich könnte in den Kopf dieser Frau schauen.

»Geht es dir gut?«, fragte ich.

»Ich …« Ihre Stimme zitterte und verklang. »Ich kann das nicht. Allein. Könntest du mir, ähm, vielleicht, na ja, helfen?«

Sofort legte ich die Hände über ihre. Darauf hatte ich lange gewartet. Ihre Haut lag weich unter meinen Fingern. Das ließ mich sofort daran denken, wie meine Hände sich an anderen Stellen ihres Körpers anfühlen würden. Irgendwo anders. Ihre Wange. Schultern. Hals. Ich würde …

Sie stieß ein fragendes Geräusch aus.

»So«, erklärte ich mit tiefer Stimme und presste die Handflächen auf ihre Knöchel. »Fühlst du den Druck meiner Hände? Mach genau das, was ich auch tue. Spüre, wie der Ton nachgibt.«

Ich rechnete damit, dass eine Beschwerde über ihre leicht geöffneten Lippen drang, aber sie sprach kein Wort. Sie ließ mich ihre Hände führen und sich durch die Schritte leiten, wie man den

Ton zentrierte und festklebte. Adalyn blieb stumm, ganz auf unsere Bewegungen konzentriert. Und auch ich war vollkommen gefesselt. Nur dass ich nicht vom Ton fasziniert war, sondern von Adalyn. Ich war vollkommen fasziniert. Von dieser Seite von Adalyn. Wie verflixt glücklich es mich machte, dass sie mir dieses kleine bisschen Kontrolle überließ. Und dass ich vielleicht der Erste war, dem sie das erlaubte.

»Adalyn?«, fragte ich, meine Stimme rau wie Sandpapier. Sie sah zu mir auf, das Braun ihrer Augen weich, entspannt, schön. Etwas in meiner Magengrube verkrampfte sich. »Drück das Pedal, Darling.«

»Das … was?«

Ihre Wangen röteten sich. Gleichzeitig starrte sie mich mit offenem Mund verwirrt an, und verdammt, sie war so schön, wenn ihre Schutzmauern einmal abwesend waren.

»Sorg dafür, dass die Scheibe sich schneller dreht. Mit dem Pedal.«

»Was meinst du?«

Ich ertappte mich dabei, wie ich um den Tisch wanderte und mich direkt hinter sie stellte. Ein großer Teil von mir hatte damit gerechnet, dass sie zusammenzuckte. Sich versteifte. Die Nähe abwehrte. *Mich* abwehrte. Aber das tat sie nicht. Und das erfüllte mich mit Ekstase.

Es war wirklich lange her, dass ich mich so gefühlt hatte.

Wahrscheinlich lehnte ich mich deswegen vor, bis mein Mund direkt neben ihrem Ohr schwebte, und sprach die reine Wahrheit. »So wie du es machst, ist es unnötig schwer, Darling.« Adalyns Lider senkten sich, und für einen Moment blitzte ihre Zungenspitze zwischen ihren Lippen auf. Meine Hand fand Adalyns Hüfte, dann ließ ich die Finger träge nach unten gleiten, zu ihrem Knie. Ich drückte ihr Bein nach unten. Und sie gab nach. »Hör auf, mich mit diesem weichen Blick anzustarren, und konzentrier dich darauf, mit dem Fuß das Pedal zu drücken, okay?«

Sie zuckte zusammen … und presste das Pedal viel zu heftig.

Schlamm spritzte in alle Richtungen. Ich schlang instinktiv die

Arme um sie, während ich gleichzeitig ihren Fuß zur Seite schob, um das Pedal selbst zu bedienen.

»Vermaledeiter Scheibenkleister«, knurrte ich, aber nicht wegen des Chaos, das sie gerade angerichtet hatte. Mein Fluch entsprang der ungefilterten Lust, die mir den Atem raubte. Hätten wir nicht gestanden, hätte Adalyn auf meinem Schoß gesessen. Und ich war hart wie Stein. »Du musst sanft anfangen«, erklärte ich, in dem Versuch, sie und mich abzulenken, bevor ihr auffiel, wie nah ich ihr war. Ich war nicht scheu; ich stand lediglich kurz davor, etwas zu tun, was ich bereuen würde. »Siehst du?«, fragte ich, ohne etwas anderes wahrzunehmen als ihren Rücken an meiner Brust. »Wir haben die Kontrolle über die Scheibe. Wir.«

Adalyn nickte. »Tut mir leid«, murmelte sie. »Ich war … abgelenkt.«

Nein. Vielmehr beeinträchtigte meine Nähe sie genauso wie ihre mich.

Aber das sagte ich nicht. Langsam begann ich Adalyn zu verstehen. Also wandte ich mich wieder unserer Aufgabe zu. Ich trat ein kleines Stück zur Seite, griff nach dem Schwamm, und … dabei glitt mein Kiefer über ihre Wange.

Adalyns Atem stockte bei der Berührung. Angesichts der Feststellung, wie nah sich unsere Gesichter waren.

Ich reagierte, indem ich mich enger an sie drückte. *Nicht nah genug.*

Ich schob meinen Kopf nach vorne und ließ meinen Bart ein weiteres Mal über ihre Wange gleiten. Gleichzeitig machte ich ein Geständnis. »Dir sollte es auch nicht so leicht möglich sein, meine Gedankengänge zu stören.«

Es dauerte einen Moment, bis sie sprach, und als sie es tat, gaben meine Knie vor Unglauben fast nach. »Tue ich das?«

Fast hätte ich geknurrt. Merkte sie das nicht? Konnte sie nicht … von einem Moment auf den anderen stieg Entschlossenheit in mir auf. Ich schloss die Finger um ihre Handgelenke. »Wenn der Ton nicht gut zentriert ist«, sagte ich, als ich ihre Finger gegen den Ton presste und sie nicht freigab, »wird alles schief.«

Adalyn nickte.

Ich gab ihr weitere Anweisungen, führte unsere Hände über das feuchte Material, während ich die ganze Zeit darüber nachdachte, wie ich Adalyn zeigen konnte, wie sehr sie mich aus dem Gleichgewicht brachte. Wie sehr sie mein Leben aus dem Konzept brachte, auf eine Weise, die ich nicht verstand, die sich aber ... gut anfühlte. Richtig. Dafür sorgte, dass ich mehr von diesen Störungen wollte. Mehr von *ihr* wollte.

Ich trat noch näher an Adalyn heran, bis ich sie mit dem Körper gegen den Arbeitstisch presste und sie mir nicht mehr entkommen konnte. »Genau so«, murmelte ich, fast unfähig, mich auf die Töpferscheibe zu konzentrieren, während ich ihren warmen, weichen Körper an meinem spürte. Ich zwang meine Gedanken zur Ordnung. Konzentrierte mich auf das Schlagen meines Herzens. »Das machst du gut, Darling. Sehr gut.«

Bei dem Lob veränderte sich etwas an Adalyn. Und das sprach einen Teil von mir an, den ich zu lange ignoriert hatte.

Sie lehnte sich zurück, gegen mich, als überließe sie mir noch mehr Kontrolle. Ich stieß zischend die Luft aus.

»Jetzt sollten wir es wieder ein wenig absenken«, wies ich sie an und verschränkte fast gegen meinen Willen unsere Finger. Verdammt, wie konnte sich das so gut anfühlen? Ich verstand das einfach nicht. Ich wollte es nicht verstehen. »Das sieht toll aus.«

Du fühlst dich toll an.

Adalyn verschob die Daumen, bis sie über meinen lagen.

Mir entfuhr ein Geräusch, das ich selbst nicht identifizieren konnte. In diesem Moment beschloss ich, dass ich Adalyns Vertrauen gewinnen musste. Ich würde ...

»Es ist lange her, dass ich mit jemandem Händchen gehalten habe«, sagte sie so leise, dass ich sie fast nicht verstanden hätte »Ich kann mich nicht erinnern, dass diese simple Geste sich jemals so angefühlt hat.«

In diesem Moment geschahen mehrere Dinge gleichzeitig. Ich spürte einen Stich, mitten in meiner Brust. Ich war mir nicht sicher, ob es ein gutes oder schlechtes Gefühl war. Ich wusste nur, dass sich gerade etwas verändert hatte. Vielleicht sogar alles, was mit dieser Frau zu tun hatte. Außerdem fühlte es sich an, als wäre die Welt kurz stehen geblieben. Als wäre mein einziger Lebenszweck in diesem Augenblick, dafür zu sorgen, dass diese Frau sich gut fühlte. Besser, als sie sich je gefühlt hatte. Herrje, sie fand das hier schon schön? Sie hatte ja keine Ahnung, wie viele Empfindungen ich noch in ihr auslösen könnte.

Aber dieser Gedanke zog noch etwas nach sich. In mir stieg der Verdacht auf – oder vielmehr die Ahnung –, dass etwas mit dieser Aussage nicht stimmte. Denn wie konnte das möglich sein? Ich wollte mir triumphierend auf die Brust trommeln, aber gleichzeitig wollte ich Adalyn ausfragen. War sie ... so sehr vernachlässigt worden? So falsch geliebt worden? War diese Einsamkeit, die manchmal für einen kurzen Moment ihre Miene zeichnete, ihren eigenen Entscheidungen zuzuschreiben? Oder war sie verletzt worden? Lag darin die Quelle dieser Trauer, die ich viel zu oft in ihren Augen entdeckt hatte? Ich ...

Das Geräusch von Adalyns Atmung riss mich aus meinen Gedanken.

Ich senkte den Blick, nur um festzustellen, dass sie kaum noch Luft bekam. Ohne eine Sekunde zu zögern, presste ich eine Hand an ihre Brust und machte mich daran, sie zu beruhigen, sie wieder in die Welt zurückzuholen. Während ich die ganze Zeit darüber nachdachte, wie es dazu gekommen war, dass ich dieses Rätsel von Frau in den Armen hielt ... und gleichzeitig nirgendwo anders sein wollte.

Lazy Elk Lodge, Green Oak

Cameron

Camerons Blockhütte

*I*ch stoppte, kurz bevor ich mit der Frau in meinen Armen die Schwelle zu meinem Zimmer überqueren konnte.

Mein Zimmer.

Ich schloss angesichts dieser Erkenntnis für einen Moment die Augen. Ich trug Adalyn in *mein* Bett. Dahinter stand keine lange Erwägung, kein bewusster Gedanke. Ich hatte einfach gehandelt. *Instinktiv.* Ich hatte sie hochgehoben, über die Freifläche zwischen unseren Hütten getragen und war zu meiner Zimmertür gestapft. Jetzt, wo die Erkenntnis wirklich eingeschlagen hatte – das Wissen in meinem Kopf eine klare Form angenommen hatte –, konnte ich es nicht länger leugnen. Ich wollte Adalyn hier haben. Bei mir. Ich wollte, dass sie sicher und warm und ... verdammt noch mal, glücklich war. Ich wollte, dass sie mich ansah, wie sie es früher am heutigen Tag getan hatte. Ich wollte, dass sie mir regelmäßig ihr so selten aufblitzendes Lächeln schenkte. Ich ...

Ich konnte mich nicht erinnern, je so in Bezug auf eine andere Person empfunden zu haben.

Ich mochte bisher nicht mit vielen Frauen ausgegangen sein, aber ich *war* ausgegangen. Ich hatte Dates gehabt. In der Vergangenheit. Als ich noch jünger und dümmer gewesen war und öfter mit dem Schwanz als dem Kopf gedacht hatte. Und selbst, als ich diese Phase hinter mir gelassen hatte, hatte ich mich weiter verabredet. Oder hatte mir selbst erzählt, dass ich es versuchte. In Wirklichkeit hatte ich irgendwann aufgegeben. Ein Teil von mir hatte sesshaft werden wollen, aber ich hatte nie die Zeit oder Energie gefunden, die nötigen Schritte zu absolvieren. Aber jetzt schien es, als hätte ich jede Menge Zeit und Energie.

Für Adalyn, erklärte eine Stimme in meinem Kopf.

Die Wahrheit der Worte hallte in mir wider. Als hätte ein loses Puzzleteil seinen Platz gefunden, und plötzlich … ergäbe alles einen Sinn, den ich bisher nicht hatte sehen können.

Ich sah auf Adalyn hinunter. Musterte ihre entspannten Gesichtszüge und die Farbe auf ihren Wangen.

Ich wollte sie. Voller Inbrunst. Aber hier ging es nicht nur um körperliches Begehren. Es ging um etwas anderes. Um mehr. Mehr als den Drang, sie aus ihren Hosenanzügen zu schälen – oder aus diesem vermaledeiten Overall bei dem Töpferkurs. Das Ding hatte ich allerdings nie wieder an ihr gesehen. Ich wollte mehr, als sie nur nackt sehen. Ich verzehrte mich danach, der Einzige zu sein, der sie sah – die wahre Adalyn, ohne Schutzmauern oder Rüstung. Mir war inzwischen sogar egal, dass sie auf mir herumhackte, wann immer sich eine Gelegenheit dazu bot. Ich hieß es willkommen, mit offenen Armen.

Stör meinen Frieden, Darling, wollte ich sagen. *Tu es jeden Tag die Woche, mehrfach am Tag, wenn du das brauchst.*

Adalyn rührte sich in meinen Armen, presste ihre Stirn fester gegen meinen Körper.

Es war, als würde eine Nadel über eine Schallplatte gezogen.

Herrje. Stand ich wirklich hier mitten im Flur herum wie ein Vollidiot?

»Cam?«, seufzte sie in den Stoff meines Kapuzenshirts. Mir wurde warm. Adalyn nannte mich nie Cam. Deswegen rührte es mich so, dass sie es jetzt tat. »Wo ist Willow?«

Wieder erfüllte mich Wärme. Diesmal höher in meiner Brust. Gefährlich nah an meinem Herzen. Es freute mich, dass sie sich nach Willow erkundigte. Sehr sogar. »Sie ist direkt hier. Vor unseren Füßen.«

»Unseren Füßen«, murmelte Adalyn. Sie schloss erneut die Augen. »Das ist gut. Ich bin froh. Ich würde sie ungern zurücklassen. Zurückgelassen werden fühlt sich nicht gut an.«

Ich starrte blinzelnd auf sie hinunter, weil ich mich fühlte, als hätte sie mir gerade in den Magen geboxt.

»Verdammt, Darling«, sagte ich und unterdrückte das Stöhnen, das aus meiner Kehle aufsteigen wollte. Ich packte sie fester, zog sie enger an mich. »Es tut mir so verdammt leid, dass ich dir das angetan habe«, erklärte ich ihr. Und das meinte ich vollkommen ernst. Die Worte entsprangen den Tiefen meiner Seele. Ich hätte Adalyn nicht in dieser heruntergekommenen Hütte zurücklassen dürfen. Sie hätte niemals das Gefühl haben dürfen, dass jemand sie von sich stieß. Weder ich noch sonst jemand. »Willow ist hier bei uns, also schlaf weiter, ja? Wir werden dich nicht alleinlassen.«

Ihre Mundwinkel hoben sich. Nur ein bisschen. Genug, um mein Herz erneut aus dem Takt zu bringen.

Mit einem fast hilflosen Seufzen traf ich eine Entscheidung und trug Adalyn ins Gästezimmer. Das lief jedem meiner Instinkte zuwider, ging gegen alles, was ich wollte … aber ich wusste, wie Adalyns Hirn funktionierte. Sie würde zu viel nachdenken und alles und jedes hinterfragen, falls sie in meinem Bett aufwachte.

Willow sprang auf die Überdecke und schenkte mir einen ungeduldigen Blick, der deutlich sagte: *Reiß dich zusammen, du Narr, und leg sie endlich ab.*

Ich stieß ein bitteres Lachen aus. Vermutlich hatte sie recht: Ich konnte Adalyn nicht die ganze Nacht in den Armen halten, egal, wie sehr ich mir das auch wünschen mochte.

Sanft legte ich sie auf die Matratze. Ihr Kopf sank aufs Kissen, und diese wunderbare braune Haarmähne verteilte sich, bis sie einen Fächer auf dem weißen Stoff bildete. Ich wollte die Finger hindurchgleiten lassen, um herauszufinden, ob Adalyn das mochte. Ob ihr eine solche Berührung Trost schenkte. Wollte herausfinden, wie sie sich verhalten würde. Ob ein Schauder über ihren Körper laufen würde. Oder ob sie mir eines dieser kaum sichtbaren Lächeln schenken würde, die mich so sehr in den Wahnsinn trieben.

Aber zu meinem großen Missfallen war ich mir bewusst, dass Geduld eine Übungssache war, also tat ich nichts davon. Stattdessen konzentrierte ich mich auf ihren Knöchel. Ich trat ans Ende des Bettes und berührte sanft die verletzte Stelle. Die Haut dort war heiß, und die Verstauchung sah keinen Deut besser aus als das letzte Mal, als ich sie gesehen hatte. Sorge stieg in mir auf. Wahrscheinlich war es nur eine leichte Verletzung. Nach einer langen Karriere, die meine Gelenke auf harte Proben gestellt hatte, während ich sah, wie meine Mannschaftskameraden ihre Gelenke überlasteten, wusste ich eine Menge über Verletzungen. Aber die Schwellung an Adalyns Knöchel hätte bereits nachlassen müssen.

Himmel. Ich hatte wirklich gar nichts richtig gemacht. Ich hätte sie zu einem Arzt bringen sollen, nicht nur zu Grandpa Moe. Ich hätte sie sofort in meine Hütte bringen sollen, um auf sie aufzupassen. Ich hätte ihr mitteilen müssen, dass sie sich den verdammten Bullshit sparen konnte und ich mich auf jeden Fall um sie kümmern würde. Ich hätte ahnen müssen, dass sie Angst vor Gewittern hatte … damit ich ihre Hand halten konnte. Das hätte ich nicht erst durch eine Sprachnachricht erfahren dürfen, die sie mitten in der Nacht im Halbschlaf versandte. Ich hatte so viel Zeit darauf verschwendet, mich gegen die Anziehungskraft zwischen uns zu wehren, dieses Gefühl zu bekämpfen, dass ich …

Adalyn zog die Knie an, rollte sich zusammen und riss mich damit aus meinen Gedanken. Mein Blick glitt höher, und … ich sah, wie hoch das Hemd auf ihren Schenkeln ruhte.

Nicht ihr Hemd. *Mein* Trikot.

Ich schluckte schwer. Es war ja nicht so, als sähe ich Adalyn heute zum ersten Mal darin, aber verdammt. Die Wirkung auf mich blieb mächtig. Ich hatte früher nie davon geträumt, dass Frauen nichts anderes trugen als meine Nummer auf ihrem Rücken … aber Adalyn in diesem Trikot? Das raubte mir den Atem.

So etwas hatte ich noch nie empfunden.

Mein Blut begann zu brodeln. Neue Gefühle stiegen in mir hoch, die nichts mit klinischer Sorge um ihren Knöchel zu tun hatten, und ich …

Ich schüttelte den Kopf. Dann schlang ich erneut die Arme um Adalyn, um sie anzuheben und unter die Decke zu schieben und den Stoff höher zu ziehen. Über ihre Taille. Bis an ihr Kinn. Ich sah Willow an, die sofort näher rückte und sich hinter Adalyns Rücken zusammenrollte. Als ich zufrieden war, wollte ich mich zurückziehen.

Um sofort innezuhalten.

Mein Blick senkte sich. Ich entdeckte Adalyns Hände – die sie über die Decke gehoben hatte. Ihre Finger klammerten sich an den Stoff meines Kapuzenshirts.

Wieder erfüllte mich diese Wärme. Ich wies mich an, die Empfindung zu ignorieren. Sanft umfasste ich ihre Handgelenke und zog vorsichtig daran.

Adalyn zerrte am Stoff, zog mich näher an sich.

»Du bringst mich um, Sweetheart«, presste ich hervor. Ich hasste die Tatsache, dass ich Geduld walten lassen musste. Ich senkte die Stimme zu einem Murmeln: »Jetzt wird geschlafen. Du musst mich loslassen.«

Das tat sie nicht. »Ich hasse Gewitter. Sie sind unheimlich.«

Meine Willenskraft brach. »Das Gewitter ist jetzt vorbei, und ich … ich werde nicht von deiner Seite weichen«, sagte ich. Versprach ich. Dann fügte ich fast lautlos hinzu: »Das könnte ich wahrscheinlich sowieso nicht.«

Nach einem Moment – ich ging davon aus, dass sie kontrollierte, ob ich mich wirklich nicht bewegte – seufzte Adalyn. Ihre Finger entspannten sich. »Ich habe gelogen«, sagte sie, die Lider halb geöffnet. Das wenige Braun, das ich erkennen konnte, wirkte verschleiert, daher fragte ich mich, ob sie sich morgen an irgendetwas von alledem hier erinnern würde. »Ich habe dir eine dicke, fette Lüge erzählt. Vielleicht sogar mehr als eine.«

Ich schloss die Finger fester um ihre Handgelenke. »Willst du mir anvertrauen, in welcher Hinsicht du gelogen hast?«

»Ich mag dich, Cameron Caldani.«

Mein Herz trommelte gegen meine Rippen. Ich schluckte, um Worte zurückzuhalten, die ich noch nicht zu ihr sagen wollte … konnte. »Das weiß ich, Darling«, antwortete ich schließlich. Denn das stimmte. Ich musste nur herausfinden, wie sehr. »Ich bin ein sehr charmanter Kerl.«

»Bist du wirklich nicht«, gab sie zurück. Ich unterdrückte ein Lächeln. War ich wirklich nicht. »Aber trotzdem hasse ich deine Persönlichkeit nicht. Wie ich schon sagte.« Ihre Lider senkten sich flatternd. »Ich benehme mich, wie ich mich benehme, aber nur, weil ich … vollkommen durch den Wind bin. Ich bin keine unerschütterliche Statue, weißt du? Und ich bin wütend auf mich selbst. Ich will dich nicht so sehr mögen. Ich bin nicht besonders sympathisch und habe Angst, dass du mich nicht mögen wirst.«

O herrje.

Verdammte Hölle. Ich …

In einem Moment stand ich vor dem Bett und blinzelte wie ein verliebter Narr auf Adelyn hinunter. Und im nächsten sank ich zu Boden.

Ihre Worte hatten mich in die Knie gezwungen. Auf mehr als eine Weise.

Adalyn hielt mich nicht länger fest, als ich die Position wechselte. Bevor sie erneut nach meinem Kapuzenshirt greifen konnte, zog ich ihre Handgelenke an meinen Mund. Ließ die Lippen darübergleiten. Nur für eine kurze, sanfte Liebkosung. Ich konnte einfach nicht anders. Ich konnte nicht zuhören, wie sie solche Sachen sagte, ohne irgendwie zu reagieren. Ohne sie zu berühren. Ohne sie auf irgendeine Weise zu küssen. Nicht, wenn mein gesamter Körper sich anfühlte, als hätte sie ein Feuer unter meiner Haut entzündet. Ein knisterndes Feuer, das meinen Kopf und mein … Herz erfüllte.

Adalyns Lippen öffneten sich leicht. Ich zwang mich, ihre Hände auf die Matratze zu senken und sie freizugeben.

Ihre Brauen senkten sich, und ich fragte mich, ob sie die Abwesenheit meiner Berührung so deutlich wahrnahm wie ich auch.

»Cam?«, flüsterte sie, als wäre mein Name ein Geheimnis. Das konnte er sein, wenn sie es zuließ. »Könntest du mein Haar berühren? Wie du es neulich auf der Veranda getan hast?«

Ich starrte sie überrascht an. »Das hat dir gefallen, Darling?«

Sie nickte.

Und mehr brauchte ich nicht, um die Hand an ihre Stirn zu drücken. Ich schob die Finger in ihr Haar und strich es sanft nach hinten.

Ein wohliges Summen drang über Adalyns Lippen. Das meinen Körper zum Kribbeln brachte. Blut in bestimmte Regionen schickte. Aber ich streichelte einfach weiter sanft ihr Haar, genoss die Tatsache, dass ich sie berührte; dass sie mich darum gebeten hatte; dass sie sich dadurch entspannte. Meine Berührung bedeutete Trost. Sicherheit. Und das erfüllte mich mit dem verzweifelten Drang, ihr mehr davon zu schenken.

»Das fühlt sich gut an«, sagte sie und zog die Hände unter die Wange. »Du hast tolle Hände. Groß. Warm. Und ein bisschen ramponiert, so wie ich.«

Ich rückte auf den Knien näher, bis ich mich mit der Brust an die Matratze lehnte. »Nichts an dir ist ramponiert, Sweetheart.« Mein Daumen glitt über ihre Schläfe, und als Adalyn erneut summte, ließ ich die Hand dort ruhen, beschrieb kleine Kreise auf ihrer Haut. »Niemand ist perfekt. Es sind unsere Unvollkommenheiten, die uns zu eigenen Charakteren machen. Wie wir damit umgehen. Wie wir sie überwinden. Und wie wir mit den Fehlern umgehen, an denen wir nichts ändern können.« Adalyns Mund entspannte sich, als schliefe sie langsam ein, aber ich sprach trotzdem weiter, beruhigend, leise, weil ich unfähig war, sie freizugeben. »Ich weiß, wie sehr du diese Vorstellung wahrscheinlich hasst, aber ich tue das nicht. Ich mochte Perfektion und Ordnung nie besonders. Zufälligerweise mag ich deine scharfen Kanten. Ich weiß nicht, was das über mich aussagt, aber ich finde sie unglaublich attraktiv. Ich will, dass du mich herausforderst und zwingst, mich anzustrengen. Und ich will diese scharfen Kanten wertschätzen, dich anflehen, dich für niemanden zu ändern.

Nicht einmal für mich ... egal, ob du mich eines Tages damit in den Wahnsinn treiben wirst.« Ich schluckte schwer. »Wieso sollte ich Ruhe und Frieden haben wollen, wenn ich dich haben kann?«

Als Adalyn nicht reagierte, verstummte ich für eine Weile, ließ meine Worte in meinem Kopf nachklingen. Das war die reine Wahrheit, nicht wahr? In den letzten Tagen hatte sich offensichtlich etwas klammheimlich verändert, denn plötzlich fühlte sich diese Aussage wahrer an als alles, was ich je gesagt oder gedacht hatte. Ich ...

Ich sah jetzt vollkommen klar.

»Wieso hast du aufgehört?«

Ich sah stirnrunzelnd auf sie hinunter. Mein Daumen glitt immer noch in Kreisen über ihre Schläfe. »Womit aufgehört, Darling?«

»Mit dem Reden«, flüsterte sie. »Für jemanden mit einer so wunderschönen, tiefen Stimme redest du nicht genug.« Ihre Mundwinkel hoben sich leicht. »Außer, wenn du stur und nervig bist. Dann will ich, dass du den Mund hältst.«

Ich lachte leise. »Du schmierst mir heute wirklich Honig ums Maul, hm?« Ich hob den anderen Arm auf die Matratze, lehnte mich ans Bett, machte es mir gemütlich. Ich würde nirgendwohin gehen. »Worüber soll ich denn reden, Ada, Darling?«

Eine ihrer Hände hob sich abrupt. Umklammerte meinen Unterarm. Den neben ihrer Brust.

»Egal«, sagte sie leise. »Über alles. Wie war dein Leben zu Hause? Was hast du an L. A. am meisten gehasst? Wie hast du Josie kennengelernt? Welche Tätowierung hat am meisten wehgetan? Wieso die 13 als Rückennummer? Kann ich weiter vorbeikommen und Willow besuchen, wenn du mich wieder hasst?«

Auf der anderen Seite des Bettes maunzte Willow protestierend.

»Ich werde dich nie hassen«, erklärte ich ihr und hörte selbst, wie bedeutungsschwer meine Stimme klang. »Und ich glaube auch nicht, dass ich das je getan habe.«

Adalyn antwortete, indem sie meinen Arm leicht drückte und leise sagte: »Okay.«

Okay.

Verdammt. Sie glaubte mir nicht, oder?

Entschlossenheit kristallisierte sich in mir, schwer und scharf und ... unendlich richtig. Es war wie eine Offenbarung. Das spornte mich nur umso mehr an, geduldig zu bleiben. Nicht aufzugeben, bis sie sich mir öffnete. Also fing ich an zu reden. Ich erzählte ihr all die Dinge, nach denen sie gefragt hatte ... und auch Dinge, die sie nicht erwähnt hatte. Dass ich die Nummer 13 gewählt hatte, weil ich davon überzeugt war, dass man sein eigenes Glück in Händen hielt; dass ich Willow und Pierogi adoptierte, weil ich einsam gewesen war und nicht das Gefühl hatte, dass es mir vorherbestimmt war, eine Familie zu gründen. Und gleichzeitig schmiedete ich in meinem Kopf Pläne. Gab mir selbst ein Versprechen. Ich würde es ihr zeigen. Ich würde Adalyn Reyes beweisen, wie ernst ich es meinte, als ich ihr erklärte, dass ich sie nie gehasst hatte. Ich würde ihr vor Augen führen, dass es ihr nie wieder an etwas mangeln würde, wenn sie sich mir nur öffnete. Ich würde ihr zeigen, dass sie bei mir nie um etwas bitten musste.

Ich würde ihr immer mehr geben. Egal was. Alles, was ich hatte.

Und ich würde heute Nacht damit anfangen.

Danksagung

*H*i! Ich kann kaum glauben, dass ihr mir immer noch treu bleibt. Und damit habt ihr euch nicht nur ein Stück Kuchen verdient (serviert von einem mürrischen, aber eigentlich wunderbaren Mann – mit nacktem Oberkörper, denn … warum nicht?), sondern ihr seid auch diejenigen, die ich als Erstes in meiner Danksagung erwähnen will. Immer. Denn ohne euch, die Leser, die Blogger, die Leute, die Romance-Romane lieben, wäre ich nicht hier. Also danke, dass ihr aufgetaucht sein, meinen ganzen Unfug mitmacht und damit dafür sorgt, dass dieser Traum weiterhin wahr bleibt. Ich bin so stolz darauf, und es macht mich unglaublich glücklich, dass ich euch amüsieren und mit meinen Worten dazu bringen kann, dass ihr euch noch ein bisschen mehr in die Liebe verliebt. Ich verdanke euch alles.

Jess, Andrea, Jenn und alle bei Sandra Dijkstra: danke, dass ihr das beste Dreamteam seid, das sich eine Autorin wünschen könnte. Und Jess? Danke, dass du mich (immer noch) zusammenhältst, wenn ich wegen Ängsten aus der Haut fahren will, die in meinem Kopf vollkommen nachvollziehbar klingen. Du bist meine Superstar-Agentin / Therapeutin / gute Fee. Bitte, verlass mich nie.

Kaitlin, Megan, Morgan und das wunderbare Team bei Atria: danke für die ganz großartige Arbeit, die ihr leistet, um meine Bücher in die Öffentlichkeit zu tragen. Ich kann es kaum erwarten, euch wiederzusehen, euch zu umarmen, mit euch von Cameron zu schwärmen und zum Ziegen-Yoga zu gehen. Ja. Tut mir leid, aber das habt ihr versprochen. Mir ist egal, ob wir in New York sind. Sorgt dafür, dass es stattfindet. Tut es für uns.

Molly, Sarah, Harriett und der Rest meines fantastischen UK-Teams: Wenn dieses Buch erscheint, stehe ich kurz davor, euch endlich persönlich kennenzulernen. Ich hoffe, ihr seid darauf vorbereitet, gedrückt zu werden, denn ihr werdet schnell feststellen, dass ich eine Knuddlerin bin. Vielen Dank für eure stetigen Bemühungen und dass ihr immer so nett zu mir wart. Ich weiß euch mehr zu schätzen, als ich in Worte fassen kann.

Hannah, hi ☺. Du warst in den letzten Monaten ein wichtiger Teil meines Lebens, und ich bin so froh, dich meine Freundin nennen zu dürfen. Außerdem bin ich glücklich, dass ich mich dir gegenüber über den Text aufregen und ständig das nervige Mädchen sein darf, das darauf besteht, ein halb volles Glas zu sehen. Ich freue mich schon auf die Bilder davon, wie husbandbyhan mit *The Long Game* posiert.

Mamá y Papá, gracias por ser mis mayores cheerleaders – und Mamá? Hör auf, bei Events Selfies mit meinen Lesern zu schießen, du stiehlst mir die Schau.

María, gracias por estar ahí (y sobre todo por aguantarme). Ich verspreche dir, ich werde dir einen der Feuerwehrmänner von nebenan vorstellen. Du musst dir nur einen kreativen Weg einfallen lassen, dich irgendwo einzuklemmen.

Erin, danke, dass du die beste Beta-Leserin bist, die man sich wünschen kann. Ich kann nicht glauben, dass es fast drei Jahre her ist, seitdem ich dich gefragt habe, ob du *Spanish Love Deception* lesen könntest. Ich bin unglaublich dankbar, dass es dich gibt (und dass du so viel über Geflügel weißt).

Und bevor ihr geht, möchte ich noch kurz sagen, dass ich wirklich hoffe, dass euch Camerons und Adalyns Reise genauso gut gefallen hat wie mir. Es ist mir aus vielen (und ehrlich, langweiligen) Gründen nicht leichtgefallen, dieses Buch zu schreiben. Wir alle stoßen hin und wieder auf Schwierigkeiten. Deswegen habe ich Adalyn und Cameron (aber besonders Adalyn) mit ein paar meiner schwierigeren Seiten ausgestattet. Ich hoffe, ihr erkennt die Magie ihrer Unvollkommenheiten und Verletzlichkeiten und könnt euch damit identifizieren. Hoffentlich schenken sie euch auch Glück – und bitte besucht mich im Internet, um das kundzutun. Denn romantische Komödien über unvollkommene, sture Idioten zu schreiben und dafür nicht angeschrien zu werden ist, wie Joey es ausdrücken würde, »wie Freitag ohne zwei Pizzas«.